DROEMER

*Die Reihe um die Cold-Case-Ermittlerin Karen Pirie:*
Echo einer Winternacht
Nacht unter Tag
Der lange Atem der Vergangenheit
Der Sinn des Todes
Das Grab im Moor
Ein Bild der Niedertracht

*Über die Autorin:*
Val McDermid ist eine internationale Nr.-1-Bestsellerautorin, deren Bücher in mehr als 40 Sprachen übersetzt wurden. Ihre mehrfach preisgekrönten Thrillerserien und Einzelromane wurden für Fernsehen und Rundfunk adaptiert. Val McDermid war Jurorin für den Women's Prize for Fiction und den Man Booker Prize 2018. Sie ist Trägerin von sechs Ehrendoktorwürden, außerdem Honorary Fellow des St Hilda's College in Oxford. 2010 erhielt sie für ihr Lebenswerk den Diamond Dagger der britischen Crime Writers' Association, die höchste Auszeichnung für britische Kriminalliteratur.

Mehr über die Autorin unter www.val-mcdermid.de

# VAL McDERMID

# Das Grab im Moor

## Ein Fall für Karen Pirie

Aus dem Englischen
von Ute Brammertz

Die englische Originalausgabe erschien 2018 unter dem Titel
»Broken Ground« bei Little, Brown Book Group, London.

**Besuchen Sie uns im Internet:**
**www.droemer.de**

Aus Verantwortung für die Umwelt hat sich die Verlagsgruppe
Droemer Knaur zu einer nachhaltigen Buchproduktion verpflichtet.
Der bewusste Umgang mit unseren Ressourcen, der Schutz unseres
Klimas und der Natur gehören zu unseren obersten Unternehmenszielen.
Gemeinsam mit unseren Partnern und Lieferanten setzen wir uns
für eine klimaneutrale Buchproduktion ein, die den Erwerb von Klima-
zertifikaten zur Kompensation des $CO_2$-Ausstoßes einschließt.
Weitere Informationen finden Sie unter: www.klimaneutralerverlag.de

Vollständige Taschenbuchausgabe November 2022
Droemer Taschenbuch
© 2018 Val McDermid
© 2020 der deutschsprachigen Ausgabe Droemer Verlag
Ein Imprint der Verlagsgruppe
Droemer Knaur GmbH & Co. KG, München
Alle Rechte vorbehalten. Das Werk darf – auch teilweise – nur
mit Genehmigung des Verlags wiedergegeben werden.
Redaktion: Kirsten Reimers
Covergestaltung: ZERO Werbeagentur, München
Coverabbildung: Viacheslav Lopatin / shutterstock.com
Satz: Adobe InDesign im Verlag
Druck und Bindung: C.H. Beck, Nördlingen
Printed in Germany
ISBN 978-3-426-30901-8

2 4 5 3 1

*Dieses Buch nahm seinen Anfang mit einer Buchhändlerin, die mir eine Geschichte erzählte. Aus diesem Grund ist es allen Buchhändlerinnen und Buchhändlern gewidmet, die Geschichten lieben, sie uns in die Hand drücken und uns süchtig machen.*

Drei können ein Geheimnis bewahren,
vorausgesetzt, zwei von ihnen sind tot.

*Benjamin Franklin,*
*Poor Richard's Almanack*

# 1

## 1944 – Wester Ross, Schottland

Das schmatzende Geräusch von zwei Spaten in festem Torf war unverkennbar. Manchmal hatten sie denselben Rhythmus, dann wieder nicht: Sie überlagerten sich, trennten sich, erklangen nacheinander, fanden dann wieder zusammen, genau wie der schwere Atem der Männer. Der Ältere der beiden hielt einen Moment lang inne, stützte sich auf den Griff und ließ die kühle Nachtluft den Schweiß in seinem Nacken trocknen. Sein Respekt vor Totengräbern wuchs, die so etwas an jedem Werktag tun mussten. Wenn die Sache erst einmal vorbei war, würde er das ganz bestimmt nicht zu seinem Beruf machen.

»Komm schon, du alter Sack«, rief sein Begleiter leise. »Für Teepausen haben wir keine Zeit.«

Das wusste der Mann. Sie hatten die Sache zusammen angefangen, und er wollte seinen Freund nicht hängen lassen. Doch er bekam schlecht Luft. Er unterdrückte ein Husten und beugte sich vor, um weiterzumachen.

Wenigstens hatten sie sich die richtige Nacht ausgesucht. Ein klarer Himmel mit einem Halbmond, der gerade hell genug für ihre Arbeit war. Sicher, sie wären für jeden zu sehen, der den Weg neben dem kleinen Bauernhaus hochkam. Allerdings bestand kein Grund, weshalb jemand mitten in der Nacht unterwegs sein sollte. Keine Patrouille wagte sich so weit in die Schlucht, und dank des Mondscheins brauchten sie kein Licht, das Aufmerksamkeit erregen könnte. Sie waren überzeugt, dass man sie nicht entdecken würde. Schließlich waren ihnen durch ihr Training Geheimaktionen zur zweiten Natur geworden.

Eine sanfte Brise von der Bucht trug den Geruch der Ebbe nach Seetang und ein leises Brandungsgeräusch von Wellen an den Felsen herüber. Gelegentlich stieß ein Nachtvogel, den keiner der beiden bestimmen konnte, einen trostlosen Schrei aus und ließ sie jedes Mal zusammenfahren. Doch je tiefer das Loch wurde, desto weniger drang die Außenwelt zu ihnen durch. Nach einer Weile konnten sie nicht mehr über den Grubenrand sehen. Keiner der beiden Männer litt an Platzangst, doch diese Beengtheit bereitete ihnen Unbehagen.

»Das reicht.« Der ältere Mann lehnte die Leiter an die Seite und kletterte langsam zurück in die Welt, während er zu seiner Erleichterung spürte, wie sich die Luft um ihn her wieder bewegte. Zwei Schafe regten sich auf der anderen Seite der Schlucht, und in der Ferne bellte ein Fuchs. Noch immer keine andere Menschenseele weit und breit. Er ging auf den zwölf Meter entfernten Anhänger zu, wo eine geteerte Plane etwas Großes, Rechteckiges bedeckte.

Gemeinsam zogen sie die Leinwandhülle zurück, sodass die beiden Holzkisten zum Vorschein kamen, die sie zuvor gezimmert hatten. Sie wirkten wie zwei einfache, auf der Seite liegende Särge. Die Männer griffen nach den Seilen der ersten Kiste, mit denen sie gesichert war, und manövrierten sie behutsam von der Ladefläche des Anhängers herunter. Unter Ächzen und Fluchen schleppten sie die Last zum Rand der Grube und ließen sie vorsichtig in die Tiefe.

»Scheiße!«, stieß der jüngere Mann aus, als das Seil zu schnell durch seine Handfläche rutschte und seine Haut aufschürfte.

»Zieh einen verdammten Strumpf drüber«, sagte der Ältere. »Du weckst noch die ganze verfluchte Schlucht.« Er stapfte zum Anhänger zurück und prüfte mit einem Blick über die

Schulter, ob der andere hinter ihm war. Sie wiederholten die Prozedur, jetzt langsamer und schwerfälliger, da sich die körperliche Anstrengung immer mehr bemerkbar machte.

Dann war es Zeit, die Grube zuzuschütten. Sie arbeiteten unter grimmigem Schweigen und schaufelten so schnell wie möglich. Als die Nacht allmählich an der Bergkette im Osten zu verblassen begann, machten sie sich an den letzten Teil ihrer Aufgabe und trampelten die oberste Torfschicht wieder fest. Sie waren dreckig, stanken und waren erschöpft. Doch die Arbeit war getan. Eines Tages, in ferner Zukunft, würde es sich auszahlen.

Bevor sie zurück ins Fahrerhaus kletterten, schüttelten sie sich die Hände und zogen sich dann in eine raue Umarmung. »Wir haben's geschafft«, sagte der ältere Mann zwischen Hustenanfällen und hievte sich hoch auf den Fahrersitz. »Wir haben's verdammt noch mal geschafft.«

Noch während er sprach, krochen die *Mycobacterium tuberculosis*-Organismen durch seine Lunge, wo sie Gewebe zerstörten, Löcher gruben und Lungenbläschen blockierten. In zwei Jahren würde er für sein Tun nicht mehr zur Rechenschaft gezogen werden können.

# 2

## 2018 – Edinburgh

Der raue Nordwind in ihrem Rücken trieb Detective Chief Inspector Karen Pirie den gleichmäßig ansteigenden Leith Walk hinauf in Richtung Büro. Ihre Ohren kribbelten vom Wind und litten unter dem Knirschen, Bohren und Getöse von dem gewaltigen Abbruchobjekt am oberen Ende der Straße. Der geplante Bau mit seinen Luxuswohnungen, schicken Geschäften und Nobelrestaurants würde vielleicht Edinburghs Wirtschaft ankurbeln, aber Karen glaubte nicht, dass sie dort viel Zeit oder Geld lassen würde. Es wäre schön, dachte sie, wenn dem Stadtrat Ideen einfallen würden, die vor allem den Einwohnern zugutekämen und nicht den Touristen.

»Miesepetrige alte Schachtel«, murmelte sie vor sich hin, als sie auf den Gayfield Square bog und auf die niedrigen Betonklötze zuhielt, die die Polizeistation beherbergten. Über ein Jahr nach dem schmerzlichen Verlust, der Karen den Boden unter den Füßen weggerissen hatte, gab sie sich bewusst Mühe, eine Bresche in die Schwermut zu schlagen, die ihr Leben wie Unkraut überwucherte. Allerdings musste sie zugeben, dass sie selbst an einem guten Tag noch lange nicht am Ziel war. Aber sie versuchte es.

Sie nickte dem uniformierten Polizisten am Empfang grüßend zu, hackte mit einem behandschuhten Finger auf das Tastenfeld ein und marschierte den langen Korridor entlang zu einem Büro, das wie ein unwillkommener nachträglicher Einfall hinten an das Gebäude angehängt war. Karen öffnete die Tür und blieb auf der Schwelle stehen. Ein Fremder saß an dem üblicherweise unbesetzten Schreibtisch im Raum, Füße auf dem Papierkorb, *Daily Record* aufgeschlagen im Schoß, in einer Hand ein mehliges Speckbrötchen.

Betont theatralisch trat Karen einen Schritt zurück und starrte auf das Türschild, auf dem »Historic Cases Unit« stand. Als sie sich wieder umwandte, war das Gesicht des dreisten kleinen Kerls immer noch auf die Zeitung gerichtet, aber sein Blick ruhte auf ihr, wachsam, bereit, sogleich zum Zeitungspapier zurückzugleiten, als wäre nichts gewesen. »Ich weiß nicht, wer Sie sind oder was Sie hier zu tun glauben, Freundchen«, sagte sie beim Eintreten. »Aber eines weiß ich. Die Chance, einen guten ersten Eindruck zu machen, haben Sie längst vergeigt.«

Ohne Eile schob er die Füße vom Papierkorb zu Boden. Bevor er mehr sagen oder tun konnte, hörte Karen im Flur hinter sich vertraute schwere Schritte. Über die Schulter erblickte sie Detective Constable Jason »Minzdrops« Murray, der auf sie zusteuerte und versuchte, drei Becher mit Kaffee von Valvona & Crolla übereinander zu balancieren. *Drei* Becher?

»Hi, Boss, ich hätte ja gewartet, bis Sie da sind, aber Detective Sergeant McCartney, der hat nach einem Kaffee gelechzt, also hab ich mir gedacht, ich gehe eben …« Er bemerkte ihren eisigen Blick und schenkte ihr ein mattes Lächeln.

Karen durchquerte das Zimmer zu ihrem Schreibtisch, dem einzigen mit so etwas wie einer Aussicht. Die Beleidigung von einem Fenster ging über die Gasse auf eine leere Mauer hinaus. Karen starrte sie einen Moment lang an und bedachte dann den mutmaßlichen DS McCartney mit einem schmallippigen Lächeln. Er war vernünftig genug, die Zeitung zuzuschlagen, allerdings nicht so vernünftig, sich aufrecht hinzusetzen. Jason streckte sich vorsichtig zu seiner vollen Länge, um Karens Kaffee vor sie hinzustellen, ohne ihr zu nahe zu kommen. »DS McCartney?« Sie sagte es mit einer ordentlichen Portion Geringschätzung.

»Ganz genau.« Zwei Wörter genügten, um seine Herkunft zu verraten: Glasgow. Sie hätte es auch aufgrund seiner großtuerischen Ganovenart erraten können. »Detective Sergeant Gerry McCartney.« Er grinste, entweder hatte er nichts gemerkt, oder es war ihm egal. »Ich bin Ihre neue Kraft.«

»Seit wann das denn?«

Er zuckte mit den Schultern. »Seit die Assistant Chief Constable beschlossen hat, dass Sie eine brauchen. Offensichtlich findet sie, Sie brauchen einen Kerl, der weiß, wo's langgeht. Hier wäre ich also.« Sein Lächeln wurde ein wenig säuerlich. »Direkt vom Major Incident Team.«

Die neue Assistant Chief Constable. Natürlich steckte sie dahinter. Als Karens ehemaliger Chef ins Kreuzfeuer eines Korruptionsskandals auf höchster Ebene geraten und zusammen mit dem Abfall entsorgt worden war, hatte sie gehofft, ihr Arbeitsleben würde sich zum Besseren wenden. Sie hatte nie in sein Bild davon gepasst, wie eine Frau sein sollte – unterwürfig, fügsam und dekorativ –, und er hatte immer erfolglos versucht, jede noch so kleine Unkorrektheit bei ihren Untersuchungen aufzudecken. Im Lauf der Jahre hatte Karen zu viel Energie damit vergeudet, seine Nase aus den Einzelheiten ihrer Ermittlungen herauszuhalten.

Als Ann Markie durch ihre Beförderung die HCU unterstellt worden war, hatte Karen sich eine weniger komplizierte Beziehung mit ihrer Chefin erhofft. Bekommen hatte sie etwas, das auf andere Weise kompliziert war. Ann Markie und Karen hatten dasselbe Geschlecht und den gleichen beeindruckenden Intellekt. Doch da endeten die Gemeinsamkeiten auch schon. Markie trat jeden Tag fotogen und wie aus dem Ei gepellt zur Arbeit an. Sie war das glamouröse

Gesicht der Police Scotland. Und sie stellte bei ihrem ersten Treffen klar, sie stehe zu hundertzehn Prozent hinter der Historic Cases Unit, solange Karen und Jason Fälle lösten, die die Police Scotland modern, engagiert und sozial aussehen ließen. Allerdings eher nicht, falls irgendwelche Idioten einen Monat mit der Suche nach einem als vermisst gemeldeten Mann zubringen sollten, der tot in seiner eigenen Wohnung lag. Ann Markie begeisterte sich für die Art von Gerechtigkeit, die sich in prägnante Clips für die Abendnachrichten fassen ließ.

Markie hatte erwähnt, dass das Budget möglicherweise für eine zusätzliche Kraft bei der HCU reichen würde. Karen hatte auf eine Zivilperson gehofft, die sich Verwaltungsaufgaben und einfachen Internetrecherchen widmete, damit Jason und sie ihren Scharfsinn an vorderster Front einsetzen konnten. Scharfsinn mochte vielleicht das falsche Wort sein, was Jason betraf. Aber auch wenn der Minzdrops nicht der Klügste war, besaß er doch eine Herzenswärme, die Karens gelegentliche Ungeduld zügelte. Sie waren ein gutes Team. Was sie brauchten, war Unterstützung im Hintergrund und keinen prahlerischen Glasgower Gockel, der glaubte, zu ihrer Rettung geschickt worden zu sein.

Er kam in den Genuss ihres strengsten Blickes. »Vom Major Incident Team zur Historic Cases Unit? Wem haben Sie denn auf die Fritten gepinkelt?«

Ein flüchtiges Stirnrunzeln, dann fing McCartney sich wieder. »Sehen Sie das vielleicht nicht als Beförderung?« Sein Unterkiefer schob sich ein Stück vor.

»Meine Vorstellungen stimmen nicht immer mit denen meiner Kollegen überein.« Sie nahm den Deckel von ihrem Kaffee und trank einen Schluck. »Solange Sie nicht glauben, es wäre Urlaub.«

»Nee, auf keinen Fall«, antwortete er. Jetzt richtete er sich auf seinem Stuhl auf und sah hellwach aus. »Beim MIT zollt man Ihnen gehörig Respekt«, fügte er rasch hinzu.

Karen verzog keine Miene. Jetzt hatte sie eine nützliche Sache über Gerry McCartney in Erfahrung gebracht – er war ein guter Lügner. Sie wusste ganz genau, wie viel Respekt ihre Abteilung bei Detectives genoss, die sich in Echtzeit mit verfahrenen Verbrechen herumschlugen. Sie hielten die HCU für Kinderkram. Wenn Karen einen Täter aus einem Altfall schnappte, wurde sie von den Medien als Heldin des Tages gefeiert. Wenn es ihr misslang? Tja, ihr sah keiner mit Argusaugen über die Schulter, nicht wahr?

»Jason arbeitet sich durch eine Liste mit Leuten, die 1986 einen roten Rover 214 besaßen. Sie können ihm dabei helfen.«

McCartneys Lippe zuckte leicht verächtlich. »Warum?«

»Eine Reihe brutaler Vergewaltigungen«, sagte Jason. »Er hat das letzte Mädchen so heftig geschlagen, dass es mit einem Hirnschaden im Rollstuhl gelandet ist. Sie ist erst vor zwei Wochen gestorben.«

»Was der Grund ist, weshalb neue Beweise aufgetaucht sind«, erklärte Karen. »Ein ehemaliges Straßenmädchen hat die Story in der Zeitung gesehen. Damals meldete sie sich nicht bei der Polizei, weil sie noch Drogen nahm und es sich nicht mit ihrem Dealer verderben wollte. Aber sie hatte ein kleines Notizbuch, in dem sie die Autos notiert hat, in die die anderen Frauen einstiegen. Erstaunlicherweise hatte sie es heute immer noch, irgendwo in einer alten Handtasche. Der rote Rover war in sämtlichen Nächten da, in denen die Vergewaltigungen stattfanden.«

McCartney hob seufzend die Augenbrauen. »Aber sie hat es nicht geschafft, das Kennzeichen aufzuschreiben. Ist das nicht typisch für eine Nutte?«

Jason blickte besorgt drein.

»Etwas, das Sie sich vielleicht merken sollten, Sergeant: In dieser Abteilung ziehen wir den Begriff ›Sexarbeiterin‹ vor«, sagte Karen. Es war kein Ton, der Widerspruch duldete. Gerry rümpfte die Nase, sagte aber nichts.

»Sie hat das Kennzeichen sehr wohl aufgeschrieben«, erklärte Jason fröhlich. »Aber die Tasche war auf dem Dachboden, wo die Frau jetzt wohnt, und die Mäuse haben sich darüber hergemacht. Die Seitenränder sind abgeknabbert. Alles, was wir haben, ist der erste Buchstabe: B.«

Karen lächelte. »Ihr beiden habt also die vergnügliche Aufgabe, die Unterlagen der Führerschein- und Kfz-Zulassungsstelle durchzugehen und die Fahrzeughalter von vor dreißig Jahren ausfindig zu machen. Irgendein Angestellter in der Führerscheinbehörde wird euch dafür lieben. Aber immerhin hat das Labor in Gartcosh aus den Beweisstücken, die seit all den Jahren in einer Schachtel herumliegen, DNA gewinnen können. Wenn wir also einen möglichen Verdächtigen finden, könnten wir ein schönes, sauberes Ergebnis erzielen.« Sie trank den Kaffee aus und warf den Becher in den Müll. »Viel Glück dabei!«

»Okay, Boss«, murmelte Jason, der sich bereits auf die Aufgabe konzentrierte. Geht mit gutem Beispiel voran, dachte Karen. Der Junge lernte dazu. Langsam, aber sicher lernte er dazu.

»Wohin gehen Sie?«, fragte McCartney, als sie sich zur Tür aufmachte.

Am liebsten hätte sie »Geht Sie nichts an« gesagt, doch sie entschied, dass sie es sich fürs Erste vielleicht nicht mit ihm verderben sollte. Jedenfalls nicht gleich. Solange sie ihn und seine Nähe zu Ann Markie noch nicht einschätzen konnte. »Ich bin auf dem Weg nach Granton, um mit einer der Restauratorinnen zu sprechen, die glaubt, sie habe vielleicht ein gestohlenes Gemälde in einer Privatsammlung gesehen.«

Abermals das leichte Lippenzucken. »Ich dachte nicht, dass das unser Ding wäre. Gestohlene Gemälde.«

»Ist es durchaus, wenn ein Wachmann bei dem Raub eine Ladung Schrotkugeln ins Gesicht bekommen hat. Vor acht Jahren, und das hier ist unser erster Hinweis, wo das Gemälde gelandet sein könnte.« Und weg war sie, die Route bereits in Gedanken planend. An Edinburgh gefiel ihr unter anderem, dass es leichter war, mit dem Bus und zu Fuß unterwegs zu sein, als sich ein Fahrzeug der Dienstflotte zu erstreiten. Alles, was einem das kleinliche Ausüben kleinlicher Macht ersparte, galt in Karens Augen als Vorteil. »Die Nummer sechzehn«, murmelte sie auf dem Weg zu den Bushaltestellen am Leith Walk. »Wunderbar.«

# 3

## 2018 – Wester Ross

Alice Somerville mühte sich mit der geschmeidigen Grazie einer Frau, die vierzig Jahre älter war als sie, vom Fahrersitz ihres Ford Focus. Ächzend streckte sie die Glieder, während sie in der kalten Brise zitterte, die vom Meeresarm am Fuß des Hanges herüberwehte. »Ich hatte vergessen, dass die Fahrt hier hoch so lang dauert«, murrte sie. »Die letzte Stunde nach Ullapool hat sich ewig gezogen.«

Ihr Ehemann richtete sich mühsam an der Beifahrerseite auf. »Und du warst diejenige, die Einspruch erhoben hat, als ich gestern Abend darauf bestand, einen Zwischenstopp in Glasgow einzulegen.« Er ließ die Schultern kreisen und bog den Rücken durch. »Wenn ich auf dich gehört hätte, wäre meine Wirbelsäule jetzt irreversibel geschädigt.« Er grinste sie an, ohne zu ahnen, wie dümmlich seine Gesichtszüge dabei aussahen. »Schottland erstreckt sich immer weiter, als man denkt.« Er wackelte mit je einem Bein, um seine Skinny Jeans wieder bis zu den braunen Lederschnürschuhen zu zwingen.

Alice zog den Haargummi von ihrem Pferdeschwanz und schüttelte das dunkle Haar aus. Als es um ihr Gesicht fiel, ließ es ihre spitzen Züge weicher erscheinen und betonte ihre geraden Brauen und hohen Wangenknochen. Sie öffnete den Kofferraum und holte ihren Rucksack heraus. »Letztes Jahr waren wir so aufgeregt, dass uns die Entfernung nicht weiter aufgefallen ist. Aber es ist hübsch. Schau dir die Berge an, wie sie da hinten beinahe miteinander zu verschmelzen scheinen.

Und das Meer, diese großen heranwogenden Wellen. Es ist kaum zu fassen, dass das hier zum gleichen Land gehört wie Hertfordshire.«

Sie dehnte die Schultern und beugte sich dann zurück in den Wagen, um ein Blatt Papier herauszuholen, das sie vor der Abfahrt ausgedruckt hatte. »Das hier ist definitiv der richtige Ort.« Sie verglich die Abbildung auf dem Foto mit dem länglichen, flachen Bauwerk, vor dem sie geparkt hatten. Es war ein plumper Steinbau, der an der Seite des Hügels kauerte, aber offensichtlich vor Kurzem mit einem Auge für die ursprüngliche Linienführung renoviert worden war. Der Putz zwischen den Steinen war immer noch relativ frei von Moos und Flechten, die Fensterrahmen wirkten robust und gerade, ihre Farbe war nicht verwittert.

Will wirbelte herum und deutete auf ein zweistöckiges, weiß getünchtes Cottage auf der anderen Seite der Schlucht. »Und das muss Hamishs Haus sein. Sieht ziemlich schick aus für den Arsch der Welt.«

»Es ist kein Wunder, dass wir letztes Jahr nicht hergefunden haben. Laut Grantos Karte war das hier nichts weiter als eine Ruine. Ein Haufen Steine, der früher einmal ein Kuhstall war. Und es gibt keine Spur von der Schafhürde, die er als wichtigste Orientierungshilfe von der Straße aus eingezeichnet hatte.« Alice knurrte missbilligend. Sie wies auf den Hang, wo Dutzende Schafe an Gras knabberten, das schon ganz stoppelig aussah. »Wo auch immer ihr Weidezaun ist, jedenfalls nicht mehr auf dem Hügel da.«

»Aber jetzt sind wir hier. Dank Hamish.« Will holte eine große Reisetasche aus dem Auto. »Machen wir es uns gemütlich.«

Alice ließ den Blick durch die Schlucht schweifen. Das weiße Cottage sah verlockend nah aus, doch Hamish hatte sie gewarnt, zwischen ihnen läge ein tückisches Torfmoor. Zweifellos war das hier etwas ganz anderes als die makellose Landschaft bei ihnen zu Hause. *Schlagen Sie es sich aus dem Kopf hinüberzulaufen,* hatte er warnend in der E-Mail geschrieben, die er mit detaillierten Erklärungen und einer Wegbeschreibung geschickt hatte. Auf der unebenen einspurigen Straße war es eine knappe Meile, aber zumindest würden sie trocken und sicher dorthin gelangen. »So weit ist es gar nicht. Schätzungsweise dauert es nicht mehr als eine halbe Stunde, höchstens. Wir könnten doch rübergehen und kurz Hallo sagen. Es wäre schön, sich die Füße zu vertreten.«

»Wir haben Hamish gesagt, morgen, Alice. Ich möchte ihn nicht auf dem falschen Fuß erwischen. Vergessen wir nicht, dass er derjenige ist, der uns einen Gefallen tut. Außerdem müssen wir uns ums Abendessen kümmern. Ich habe jetzt schon riesigen Hunger. Was auch immer uns oben in Clashstronach erwartet, wird morgen früh auch noch da sein.« Der Ortsname ging ihm unbeholfen von der Zunge. Er zog Alice in einer einarmigen Umarmung zu sich. »Du bist immer so ungeduldig.«

Alice schnaubte, stellte sich jedoch auf die Zehenspitzen, um ihn auf die Wange zu küssen. Dann ging sie den Steinplattenweg entlang zu dem von ihnen gemieteten Haus, das Hamish ihnen empfohlen hatte. Sie sah abermals auf dem Blatt Papier nach und tippte einen Code in das Sicherheitsschließfach. Es schwang auf und offenbarte zwei Schlüsselsätze an einem Haken. Will hielt kurz inne, um sich im Seitenspiegel zu mustern – die dunkelblonde Tolle saß, der Spitzbart war akkurat, keine Blutwurstreste vom Mittagessen zwischen den Zähnen –, bevor er ihr folgte.

Die Eingangstür führte in eine kleine Diele, eine offene Tür an der einen Seite ging in den Hauptraum des Häuschens. Ein Ende war als Küchenzeile gestaltet, komplett mit Gefrierkombination und Gasherd. Daneben ein rustikaler Esstisch aus Kiefernholz und vier Stühle mit Flechtlehnen und festgebundenen, bequem aussehenden Sitzkissen. Mitten auf dem Tisch stand eine Vase mit Gartenwicken. Alice nahm an, dass sie in Anbetracht von Klima und Jahreszeit künstlich sein mussten, aber sie sahen echt aus und ließen den Raum heimeliger wirken.

Am anderen Ende des Zimmers stand ein prall gepolstertes Sofa gegenüber von einem Flachbildfernseher, der über einem steinernen Kamin mit Brennofen hing, zu beiden Seiten ordentlich aufgestapelte Torfziegel. Der Kamin wurde von zwei Sesseln flankiert. »Sieht okay aus«, stellte Will fest.

»Ein bisschen spartanisch.« Alice lud ihren Rucksack auf einem der Küchenstühle ab. »Selbst mit den Bildern an den Wänden.« Sie wedelte in Richtung der Fotos von wilden Meereslandschaften und Felsen.

»Hamish hat geschrieben, sie seien erst vor ein paar Wochen mit der Arbeit fertig geworden«, rief er ihr ins Gedächtnis, während er zu den beiden Türen am gegenüberliegenden Ende des Raumes ging. Er öffnete die linke, die in ein elegant geflieses Badezimmer mit einem langen Panoramafenster mit Blick auf den Meeresarm führte. »Wow!«, entfuhr es ihm. »Eine Wahnsinnsaussicht beim Baden oder Duschen.«

Alice sah über seine Schulter. »Wenigstens befindet sich die Toilette hinter einem Sichtschutz«, sagte sie.

»Wie spießig«, neckte er sie.

Alice, die im Allgemeinen gut austeilte, bohrte ihm sanft den Finger in die Rippen und sagte: »Ich möchte nur niemandem einen Anblick zumuten, der ihn sein ganzes Leben lang verfolgt.«

Die andere Tür führte in ein Schlafzimmer, das einfach eingerichtet war mit einem großen Doppelbett und einer Garnitur dazu passender Kiefernmöbel, die offensichtlich aus einem Mitnahme-Einrichtungshaus stammten. Die Show stahl ihnen ein weiteres Panoramafenster mit einem atemberaubenden Ausblick auf das Meer und blaugraue Berge, die am Horizont ineinander übergingen. »Nicht übel«, sagte Alice.

Will ließ die Reisetasche aufs Bett fallen. »Es ist viel komfortabler als alles, was Long John Silver und Jim Hawkins auf ihrer Schatzsuche hatten. Ich geh die Einkäufe reinholen.«

Als er sich umdrehte, trat Alice näher und griff um ihn herum, Hände auf seinen Gesäßbacken, und zog ihn an sich. »Dafür ist immer noch reichlich Zeit«, murmelte sie und strich mit den Lippen an seinem Hals entlang, ihr Atem warm und spielerisch an seiner Haut. »Das hier ist echt aufregend, Will. Ich habe das Gefühl, dass wir kurz davor stehen, Grantos richtiges Erbe aufzuspüren.«

Eine Schatzsuche, fand Will, hatte etwas für sich. Nach drei Ehejahren regte sich bei Alice die Lust auf Sex weniger häufig. Doch die Vorbereitungen auf diese Expedition und die Vorstellung, wozu sie führen könnte, hatte in ihr eine Erregung ausgelöst, die er nur zu gern ausnutzte. »Da kommt von mir keine Widerrede.« Er schlang die Arme um sie, zufrieden, dass immer noch so wenig Ermunterung ihrerseits nötig war, damit sein Körper reagierte. Er ließ sich nach hinten fallen.

Sie küsste ihn abermals, diesmal auf den Mund, und verlagerte ihr Gewicht, sodass er auf dem Bett eingeklemmt war. Eine Hand ließ sie zwischen sie gleiten. »Mmm, das merke ich.«

»Wir sollten öfter auf Schatzsuche gehen.« Und dann war genug geredet.

# 4

## 2018 – Edinburgh

Die beiden Frauen, die am Tisch hinter Karen in ein Gespräch vertieft waren, wirkten völlig fehl am Platz. Sie beobachtete sie im Spiegel an der Wand des Café Aleppo, und wenn sie sich konzentrierte, verstand sie jedes Wort ihrer Unterhaltung. Ironischerweise hätte sie ihnen keinerlei Aufmerksamkeit geschenkt, wären sie in ihrem natürlichen Habitat gewesen – schätzungsweise in Bruntsfield oder Morningside, beim Trinken eines Wiener Filterkaffees in der deutschen Konditorei oder eines Flat White in einem schicken Hipster-Café. Doch es musste einen Grund geben, weshalb weiße Frauen undefinierbaren Alters aus der Mittelschicht ganz unten am Leith Walk über kleinen Gläsern mit Mirans starkem Kardamomkaffee die Köpfe zusammensteckten.

Karen war der einzige andere Gast, der nicht aus dem Nahen Osten stammte, und sie hatte ihre eigenen Gründe für ihre Anwesenheit. Zum einen lag das Café mehr oder weniger auf halber Strecke zwischen dem Depot und ihrem Büro, und sie hatte einen Kaffee gebraucht, um sich nach einer Stunde künstlerischen Geschwafels unten in Granton zu erholen. Zum anderen musste sie sich überlegen, was es bedeutete, dass ihr Ann Markies Strohmann aufgezwungen worden war. Sie konnte sich eine Auszeit nehmen, um sich Gedanken über DS Gerry McCartney zu machen, weil sie mit absoluter Sicherheit wusste, dass ihr hier keiner ihrer Kollegen zufällig über den Weg lief. Ein gemeinnütziges, von einer Gruppe syrischer Flüchtlinge geführtes Lokal war kein Ort, den sich viele Polizeibeamte für ihre Mittagspause aussuchten.

Das war nicht der einzige Grund für Karens Besuch. Sie war Miran und den anderen Syrern zuerst auf ihren nächtlichen Spaziergängen durch die Stadt begegnet. Sie hatten sich unter einer Brücke um eine Feuerstelle gedrängt, weil sie über keinen anderen Treffpunkt verfügten. Karen hatte eine seltsame Verbundenheit mit ihnen verspürt und ihnen geholfen, die Kontakte zu knüpfen, die zur Gründung des gemeinnützigen Cafés nötig waren. Jedes Mal war es ihr peinlich, dass man dort deshalb ihr Geld nicht nahm. Aus ihrer Perspektive hatte sie ihnen nicht groß auf die Sprünge geholfen, sondern eher eine Schuld beglichen. Sie sahen das anders und weigerten sich regelmäßig, sie zahlen zu lassen. Karen hatte eingewandt, für einen Außenstehenden könnte es aussehen, als würden sie versuchen, eine Detective Chief Inspector zu bestechen. Miran hatte gelacht. »Ich glaube, keiner, der Sie kennt, wäre so dumm.«

Folglich überschlug sie immer den Preis dessen, was sie verzehrte und trank, und ließ einen angemessenen Betrag in die Spendendose für den wohltätigen Verein fallen, der Menschen unterstützte, die nicht das Glück gehabt hatten, der Hölle zu entkommen, in die Syrien sich verwandelt hatte. Mirans Ehefrau Amena hatte ihr einmal in die Augen gesehen und leicht anerkennend genickt. Wenn Karen in Edinburgh irgendwo hingehörte, dann ins Aleppo.

Doch diese beiden Frauen mit ihren professionell gefärbten Haaren, den dezenten Goldohrringen und Kaschmirtüchern passten überhaupt nicht her. Gewöhnlich herrschte im Aleppo kein Mangel an schottischer Kundschaft, doch das waren Leute aus dem Stadtteil Leith – Anwohner, die wegen des authentischen nahöstlichen Essens und des unerbittlich starken Kaffees kamen. Ganz anders als diese Frauen. Da es

Karen nie völlig gelang, außer Dienst zu sein, richtete sie ihre Aufmerksamkeit auf ein Gespräch, das wahrscheinlich nicht für andere Ohren bestimmt war.

Die Blondine-mit-dunklen-Strähnchen nickte der Brünetten-mit-hellen-Strähnchen mitfühlend zu. »Wir waren alle schockiert«, sagte sie. Abgeschwächter Edinburgh-Dialekt, sonor und tief. »Ich meine, natürlich waren wir einfach fassungslos, als du uns erzählt hast, er habe versucht, dich zu erwürgen, aber es war einfach irrsinnig, dass er mitten in eine Abendgesellschaft platzt und es zugibt.« Nun war Karen voll und ganz gefesselt. Mit allem hatte sie gerechnet, nur nicht damit.

»Er hat versucht, sich herauszureden.« Die Vokale der anderen Stimme klangen ein bisschen anders. Vielleicht Perthshire? »Hat Reue gezeigt. Damit euch der arme Logan leidtut und ihr mir die Schuld gebt. Ihm war nicht klar, dass es zu spät war. Dass ich längst zur Polizei gegangen war.«

»Aber jetzt weiß er das doch, oder?«

Die Brünette lachte spöttisch auf. »Darauf kannst du wetten. Nächste Woche wird er offiziell vernommen.« Karen entspannte sich ein wenig. Zumindest hatte man die Frau ernst genommen. Auch wenn das eine Frage der sozialen Schicht sein konnte. Es war bedauerlich, aber eine Frau wie sie, die eine derartige Beschuldigung vorbrachte, würde immer mehr Aufmerksamkeit ernten als jemand weiter unten auf der sozialen Leiter.

Das leise Klirren von Glas auf Untertasse. Tiefes Einatmen. Dann sagte die Blondine behutsam, sich herantastend: »Meinst du nicht, dass es, während ihm das droht, nicht unbedingt der beste Zeitpunkt ist, um nach Hause zurückzuziehen?«

*Ach was*, dachte Karen.

»Er muss ausziehen.« Resolut. Gelassen. Eine Frau, die eine

Entscheidung getroffen hatte. »Ich muss mit den Kindern wieder ins Haus zurück. Es ist verrückt, dass wir in Fionas Einliegerwohnung hausen, während er in unserem Zuhause wohnt. Er ist derjenige, der die Hypothekenraten nicht gezahlt hat. Er ist derjenige, der eine halbe Million Pfund unseres Geldes verloren hat bei Sportwetten, von denen er nichts versteht. Er ist derjenige, der die Affäre hatte. Er ist derjenige, der die Hände um meine Kehle gelegt und versucht hat, mich zu erwürgen.« Ihre Stimme war ruhig, beinahe roboterhaft. Karen warf noch einen verstohlenen Blick in den Spiegel. Die Sprecherin sah so entspannt aus, als bespräche sie ihren wöchentlichen Online-Einkauf bei Waitrose. Das Ganze hatte etwas Bühnenhaftes, fast, als wäre es eine absichtsvolle Darbietung. Allerdings musste Karen einräumen, dass sie von Natur aus misstrauisch war.

»Das stimmt alles, Willow. Aber was wirst du tun, falls er sich weigert zu gehen?«

Willow seufzte. »Ich werde einfach dafür sorgen müssen, dass er es einsieht, Dandy. Denn Fionas guter Wille neigt sich allmählich dem Ende zu. Ich werde an seine Liebe zu den Kindern appellieren.«

»Du kannst nicht allein in das Haus gehen. Du kannst nicht ohne Verstärkung einen Mann zur Rede stellen, der versucht hat, dich zu erwürgen. Ich sage Ed, dass er dich begleiten soll.«

Willow stieß ein Lachen aus, das, so vermutete Karen, in einer bestimmten Sorte von Illustrierten als glockenhell beschrieben werden würde. »Ich versuche, die Situation zu entschärfen. Ed ist ungefähr zehn Zentimeter größer und fünfzehn Zentimeter breiter als Logan. Das würde die Sache nur schlimmer machen. Hör mal, er hat seine Lektion gelernt. Er hat schon die Polizei am Hals. Er wird die Sache nicht noch eskalieren lassen.«

Dandy – *Dandy? Wer benannte sein Kind nach einem Comic?* – seufzte. »Ich glaube, du interpretierst es völlig falsch. Er hat nichts mehr zu verlieren, Willow. Er hat kein Geld, keine Arbeit. Wenn die Polizei mit ihm durch ist und er eine Vorstrafe wegen häuslicher Gewalt hat, werden ihn die Familiengerichte nicht mehr allein in die Nähe der Kinder lassen. Wenn du ihn obendrein noch hinauswirfst, wird er obdachlos sein, denn nach allem, was wir jetzt wissen, wird ihn keiner von uns bei sich aufnehmen.«

»Geschieht ihm recht.« Willows Stimme war seltsam ausdruckslos und kalt.

Eine lange Pause. Lang genug für Karen, um am Kaleidoskop zu drehen und sich ein anderes Bild zu machen.

»Ich sage ja nicht, er hätte nicht das und noch viel mehr verdient. Aber betrachte es mal einen Moment von seiner Perspektive aus, Willow«, fuhr Dandy fort. »Im Moment ist das Dach über seinem Kopf das Einzige, was er noch hat. Wenn du versuchst, ihm das wegzunehmen … wer weiß, wie er darauf reagiert.«

Karen schlüpfte in ihren Mantel und erhob sich. Sie trat neben den Tisch der beiden und bemerkte die verwirrte Verblüffung auf den Gesichtern der Frauen, als sie ihre Gegenwart registrierten. »Es tut mir leid, Sie zu unterbrechen, meine Damen«, sagte sie. »Aber ich habe eben Ihr Gespräch mitbekommen.« Sie schenkte ihnen ein besonders herzliches Lächeln. Die beiden waren höflich; sie konnten nicht anders, sie mussten es erwidern. »Ich bin Polizeibeamtin.« Da verschwand das Lächeln. »Ich wollte nur sagen, nach meiner Erfahrung – wenn man jemanden, der nichts mehr zu verlieren hat, in die Ecke drängt, jemanden, der schon einmal die Hände um Ihre Kehle hatte? So etwas kann Frauen das Leben kosten.«

Dandy schob den Stuhl nach hinten, sie schauderte mit entsetzt verzerrtem Gesicht angesichts dieser schroffen Wahrheit. Doch Willow wurde reglos wie eine Katze, die ihrer Beute auflauerte. »Logan würde Willow niemals umbringen«, protestierte Dandy.

»Am besten geht man jeder Möglichkeit aus dem Weg. Am besten vermeiden Sie einen Showdown zwischen Ihnen beiden. Besonders in einer Küche, die mit scharfen Messern ausgestattet ist«, riet Karen.

»Das ist lächerlich. Ich muss mir das nicht anhören.« Willow stand auf und legte sich ihr Tuch um. »Ich gehe auf die Toilette, Dandy, dann kümmere ich mich um die Rechnung. Ich sehe dich draußen.«

Karen sah ihr nach und wandte sich dann wieder an Dandy, die immer noch wie vor den Kopf gestoßen dasaß und sich nicht rührte. »Da ist noch etwas, was ich sagen möchte, Dandy. Ich bin ein misstrauischer Mensch. Das gehört zu meinem Beruf. Und während ich eben Ihrer Freundin zugehört und mit angesehen habe, wie gefasst sie war, habe ich mich unwillkürlich gefragt, was hier wirklich vor sich geht. Hat sie tatsächlich Angst vor ihm? Oder leistet sie für etwas ganz anderes Vorarbeit? Heutzutage sind die Gerichte ausgesprochen wohlgesinnt bei Frauen, die sich verteidigen, wenn sie unmittelbar um ihr Leben fürchten müssen durch Männer, die ihnen gegenüber bereits erwiesenermaßen gewalttätig waren.«

Jetzt war Dandy aufgesprungen. »Wie können Sie es wagen!«

Karen zuckte mit den Schultern. »Ich kann es wagen, weil es genauso meine Aufgabe ist, Logan zu beschützen wie Willow. Sind Sie sicher, dass Sie hier nicht gerade zu einer Entlastungszeugin gemacht werden? Die praktischerweise die Fassung der Ereignisse ihrer Freundin bestätigen kann?«

»Das ist unerhört! Wie heißen Sie? Ich werde mich über Sie

beschweren!«, rief Dandy, sodass sich die Blicke aller anderen Gäste auf sie richteten.

Karen machte zwei Schritte auf die Tür zu und drehte sich dann noch einmal um. »Ich werde die Nachrichten genau verfolgen, Dandy. Ich hoffe nur, dass ich weder Sie noch Ihre Freundin Willow je wiedersehen muss.« Auf dem Weg nach draußen ließ sie ein paar Münzen in die Spendendose fallen und fragte sich, ob sie sich eben völlig zum Narren gemacht oder ein Menschenleben gerettet hatte.

# 5

## 2018 – Edinburgh

Als Karen am Abend DCI Jimmy Hutton von der Begegnung erzählte, hörte sie zu ihrer Genugtuung, dass er nicht fand, sie hätte überreagiert. Sie saßen in Karens Wohnung im Hafenviertel, die Lichter gedimmt, und zwar nicht aus irgendeinem romantischen Motiv heraus, sondern weil sie beide den dramatischen Ausblick auf den Firth of Forth vom Panoramafenster des Wohnzimmers aus genossen. Jede Woche bot sich ein anderes Bild, je nach Wetterlage, Jahreszeit und dem Verkehr in dem breiten Mündungsgebiet.

»Übrigens finde ich, dass du das Richtige getan hast, Karen«, sagte Jimmy und griff nach dem Eiskübel, um seinem Strathearn Rose Gin noch einen Würfel hinzuzufügen. Dies war zu ihrem Ritual geworden. Angefangen hatte es als regelmäßige Montagabend-Session, aber aufgrund der Arbeitsbelastung war es heutzutage ein flexibel verschiebbarer Genuss. Karens Wohnung, eine Auswahl an Gin und die jeweiligen Zutaten. Die mit jedem Monat, der verstrich, immer opulenter wurden. Allerdings waren sie nicht so weit gegangen, den Drink zu mixen, für den man das Tonicwater eines kleinen unbekannten Privatabfüllers plus einen speziellen Seetangaufguss und eine Scheibe rosa Grapefruit brauchte.

»Ich will einen Gin Tonic und keine japanische Teezeremonie«, hatte Karen erklärt. »Und hast du überhaupt gesehen, wie viel das Seetangwasser kostet?«

Die Gin-Abende hatten als gegenseitige Selbsthilfegruppe nach dem Tod von Phil Parhatka, Karens Geliebtem, angefangen. Als Polizeibeamter war er im Dienst ums Leben gekommen. Karen hatte geglaubt, die Auswirkungen eines plötzlichen gewaltsamen Todes auf die Hinterbliebenen zu begreifen. Bis sie es selbst erlebte, war ihr nicht klar gewesen, wie dieser eine Linie durch das eigene Leben schnitt. Sie hatte das Gefühl, als seien die Verbindungen zwischen ihr und dem Rest ihres Lebens durchtrennt worden. Anfangs hatte sie es nicht ertragen, mit jemandem darüber zu reden, was geschehen war und was es bedeutete, weil niemand sonst ihr besonderes Wissen besitzen konnte.

Dann war Jimmy, Phils ehemaliger Vorgesetzter, eines Montagabends mit einer Flasche Gin vor ihrer Wohnung aufgetaucht, und Karen hatte instinktiv gewusst, dass in ihm der gleiche Kampf wie in ihr vor sich ging. Sie brauchten beide eine Weile – lange Abende mit Gesprächen über die Arbeit, schottische Politik und die Macken ihrer Kollegen –, aber letztlich brachen sie ihr Schweigen und teilten ihre Trauer.

Mittlerweile war eine feste Institution daraus geworden. Jimmys Ehefrau hatte Karen auf der Weihnachtsfeier seines Teams erzählt, der Gin sei billiger als ein Therapeut, und es tue ihrem Mann gut. Es war so etwas wie eine Erlaubnis, eine Methode, Karen zu verstehen zu geben, sie sähe sie nicht als Bedrohung für ihre Ehe. Allerdings hatte Karen sich nie als Bedrohung für irgendeine Ehe betrachtet. Sie war, wie sie wusste, die Art Frau, die Männer entweder geringschätzig oder aber wie eine etwas furchteinflößende große Schwester behandelten. Nur Phil hatte mehr in ihr gesehen. Nur Phil hatte sie wirklich gesehen.

»Ich saß da und hörte diesen Frauen zu und musste unwillkürlich an dich und Phil und den Rest eurer Einheit denken. Wenn ich beim Team zur Prävention von Tötungsdelikten gewesen wäre, hätte ich dort sitzen und nichts sagen können? Die Antwort war offensichtlich«, sagte Karen.

»Du würdest es dir nie verzeihen, wenn du den Mund gehalten hättest und etwas Schreckliches passieren sollte.«

Karen lachte leise in sich hinein. »Ich weiß. Aber gleichzeitig habe ich mich gefragt, ob ich mich in den Minzdrops verwandele.«

»Wie das?«

Mit einem Seufzen starrte sie in ihren Drink. »Er hat mir erzählt, sein neues Motto lautet: ›Was würde Phil tun?‹ Was mir keine andere Wahl gelassen hat, als im Aleppo etwas zu sagen, denn Phil hätte sich sofort eingemischt.«

»Das ist doch gut, oder? Dass Jason so denkt?«

Karen verzog den Mund zu einem süffisanten Lächeln. »Natürlich. Er lernt, ein besserer Polizist zu sein. Aber es ist mir ein bisschen unheimlich, wenn ich dieses Stirnrunzeln in seinem Gesicht sehe und weiß, er versucht gerade, einen Mann nachzuahmen, dem er nie das Wasser reichen wird.«

»Ach ja, da ist der Minzdrops nicht der Einzige.«

»Und apropos nie an Phil heranreichen – diese verfluchte Ann Markie hat mir einen Mitarbeiter geschickt.«

Jimmys Lächeln war schief. »Ich gehe mal davon aus, dass du nicht beeindruckt bist.«

»Ich wollte jemanden für den Schreibkram, damit Jason und ich für die eigentlichen Ermittlungen frei sind. Ich habe gedacht, vielleicht jemand kurz vor der Pensionierung, der nicht mehr raus auf die Straße will, aber in dem noch ein bisschen Eifer steckt, die Bösewichte hinter Gitter zu bringen. Und was hat sie mir geschickt? Einen Deppen aus Glasgow, der so aufgeblasen ist, dass es mich wundert, dass es noch nicht *peng* gemacht hat.«

Jimmy konnte ein glucksendes Lachen nicht unterdrücken. »Es tut mir leid, ich sollte nicht lachen, aber der Hundekuchen weiß echt, wie du tickst. Sie weiß genau, wie sie dich in Rage bringt.«

Karen hielt inne, ins Stocken geraten durch eine Bezeichnung, die ihr bisher noch nicht zu Ohren gekommen war. Cops – und Journalisten, wie sie sich hatte sagen lassen – suchten immer Spitznamen für ihre Kollegen und Vorgesetzten. Je schwerer verständlich, desto besser, falls es unbefugte Lauscher gab. Daher der Minzdrops, so genannt, weil es eine Süßwarenmarke namens Murray Mints gab. Darüber hinaus lautete deren Werbespruch »So gut, dass man sie einfach langsam auf der Zunge zergehen lassen muss«, was perfekt auf einen Polizisten passte, der nicht allzu schnell schaltete. Karen kannte ihren eigenen Alias nicht und hatte nichts dagegen, wenn das so bliebe. Sie hatte eine Ahnung, dass es sich wie eine Kränkung anfühlen würde. »›Hundekuchen‹?«, wiederholte sie.

Jetzt grinste Jimmy vor Entzücken, weil er etwas wusste, was seine Freundin nicht wusste. »Du kennst doch diese Hundekuchen, die wie Markknochen aussehen sollen, aber stattdessen an kleine Hotdogs erinnern? Die heißen Markies.«

Karen kapierte es. »Super.«

»Ja. Ein paar Leute haben es mit Sparks versucht, nach Marks and Spencer, aber das hat sich nicht durchgesetzt.«

»Zu heimelig«, sagte Karen. »Hundekuchen gefällt mir. Genau der richtige Grad an Respektlosigkeit. Wie dem auch sei, dieser Kerl, den sie mir aufgebrummt hat, ein Sergeant namens McCartney, er behauptet, vom Major Incident Team gekommen zu sein. Was für mich keinen Sinn ergibt, es sei denn, er hat echt was verbockt. Keiner mit dem geringsten bisschen Ehrgeiz sucht sich die Historic Cases Unit aus.«

»Du schon.«

Karen schüttelte den Kopf. »Eine andere Art von Ehrgeiz. Ich habe nicht das geringste Verlangen, mich die Karriereleiter der Police Scotland hochzuquälen, das ist wie eine nach unten fahrende Rolltreppe hochzulaufen. Mein Ehrgeiz gilt der Aufklärung von Fällen, bei denen alle anderen aufgegeben haben. Antworten bereitzustellen für Menschen, die schon viel zu lange darauf warten, herauszufinden, wer ein Loch in ihr Leben gerissen hat und warum.«

»Berechtigter Einwand. Du glaubst, der Hundekuchen hat ihn dorthin versetzt, um ein wachsames Auge auf dich zu haben?«

»Ich weiß es nicht. Bei der Sache mit Gabriel Abbott habe ich mich ziemlich hart an der Grenze des Erlaubten bewegt. Wenn es die Makrone nicht erwischt hätte, hätte ich möglicherweise tief in der Scheiße gesteckt. Ich frage mich bloß immer wieder, ob ich den einen Vorgesetzten, der mir den Garaus machen wollte, einfach gegen die nächste Version eingetauscht habe.«

»Womit wirst du den neuen Knaben also beschäftigen?«

»Ich lasse ihn gerade die Besitzer roter Rover 214 aus den Achtzigerjahren ausfindig machen.« Ein boshaftes Lächeln umspielte ihre Lippen.

»Die Hälfte wird tot sein. War es nicht vorgeschrieben, im Besitz eines Rentenausweises und eines kleinen Tweedhuts mit Feder dran zu sein, bevor man sich so einen kaufen durfte?«

»Oder aber man arbeitete für eine Firma, deren Flottenkäufer jeden hasste, der einen Firmenwagen bekam. Aber ein paar sind bestimmt noch am Leben. Es besteht die geringe Chance, dass es keine Sackgasse ist. So ist das mit Altfällen. Manchmal ist es das am wenigsten erfolgversprechende Ende, womit sich das Ganze aufdröseln lässt.«

»Soll ich sehen, was ich über diesen McCartney herausfinden kann?«

Karen griff nach dem Strathearn und schenkte sich nach. »Na, du bist um einiges näher dran am schlagenden Herzen der Police Scotland als ich. Bloß keine Umstände, aber sollte dir etwas zu Ohren kommen ...« Sie schob ihm die Flasche hin.

»Kein Ding. Schon erledigt!«

»Und bis ich was von dir höre, werde ich McCartney einfach als den Schoßhund des Hundekuchens betrachten.«

# 6

## 2018 – Wester Ross

Wenn Alice den idealen Highland-Bauern hätte beschreiben sollen, hätte er stark dem Mann geähnelt, der die Tür des weißen Cottages öffnete, als ihr Wagen neben einem sieben Jahre alten Toyota Landcruiser zum Stehen kam, dessen Radläufe mit einer derart dicken Schlammschicht verkrustet waren, dass sie einer Glaswolleisolierung ähnelte.

Er war knapp zwei Meter groß. Sein Haar, das die gleichen Schattierungen aufwies wie die Torfziegel, die in ihrem Wohnzimmer aufgeschichtet waren, fiel ihm in widerspenstigen Locken auf die Schultern. Der üppige Bart sah so weich aus, dass sie am liebsten das Gesicht darin vergraben hätte. Er trug einen weiten, handgestrickten Pullover in Waldbeerenfarbe über einem Kilt, der schmale Hüften und muskulöse Waden betonte. Dicke Wollstrümpfe warfen über einem Paar abgenutzter Arbeiterstiefel Falten. Er war nicht unbedingt schön. Aber prächtig. Entweder war das Hamish Mackenzie, ging es ihr durch den Kopf, oder irgendein Prinz aus *Game of Thrones*.

Er trat aus dem Türrahmen, ein Begrüßungslächeln im Gesicht. »Alice«, sagte er, als sie aus dem Wagen stieg. »Und Will. Es ist schön, Sie kennenzulernen. Ich bin Hamish.« Sein Griff um ihre Hand war warm. Seine Haut fühlte sich trocken und schwielig an. Wills Finger in ihrem Kreuz waren weich, wie sich Alice auf einmal bewusst wurde. Die andere Hand streckte er Hamish entgegen. »Kommen Sie rein, wir genehmigen uns einen Kaffee und werfen noch mal einen Blick auf die Karten, in natura sozusagen.« Seine Stimme war tief, und unter der Oberfläche schien ein Hauch Belustigung mitzuschwingen.

Sie folgten ihm in eine Küche, die sich auf undefinierbare Weise männlich anfühlte. Edelstahl und auf weichen Glanz polierte Eiche, die Art von Küchengeräten, die Alice bisher immer nur in schicken Kochsendungen gesehen hatte, gerahmte einfarbige Drucke von Obst und Gemüse aus ungewöhnlichen Winkeln. »Nehmen Sie Platz.« Hamish wedelte in Richtung einer Frühstückstheke, während er an einen Kaffeeautomaten trat, der kompliziert genug aussah, um an der nächsten Marsmission beteiligt zu sein. »Espresso? Flat White?« Eine Pause, und dann, die Stimme zwei Tonlagen tiefer: »Latte?«

»Flat White ist super«, sagte Alice.

Will runzelte die Stirn. »Für mich einen Latte.«

»Ich mag zur Abwechslung mal einen Flat White.« Sie versuchte, nicht defensiv zu klingen.

Eine Unterhaltung war unmöglich, während die Maschine ächzte und zischte und spuckte und keuchte, doch Hamish hatte auf der Frühstückstheke eine Reihe Landkarten ausgebreitet, über die Alice sich begierig hermachte. »Das ist die Karte von meinem Granto«, sagte sie geistesabwesend und schob sie beiseite, um die beiden Karten zu mustern, die, wie sie annahm, Hamish gezeichnet hatte. Eine zeigte den Bauernhof und seine Umgebung, wie es jetzt war, einschließlich des Ferienhäuschens. Die Karte darunter wies am oberen Rand eine Notiz auf: *Zusammengeschustert aus alten amtlichen topografischen Karten, Gemeindekarten und einer aus der Bücherei in Inverness. 1944 hat es wahrscheinlich ungefähr so ausgesehen.* Seine Schrift war ordentlich und leserlich, die Karten exakt und sorgfältig gezeichnet.

»›Granto‹?«, fragte Hamish.

»So haben wir meinen Großvater genannt.«

Hamish brachte die Tassen herüber, die in seinen großen Händen wie für Zwerge wirkten. »Es ist verständlich, dass es Ihnen bei Ihrem Streifzug letzten Sommer entgangen ist. Kaum ein Erkennungszeichen steht noch. Beziehungsweise steht noch in einer erkennbaren Form.« Er reichte ihnen die Getränke und wies auf das Häuschen, in dem sie wohnten. »In dunkler Vorzeit war das mal ein Kuhstall. Im Winter voller Vieh. Aber wir haben vor ein paar Generationen die Rinderzucht aufgegeben, und der Stall verfiel im Lauf der Jahre völlig. Zur Zeit Ihres Großvaters sah es wahrscheinlich nach einem Schutthaufen aus.« Er deutete auf die Skizze ihres Großvaters von der Schlucht. »Und diese Schafhürde hier ist längst fort. Wir haben jetzt einen richtigen Pferch, gleich hinter der Hügelkuppe.«

»Ich sehe, wie es zusammenpasst.« In Alice' Stimme vibrierte freudige Erregung.

»Ich finde es erstaunlich, dass Sie es wiedererkannt haben, Hamish«, sagte Will. »Ich weiß nicht, wie es mir ergangen wäre.«

Hamish zuckte mit den Achseln. »Ich kenne dieses Land seit meiner frühesten Jugend. Als Sie die Karte Ihres Großvaters auf unserer örtlichen Facebook-Seite gepostet haben ...« Er hob eine Schulter und zuckte lässig. »Ich habe die Ähnlichkeiten gesehen. Und mich hat die Neugier gepackt.«

Er war neugierig genug gewesen, um auf Alice' Post zu antworten und nachzufragen, ob sie wisse, wo ihr Großvater 1944 stationiert gewesen wäre. Als sie preisgab, dass es sich um Clachtorr Lodge gehandelt hatte, bloß zwei Meilen entfernt, war die Sache klar gewesen.

»Wenn man erst mal weiß, wonach man sucht, ist es offensichtlich«, sagte Will und lehnte sich mit Kennermiene zurück, als wäre die Entdeckung irgendwie auch sein Verdienst. »Also, wie ist der Plan? Wie wollen wir vorgehen?«

»Hamish, das ist superleckerer Kaffee«, warf Alice ein. »Wow!«

»Danke, ich hoffe doch, dass man mir beim Zubereiten einer anständigen Tasse Kaffee nichts vormachen kann.« Der große Mann lächelte und neigte das Kinn zufrieden.

Will nippte widerstrebend an seinem Latte. »Ziemlich gut«, räumte er ein. »Noch mal, wie sieht unser Plan aus?«

Hamish ließ sich mit leicht verschämter Miene auf einem Barhocker gegenüber von ihnen nieder. »Ich habe ein Geständnis abzulegen«, sagte er. »Als wir übereinkamen, dass das hier höchstwahrscheinlich der Ort ist, an dem Ihr Großvater seinen Schatz vergraben hat, habe ich mir einen Metalldetektor ausgeliehen und mich ein bisschen umgeguckt, um zu sehen, ob da irgendetwas ist.«

»Wow!«, entfuhr es Alice abermals. »Und haben Sie was gefunden?«

»Allerdings. Es gab zwei Stellen, wo er wie eine Sirene losging. Gleich nebeneinander und ungefähr dort, wo Ihr X die Stelle markiert.«

»Unglaublich«, sagte Alice freudestrahlend.

»Sagen Sie nicht, dass Sie schon mit dem Graben angefangen haben.« Wills Lächeln war so unecht wie ein Verlobungsring aus dem Kaugummiautomaten.

»Natürlich nicht. Das hier ist Ihr Ding, Alice. Das will ich Ihnen auf keinen Fall verderben. Ich habe nur die Stelle mit einer Schnur und zwei Eisenpflöcken markiert, bloß als kleine Hilfe.« Hamish war eher belustigt als empört, wozu er, wie Alice fand, durchaus berechtigt gewesen wäre.

»Nicht jeder ist so ungeduldig wie ich, Will«, schalt sie ihn. »Danke, Hamish. Das ist echt nett von Ihnen.«

Hamish trank seinen winzigen Espresso in einem Zug leer

und grinste. »Eigentlich nicht, ich war fasziniert. Glauben Sie mir, das ist in dieser Gegend das aufregendste Ereignis, seit Willie Macleods Bulle von der Landspitze gefallen ist und auf den Felsen festsaß, als die Flut einsetzte.«

Sie war sich nicht sicher, ob er die Wahrheit sagte oder das Bild von einem Highland-Bauern in ihren Köpfen bediente, aber sie lachte trotzdem glucksend. »Na, für mich ist es auch aufregend. Granto sprach so oft von seinen Highland-Abenteuern während des Kriegs, dass es sich für mich beinahe anfühlt, als wäre ich selbst dabei gewesen.«

»Wie packen wir die Sache denn jetzt an?«, fragte Will, die kaputte Schallplatte, die im Hintergrund sprang und klackte.

Hamish erhob sich und räumte seine Tasse in den Geschirrspüler. »Ich habe mir gedacht, das Einfachste wäre, den kleinen Bagger zu benutzen, um die oberen Torfschichten abzuräumen, vielleicht ungefähr einen Meter tief oder so. Danach heißt es leider ein bisschen Knochenarbeit für uns.« Er musterte die beiden von Kopf bis Fuß. »Sie sind nicht wirklich passend gekleidet, was?«

»Wir haben Gummistiefel im Auto«, sagte Alice.

»Immerhin«, erwiderte Hamish zweifelnd. »Ich habe noch einen Ersatzoverall, der Ihnen vielleicht passt, Will. Er wird ein bisschen groß sein, aber Sie können ihn in die Gummistiefel stopfen.« Er legte die Stirn in Falten und spitzte den Mund. Dann hellte sich seine Miene auf. »Ich glaube, hinten im Schuppen könnten noch alte Latzhosen sein. Aus meiner Jugend. Meine Gran hat nie etwas weggeworfen, das man vielleicht noch mal gebrauchen könnte. Einen Moment.« Er verließ das Zimmer, und sie hörten eine Tür auf- und zugehen.

»Was für ein netter Kerl«, stellte Alice fest.

»Du machst ja keinen Hehl aus deiner Meinung.« Will konnte den bitteren Unterton nicht unterdrücken. Gewöhnlich gelang es ihm, seine eifersüchtige Ader hinter scherzhafter Neckerei zu verbergen, aber etwas an Hamish Mackenzie hatte bei ihm sichtlich einen wunden Punkt getroffen.

»Er macht sich richtige Umstände für uns. Ich bin dankbar, weiter nichts. Er hätte sich gar nicht erst mit uns einlassen müssen, ganz zu schweigen davon, dass er alte Landkarten aufgetrieben und uns den besten Kaffee gemacht hat, den ich seit Wochen getrunken habe.« Sie leerte ihre Tasse und erhob sich, um sie in den Geschirrspüler zu stellen.

»Das ist alles wahr«, sagte Will. »Aber es bedeutet nicht, dass du wie ein bescheuerter Teenager rüberkommen musst. Fast kein Satz ohne ein ›Wow‹.«

Sie trat hinter ihn und umarmte ihn. »Dummer Junge«, flüsterte sie ihm ins Ohr. »Als wenn ich einen anderen Mann ansehen würde, wenn ich doch deinen Ring am Finger trage.«

Will stieß ein Ächzen aus. Mit mehr war nicht zu rechnen, das wusste sie, und sie entschied, es auf sich beruhen zu lassen. »Die Vorstellung von dir im Overall finde ich ziemlich sexy.« Ein Ölzweig.

»Pah! Wenn der für unseren Iron Man hier gemacht ist, werde ich wie ein Vollidiot aussehen.« Er wand sich herum und gab ihr einen festen Kuss auf den Mund. »Aber wen kümmert's, solange wir bekommen, wofür wir hergekommen sind.«

# 7

## 2018 – Wester Ross

Sie gaben ein merkwürdiges Trio ab, als sie den Weg hinterm Bauernhaus hochgingen. Eher schräge Vögel aus einer Hollywood-Komödie als ein ernsthaftes Team – Hamish, groß und breitschultrig, das Haar jetzt zu einem kurzen Pferdeschwanz zurückgebunden, ein gut sitzender waldgrüner Overall, den er in abgenutzte schwarze Gummistiefel gesteckt hatte; Will, kleiner und schmaler, sogar noch ein Stück geschrumpft durch einen hellbraunen Overall, der zwei Nummern zu groß war und lose über einem Paar Hunter-Gummistiefeln hing, die aussahen, als wäre ihr größter Härtetest bisher ein Besuch im örtlichen Waitrose-Supermarkt gewesen; und Alice, in eine blaue Latzhose gezwängt, die nicht zu den mit bunten Bonbons bedruckten Gummistiefeln passte.

»Wir können genauso gut zu Fuß gehen«, hatte Hamish gesagt. »Es ist nur etwa eine halbe Meile, und ich habe den Bagger und die Werkzeuge bereits hochgebracht. Außerdem ist es ein schöner Morgen.«

Unterwegs sah Alice sich eifrig um. »Es ist komisch, sich meinen Granto vor all den Jahren hier in genau dieser Landschaft vorzustellen. Auf der ganzen Welt tobte Krieg, und hier war er, an diesem friedlichen, zeitlosen Ort.«

»Eben nicht genau diese Landschaft«, murmelte Will. »Sonst hätten wir es letztes Jahr selbst gefunden.«

Hamish lachte in sich hinein. »Jawohl. Und ich raube Ihnen ja ungern Ihre Illusionen, Alice, aber zeitlos gilt nur, wenn man Zeit in einer relativ kurzen Spanne misst. Die Leute betrachten die Highlands als Wildnis. Eine Art Spielplatz für Menschen, die jagen, schießen, angeln und wandern gehen wollen. Aber sie sind genauso eine künstliche Umgebung wie die Großstädte, die sie hinter sich lassen.«

»Wie meinen Sie das?« Alice blieb stehen und ließ den Blick über die Heide und die Hügel schweifen, wo sich Felszungen durch den Erdboden schoben, die Oberflächen durch Flechten und Moos verfärbt. »Für mich sieht es hier ziemlich natürlich aus.«

»Das liegt daran, dass die Natur Zeit hatte zurückzuerobern, was wir zuvor kolonisiert hatten. Gehen Sie etwa dreihundert Jahre zurück, und diese Schlucht wäre voller Menschen, die das Land bewirtschafteten. Stellen Sie es sich nur mal vor. Rauch steigt von circa einem Dutzend bis zwanzig Schornsteinen auf. Ein paar Rinder hier und da auf den gemeinsamen Weideflächen. Feldfrüchte, die im Run-Rig-Feldsystem wuchsen, wobei jeder Kleinbauernhof seine eigenen fünf Morgen Land bewirtschaftete.« Hamish deutete auf den glitzernden Meeresarm jenseits des Küstenstreifens. »Unten am Ufer ein paar kleine Boote, die Fischnetze zum Trocknen und Flicken ausgebreitet.«

»Und was ist dann geschehen?«, fragte Will.

Hamish verzog das Gesicht. »Die Highland-Vertreibungen. Die Parzellenwirtschaft reichte bestenfalls zur Selbstversorgung. Viel Gewinn warf sie nicht ab, also war es nie leicht, die Pacht zu bezahlen. Und die Adeligen, denen das Land gehörte, waren gierige Mistkerle. Sie wollten eine höhere Rendite von ihrem ererbten Gut, um die Schulden zu begleichen, die sie durch ihr Leben in Saus und Braus anhäuften. Dann kam die organisierte Schafzucht auf. Zieh einen Zaun ums Land, steck viele Schafe rein, und du brauchst so gut wie keine Arbeitskräfte. Sehen Sie den Hügel auf der anderen Seite der Schlucht? Das sind meine Schafe. Ich habe fast fünfhundert Cheviot-Schafe, und die meiste Arbeit wird von Teegan und Donny erledigt. Dazu noch Jagdausflüge, und schon hat man eine ganz neue Wirtschaft, zu der nur eine Handvoll qualifizierter Leute und eine Menge importierter Saisonarbeiter benötigt werden.«

»Wohin sind denn die ganzen Menschen gegangen?«, fragte Alice.

»Also, echt jetzt?«, warf Will ein. »Wieso gibt es deiner Meinung nach in Kanada so viele Leute mit schottischen Nachnamen?«

»Kanada und Neuseeland und die Carolinas und Indien und so ziemlich überall, wo das britische Empire willige Arbeitskräfte brauchte.« Hamishs Tonfall war weniger schroff. »Heutzutage sind viel mehr Nachkommen der schottischen Diaspora auf der ganzen Welt verstreut, als in Schottland leben.«

»Wow, das habe ich gar nicht gewusst!« Alice betrachtete die Landschaft und versuchte sich vorzustellen, was Hamish beschrieben hatte. »War das überhaupt legal?«

Hamish schüttelte den Kopf. »Damals gab es keine gesicherten Pachtverhältnisse.«

»Aber konnten sie nicht protestieren? Sich auf die Hinterbeine stellen?«

Hamish schenkte ihr einen langen, ernsten Blick. »Man kann nicht viel dagegen tun, wenn sie einem mitten in der Nacht das Haus anzünden, weil man sich das nicht gefallen lassen will.«

»Das ist schrecklich.« Alice' Augen waren aufgerissen.

»Wie lange betreibt Ihre Familie denn hier schon Landwirtschaft?«, erkundigte sich Will, bevor sie mehr sagen konnte.

»Die Kirchenbücher reichen bis 1659 zurück, und wir waren damals schon hier. Meine Großeltern glaubten, sie würden die Letzten der Familie sein, weil meine Mum nach Edinburgh zog, um Ärztin zu werden, und mein Onkel zur Armee ging und eine Deutsche heiratete und sich dort niederließ. Aber ich bin von Kindesbeinen an bei jeder Gelegenheit hergekommen, und ich habe bei ihnen gelernt, wie man das Land bewirtschaftet. Also haben sie mir das Pachtverhältnis hinterlassen.« Er grinste die beiden an. »Bin ich nicht ein Glückspilz?«

Alice stand der Zweifel ins Gesicht geschrieben. »Ist es nicht manchmal einsam?«

Hamish schüttelte den Kopf. »Hier ist reichlich was los.«

»Die Winter müssen verdammt trostlos sein.« Wills Miene war säuerlich.

»Trostlos ist irgendwie mein Ding. Und es ist ein Gegensatz zu jetzt. Ich meine, schauen Sie sich um. Wenn die Sonne scheint, könnte man in Griechenland sein. Das Glitzern des Meeres, türkis, wie das Mittelmeer. Und die Landschaft, sie unterscheidet sich gar nicht so von der auf Kreta.«

»Abgesehen davon, dass die Temperaturen ungefähr fünfzehn Grad niedriger sind.« Abermals Will, dessen Groll die Oberhand gewann.

Dann erstiegen sie einen sanften Hang, und gleich vor ihnen stand ein gelber Kleinbagger neben der Straße. Ein kleines Führerhaus mit einem windschiefen Dach hockte auf einem Paar Raupenketten, die gezahnte Schaufel unter dem gefalteten Arm, als wäre es ein schlafender mechanischer Vogel. Die Farbe war verblasst, und die Dellen und Kratzer waren in einem nicht ganz passenden Farbton übermalt worden.

»Es ist nicht gerade ein neues Gerät«, räumte Hamish ein. »Aber wir achten hier in der Gegend auf unser Zeug – es muss lang halten, bevor es anfängt, sich auszuzahlen.«

Er schwang sich problemlos ins Führerhaus, wo er wie ein Erwachsener im Spielzeug eines verwöhnten Kindes aussah.

»Los geht's!« Der Motor sprang beim ersten Versuch an. »Will, können Sie die Spaten da und die Brechstange holen?« Er wies auf den krummen Baum auf der anderen Seite des Baggers und fuhr dann los über das morastige Heideland.

»Wo fährt er hin?«, fragte Will, der nur mit Mühe drei Spaten und ein großes Brecheisen schleppte.

»Gib her.« Alice griff nach dem Brecheisen. »Wow, das ist aber schwer! Er hat doch gesagt, er habe die Stelle markiert, weißt du noch? Ich gehe mal davon aus, er weiß, in welche Richtung er muss. Ich meine, er wird nicht willkürlich irgendwohin fahren, oder? Für uns sieht es vielleicht nach Wildnis aus, aber er kennt die Gegend wahrscheinlich wie seine Westentasche.«

Will blieb zurück. »Alice? Wie viel wissen wir über diesen Kerl? Ich meine, wir sind hier draußen am Arsch der Welt. Kein anderer Mensch weit und breit. Er hat einen Bagger und eine verflucht schwere Brechstange. Soviel wir wissen, könnte er irgendein verrückter Highland-Serienmörder sein.«

Kurzzeitig stand Alice der Mund offen, dann brach sie in Gekicher aus. »Für den Bruchteil einer Sekunde hättest du mich fast gekriegt, du böser, böser Junge. Verrückter Highland-Serienmörder.« Sie schnaubte vor Lachen. »Komm, du Faulpelz. Gehen wir unser Glück machen.«

# 8

## 2018 – Wester Ross

Es war von Anfang an klar, dass Hamish wusste, wie man den Bagger bediente. Er positionierte die Schaufel über dem einen Ende der abgesteckten Fläche und senkte sie überraschend reibungslos und mit Fingerspitzengefühl auf die unebene Oberfläche des Moores ab. Die Zähne bissen durch die kräftigen Gräser und die struppige Heide und gruben sich in den Torfboden. Sie schrammten eine lange Narbe quer über die Oberfläche, dann manövrierte Hamish die Schaufel hoch und zur Seite, um den Inhalt außerhalb der Schnur abzuladen, die er zur Orientierung gespannt hatte.

Alice konnte nicht anders. Sie stieß ein verzücktes Jauchzen aus, als der klebrige Torf zu einem glänzenden Haufen herausglitt. Hamish bemerkte ihre Begeisterung und grinste ihr zu, bevor er sich wieder seiner Aufgabe widmete. Er legte eine Fläche von ungefähr zweieinhalb mal einem Meter frei. Dann entfernte er sorgfältig die Torfschichten, bis das weiche Schmatzen des Torfes, ohne Vorwarnung, einem leisen Kratzen wich. Hektisch winkte Will mit den Armen, da er überzeugt war, dass Hamish das veränderte Geräusch über dem Motorenlärm des Baggers nicht hören konnte.

Doch Hamish hatte die Schaufel bereits entfernt; jahrelange Arbeit mit dem Boden hatte ihn sensibel gemacht für das veränderte Vibrieren, wenn der Bagger auf eine andere Dichte stieß. Er sprang herunter und trat zu Alice und Will, die in das Loch spähten. Es war über einen Meter tief, doch das braune Wasser, das von den Rändern hineinsickerte, erschwerte es, auch nur das Geringste zu erkennen. »Was ist es?«, fragte Alice.

Hamish holte eine Taschenlampe aus der Tasche und ließ einen schmalen Lichtstrahl über die Oberfläche gleiten. »Ich bin mir nicht sicher. Könnte Holz sein, könnte Stein sein«, antwortete er. »Es gibt nur eine Möglichkeit, das herauszufinden.« Er ging am Rand in die Hocke und ließ sich in das Loch hinab. Seine Stiefel verursachten schmatzende Geräusche auf weichem Torf, doch unter den Füßen spürte er etwas Festes. Er kauerte sich hin und fuhr vorsichtig mit den Fingern durch den Dreck. Auf jeden Fall etwas Festes. »Werfen Sie mir einen Spaten runter«, befahl er.

»Ich komme nach unten!« Alice' Stimme war vor Aufregung schrill.

»Warte, nein!« Will klang verärgert, aber das ließ seine Frau kalt. Sie sprang trotzdem hinunter und taumelte bei ihrer Landung gegen Hamish, sodass er beinahe umgefallen wäre.

Er lachte und schüttelte leicht verzweifelt den Kopf. »Machen Sie besser zwei Spaten draus, Will.«

Das Freiräumen der Oberfläche war zähe Arbeit, doch nach einer halben Stunde hatten sie mehrere Latten freigelegt, die die gleiche dunkelbraune Farbe wie die Torfwände der Grube angenommen hatten. »Es sieht wie ein Sarg aus«, stellte Alice fest.

»Falsche Form«, stieß Hamish ächzend hervor, während er den letzten Torf vom hinteren Ende des Holzes abschabte.

»Wollen Sie jetzt das Brecheisen?«, fragte Will.

Hamish nickte und wischte sich den Schweiß von der Stirn, wobei er einen dunklen Schmutzfleck auf der Haut hinterließ. »Ja, schauen wir, ob wir reinkommen.«

Alice streckte die Hände aus und griff nach dem Ende des

Brecheisens, als Will es herabließ. »Das ist so aufregend«, sagte sie. »Ich kann es nicht erwarten.«

»Es gibt keine Garantien«, warnte Hamish sie. »Man kann nicht wissen, in welchem Zustand sich Ihr Erbe befindet. Es ist schon ziemlich lange hier unten.«

»Ja, aber es ist doch ein Torfmoor, stimmt's?«, warf Will ein. »Ich meine, ich habe von Leichen gelesen, die jahrhundertelang in Torfmooren erhalten geblieben sind.«

»Leichen sind eine Sache. Ich habe keine Ahnung, was mit Metall geschieht, wenn das Wasser hier unten drankommt. Ich bin kein Chemiker, aber es ist stark säurehaltig, und schätzungsweise geht es nicht glimpflich mit Metall und Gummi um.« Beim Anblick von Alice' niedergeschlagener Miene zuckte er mit den Schultern. »Aber Daumen drücken. Kommen Sie, schauen wir, ob wir einen Blick hineinwerfen können.«

Hamish stand am anderen Ende und rammte die Klaue des Brecheisens in den schmalen Spalt, den er zwischen den Latten geschaffen hatte. Vor Anstrengung schnaufend, versuchte er, das äußerste Brett hochzuhebeln. Lange geschah nichts. Dann ein Knirschen, ein Ächzen und schließlich ein schreckliches Quietschen, als der lang versiegelte Spalt Hamishs Kraft nachgab. Die nun frei gewordene Latte kippte seitlich gegen die Torfwand. »Himmel, Arsch und Zwirn«, keuchte Hamish.

Ohne darauf zu achten, beugte Alice sich an ihm vorbei und hob die Taschenlampe vom Boden auf, wo er sie zuvor abgelegt hatte. »Da ist auf jeden Fall etwas!«, rief sie. »Will, ich kann etwas sehen.«

»Was denn?«, wollte Will wissen.

»Das lässt sich unmöglich sagen. Wir müssen die anderen Bretter wegkriegen«, sagte Hamish. Er nahm die nächste Latte in Angriff, die sich dank der neu geschaffenen Lücke leichter bewegen ließ. Eine dritte folgte, und damit war genug freigelegt, dass sie sich einen Eindruck verschaffen konnten, was darunter lag. Es war eine unförmige Masse, dunkelbraun verfärbt von dem Torfwasser, das über die Jahre in die Kiste gesickert war. »Sieht wie geteerte Leinwand aus«, sagte er.

»Himmel«, entfuhr es Will. »Ist sie wasserdicht? Oder werden wir bloß einen Haufen Rost vorfinden?«

»Woher soll ich das wissen?« Hamishs Tonfall war nachsichtig, doch Alice erhaschte die ärgerliche Miene, den verspannten Mund und die gerunzelte Stirn.

»Was müssen wir tun, Hamish?« Ihre Stimme besaß eine süße Herzlichkeit, die Will nur zu gut kannte. Doch er ärgerte sich nicht darüber; stattdessen erkannte er sie als Schritt eins auf Alice' üblicher Route, ihren Willen durchzusetzen.

»Wir müssen die übrigen Latten wegschaffen und dann ein Seil um die Plane legen. Das kann ich am Arm des Baggers befestigen, dann können wir das Ding heraushieven.« Hamish hob eines der losen Bretter auf und warf es nach oben zu Will. »Da, machen Sie sich nützlich und schaffen Sie das hier aus dem Weg.«

Alice legte eine Hand auf Hamishs Schulter. »Ich wette, das ist alles leichter gesagt als getan«, sagte sie. »Sie sind großartig, Hamish. Ich fasse es nicht, dass Sie sich solche Umstände wegen zweier Fremder machen.«

»So ist sie eben, die Gastfreundschaft der Highlander.« Es war unmöglich, den sarkastischen Unterton in seiner Stimme zu überhören, doch er fuhr mit der anstrengenden, dreckigen Plackerei fort, die er angekündigt hatte. Nachdem Hamish ein weiteres Brett gelöst hatte, überredete er Alice, sich aus dem Loch helfen zu lassen, damit er genug Platz hatte, um die Arbeit zu Ende zu bringen. »Allein ist es leichter.« Es war klar, was damit implizit gemeint war; sowohl Alice als auch Will hatten von Tuten und Blasen keine Ahnung und stellten beim Ausgraben ihres Erbes keine praktische Hilfe dar.

»Sie sind so stark«, sagte Alice, als sie aus dem Weg kletterte. »Es ist unglaublich, Ihnen bei der Arbeit zuzusehen.«

Er lachte leise. »Es gibt ein Dutzend Männer wie mich im hiesigen Pub. Hier in der Gegend gibt es reichlich Land, das sich unmöglich mit konventionellen Maschinen bewirtschaften lässt. Wenn man dieses Land beackert, ist es unvermeidlich, dass man Muskeln aufbaut.«

»Trotzdem ...« Sie schenkte ihm einen verträumten Blick.

Will ertappte sie dabei und schaute mürrisch drein. »Ja, sicher, für jeden Topf den richtigen Deckel. Ich wette, Hamish hätte Probleme damit, einen Kostenvoranschlag für Ersatzfenster zu erstellen.«

Kopfschüttelnd fuhr Hamish mit der anstrengenden Knochenarbeit fort. Es dauerte eine Weile, und das Befestigen des Seiles an der Plane gestaltete sich als schwierig und tückisch, doch endlich kletterte er an die Oberfläche zurück, das Seil um seinen Körper gewunden. Er knotete es auf und befestigte es am Arm des Baggers oberhalb der Schaufel. Dann tauchte das mahagoniverfärbte Bündel, schlammtropfend und mit einer dicken Dreckschicht bedeckt, Zentimeter für Zentimeter aus der morastigen Grube auf. Aufgrund der Leinwandplane sah der Inhalt völlig unförmig aus.

Hamish ließ das Bündel sanft zu Boden sinken. Mit großen Augen traten Alice und Will näher, einen Schritt nach dem anderen. Allem Anschein nach hatte beide schließlich doch noch die Erkenntnis getroffen, was für eine unglaubliche Leistung das hier war. »Wow«, hauchte Alice, als Hamish zu Boden sprang und zu ihnen trat. Er öffnete den Reißverschluss einer Brusttasche und holte ein gewaltiges Klappmesser hervor, öffnete die Klinge und reichte es mit dem Griff voran Alice. Sie sah verwirrt aus.

»Machen Sie schon«, sagte Hamish. »Ihr Großvater hat es vergraben, es ist nur gerecht, dass Sie es aufmachen.«

»Wie denn? Wo schneide ich …?«

»Ich glaube nicht, dass es einen Unterschied macht. Packen Sie die Plane mit einer Hand und stecken Sie das Messer rein. Es ist scharf, es wird ein Kinderspiel sein.«

Alle hielten den Atem an. Schier überwältigt von der Mischung aus Beklommenheit und Vorfreude gab Alice sich große Mühe, das schleimige, harte Leinwandgewebe zu packen.

»Ein Stück höher«, sagte Hamish. »Schauen Sie, da ist so was wie eine Naht. Ich glaube, jemand hat sie abgeklebt, um sie wasserdicht zu machen.«

Alice spähte nach unten. Es dauerte fast eine Minute, aber schließlich erkannte sie, was Hamish ins Auge gesprungen war. Behutsam steckte sie das Messer hinein und wackelte damit herum. Einen Augenblick geschah nichts. Dann fand die Klinge eine Schwachstelle und schnitt sauber an der kaum sichtbaren Naht entlang. Alice stieß einen leisen Freudenschrei aus und machte fast einen Luftsprung neben dem geteerten Leinwandgewebe, während sie es wie eine gigantische Bananenschale aufschnitt.

Die Leinwandplane glitt weg, und eine zweite Schutzhülle kam zum Vorschein. »Öltuch«, sagte Hamish. »Wer immer das hier gemacht hat, hat was von der Sache verstanden. Weiter, Alice, gleich haben Sie es geschafft.«

Ein zweiter Schnitt, und diesmal gab niemand einen Ton von sich. Der vergrabene Schatz tauchte aus seiner Umhüllung auf wie eine Motte aus ihrem Kokon. In trübem Olivgrün, komplett mit doppelter Ledersatteltasche, so sauber wie am Tag, an dem es eingehüllt wurde: ein Indian-741-Motorrad aus dem Jahr 1944.

»Ich werd nicht mehr.« Hamish stieß die Luft aus. »Also, das nenne ich ein Wunder.«

# 9

## 2018 – Edinburgh

Wenn Gerry McCartney tatsächlich der Schoßhund des Hundekuchens war, entschied Karen, sollte sie sich der Assistant Chief Constable besser nicht selbst auf einem silbernen Tablett servieren. Es sprach einiges dafür, dass höhere Dienstgrade sich die Hände nicht mit Drecksarbeit schmutzig machen sollten. Doch die HCU war so winzig, dass es Karen zur Gewohnheit geworden war, mit anzupacken, sofern sie mit nichts Dringenderem beschäftigt war. Als sie sich also am nächsten Morgen den Hügel hinaufgekämpft hatte, die Schultern hochgezogen gegen einen gleichbleibenden Nieselregen, der von der Nordsee hereinwehte, hatte sie entschieden, die Ärmel hochzukrempeln und McCartney zu zeigen, wie die Dinge in ihrem Team gehandhabt wurden.

Von dem Neuen war weit und breit keine Spur, aber Jason saß schon an seinem Schreibtisch, das rote Haar zu einem bräunlichen Ton eingedunkelt vom Regen, der es ihm an den Kopf geklatscht hatte. Vor Kurzem war er in eine beengte Zweizimmerwohnung im fünften Stock eines Miethauses in einer Seitenstraße am unteren Endes des Leith Walk gezogen. Er hatte Karen erklärt, Parkplätze seien so heiß begehrt, dass er nur mit dem Auto fuhr, wenn es unbedingt sein musste. Auf dem fünfzehnminütigen Fußmarsch in die Arbeit durchnässt zu werden, war immer noch besser als eine zwanzigminütige Suche nach einer Parklücke am Ende des Tages. Es war eine vertraute Klage in der City; die Stadtverwaltung verkaufte viel mehr Parkgenehmigungen, als Parkplätze zur Verfügung standen. Das war einer der Gründe gewesen, weshalb Karen sich für einen modernen Wohnblock mit festen Tiefgaragenstellplätzen entschieden hatte.

»Sie müssen in eine Mütze investieren.« Karen schüttelte ihren Regenschirm aus und hängte den Mantel auf.

»Mit Mütze sehe ich doof aus.«

»Ohne sehen Sie auch nicht gerade clever aus.« McCartney war eingetroffen. Völlig trocken. »Bin ich der Einzige, der weiß, wozu Autos gut sind?«

Jason errötete und starrte düster auf seinen Bildschirm. Verärgert setzte Karen ein künstliches Lächeln auf. »Tja, Gerry, da Sie der Einzige sind, der noch nicht völlig durchnässt ist, können Sie den Kaffee besorgen. Für mich einen Flat White mit einem Extraschuss. Vom Valvona & Crolla, über die Straße in der Elm Row.«

McCartney hielt beim Ausziehen seines Mantels inne. »Das ergibt keinen Sinn. Jason ist sowieso nass, für ihn ist es kein Problem, noch einmal in den Regen rauszugehen.«

»Jason steckt schon mitten in der Arbeit, Gerry. Das möchte ich nicht unterbrechen. Wer zuletzt kommt …«

Er murmelte etwas Unverständliches durch verkniffene Lippen und schlüpfte wieder in seinen Mantel. »Schön«, blaffte er. »Was will die Karotte?« Jason warf dem Sergeant einen raschen Blick zu, ohne etwas zu sagen. McCartney bemerkte, wie sich Karens Augen verengten, und ereiferte sich. »Was denn? Das hier ist ein Polizeirevier. Jeder hat einen Spitznamen.«

»Genau. Und Jason ist der Minzdrops.« Das »s« am Schluss ein geringschätziger Zischlaut. »Ich habe gehört, wie man Sie nennt, Gerry. Wenn Sie Glück haben, verwenden wir die Bezeichnung nicht.« Karen wandte sich ab und erweckte ihren Computerbildschirm zu neuem Leben. »Jedenfalls nicht, wenn wir mit Ihnen sprechen.«

Die Tür schloss sich mit einem lauten Klicken, näher kam man dank des leicht verzogenen Rahmens nicht ans Türknallen heran. Nach einem langen Moment des Schweigens sagte Jason: »Wie lautet sein Spitzname, Boss?«

Karen lachte leise. »Ich weiß es nicht, und es kümmert mich auch nicht. Aber offensichtlich hat er einen.« Sie wirbelte auf ihrem Stuhl herum. »Wie weit sind wir mit den roten Rover-Fahrzeugen?«

»Es ist nicht ganz so schlimm, wie ich befürchtet hatte. Laut den Akten der Kfz-Zulassungsbehörde waren 1986 in Schottland nur sechzehn rote Rover mit dem Anfangsbuchstaben B im Kennzeichen zugelassen. Sie haben gestern am späten Vormittag die Einzelheiten rübergeschickt, und wir haben unser Bestes getan, um die Fahrzeughalter ausfindig zu machen.«

»›Wir‹?«

Jasons Blick glitt zur Seite, als sähe er etwas auf dem Bildschirm nach. »Also hauptsächlich ich. DS McCartney hatte ein paar Anrufe zu erledigen. Sie wissen ja, wie das ist.«

Karen schüttelte den Kopf. »Lassen Sie sich nicht zu seinem Arbeitsesel machen, Jason. Wenn er sich drückt, müssen Sie mir Bescheid geben, okay? Er ist zum Arbeiten hier, genau wie Sie.«

Jason seufzte zwar, nickte aber matt. »Jedenfalls bin ich nicht sehr weit gekommen, und dann hatte ich einen Einfall.« Er schenkte ihr einen vorsichtigen Blick, weil er halb mit ungläubigem Staunen rechnete.

»Immer ein guter Anfang.« Karens Tonfall war neutral.

»Ich habe mich wieder an die Führerschein- und Kfz-Zulassungsstelle gewendet, weil ich mir gedacht habe, wenn jemand der zugelassene Fahrzeughalter eines Autos war, ist es wahrscheinlich, dass er auch einen Führerschein hatte. Also habe ich dort angefragt, ob es möglich wäre, die Kontaktdaten der Führerscheinbesitzer, die mit den zugelassenen Fahrzeughaltern übereinstimmten, aus dem Computer herauszuziehen. Das Mädchen, mit dem ich gesprochen habe, war ausnahmsweise mal eine richtige Hilfe. Als ich heute Morgen ins Büro gekommen bin, hatte sie mir die aktuellen Adressen von dreizehn von ihnen geschickt. Ich glaube, die anderen drei sind tot oder im Ausland, denn sie sind alle in den vergangenen fünf Jahren, der Letzte vor einem halben Jahr, aus den Akten verschwunden, jedenfalls laut dem Mädel bei der Führerscheinbehörde. Kayleigh heißt sie.«

»Ich bin beeindruckt.« Karen gab sich Mühe, nicht überrascht zu klingen, aber das war sie. Jasons wachsendes Selbstvertrauen sorgte dafür, dass ihre Erwartungen über den Haufen geworfen wurden. Vielleicht zahlte es sich aus, »Was würde Phil tun?« zu seinem Mantra zu wählen. Aber wie seltsam wäre das? Phils gespenstische Gegenwart, die ihr Arbeitsleben verbesserte – das erzählte sie Jimmy besser nicht, sonst würde er die Männer mit den Jacken rufen, die im Rücken geschlossen werden. »Werfen wir mal einen Blick darauf.«

Jason nickte und ließ den Drucker keuchend anlaufen. Der spuckte zwei Seiten Papier aus, die Jason ihr herüberreichte. Namen, Adressen, Geburtstage. Sie grinste. »Das ist ein toller Anfang! Ich dachte wirklich nicht, dass uns etwas derart Dünnes irgendwohin führen würde.«

»Wie werden wir es in Angriff nehmen?«

Karen studierte die Liste und teilte sie gedanklich nach Ort, Alter und Geschlecht auf. Sie markierte vier mit einem Kreuz, sechs mit einem Sternchen und drei mit einem horizontalen Strich. »Die vier da sind im Central Belt. Alle Mitte fünfzig aufwärts. Bei denen passt Gerry am besten. Die sechs hier sind alles ältere Frauen, von Edinburgh bis Stonehaven. Das ist Ihr Stück vom Kuchen, Jason. Kleine alte Damen haben einen Narren an Ihnen gefressen. Ich werde die letzten drei hier übernehmen. Frauen über fünfzig. Das ist in etwa meine Liga. Wir machen uns gleich heute an die Befragungen.«

Bei diesen Worten ging die Tür auf, und McCartney fiel fast ins Büro. »Die Tür mit den Ellbogen zu öffnen, ist nie ein guter Look«, sagte Karen.

»Versuchen Sie mal, drei Becher und eine Tüte Bomboloni zu balancieren«, murrte er.

»Bomboloni? Himmel, hat jemand Geburtstag, oder versuchen Sie, mich zu bestechen, damit ich Ihren Spitznamen geheim halte?« Karen nahm ihm zwei Kaffeebecher ab, damit er den Rest absetzen konnte.

»Ich versuch nur, nett zu sein, verdammt noch mal!« Er schlüpfte aus dem Mantel und hängte ihn über seine Stuhllehne, dann riss er die Papiertüte auf, sodass drei mit Zucker bestäubte italienische Krapfen zum Vorschein kamen. Er schob sie über den Schreibtisch auf Karen zu, die sich nicht zweimal bitten ließ. Einer der Gründe, warum sie immer Jason Kaffee holen schickte, war, dass sie dem Gebäck einfach nicht widerstehen konnte.

McCartney wartete ab, bis sie den ersten Bissen getan hatte, dann fragte er: »An welche Befragungen machen wir uns heute?«

»Mmm«, stöhnte Karen. »Verflucht noch mal, für das Rezept muss jemand dem Teufel seine Seele verkauft haben.« Sie räusperte sich. »Tut mir leid. Befragungen. Sagen Sie es ihm, Jason.«

Jason schluckte einen großen Bissen Bombolone in einem Stück hinunter. »Ich habe die Führerscheinbehörde dazu gebracht, die zugelassenen Fahrzeughalter mit ihren Führerscheinen abzugleichen, und konnte für die meisten von ihnen aktuelle Adressen herausfinden.«

McCartneys Augenbrauen wanderten langsam in die Höhe,

bis sie die Stufe Verblüffung erreicht hatten. »Alle Achtung. Haben die sich vielleicht die Mühe gemacht, der Führerscheinbehörde Bescheid zu geben, als sie das letzte Mal umgezogen sind?«

»Es ist ein Anfang«, sagte Karen mit Nachdruck. »Sie sind für vier Männer zuständig – Edinburgh, Camelon, East Kilbride und Portpatrick.«

»Portpatrick? Herrgott. Das ist ein höllisch langer Weg, bloß um in Gottes Wartezimmer zu landen. Wie viele macht er?« Er deutete mit ausgestrecktem Finger auf Jason.

»Sechs«, antwortete Jason. »Den ganzen Weg von hier bis in die Highlands.«

»Und ich habe die letzten drei. Melrose, Elgin und Dunfermline. Für jeden Topf den richtigen Deckel, Gerry.«

»Und was genau soll das Ganze?« Er nahm einen affektierten Tonfall an. »›Verzeihung, Sir, aber haben Sie ein Alibi für einen Dienstagabend im Mai 1986?‹ Das wird super funktionieren.«

Karen ließ den Rest ihres Bombolone in den Papierkorb fallen. McCartney hatte zu schnell ihren wunden Punkt erkannt, und sie hatte sich zu leicht verleiten lassen. Sie musste sich durchsetzen, bevor er glaubte, mit Mätzchen durchzukommen, die beim Major Incident Team keiner tolerierte. »Genau damit werden wir anfangen. Und dann, wenn wir nicht weiterkommen, bitten wir sie um die DNA-Probe.«

Träge streckte McCartney die Hand nach der Liste aus. »Warum geben wir uns mit Frauen ab? Es war keine Frau, die eine Nutte auf einer Straße in Edinburgh vergewaltigt und ermordet hat.«

»Weil Frauen Ehemänner und Söhne haben, die sich ihre Autos leihen«, erklärte Jason. »Wir haben früher schon mal Mörder aufgrund von familiärer DNA-Übereinstimmung geschnappt.«

»Familiäre DNA-Übereinstimmung wird keinen Ehemann ins Kittchen bringen«, versetzte McCartney mit einem höhnischen Grinsen.

»Wir verfolgen jede Spur«, sagte Karen. Selbst McCartney erkannte, dass dieser Tonfall keine Widerrede duldete. »Also trinken wir unseren Kaffee und machen uns auf den Weg.«

»Rufen wir vorher nicht an? Portpatrick ist eine verdammt lange Fahrt, wenn keiner zu Hause ist«, murmelte McCartney, der zwei Tütchen Zucker in seinen Kaffee rührte.

»Wir erwischen sie kalt«, sagte Karen. »Es gibt mehr als einen Grund, warum hier von Cold Cases gesprochen wird.« Der Blick, den er ihr zuwarf, war angemessen eisig. »Es ist mir gleich, ob es Ihnen gefällt, wie ich die Dinge handhabe, Sergeant. Unsere bisherigen Leistungen in dieser Einheit sprechen für sich. Und solange Sie hier sind, spielen Sie nach unseren Regeln.«

McCartney zuckte mit einer Schulter. »Sie sind der Boss.« Der sanfte Tonfall passte nicht zu seiner verspannten Kieferpartie.

In dem Moment fühlte Karen sich ganz gewiss nicht so, als hätte sie das Heft in der Hand. Sie brauchte eine Strategie, um zu entschärfen, was immer Ann Markie mit ihr vorhatte. Doch in dem Moment, als ihr Blick auf den von Gerry McCartney traf, stand sie mit leeren Händen da.

# 10

## 2018 – Wester Ross

Die Freude über die erfolgreiche Ausgrabung der Indian befeuerte bei allen dreien den Wunsch, weiterzumachen und das zweite Motorrad zu bergen. Angesichts der Aussicht auf eine weitere dramatische Entdeckung dachte mittlerweile keiner mehr daran, eine Mittagspause einzulegen. Hamish war wieder zu Atem gekommen, und er war genauso erpicht darauf fortzufahren wie Alice und Will. Er zwängte sich abermals in das Fahrerhäuschen und warf den Bagger ein weiteres Mal an, um die gleiche Prozedur einen halben Meter links von der Stelle zu wiederholen, wo er zuvor gegraben hatte, sodass zwischen den beiden Löchern eine schmale Wand aus Torf stehen blieb.

Während des ersten Meters war nichts anders. Und dann doch.

Die Zähne der Schaufel verfingen sich an etwas, und bevor Hamish reagieren konnte, brach ein Stück Holz ab und flog durch die Luft. Will stieß einen Schrei aus, als er beiseitesprang, um nicht getroffen zu werden. »Was zum *Teufel?*«, schrie er. Doch Hamish hatte bereits den Motor ausgestellt, kletterte aus dem Führerhäuschen und trat neben Alice an die Seite der Grube.

Viel zu sehen gab es nicht. Ein matschiges Torfbeet voller Pfützen, aus dem ein zerklüftetes Stück Holz hervorragte. »Ich verstehe das nicht«, sagte Alice. »Was ist passiert?«

Hamish runzelte die Stirn. »Ich weiß auch nicht.«

»Vielleicht war diese Kiste nicht so tief verbuddelt, und die Schaufel hat sich am Ende eines Bretts verfangen.« Will spähte nach unten und versuchte, sich einen Reim auf das zu machen, was er sah. »Das würde passen, oder?«

»Möglich.« Hamish glitt in das Loch. »Geben Sie mir einen Spaten.«

Alice kam seiner Bitte nach und warf dann Will einen Blick zu. »Vielleicht könntest du Hamish helfen?«

Will wirkte alles andere als begeistert. »Wäre ich nicht bloß im Weg?«

Hamishs gequältes Lächeln spiegelte Alice' Enttäuschung über die mangelnde Hilfsbereitschaft ihres Mannes wider. »Wahrscheinlich«, sagte Hamish und fing an, um das geborstene Brett herumzugraben. Schon bald war klar, dass das Brett schräg in der Erde steckte und nicht zum Deckel einer zweiten Kiste gehörte.

»Das ist seltsam«, stellte Alice fest.

»Vielleicht wurde die Kiste beschädigt, als sie sie verbuddelt haben?«, gab Will zu bedenken, der unbedingt am Gespräch, wenn schon nicht an der Arbeit, beteiligt sein wollte.

»Das werden wir bald sehen.« Hamish schaufelte weiter eine Scheibe schweren Torfes nach der anderen auf eine Seite der Grube. Für Alice und Will, die nur winzige Nebenrollen in dem Drama spielten, kroch die Zeit im Schneckentempo dahin.

Nach einer Weile hielt Hamish inne. »Hier sind noch zwei Bretter. Eines liegt irgendwie quer über dem anderen. Für mich sieht es so aus, als sei die zweite Kiste aufgebrochen worden.«

»Hätte jemand vor uns herkommen können?«, fragte Will, der sich zu Alice drehte.

Zweifelnd schüttelte sie den Kopf. »Theoretisch vielleicht schon. Granto vergrub die Motorräder mit seinem Kumpel Kenny, aber Kenny starb kurze Zeit später an Tuberkulose. Soweit Granto wusste, nahm er das Geheimnis mit ins Grab. Niemand hat jemals deswegen Kontakt mit ihm aufgenommen. Ich wüsste nicht, wie irgendjemand den Ort hätte finden können, ohne mit ihm zu sprechen. Ich meine, überleg doch mal, welche Schwierigkeiten wir bei der Suche hatten, und wir wussten ungefähr, wo wir nachsehen mussten.«

Hamish entfernte die freigelegten Bretter und nahm seine Arbeit wieder auf, während Schweiß dunkle Streifen in seinem Haar hinterließ. Der Torfhaufen wuchs, und er schaufelte immer langsamer, bis auf einmal der Boden unter ihm absackte und er hüfthoch in Torf herumruderte, ohne sicher Fuß fassen zu können. »Verdammt noch mal!«, entfuhr es ihm, während er sich verzweifelt abmühte, aufrecht zu bleiben. »Was auch immer hier unten ist, es ist verflucht rutschig.«

»Will, so tu doch was!« Alice schubste ihren Mann vorwärts, und widerwillig ließ Will sich vorsichtig am gegenüberliegenden Ende von Hamish und dessen fuchtelnden Armen in die Grube gleiten.

»Was soll ich machen?«, fragte Will.

»Schaffen Sie um mich herum Platz, damit ich rauskomme.« Mittlerweile machte Hamish keinen Hehl mehr aus seinem Ärger. »Buddeln Sie den verdammten Torf vor mir weg, dann kann ich mich selbst rausziehen.«

Vorsichtig griff Will nach dem Spaten und fing an, den Schlamm in deutlich kleineren Mengen als Hamish wegzuschaufeln. »Ach, komm schon, Will, nun streng dich mal an«, drängte Alice. »Du musst Hamish da rausholen.«

»Ich tu mein Bestes«, ächzte Will. »Ich verbringe meine Tage nicht damit, mit einem Schaf unter jedem Arm auf Berge hochzulaufen.«

Hamish lachte. »Stimmt. Geben Sie dem Jungen eine Chance, Alice. Jetzt bin ich nicht mehr in Gefahr, ich habe etwas Halt gefunden. Ich glaube nicht, dass ich noch weiter abrutschen kann.«

In Alice' Augen dauerte es unzumutbar lange, bis Will einen Ausweg für Hamish geschaffen hatte. In Wirklichkeit war es kaum eine halbe Stunde Drecksarbeit, bis Hamish sich mit einem furchtbaren Schmatzgeräusch und einem beeindruckenden Repertoire an Schimpfwörtern herausziehen konnte. Erschöpft kauerte er an der Wand der Grube und atmete schwer. Mittlerweile hatte Will sich näher an die Stelle, wo Hamish festgesteckt hatte, herangeschoben.

Seine Stimme erscholl aufgeregt. »Ich glaube, hier unten ist noch eine Plane!«, rief er. »Schauen Sie, Hamish, deshalb hatten Sie Schwierigkeiten, aufrecht zu stehen. Sie haben versucht, auf der zweiten Indian zu balancieren!«

Hamish zog sich in den Stand und trat neben Will. »Tatsächlich.« Er stöhnte. »Ich weiß nicht, was mit dem Deckel der Kiste passiert ist, aber wir müssen noch mehr Torf wegschaffen, damit wir ein Seil um die Maschine legen können. Werfen Sie den anderen Spaten runter, Alice, zu zweit haben wir das bald geschafft.«

Sie arbeiteten schweigend, abgesehen vom Ächzen und schweren Atmen, das ihre Anstrengungen begleitete. Allmählich kam die Leinwandplane zum Vorschein. Hamish hatte den Eindruck, dass sie lockerer als die erste wirkte, sagte jedoch nichts, weil er sich nicht ganz sicher war.

Dann, als das halbe Loch freigeschaufelt war, sprang Will mit einem überraschten Aufschrei zurück. »Was zum Teufel ist das?« Er deutete theatralisch auf das, was nach seinem letzten Spaten voll Torf zum Vorschein gekommen war, und versuchte, das, was er erspähte, in etwas anderes zu verwandeln.

Hamish legte eine Pause ein und trat näher, um besser sehen zu können. Er sog scharf die Luft ein und schauderte vor dem Anblick zurück, der Will derart schockiert hatte. »Ich hatte recht«, sagte er. »Jemand ist vor uns hier gewesen. Und er ist immer noch hier.«

# 11

## 2018 – Dundee

Dr. River Wilde hatte auf die letzte PowerPoint-Folie geklickt, als sie ihr Handy an der Hüfte vibrieren spürte. Wer auch immer das war, würde warten müssen, bis sie die Lektüreliste der Woche für ihre Studierenden im zweiten Jahr Forensische Anthropologie fertig durchgegangen war. Zwar waren die Angaben zu den vorgeschriebenen Texten am Ende ihres Vorlesungsskripts online zu finden, doch River beendete die Vorlesung gern mit einem schnellen Durchlauf. Auf die Art konnte niemand behaupten, er hätte nicht gewusst, was vor dem nächsten Kurs im Seziersaal zu lernen gewesen war.

Sie ging die Liste in Höchstgeschwindigkeit durch, sammelte dann ihre wenigen Notizen ein und wandte den weggehenden Studenten den Rücken zu, um auf ihrem Handy nachzusehen. Wie vermutet, war der verpasste Anruf von einer unterdrückten Rufnummer. Doch es gab eine Voicemail-Nachricht. River hätte darauf gewettet, dass sie von einem Polizisten stammte. Kollegen wussten, dass sie gerade in einer Vorlesung war; Freunde riefen abends an, wenn es nicht so wahrscheinlich war, dass sie bis zu den Ellbogen in einem Leichnam steckte; und da ihr Partner ein hochrangiger Cop war, simsten sie sich im Allgemeinen erst, um Telefonate zu verabreden.

Da River merkte, dass sich immer noch ein paar Studenten in der Nähe des Podiums aufhielten, schob sie das Handy wieder in die Jeanstasche und wandte sich ihnen zu. »Gibt es etwas?«, fragte sie. Höflich, aber forsch genug, um belanglose

Fragen abzuwehren, die zu stellen sich ein oder zwei Studenten am Ende einer jeden Vorlesung gezwungen zu sehen schienen.

Sie beantwortete zwei Fragen zu Abgabeterminen, ohne darauf hinzuweisen, dass diese sich leicht auf der Website des Studiengangs herausfinden ließen, klinkte sich dann aus und nahm die Treppe im Laufschritt. Wenn sie von der Polizei angerufen wurde, ging es immer um Leben und Tod. Buchstäblich, nicht im übertragenen Sinne. Für eine forensische Anthropologin wie River lag der Tod ausnahmslos in der Vergangenheit, und das Leben musste dem entlockt werden, was der Verfall in dem jeweiligen Grab übrig gelassen hatte. Während sie die Polizei nicht gern warten ließ, hatte sie jedoch nie das Bedürfnis verspürt, dringlich zu tun und sich wichtigzumachen, wie sie es bei manchen ihrer Kollegen beobachtete. Der Dienst am eigenen Ego war kein Dienst an den Toten.

Der nächste ungestörte Raum war die Leichenhalle. River ließ sich mit ihrer Zugangskarte in den Sicherheitskorridor und betrat dann den kühlen Raum, wo die Leichen fürs Sezieren vorbereitet wurden. Besucher waren immer überrascht, wenn sie durch die Türen kamen. Sie erwarteten den Anblick von Totenbänken mit Leichen, die mit Balsamierungsflüssigkeiten vollgepumpt wurden. Doch es gab keine sichtbaren Anzeichen, dass es sich hier um einen Aufbewahrungsort für Tote handelte. Den Hauptteil des Raumes nahmen gewaltige Edelstahltanks ein. Jeder einzelne war ungefähr so groß wie ein amerikanischer Kühlschrank in der Horizontalen, und es waren immer zwei Tanks übereinandergestapelt. Jeder wies eine Seriennummer auf, die in eine Halterung geschoben war. Es hätte eine obskure Fabrik der Nahrungsmittelindustrie sein können – eine Hydrokultur oder ein Behälter zur Züchtung von Mycoprotein. Die Wirklichkeit war gleichzeitig außergewöhnlicher und banaler.

In jedem Tank befanden sich Konservierungslösung und eine Leiche. Nach ein paar Monaten würden die Leichen durch die Salze in der Lösung gewissermaßen gepökelt sein. Letzten Endes würden sie immer noch weich und biegsam sein, sodass Studierende der Anthropologie, Zahnmedizin und Chirurgie ihren Beruf an etwas erlernen konnten, das einem lebenden Körper stark ähnelte. Rivers Techniker hatten sogar ausgeklügelt, wie sich in den Leichnamen ein Blutkreislauf simulieren ließ. In ihrem Seziersaal gab es kein Entrinnen, wenn ein angehender Chirurg ein Blutgefäß anschnitt.

An diesem Nachmittag gab es nicht einmal den kleinsten sichtbaren Hinweis darauf, was dort vor sich ging. River lehnte sich an den nächsten Tank und zückte ihr Handy, um die Voicemail abzurufen. Eine Männerstimme sprach klar und energisch. »Dr. Wilde? Hier spricht Inspector Walter Wilson von der N Division in Ullapool. Wir haben da eine Angelegenheit, bei der wir Ihre Expertise benötigen. Es wäre schön, wenn Sie mich zurückrufen könnten, sobald Sie das hier hören. Danke.« Er endete mit einer Handynummer. River suchte eilig in ihrer Vorlesungsmappe nach einem Stift und spielte die Nachricht noch einmal ab, um die Nummer zu notieren.

»Eine Angelegenheit« bedeutete menschliche Überreste. Keine warme Leiche, das niemals. Die waren für die Pathologen. Wenn sie River riefen, war es, weil sie jemanden brauchten, der Antworten in Zähnen und Knochen, Haaren und Nägeln finden konnte. Ein Leben – und häufig einen Tod – aus dem, was übrig war, herauszupicken, war ihr Handwerk. Die Website der Universität brachte es ohne Umschweife auf den Punkt: *Forensische Anthropologie lässt sich am besten als Analyse menschlicher Überreste für die gerichtsmedizinischen Zwecke der Identitätsfindung, der Untersuchung ungeklärter Todesfälle und der Identifizierung von Katastrophenopfern be-*

*schreiben. Es handelt sich um einen Spezialbereich der Forensik, der eine eingehende anatomische und osteologische Ausbildung erfordert. Einem Verstorbenen einen Namen zuordnen zu können, ist überaus wichtig für den erfolgreichen Abschluss jeglicher juristischer Ermittlungen.* Zimperliche Menschen glaubten, ihrer Arbeit hafte etwas Unheimliches an. Nicht so River. Die Toten nach Hause bringen. So sah sie ihren Beruf.

River tippte Inspector Walter Wilsons Nummer. Er ging beim zweiten Läuten ans Telefon. »Hier spricht Dr. River Wilde«, sagte sie. Nach all den Berufsjahren verfluchte sie immer noch insgeheim ihre Hippie-Eltern, wenn sie zum ersten Mal mit einem Cop sprach. »Sie haben mir eine Nachricht hinterlassen.«

»Danke für den Rückruf, Doc.« Die Stimme am anderen Ende war tief und rau, der Aberdeener Akzent immer noch deutlich, obwohl Zeit und Dienstalter die Ecken abgeschliffen hatten. »Wir haben eine Leiche, bei der wir Ihren Input bräuchten. Sie ist heute Nachmittag in einem Torfmoor in Wester Ross aufgetaucht. Aufgrund der Informationen, die wir von den Zeugen erhalten haben, gehen wir davon aus, dass sie wahrscheinlich aus dem Jahr 1944 stammt.«

»Und Sie möchten, dass ich Ihnen das bestätige?«

»Im Idealfall, ja. Außerdem könnten wir Ihre Hilfe dabei brauchen, eine Identifikation zu versuchen.«

»Wann hätten Sie mich gern vor Ort?«

»Na ja, wir haben es abgesperrt und ein Zelt drübergestellt, es ist also einigermaßen geschützt. Wenn Sie morgen früh hier sein könnten, wäre das schön.«

»Wo genau sind Sie?«

»Ein winziger Ort namens Clashstronach. Das liegt ungefähr eine Stunde nördlich von Ullapool, knapp an der Grenze vor Sutherland.«

River überlegte einen Moment. Es war eine lange Fahrt,

aber sie konnte innerhalb der nächsten zwei Stunden aufbrechen. Eigentlich sollte sie morgen Vormittag einen Kurs im Seziersaal abhalten, doch das konnte eine ihrer Postdocs übernehmen. Cecile war auf die Arbeit an der Wirbelsäule, die auf dem Programm stand, spezialisiert; sie würde es genießen, ihr Wissen zu demonstrieren. »Können Sie mir für heute Nacht ein Hotelzimmer buchen?«

»Kein Problem«, erwiderte Wilson. »Ich lasse Ihnen etwas in Ullapool organisieren, das ist praktisch für unser Büro, und es gibt ein paar anständige Übernachtungsmöglichkeiten. Ich schicke Ihnen eine SMS, okay?«

Zwei Stunden später war sie unterwegs. Vier Stunden sollten reichen, schätzte sie. Von Dundee nach Perth, dann würde es zähflüssigen Verkehr geben, wenn sie aus der Stadt fuhr und anschließend die A 9 hoch, mit ihren Kameras zur Messung der Durchschnittsgeschwindigkeit und den langen Abschnitten, auf denen das Überholen so gut wie unmöglich war. Aber es war nicht Sommer, und es würde nur wenige Touristen und keine Wohnwagen geben. Wenn sie also erst einmal an Pitlochry vorbei war, wäre die Fahrt bis Inverness ziemlich einfach, zu guter Letzt dann noch ungefähr eine Stunde voller Kurven und Biegungen, wenn sich die Straße über die Highlands zur Westküste schlängelte. Sie stöpselte ihr Handy ins Soundsystem des Wagens ein und drehte ihre Fahrtmusik auf, ein zusammengewürfelter Mix aus weiblichen Rockröhren der letzten dreißig Jahre. Das war eines der wenigen Dinge, bei denen ihr Partner und sie unterschiedlicher Meinung waren. Detective Chief Inspector Ewan Rigston mochte schmachtende Sängerinnen, die große Balladen gurrten – Adele, Emeli Sandé, Ren Harvieu. Einmal hatte sie ihn sogar dabei ertappt, wie er Shirley Bassey hörte. River ging davon aus, dass sie für sein Team bei der Kripo kein weiteres Erpressungsmaterial benötigte.

Als Amy Winehouse ihre Version von *Valerie* irgendwo nördlich von Dalwhinnie zu Ende gesungen hatte, entschied River, dass sie Unterhaltung brauchte. Nachdem sie die Musik ausgeschaltet hatte, rief sie bei ihrer besten Freundin an. Sie glaubte schon, gleich an die Voicemail abgeschoben zu werden, doch in letzter Sekunde erfüllte Karen Piries Stimme das Auto. »Hey, River, wie läuft's?« Es hörte sich an, als täten sie das Gleiche – mit hoher Geschwindigkeit auf einer Schnellstraße fahren.

»Mir geht's gut. Ich fahre die A 9 hoch.«

Karen lachte. »Machst du Witze?«

»Ich wünschte, es wäre so. Das hier ist ...«

Karen unterbrach sie mit einer schlechten Chris-Rea-Imitation: »... the road to hell.« Beide Frauen lachten. »Das Komische daran ist, ich auch.«

»Echt? Wohin fährst du?«

»Nach Elgin. Ich muss eine Frau vernehmen, die 1986 einen roten Rover 214 gefahren hat.«

River schnaubte. »Gilt das jetzt als Verbrechen?«

»Erst wenn Jeremy Clarkson die Weltherrschaft übernommen hat. Nein, wir verfolgen eine Spur zu einem Auto, das vielleicht mit einer Reihe brutaler Vergewaltigungen in den Achtzigern in Zusammenhang steht. Ich überprüfe mögliche Fahrzeuge.«

»Hast du dafür nicht Jason?«

»Es gibt einige Möglichkeiten, und ich habe sonst nichts Dringendes. Außerdem ...« Sie hielt inne. »Ann Markie hat mir noch jemanden zugeteilt. Einen Glasgower Flüchtling vom Major Incident Team drüben im Westen.«

»MIT? Wem ist der denn auf die Füße getreten, dass er in der Historical Cases Unit landet? Auch wenn ich das natürlich nicht als Abstieg betrachte.«

»Weil du es kapierst. Die Arbeit, die wir leisten, was sie bedeutet. Jimmy Hutton schnüffelt ein bisschen herum und schaut, was er herausfinden kann. Ich frage mich, ob der Hundekuchen ganz einfach dafür sorgen will, dass ich nicht aus der Reihe tanze.«

»Der Hundekuchen?« River wusste, dass es eine Erklärung dafür gab.

»Markies sind anscheinend eine Art Hundeleckerbissen. Laut Jimmy. Wie dem auch sei, ich glaube, was sie wirklich will, ist ein Spion, um zu sehen, gegen welche Regeln ich verstoße. Wie schon Leonard Cohen sagt: ›The rich have got their channels in the bedrooms of the poor.‹ – Die Reichen haben ihre Sender in den Schlafzimmern der Armen.«

»Ich dachte, du hättest aufgegeben, dir den miesepetrigen alten Mann anzuhören? Rutschst du wieder in die Untiefen ab? Phil würde das gar nicht gutheißen.«

Karen lachte vor sich hin. »Field Commander Cohen war sowohl weise als auch miesepetrig. Wie dem auch sei, genug von mir. Was treibt dich die A 9 hoch?«

»Inspector Walter Wilson. Ist dir der jemals über den Weg gelaufen?«

»Nein, ist er bei der Highland and Islands Division?«

»Ja. Genauer gesagt in Ullapool. Er hat eine Moorleiche für mich.«

»Ooh. Was für mich?«

River lachte glucksend. »Du Masochistin. Aber nein, diesmal nicht. Laut Inspector Wilsons Informationen stammt sie wahrscheinlich aus dem Jahr 1944. Also, selbst wenn das ein Verbrechen sein sollte, liegt es weit außerhalb eures Siebzig-Jahre-Limits. Keine Schonfrist für dich von den roten Rovern.«

»So läuft das eben. Trotzdem viel Glück damit. Ich freue mich schon, die ganze Geschichte zu hören.«

»Immer interessant, so eine Moorleiche. Da oben in Wester

Ross sollte es angesichts der vielen Torfmoore einen hohen Konservierungsgrad geben. Vielleicht bekommen wir sogar Fingerabdrücke.«

»Ja, schon, aber wie groß ist die Wahrscheinlichkeit von aussagekräftigen Fingerabdrücken aus dem Jahr 1944? Damals haben wir noch nicht einmal bei der Armee Fingerabdrücke genommen für den Fall, dass es die Leute abschrecken würde, zum Militär zu gehen.«

»Ich weiß. Aber ich mag die Herausforderung.«

»Ich weiß, was du meinst. Wie ich und meine roten Rover. Wie dem auch sei, wenn du deine Moorleiche unter die Siebzig-Jahre-Regel quetschen kannst, bin ich am Vormittag bloß zwei Stunden weit weg.«

»Ich denk dran. Aber rechne lieber nicht damit.«

# 12

## 2018 – Wester Ross

River hatte kaum zu ihrer ersten Tasse Kaffee am Morgen gegriffen, als ein stämmiger Mann mit weißer Mähne und einem verwitterten Gesicht vor ihrem Tisch erschien. Er griff nach der Lehne des Stuhls gegenüber von ihr und betrachtete sie unter Augenbrauen hervor, die wie zwei Markisen über hellblauen Augen hervorragten. Angesichts des schwarzen Daunenanoraks und des schwarzen Pullovers mit rundem Ausschnitt über einem weißen Hemd mit hervorlugendem schwarzem Krawattenknoten hätte er genauso gut mit einem Blaulicht auf dem Kopf hereinkommen können.

»Sie müssen Dr. Wilde sein«, sagte er.

Sie erkannte die Stimme wieder. »Inspector Wilson.« Sie wies auf den Stuhl. »Leisten Sie mir Gesellschaft?«

»Danke, gern.« Er zog den Stuhl hervor und machte eine halbe Drehung, um die Kellnerin heranzuwinken. »Ich nehme einen Kaffee, meine Beste«, sagte er, als sie sich näherte. Er nahm Platz und schenkte River ein angespanntes Lächeln. »Sie hatten eine angenehme Nacht?«

»Ja, danke.«

Er nickte mit einer zufriedenen Miene, die anzudeuten schien, dass er auf irgendeine Weise dafür verantwortlich war. »Das Ceilidh Place ist ein gutes Hotel. Sehr zuverlässig.«

»Danke, dass Sie es für mich organisiert haben.«

Er neigte den Kopf. »Gehört alles mit zum Service. Wir sind stolz, unsere Gäste hier oben gut zu behandeln. Ich habe mir gedacht, Sie möchten mir vielleicht hoch zum Fundort folgen, nachdem Sie gefrühstückt haben. Er ist nicht allzu leicht zu finden, wenn man ortsfremd ist.«

»Das ist nett.« Es war eine Aufgabe, die gewöhnlich einem Officer mit niedrigerem Dienstgrad zufiel. Sie fragte sich, ob Wilson einer von denen war, die ihren Leuten nicht den geringsten Spielraum ließen. Hoffentlich würde er nicht den Fehler begehen, das bei ihr zu versuchen.

»Es ist ein interessanter Fall«, sagte Wilson und beugte sich verschwörerisch über seinen Kaffee. »Sehr ungewöhnliche Umstände.«

Offensichtlich wollte er, dass sie nach weiteren Informationen bohrte. River nutzte die Ankunft ihres Frühstücks aus Rührei und Würstchen, um ihn die Arbeit selbst erledigen zu lassen.

»Anscheinend ist ein Ehepaar, Alice und Will Somerville, auf der Suche nach zwei Motorrädern, die ihr Großvater am Ende des Zweiten Weltkriegs vergraben hat, hier hochgekommen. Ich weiß schon, dass sich das in Ihren Ohren völlig bescheuert anhören muss« – er hob eine buschige Augenbraue als Aufforderung zu einem Einwurf –, »aber damals gingen hier in der Gegend alle möglichen Dinge vor sich, also kommt es uns nicht völlig verrückt vor. Deshalb gehen wir übrigens davon aus, dass die Leiche aus der Zeit vor dem Siebzig-Jahre-Limit stammt.«

»Okay.« River fuhr mit ihrem Frühstück fort.

»Sie haben einen ortsansässigen Bauern, Hamish Mackenzie, angeheuert, der ihnen helfen sollte. Die drei gruben eines der Motorräder ohne Zwischenfall aus, aber als sie zum zweiten kamen, hatte es den Anschein, als hätte sich jemand daran zu schaffen gemacht. Als sie weiter nachforschten, ereilte sie ein ziemlicher Schock. Sie förderten den Arm eines Mannes zutage. Zum Glück hörten sie sofort auf und riefen uns dazu. Meine Jungs haben sich die Sache genauer angesehen ...«

»Sagen Sie mir, dass sie nicht den restlichen Torf entfernt haben.« Rivers Tonfall war ernst.

»Na ja, sie mussten überprüfen, was dort war.« In Wilsons Antwort lauerte defensive Empörung.

»Haben sie den Torf, den sie ausgegraben haben, wenigstens separat aufgeschichtet?« Beinahe ein Knurren. Doch nicht ganz.

»Es ist alles vor Ort. Wir sind keine Hinterwäldler. Sie waren sehr vorsichtig. Jedenfalls ist es definitiv eine Leiche. Und auch noch ein ziemlich großer Kerl. Als sie mich von der Fundstelle anriefen, wusste ich, dass wir einen Experten brauchten. Und deshalb habe ich mich an Sie gewendet.«

River schnitt ein Würstchen präzise in mundgerechte Stücke. »Wie gut erhalten ist er?« Sie begann zu essen, ohne auf eine Antwort zu warten.

Wilson räusperte sich. »Ich war gestern in Inverness. Ich bin erst am frühen Abend zurück gewesen, also habe ich ihn selbst tatsächlich noch nicht zu Gesicht bekommen, aber man sagte mir, es sei ein ziemlich bemerkenswerter Anblick. Anscheinend ist er sehr gut erhalten. Bis hin zu den Wimpern, hat mir einer unserer Jungs erzählt.«

»Das sollte meine Aufgabe ein wenig erleichtern. Lassen Sie mich nur zu Ende essen, dann komme ich mit.«

Eine Viertelstunde später folgte River Wilsons Polizei-Land-Rover aus Ullapool hinaus Richtung Norden. Innerhalb von Minuten lag die Stadt hinter ihnen, und die Landschaft war so wild, dass es schier unglaublich schien, dass sich in der Nähe eine moderne Siedlung befand. Das Land türmte sich zu Gipfeln und Kämmen auf, manche abgerundet und sanft, andere brutal zerklüftet. Schafe sprenkelten die Wiesen und das Küstenvorland und scharten sich in scheinbar willkürlichen Bereichen zusammen, denn sichtbare Zäune oder Mauern um sie herum gab es keine.

Vereinzelte Flecken mit Nadelbäumen waren von Wildzäunen umgeben, die die Hügel in ordentlichen Reihen hochführten. Hier und da wies ein Straßenschild Passanten auf eine Räucherei, eine Töpferei oder eine Teestube hin, da das Ziel von der Straße aus oft nicht zu sehen war. Und dann waren da die Berge. Jeder einzelne erhob sich abrupt aus der Ebene und zeigte sich von seiner ganz eigenen markanten Seite. Der steile Stachelschweingipfel von Stac Pollaidh; der isolierte Kegel des Canisp; und der große Vater von allen, der stumpfe Daumen von Suilvens tonnenförmigem Pfeiler.

River fand die Fahrt fast hypnotisierend. Gewöhnlich fühlte sie sich auf dem Weg zu einer Untersuchung voller Tatendrang, und in ihrem Kopf wirbelten die möglichen Szenarien herum, die sie erwarteten. Doch an diesem Morgen war sie seltsam eingelullt von dem Panorama, das sich alle paar Meilen auf subtile Weise änderte. Sie beschloss, Ewan hierherzubringen, um ihn an dieser Magie teilhaben zu lassen. Er glaubte, nichts sei mit seinem geliebten Lake District vergleichbar, doch sie hatte eine Ahnung, dass ihn das hier in seiner Gewissheit erschüttern würde. Vielleicht hatten sie dann kein Wetter wie dieses – klarer, blauer Himmel mit vereinzelten Wolkenfetzen, sodass jede Farbe intensiver wirkte –, aber sie vermutete, dass diese Landschaft in jeder Wetterlage eine eigene Schönheit besaß.

Es verging eine knappe Stunde, bis sie endlich von der Hauptstraße auf einen schmalen Asphaltstreifen abbogen, der über unebenem Boden verlief, wo Schafe grasten, ohne sich an ihrem Vorüberfahren zu stören. Schon bald erblickte sie ein zweistöckiges weißes Bauernhaus, das sich an den Hang schmiegte, und jenseits davon zwei weitere Geländewagen der Polizei und einen weißen Lieferwagen, der vermutlich den Leuten von der Spurensicherung gehörte, die gerade erledigten, was immer sie für sinnvoll hielten, bis River getan hatte, was sie vor Ort tun konnte.

Der Asphalt ging in eine Schotterpiste über, als sie am Bauernhaus abbogen. Der Lärm ihres Herannahens brachte einen Mann an die Tür. Er war groß und breitschultrig, trug einen Overall und Gummistiefel. Eine Hand legte er besitzergreifend an den Türpfosten und hob die andere zum Gruß. Als River hinter den anderen Fahrzeugen zum Stehen kam, erhaschte sie im Rückspiegel einen Blick auf ihn, wie er den Schotterweg zielstrebig auf sie zuschritt.

Sie ging ans Heck ihres eigenen Land Rovers und legte eine Kunststoffmatte auf den Boden. Dann entledigte sie sich ihrer Wanderschuhe und der abgenutzten Wachsjacke und zog sich einen weißen Tyvek-Anzug über ihre Jeans und das T-Shirt. Sie fuhr gerade mit den Füßen in ihre Gummistiefel, als Wilson mit einem uniformierten Sergeant in Warnweste auftauchte. Der Mann hatte ein Gesicht wie ein erfolgloser Profiboxer. Wilson deutete mit dem Daumen auf ihn. »Dr. Wilde, das hier ist Sergeant Slater. Er war gestern als Erster vor Ort.«

River lächelte zu dem großen, kräftig gebauten Mann empor, während sie sich eine doppelte Schicht blauer Nitrilhandschuhe überzog. »Hi, Sergeant. Wie ich höre, haben Sie den Torf von der Leiche entfernt?«

»Es war ein bisschen ein Dilemma, Doktor. Es ließ sich schwer sagen, ob wir es mit einer Leiche oder nur einem Arm zu tun hatten. So oder so sagte man uns, dass die Kisten seit 1944 in der Erde gewesen sind, also bestand offensichtlich nicht das Problem, Beweise aus einem laufenden Fall zu beschädigen oder durcheinanderzubringen.« Er hörte sich wie ein Mensch an, dem Zweifel fremd waren. »Wenn Sie mir folgen wollen, können Sie anfangen.«

»Können Sie eine von denen hier tragen?« River deutete

auf die beiden Hartplastikkisten, in denen sich der Großteil ihrer Tatortausrüstung befand.

Slater wandte sich ab. »Hector!«, rief er. »Komm her und trag Dr. Wildes Ausrüstung.« Er schenkte ihr ein herablassendes Lächeln. »Die Jungs machen sich gern nützlich. Lassen Sie beide da, wir machen uns auf den Weg zur Ausgrabungsstelle.«

Als sie ihm gerade folgen wollte, traf der Mann aus dem Bauernhaus ein. »Ich bin Hamish Mackenzie«, sagte er und streckte ihr eine gewaltige, schwielige Hand entgegen. »Das hier ist mein Grund und Boden.«

River schüttelte ihm die Hand. Unwillkürlich fiel ihr auf, dass er definitiv einen zweiten Blick wert war. Bloß weil man glücklich mit einem Mann liiert war, bedeutete das nicht, dass man sich jedem Augenschmaus gegenüber blind stellen musste. »Dr. River Wilde. Entschuldigen Sie die Unannehmlichkeiten«, sagte sie.

»Ist es okay, wenn ich mitkomme und zuschaue?«

»Von mir aus gern. Solange Sie nicht dazwischenfunken«, antwortete River.

»Wo sind Mr. und Mrs. Somerville?«, erkundigte sich Wilson.

Hamish deutete auf ein niedriges Steinhaus auf der anderen Seite der Schlucht. »Dort wohnen sie gerade. Ich habe Will gesagt, dass es vielleicht am besten wäre, wenn sie sich heute Vormittag fernhalten. Alice ist in einem ziemlichen Schockzustand. Das hier sollte ein fröhlicher Ausflug sein, um Alice' Erbe zu suchen. Jetzt fragt sie sich, ob sie ihren Granddad überhaupt gekannt hat. Dieser liebe alte Mann, den sie für ihren besten Freund hielt, als sie noch klein war. War er in Wirklichkeit ein Mörder? Hat er seinen Kumpel kaltblütig umgebracht, damit er den Schatz nicht zu teilen brauchte?«

Hamish zuckte mit den Schultern und breitete ausdrucksvoll die Hände aus. »Das ist starker Tobak.«

»Wir werden zu gegebener Zeit mit Mrs. Somerville sprechen«, sagte Wilson herrisch. »Aber im Moment müssen wir uns ansehen, was Sie drei ausgebuddelt haben. Jemand hat die Leiche dort vergraben, und ich beabsichtige herauszufinden, wer. Und warum.«

# 13

## 2018 – Elgin

Karen nippte an ihrem Frühstückskaffee und rechnete im Kopf. Louise Macfarlane war neunundfünfzig, was bedeutete, dass sie 1986, als sie als Fahrzeughalterin eines roten Rover 214 registriert war, siebenundzwanzig gewesen war. Wie die anderen beiden Frauen, die sie bisher befragt hatte, hatte Louise sich dem demografischen Trend von Fahrern dieser Marke und dieses Modells widersetzt. Eine von Karens Befragten hatte bereits eingeräumt, dass sie den Rover für ein Altmännerauto hielt, aber dass sie nicht hätte Nein sagen können, als ihre Mutter nach dem Tod ihres Granddads gesagt hatte, sie könnte den Wagen haben. Es hieß, entweder der oder keiner.

Louise war die Schulsekretärin einer Grundschule am Stadtrand von Elgin. Sie hatte Karen gebeten, um zehn Uhr zur Schule zu kommen, nach der morgendlichen Hektik, wenn sie sich um Klassenbücher und die Fragen von Eltern, die ihre Kinder zur Schule brachten, zu kümmern hatte. Der späte Arbeitsbeginn passte Karen gut in den Kram. Zwar besserten sich ihre Schlafstörungen, an denen sie seit dem Tod von Phil litt, aber sie brauchte trotzdem häufig noch einen spätabendlichen Spaziergang, um in einen Erschöpfungszustand zu geraten, damit der Schlaf sie überwältigte. Nachdem sie eingecheckt hatte, suchte sie sich also ein anständiges Fish-and-Chips-Lokal und wanderte dann durch Elgin, wobei sie ein Netzwerk aus Wegen entlang des Flusses Lossie entdeckte, bevor sie mitten durch die Stadt zurückging. Was, fragte sie sich unwillkürlich, würde Phil von der Frau halten, in die sie sich verwandelt hatte? Er hatte immer darauf bestanden, dass er sie genau so liebte, wie sie war, dass er nicht mit einer diätbesessenen Stabheuschrecke zusammenleben wollte. Doch ihr unbeabsichtigter Gewichtsverlust aufgrund einer Kombination aus Appetitlosigkeit und den endlosen Geländemärschen durch die nächtlichen Straßen Edinburghs hatte ihr Äußeres verändert. »Dickwanst« war nicht mehr die erste Beleidigung, die denjenigen einfiel, mit denen sie eine Auseinandersetzung hatte. Außerdem fand sie es schön, sich fitter zu fühlen. Früher bereiteten ihr die Treppen in Hochhäusern und Wohnblocks Schwierigkeiten. Jetzt schaffte sie sie spielend leicht.

Das waren die Vorteile ihres Verlusts, die anzunehmen sie sich zwang. Der Schlaflosigkeit etwas Positives abzugewinnen, fiel ihr schwerer. Früher hatte sie nie Probleme mit dem Einschlafen gehabt. Selbst zu Beginn ihrer Beziehung mit Phil hatte es keine Gewöhnungsphase gegeben, was das Teilen eines Bettes betraf. Wenn Karen das Licht ausschaltete, war es, als hätte sie sich selbst auch ausgeschaltet. Phil zu verlieren, hatte sie dieser Fähigkeit beraubt, und anfangs hatte es sie Mühe gekostet zu akzeptieren, dass sie nicht mehr ohne Weiteres einschlief. Die nächtlichen Wanderungen waren ein verzweifelter letzter Ausweg gewesen, um nicht vor Frustration die Wände hochzugehen. Es war nicht so, als wären sie eines dieser Paare gewesen, die an den Wochenenden in die Berge fuhren. Nicht wie Theresa May und ihr Mann, die sich in identischer Wandermontur wie ein dürres Ei dem anderen glichen. Mitten in der Nacht spazieren zu gehen wäre Phil so fremd gewesen wie der Besuch eines Poetry-Slams.

Doch irgendwie hatte es für sie funktioniert. Der Rhythmus ihrer Schritte beruhigte ihr zerrissenes Herz. Er half ihr, ihre Gedanken über Fälle zu ordnen und ihre eigene mentale Karte der Stadt, in der sie jetzt lebte, zu erschaffen. An unbekannten Orten wie Elgin stellte sie fest, dass ihre Füße des Nachts auf Wanderschaft gingen. Mitternacht war längst vorbei, als sie ins Hotel zurückkehrte, doch ihr Schlaf war dennoch unruhig und unterbrochen. Es war besonders ärgerlich, da sie endlich einmal nicht früh rausmusste. Als sie sich eingestand, dass sie nicht mehr einschlafen würde, hatte sie immer noch Zeit für ein geruhsames Hotelfrühstück gehabt.

Punkt zehn Uhr traf Karen vor der Lossie Primary ein. Sie wollte schon an der Sprechanlage läuten, da tauchte eine Frau auf der anderen Seite der Glastür auf und winkte zum Gruß. Sie öffnete die Tür und schenkte Karen ein wohlwollendes Lächeln. »Sie müssen Detective Chief Inspector Pirie sein. Ich bin Louise Macfarlane, kommen Sie rein.«

Das Konzept, Fremde auszusperren, hatte die Lossie Primary offensichtlich noch nicht erreicht. Karen folgte Louise den Korridor entlang und durch die Tür mit der Aufschrift »Sekretariat«. Ein rascher Blick überzeugte Karen, dass Louise zu den Menschen gehörte, deren Motto lautete: »Ein Platz für alles, und alles an seinem Platz.« Louise selbst war genauso adrett, stellte Karen fest. Marineblaue Freizeithose – oh, ja, definitiv eine Hose, keine Jeans – und eine schlichte weiße Bluse ohne Fleck oder Knitterfalte, graues Haar in einem makellos gewundenen Knoten und perfekt manikürte blassrosa Nägel fügten sich insgesamt zu einem Look, den Karens Mutter sich für sie gewünscht hätte. Oder auch nur eine vergleichbare Version, dachte Karen gequält.

Louises Antlitz passte zum Rest von ihr. Feine Züge in einem ovalen Gesicht, Augen, die irgendwo zwischen blau und grau changierten, perfekt aufgetragener Lippenstift im gleichen Farbton wie ihre Nägel. Der einzige Makel war ein leichter Überbiss. Sie lächelte Karen noch einmal an und winkte sie zu einem Sitzplatz auf der gegenüberliegenden Schreibtischseite. »Ihr Anruf war äußerst faszinierend. Als Sie sich nach meinem Rover erkundigten, dachte ich zuerst, Sie wären einer dieser ärgerlichen Menschen, die anrufen und so tun, als hätten sie einen Unfall gehabt. Aber selbstverständlich wurde mir fast sofort klar, dass das unmöglich sein konnte, nicht nach all den Jahren.«

»Nichts dergleichen«, sagte Karen. »Wie ich schon erklärt habe, leite ich die Historic Cases Unit. Manchmal erreichen uns Informationen erst viel später, und wir müssen unser Bestes tun, um sie zu nutzen und Fälle, die zur damaligen Zeit nicht gelöst wurden, erfolgreich abzuschließen.«

Louise nickte eifrig. »Es ist genau wie in *Waking the Dead – Im Auftrag der Toten,* nicht wahr? Das macht Sie dann wohl zu Trevor Eve.«

»Ja. Aber ich bin nicht ganz so laut«, räumte Karen ein. »Danke, dass Sie sich zu einem Treffen bereit erklärt haben.«

»Ich bin neugierig, da will ich gar keinen Hehl draus machen. Mir will nicht in den Kopf, wie mein alter Rover bei einer polizeilichen Ermittlung aufgetaucht sein soll. Ich habe mit ihm nie auch nur einen Strafzettel bekommen.« Sie kicherte, als hätte sie etwas Komisches gesagt.

»Es hat sich eine Zeugin gemeldet, die ein Auto wie Ihres mit dem Tatort eines schweren Verbrechens im Jahr 1986 in Zusammenhang bringt. Niemand glaubt auch nur im Entferntesten daran, dass Sie etwas damit zu tun hatten, aber wir müssen der Form halber sämtliche Möglichkeiten ausschließen.«

»Wie Sherlock Holmes.« Sie machte mit den Fingern Anführungszeichen in der Luft. »›Wenn man das Unmögliche ausgeschlossen hat, dann ist das, was übrig bleibt, die Wahrheit, wie unwahrscheinlich sie auch ist.‹ Ich kann Ihnen versichern, Chief Inspector, dass ich in Ihre Kategorie des Unmöglichen fallen werde.«

Allem Anschein nach, fand Karen, war Louise eher ein Opfer als eine Täterin. »Ich muss bestätigen, dass Sie die Fahrerin des Wagens waren, nicht nur die zugelassene Fahrzeughalterin.«

»Oh, ja, es war mein Wagen. Ich habe ihn 1984 im Autohaus gekauft. Es war ein ehemaliges Vorführmodell, also habe ich einen ganz beträchtlichen Rabatt ausgehandelt. Ich hatte ihn fast zehn Jahre lang. Er war sehr zuverlässig.«

Karen kritzelte eine Notiz in ihr Buch. »Können Sie mir sagen, wo Sie 1986 gewohnt haben?«

»Das kann ich. Ich habe in einer Wohnung in Mastrick in Aberdeen gelebt. Ich war Vertreterin für die Anzeigenabteilung von *Press and Journal*. Ich hatte Anspruch auf einen Firmenwagen, weil ich in der ganzen Region unterwegs war, um unsere Werbekunden bei Laune zu halten und neue Aufträge an Land zu ziehen. Doch ich entschied mich, meinen eigenen Wagen zu nehmen, weil die Meilenpauschale sehr günstig war. Selbst wenn man Wertminderung und Abnutzung einrechnete, fand ich, dass ich gut dabei abschnitt.«

»Lebten Sie allein?«

Louise schüttelte den Kopf. »Ich hatte eine WG mit der Sekretärin aus der Bildredaktion, Fidelma McConachie. Wir haben uns vier Jahre lang die Wohnung geteilt, dann erkrankte meine Mutter 1988 an Krebs, und ich musste nach Elgin zurückziehen. Seitdem bin ich hier.« Sie stieß ein leises, trockenes Lachen aus. »Mache meinem Vater immer noch den Haushalt. Ich habe nämlich nie geheiratet. Meine Schwester war der Glückspilz. Sie hat sich einen Ehemann geangelt, bevor meine Mutter starb, und so blieb es an mir hängen, die pflichtbewusste Tochter zu sein.«

Darauf fiel Karen keine einzige Antwort aus dem einundzwanzigsten Jahrhundert ein. »Sind Sie je mit dem Auto nach Edinburgh gefahren?«

Louise riss die Augen auf. Wenn Karen gefragt hätte, ob sie an der Rallye Paris–Dakar teilgenommen hatte, hätte die Frau nicht schockierter aussehen können. »Du meine Güte, nein! Das würde mir im Traum nicht einfallen. Es ist schon schlimm genug, durch Inverness zu fahren. Ganz zu schweigen von den Parkgebühren. Wenn man überhaupt einen Parkplatz findet. Oh, nein! Wenn ich nach Edinburgh fahre, was ich ehrlich gesagt nicht sehr oft mache, zumal man jetzt so gut in Inverness einkaufen kann, nehme ich den Zug. Viel weniger Stress. Ich weiß nicht, wie Sie es ertragen, sich Tag für Tag durch den Großstadtverkehr zu kämpfen.«

Karen zuckte mit den Schultern. »Ich gehe zu Fuß, wann immer es möglich ist. Oder fahre mit dem Bus. Also besteht nicht die Möglichkeit, dass Sie im Mai 1986 mit dem Auto nach Edinburgh fuhren?«

»Nicht die geringste, das kann ich Ihnen versichern.« Die bloße Vorstellung schien Louise zu kränken.

»Ist mal jemand anders mit dem Wagen gefahren?«

»Oh, nein. Bei so etwas bin ich sehr eigen. Ich hab es noch nicht einmal gern, wenn die Mechaniker in der Werkstatt ihn auf die Hebebühne fahren, selbst wenn sie diese Plastikhüllen auf die Sitze legen.« Angesichts der Prüfungen in ihrem Leben schüttelte sie verzweifelt den Kopf.

»Noch nicht einmal ein Kollege vielleicht? Möglicherweise war jemands Wagen in der Werkstatt, und er musste sich Ihren ausleihen?«

Energisches Kopfschütteln. »Oh, nein. Wenn ihr eigener Wagen nicht fuhr, mussten sie sich selbst um Ersatz kümmern. Ich habe ihn noch nicht einmal an Fidelma verliehen, und wenn ich jemandem zugetraut hätte, glimpflich damit umzugehen, dann ihr.«

Die Mauer am Ende der Sackgasse war erreicht, entschied Karen. Doch zumindest war ihre Fahrt keine Zeitverschwendung gewesen. Sie konnte Louise Macfarlanes Namen von der Liste streichen, was mehr war, als Gerry McCartney in Portpatrick hatte tun können. Er war den ganzen Weg dorthin gefahren, nur um von einer Nachbarin zu erfahren, dass sein Gesuchter sich am Pool des Wohnkomplexes in Spanien sonnte, wo er und seine Ehefrau die Hälfte ihrer Zeit verbrachten. Allerdings hatte McCartney herausgefunden, dass sie anlässlich einer Familienhochzeit am Wochenende zurückkommen sollten.

»Dann werden Sie eben dort sein, um ihnen bei ihrer Rückkehr einen Besuch abzustatten«, hatte Karen knapp gesagt. Sie war sich ziemlich sicher, ein gemurmeltes »Himmelherrgott noch mal« gehört zu haben, aber das war ihr egal. Wenn sie eine solide Spur verfolgten, waren Wochenenden Nebensache. Es gab reichlich ruhige Wochen, in denen sie sich stattdessen freinehmen konnten. Manche Officer glaubten, bei Altfällen wäre keine Eile geboten, dass man bei der Arbeit in gemütlichem Tempo herumtrödeln könne. Karen war anderer Meinung. Jeder Tag, um den sie die Wartezeit einer Familie auf Antworten über das Schicksal eines geliebten Menschen verkürzen konnte, war der Mühe wert. Heutzutage teilte Jason diese Einstellung. Der einzige Mensch, der darunter zu leiden haben würde, falls McCartney sich nicht damit anfreunden konnte, wäre er selbst. Besser, man passte sich an, als ständig anzuecken.

Karen steckte ihr Notizbuch zurück in ihre Umhängetasche und wollte sich schon bei Louise Macfarlane für deren Zeit bedanken, da läutete ihr Handy. Ein rascher Blick zeigte ihr, dass sie den Anruf nicht ignorieren konnte. Sie hob einen Finger zum Zeichen, dass sie einen Moment brauchte, und ging dann ans Handy. »Hi. Was gibt's?«

Rivers Stimme erklang von der anderen Seite der Highlands so deutlich, als stünde sie im selben Raum. »Bist du noch in Elgin?«

»Ja. Warum?«

»Ich brauche dich hier drüben. Diese Leiche, die nun schon seit vierundsiebzig Jahren in der Erde gewesen sein soll. Er trägt ein Paar Nikes. Nach meiner Berechnung macht ihn das zu einem von euren Fällen.«

# 14

## 2018 – Wester Ross

Das hast du nun davon, dass du dich schicker kleidest«, murmelte Karen leise, als sie zum Wagen zurückging. Ann Markies Aufstieg zum Chefsessel hatte Karen dazu bewogen, sich in den Schlussverkauf bei John Lewis zu stürzen und ihre Garderobe mit drei dringend benötigten Anzügen aufzufrischen. Die Kilos, die sie der Kummer gekostet hatte, bedeuteten, dass die meisten Kleidungsstücke lose an ihr herunterhingen, wo sie einst eng angelegen hatten, doch erst das makellos gepflegte Erscheinungsbild des Hundekuchens hatte sie dazu angestachelt, aktiv zu werden. Alles, um nicht ins Hintertreffen zu geraten, noch bevor ein Wort gefallen war.

Was alles schön und gut war, wenn man nicht vorhatte, den Tag damit zu verbringen, in einem Torfmoor herumzuplanschen.

Wenigstens hatten die riesigen Supermärkte außerhalb der Stadt heutzutage den Vorteil, dass Karen das Problem beheben konnte, ohne einen allzu großen Umweg fahren zu müssen. Als sie die Kessock Bridge von Inverness nach Norden überquerte, war sie in Jeans, T-Shirt, vliesgesäumten Kapuzenpulli und zwei Paar dicke Strümpfe gekleidet, und alles für unter fünfundzwanzig Pfund. Dazu die Regenjacke und die Gummistiefel, die bereits im Kofferraum gelegen hatten, und sie sah beinahe aus, als hätte sie die Exkursion geplant.

Sobald sie die A 9 hinter sich gelassen hatte und der Verkehr weniger anstrengend wurde, rief sie River an. »Tut mir leid, dass ich vorhin nicht viel reden konnte«, setzte sie an. »Ich war gerade bei einer Zeugin.«

»Kein Problem. Glaub mir, ich habe hier alle Hände voll zu tun.«

»Was kannst du mir sagen, das erklärt, wieso ein angeblich über siebzig Jahre altes Begräbnis auf einmal locker in meinen Zuständigkeitszeitraum fällt?«

»Natürlich wirst du den vollständigen Situationsbericht von der lustigen Truppe bekommen, die die Ausgrabung vorgenommen hat. Die Ein-Minuten-Version lautet folgendermaßen: Alice Somervilles Granddad war daran beteiligt, bei Kriegsende zwei wertvolle Motorräder zu stehlen und zu verstecken. Er kehrte niemals zurück, um sie zu bergen. Als er starb, stieß Alice unter seinen Sachen auf eine Landkarte und beschloss, ihr Erbe einzusammeln. Sie ließ sich von dem Bauern helfen, dem der Grund und Boden gehört. Sie buddelten das erste Motorrad ohne Probleme aus, aber als sie sich an das zweite machten, war die Kiste beschädigt, und dann gruben sie einen Arm aus. Jähes Ende der Sache.« River sog nach ihrer rasanten Wiedergabe der Geschichte theatralisch die Luft ein.

»Aber es ist eine ganze Leiche, ja? Nicht bloß ein Arm und ein Nike-Turnschuh?«

»Eine wunderschön erhaltene Moorleiche.« River schnalzte verächtlich mit der Zunge. »Natürlich konnten die hiesigen Bauernlümmel nicht auf jemanden warten, der weiß, was er tut, und entfernten sämtlichen Torf von der Leiche, um sie sich besser ansehen zu können. Weiß der Himmel, was uns dadurch durch die Lappen gegangen ist.«

Karen konnte sich die streitlustige Miene ihrer Freundin vorstellen. Rothaarige sahen immer hitziger aus als alle anderen, wenn man sie verärgerte. »Aber was wir vermutlich gewonnen haben, ist die Erkenntnis, dass sie nicht all die Jahre im Erdboden gewesen ist.«

»Das ist der eine Pluspunkt, den ich an ihrer Vorgehensweise entdecken kann.« Karen merkte River an, dass sie selbst dieses eine Zugeständnis schier umbrachte. »Unser Leichnam trägt ein Paar Nikes. Wenn er also kein Zeitreisender ist, befindet er sich dort nicht seit Ende des Zweiten Weltkriegs.«

»Was für Nikes?«

River schnaubte. »Bloß nicht um den heißen Brei herumreden, was? Irgendwelche Air Nikes. Ich habe Fotos gemacht und sie dem mürrischen John Iverson geschickt. Erinnerst du dich noch an den? Der komische Kauz, der Turnschuhe katalogisiert?«

Karen erinnerte sich an ihn. Ein Mann, der alles wusste, was es über Turnschuhe zu wissen gab, und der jeden, der es nicht tat, mehr oder weniger verachtete. Statt die Unwissenden zu bekehren, geißelte er sie lieber für ihr Versagen. »Also, wenn irgendjemand die Schuhe identifizieren kann, dann wahrscheinlich er. Das lasse ich dich regeln. Was kannst du mir sonst noch sagen?«

Eine Pause. »Ich kann dir sagen, dass das hier zweifellos was für dich ist. Unser Mann weist etwas auf, was nach einer Kleinkaliber-Schusswunde am Hals aussieht. Und eine zweite in der Brust. Darum gehe ich davon aus, dass es sich höchstwahrscheinlich nicht um einen natürlichen Tod handelt.«

Karen ließ die Worte auf sich wirken. »Was hat er an?«

»Jeans. Einen Ledergürtel. An der Schnalle ist ein ziemlich charakteristisches Design aus keltischen Knoten. Sportsocken und die Nike-Turnschuhe. Er hatte einen nackten Oberkörper, wahrscheinlich ist er also nicht mitten im Winter unter die Erde gekommen.«

»Hast du in seinen Taschen nachgesehen?«

»Da ist ein Schlüssel an einem Plastikanhänger, aber kein Anzeichen, was er aufschließen könnte. Er scheint keinerlei Kennzeichnung aufzuweisen. Wahrscheinlich ist es eine Kopie, die vom Original nachgemacht wurde. Aber das ist alles. Keine Papiere, kein Geldbeutel, kein Kleingeld. Sie haben auch ein ganz gewöhnliches Taschenmesser mit einem zusammengenieteten Holzgriff gefunden.«

»Und das Motorrad ist noch da?«

»Ja. Er war teilweise darunter eingeklemmt.« Wieder schnalzte sie spöttisch mit der Zunge. »Die Bauernlümmel haben es von ihm weggeschafft. Wenigstens haben sie Bilder gemacht, bevor sie den Tatort völlig versaut haben.«

»Also egal, was da los war, es ging nicht darum, die Motorräder zu klauen.« Karen sprach langsam und ließ sich den Gedanken durch den Kopf gehen. Es ergab keinen Sinn. Noch nicht.

»Anscheinend nicht.«

»Ist dir sonst noch was aufgefallen?«

»Moment mal ...« Der Ton änderte sich, als würde eine Hand das Handy bedecken. Karen hörte einen unverständlichen Wortwechsel, dann war River wieder dran. »Tut mir leid, muss wieder an die Arbeit. Eins sollte ich noch erwähnen – er ist echt riesig, unser Junge. Er ist weit über eins achtzig, und dank der konservierenden Eigenschaften des Torfes kann ich dir sagen, dass er sehr muskulös ist. Wie ein Gewichtheber. Ich muss los, bis später.«

Die Verbindung brach ab. Karen ließ sich durch den Kopf gehen, was River ihr erzählt hatte und was sie über die konservierenden Eigenschaften von Torf wusste. Im Moor blieben Leichen Tausende von Jahren erhalten, wenn die richtigen Bedingungen herrschten. So gesehen war die Leiche relativ frisch. Es bestanden gute Chancen, dass das meiste Weichgewebe noch intakt war; es sollte ihnen gelingen, ein mit Photoshop bearbeitetes Bild zu produzieren, das die Pferde nicht scheu machen würde. Außerdem hörte es sich so an, als wäre das Erscheinungsbild des Toten auffällig. Das sollte seine Identifizierung erleichtern. Wenn er so muskelbepackt war, wie River angedeutet hatte, hatte er ganz bestimmt in einem Fitnesscenter trainiert, und das hieß, dass es wahrscheinlich immer noch Leute gab, die ihn wiedererkennen würden.

Sobald sie dem hohen Tier vor Ort erklärt hatte, weshalb der Fall ihr zu überlassen war, würde sie diese Maßnahmen einleiten müssen. Zugegebenermaßen waren die meisten Officer entzückt und gaben Altfälle ohne Widerrede ab. Sie begriffen, wie zeitraubend sie waren und wie selten sie zu den Schlagzeilen machenden Resultaten führten, die die Öffentlichkeit heutzutage routinemäßig erwartete.

Wie auch immer es sich entwickelte, in einem Fall dieser Größenordnung konnte sie nicht allein ermitteln. Zwar wollte sie die Nachforschungen bezüglich des roten Rovers nicht aufgeben, aber gleichzeitig benötigte sie hier oben Hilfe. Ganz bestimmt würde der Hundekuchen wollen, dass sie Gerry McCartney hinzuzog. In Karens Gedankenwelt war das Grund genug, es nicht zu tun. Sie wollte sich nicht von Markie über die Schulter schauen lassen, noch nicht einmal indirekt. Doch sie wusste, dass sich auch überzeugende dienstliche Argumente für diese Vorgehensweise anführen ließen. Es war besser, den dienstälteren Officer mit der Untersuchung des roten Rovers betraut zu lassen und Jason zu gestatten, weitere Erfahrungen an der Front zu sammeln. Und praktisch gesehen war McCartney gute fünf oder sechs Autostunden weit weg. Wohingegen der Minzdrops längst unterwegs nach Stonehaven sein müsste, falls er seine Zeugen in der festgelegten Reihenfolge aufsuchte. Er könnte schon am frühen Nachmittag bei ihr sein. Sie traute es ihm glatt zu, dass er in seinem Eifer, sich nützlich zu machen, das magnetische Blaulicht auf dem Dach anbrachte und das Land wie eine Disco auf vier Rädern durchquerte.

Karen rief ihn an. »Morgen, Boss!«, rief er. Er war der einzige Mensch unter fünfzig, den sie kannte, der immer noch glaubte, in ein Handy müsse man schreien.

»Morgen, Jason. Wo sind Sie?«

Ein langer Moment. »Zwischen Forfar und Kirriemuir. Glaube ich.«

»Okay. Ich möchte, dass Sie erst einmal den roten Rover vergessen und einen Ort namens Clashstronach in Ihr Navi eingeben.«

»Was?« Panik durchzog die einzelne Silbe.

»Nehmen Sie erst mal ›Ullapool‹. Ich simse Ihnen die Einzelheiten.«

»Okay, Boss. Was ist passiert? Haben Sie den Fahrer gefunden?«

»Nein. Das hier ist ein neuer Fall. Eine Leiche in einem Torfmoor in Wester Ross. Die Leute, die sie fanden, sind davon ausgegangen, dass sie aus dem Zweiten Weltkrieg stammte, aber sobald River einen Blick darauf geworfen hatte, wusste sie, dass es ein Fall für uns war.«

»Dr. Wilde ist unglaublich. Die Dinge, die sie erkennt, bloß indem sie sich eine Leiche ansieht.«

Karen lachte leise. »Ich glaube, diesmal hätten das selbst wir hingekriegt, Jason. Die Leiche trägt ein Paar Nike Air.«

Ein Moment Schweigen. Dann ging ihm ein Licht auf. »Die gab es damals im Krieg nicht, stimmt's?«

»Stimmt. Ich simse Ihnen also die Wegbeschreibung und erwarte Sie so bald wie möglich dort. Und wenn Sie mal kurz Zeit haben, übergeben Sie die beiden unerledigten Rote-Rover-Zeuginnen an Sergeant McCartney.« Karen legte auf. Das war das einfache Telefonat gewesen. Sie gestattete sich fünf

Minuten, um die graue und grüne Erhabenheit um sich her zu genießen, bevor sie das schwierigere Gespräch in Angriff nahm.

»Sergeant«, begann sie forsch. »Wie geht es Ihnen an diesem schönen Morgen?«

»Es regnet in Gourock. Aber abgesehen davon, nicht übel. Ich habe heute Morgen noch einen Zeugen erledigt. Unser Mann besitzt seit 1982 einen Behindertenausweis. Er ließ seinen Rover auf Handsteuerung umbauen, weil er kaum ein- und aussteigen konnte. Die Ehefrau bestätigt das.«

»Das reicht Ihnen?«

»Ich werde bei seinem Arzt nachfragen. Vertrauen ist gut, Kontrolle ist besser, das sagt ACC Markie immer.«

*Nicht gerade eine originelle Ansicht.* »Gute Idee. Sie machen gute Fortschritte bei Ihren Zeugen. Und ich fürchte, ich werde Ihnen mehr aufbürden. Jason hat noch zwei Befragungen bei seinen Zeuginnen ausstehen, und ich möchte, dass Sie die übernehmen.«

McCartney stieß ein abfälliges Lachen aus. »Ist der Minzdrops nicht in der Lage, sie dranzukriegen? Keine allzu große Überraschung.«

»Ganz im Gegenteil. Es hat sich etwas anderes ergeben, und ich brauche Jason.«

»Wirklich? Was denn?«

Es war frech, aber Karen entschied, ihr Pulver trocken zu halten. »In Wester Ross ist eine Leiche gefunden worden. Sieht nach Mord aus.«

»Morrrrd?« McCartney rollte das R dramatisch. »Wie kommt es, dass von Anfang an das Dezernat für Altfälle zuständig ist und nicht die Kripo der N Division?«

»Weil die Leiche in einem Torfmoor war. Es ist ein Altfall.«

»Ich könnte hochkommen und mit anpacken.«

»Das ist nett von Ihnen, Sergeant. Aber ich möchte die

Nachforschungen zu den roten Rovern nicht aufgeben. Und bei Ihnen mit Ihrer Erfahrung im Major Incident Team ist die Sache in guten Händen. Hier oben bei den ganzen Routinebefragungen wären Sie vergeudet. Rufen Sie mich heute Abend an und geben Sie mir Bescheid, wie Sie vorankommen.« Sie legte auf, bevor er weitere Einwände machen konnte. Sie war sicher, das Richtige getan zu haben, selbst wenn es aus den falschen Beweggründen geschehen war. Irgendwie glaubte sie nicht, dass Gerry McCartney es ebenso sah.

Pech gehabt.

# 15

## 2018 – Wester Ross

Karen parkte am Ende der Fahrzeugreihe neben dem Weg und hoffte, dass der Grünstreifen nicht so weich war, wie er aussah. Sie hatte kaum den Motor ausgestellt, da ragte neben dem Wagen ein uniformierter Constable mit Warnweste und einem Klemmbrett auf. Sie öffnete die Tür, sodass er unbeholfen zurückweichen musste. »Sind Sie DCI Pirie?«, erkundigte er sich mit Blick auf sein Klemmbrett.

»Das ist richtig. Inspector Wilson erwartet mich.«

Der Constable nickte. »Ich soll Sie bitten, hier zu warten. Ich muss los und ihn holen.«

Karen runzelte die Stirn. Glaubte Wilson, sie wüsste nicht, wie man sich an einem Tatort verhielt? Das war ein starkes Stück von einem Mann, dessen Polizisten den Leichenfundort laut River völlig verunreinigt hatten. »Dann gehen Sie besser und halten sich an Ihre Vorschriften, Constable.«

Ohne Eile zockelte er quer über das Moor los. Das hatte sie nun davon, auf Rivers Geheiß angerückt zu sein, dachte Karen. Wilson hatte sie vor ungefähr einer halben Stunde von dem Bauernhaus aus angerufen und mit Nachdruck eingefordert, seiner Position gemäß behandelt zu werden. Dass Karen Anspruch auf den Fall erhob, konnte er nicht anfechten, aber er hatte klargestellt, dass River ihn seiner Meinung nach hätte konsultieren müssen.

»Unter normalen Umständen hätte sie genau das getan«, hatte Karen so beschwichtigend wie möglich erläutert. »Aber Dr. Wilde wusste, dass ich wegen eines anderen Falls in Elgin war, und sie wollte nur vermeiden, dass ich die A 9 zur Hälfte hinunterfahre, bloß um kehrtmachen und wieder nach Norden fahren zu müssen.« Für eine spontane Improvisation war es nicht übel. Hoffentlich würde es reichen, um Wilsons gekränkte Eitelkeit zu besänftigen. Mit einem eingeschnappten Inspector konnte sie umgehen; ein feindseliger vermasselte alles.

»Wie dem auch sei, es gibt keine Entschuldigung dafür, das Protokoll nicht zu befolgen. Die Dinge sind aus gutem Grund so, wie sie sind«, hatte er gemosert.

»Nun, es ist ja nichts passiert. Und ich werde schnurstracks bei Ihnen sein. Vielleicht können Sie mich bei meiner Ankunft auf den neuesten Stand bringen?«

Schroff hatte er sich abgerungen, dass das möglich sein würde. Und jetzt demonstrierte er seine Stärke, indem er sie von dem fernhielt, was streng genommen immer noch sein Tatort war. Verärgert stieß Karen die Luft aus und ging zum Kofferraum, um ihre Gummistiefel anzuziehen. Als sie den Deckel zuknallte, erblickte sie zu ihrer Überraschung einen Mann neben ihrem Wagen, der ganz bestimmt kein Cop und auch kein Techniker von der Spurensicherung war. Sein Overall war dunkelgrün, und der eine oder andere Ölfleck und Schlammspritzer offenbarte, dass das Kleidungsstück einen praktischen Zweck erfüllte und keinen modischen. Die dunklen Locken, die auf seine Schultern fielen, waren so weit entfernt von der durchschnittlichen Polizistenfrisur, wie es nur ging. Der Vollbart wäre in den Labors ebenfalls nicht auf Begeisterung gestoßen.

Als er lächelte, bildeten sich Lachfältchen um seine Augen und Grübchen in seinen Wangen. So ein Look war kein Zufallsprodukt, überlegte sie. Bevor sie etwas sagen konnte, ergriff er die Initiative. »Ich bin Hamish Mackenzie«, stellte er sich vor. Die Stimme passte zum Aussehen. »Das hier ist mein Hof. Sind Sie bei der Polizei?«

»Ich bin Detective Chief Inspector Karen Pirie von der Historic Cases Unit. In Kürze wird das hier mein Fall sein.« Ihr pompöses Getue war ihr selbst peinlich.

Ihm schien es nicht aufzufallen. »Hatten Sie einen weiten Weg?«

»Ich operiere von Edinburgh aus, aber gestern Abend war ich in einer anderen Angelegenheit in Elgin, also war es keine allzu weite Fahrt.«

»Ich wette, Sie können einen Kaffee gebrauchen«, sagte er.

»Wollen Sie mich foltern?« Karen breitete die Arme in einer Geste aus, die das wilde und leere Torfmoor, den entfernten Hügel und den Himmel umschloss.

Er lachte. »Ganz im Gegenteil. Ich habe vor zehn Minuten zwei Thermoskannen für die Arbeiter hergebracht. Es ist noch was übrig. Nehmen Sie Milch?«

»Bitte. Möglicherweise retten Sie mir damit das Leben.«

»Das Gefühl kenne ich. Bin gleich wieder da.« Er ging den Weg hoch und verschwand hinter einem weißen Lieferwagen, sodass Karen mit der Frage zurückblieb, ob sie sich die unwahrscheinliche Begegnung nur eingebildet hatte.

Viel weniger unwahrscheinlich war der Mann mittleren Alters, der auf der Torfseite der Straße hinten um den weißen Lieferwagen bog. Er hatte die Kapuze seines prall gefüllten Tyvek-Anzugs zurückgeschoben, und sein weißes Haar stand in einem Heiligenschein ab, als wäre er ein rotgesichtiger Albert Einstein. »DCI Pirie, wie ich annehme?«, wollte er wissen und reckte den Kopf vor wie ein Hahn auf dem Bauernhof, der seine Hennen überwacht.

»Inspector Wilson? Freut mich, Ihre Bekanntschaft zu machen. Sieht aus, als hätten Sie den Tatort gut im Griff.«

»Wir bekommen hier oben vielleicht nicht viele Mordfälle rein, aber ich möchte doch meinen, dass wir wissen, was wir tun. Was kann ich Ihnen also berichten?«

»Erst einmal möchte ich mir die Leiche und den Tatort ansehen«, sagte Karen entschieden. »Ich beabsichtige, die Somervilles und Mr. Mackenzie zu befragen, wenn in zwei Stunden mein Mitarbeiter eingetroffen ist. Und ich brauche etwas in der Gegend, was ich als Stützpunkt nehmen kann. Gibt es auf der Wache in Ullapool einen Raum, den Sie mir zur Verfügung stellen können?«

Hamish Mackenzie erschien rechtzeitig neben Karen, um ihre letzten Worte zu hören. Er reichte ihr eine dampfende Tasse Kaffee, der so unwahrscheinlich gut roch, wie sein Überbringer aussah. »Tut mir leid, ich wollte nicht lauschen«, sagte er. »Aber ich habe es zwangsläufig mit angehört. Wir haben eine nagelneue Strohballen-Jurte eine halbe Meile den Weg runter, gleich um die Biegung. Es ist ein Ferienhäuschen, aber unsere ersten Buchungen sind erst in zwei Wochen.« Er zuckte mit den Achseln. »Wir haben nicht damit gerechnet, sie so schnell fertig zu bekommen. Sie können sie gern benutzen. Selbstverständlich kostenlos. Betrachten Sie es als Generalprobe zur Behebung letzter Mängel.«

»Strohballen?« Karen sah argwöhnisch aus.

»Das ist jetzt der letzte Schrei«, sagte Wilson mit kaum verhohlener Geringschätzung. »Solarbetrieben, klimaneutral, jedenfalls angeblich. Verfluchte Hobbit-Behausungen überall in der Landschaft.«

Hamish verdrehte die Augen. »Ich wette, die Leute haben genau das Gleiche gesagt, als man Reetdächer durch Wellblech ersetzt hat.«

»Ganz unrecht hatten sie da nicht«, stellte Karen fest. »Gibt es dort Strom?«

»Sonnenkollektoren und ein eigenes Windrad. Und WLAN über Satellit. Das Bad funktioniert mit gesammeltem Regenwasser, und statt Handtüchern gibt es einen Body Dryer. Einen Torfbrennofen gibt es auch.«

Wilson schnaubte. »Oder Sie könnten sich für die Zivilisation entscheiden. Wir finden Ihnen schon ein Zimmer in Ullapool.«

Hamish lächelte freundlich. »Liegt ganz bei Ihnen, Chief Inspector. Aber es ist eine knappe Stunde mit dem Auto nach Ullapool. Ich weiß ja nicht, wie lange Sie hier sein werden, aber das läppert sich schnell ...«

»Gibt es nur ein Schlafzimmer?«, fragte Karen. Sie war jetzt dabei, Zeit zu schinden und abzuwägen, warum Hamish Mackenzie so hilfsbereit war. War er einfach ein großzügiger Mensch, oder verbarg sich da etwas hinter der charmanten Fassade?

»Ein Doppel- und ein Einzelzimmer.«

»Das passt«, sagte sie. »Jedenfalls heute Nacht. Danke, Mr. Mackenzie.«

Er neigte den Kopf zur Bestätigung. »Dann also bis später. Ich trage lieber die Thermoskannen zurück, damit ich bald die nächste Fuhre vorbeibringen kann.« Er ging los, nachdem er zum Abschied ungezwungen mit den Fingern gewinkt hatte.

»Er wirkt sehr zuvorkommend«, stellte Karen fest. Sämtliche Instinkte rieten ihr, Vorsicht vor falschen Freunden walten zu lassen, vor allem wenn sie mit Geschenken daherkamen. Ihre Arbeit hatte sie immun gemacht gegen den lässigen Charme der Schönen. Insgesamt fand sie jedoch, brachte es ihr mehr, sein Angebot anzunehmen, sowohl praktisch gesehen als auch, was ihre Ermittlungen anbetraf. Sollte Hamish Mackenzie glauben, nett zu ihr zu sein, würde ihm Vorteile verschaffen, falls er gegen das Gesetz verstoßen hatte, würde er eine bittere Enttäuschung erleben. Er hatte es mit einer Frau zu tun, die seit ihrer Zeit als Teenager in Discos daran gewöhnt war, übergangen zu werden. Karen machte sich keine Illusionen über ihre prosaischen Reize.

»Sind Sie sicher, dass es eine gute Idee ist, dem Mann verpflichtet zu sein, auf dessen Land diese Leiche gefunden wurde?« Wilson zog einen Schmollmund wie ein Kleinkind.

»Ich glaube schon. Die Freunde nahe, aber die Feinde noch näher zu halten, gilt auch in diesem Fall, Inspector.« Sie lächelte süßlich. »Sollen wir uns diese Leiche dann also ansehen?«

# 16

## 1944 – Antwerpen

Als Arnie Burke bei Oberstleutnant Gisbert Falk hereinstürmte, leerte der Deutsche gerade seinen Tresor und schaufelte Mappen und schwarze Samtbeutel in einen geräumigen Lederranzen. Falk drehte sich um, die Hand an der Pistole. Als er sah, um wen es sich handelte, entspannte er sich. Falk hielt den Mann, der gerade die Tür hinter sich schloss, für einen getreuen Verbündeten, einen Kollaborateur, der ihn seit Jahren mit wertvollen Informationen versorgte. Ganz zu schweigen von den erlesenen Zigarren, die es nicht einmal auf dem Schwarzmarkt in Antwerpen gab, einem Hafen, wo sich so gut wie alles kaufen ließ, wenn man genug Bargeld besaß. Beruhigt widmete Falk sich wieder seiner Aufgabe.

Um diese Fehleinschätzung zu bereuen, sollte er nicht mehr lange genug am Leben sein. Mit zwei raschen, lautlosen Schritten durchquerte Burke das Büro, zog seine eigene, mit Schalldämpfer versehene Pistole der Marke CZ 1927 und feuerte schnell hintereinander zwei Schüsse in Falks Hinterkopf mit dem angegrauten Bürstenschnitt. Der Deutsche stürzte wie ein fallen gelassener Sack Kohle polternd zu Boden.

Burke arbeitete schnell. Er packte die Mappen und stapelte sie wieder in den Tresor, schloss dessen Tür und drehte an dem Zahlenkombinationsschloss, um ihn abzusperren. Dann sammelte er die kleinen schwarzen Samtbeutel ein und verstaute sie in einer versteckten Gürteltasche, die seine Taille umschloss und die unter seiner üblichen Arbeiterhose aus schwerem Sergestoff unauffällig auf seinen Hüften lag. Falls Falk von einem seiner Wehrmachtskollegen entdeckt werden sollte, würde der intakte Tresor dafür sorgen, dass niemand als Tatmotiv Diebstahl in Betracht ziehen würde. Es gab etliche Menschen, die Falk genug gehasst hatten, um den Anmarsch der kanadischen Armee als Gelegenheit für ihre Rache zu nutzen.

Burke steckte die Waffe in das weiche Schulterholster zurück und richtete seine Jacke, bevor er das Büro im zweiten Stock verließ. Auf dem Weg nach unten kam er an einer Putzkraft vorbei, die die Treppe kehrte, aber der Mann hob noch nicht einmal den Blick. Selbst wenn der Putzmann das leise Ploppen der Schüsse gehört haben sollte, würde er ganz bestimmt nicht reden. Die armen Säue, die in den letzten Jahren für die deutschen Offiziere hatten arbeiten müssen, hatten gelernt, dass Blind-, Stumm- und Taubheit notwendige Überlebensstrategien waren.

Und was war schon ein Mord mitten in einem Krieg, zumal die einfallenden Kanadier schnell näher rückten? Burke kannte die Erfordernisse des Krieges nur allzu gut. In den nächsten Tagen würde Falk nicht der einzige deutsche Offizier am anderen Ende einer Exekution bleiben.

Burke trat auf eine geschäftige Straße, auf der es von Menschen wimmelte, die am Ende des Tages nach Hause eilten. Angst war der Bürgerschaft von Antwerpen gut vertraut, doch heute Abend lag eine beinahe elektrisch summende Anspannung in der Luft. Jeder glaubte, das Ende der deutschen Besatzer sei nahe. Selbst die Soldaten in ihren feldgrauen Uniformen hatten sich von der Unruhe anstecken lassen und waren nervös, wo sie sonst polternd herumschikanierten. Burke eilte mit gesenktem Kopf durch die Straßen. Er ging nicht heim in die winzige Wohnung im Dachgiebel eines mittelalterlichen Hauses an der Schelde. Es war Zeit für den

Rückzug. Zeit aufzuhören, sich als eingefleischter Anhänger des Vlaams Nationaal Verbond auszugeben.

Er hatte gewusst, dass dieser Moment kommen würde, und er war vorbereitet. Seine Rückzugsstrategie war das Erste gewesen, was seine Vorgesetzten im Amt für Strategische Dienste ihm eingebläut hatten, bevor sie ihn losschickten. Doch das Geheimnis, als Agent hinter den feindlichen Linien zu überleben, bestand darin, sich selbst voll und ganz von seinem falschen Leben zu überzeugen. Er hatte sich so lange als Faschist aufgeführt, dass er beinahe vergessen hatte, wie es sich anfühlte, Arnie Burke aus Saginaw zu sein. Eines wusste er mit Gewissheit. Er würde nicht in irgendein beschissenes Leben in einer Automobilfabrik im Mittelwesten zurückkehren. Der Inhalt dieser schwarzen Samtbeutel war seine Fahrkarte in eine bessere Zukunft. Nach seinem Doppelleben am Rande der Angst war das verdammt noch mal das Mindeste, was er verdient hatte.

Burke ging durch die Straßen, bis sich Dunkelheit über das gelegt hatte, was von dem Labyrinth aus Gassen hinter der Kathedrale noch übrig war. Er duckte sich in ein schmales Gässchen zwischen zwei schiefen Häusern, deren obere Stockwerke sich fast berührten. Nachdem er die unauffällige Holztür am Ende aufgesperrt hatte, betrat er einen winzigen Hinterhof. Er ging in die Hocke und zählte von der hinteren Ecke aus drei Backsteine zur Seite und zwei nach oben. Mit seinem Klappmesser kratzte er den Dreck weg und zog den Ziegel heraus. Der Stein war nicht echt, genau wie er. Reine Oberfläche.

Hinter der Attrappe befand sich ein fest in Öltuch gewickeltes Päckchen. US-amerikanische Ausweispapiere, ein Pass, Dollar. Burke steckte alles in die Tasche und legte stattdessen die schwarzen Samtbeutel in die Mauernische. Es passte knapp, aber er schaffte es. Er schob den Backstein wieder in die Lücke und verschmierte die Fugen mit Dreck. Bei seiner Rückkehr in den Schoß der US-Armee würden sie ihn durchsuchen, und er würde nicht riskieren, die Früchte seiner harten Arbeit einzubüßen. Der Krieg in Belgien würde nicht mehr lange dauern; Burke würde einen Vorwand finden, um nach Antwerpen zurückzukehren und seinen Schatz zu bergen.

Und dann: Achtung, Welt! Arnie Burke war auf dem Weg nach oben.

# 17

## 2018 – Wester Ross

Beim Ermitteln in Altfällen, wie Karen es den Großteil ihrer Laufbahn hindurch getan hatte, geriet sie nicht oft an Tatorte mit noch vorhandenen Leichen. Im Allgemeinen arbeitete sie mit Fotos, die vor langer Zeit aufgenommen worden waren, und sämtlichen Einschränkungen, die damit einhergingen. Sie folgte Wilson, indem sie sich von einem Grasbüschel zum nächsten den Weg über das Torfmoor suchte und die weichen, feuchten, tückischen Stellen mied, die ihren Fuß bis zum Knöchel und noch weiter verschlucken würden.

Der Ausgrabungsbereich wurde durch ein weißes Zelt geschützt, das wiederum von polizeilichem Absperrband umgeben war. Nicht dass es Schaulustige gegeben hätte, die man sich vom Leib hätte halten müssen. Falls denjenigen, die hier als Anwohner durchgingen, die Neuigkeiten zu Ohren gekommen sein sollten, waren sie nicht faszinierend genug gewesen, um die Leute von ihren alltäglichen Aufgaben abzuziehen. Karen bückte sich unter dem Absperrband hindurch, und Wilson reichte ihr einen weißen Anzug aus einer Kiste, die am Zelteingang stand. Karen zog sich den Overall mühsam über, indem sie jeweils aus einem Stiefel schlüpfte und versuchte, nicht mit einem ungeschützten Strumpf auf dem nassen Boden zu tappen. Wenigstens passten ihr heutzutage die unbequemen Anzüge besser. Keine große Entschädigung für den Grund ihres Gewichtsverlusts, aber bei einer Katastrophe musste man retten, was zu retten war.

Das Erste, das sie beim Betreten des Zelts erblickte, war

Rivers gesenkter Kopf, der aus einem Loch im Boden ragte. Karen holte tief Luft und folgte dem gekennzeichneten Pfad die drei Meter zum Rand der Grube. River bemerkte die Bewegung aus dem Augenwinkel und richtete sich auf. »Karen«, sagte sie. »Schön, dich zu sehen.«

»Nicht die Umstände, die ich mir ausgesucht hätte, aber ja, ich finde es auch schön, dich zu sehen. Was haben wir hier?«

Sie wussten beide, dass es eine überflüssige Frage war. Karen musste nur an ihren Füßen vorbei nach unten schauen, dann blickte sie im Grunde in ein Grab. Etwas, was nach einer primitiven Skulptur eines Motorrads aussah, lehnte aufrecht an einer Seite der Grube und erinnerte an eine mögliche Einreichung für den Turner Prize. Daneben lag ihr Opfer mit in der Taille verdrehtem Rumpf, was einen unnatürlichen Winkel zu den Beinen ergab. Der Torf hatte seine Haut mit dem Ton von schwachem Kaffee gefärbt, aber abgesehen davon war er so makellos erhalten wie eine Schaufensterpuppe. Kurzes dunkles Haar, wohlgeformte Brauen, lange Wimpern – es war alles deutlich erkennbar, da River mittlerweile die Torfreste von seinem Kopf entfernt hatte. Die kräftige Kieferpartie und eine kleine Nase vervollständigten, was immer noch ein ausgesprochen attraktives Gesicht war. Kaum zu glauben, dass ihn niemand vermisst hatte.

»Du siehst, wie gut seine Muskulatur entwickelt ist«, stellte River fest. »Er ist ein richtiger He-Man.«

»Fitnesshäschen oder Arbeitermuskeln?«, fragte Karen.

»Ich werde nichts beschwören, bis ich ihn im Seziersaal habe, aber ich würde sagen, die stammen vom Fitnesstraining. Intensives Training über einen langen Zeitraum. Die Sache mit berufsbedingten Muskeln ist, dass sie nie symmetrisch sind. Man vollführt immer wieder die gleiche Arbeit, und manche Muskeln entwickeln sich überproportional. Unser Mann hier sieht aus, als sei seine Körpermasse auf ausgewogenerem Weg aufgebaut worden.« River beugte sich vor und wies auf zwei kleine runde Male, beide dunkler als die sie umgebende Haut. »Und die hier haben ihn umgebracht. Eine Kugel in die Brust, wahrscheinlich ein Stückchen rechts vom Herz. Aber der echte Schaden stammte hiervon.« Sie legte einen Finger an das Loch in seinem Hals. »Gibt alle möglichen Dinge hier drinnen, die durch ein kleines, darin herumschwirrendes Projektil erheblichen Schaden nehmen könnten. Große Blutgefäße, die Wirbelsäule. Die Kugel könnte letztlich sogar im Hirn gelandet sein. Keine Austrittswunde, verstehst du?«

Karen begriff. Eine Kleinkaliberpatrone, wahrscheinlich Kaliber .22 oder etwas in der Richtung. Nicht genug Wucht dahinter, um direkt einen Körper zu durchschlagen, besonders wenn die Flugbahn des Projektils aufwärts ging und in den starken Käfig des Schädels führte. Doch es würde herumwirbeln und jedes Stück Weichgewebe, jedes verletzliche Blutgefäß in seiner Bahn zerfetzen. Der Tote musste innerhalb von Sekunden jenseits von jeglicher Angst und jedem Schmerz gewesen sein. »Da du nun einen intensiven Blick auf ihn geworfen hast, lässt sich irgendwie abschätzen, wie lang er schon hier ist?«

River schüttelte den Kopf. »Das werde ich nicht mit Sicherheit wissen, bis ich die Labortests machen kann. Wenn John Iverson sich bei mir meldet, haben wir zumindest einen Eckpunkt.«

»Und wenn ich dich drängen würde?«

»Dann würde ich trotzdem noch das Gleiche sagen. Du wirst schon bald etwas haben, womit du anfangen kannst, und bei diesem Konservierungsgrad wirst du von uns ein gutes Foto bekommen, das ihr unters Volk bringen könnt. Jeder, der ihn kannte, wird das Gesicht wiedererkennen. Und schau mal.« Sie fuhr einen Umriss auf seinem Unterarm nach. »Er hat eine Tätowierung. Die Farben sind wegen der Torfverfärbung unkenntlich, aber seine Lymphknoten werden die Farbstoffe aufgenommen haben. Im Labor werden wir das Bild vergrößern und dir sagen können, welche Farben es waren.«

Karen grinste. »Du bist eine Hexe. Habe ich das schon erwähnt?«

»Zum Glück sind wir nicht im sechzehnten Jahrhundert. Ich glaube, ich habe so ziemlich alles getan, was ich hier tun kann. Die Leute von der Spurensicherung haben immer noch reichlich Arbeit vor sich, aber ihre Bilder und Videos haben sie geschossen. Sobald die Bestatter also die Leiche für die Fahrt nach Dundee eingetütet haben, bin ich hier fertig.« River trat ans Ende der Grube und kletterte hinaus.

»Sie bringen die Leiche nach Dundee?« Es war Wilsons erste Äußerung, seitdem sie das Zelt betreten hatten. Karen hatte gehofft, die Gegenwart der Leiche sei genug, um ihn zum Schweigen zu bringen.

River zuckte mit den Schultern. »Dort ist mein Labor. Es gibt eine Unmenge an Untersuchungen, die wir an dieser Leiche durchführen müssen, und das ist der beste Ort dafür. Für die Autopsie steht uns eine zugelassene Pathologin zur Verfügung, und dann können wir mit einer genaueren Erkundung des Körpers des Opfers weitermachen.«

»Es ist die gleiche Jurisdiktion«, rief Karen ihm ins Gedächtnis. »Heutzutage gehören wir alle zur Police Scotland.«

»Trotzdem. Das hier ist ein Verbrechen, das sich in meinem Revier ereignet hat. Mir ist unwohl dabei, die Leiche die Straße hinunter dorthin verschwinden zu sehen, wo wir nicht mitreden können.« Wilsons Stacheln waren wieder voll ausgefahren.

»Rufen Sie Ihren Superintendent an. Er wird Ihnen bestimmt bestätigen, dass es jetzt mein Fall ist.« Karen war es leid, Rücksicht zu nehmen, nur weil Wilson sich so schnell auf den Schlips getreten fühlte. Ihr war klar, dass sein Chef einen komplizierten und möglicherweise das Budget sprengenden Fall wie diesen nur allzu gern abgeben würde. »Das Wichtigste zu diesem Zeitpunkt ist eine Identifizierung. Und Dr. Wildes Labor ist genau darauf spezialisiert. Dorthin muss die Leiche gebracht werden. Da gibt es nichts zu diskutieren.«

Sie ging durch das Zelt zu den Leuten von der Spurensicherung, die geduldig den Torfhaufen durchackerten, den Wilsons Officer aus der Grube geholt hatten. Sie stellte sich vor und bat darum, dass man ihr die Tatortbilder zuschickte. »Bitte machen Sie es zur Priorität. Wir müssen diesen Mann identifizieren. Irgendwo lebt jemand mit dem Kummer, nicht zu wissen, was ihm zugestoßen ist. Wir haben die Chance, dem ein Ende zu setzen.«

Als sie sich wieder umdrehte, war Wilson verschwunden. River schenkte ihr ein reuevolles Lächeln. »Noch ein Name für die Liste mit den Weihnachtskarten.«

Karen verzog das Gesicht. »Ich bin nicht hier, um Freundschaften zu schließen. Gegen Laternenpfähle zu pinkeln ist nicht mein Ding. Mord kennt kein Revier. Fährst du heute Abend noch nach Hause?«

»Wenn der Bestatter bald da ist, ja. Du?«

»Ich werde noch ein Weilchen hier sein. Ich muss Befragungen durchführen. Aber Hamish der Adonis hat mir ein Ferienhäuschen ein Stück die Straße runter angeboten. Eine Öko-Jurte, glaubst du's?«

River zog die Augenbrauen in die Höhe, und ein verschmitztes Lächeln umzuckte ihre Lippen. »Manche Mädchen haben immer Glück.«

»Yep. Eine Nacht in einer Öko-Jurte mit dem Minzdrops. Schweig still, mein Herz.«

»Jason ist auf dem Weg?«

Karen sah auf die Uhr. »Sollte in der nächsten Stunde hier sein. Und dann geht der Spaß erst richtig los.«

# 18

## 2018 – Wester Ross

Das niedrige Steinhaus, zu dem Hamish sie geschickt hatte, hatte keine Klingel. Nur einen schweren Türklopfer aus Eisen in der Form eines keltischen Knotens. Auf Karens Nicken hin hob Jason ihn pflichtschuldig und ließ ihn niedersausen. Jason, der erst vor wenigen Minuten eingetroffen war, erkundigte sich: »Was ist hier los, Boss?«

»Gute Frage. Und was machen wir, wenn wir nicht wissen, was los ist?«

Er sah gequält aus. »Wir bluffen«, antwortete er schicksalsschwer. Bluffen war nicht Jasons Stärke.

Während seiner Worte ging die Tür auf, und es erschien ein junger Mann, der aussah, als hätte er den Großteil seines Lebens vor dem Spiegel verbracht. Sein Haar war makellos gestylt, in Form gehalten von einem der Pflegeprodukte, mit denen großstädtische Herrenfriseure ihr Geld verdienten. Sein Kinnbart war mit der gleichen Präzision gekürzt und zurechtgestutzt. Skinny Jeans und ein rot-schwarz kariertes Hemd, das immer noch die Falten aus der Verpackung aufwies. Es bereitete Karen Mühe, sich vorzustellen, wie er sich in einem Torfmoor die Hände dreckig machte. »Sind Sie von der Polizei?«, fragte er, die Stirn unsicher in Falten gelegt. Hätte er gewusst, wie sehr dies sein Alter verriet, dachte Karen, hätte er es seinem Gesicht auf keinen Fall gestattet.

»Das sind wir. Ich bin Detective Chief Inspector Pirie von der Historic Cases Unit der Police Scotland.« Manchmal ließ sie gern den vollständigen Titel von der Zunge rollen. Er lenkte die Leute von der deprimierenden Realität ab, dass Jason und sie – und jetzt wohl auch Gerry McCartney – die gesamte HCU ausmachten. »Und das hier ist Detective Constable Murray. Mr. Somerville, ja?«

Er nickte. »Sie kommen besser herein. Das Ganze ist ein ziemlicher Schock gewesen. Willkommen in Schottland, Leichen sind unsere Spezialität.« Seine kläffende südenglische Stimme ging Karen schon jetzt auf die Nerven.

»Gerechterweise muss gesagt werden, dass so etwas nicht gerade häufig vorkommt«, antwortete Jason ächzend, während er Karen in die kleine quadratische Diele folgte.

Will Somerville öffnete die Tür zu ihrer Linken und führte sie in ein geräumiges Zimmer, das ungefähr die Hälfte des Hauses einnahm. Ein gründlicher Blick zeigte Karen eine kompakte Küchenzeile an einem Ende, vom Wohnbereich durch einen Esstisch und vier Stühle aus hellem Holz abgetrennt; dazu unverputzte Steinmauern, an denen riesige gerahmte Fotos der wilden Westküste prangten. In einer Ecke eines Tweedsofas saß zusammengesunken eine Frau, die Beine unter sich angezogen. Ihr dunkles Haar war zu einem lockeren Pferdeschwanz zusammengebunden, aus dem sich ein paar unordentliche Strähnen gelöst hatten. Sorge ließ die Knochenstruktur ihres Gesichts spitzer wirken und sie wie ein kleines verängstigtes Tier aussehen. »Das ist meine Frau Alice«, erklärte Will. »Alice, hier ist die Polizei. Endlich.«

Er ließ sich neben ihr auf das Sofa plumpsen und legte einen Arm um ihre Schultern. »Wir wurden nicht im Geringsten darüber informiert, was los ist«, fügte er hinzu und versuchte streng zu klingen, hörte sich allerdings nur beleidigt an.

»Wir warten immer lieber ab, bis wir etwas zu berichten haben«, sagte Karen mit milder Gelassenheit. »Nun, ich weiß, dass Sie sich bereits mit den hiesigen Polizisten unterhalten haben, aber mein Team hat den Fall übernommen, weil klar ist, dass es sich nicht um einen aktuellen Vorfall handelt. Und ich fürchte, das bedeutet, dass wir das Ganze noch einmal mit Ihnen durchgehen müssen.«

Will seufzte, aber Alice tätschelte sein Knie. »Dafür haben wir Verständnis. Wir wollen der Sache auf den Grund gehen, genau wie Sie. Bitte, nehmen Sie Platz.« Sie deutete in Richtung der beiden Sessel, die schräg zum Sofa standen.

Jason nahm den weiter entfernten Sessel, drehte sich weg von dem Paar und zückte sein Notizbuch erst, nachdem Karen zu sprechen angefangen hatte. Der Bursche wurde definitiv besser. »Fangen wir ganz am Anfang an. Ich habe hier Ihre Adresse unten im Süden.« Sie las sie vor. »Stimmt das?«

Alice nickte. »Ja.«

»Können Sie mir also sagen, warum Sie hier sind?«

Die beiden wechselten rasch einen Blick. »Es ist eine lange Geschichte«, antwortete sie.

»Wir haben nichts Unrechtes getan«, fügte Will hastig hinzu.

Der immer wiederkehrende Ruf des schlechten Gewissens, dachte Karen. »Wir sind nicht in Eile.« Sie lächelte. »Erzählen Sie mir die Geschichte.«

Alice zog die Beine unter sich hervor und setzte sich auf, indem sie ihre Füße in den pinkfarbenen Wollsocken fest auf den Boden stellte. »Im Zweiten Weltkrieg war mein Großvater hier in der Nähe in der Clachtorr Lodge stationiert. Sie müssen auf der Herfahrt daran vorbeigekommen sein, es ist dieses große Haus zwei Meilen weiter. Er hat immer ein Geheimnis daraus gemacht, was er damals getan hat, aber als diese Geschichten über Bletchley Park und die Geheimagenten, die wir nach Europa geschickt haben, ans Licht kamen, fing er endlich an, darüber zu reden. Er war als Ausbilder angestellt gewesen, der SOE-Agenten in Überlebenstechniken unterwies. Sie wissen doch, was die SOE war, oder?«

Karen hatte eine verschwommene Vorstellung. »Geheimdienst?«

»Nicht ganz. Es war das geistige Kind Churchills. Die Special Operations Executive. Sie wurde eingerichtet, um Aktionen hinter den feindlichen Stellungen durchzuführen. Vor allem Spionage, Aufklärung und Sabotage. Die Leute vollbrachten Unglaubliches. Und sie wurden alle hier oben in den Highlands ausgebildet.«

»Das wusste ich nicht«, sagte Karen.

»Die Highlands waren im Zweiten Weltkrieg ein Sperrgebiet«, meldete sich Jason zu Wort. »Man brauchte einen Pass, um nördlich des Great Glen zu gelangen. Und selbst wenn man hier wohnte, brauchte man eine schriftliche Genehmigung, wenn man sich mehr als zwanzig Meilen von seinem Zuhause entfernen wollte. Man konnte im Gefängnis landen, wenn man nicht die richtigen Papiere vorzuweisen hatte.« Er bemerkte Karens überraschten Blick. »Wir hatten eine Geschichtslehrerin, die ständig davon redete, dass es wie ein Militärputsch war, dass die Engländer Schottland wie ihren eigenen privaten Hinterhof behandelt hatten.« Er lächelte ein wenig verlegen.

»Danke, DC Murray. Also, Mrs. Somerville, Ihr Großvater war hier oben und hat Spionen beigebracht, wie man in der Wildnis überlebt?«

»Mehr oder weniger. Wie dem auch sei, als der Krieg zu Ende war, mussten sie sich aus der Region zurückziehen. Anscheinend war die Rücksendung vieler Ausrüstungsgegenstände ziemlich umständlich. Also befahl man den Ausbildern und dem Personal, alles, was übrig war, zu verbrennen. Entweder das, oder es zu vergraben.«

»Was? Einfach wegschmeißen?« Karens Sinn für Sparsamkeit wallte empört auf.

»Ich weiß, es hört sich verrückt an. Aber so war es damals eben. Aber zwei Wochen bevor der Befehl erging, waren zwei Motorräder von der US-Armee geliefert worden. Indian Scouts nannte man sie.«

»Das sind jetzt Sammlerstücke«, unterbrach Will sie.

»Granto – mein Großvater – und sein Kumpel Kenny verliebten sich in diese Motorräder. Er sagte, es seien wunderschöne Meisterwerke der Technik gewesen. Und sie brachten es nicht übers Herz, sie zu zerstören. Also heckten sie einen Plan aus. Sie beschlossen, die Motorräder zu vergraben und sie später zu holen, nachdem sie längst in Vergessenheit geraten wären.« Alice hielt inne und starrte Karen an, als forderte sie sie heraus, Kritik zu üben.

»Das war einfallsreich«, sagte Karen. »Wenn auch ein kleines bisschen illegal.«

»Laut Alice' Großvater waren sie nicht die Einzigen. Man ließ alle möglichen Sachen mitgehen. Und die Motorräder wären ansonsten bloß zerstört worden«, sagte Will. »Es ließe sich argumentieren, dass sie etwas Wertvolles bewahren wollten.«

Karen schüttelte den Kopf. »Im Moment geht es mir nicht darum, das Für und Wider der Handlungsweise Ihres Großvaters zu diskutieren. Was geschah, nachdem sie die Motorräder vergraben hatten?«

»Sie zeichneten eine Karte. Jeder von ihnen behielt ein Exemplar. Es gab keine Ortsnamen, die anzeigten, wo es war, denn Granto und Kenny wussten natürlich ungefähr, wo sie die Kisten mit den Motorrädern gelassen hatten. Die Karte war bloß dazu da, ihnen die genauen Einzelheiten ins Gedächtnis zu rufen. Anschließend gingen sie getrennter Wege. Sie einigten sich darauf, fünf Jahre abzuwarten, und dann wollten sie zurückkehren und sie ausgraben.«

»Aber das geschah nicht.« Das Offensichtliche auszusprechen war manchmal die beste Methode, um eine Erzählung in Gang zu halten.

Alice seufzte. »Nein. Kenny starb. Ich bin mir nicht sicher, woran genau, irgendeine Form von Tuberkulose. Granto sagte nur, dass er innerhalb von ein oder zwei Jahren nach ihrer Entlassung aus dem Kriegsdienst gestorben sei.«

»Und abgesehen von Ihrem Großvater war Kenny der Einzige, der von den Motorrädern wusste?«

Sie nickte. »Das ist richtig.«

»Aber er hätte die Geschichte seiner Familie erzählen können.«

Alice schüttelte den Kopf. »Er war unverheiratet. Mein Großvater ging auf die Beerdigung, und er sagte, das einzige Familienmitglied, das Kenny gehabt hätte, sei seine Schwester gewesen, die ihm den Haushalt führte.«

»Kennen Sie Kennys Nachnamen? Oder den Namen seiner Schwester?«

Will meldete sich zu Wort. »Er hieß Pascoe. Es gibt ein altes Foto von ihnen, das vor dem großen Haus aufgenommen wurde, in dem sie einquartiert waren, und auf der Rückseite steht ›Austin Hinde und Kenny Pascoe‹. Austin war Alice' Großvater.«

»Er kam aus dem Nordosten«, fügte Alice hinzu. »Ein Ort namens Warkworth. Ich erinnere mich nur daran, weil Granto früher immer einen Witz daraus machte. Er sagte, auf eine Beerdigung zu gehen sei sowieso das Einzige, was man in einem Kaff wie Warkworth machen könne.«

Karen warf Jason einen Blick zu, um sicherzugehen, dass er alles mitschrieb. »Erwähnte er den Namen der Schwester?«

Alice schüttelte den Kopf. »Wenn er es getan haben sollte, erinnere ich mich nicht mehr daran. Er hat mir allerdings erzählt, wie sehr ihn Kennys Tod aus der Fassung gebracht hatte. Weil die beiden während des Krieges so viel zusammen durchgemacht hatten, war Kenny der Einzige, der große Teile seines Lebens kannte, und jetzt hatte er niemanden, der auch nur ahnte, was sie alles getrieben hatten. All die Spione, die sie ausgebildet hatten, all die Leben, die sie verändert hatten. Menschen, die sie in den Tod geschickt hatten, all so was.«

»Es ist ziemlich erstaunlich, wenn man mal darüber nachdenkt«, fügte Will hinzu.

Keiner achtete auf ihn. Alice fuhr fort. »Damals wusste Granto nicht, was er machen sollte. Er wusste, dass er die Motorräder nicht allein bergen konnte.«

»Und er wollte sich niemandem anvertrauen und um Hilfe bitten«, murrte Will. »Er hatte Angst, es würde alles herauskommen, und man würde ihn verhaften.«

»Wie dem auch sei«, sagte Alice mit Nachdruck, »es war immer so etwas wie eine Familienlegende, die Motorräder im Moor. Ich weiß nicht recht, ob wir ihm je so richtig geglaubt haben. Mein Granto war ein großer Geschichtenerzähler. Doch als er vor zwei Jahren starb, gingen meine Mum und ich seine Sachen durch, und ich fand die Landkarte, in einem Umschlag versteckt. Das war, na ja, wow! Und Will und ich, wir beschlossen, es wäre eine Art Tribut an Granto, wenn wir losziehen und die Motorräder suchen würden.«

»Bloß dass es nicht so einfach war.« Will seufzte. »Wir wussten, dass er in der Jagdhütte in Clachtorr stationiert gewesen war, aber das war auch schon alles. Törichterweise glaubten wir, wir müssten nur herumfahren, bis wir die Gegend fänden, die zu der Landkarte passte, und alles wäre paletti. Letztes Jahr haben wir unseren ganzen Sommerurlaub damit verbracht, in der Gegend herumzugurken, und wir wurden immer frustrierter, weil nichts übereinstimmte. Oder wir fanden etwas, was ein bisschen danach aussah, doch dann gab es einen Hügel am falschen Ort oder einen von diesen

Meeresarmen oder was auch immer. Die reinste Zeitverschwendung!«

Alice senkte den Blick auf den Boden zwischen ihren pinkfarbenen Socken. Offensichtlich hörte sie diese Tirade nicht zum ersten Mal. »Ich wollte nicht aufgeben. Also habe ich im Internet gesucht. Ich habe angefangen, mir Foren und Gruppen mit Leuten anzusehen, die hier oben leben. Ich habe ein Bild von der Karte gepostet und gefragt, ob jemand wüsste, wo das ist. Natürlich ohne das große ›X auf der Schatzkarte‹.« Sie kicherte.

»Und was passierte dann?«

Sie sah grinsend hoch. »Dann passierte Hamish. Er sagte, er glaube, die Karte zeige den Hof seiner Großeltern, so wie er damals bei Kriegsende gewesen sei. Wir fingen an, zu chatten, und er erläuterte die Veränderungen an den Gebäuden und der Schafhürde und so, und ja, es ergab einen Sinn.«

»Wie sich herausstellte, hatten wir uns den Hof sogar letztes Jahr angesehen, aber wir haben ihn wieder fallen gelassen, weil er zu anders war.« Will schüttelte angewidert den Kopf. »Wir hätten uns ein Jahr sparen können.«

»Nein, hätten wir nicht, Will. Ohne Hamishs Hilfe hätten wir es nie geschafft. Er war toll.«

»Als Hamish Mackenzie sich bei Ihnen meldete, baten Sie ihn um Hilfe?«

»Er hat es *angeboten*«, sagte Will. »Er war genauso erpicht wie Alice zu sehen, was da vergraben war.«

»Also kein Widerstreben seinerseits?« Es war eine Frage, auf die Karen nicht verzichten konnte.

»Ganz im Gegenteil. Er sagte, die Leute fänden ständig irgendwelche Sachen, wenn sie ihr Land beackerten, aber keiner habe jemals etwas derart Abenteuerliches entdeckt. Ich hatte den Eindruck, dass es hier in der Gegend nicht sonderlich aufregend zugeht«, sagte Alice.

Das war, wie Karen wusste, ein Irrglaube, den Außenstehende oft über die scheinbar ländlich idyllischen Highlands hegten. Viele Morde mochte es in dieser Gegend nicht geben, aber es herrschte kein Mangel an verbotenen und illegalen Aktivitäten. Ganz zu schweigen von den völlig gesetzeskonformen sozialen Events. Sie wäre jede Wette eingegangen, dass es in diesem Winkel der Erde mehr regelmäßige Veranstaltungen gab als in der südostenglischen Mittelstandsbastion der Somervilles. »Sie haben also einen Plan geschmiedet?«

»Wir vereinbarten einen Termin, an dem wir hochkommen und an der Stelle graben wollten. Hamish ging davon aus, dass uns ein Metalldetektor dabei helfen würde, die Suche einzugrenzen. Vorgestern kamen wir an, und wir waren so aufgeregt, nicht wahr, Will?«

»Das waren wir. Wir konnten es nicht erwarten anzufangen. Ich sage Ihnen, wenn wir zu dem Zeitpunkt gewusst hätten, was wir jetzt wissen, wären wir ins Auto gestiegen und so schnell wie möglich zurück in den Süden gedüst.«

Alice' Unterlippe bebte. »Ich dachte, ein Traum würde wahr werden, aber es hat sich zum schlimmsten Albtraum entwickelt. Ich wünschte, wir hätten diesen Ort nie gesehen.«

# 19

## 2018 – Dundee

Als Rivers Handy läutete, war sie am Stadtrand von Dundee. Da der Bordcomputer ihr verriet, dass es John Iverson war, nahm sie den Anruf hastig entgegen. »Hi, John. Danke, dass Sie sich schon so bald melden«, sagte sie fröhlich, obwohl sie wusste, dass es eine Verschwendung positiver Energie war.

Er atmete hörbar aus. »Na ja, Sie haben mich da nicht gerade vor eine Herausforderung gestellt«, erwiderte er mürrisch. »Sie hätten es selbst googeln und mir die Mühe ersparen können.«

»Tut mir leid, John. Aber ich würde mir das nicht zutrauen. An diesen Schuhen gibt es so viele Einzelheiten, da braucht es schon einen Fachmann wie Sie, der sehr genau feststellt, womit wir es zu tun haben.« River nahm eine Hand vom Lenkrad und tat pantomimisch so, als würde sie sich zwei Finger in den Hals stecken.

»Jeder, der auch nur das Geringste über Turnschuhe weiß, wüsste genau, womit Sie es hier zu tun haben.«

»Trotz der Flecken und der Verfärbung?«

»Das erschwert es vielleicht ein bisschen«, räumte Iverson widerwillig ein. »Aber die Form und die Konturen sind unverkennbar, das Wellenmuster und der programmatisch minimalistische Swoosh.«

River verdrehte die Augen. »Und was sagt Ihnen das, John?«

»Tja, Dr. Wilde, Sie haben hier einen Kultturnschuh vor

sich. Das hier ist der Nike Air Max 95, entworfen von Sergio Lozano. Das war ein Laufschuh wie kein anderer. Dem Design lagen die Furchen des Grand Canyon zugrunde, bloß dass auch die Muskelkonturen miteinbezogen wurden und Schnürösen, die wie stilisierte Rippen wirkten.« Jetzt war er in Fahrt gekommen und kannte kein Halten mehr. »Das hier war der erste Schuh mit sichtbarer Luft im Vorderfuß und in der hinteren Sohle. Er war eine Revolution. Ganze Turnschuhgenerationen sind seither davon inspiriert worden. Nike hat sogar eine Wiederauflage des Originals zum zwanzigjährigen Jubiläum hergestellt.«

»Und das hier könnte keiner davon sein?«

Er atmete schwer. »Nein, sie machten es in einer anderen Farbkombination. Platin, silber und schwarz. Aber das Styling war das gleiche, besonders das Verlaufsmuster bei der Frauenedition.«

»Toll«, sagte River. »Und wann wurde dieser spezielle Schuh eingeführt?«

Ein lustloses Seufzen. »Der Schlüssel steckt im Namen. Air Max 95. Er kam erstmals 1995 auf den Markt und avancierte sehr schnell zu einem Sammlerstück.«

River überlegte einen Moment. »Was also? Er war eher ein Modestatement als ein ernsthafter Sportschuh?«

»Er war beides. Entworfen war er als Laufschuh zu einem Zeitpunkt, als Nike sich hauptsächlich auf Basketballschuhe konzentrierte. Das war ihr Versuch, den wachsenden Laufmarkt zu bedienen. Läufer und Leichtathleten mochten ihn, allerdings auch Kids, die cool aussehen wollten.« Der Hauch von Verachtung in Johns Stimme war unverkennbar. »Hier noch ein interessanter Fakt des Air Max 95. Er war der Schuhabdruck, den die britische Polizei in den späten Neunzigerjahren und nach der Jahrtausendwende am häufigsten an Tatorten gefunden hat.«

River wusste, dass Karen diese Information gefallen würde. Falls ihr Opfer in Verbrecherkreisen verkehrt hatte, könnte das dabei helfen, seine rätselhafte Anwesenheit in dem Torfmoor zu erklären. »War es ein teurer Schuh?«

»O ja. 1995 kostete er neunundneunzig Pfund. Das entsprach der Monatsmiete einer Sozialwohnung im Norden von England.« Es war ein merkwürdig genaues Maß, doch River zweifelte noch nicht einmal für den Bruchteil einer Sekunde daran. Nicht bei dem griesgrämigen John Iverson.

»Blieb er eine Weile auf dem Markt?«

Das Geräusch, das aus ihren Lautsprechern drang, war eine Kreuzung aus einem Knurren und einem Stöhnen. »Die Frage lässt sich nicht ohne Weiteres beantworten. Er war innerhalb von Monaten nach seiner ersten Auflage ausverkauft, aber angeheizt von den Japanern gab es einen gewaltigen Secondhandmarkt. Die Leute zahlten bis zu tausend Dollar für ein Paar in einwandfreiem Zustand. Aber den Fotos nach zu schließen, die Sie mir geschickt haben, behandelte Ihr Besitzer sie als Schuhe, nicht als Trophäen.«

»Gibt es irgendeine Möglichkeit, dieses spezielle Paar bis zu einem Einzelhändler zurückzuverfolgen?«

Kurzes kläffendes Gelächter. »Ich weiß, ich habe gesagt, es handelt sich hierbei um Kultschuhe, aber im Ernst, Dr. Wilde? Damals wurde nicht viel dokumentiert. Ich würde sagen, keine Chance, noch nicht einmal, wenn Sie die Originalschachtel und die Quittung hätten.« Er lachte abermals. »Nun, das ist alles, was ich für Sie habe, Dr. Wilde. Ich werde Ihrem Institut wie gewöhnlich eine Rechnung für meinen Zeitaufwand schicken.« Und die Verbindung wurde abgebrochen.

River gestattete sich einen Moment der Genugtuung. Einen kostbaren Zentimeter nach dem anderen kamen sie ihrem Mann näher.

# 20

## 2018 – Wester Ross

Karen gab Alice Gelegenheit, die Fassung wiederzuerlangen, dann sagte sie: »Ich weiß, dass Ihnen das hier an die Nieren geht, aber wir werden darüber reden müssen, was gestern im Einzelnen passiert ist.«

Alice zitterte. »Es war furchtbar. Ich meine, als ich sah, wie dieser Arm aus dem Torf ragte, gingen mir alle möglichen Dinge durch den Kopf. Ich habe mich sogar gefragt, ob das in dem Loch Kenny war. Und falls er es war, was sagte das über meinen Granto aus?«

»Zum Glück konnte Dr. Wilde Sie beide in dieser Hinsicht beruhigen«, sagte Karen. »Wir glauben, dass der Mann, dessen Leiche Sie entdeckt haben, nicht schon 1944, sondern erst vor relativ kurzer Zeit unter die Erde gebracht wurde. Irgendwann in den letzten fünfundzwanzig Jahren, um ein kleines bisschen genauer zu sein.« Sie schenkte Alice ein gequältes Lächeln. »Was in unserem Bezugsrahmen als ›vor relativ kurzer Zeit‹ gilt.«

»Wie weit gehen Sie zurück?«, erkundigte sich Will.

Da Karen nicht glaubte, dass er versuchte, sie abzulenken, antwortete sie: »Im Allgemeinen ziehen wir, vom Standpunkt der Polizei aus, bei siebzig Jahren die Grenze. Jenseits davon besteht keine realistische Chance, einen lebendigen Verdächtigen zu finden. Die Historiker und forensischen Anthropologen wie Dr. Wilde nehmen eine viel langfristigere Perspektive ein. Für sie ist nichts zu alt. Aber dieser Mann, dessen Leiche Sie zutage befördert haben – er hatte Freunde, Eltern.

Vielleicht sogar eine Ehefrau und Kinder. Menschen, die nicht wissen, was ihm zugestoßen ist. Und ich brauche Ihre Hilfe, um ihn zu diesen Menschen nach Hause zu bringen. Alice, wusste sonst noch jemand von der Landkarte Ihres Granddads?«

Sie überlegte einen Augenblick. »Na ja, manchmal hat er mit Familienangehörigen darüber geredet. Aber wie schon gesagt, wir haben eigentlich alle geglaubt, dass es eines seiner abenteuerlichen Märchen war. Dass er übertrieb, was für eine große Sache sein Kriegsdienst gewesen sei. Aber ich kann mich nicht daran erinnern, dass jemand je davon gesprochen hätte, er habe die Karte zu Gesicht bekommen. Und wie schon gesagt, war sie in einem Briefumschlag in einer Schublade versteckt.«

»Hatte er Kameraden aus Kriegstagen? Vielleicht bei der örtlichen British Legion oder Männer, mit denen er sich in geselliger Runde traf?«

Alice schüttelte den Kopf. »Nicht dass ich wüsste. Ich verbrachte viel Zeit mit ihm und meiner Granny, als ich noch klein war, und da fällt mir nichts ein. Er war kein großer Trinker, er ging eigentlich nicht oft in den Pub. Er war viel beim Kegeln, aber ich glaube nicht, dass irgendwer aus dem Kegelverein ihn schon so lange kannte.«

»Soweit Sie also wissen, kam nie jemand vorbei und fragte nach den Motorrädern?«

Will mischte sich ein. »Er hätte etwas gesagt, oder? Als er mit Alice darüber geredet hat. Er wusste, dass er es nicht allein schaffen würde, wenn also ein Interessent aufgetaucht wäre, hätte er doch irgendeine Abmachung mit demjenigen getroffen, oder?«

Karen nickte. »Das würde man meinen. Aber ich muss mir so viel Klarheit wie möglich verschaffen über die Umstände bezüglich dieser Motorräder und der Karte, die zu ihrer Entdeckung führte. Ich gehe mal davon aus, dass Sie die Karte immer noch besitzen?«

Erschrocken setzte Alice sich auf, Hand vor dem Mund. »Oje, nein! Sie ist immer noch bei Hamish zu Hause. Wir haben sie mitgenommen, um sie mit den Landkarten zu vergleichen, die er gefunden hatte. Und wir waren so durch den Wind, dass wir sie nicht mehr mitgenommen haben.«

»Das ist in Ordnung, ich werde dort einen Blick darauf werfen. Vorerst werden wir sie vielleicht einbehalten müssen, aber falls dem so ist, werde ich dafür sorgen, dass Sie eine Quittung und eine Kopie davon erhalten.«

»Wieso brauchen Sie die Landkarte?«, wollte Will wissen.

»Weil sich herausgestellt hat, dass sie im Grunde eine Wegbeschreibung zum Entsorgungsort einer Leiche ist, und ich muss sicher sein, dass niemand sonst sie benutzt hat, bevor Sie es taten.« Karen klammerte sich mit grimmiger Entschlossenheit an den letzten Zipfel ihrer Geduld.

»Woher werden Sie das wissen, bloß indem Sie sie sich ansehen?«

»Wir haben Leute, die man forensische Dokumentenprüfer nennt und die alle möglichen Spurenelemente an Papierfitzelchen entdecken, von denen Sie und ich gar keine Vorstellung haben. Und wo ich schon mal beim Thema bin, ich werde einen uniformierten Polizisten herschicken, der Fingerabdrücke und DNA-Proben von Ihnen nehmen wird. Ich gehe davon aus, dass Sie keine Einwände haben.«

Will sah aus, als würde er gleich etwas einwenden, doch Alice übernahm die Führung. »Natürlich haben wir keine Einwände. Wie schon gesagt, wir wollen helfen.«

»Danke. Kehren wir also in die jüngste Vergangenheit zurück. Erzählen Sie mir, was gestern geschehen ist.«

Alice atmete sichtbar tief durch und erzählte Karen alles bis zu dem Punkt, als Hamish verkündet hatte, es befände sich eine Leiche in der Grube, und Alice sich heiser schrie. »Dann rief Hamish die Polizei«, sagte sie, ihre Stimme matt und traurig.

»Offensichtlich hat er, wer auch immer er ist, nichts mit uns zu tun«, sagte Will. »Werden wir denn das andere Motorrad mitnehmen können? Das aus der anderen Kiste?«

Selbst Jason drehte sich her und starrte ihn fassungslos an. »Ich glaube nicht, dass es Ihnen gehört«, sagte er. »Und das ist erst der Anfang.«

»Was ist mit Schatzfund? Wer's findet, dem gehört's?« Kampflos wollte Will nicht aufgeben.

»DC Murray hat recht«, sagte Karen. »Sie haben keinen rechtmäßigen Anspruch auf eines der Motorräder. Und das Prinzip des Schatzfunds trifft nur zu, wenn niemand weiß, wer der rechtmäßige Eigentümer ist. Was hier nicht der Fall ist. Entweder die US-Armee oder das Verteidigungsministerium hat Vorrang bei diesen Motorrädern. Aber im Moment kümmert mich das herzlich wenig. Ich habe ein Mordopfer zu identifizieren und einen Mörder aufzuspüren. Sie werden verstehen, dass das bei jedem hier Priorität hat.«

Will starrte sie aufrührerisch an. »Wenn wir nicht die Initiative ergriffen hätten, hätte niemand etwas von Ihrem Toten bemerkt. Dafür sollten wir irgendeine Anerkennung bekommen.«

Es kostete Karen Mühe, ihre Verachtung im Zaum zu halten. »Tun Sie nicht so, als wäre hier irgendetwas Hochmoralisches im Spiel gewesen. Wenn Alice' Großvater eine Kiste mit Steinen vergraben hätte, hätten Sie auf keinen Fall eine Expedition angeleiert, um sie zu suchen. Sie waren profitgierig, Mr. Somerville. Wenn alles, was Sie gefunden hätten, zwei Motorräder gewesen wären, hätten Sie sich damit auf Zehenspitzen davongestohlen, hätten sie gereinigt und an den Höchstbietenden verscherbelt und sich eingeredet, Sie würden keines der zahlreichen Gesetze brechen, gegen die Sie auf eklatante Weise verstoßen hätten. Dafür wird Ihnen nicht auch noch auf die Schulter geklopft.«

Alice sah aus, als sei sie geohrfeigt worden. Will saß da und blickte finster auf einen Punkt irgendwo seitlich von Karens Kopf. Karen hoffte, alles, was möglich war, aus Alice Somerville herausbekommen zu haben. Dass sie noch mehr erfahren würde, glaubte sie nicht. Sie erhob sich. »Danke für Ihre Zeit. Ein Polizist wird …«

Will sprang auf. »Können wir jetzt nach Hause fahren? Da Sie uns unser Motorrad nicht mitnehmen lassen, besteht kein Grund für uns, in diesem gottverlassenen Drecklochherumzuhocken.«

Der Gedanke, dass sie Will Somerville nie mehr wiedersehen musste, erwärmte Karen das Herz. »Sie werden warten müssen, bis wir Ihre Abdrücke und DNA haben. Aber danach können Sie los. Falls diese Leiche so alt ist, wie wir glauben, sind Sie ganz bestimmt keine Verdächtigen. Sie müssen noch Schulkinder gewesen sein, als er ermordet wurde.«

Karen drehte sich um und ging auf die Tür zu, Jason dicht hinter ihr. Als sie das Zimmer verließen, rief Alice ihnen hinterher: »Viel Glück! Ich hoffe, Sie finden heraus, wer er ist.«

Karen stapfte zurück zum Wagen, den Kopf gesenkt gegen den stürmischen Wind, der von Nordwesten her aufgekommen war. »Woher nehmen die Leute bloß dieses Anspruchsdenken?«, murmelte sie, als sie die Beifahrertür zuknallte. »Wie kann dieser mit sich selbst beschäftigte kleine *Hipster*« – sie ließ es wie ein Schimpfwort klingen – »dort mit einem Toten vor der Tür sitzen und sich verkackt noch mal Sorgen um ein Motorrad machen, das noch nicht einmal ihm gehört?«

»Keine Ahnung, Boss. Außerdem, wie kommt er auf die Idee, es ohne Papiere abgesehen von einer schmuddeligen kleinen Landkarte verkaufen zu können?« Diese Weisheit von Jason, einem Mann, dem schon mehr Fahrzeuge ohne Fahrzeugpapiere untergekommen waren, als er Karen gegenüber zugeben wollte. Einen Polizisten zum Bruder zu haben, war eine nie endende Schmach für seinen großen Bruder Ronan. Der verstorbene DS Phil Parhatka war Ronan einmal bei einem Spiel der Raith Rovers begegnet und hatte ihn auf der Stelle durchschaut. »Du würdest gut daran tun, dafür zu sorgen, dass Karen nie deinen Bruder kennenlernt«, hatte er zu Jason gesagt, als sie nach dem Schlusspfiff den Hügel vom Starks Park Stadion hinuntergegangen waren. Jason hatte begriffen und sich daran gehalten. Manche Dinge brauchte der Boss nicht zu wissen.

Er hatte keine Ahnung, dass sie immer Bescheid gewusst hatte. Natürlich hatte sie das.

»Sie haben nicht einmal mehr ihr schmuddeliges kleines Stück Papier«, sagte Karen grimmig. »Das wird in einem Asservatenschrank bleiben, bis wir diesen Mörder lebenslänglich hinter Gitter gebracht haben. Jetzt schauen wir mal, ob Hamish Mackenzie so gut ist wie sein Kaffee.«

# 21

## 2018 – Wester Ross

An Hamish Mackenzies Haustür hing ein Zettel: »Bis fünf Uhr zurück.« Karen sah auf die Uhr. Noch vierzig Minuten. Vielleicht mehr angesichts der entspannten Art, mit der Menschen auf dem Land oft mit Zeit umgingen. »Gehen wir uns diese Öko-Jurte ansehen, in der wir wohnen sollen«, schlug sie vor.

Auf dem Weg kamen sie am Ausgrabungsort vorbei. Vorhin hatte Karen ihren Wagen umgeparkt und ihn neben Hamishs Toyota abgestellt, jetzt waren nur noch drei Fahrzeuge übrig – ein Land Rover der Polizei, ein weißer Lieferwagen und ein Nissan mit Allradantrieb. »Das werden die Leute von der Spurensicherung sein, die noch an der Arbeit sind«, sagte sie. »Ich fasse es nicht, dass die hiesigen Bauernlümmel den ganzen Torf von der Leiche geschaufelt haben. Ich wette, die Kriminaltechniker verfluchen sie. Sie werden den ganzen Haufen Dreck durchgehen müssen, in der Hoffnung, dass da drin ein wichtiger Beweis steckt.«

»Die Jungs werden dafür bezahlen«, sagte Jason, als sie vorüberfuhren. »Sie werden den Tatort bewachen müssen, bis die Spurensicherung damit fertig ist. Ich hätte keine Lust auf eine lange Nachtschicht hier draußen am Arsch der Welt.«

Nach einer weiteren kleinen Steigung fiel der Weg wieder ab und gab den Blick auf eine schmale Schlucht frei, die zum Meer führte. Ein gedrungenes rundes Bauwerk befand sich in idealer Lage, um von den schützenden Hügelrücken zu beiden Seiten sowie einem atemberaubenden Meeresblick, komplett mit der Skyline der Isle of Lewis als verschwommener Klecks in der Ferne, zu profitieren. »Das wird's wohl sein«, stellte Karen fest.

Jason bog von dem Weg auf einen gekiesten Parkbereich ab. Neugierig starrten sie die Öko-Jurte an. Sie hatte ein Fundament und einen Schornstein aus Felsmaterial, das aus der Region stammte. Die Strohballenwände mit Rauputz versehen und weiß getüncht. Eine Reihe Panoramafenster nutzte die Aussicht, und auf der Landseite ragte eine schmale Holzveranda hervor. Das sanft abfallende Dach war mit Vegetation bedeckt; es ähnelte einem Heidemoor. Karen rechnete fast damit, dass eine Brut Schottischer Moorschneehühner herauspurzeln und sie mit ihren Knopfaugen mustern würde.

»Sollen wir's riskieren?« Sie ging auf die Tür zu, ohne zu wissen, ob sie abgesperrt war. Die Klinke ließ sich leicht hinunterdrücken, und die Tür schwang auf. Sie betraten einen hellen, halbmondförmigen Raum mit großen, dreifach verglasten Fenstern an den Außenwänden. Die ununterbrochene Aussicht war sogar noch spektakulärer als von der Straße aus. Dank der Nähe zum Meer fühlte Karen sich sofort wie zu Hause, auch wenn die hiesige Aussicht auf Wasser und Berge überwältigender war als der Blick von ihrer Wohnung auf den Firth of Forth und Fife.

»Cool«, sagte Jason und strich an den Wänden entlang. Handgearbeitete Holzschränke säumten den Raum, und ein Küchenbereich bot einen Kühlschrank, eine Kaffeemaschine und eine Mikrowelle. Durchs Fenster erblickte Karen einen Kochbereich im Freien mit einem Steinofen, einem Grill und einem Picknicktisch, alle unter ihrem eigenen Torfdach versammelt. Das Zimmer war mit der Art von Sesseln möbliert, die zum Herumfläzen einluden, jeder versehen mit einem praktischen kleinen Tisch.

Karen erkundete die drei Türen an der langen Wand, die

die Jurte unterteilte. Der erste Raum war eine Nasszelle komplett mit einem Apparat, der als Body Dryer gekennzeichnet war. Sie beäugte ihn argwöhnisch, entschied jedoch, dass sie ihm eine Chance geben würde. Als Nächstes kam ein schmales Einzelzimmer – Bett, Stuhl, Kleiderstange und eine niedrige Truhe. Ganz offensichtlich eine Mönchszelle für Jason.

Das letzte Zimmer war ebenfalls lichtdurchflutet. Ein großes Doppelbett sah auf das im ewigen Wandel begriffene Meer hinaus. Auf der einen Seite ein Schreibtisch mit zwei Schubladenunterschränken. Eine Kleiderstange und zwei Stühle vervollständigten die Einrichtung. Einfach, aber ausreichend, die Vermählung von Form und Funktion. *Ich könnte hier leben.* Dann meldete sich ihr Verstand wieder, und ihr wurde bewusst, dass sie niemals ohne ihre Freunde, ihre Familie, ihre Arbeit überleben könnte. Die Straßen, die sie des Nachts durchwanderte. Phils Verlust hatte sie gelehrt, dass man nicht vor dem weglaufen konnte, was in einem vor sich ging; man konnte sich nur damit arrangieren. Und wegzulaufen wäre für sie niemals die Antwort.

»Das gefällt mir gut«, sagte Karen und kehrte ins Wohnzimmer zurück.

»WLAN gibt es auch«, sagte Jason. »Also ist es egal, dass es keinen Fernseher gibt. Jemand von hier hat mir erzählt, dass es etwa fünf Meilen weiter einen Pub gibt, wo wir was zu essen bekommen, also alles gut.«

Als sie zum Bauernhaus zurückkehrten, war der Zettel verschwunden. Hamish öffnete die Tür, bevor sie anklopfen konnten. »Ich habe den Wagen gehört«, erklärte er. Seinen Overall hatte er eingetauscht gegen einen Strickpulli, einen Kilt und dicke Strümpfe, die am unteren Ende seiner kräftigen Waden Falten warfen, und sein Haar hing modisch zerzaust auf seine Schultern herab. An dem Look hat er gearbeitet, ging es Karen durch den Kopf.

»Ich gehe mal davon aus, dass Ihnen hier in der Gegend jegliche Ruhestörung auffällt«, sagte sie.

Mit einem leisen Lachen trat er zur Seite. »So friedlich ist es auch wieder nicht. Die Schafe, die Vögel, der Wind ... Aber ja, die Motoren anderer Leute fallen einem auf. Kommen Sie rein.«

Nach der durchdachten Gestaltung der Jurte war Hamishs Küche keine so große Überraschung, wie sie es andernfalls vielleicht gewesen wäre. Dennoch erkannte Karen, dass es viel gekostet haben musste, sie so einfach aussehen zu lassen. Karen verfolgte die politische Lage ihres Landes genug, um zu verstehen, dass Selbstversorgung durch Landwirtschaft eben genau das war – Selbstversorgung. Hier war Geld zu sehen, das nicht vom Halten einer Schafherde an einem Hang in Wester Ross stammte. Hinter seinem Charme lauerte etwas, und sie musste auf der Hut sein und sich nicht dazu verführen lassen, es zu verkennen.

»Kaffee? Ich koche ausgezeichneten Kaffee, Chief Inspector.«

Karen schüttelte den Kopf. Sie stand schon wegen des Daches über ihrem Kopf in der Schuld dieses Mannes, und es galt, eine gewisse professionelle Distanz zu wahren. »Nicht für uns, danke. Übrigens haben wir uns die Jurte angesehen, sie ist ideal für heute Nacht. Mit ein bisschen Glück werden wir morgen fertig und bereiten Ihnen dann keine weiteren Umstände mehr.«

Er winkte ab. »Bleiben Sie, so lange es sein muss. Sie erweisen mir einen Gefallen – es gibt immer kleine Mängel, wenn man einen Neubau in Betrieb nimmt.« Er grinste. »Wie schon gesagt, Sie können meine Inspektions-Crew sein. Es macht mich ein bisschen nervös, wenn etwas vor dem Termin fertig wird. Ich frage mich einfach, an welchen Ecken Kosten gespart wurden.«

»Wir werden sämtliche Beschwerden auf jeden Fall direkt an Sie weiterleiten. Dürfen wir uns setzen? Ich weiß, dass Sie schon mit der hiesigen Polizei gesprochen haben, aber wir haben jetzt die Ermittlungen übernommen, und ich muss alles noch einmal durchgehen. Tut mir leid.« Die Entschuldigung war absichtlich oberflächlich gehalten.

»Kein Problem, machen Sie es sich bequem.«

Sie setzten sich um die Frühstückstheke, Jason mit aufgeschlagenem Notizbuch, den angekauten Kugelschreiber gezückt. Sobald Hamish sich niedergelassen hatte, war er auch schon wieder auf den Beinen. »Ich brauche einen Kaffee, sorry«, sagte er und machte sich an Knöpfen und Schaltern zu schaffen, sodass jeder Versuch eines Gesprächs durch Knirschen und Zischen unmöglich gemacht wurde.

Karen kümmerte sich nicht darum. So leicht ließ sie sich nicht aus der Bahn werfen. Sie wartete ab, bis er sich wieder gesetzt hatte mit einer winzigen Tasse Espresso, der wie schwarzes Öl mit einem Ring aus Crema aussah. »Kehren wir also zum Anfang zurück. Wie kam Ihre erste Begegnung mit den Somervilles zustande?«

»Wir haben ein Facebook-Forum für Clashstronach. Es hilft den Leuten, in Kontakt zu bleiben. Nicht jeder, der hier in der Gegend Grund besitzt, wohnt das ganze Jahr über vor Ort, und auf diese Weise können sie am Ball bleiben. Oder einen Wink bekommen, falls es ein Problem gibt, das sie im Auge behalten sollten. Junge Leute ziehen weg, aber sie wollen trotzdem wissen, was zu Hause los ist. Und für die anderen ist es eine einfache Methode, um alle von einer Party oder einem Ceilidh-Tanzabend wissen zu lassen. Oder sogar einer Beerdigung. Alice hat uns ausfindig gemacht und eine Kopie der Landkarte ihres Großvaters gepostet.« Er streckte die Hand nach einem kleinen Papierstapel am Ende der Frühstückstheke aus und wählte ein Blatt aus. Dann legte er den Ausdruck einer von Hand gezeichneten Karte vor die beiden.

»Das hat sie ins Internet gestellt?« Karen fand die Karte ziemlich vage. Eine Schlucht, zwei Hügel, ein Meeresarm und ein paar Bauwerke.

»Genau. Und sie erwähnte, dass der alte Mann in Clachtorr stationiert gewesen war. Das ist dieses heruntergekommene große Haus, an dem Sie ein paar Meilen südlich von hier vorübergekommen sind, ein Stück von der Straße weg. Früher war es eine prächtige Jagdhütte, aber während des Krieges wurde sie von der Regierung beschlagnahmt, und im Nachhinein hat man ihr eigentlich nie wieder zu ihrer alten Pracht verholfen.«

»Und Sie haben diese Skizze erkannt?« Es war schwer, nicht ungläubig zu klingen.

»Das habe ich. Weil ich einen Großteil meiner Kindheit damit verbracht habe, auf diesen Hügeln herumzulaufen. Das hier war der Bauernhof meiner Großeltern, und ich war an vielen Veränderungen beteiligt, die vorgenommen wurden, seit diese Karte gezeichnet wurde. Selbst als ich noch ganz klein war, hat man mir immer Arbeiten übertragen. Also, ja, ich erkannte die Anordnung in Relation zu diesem Ausläufer des Meeresarms und der ungefähren Lage der Hügel.«

»Das ist ziemlich erstaunlich«, sagte Jason. »Allerdings bin ich auch in Erdkunde durchgefallen.«

Karen achtete nicht auf ihn. »Sie haben Alice also geantwortet?«

Hamish nippte an seinem dunklen Gebräu. »Das habe ich. Ich habe sie gefragt, warum sie solches Interesse an dem bestimmten Grundstück habe. Und sie bat mich darum, mir eine private E-Mail schicken zu dürfen. Am nächsten Morgen erhielt ich eine E-Mail mit der Geschichte, die Sie bestimmt schon gehört haben. Vergrabene Motorräder, Schatzsuche des Großvaters.« Er lachte. »Wer hätte da widerstehen können?«

»Sie anscheinend nicht.«

»Ach, ich dachte, es wäre lustig. Und nicht mein Problem, wenn nichts dabei herauskäme. Wie dem auch sei, wir haben uns ein bisschen hin und her gemailt, bis ihr schließlich klar wurde, dass sie mir etwas mehr Informationen anvertrauen musste, wenn die Sache irgendwohin führen sollte. Ich habe immer noch alle E-Mails auf meinem Laptop, ich kann Sie Ihnen weiterleiten, wenn Sie möchten?«

»Danke. Das wäre gut. Wenn Sie sie Constable Murray schicken, kann er einen Blick darauf werfen.« Jason nickte niedergeschlagen. »Also hat Alice Ihnen weitere Einzelheiten zukommen lassen?«

Er zog eine zweite Landkarte hervor, beinahe identisch mit der ersten, bloß dass auf dieser ein verblasstes rotes X zu sehen war. Selbst für Karen war erkennbar, dass es ziemlich gut die Stelle kennzeichnete, wo die Leiche ausgegraben worden war. »X markiert, wo der Schatz vergraben liegt.« Hamish tippte auf das Kreuz. »Also vereinbarten wir, dass sie hochkommen und wir auf eine kleine Schatzsuche gehen würden.«

»Sie sind erstaunlich leicht fündig geworden«, sagte Karen. »Man könnte meinen, Sie hätten gewusst, wo Sie nachschauen mussten.«

Hamish sah verwirrt aus. Dann lachte er wieder. Es war ein lautes, dröhnendes Lachen von der Art, der andere Menschen wohl schwer widerstehen konnten. »Nichts Unheilvolles, das verspreche ich Ihnen. Ich bin nicht bescheuert, Chief Inspector. Auf keinen Fall hatte ich vor, eine Woche damit zu verbringen, willkürlich im Torf herumzubuddeln. Nein, ich habe Archie Macleods Metalldetektor ausgeliehen und ungefähr in dem Bereich, der auf der Karte markiert ist, schon einmal ein bisschen im Vorfeld gesucht. Ich bin etwa eine Stunde blöde herumgetapst, bis ich auf das stieß, was ich zu suchen glaubte.«

»Waren Sie nicht versucht nachzusehen?«

Er strich sich über den Bart und beäugte Karen argwöhnisch. »Natürlich war ich das. Ich bin auch nur ein Mensch. Aber ich habe mich am Riemen gerissen. Es war nicht mein Schatz, der da ausgegraben werden sollte. Ich habe nur zwei Eisenstangen in die Erde gesteckt und die Stelle mit einer Schnur markiert.«

»Und Sie haben sonst niemandem davon erzählt?«

»Noch nicht einmal Archie. Ich sagte ihm, ich hätte von jemandem unten in Arisaig gehört, der Waffen gefunden habe, die bei Kriegsende vergraben worden seien, und dass ich einen kleinen Abstecher nach Clachtorr machen wolle, um zu sehen, ob sich etwas finden ließe.« Sein Lächeln war reuevoll. »Archie wird total sauer auf mich sein. Das wird mich eine Flasche anständigen Maltwhisky kosten.«

Karen ging die Ausgrabaktion mit ihm durch. Seine Geschichte stimmte in jeder Einzelheit mit der von Alice und Will überein. »Sie haben seit Ihrer Kindheit Zeit hier in der Gegend verbracht, haben Sie gesagt?«

Hamish nickte. Und wieder der Argwohn in den Augen, das Glattstreichen des Bartes. »In meiner Kindheit war es mein zweites Zuhause.«

»Erkennen Sie den Mann wieder, dessen Leiche Sie auf Ihrem Grundstück gefunden haben?«

Es war eine Fangfrage. Doch Hamish wich der Kugel nicht aus. »Nein«, sagte er bestimmt. »Ich habe den Mann noch nie gesehen. Er stammt nicht aus der Gegend.«

# 22

## 2018 – Bridge of Allan

War man gut zu Fuß, dauerte die Umrundung des Airthrey Loch, des Sees im Herzen des Campus der Stirling University, eine knappe halbe Stunde. Die Frau mit dem Foxterrier machte die Runde an den meisten Tagen zweimal – einmal, bevor sie in die Arbeit fuhr, und ein zweites Mal, bevor sie zu Bett ging. Die anderthalb Meilen boten ihr den Freiraum, sich den Tag von beiden Enden her durch den Kopf gehen lassen zu können. Der Hund lief drei- oder viermal so weit, wie sie ging, was bedeutete, dass er später den kurzen Spaziergang um den Block tolerierte. Weiter ging die alte Mutter der Frau zur Mittagszeit nie mit ihm.

Sie mochte Airthrey Loch. Der Weg war größtenteils gut ausgeleuchtet. Aufgrund des umliegenden Campus wirkte er nicht abgeschieden. Sie erreichte fast nie das Ende ihres Spaziergangs, ohne an jemandem vorübergekommen zu sein – einem zügigen Jogger; einem in erster Liebe verschlungenen Pärchen; einer Dozentin mit gesenktem Kopf, die Stirn nachdenklich in Falten gelegt; einer Schar Studenten auf dem Rückweg von der Bar zu ihren Wohnheimen. Niemand schenkte ihr einen zweiten Blick, und das war ihr auch recht so.

Es war nach zehn Uhr gewesen, als sie das Auto abgestellt hatte und losgegangen war. Zwar wehte ein träger Wind von den Hügeln herab, doch sie war wettergerecht gekleidet, und er drang nicht durch ihren weichen Kaschmirschal. Sie schritt aus, tief in Gedanken versunken, und suchte nach einer Lösung für einen Konflikt zwischen zwei Mitarbeitern.

Als der Mann aus der Deckung eines dichten Rhododendrons hervortrat, zog sich ihre Brust fest zusammen, und der Schrecken war so groß, dass sie aus dem Tritt kam. Mit rasendem Puls strauchelte sie leicht, bevor sie sich aufrichtete, die Arme defensiv vor dem Körper angewinkelt.

»Tut mir leid, Ma'am, ich wollte Ihnen keinen Schrecken einjagen«, sagte DS Gerry McCartney.

»Was? Meinen Sie, sich im Dunkeln an Frauen heranzuschleichen, trägt zu deren Entspannung bei?« ACC Ann Markie ließ nur selten alle Contenance fahren, doch diesmal klang sie so wütend, wie sie sich fühlte. Sie ließ die Hände an die Seiten sinken und ging weiter. McCartney musste sich ins Zeug legen, um Schritt zu halten. »Warum die Nacht-und-Nebel-Aktion, Gerry?«, wollte sie wissen.

»Ich dachte, Sie wollten, dass ich diskret vorgehe?« Er klang gekränkt.

»Diskret bedeutet, dass Sie sich nicht auf eine Art und Weise benehmen, bei der sich die Leute von Jedburgh bis nach John O'Groats die Mäuler zerreißen, falls jemand Sie sehen sollte. Diskret bedeutet zufällige Begegnungen im Lauf des Büroalltags. Nicht sich aufführen, als wären Sie in einer Episode von irgendeinem verdammten Verschwörungsthriller auf Channel 4.«

»Tut mir leid.«

»Woher haben Sie überhaupt gewusst, dass ich hier sein würde? Stellen Sie mir nach?« Sie blieb stehen, drehte sich um und sah ihn finster an.

McCartney schob die Hände in die Taschen seiner viel zu dünnen Jacke. »Garvey, der Chef des Sicherheitsdienstes an der Universität. Er war früher Sergeant in Falkirk.« Er schnaubte. »Jeder weiß, dass Sie hier draußen mit dem Hund Gassi gehen, morgens und abends.«

»Himmel! So viel zum Thema Sicherheit.« Markie marschierte wieder los. »Und warum stören Sie das einzige kleine bisschen Frieden, das mir am Tag vergönnt ist?«

»Sie wollten über DCI Pirie unterrichtet werden.«

»Fixe Arbeit, Gerry. Sie sind erst seit zwei Tagen dort, und schon haben Sie was in die Hand bekommen.«

Die nächste Straßenlaterne erhellte McCartneys besorgte Miene. »Ich würde nicht sagen, dass ich unbedingt etwas in der Hand habe. Aber ich dachte mir, Sie wären vielleicht gern auf dem Laufenden.«

Markie verdrehte die Augen. »Wieso? Was ist los?«

»Sie hat das Reservat verlassen. Sie ist auf River Wildes Geheiß hoch in die Highlands gefahren.«

Markie blieb wie angewurzelt stehen und drehte sich erneut zu ihm um. »Was? Das erklären Sie besser.«

»Laut dieser Karotte, die für sie arbeitet, bekam Pirie einen Anruf von Wilde, die sagte, die N Division habe eine Leiche gefunden, bei der es sich wahrscheinlich um einen Altfall handele«, nuschelte er. »Also ließ Pirie alles stehen und liegen und flitzte rüber nach Wester Ross. Sie war praktisch schon am Tatort, bevor sie sich dazu herabließ, mit dem leitenden Ermittlungsbeamten zu sprechen und ihm zu sagen, sie würde ihm den Fall unter dem Hintern wegziehen.«

Markie fragte sich, wie Pirie überhaupt so lange in dem Beruf überlebt hatte. Die Frau schien kein Verständnis dafür zu haben, wie man Beziehungen zu Kollegen aufbaute. Wieso hatte man zugelassen, dass sie derart außer Kontrolle geriet? Fälle abzuschließen war schön und gut, aber im modernen Polizeidienst brauchte es mehr als ein Zweimannteam, um Teamfähigkeit zu beweisen. Pirie ließ sich offensichtlich nicht unter Kontrolle bringen. Sie musste ersetzt werden. Und sobald Markie erst einmal die Historic Cases Unit auf Vordermann gebracht hatte, würde das ein ganz anderer Betrieb sein. Einer, der die Bedeutung von Hierarchien verstand. Und auf Ungehorsam nicht auch noch stolz war. »Und, war es das?«, kam sie sofort auf den Punkt und setzte ihren Weg fort.

»War es was?«

»Ein Altfall.« Das unausgesprochene »Sie Idiot« hing deutlich in der Luft.

»Ich weiß es nicht. Ich habe noch keine Rückmeldung von der Karotte. Die Sache ist die, wenn es ein richtiger Fall ist, hätte sie mich mitnehmen sollen, nicht ihn. Ich bin der ranghöhere Officer. Und sie hat mich auf diese unglaublich nervtötende Ermittlung angesetzt, die in eine Sackgasse führt. Ich fahre durchs ganze Land und rede mit Leuten, die 1986 einen Rover 214 besaßen, in der Hoffnung, dass sich einer von ihnen bei einer alten Serie von Vergewaltigungen schuldig bekennt, bei der vielleicht gerade einmal noch ein einzelner Vergewaltigungsmord herausspringt. Also wirklich! Murray sollte das machen, nicht ich. Dazu taugt er gerade noch.«

Markie verlangsamte ihr Tempo und blieb stehen, während sie auf die gekräuselte Dunkelheit des Sees hinausstarrte. »Glauben Sie, sie argwöhnt, dass ich Sie dorthin versetzt habe, damit Sie mir berichten, wie sie ihr kleines Imperium führt?«

»Ich weiß es nicht.«

»Es gibt offensichtlich viel, was Sie nicht wissen, Gerry. Als Sie früher mein Mitarbeiter waren, waren Sie immer am Ball. Sagen Sie mir bloß nicht, dass Sie aus der Übung sind. Ich würde nicht gern zu dem Schluss kommen, dass mein Vertrauen in Sie fehl am Platz war.«

Er seufzte. »Sie traut keinem außer Murray, und das auch nur, weil er zu dumm ist, um sie zu hintergehen.«

»Nun, Ihre Aufgabe besteht darin, ihr Vertrauen zu gewinnen.«

»Ich tue, was ich kann. Ich bin nur …«

»Was? Sie sind nur was, Gerry?« Jetzt klang Markie freundlich. Jeder, der sie gut kannte, hätte schleunigst das Weite gesucht.

»Ich bin mir nicht sicher, was das hier bewirken soll. Das ist alles.«

»Zerbrechen Sie sich nicht den Kopf über Dinge, die Ihre Einkommensklasse für immer übersteigen werden. Tun Sie, was ich Ihnen sage, und alles wird gut. Sie sollten mich lieber nicht enttäuschen, Gerry.«

Er schluckte den Kloß hinunter, der sich in seiner Kehle gebildet zu haben schien. »Das ist mir klar. Aber wenn ich wüsste ...«

»Sie wollen doch zurück ins MIT, nicht wahr?«

Im Moment war ihm egal, wohin er kam, solange Ann Markie nicht dort war. »Ich kümmere mich darum«, sagte er.

»Gut. Und ziehen Sie nicht noch einmal so eine Nummer ab, Gerry.« Ihre Stimme triefte vor Verachtung. Sie steckte zwei Finger zwischen die Lippen und stieß einen schrillen Pfiff aus. Der Hund kam aus dem Gebüsch gestürzt und sprang an Gerry McCartney hoch, sodass seine Hose mit Dreck beschmiert wurde.

Er eilte davon und überlegte, ob sie das dem kläffenden kleinen Scheusal beigebracht hatte. Gewundert hätte es ihn nicht. Flüchtig fragte er sich, ob er in einem Rennen, von dem er noch nicht einmal geahnt hatte, möglicherweise auf das falsche Pferd gesetzt hatte.

# 23

## 2018 – Wester Ross

Für eine Frau, die gewohnt war, im Kampf gegen ihre Schlaflosigkeit durch die verwinkelten Straßen von Edinburgh mit seinen Gässchen und Passagen, seinen Durchgängen und Sackgassen, seinen Treppen und Höfen, wo sich Häuser in unerwarteten Gruppierungen dicht an dicht drängten, zu spazieren, boten die leeren Weiten der Highlands nur begrenzte Möglichkeiten. Sobald Jason zu Bett gegangen war, war Karen recht schnell klar geworden, dass sie keinen Schlaf finden würde. Zur Wahl stand nur ihre übliche Abhilfe.

Also zog sie wieder ihre Wanderschuhe an, schlüpfte in ihre Jacke und ging in die Nacht hinaus. Der Himmel war klar, und ohne die Konkurrenz durch Straßenlampen reichte der blasse Schein des Halbmonds ohne Weiteres zu ihrer Orientierung. Sie bog vor der Jurte nach rechts ab und folgte dem Weg zehn Minuten lang, bis er an einem Wendekreis endete, neben etwas, das wie die Überreste einer kleinen steinernen Schutzhütte aussah. Wahrscheinlich die Hütte eines Schäfers, sagte Karen sich, auch wenn sie wusste, dass das reine Spekulation war. Der Wind hatte sich gelegt, und das Meer glänzte im Mondschein, winzige sich kräuselnde Wellen ließen die Wasseroberfläche erzittern. Sie stand eine Weile da, nahm die Ruhe der Nacht in sich auf und ließ sie ihre Rastlosigkeit lindern.

Doch es war zu kalt, um lang still zu stehen, und schon früher, als ihr lieb war, marschierte sie den Weg zurück, vorbei an der Jurte und dem Tatort, während sie die Ereignisse noch einmal in Gedanken durchging. Sie hatte im nächsten Pub – fünf Meilen die Straße hinauf, hinter der Grafschaftsgrenze in Sutherland – mit Jason zu Abend gegessen. Schlauerweise hielt man dort die Speisekarte einfach – eine Auswahl an Pasteten aus dem berühmten Laden in Lochinver, dazu von Hand geschnittene Pommes und hausgemachte Baked Beans. Bis man ihnen das Essen vorgesetzt hatte, war Karen nicht bewusst gewesen, wie hungrig sie war. Danach schalt sie sich insgeheim für ihre Nachlässigkeit. Mittlerweile sollte sie wissen, dass ihr Gehirn das erste Organ war, das langsamer arbeitete, wenn sie nicht aß.

Auf der Rückfahrt ließ sie sich den letzten Teil ihrer Befragung von Hamish Mackenzie durch den Kopf gehen. Was Karen vor ein Rätsel stellte, war, wie die Leiche ins Moor kommen konnte, ohne dass es jemand gemerkt hatte. Dieser Bauernhof war offensichtlich in Betrieb, und laut dem, was Hamish gesagt hatte, war das auch in seiner Jugend der Fall gewesen. Wie konnte dann jemand ein sarggroßes Loch in den Torf graben und es anschließend wieder auffüllen, ohne dass es jemandem aufgefallen war?

Hamish hatte darauf beharrt, dass seine Großeltern nichts von den Motorrädern oder der Leiche gewusst hatten. Als Karen fragte, wie das möglich sei, war er ebenfalls ratlos gewesen. »Wann ist die Sache Ihrer Meinung nach passiert?«, hatte er nachgefragt.

»Wir sind uns nicht sicher. Aber wahrscheinlich vor zwanzig bis fünfundzwanzig Jahren.«

Hamish nickte, und seine Züge hellten sich auf. »Wir sind 1994, als ich zwölf war, nach Amerika gezogen«, sagte er. »Mein Dad bekam eine Stelle in Stanford. Abgesehen von zwei kurzen Besuchen bin ich nicht mehr richtig nach Großbritannien zurückgekommen, bis ich im Jahr 2000 in Edinburgh studierte. Und bei meiner Rückkehr war der Bauernhof in einem ziemlich miserablen Zustand, um es mal deutlich zu sagen. Meine Großmutter war im frühen Stadium dement, und mein Großvater wurde immer gebrechlicher. Ich fing an, meine Ferien hier oben zu verbringen und zu versuchen, die Dinge wieder geradezubiegen. Erledigte die harte körperliche Arbeit, die mein Großvater nicht mehr allein schaffte. Darum tippe ich mal darauf, dass damals alle möglichen Dinge auf dem Land hätten passieren können, und es wäre keinem aufgefallen. Den Abschnitt des Moors sieht man vom Haus aus nicht richtig, so abschüssig, wie das Land ist. Und in dieser Gegend erobert die Natur das Ihre schnell zurück.«

Wie so oft bei Altfällen konnte sich das, was zuerst wie eine nicht sehr hilfreiche Antwort aussah, auch anders interpretieren lassen. Man musste nur am Kaleidoskop drehen, dann bot Hamishs Antwort tatsächlich eine Erklärung. Jene sechs Jahre seines »California Dreamin'« und der nachlassenden Lebenskräfte seiner Großeltern hatten jemandem, der wusste, was sich unter dem Moor verbarg, eine günstige Gelegenheit eröffnet.

»Wie lange würde es dauern, ohne Bagger bis zu der Kiste hinunterzugraben?«, hatte Karen gefragt. »Meine Erfahrung in Sachen Ackerbau beschränkt sich auf das Ziehen von Tomaten auf dem Balkon. Noch dazu nicht sehr erfolgreich.«

Hamish schüttelte den Kopf. »Ohne Frühbeet oder ein kleines Gewächshaus werden Sie mit Tomaten in Edinburgh Probleme haben. Der Wind ist zu kalt.«

»Ich mag Herausforderungen. Aber wie lange denn nun?«

Er leerte seine Tasse, während er überlegte. »Es müssen mindestens zwei gewesen sein, stimmt's? Das Opfer und der Schütze?«

Karen hob die Augenbrauen. Die Beteiligung einer Schusswaffe hatte sie nicht erwähnt.

Hamish zuckte mit einer Schulter. »Die hiesigen Polizisten haben sich darüber unterhalten, als ich ihnen den Kaffee gebracht habe, meine Anwesenheit schien sie nicht zu stören.«

»Die haben doch keine Ahnung«, murmelte Jason mürrisch und schüttelte missbilligend den Kopf.

»Okay«, sagte Karen. »Mindestens zwei, ja.«

»Dann wahrscheinlich zwei oder drei Stunden. Wenn sie mit Volldampf rangegangen sind und fit waren.«

Zumindest wusste er nicht alles, dachte sie. Ihr Opfer war auf jeden Fall mehr als fit gewesen. »Man könnte es also über Nacht schaffen?«

»Unter den richtigen Bedingungen? Ja, kein Problem. Besonders wenn es eine Zeit lang trocken war.«

So viel dazu. Während sie sich das Gespräch durch den Kopf gehen ließ, kam sie an dem – zu dieser Stunde dunklen – Bauernhaus vorbei und ging bis hoch zur geteerten Straße. Sie wandte sich nach rechts und erreichte den Feldweg, der an dem niedrigen Steinhaus vorbeiführte, in dem die Somervilles gewohnt hatten. Sie hatten das Weite gesucht, sobald sie ihre biometrischen Proben abgegeben hatten. Will Somerville war immer noch verstimmt gewesen, weil man ihnen vorenthielt, was er als das rechtmäßige Erbe seiner Frau betrachtete.

Nun richteten sich Karens Gedanken auf die Tatortfotos, die Jason und sie sich nach ihrer Rückkehr aus dem Pub genau angesehen hatten. Der Konservierungsgrad des Weichgewebes überraschte sie immer noch. Der Mann sah aus, als wäre er erst ein paar Stunden und nicht Jahre tot. Doch das Betrachten der Fotos in allen Einzelheiten erlaubte es Karen, über das Opfer hinaus das größere Ganze zu sehen.

Die Lage seines Körpers wirkte irgendwie seltsam. Er war in der Taille verrenkt, als sei die untere Körperhälfte bewegungsunfähig gewesen, als die Schüsse seinen Rumpf zur Seite hatten wirbeln lassen. Karen hatte die entsprechenden Aufnahmen durchgeblättert und sie auf Ablageflächen in der Jurte ausgebreitet. »Sagen Sie mir, wenn Sie glauben, dass ich bloß Quatsch im Kopf habe«, hatte sie erklärt. »Und es ist schwierig, sicher zu sein, wenn ich mich nur auf die Bilder stützen kann, denn als ich am Tatort eintraf, hatte man das Motorrad bereits entfernt. Aber für mich sieht es so aus, als hätte das Motorrad zum Teil auf ihm gelegen. Nun könnte es so umgefallen sein. Aber ich frage mich, ob er vielleicht dabei war, es aus dem Loch zu heben, als er erschossen wurde.«

Jason hatte ein Foto nach dem anderen studiert und schwer durch die Nase geatmet, während er Karens Vorschlag erwog. »Sie könnten recht haben, Boss. Aber warum würde man sich die ganze Mühe machen, das Motorrad auszugraben, und dann den großen Kerl erschießen, bevor man es aus dem Loch rausgekriegt hat?«

Das war die entscheidende Frage. Vorhin hatte es Karen Probleme bereitet, sich einen Reim darauf zu machen. Sie hatte sich gefragt, ob es um Mord gegangen und das Ausgraben des Motorrads nur ein Vorwand gewesen war, um das Opfer zu überreden, sein eigenes Grab zu schaufeln. Es wirkte weit hergeholt.

Nach ihrer Erfahrung passierte Weithergeholtes häufiger, als man zu glauben bereit war.

Doch ein Spaziergang entwirrte oft das Hartnäckige, das Unpassende und das Unglaubwürdige. Während sie dem Pfad im Mondschein folgte, wurde ihr klar, was ihr vorhin entgangen war. Manchmal, dachte Karen, war Jason nicht der einzige Idiot in der Historic Cases Unit.

Sie blieb stehen und zog ihr Handy heraus. Nachdem sie die Tatortfotos aufgerufen hatte, fuhr sie mit den Fingern über das Display, um einen Ausschnitt zu vergrößern. Die erste Indian, in ihrer ganzen Herrlichkeit. Das Detail, das sich ihr zuvor entzogen hatte, war deutlich, auch wenn das Bild bei diesem Vergrößerungsgrad ein wenig verschwommen war. Sie rief die Bilder des zweiten Motorrads auf, dasjenige, das den Elementen ausgesetzt gewesen war.

Karen betrachtete das Display, sich bewusst, dass der torfige Dreck an dem Motorrad die Beantwortung ihrer Frage unmöglich machen könnte. Falls dem so wäre, müsste sie bis zum Morgen abwarten und es sich persönlich ansehen. Doch sie hätte sich keine Sorgen zu machen brauchen. Der Beweis dessen, woran sie sich zu erinnern glaubte, befand sich direkt vor ihren Augen.

Die Ledersatteltaschen an den Motorrädern waren jeweils durch zwei Ledergurte mit Schnallen befestigt. Beim ersten Motorrad, demjenigen, das anscheinend unberührt geblieben war, seitdem man es vergraben hatte, waren die Gurte geschlossen.

Beim zweiten Motorrad hingen sie lose herab.

# 24

## 1944 – Antwerpen, Wester Ross

Wie er erwartet hatte, waren es die Kanadier gewesen, die Antwerpen letztlich befreiten. Arnie Burke stellte sich ihnen; er wurde eingehend von einem Major des militärischen Geheimdienstes befragt, und man erklärte ihm, er werde in ein oder zwei Tagen an die Amerikaner übergeben werden. Er war sich nicht sicher, wie einfach es sein würde, nach Antwerpen zurückzukehren, wenn man ihn erst einmal ausgeschleust hatte; das stellte ihn vor ein Dilemma. Sollte er seine Beute in ihrem Versteck lassen und hoffen, dass niemand darüberstolpern würde, oder sie holen, solange sich ihm noch die Gelegenheit bot, und riskieren, bei seiner Rückkehr in den Schoß der Familie aufzufliegen?

Er entschied, ein Spatz in der Hand wäre besser als eine Taube in einem Loch in der Mauer. Eines Morgens, als die Dämmerung allmählich den Fluss und die Stadt dahinter enthüllte, verließ er früh sein Quartier und kehrte zu dem versteckten Hof zurück, wo er die schwarzen Samtbeutel deponiert hatte. Er arbeitete hastig, löste die Steinattrappe und fand, weshalb er hergekommen war. Um die Taille trug er einen Geldgürtel, in den er die Beutel steckte.

Zurück in der Schulturnhalle, die die Kanadier übernommen hatten, nahm er seinen Kleidersack mit in die Toilettenkabine und machte einen Schlitz ins Futter. Er stopfte die Beutel durch die Lücke und drückte ihren Inhalt am Boden der Reisetasche flach. Wenn man wirklich nach Schmuggelware Ausschau hielt, würde man sie vielleicht finden. Doch eine oberflächliche Suche würde nichts zutage fördern.

Wie sich eine Woche später herausstellte, als er wieder zu einer amerikanischen Einheit stieß, hatte niemand eine freie Minute, und es interessierte alle einen feuchten Kehricht. Wahrscheinlich hätte er auf einem Motorrad der Wehrmacht mit Beiwagen vorfahren können, ohne Aufmerksamkeit zu erregen. Nun, das war vielleicht übertrieben, aber nicht allzu sehr. Er musste einem Lieutenant des Geheimdiensts der US-Armee seine Geschichte noch einmal von vorne erzählen; mit dem Ergebnis, dass er am Abend eine Flasche starkes Trappistenbier nach der anderen spendiert bekam.

Am Morgen danach, mit rasenden Kopfschmerzen und einem aufgewühlten Magen, wurde ihm gesagt, dass man ihn nach Schottland zurückschicken würde, wo er vor Antwerpen für den Einsatz ausgebildet worden war. »Wir haben da oben ein paar Männer, die Ihre Erfahrung im Einsatz gebrauchen könnten. Die Deutschen haben wir vielleicht in die Flucht geschlagen, aber es gilt immer noch, die Japse im Pazifik zu erledigen. Sie wissen es ja selbst, die Briten haben dort oben ein großartiges Ausbildungslager. Ein paar Wochen in den Highlands, und dann schicken wir Sie nach Hause«, erklärte ihm ein streitbarer Captain.

Eine raue Überfahrt über den Kanal, dann eine endlose Zugfahrt zusammengepfercht in einem Viehwaggon voller Fallschirmjäger, die schon eine Weile nicht mehr mit Warmwasser in Berührung gekommen waren. Schließlich kreuzte an irgendeinem gottverlassenen windgepeitschten Bahnhof am Arsch der Welt ein Jeep auf, gefahren von einem hartgesottenen GI, dem der Sinn nicht nach einem Schwätzchen stand. Nach einer Stunde wurde Arnie vor etwas abgesetzt, was der Vorstellung eines jeden Amerikaners von einem Märchenschloss entsprach. Grauer Granit, Türme an jeder

Ecke, eine gewaltige Eingangstür, durch die man ein ganzes Bataillon hätte marschieren lassen können. Es war sogar noch größer als die Jagdhütte, in der er stationiert gewesen war, während er sein Fachwissen erlernt hatte.

Ein drahtiger kleiner Terrier von einem Corporal in einer Uniform, die aussah, als sei sie aus den abgelegten Stücken von mindestens drei verschiedenen Regimentern zusammengeklaubt worden, führte ihn in ein winziges Schlafzimmer unter dem Dach. Ein Einzelbett, ein Stuhl und eine Kommode, aber für Arnie fühlte es sich an wie das Paradies. Er erinnerte sich nicht mehr an das letzte Mal, als er ohne das leise Surren von Angst in der Brust geschlafen hatte. Niemand würde hier in sein Zimmer platzen und ihn denunzieren; keine verirrte Kugel würde ihn treffen, während er seine Arbeit erledigte; keine Bombe würde seine Welt in die Luft sprengen.

Die nächsten zehn Wochen arbeitete er mit den Briten zusammen und ließ potenzielle Agenten im Außendienst von seinen Erfahrungen profitieren. Es war nervenschonend, und allmählich begann Arnie, sich wieder mehr wie der Mann zu fühlen, der er früher gewesen war, bevor er am Rande des Abgrunds gelebt hatte. Von Tag zu Tag wuchs sein altes Selbstvertrauen, und er konnte es kaum erwarten, nach Amerika zurückzukehren und das neue Leben zu beginnen, das der Inhalt seiner Samtbeutel ihm ermöglichen würde.

Und dann wurde die Sache kompliziert. Man teilte ihm einen Termin zu, an dem er auslaufen würde. Eine Koje auf einem Versorgungsschiff, das Einsatzmaterialien zurückbrachte, die in Europa nicht mehr gebraucht wurden. Was großartige Neuigkeiten waren, bloß dass er von einem seiner neuen Freunde bei der Militärpolizei hörte, jeder, der mit dem Schiff fahre, werde gründlich durchsucht. »Es hat zu viele Geschichten wegen Kriegsbeute gegeben«, hatte er gesagt. »Als es bloß hier und da eine deutsche Pistole oder ein Eisernes Kreuz waren, hat es keinen gejuckt, aber ein paar Männer haben das Spiel zu weit getrieben. Ein dummer Scheißkerl von der Fernmeldetruppe wurde mit einem Rembrandt am Boden seines Kleidersacks erwischt – er hatte ihn im Haus irgendeines reichen Sacks in Brüssel aus dem Rahmen geschnitten, glaubte, er könnte ihn nach Hause mitnehmen und einen Reibach machen.«

An dem Abend holte Arnie die Samtbeutel hervor und vereinte ihren Inhalt in einem einzigen Päckchen. Er lieh sich ein Fahrrad aus und fuhr zum Hafendamm am Loch Ewe, wo die Vorbereitungen für das Verladen in Gang waren. Arnie war nicht so weit gekommen, um sich von ein paar selbstgerechten Bürokraten einen Strich durch die Rechnung machen zu lassen. Er musste einen Weg finden, sein Päckchen an Bord zu schmuggeln. Wenn sie erst einmal mitten auf dem Atlantik waren, würde er sich etwas einfallen lassen, um es wieder an sich zu bringen.

Rasch schritt er durch das nun überflüssige Zubehör einer Kampftruppe und gab sich den Anschein, als hätte er dort etwas zu tun. Die ganze Zeit betrachtete er das Schiff, musterte die Fracht und kalkulierte Möglichkeiten. Es war bald klar, dass er sich nicht an Bord schleichen und den Beutel verstecken konnte. Fast hatte er schon die Hoffnung auf eine Lösung aufgegeben, da kam er zur letzten Reihe an Frachtposten. Ganz hinten standen zwei nagelneue Indian-Scout-Motorräder. Sie sahen aus, als seien sie noch nie gefahren worden. Der Lack war makellos, die Reifen ohne jede Dreckspur. An beiden Maschinen war ein Paar Satteltaschen über dem Hinterrad befestigt.

Arnie sah sich um und stellte sicher, dass niemand auf ihn achtete. Dann ging er neben einem der Motorräder in die Hocke, öffnete einen steifen Lederriemen und ließ den prall gefüllten schwarzen Samtbeutel in die Satteltasche hineinfallen. In sechsunddreißig Stunden würde er die Segel nach Amerika setzen, seine Zukunft sicher im Laderaum des Schiffes.

Er fuhr mit dem Fahrrad zurück zur Burg, ohne dass ihm die Hügel etwas ausmachten. Was waren schon ein paar Hügel für einen Mann, der Berge erklimmen würde?

# 25

## 2018 – Wester Ross

Karen vergrößerte das Foto am Bildschirm ihres Laptops und klickte dann zwischen den beiden hin und her. »Sehen Sie, was ich sehe?«, wollte sie wissen.

Jason, der noch nie das gewesen war, was man einen Morgenmensch nannte, verbrannte sich den Mund an dem heißen Kaffee und zuckte zusammen. »Aua!«

Karen klickte wieder zwischen den beiden Bildern hin und her. »Kommen Sie schon, Jason!«

»Ein Satteltaschenpaar ist zugeschnallt und das andere nicht«, seufzte er. »Es sieht also aus, als hätten Sie recht gehabt, auf das Motorrad hatten sie es nie abgesehen. Aber es bringt uns nicht weiter, oder? Ich meine, es lässt sich unmöglich sagen, wonach sie gesucht haben. Oder wer es dort untergebracht hat. Oder auch nur, ob es dort war.«

Karen lehnte sich auf ihrem Stuhl zurück und starrte aufs Meer hinaus. »Ich glaube, es war ganz bestimmt etwas dort. Ansonsten wären beide Maschinen ausgegraben worden.«

»Wenn es nicht alles eine List war, um das Opfer dazu zu bringen, sein eigenes Grab zu schaufeln.« Jason sah erwartungsvoll aus.

»Das ist ein bisschen verworren. Wenn das der Fall gewesen wäre, hätte es jedes Loch in den Highlands getan, solange der Mörder eine plausible Geschichte parat gehabt hätte. Diese Grube war an einer ganz spezifischen Stelle, wenn es also nicht um die Motorräder ging, musste es sich um etwas anderes drehen. Und wir wissen, was immer es war, es war so klein, dass es unauffällig in eine Motorradsatteltasche passte. Denn wenn es sperrig gewesen wäre, hätte es Alice Somervilles Großvater entweder bemerkt oder die ganze Zeit über gewusst, dass es da war. Und wenn er wusste, dass da etwas war, warum hätte er es ihr dann nicht erzählen sollen?«

»Ja.« Jason seufzte. »Übrigens, Boss, was sollte der Zettel am Waschbecken?«

Karen errötete. Der betreffende Zettel war ein Blatt liniertes DIN-A4-Papier von dem Block, den sie benutzte, um Schaubilder mit Verbindungen zwischen Zeugen und Verdächtigen und Ereignissen anzufertigen. Die Notiz hatte sie um halb drei Uhr morgens nach ihrer Rückkehr von ihrem spätnächtlichen Spaziergang geschrieben. Sie war ins Badezimmer gegangen, um aufs Klo zu gehen und sich die Zähne zu putzen, bevor sie sich schlafen legte, hatte aber nicht das Licht eingeschaltet, da es mit der Lüftung verbunden war und sie Jason nicht wecken wollte. Es war schwierig genug, ein vernünftiges Gespräch mit ihm zu führen, wenn er hellwach war, doch gerade aus dem Schlaf hochgeschreckt, ein Ding der Unmöglichkeit.

Irgendwie hatte sich ihr Ohrring am Band ihrer Armbanduhr verhakt und war ihr aus dem Ohr gerutscht. Verzweifelt hatte sie versucht, ihn aufzufangen. Dann das Klimpern von Silber auf Porzellan, das Klirren, als der Ohrring auf das Abflussloch traf, und das Geklapper, als er das Rohr nach unten hüpfte. »Scheiße«, hatte Karen gezischt, die Lippen fest über die Zähne gespannt. Der einzige Schmuck, den sie je besessen hatte, an dem ihr verdammt noch mal etwas lag, war den Abfluss hinunter verschwunden.

Ihr war ein leises Stöhnen entschlüpft, als sie die Stirn an die kühle Kante des Waschbeckens gelegt hatte. Am Jahrestag ihrer ersten gemeinsamen Nacht hatte Phil ihr ein Paar Tiffany-High-Tide-Silberohrringe geschenkt. Sie war sprachlos gewesen. Etwas derart Schönes hatte ihr noch niemand geschenkt. Die glatten Wellenlinien erinnerten an die ständig im Wandel begriffene Mündung des Forth, wo sie so gern saßen und zuschauten, während sie sich langsam und genüsslich durch den Nougatriegel arbeiteten, den sie sich sonntags gönnten. Sie hatte die Ohrringe seitdem jeden Tag getragen.

Und jetzt war einer herausgerissen worden. Wenn sie es sich recht überlegte, war er wohl nicht allzu weit gekullert. Sie tippte darauf, dass er im U-Rohr feststeckte. Vielleicht konnte Hamish ihn am Morgen herausholen.

Falls er auch nur die geringste Chance haben sollte, durfte kein Wasser mehr in das Rohr fließen. Also hatte Karen die Nachricht geschrieben. In riesigen Großbuchstaben mit einem Edding. »JASON: BENUTZEN SIE UNTER KEINEN UMSTÄNDEN DIESES WASCHBECKEN. ICH MEINE ES ERNST.« Am Morgen hatte sie ihn in der Küche angetroffen, wo er sich an der Spüle rasierte. Er hatte bis jetzt mit seiner Frage gewartet, also erklärte sie es.

»Ich verstehe, warum Sie das so schlimm finden«, räumte Jason ein. »Das sind die, die Phil Ihnen geschenkt hat, stimmt's?«

»Stimmt. Danke, dass Sie getan haben, worum ich Sie gebeten habe.«

Sein Blick besagte: »Als würde ich es wagen, etwas anderes zu tun.« Bevor er etwas erwidern konnte, klingelte Karens Handy. Ein Blick aufs Display, und sie schnitt eine Grimasse. »Verflucht noch mal, es ist der Hundekuchen.« Sie achtete nicht auf Jasons verwirrte Miene, setzte ein Lächeln auf und meldete sich. »Guten Morgen, Ma'am.«

Ann Markie klang so munter wie frisch gepresster Orangensaft. »Und ist es ein guter Morgen, wo Sie sind, Karen? Ich frage nur, weil ich glaube, dass Sie sich ein gutes Stück außerhalb des Central Belt befinden.«

»Sie sind bestens informiert, Ma'am. Ich bin in Wester Ross, wo die Sonne sich große Mühe gibt, eine Lücke in den Wolken zu finden.« Karen verdrehte Jason gegenüber die Augen und stellte pantomimisch dar, erhängt zu werden.

»Hätten Sie die Freundlichkeit zu erklären, was Sie in Wester Ross treiben?« Die Stimme war Honig und Seide. Zu Karens Verblüffung stellte sie fest, dass sie eine abfällige Verbalattacke ihres alten Chefs vorgezogen hätte. Zumindest wusste man bei der Makrone, woran man war, selbst wenn man in der Scheiße steckte.

»Ich ermittle in einem Todesfall unter verdächtigen Umständen. Nun, ehrlich gesagt würde ich mich so weit aus dem Fenster lehnen und von einem Mordfall sprechen. Zwei Schusswunden und keine Waffe spricht gemeinhin gegen Selbstmord.«

»Ist das nicht eine Aufgabe für die Kripo der N Division?«

»Normalerweise schon, aber aus den Umständen ist ersichtlich, dass es sich hierbei um einen Altfall handelt. Die Leiche war seit ungefähr zwanzig Jahren im Moor, schätzt Dr. Wilde.« Sobald Rivers Name ihre Lippen verließ, wusste Karen, dass ihr ein Fehler unterlaufen war.

»Ach ja, Dr. Wilde. Anscheinend überträgt sie jetzt meinen Detectives Fälle.«

»Sie hat einen Anruf getätigt, der mir bis zu sechs oder sieben Stunden Fahrtzeit erspart hat, Ma'am. Ich hätte gedacht, mich in diesen Fall hineinzuknien, sei ein besserer Umgang mit meiner Zeit, als die A 9 runter- und wieder raufzufahren.«

»Mussten Sie dem Tatort wirklich einen Besuch abstatten? Im Allgemeinen haben Sie diesen Luxus nie.«

Jetzt stieg langsam Ärger in Karen hoch. »Umso mehr Grund, die Gelegenheit beim Schopf zu packen.« Sie zwang sich zu lächeln. Wenn man lächelte, konnte man niemanden anknurren. »Ein kleiner Auffrischungskurs über das Prozedere am Tatort kann nicht schaden.«

»Und Sie glauben nicht, dass es angesichts Ihres Mangels an Tatorterfahrung in letzter Zeit vielleicht sinnvoller gewesen wäre, DS McCartney anstatt DC Murray mitzunehmen?«

*Schön, diesen Verdacht bestätigt zu bekommen.* »DC Murray braucht mehr Erfahrung an vorderster Front«, sagte Karen bestimmt. »Ich lasse DS McCartney eine Reihe von Befragungen durchführen, die offen gesagt Erfahrung und Fingerspitzengefühl erfordern. Gehört das nicht zu den Stärken von DS McCartney? Habe ich da etwas missverstanden?« Der Teufel sollte sie holen, wenn sie sich von Markie herumschubsen ließe.

Jason lauschte jetzt offen, die Erwähnung seines Namens war dazu in seiner Welt Rechtfertigung genug. Er zeigte Karen rasch einen Daumen hoch.

Markie hielt einen Moment lang inne. »Ich halte DS McCartney eher für ein wenig überqualifiziert für allerletzte verzweifelte Ermittlungen, die wahrscheinlich völlig ins Leere laufen werden. Ich gehe davon aus, dass Sie bald wieder in die Leitstelle zurückkehren?« Es war so etwas wie ein Rückzieher.

»Das hoffe ich. Es hängt davon ab, welche Fortschritte wir bei der Identifizierung machen.«

Ein Seufzen aus dem Central Belt. »Ich hoffe, dass das hier nicht das Budget sprengen wird, Karen. Sie wissen, unter wie viel Druck wir stehen, was den klugen Einsatz unserer Mittel betrifft. Und nichts frisst Mittel schneller auf als die endlose Flut an Untersuchungen, die ihr Altfall-Detectives so gern in Auftrag gebt.«

Die schiere Ungerechtigkeit von Markies Vorwurf provozierte Karen beinahe zu einer unüberlegten Entgegnung. Der bürokratische Besen war schon zu lange nicht mehr an vorderster Front gewesen. Stattdessen überlegte sie sich schnell etwas anderes. »Es ist ein Torfmoor, Ma'am. Die Leiche ist sehr gut erhalten. Ich bin zuversichtlich, dass wir sie mithilfe eines Fotos identifizieren können. Die Medien werden sich darauf stürzen, sie lieben diese Art von Story. Mit ein bisschen Glück werden wir also keine kostspieligen Untersuchungen brauchen, auf die wir gewöhnlich für ein Ergebnis angewiesen sind.«

»Beschleunigen, Karen. Ich will nicht, dass sich diese Sache in die Länge zieht.«

Und das Telefonat war vorbei. »›Beschleunigen, Karen.‹ Für wen zum Kuckuck hält die sich eigentlich? Captain Picard?«

Jason versuchte ein zaghaftes Grinsen. »Sie sehen nicht sehr wie Data aus, Boss. Ich gehe mal davon aus, dass wir im Moment nicht die Nummer eins bei der Assistant Chief Constable sind?«

Karen zuckte mit den Schultern. »Alles, was sie will, sind die Art Fälle, bei denen sie Pressekonferenzen abhalten kann, die in den schottischen Fernsehnachrichten übertragen werden. Wir sind nur dazu da, den Ruhm von Ann Markie zu mehren.« Sie stand auf und ging auf die Kaffeemaschine zu. »Ich muss River anrufen. Aber zuerst brauche ich mehr Kaffee.«

Wie aufs Stichwort klopfte es an der Haustür. Karen nickte Jason zu, der die Tür Hamish Mackenzie im Kilt und mehrfach gestopftem Pullover, das Haar windzerzaust, öffnete. Er hielt eine Kühltüte in leuchtendem Türkis hoch. »Schinken-Avocado-Brötchen«, verkündete er und streckte Jason die Tüte entgegen.

»Versuchen Sie, uns zu bestechen?«, fragte Karen.

»Ist das schon alles, was es dazu braucht?«

Jason griff nach der Tüte. »Manchmal noch nicht einmal so viel, wenn sie noch keinen Kaffee hatte.«

Hamish grinste. »Beim Aufwachen heute Morgen ist mir eingefallen, dass ich den Kühlschrank nicht aufgefüllt hatte.

Das hier ist mein Versuch wiedergutzumachen, dass ich so ein lausiger Gastgeber bin.«

Jason öffnete die Tüte und nahm zwei in Folie gewickelte Päckchen heraus. »Danke.«

»Haben Sie gut geschlafen?«, erkundigte sich Hamish, den Blick auf Karen gerichtet.

»Das Bett ist echt bequem.« Sie hielt inne und versuchte, die richtigen Worte für das zu finden, was sie brauchte. »Es gibt da ein kleines Problem.«

Sofort war er in Alarmbereitschaft. »Ein Problem?«

»Nichts, was mit der Jurte zu tun hätte, alles ist wirklich wunderbar. Komfortabel, makellos. Wirklich. Das hier ist voll und ganz meine Schuld. Ich habe letzte Nacht einen Ohrring in den Waschbeckenabfluss fallen lassen. Ich glaube, er ist wahrscheinlich im U-Rohr. Ich habe mich gefragt, ob ...« Karen hasste es, auf jemanden angewiesen zu sein. Zumal auf jemanden, der bestenfalls ein Zeuge, schlimmstenfalls ein Verdächtiger war und obendrein derjenige, der ihr bereits einen Gefallen erwies.

»Sicher, ich schaue es mir später an.«

»Ich bin Ihnen sehr verbunden.« Sie holte den verbliebenen Ohrring aus ihrer Tasche und wickelte das Toilettenpapier auf, mit dem sie ihn geschützt hatte. »Es ist der Partner von dem hier.« Sie hielt ihn auf der ausgestreckten Handfläche.

»Darf ich?«, fragte Hamish. Auf ihr Nicken hin griff er danach und musterte ihn. »Ich denke, ich werde ihn wiedererkennen, wenn ich ihn sehe.«

»Er ist von Tiffany«, sagte Jason.

»Vor allem hat er Erinnerungswert.« Entsetzt darüber, praktisch einem Fremden etwas Persönliches offenbart zu haben, fuhr Karen hastig fort. »Wir haben kein Wasser mehr laufen lassen, seit er mir hinuntergefallen ist. Es tut mir wirklich leid, Ihnen Umstände zu bereiten.«

Hamish zuckte mit den Schultern. »Gar kein Problem. Oh, aber bloß damit Sie es wissen ...«, sagte er und übertrieb es mit der Nonchalance ein wenig, »die Medien sind eingetroffen. Nun, ich sage Medien, aber eigentlich sind es bloß ein Typ von der *West Highland Free Press* und eine freie Journalistin, die Sachen für die BBC und die überregionalen Tageszeitungen macht. Der uniformierte Constable oben beim Zelt hat ihnen gesagt, es gäbe nichts zu sehen und niemanden, mit dem sie reden könnten, aber sie hängen immer noch da rum.«

Karen packte ihr aromatisch duftendes Brötchen aus und seufzte. »Ich komme gleich, dann bekommen sie einen Kommentar von mir.«

Hamish nickte. »Ich sag's ihnen. Bis später.« Er ging mit einem angedeuteten Winken.

»Da haben wir mal einen Mann, der weiß, dass er nicht länger bleiben sollte, als er erwünscht ist«, sagte Karen geistesabwesend und betrachtete mit Entzücken ihr unverhofftes Frühstück.

»Netter Kerl«, stellte Jason fest.

»Vielleicht zu nett«, murmelte Karen. »Sehen Sie sich diese E-Mails von Alice Somerville sorgfältig an, Jason. Vielleicht können Sie später im Pub vorbeischauen, sich umhören, sehen, ob Hamish Mackenzie ist, was er nach außen zu sein scheint. Möglicherweise sind die Leute mitteilsamer, wenn ich nicht mit von der Partie bin.« Dann biss sie in das Brötchen und stöhnte lustvoll auf. »Wo findet man in den Highlands perfekt reife Avocados, Jason? Als wir früher hier oben Urlaub machten, als ich noch ganz klein war, konnte man schon von Glück sagen, wenn man grünes Gemüse zu Gesicht bekam, das kein Kohl war. Wir befinden uns definitiv nicht mehr in Kansas, Toto.«

Als sie fertig war, trat sie ins Freie, um die frische Luft zu genießen und sich eine gewisse Privatsphäre für ihr Telefonat mit River zu verschaffen. Karen redete nicht lang um den heißen Brei. »Der Hundekuchen sitzt mir schon im Nacken«, sagte sie.

»Sag's nicht. Wir sollen kein Geld für irgendeinen Kerl ausgeben, der seit zwanzig Jahren tot ist, ohne dass es jemandem aufgefallen wäre.« River klang eher resigniert als verbittert.

»Gleich auf Anhieb ein Treffer.«

»Das geht schon in Ordnung.«

»Echt?«

»Karen, ich habe noch nie eine besser konservierte Leiche gesehen. Dieser Kerl hat über den National Health Service die Zähne gerichtet bekommen. Jemand in Großbritannien wird ihn anhand eines Fotos wiedererkennen. Ich lasse gerade jetzt Callum daran arbeiten.«

Callum Phelan war der Fachmann für Gesichtsrekonstruktion, der in Rivers Abteilung arbeitete. Er stellte überzeugende Gesichter von bloßen Schädeln her; die HCU hatte basierend auf seinem Input schon einen Mörder hinter Gitter gebracht. Karen hatte genug gesehen, um zu wissen, dass er gute Arbeit leisten würde. »Wie lange?«

»Jede Minute. Er sagte, es sei unkompliziert. Den Teint aufhellen und ihm blaue Augen verpassen, und schon müsste er vorzeigbar sein.«

»Wunderbar, danke. Ich schwöre dir, diese Frau ist nur daran interessiert, wie sehr ich ihr Image fördern kann.«

»Ich werde die Tests trotzdem durchführen. Aus dem Budget meines Instituts. Es ist eine tolle praktische Übung für die Studenten. Ihr könnt also sowieso davon nutznießen, falls nötig.« Karen hörte das Ping einer eintreffenden Nachricht auf Rivers Computer. »Noch während wir davon sprechen«, sagte River. »Callum hat geliefert. Ich schicke es dir sofort.«

Zehn Minuten später klopfte Karen an Hamishs Tür. Sie hatte Jason auf gut Glück an den Tatort geschickt, für den

Fall, dass der wachhabende Polizist vielleicht den Mann wiedererkannte, den Callum für sie rekonstruiert hatte, und jetzt wollte sie das gleiche Experiment an Hamish ausprobieren.

Sie folgte ihm in die Küche. »Ich möchte gern, dass Sie sich etwas ansehen«, erklärte sie. »Ich weiß, dass Sie sagten, Sie würden den Mann im Moor nicht kennen, aber das hier kommt dem näher, wie er ausgesehen haben mag, als er noch am Leben war.« Karen streckte Hamish ihr Handy entgegen.

Er sah sich das Bild mit gerunzelter Stirn an und musterte es sorgfältig. Callum hatte gute Arbeit geleistet. Das Opfer sah nicht monströs oder furchterregend aus. Eher nach Computeranimation als nach Tod. Hamish strich sich über den Bart, die Augen nachdenklich. »Ich wünschte, ich könnte Ihnen weiterhelfen. Aber ich habe den Typen ganz bestimmt noch nie gesehen. Ich bin mir ziemlich sicher, dass ich mich daran erinnern könnte, wenn dem so wäre. Er ist die Art Kerl, die einem auffällt.« Er reichte ihr das Handy zurück. »Tasse Kaffee, bevor Sie gehen?«

Es war schwer zu widerstehen. Alles, was auf sie wartete, war eine spontane Pressekonferenz. »Warum nicht? Riecht toll hier drinnen.«

Er machte sich an seiner extravaganten Maschine zu schaffen, und Karen genoss den Moment der Leere. Es war gut, nichts weiter zu tun zu haben, als jemandem dabei zuzusehen, wie er etwas kompetent erledigte. Er stellte die Tasse mit einer schwungvollen Bewegung vor sie hin. »Sie mögen offensichtlich Kaffee. Wohin gehen Sie in Edinburgh?«

Karen schenkte ihm ein schwelgerisches Lächeln. »Sie werden es nicht kennen. Ein winziger Laden unten in der Duke Street. Aleppo.«

Er trat einen Schritt zurück. »Sie machen Witze!«

»Nein, es ist mein Stammcafé. Wieso? Waren Sie schon mal dort?«

Er legte den Kopf in den Nacken und brach in schallendes Gelächter aus. »Unglaublich. Unglaublich!«

»Was? Was ist denn?« Karen lachte jetzt ebenfalls, auch wenn sie nicht hätte sagen können, aus welchem Grund.

Hamish gewann seine Fassung wieder. »Gehen Sie nie ins Perk? Drei Türen weiter vom Aleppo?«

»Nicht seit das Aleppo aufgemacht hat. Früher habe ich mir dort manchmal einen Cortado geholt. Und ich schaue bei ihrem kleinen Laden auf der George-IV.-Brücke vorbei, wenn ich dort unterwegs bin. Warum?«

Grinsend schüttelte er den Kopf. »Das sind meine.«

Karen konnte sich keinen rechten Reim auf seine Worte machen. »Was meinen Sie damit, das sind Ihre? Sie gehen dorthin?«

»Ich besitze sie. Und den Laden unten an der Promenade von Portobello.«

»Sie besitzen eine Coffeeshop-Kette in Edinburgh?« Sie brauchte ein bisschen, um das zu begreifen. »Aber Sie sind Bauer. In Wester Ross.«

»Nur Teilzeit. Gewöhnlich fahre ich am späten Sonntagabend hier hoch und Mittwochabend wieder südwärts. Teegan und Donny verrichten die meiste Arbeit auf dem Bauernhof. Heutzutage bin ich eigentlich bloß Hobbybauer.« Verlegenheit verwandelte ihn in einen kleinen Jungen, der einen Zeh in die Bodenfliesen drückte.

»Das haben Sie nie erwähnt.«

Er zuckte mit den Schultern. »Keiner hat nachgefragt. Sie hatten alle Ihre vorgefestigten Annahmen. Angefangen bei den Somervilles.«

Karen wusste nicht recht, wie diese Enthüllung zu deuten war. War er ihr gegenüber unehrlich gewesen? Oder hatte er recht, und sie hatte den voreiligen Schluss gezogen, dass nicht mehr in ihm steckte, als es den Anschein hatte? Kein einfacher gastfreundlicher Highlander, sondern ein Hipster-Barista? Das würde sie sich jetzt alles noch einmal durch den Kopf gehen lassen müssen. Jason musste auf jeden Fall den Pub aufsuchen. Zu ihrer Verblüffung empfand sie einen undefinierbaren Anflug von Bedauern. »Und beabsichtigen Sie, heute Abend nach Edinburgh zurückzukehren?«, fragte sie tonlos.

»Ich schätze mal, das hängt davon ab, ob auf meinem Grundstück immer noch ein Zelt der Spurensicherung herumsteht«, antwortete er.

»Ich glaube, das wird heute noch verschwinden«, sagte sie und spürte eine Kühle zwischen ihnen.

»Ich dann auch. Und Sie?«

»Das hängt davon ab, ob uns die Medien ein Resultat bezüglich unserer Moorleiche liefern.«

Hamish nickte. Auch ihm war nun klar geworden, dass sein Eingeständnis die Atmosphäre zwischen ihnen irgendwie verändert hatte. »Sie können gern so lange in der Jurte bleiben, wie es erforderlich ist.«

»Danke, aber da Sie überzeugt sind, dass es sich bei unserem Opfer nicht um einen Einheimischen handelt, werden wir so oder so wieder fahren.«

Sie glaubte, an seinen Augen Enttäuschung abzulesen.

»Vielleicht laufe ich Ihnen einmal in Edinburgh über den Weg«, sagte er. »Oben auf der George-IV.-Brücke.«

»Vielleicht.« Sie leerte ihre Tasse und stellte sie auf die Theke. »Man weiß es nie. Schließlich ist es eine winzige Stadt.«

Und damit trat sie hinaus in den hellen Morgen, ohne auch nur im Geringsten zu begreifen, was sich da eben abgespielt hatte.

# 26

## 2018 – Portpatrick

Detective Sergeant Gerry McCartney war kein zufriedener Mann. Auf dem Heimweg nach seinem unerfreulichen Treffen mit Ann Markie am Abend zuvor hatte sein Handy geklingelt, auf dem Display eine unbekannte Nummer. Zwar hatte er in Betracht gezogen, es zu ignorieren, doch ihm war klar, dass es Markie voll und ganz zuzutrauen wäre, ihn von einem Wegwerfhandy aus anzurufen, um ihn auf Zack zu halten.

Also hatte er sich gemeldet. Wünschte dann, er hätte es nicht getan. Als er seinen müden Hintern auf Karen Piries aussichtsloser Suche den ganzen Weg bis zur untersten linken Ecke Schottlands geschleift hatte, hatte er in einem untypischen Anfall von Pflichtbewusstsein der neugierigen Nachbarin von Gordon und Sheila Chalmers seine Karte gegeben. Laut Kfz-Zulassungsstelle hatten sie früher einmal einen roten Rover 214 besessen. Laut Nachbarin wohnten sie gerade in ihrem Apartment irgendwo an der Costa del Sol.

Zuerst hatte es ihm Mühe bereitet, die Frauenstimme am anderen Ende der Leitung zuzuordnen. Dann begriff er, dass das schwere Atmen nichts mit Erotik zu tun hatte, sondern vielmehr mit einem Leben voller Zigaretten der Marke Lambert & Butler. »Ich bin's, Inspector. Sandra Shaw aus Portpatrick. Man nennt mich Sandie, wissen Sie noch? Sandie Shaw? *Like a Puppet on a String?*«

Die neugierige Nachbarin mit dem dummen Namen einer Popsängerin. »Hallo, Sandie. Was kann ich für Sie tun?«

»Ich bin es, die etwas für Sie tun kann«, sagte sie, ihr Tonfall ein Spannungsbogen.

»Wie das?«

»Wissen Sie noch, ich habe Ihnen erzählt, Sheila und Gordy sollten nicht vor dem Wochenende zurück sein? Nun, raten Sie mal, wer vor fünf Minuten in einem Taxi aufgetaucht ist?«

»Sheila und Gordy?« *Na und.*

»Nein.« Vier Buchstaben, die zu einem dreisilbigen Wort gedehnt wurden, das vor Selbstzufriedenheit triefte. »Bloß Sheila. Kein Gordy. Da fragt man sich schon, was da los ist.«

Wenn man nebenan wohnte und nichts Besseres zu tun hatte, dann ja. Derart verzweifelt war Gerry McCartney nicht. Wenn allerdings ein Teil des Paares vor Ort war, konnte er am Morgen nach Portpatrick fahren und noch einen Namen von Karen Piries dämlicher kleiner Liste streichen. »Das ist eine große Hilfe, Sandie. Ich weiß den Anruf zu schätzen.«

»Dann werden Sie also herkommen und sich eine Zeugenaussage von Sheila besorgen?«

Zum Kuckuck, sie sahen alle zu viele miese Krimis im Fernsehen, das war das eine Problem mit der Öffentlichkeit. Alle wollten es hochdramatisch, dabei war der Großteil eines Polizistenlebens die reinste Eintönigkeit. Dennoch ließen sich aus ihren Erwartungen auch ein paar Vorteile schlagen. »Nun, Sadie, Sie wissen doch, dass ich keine vertraulichen Polizeiangelegenheiten mit Ihnen besprechen darf.«

Sie lachte gackernd. »Ja doch. Aber ich werde Ausschau nach Ihnen halten.«

Also hatte er das Haus am Morgen zur gleichen Zeit wie seine nervigen pubertierenden Töchter verlassen, die jammerten und verdammt noch mal von ihm verlangten, sie zur Schule zu chauffieren, obwohl er eigentlich in die entgegengesetzte Richtung musste. Sein Leben, so dachte McCartney, wurde von Frauen verdorben. Immer herumnörgelnd, immer drängelnd, immer meckernd über das eine oder andere, das er wie durch Zauberhand richten sollte. Was war aus der Männerwelt geworden, in der sein Dad aufgewachsen war? Jemand hatte den Männern den Teppich unter den Füßen weggezogen, sodass sie herumtaumelten und versuchten, sich wieder aufzurichten und ihren Mann zu stehen. Und dennoch war ihm immer noch wichtig, was die Frauen von ihm hielten, brauchte er immer noch das Gefühl, dass sie zu ihm aufblickten, als könnte er tatsächlich die Welt richten.

Die lange Fahrt die Küste von Ayrshire hinunter hatte ihn nur noch weiter verärgert. Rentner, Übervorsichtige und Traktoren hatten sich allesamt dazu verschworen, eine eigentlich zweistündige Fahrt in eine fast vierstündige zu verwandeln. Er hatte keine Augen für die Schönheit der Landschaft oder das dramatische Schauspiel der Küste. Radio Scotland hatte er nur eingestellt, um sich genüsslich abreagieren zu können, indem er die Moderatorin und ihre Gäste anbrüllte.

*Verfluchtes Portpatrick.* Warum wollte irgendwer freiwillig dort leben? Es war das Ende der Welt. Ganz am Rand einer hammerförmigen Halbinsel, die aussah, als wäre sie als nachträglicher Einfall an den Küstenverlauf angeheftet worden. Sicher, es war recht hübsch, wenn man etwas für schottische Bilderbuchhäfen mit bunt gestrichenen Häusern und Souvenirläden und dem unvermeidlichen Golfplatz übrighatte. Ganz nett an einem Sommertag, doch ansonsten war es allem ausgesetzt, was der Westwind vom Nordkanal hereinblies. McCartney schätzte, dass hier die Art von Winterwetter herrschte, die die Costa del Sol zu einem absoluten Traumziel werden ließ.

In der Hoffnung, Sandie Shaws Vorhanggelüpfe zu entgehen, parkte er zwei Türen entfernt vom Haus der Chalmers.

Die Frau, die ihm die Tür aufmachte, wirkte nicht gesund. Trotz der sonnengebräunten Falten, die ihre Haut wie eine künstlich auf alt gemachte Lederjacke aussehen ließen, wirkte sie irgendwie blass, mit dunkelgrauen Ringen unter teilnahmslosen Augen. Ihr Haar war stumpf und sah aus, als hätte es keine Bürste gesehen, nachdem sie aus dem Bett gekrochen war. McCartney achtete nur selten darauf, was Frauen trugen, wenn sie über dreißig waren, aber selbst ihm fiel auf, dass eine enge violette Hose mit Schottenkaro und eine schwarz-weiß gestreifte Bluse nicht zusammenpassten.

»Mrs. Chalmers?«

Sie nickte, und ihr Mund zuckte, als hätte sie vergessen, wie sie ihre Lippen einsetzen sollte.

»Ich bin Detective Sergeant Gerry McCartney. Ich habe mich gefragt, ob ich kurz mit Ihnen reden könnte?«

Sie wirkte nicht überrascht. Er ging davon aus, dass Sandie Shaw keine Zeit vergeudet, sondern gleich die Nachricht übermittelt hatte, dass ihre Nachbarin von der Polizei gesucht wurde.

Doch weit gefehlt. »Es geht um die ... die Vorkehrungen?« Sheila Chalmers strauchelte über die Worte.

»Die Vorkehrungen? Ich bin mir nicht sicher, ob ...«

»Um Gordy nach Hause zu holen. Man sagte mir, ich müsse mich mit einem hiesigen Bestatter in Verbindung setzen, aber von der Polizei war nicht die Rede.« Ihr traten Tränen in die Augen, und sie blinzelte mehrmals, damit sie nicht überquollen.

*Fuck.* »Es tut mir leid, Mrs. Chalmers. Ist Ihrem Ehemann etwas zugestoßen?« Es kostete ihn seine ganze Willenskraft, nicht die Auffahrt hinunterzulaufen.

Sie legte den Kopf schräg, als sei sie überzeugt, sich verhört zu haben. »Sind Sie nicht wegen Gordy hier?«

»Mrs. Chalmers, es tut mir wirklich leid. Ich habe keine

Ahnung, wovon Sie sprechen. Ich bin bei der Abteilung für Altfälle.« Wörter, die ihm beinahe im Halse stecken blieben, nachdem er jahrelang stolz verkündet hatte, Mitglied des Major Incident Teams zu sein. »Ich wollte mich mit Ihnen und Ihrem Mann über das Auto unterhalten, das Sie in den Achtzigerjahren fuhren.«

Sie war völlig verblüfft. »Das ergibt keinen Sinn. Ich verstehe die Wörter, aber sie ergeben keinen Sinn. Mein Mann ist tot, und Sie reden von Autos?«

»Es tut mir sehr leid. Ich hatte keine Ahnung vom Tod Ihres Ehemanns. Ich muss das hier nicht unbedingt jetzt erledigen, ich kann ein andermal wiederkommen.«

Sie packte ihren Kopf mit beiden Händen, massierte sich die Kopfhaut, sodass Spuren von Weiß an ihren Haarwurzeln zum Vorschein kamen. »Ich habe das Gefühl, den Verstand zu verlieren. Hören Sie, kommen Sie ruhig rein. Ich kann mich auf nichts konzentrieren. Es ist zu früh. Da kann ich genauso gut mit Ihnen reden, was auch immer das für ein Unsinn ist, wegen dem Sie hier sind.«

Es war das Letzte, was er wollte. Doch ihm fiel auf die Schnelle keine Ausrede ein. Also folgte er ihr den Flur entlang zum rückwärtigen Teil des Hauses in einen Wintergarten mit Blick auf ein Ende des Hafens und die ihn schützend umgebenden Klippen. »Ich werde Tee kochen«, sagte sie. »Das bekomme ich immer noch hin.«

Während des Wartens tröstete McCartney sich mit dem Gedanken, dass das hier eine großartige Anekdote im Pub abgeben würde. Er würde seine verlegene Unbeholfenheit unter den Tisch fallen lassen und das Seltsame der Situation beibehalten. Zwei spendierte Drinks musste die Sache abwerfen, mindestens.

Sheila Chalmers kehrte zurück mit zwei kleinen Porzellantassen auf einem Tablett mit einer Teekanne, Milch und Zucker. »Kekse habe ich keine, tut mir leid. Ich bin erst gestern am späten Abend zurückgekommen. Und es ist H-Milch, ich hoffe, das macht Ihnen nichts aus.«

»Ich nehme keine Milch, das ist also kein Problem.« Er häufte zwei Löffel Zucker in seine Tasse. »Wie schon gesagt, es tut mir sehr leid, die Sache mit Ihrem Mann zu hören. Darf ich fragen, was passiert ist?«

Sie goss Milch in ihren Tee und nippte mit damenhafter Zierlichkeit daran. »Es war sein Herz. Wir haben einen schönen Pool in dem Wohnkomplex, wo wir in Spanien wohnen. Gordy liebte es, darin zu schwimmen. Wie dem auch sei, letzten Freitagmorgen ist er hineingehechtet. Wie an jedem anderen Morgen auch. Als er ins Wasser klatschte, war es, als sei er unter der Oberfläche zusammengeklappt. Er hatte die Arme um sich geschlungen. Ich hatte keine Ahnung, was los war. Es gibt keinen Bademeister so früh am Morgen, aber zwei Anwohner sprangen hinein und zogen ihn aus dem Wasser. Aber er war schon tot. Ich hab es gleich gesehen. Das Wasser strömte von ihm herunter, und seine Augen waren weit aufgerissen, und seine Brust bewegte sich überhaupt nicht.« Sie erzitterte, und die Oberfläche ihres Tees kräuselte sich, als hätte jemand einen Kieselstein hineingeworfen.

»Das muss ein furchtbarer Schock gewesen sein.«

»Ich konnte es nicht glauben. Obwohl ich es tief im Herzen wusste.« Sie biss so fest auf ihre Unterlippe, dass Zahnabdrücke zu sehen waren, als sie sie wieder freigab. »Sie mussten eine Autopsie machen. Ich hasse die Vorstellung. Ihn einfach so aufzuschneiden. Ich weiß, dass mein Gordy nicht mehr da ist, aber trotzdem. Es fühlt sich wie eine schreckliche Demütigung an.«

Er suchte krampfhaft nach mitfühlenden Worten. »Furchtbar, so etwas allein durchstehen zu müssen. Wenigstens sind Sie jetzt wieder zu Hause.«

»Ja. Stimmt wohl.« Sie stellte ihre Tasse ab und richtete sich deutlich auf, drückte die Schultern durch und atmete tief durch die Nase ein. »Aber deswegen sind Sie nicht hergekommen. Ich muss mich daran gewöhnen weiterzumachen. Sie sagten etwas von einem Auto? Und Altfällen? Ist das richtig?«

McCartney stellte die eigene Tasse ab und nahm die gleiche Haltung ein wie sie. Er hatte sämtliche Trainingskurse belegt, und obwohl er die ganze Sache mit der Körpersprache für Blödsinn hielt, konnte es nicht schaden, es einmal auszuprobieren. »Vielleicht ist was dran, vielleicht aber auch nicht, Mrs. Chalmers. Wir untersuchen eine Verbrechensserie, die Mitte der Achtzigerjahre begangen wurde. Aus offensichtlichen Gründen kann ich nicht in die Einzelheiten gehen. Aber neulich hat sich eine Zeugin gemeldet und ein Auto beschrieben, das sie am Tatort eines der Verbrechen gesehen hat.«

Die Frau schüttelte verblüfft den Kopf. »Was? Nach dreißig Jahren erinnert sie sich an etwas? Es fällt schwer, das zu glauben.«

»Es gibt Gründe, glauben Sie mir«, erwiderte McCartney. »Wie dem auch sei, wir suchen nach dem Fahrer eines roten Rover 214 mit dem Anfangsbuchstaben B auf dem Nummernschild. Wir müssen jeden ausschließen, der so einen fuhr, damit wir unsere Suchparameter einschränken können.« Bedeutungsloser Unsinn, aber es war erstaunlich, wie oft Leute darauf ansprangen. »Gehe ich nun recht in der Annahme, dass Sie und Mr. Chalmers damals einen roten Rover 214 besaßen?«

»Nun, es war Gordys Wagen«, sagte sie. »Ich habe nie Auto fahren gelernt. Es gab keinen Grund dafür.«

»Ich muss das fragen. Und es tut mir leid, falls es herzlos klingt, aber ich könnte noch einen Namen von meiner Liste streichen, wenn ich Gordy eliminieren könnte.« *Eliminieren. Verdammter Mist.*

»Natürlich. Wie kann ich Ihnen weiterhelfen? Ich meine, er ist ja nicht hier, um es Ihnen selbst zu sagen.«

»Das Nonplusultra bei der forensischen Beweisführung ist immer noch DNA«, sagte McCartney, dessen entschuldigendes Lächeln den Schlag nicht abmildern konnte. »Hätten Sie vielleicht Gordys Zahnbürste oder seinen elektrischen Rasierer?«

Die Trauer hatte sie gefügig gemacht. »Wir haben elektrische Zahnbürsten im Badezimmer. Ich kann Ihnen den Kopf von seiner mitgeben.«

McCartney erhob sich. »Das wäre perfekt. Wenn Sie mich vielleicht hinführen könnten?«

Er folgte ihr durch ein Schlafzimmer, in dem der Inhalt von zwei Koffern verstreut lag, die Kleidungsstücke von Gordon Chalmers mit ihren vereint. Das Badezimmer roch muffig, vermutlich da es wochenlang unbenutzt gewesen war. Sie deutete auf die elektrische Zahnbürste. »Es ist die links.«

McCartney riss ein Stück Toilettenpapier ab und griff nach dem abgenutzten Kopf, um ihn in eine Asservatentüte aus Papier fallen zu lassen. »Das ist eine große Hilfe.« Während sie ihn wieder durch das Schlafzimmer führte, erkundigte er sich, ob ihr Ehemann jemals nach Edinburgh gefahren sei.

»Ich glaube nicht«, sagte sie. »Wir führten ein sehr ruhiges Leben. Nach Glasgow fuhren wir nur, wenn wir nach Spanien geflogen sind. Was sollte Gordy in Edinburgh verloren haben?«

»Vielleicht im Zusammenhang mit seiner Arbeit?«

»Wie das? Er arbeitete auf der Fähre von Stranraer nach Larne. Er war nämlich der erste Steward. Fünfundvierzig Jahre, das ganze Leben lang, über den Nordkanal nach Nordirland und wieder zurück. Und wissen Sie, was er am meisten liebte? Sie werden vielleicht lachen, es ist so was Dummes.«

McCartney hatte, was er brauchte; er wollte nur noch weg

von hier. Aber trotzdem. Die Frau hatte gerade ihren Mann verloren. »Verraten Sie es mir.«

»Er liebte den Anblick der Tölpel, wenn sie ins Meer stürzen. Sie kommen wie Sturzbomber herunter, sagte er immer. Wie ein weißer Blitz mit einer gelben Spitze, der ins Meer hinein explodiert.« Jetzt wurden ihre Augen der Tränen nicht mehr Herr. Sie rannen ihre Wangen hinunter und tropften von der Kieferpartie auf ihre Bluse. Sie machte sich nicht die Mühe, sie wegzuwischen. »Er wird die Tölpel nie wieder sehen.«

»Aber wenn Sie sie sehen, werden Sie an ihn denken.« McCartney überraschte sich selbst mit diesem Anflug von Empathie. Dann fiel ihm ein, dass es eine letzte Frage gab, die er zu stellen hatte. Aufgrund des Drucks, mit Sheila Chalmers' Trauer umzugehen, hätte er es beinahe vergessen. Welche Genugtuung das Karen Pirie bereitet hätte. »Bevor ich gehe, ist da noch eine Sache. Hat jemals ein anderer das Auto benutzt?«

Sheila wischte sich mit dem Handrücken die Nase ab. Er hatte das Gefühl, dass es eine Geste war, die sie normalerweise verabscheut hätte. »Katie und Roddy waren damals noch zu klein, um zu fahren.«

Er war schon auf halbem Weg zur Haustür, als sie noch etwas hinzufügte. »Aber er gab Barry Fahrstunden.«

»Barry?« McCartney wirbelte herum und sah sie an.

»Mein Neffe Barry. Barry Plummer. Seine Eltern waren geschieden. Seinen nichtsnutzigen, arbeitsscheuen Dad hat er fast nie zu Gesicht gekriegt. Als er dann siebzehn wurde, hatte er niemanden, der ihm das Autofahren beibringen konnte. Gordy erbot sich, so war er mit der Familie. Nichts war zu viel Mühe – Sie hätten ihn mit meiner Mutter erleben sollen.«

»Und Barry benutzte das Auto, nachdem er seine Fahrprüfung bestanden hatte?«

Sheila runzelte die Stirn. »Ich weiß es nicht mehr. Aber Sie könnten ihn selbst fragen. Er wohnt in Motherwell. Sie könnten ihn anrufen.«

Auf dem Weg zu seinem Wagen hatte er das Gefühl, als habe sich der Tag vielleicht doch noch zum Guten gewendet. Dass Gordy Chalmers ein Doppelleben geführt hatte, bezweifelte er stark. In McCartneys Augen hatte er eigentlich nicht einmal ein einfaches Leben gehabt. Doch wenigstens hatte er jetzt eine eigene Spur, der er folgen konnte, was bei Weitem besser war, als die Reste der Karotte abzuarbeiten. Mit ein bisschen Glück konnte er zwei Tage herausschinden, während er Barry Plummer ausfindig machte. Zwei Tage ohne Pirie oder Markie im Nacken kamen seiner Vorstellung vom Paradies ziemlich nahe.

Er hatte eine vage Erinnerung an einen ruhigen kleinen Pub in Stranraer, wo es einen guten Steak-Pie und eine ordentliche Auswahl an Bier gab. Wenigstens eines davon würde er sich gönnen. Das war mal ein Ergebnis, das sich sehen lassen konnte.

# 27

## 2018 – Wester Ross

Im Rahmen dieser Ermittlungen hatte Karen mit ihrer gewohnheitsmäßigen Missachtung der Vorschriften bereits Walter Wilson vor den Kopf gestoßen. Allerdings wollte sie nicht wegen einer Pressekonferenz bis nach Ullapool hinunterlaufen, wenn die Presse schon mal hier war, alle beide in ihren Autos am Weg kampierend, den Blick mürrisch auf das weiße Zelt der Spurensicherung gerichtet. Vielleicht würde der Prophet zum Berg kommen, wenn sie ihn nett genug darum bat.

Sie ließ Hamishs Bauernhaus hinter sich, fest entschlossen, ihre Begegnung nicht zu zerpflücken und etwas hineinzuinterpretieren. Er war eben ein Mann mit natürlichem Charme und konnte nicht anders, als ihn einsetzen. Das war alles. Sie hatte sich zu viele Folgen von *Outlander* im Spätprogramm angesehen. Während sie sich über sich selbst mokierte, holte sie ihr Handy hervor und schickte Wilson Callum Phelans Rekonstruktion. Sie zählte bis dreiundsiebzig, bevor ihr Handy klingelte.

»Das ist ja mal ein Bild!« Heute keine fröhlichen Grußworte von Wilson.

»Er ist ziemlich unverwechselbar«, stimmte sie ihm zu. »Ich habe das Gefühl, dass wir damit Glück haben werden. Wie wollen Sie die Sache handhaben? Hier oben sind schon zwei Journalisten, also wäre es sinnvoll, gleichzeitig mit der Veröffentlichung durch die Pressestelle mit ihnen zu reden. Möchten Sie herkommen und sich mir anschließen?«

»Ich habe in einer Stunde eine Besprechung in Poolewe.« Er sprach langsam, abwägend. »Ich sag Ihnen was, es ist jetzt Ihr Fall. Sie können genauso gut die Pressemeldung übernehmen und mit diesen Jungs sprechen, wenn die direkt vor Ihrer Tür stehen.«

Es war ein beachtlicher Sinneswandel nach der Gereiztheit tags zuvor, aber Karen würde nicht widersprechen. Sie ging davon aus, dass Wilson über Nacht die Vorteile erkannt hatte, wenn er einen umständlichen Fall abgab, der sich vielleicht niemals aufklären ließ. »Ich halte Sie auf dem Laufenden.« Sie ging den Weg entlang zu den Autos der Reporter. Beim ersten blieb sie stehen und klopfte ans Seitenfenster. Die Scheibe glitt nach unten, sodass Karen abgestandener Rauch und der Geruch nach gebratenen Zwiebeln entgegenschlug. Ein zerklüftetes Gesicht mittleren Alters spähte zu ihr heraus. »Ich bin DCI Karen Pirie, Historic Cases Unit. Jenseits des Hügels befindet sich eine Jurte. Wenn Sie in einer Stunde vorbeischauen, habe ich etwas für Sie. Sagen Sie es bitte weiter.« Sie marschierte flott davon und winkte Jason, sich ihr anzuschließen.

»Wir veranstalten in einer Stunde eine kleine Pressekonferenz«, erklärte sie ihm, als er sie einholte, außer Atem und das Gesicht in einem Rosaton, der sich überhaupt nicht mit seinen Sommersprossen vertrug. »Also können Sie die Zeit nutzen und die Vermisstenanzeigen seit Mitte der Neunziger durchgehen, während ich die Meldung für die Pressestelle schreibe.«

Karen importierte das Foto in ein Word-Dokument und begann, den Text zu verfassen: *Die Leiche eines Mannes wurde in einem Torfmoor auf einem Bauernhof in Clashstronach, Wester Ross, gefunden.* Sie griff auf die Einzelheiten zurück, die River ihr im Anschluss an das Foto geschickt hatte:

*Er war zwischen sechs Fuß und sechs Fuß zwei Zoll groß und in äußerst guter körperlicher Verfassung mit stark ausgeprägter Muskulatur. Sein Alter wird auf fünfundzwanzig bis fünfunddreißig Jahre geschätzt. Er hatte eine Tätowierung auf dem rechten Unterarm. Er hatte dunkles Haar und wahrscheinlich blaue Augen. Er trug eine Levi's-501-Jeans, Boxershorts von Calvin Klein, einen braunen Ledergürtel mit einer Schnalle in der Form eines keltischen Knotens und Air-Nike-95-Turnschuhe. Es wird davon ausgegangen, dass er nicht vor 1995 begraben wurde. Wenn Sie diesen Mann erkennen, sachdienliche Hinweise bitte an [direkte Kontaktdaten einfügen. Zuständige Dienststelle Historic Cases Unit.]*

Sie speicherte den Text und drehte dann den Bildschirm um, damit Jason ihn lesen konnte. Er nahm sich Zeit und sagte dann: »Sollte sie nicht in Zentimetern angegeben werden? Seine Größe?«

»Wahrscheinlich«, erwiderte Karen, die sich über sich selbst ärgerte, weil es ihr nicht aufgefallen war. »Ich werde Fuß und Zoll aber auch drinlassen, weil die meisten Leute vor zwanzig Jahren noch das britische Maßsystem im Kopf hatten.« Sie nahm die Änderung vor und verschickte die Meldung anschließend an die zentrale Pressestelle, zeitlich so zur Veröffentlichung vorgemerkt, dass diese mit dem Pressetermin zusammenfallen würde. Sie gähnte und streckte sich.

Jason bemerkte die Bewegung. »Fahren wir heute Abend zurück?« Er klang erwartungsvoll.

»Vielleicht. Haben Sie Pläne?« Ihre Nachfrage war beiläufig gewesen. Manchmal spielte er mit ein paar Leuten Fußball, manchmal fuhr er für einen Kneipenabend mit seinen Schulfreunden bis nach Kirkcaldy. Doch er errötete im tiefsten Pflaumenton, den sie je an ihm gesehen hatte.

»Ich schaue mir vielleicht einen Film an«, sagte er.

»Irgendeinen bestimmten Film?« Sie wusste, dass er ihren

Neckereien wehrlos ausgeliefert wäre, aber sie würde nicht gemein sein.

»Ich weiß es nicht«, murmelte er. »Ich habe die Karten nicht besorgt.«

»Zum Donnerwetter, Jason, das ist mal eine Nachricht! Nicht nur, dass Sie eine Verabredung haben, Sie haben sie auch dazu gebracht, für die Karten zu blechen.«

»Das Abendessen geht auf mich«, erklärte er.

»Sie ist ein Glückspilz.« Karen meinte es so. Er war, wie sie fand, ein anständiger, wenn auch etwas beschränkter Mann. Seine Mutter hatte ihre Sache gut gemacht, Phil war sein Mentor im Mannesalter gewesen, und Karen war dabei, ihm den letzten Schliff zu verpassen. »Kenne ich sie?«

Seine Ohren verfärbten sich tatsächlich purpurrot, als hätte er scharfe Chilischoten verdrückt. »Ich möchte es Ihnen nicht verraten. Für den Fall, dass es schlecht läuft und Sie zu dem Schluss kommen, dass es ihre Schuld ist.«

Karen brach in Gelächter aus. »Oh, Jason, manchmal sind Sie urkomisch!«

»Phil sagte immer, Sie seien wie ein Tiger, wenn es um die Verteidigung Ihres Teams ginge. Und ich weiß noch, wie Sie diesen Schwachkopf aus meiner WG damals runtergeputzt haben.«

Es stimmte. Sie war den Schwachkopf derart heftig angegangen, dass er vermutlich bis weit ins nächste Jahrzehnt hinein sauber bleiben würde. »Vielleicht haben Sie recht. Nun, verlassen Sie sich nicht darauf, dass wir heute Abend noch zurückkommen. Besser warnen Sie sie jetzt schon einmal vor, anstatt es ihr in letzter Minute vor den Latz zu knallen.«

Niedergeschlagen nickte er und widmete sich wieder seinem Bildschirm. Während er die Akten durchsuchte, starrte Karen das Bild des Toten an und versuchte, sich ein Szenario einfallen zu lassen, das dem, was sie bisher wussten, Sinn verlieh. Doch bis zu dem Zeitpunkt, als die Presse an der Tür der Jurte auftauchte, war sie kein Stück weitergekommen.

Jason führte die beiden herein. Der Mann, mit dem Karen kurz geredet hatte, war klein und stämmig und trug eine zerknitterte graue Hose und einen schwarzen Anorak über einem blassblauen Hemd, dessen Knöpfe gegen die Wölbung seines Bauches ankämpften. Ein Kranz aus Haarstoppeln umgab seinen Kopf unterhalb einer Scheitelglatze. Ihn hüllte der beißende Geruch billiger Zigaretten ein. »Duncan McNab, *West Highland Free Press*«, verkündete er und ließ sich auf einen Stuhl plumpsen.

Die Frau, die hinter ihm eintrat, war passend für die Gegend in Wanderschuhe, Trekkinghose und eine gefütterte Jacke über einem dünnen Strickpulli gekleidet. Ein rotes Fleeceband umgab ihr kurzes blondes Haar. »Und ich bin Cathy Locke. Freiberuflerin, aber ich mache viel für die BBC und die überregionalen Zeitungen.« Sie stellte ihren Rucksack auf eine der Küchenarbeitsflächen und holte ihr Aufnahmegerät heraus. Durch ein Wunder der Miniaturisierung war das Mikro größer als der Rekorder.

Karen stellte sich und Jason vor, doch bevor sie mehr sagen konnte, redete McNab dazwischen. »Ist es nicht ungewöhnlich für Historic Cases, vor Ort zu sein, sobald eine Leiche gefunden wird?« Er hatte die weichen S-Laute der Inseln, doch das überdeckte nicht die Schärfe der Frage.

»Wenn es offensichtlich ein Altfall ist, ist es sinnlos abzuwarten«, sagte Karen. »Allerdings ist es ungewöhnlich, dass wir an einem frischen Tatort zugegen sind. Normalerweise arbeiten wir mit Akten von Altfällen.«

»Also mal ein bisschen was anderes.« McNab lachte, ein schreckliches, verschleimtes Keuchen. »Heißt das, dass es sich um Mord handelt?«

»Wir behandeln es als einen Tod unter verdächtigen Umständen.«

»Was können Sie uns über die Umstände der Entdeckung sagen?«, erkundigte sich Locke.

»Darüber müssten Sie sich mit dem Grundbesitzer unterhalten«, antwortete Karen. »Ich bin mir sicher, dass Mr. Mackenzie Ihnen die ganze Geschichte wird erzählen können. Worum es mir im Moment geht, ist die Identifizierung des Mannes, dessen Leiche hier im Torfmoor geborgen wurde.« Sie drehte den Bildschirm zu ihnen um. »Es tut mir leid, dass ich keinen Ausdruck habe, aber wenn Sie DC Murray Ihre Kontaktdaten geben, wird er Ihnen eine digitale Kopie zumailen.« Während die beiden den Bildschirm betrachteten, las sie die Einzelheiten aus der Pressemeldung ab.

»Vor zwanzig Jahren, sagen Sie?« McNab klang nachdenklich.

»Zwischen zwanzig und fünfundzwanzig, glauben wir.«

»Basierend worauf?«

»Seinen Schuhen. Er trägt ein Paar Turnschuhe, die erstmals im Jahr 1995 hergestellt wurden.«

McNab kratzte sich am Kinn und griff automatisch nach seinen Zigaretten. Er hielt die Schachtel wie einen Talisman dicht an den Bauch. »Ich glaube, ich weiß, wer das ist«, sagte er langsam.

»Ehrlich?« Karen wusste nicht recht, was sie davon halten sollte.

»Ein gewaltiger Kerl, sagen Sie?«

»Ja. Richtig muskelbepackt.«

McNab nickte. »Ich habe in den letzten dreißig Jahren über die Highland Games überall in dieser Gegend berichtet. Man lernt die Gesichter kennen. Wenn er der ist, der mir vorschwebt, war er Schwerathlet.«

»Was ist das?«, erkundigte sich Jason.

»Die großen Muskelmänner, die die Wettkämpfe mit den schweren Gewichten bestreiten. Baumstammwerfen, Hammerwerfen, Gewichthochwurf.« McNab zog den Bildschirm näher heran. »Wie hieß er doch gleich? Gewichthochwurf – Weight for Height –, das war seine große Disziplin. Er war dicht am Weltrekord.« Er seufzte und starrte durchs Fenster auf das unruhige Meer. »Johnny ... Joe ... Etwas in der Richtung.« Er legte die Stirn in Falten. »Joey! Das ist es. Joey Sutherland. Wenn er das da nicht ist, hat er einen Zwilling.«

»Sind Sie sicher?« Karen konnte es nicht fassen. In ihrer Welt klappten die Dinge nicht einfach so. Manchmal dauerte das Identifizieren einer Leiche Monate oder gar Jahre.

»Wie schon gesagt, wenn er keinen Doppelgänger hat, ist das Joey Sutherland.« NcNab lehnte sich auf seinem Stuhl zurück, hochzufrieden mit sich. »Das ist ein kleiner Knüller für uns, Cathy. Es kommt nicht oft vor, dass wir die Polizei bei einer Identifizierung schlagen.«

»Zu diesem Zeitpunkt handelt es sich noch nicht um eine Identifizierung.« Karen würde nicht zulassen, dass die Sache außer Kontrolle geriet. »Wir müssen es von jemandem bestätigen lassen, der Joey Sutherland kannte. Ein Familienmitglied oder enger Freund. Weiß einer von Ihnen beiden, wo er ursprünglich herkam?«

Die beiden Reporter wechselten ratlose Blicke. »Keine Ahnung«, sagte McNab. »Drüben aus dem Osten, glaube ich. Hier aus der Gegend war er nicht. Oder von An t-Eilean Fada.«

»Wo?«, fragte Karen.

Cathy schenkte ihr ein mattes Seufzen. »Er meint die Äußeren Hebriden. Duncan verwirrt gern diejenigen unter uns, die des Gälischen nicht mächtig sind.«

»Also nicht aus der Gegend. Aber bevor wir weitermachen, was geschah mit diesem Joey Sutherland? Verschwand er denn tatsächlich?«

McNab nahm eine Zigarette aus seiner Schachtel und rollte sie zwischen den Fingern. Karen spürte die ganze Dringlichkeit seines Verlangens nach Nikotin. »Ich wüsste nicht, dass jemand etwas Bestimmtes gesagt hätte. Wissen Sie, diese Kerle treten auf der ganzen Welt an. Es gibt mehr Highland Games im Ausland, als es je in Schottland gegeben hat. Amerika und Kanada, Australien, Neuseeland, Südafrika. Und andere Orte, dort gibt es diese Strongest-Man-Wettbewerbe. Manche bringen viel Kohle. Ich habe mir sagen lassen, dass man den ganzen Sommer von einem zum anderen ziehen und vom Preisgeld leben kann. Jedenfalls, wenn man was kann. Einen von ihnen nicht mehr zu Gesicht zu bekommen, hatte also nichts Unheilvolles zu bedeuten. Es hätte wahrscheinlich eine Weile gedauert, bevor jemandem aufging, dass er nirgendwo war. Und dafür hätte es etliche Gründe geben können. Verletzungsbedingtes Ausscheiden. Er hätte ein Mädel kennenlernen und sich häuslich niederlassen können.« McNab zuckte mit den Schultern.

Die Vermissten, die niemand vermisste. Menschen, die von der Bildfläche verschwanden, ohne dass jemand auf ihr Fehlen achtete. Die Gründe waren nicht immer ominös. Doch in vielen Fällen war Schmerz der Kern des Ganzen. Sie fragte sich kurzzeitig, ob das auch bei diesem Opfer der Fall gewesen war. »Irgendeine Ahnung, wo wir jemanden finden könnten, der uns etwas über Joey Sutherland erzählen kann? Immer vorausgesetzt, es handelt sich hierbei tatsächlich um Joey Sutherland.« Die hinzugefügte Warnung in der Hoffnung, dass es den Journalisten zu denken geben würde.

Locke sah McNab an. »Was ist mit Ruari Macaulay?« Sie klang zögerlich.

McNab. »Der Große Ruari? Ja, der war damals in der Szene unterwegs. Im Jahr 2000 zog er sich zurück. Ich weiß noch, er sagte, ein Jahrtausend reiche ihm.«

»Ruari Macaulay war einer der Stars in den Neunzigern«, erklärte Cathy. »Ein Gesicht wie ein Zugunglück, aber ein Körper wie ein Gott. Als er ausstieg, gründete er ein Fitnesscamp mitten im Nirgendwo in den Hügeln über Beauly. Es hat was von einem Ausbildungslager. Man zahlt eine Heidensumme und bekommt je nach Fitnesslevel, Alter und Gewicht ein individuell zugeschnittenes Programm verpasst. Ernährung, Sport, Wellness. Nicht mehr als sechs Leute auf einmal.«

»Reiche Dickwänste«, murmelte McNab.

»Reiche Dickwänste, die süchtig danach werden und immer wieder zurückkehren«, spottete Locke. »Ich schreibe pro Jahr eine Reportage über Ruari. Ich bringe ihn in den Hochglanzzeitschriften, den Gesundheitsmagazinen, den Samstagsbeilagen unter. Die Leute zahlen lieber aberwitzige Geldsummen, anstatt tatsächlich ein paar entscheidende Veränderungen vorzunehmen, die ihr Leben umkrempeln würden.«

*Wie ich* hing unausgesprochen in der Luft.

Karen hatte nicht viel für selbstgerechte Menschen übrig, auch wenn sie zugab, dass Locke recht hatte. Doch sie würde niemandem die entscheidende Veränderung wünschen, die zur Verbesserung ihrer eigenen Fitness geführt hatte. »Und er hat Joey Sutherland gekannt?«

»Auf jeden Fall«, bekräftigte Locke.

»Nun, dann weiß ich ja, was ich heute Nachmittag mache. Aber bis wir eine formelle Identifizierung haben, werden Sie das unter Verschluss halten müssen.«

»Aber es ist eine tolle Story!«, wandte McNab ein. »Und wir haben Ihnen alle Informationen gegeben. So funktioniert das auf einer Pressekonferenz normalerweise nicht.«

»Das ist mir klar. Aber gehen Sie und reden Sie mit Hamish Mackenzie. Da gibt es eine tolle Story, die auf Sie wartet und die Sie erzählen *können*.«

»Wir haben vorhin versucht, mit ihm zu reden, und er hat uns mit ›Kein Kommentar‹ abgespeist«, murrte McNab.

»Geben Sie mir eine Viertelstunde, damit ich das hier unter Dach und Fach bringen kann, und ich werde Sie Mr. Mackenzie persönlich vorstellen und ihn bitten, Ihnen zu erzählen, warum er mitten in seinem Moor ein Loch gegraben hat.«

Die Journalisten wechselten wieder einen Blick und überschlugen den Wert dessen, was sie hatten, im Vergleich dazu, was sie vielleicht bekommen könnten.

»Okay«, sagte Locke. »Aber es sollte besser gut sein.«

»Vertrauen Sie mir, es ist titelseitengut.« Karen stand auf. »Ich werde eine Wegbeschreibung brauchen.«

# 28

## 2018 – Teavarran

Es gab Orte in Schottland, wo ein Navi ungefähr so nützlich war wie ein Kompass aus Schokolade. Wester Fearn House war einer davon. Es war offiziell Teil eines Weilers namens Teavarran, wohin die aufdringliche Frau, die im Bordcomputer des Autos lebte, sie ihrer Meinung nach gebracht hatte. Allerdings war es eigentlich kein Ort, sondern bloß eine Straße durch einen Wald, der sich auf hohes Moorland hin öffnete. Sie fuhren an einem schön renovierten Steinhaus und einem Zentrum für Schriftsteller vorbei, bevor es Karen gelang, sich einen Reim auf die Karte zu machen, die Cathy Locke ihnen gezeichnet hatte.

»Gleich kommt rechts ein Weg. Sieht wie eine Forststraße aus. Die müssen wir nehmen«, wies sie Jason an.

Als sie abbogen, erblickte sie ein kleines Metallschild, das an einem Baum befestigt war. »Wester Fearn. Privatstraße.« Karen schnaubte. »Ja, klar. Verblüffend, wie viele Grundbesitzer glauben, das Jedermannsrecht träfe auf sie nicht zu.«

Sie fuhren zwei Minuten lang durch die Nadelbaumschonung, dann machte der Weg eine Biegung nach links, und eine weite Lichtung öffnete sich vor ihnen mit einem sensationellen Panoramablick nach Norden über das Tal des River Beauly zu den Bergen dahinter. Der Ausblick war so atemberaubend, dass Karen anfangs kaum das Gebäude auffiel, das sich zur einen Seite befand. Den Kern bildete ein traditionelles rechteckiges Steinhaus, massiv genug, um den Wintern in dieser Höhe zu trotzen. Zu beiden Seiten ragten lange Flügel ab, holzverkleidet, mit einer Reihe von Sonnenkollektoren auf den Dächern. Es gab keine Fenster, die das Holz aufgelockert hätten, was das Gebäude unnahbar wirken ließ. Hinten im Wald befand sich ein Steinschuppen mit einem halben Dutzend Autos und SUVs. Karen bemerkte an den Bäumen angebrachte Überwachungskameras, die die Lichtung und das Haus selbst abdeckten.

»Das hier muss ein bisschen was gekostet haben«, stellte Jason fest. »Ich schätze mal, es gibt einen Haufen Kies dafür, wenn man reiche Leute fit macht. Kommt es Ihnen je in den Sinn, dass wir das Falsche machen, Boss?«

Karen schüttelte den Kopf. »Nie, Jason. Parken Sie, und schauen wir uns um.«

Sie gingen zur Hintertür des steinernen Herzens des Gebäudekomplexes. Bevor sie auf die Klingel drücken konnten, öffnete sich die Tür, und eine junge Frau in Yogahose und Schlabberpulli begrüßte sie mit einem breiten Lächeln. »Hi, was kann ich für Sie tun?« Ihr Akzent verriet, dass sie von der anderen Seite des Atlantiks stammte.

Karen stellte sich und Jason vor. »Wir sind hier, um mit Ruari Macaulay zu sprechen.«

»Sicher. Er arbeitet gerade mit einem Gast, aber Sie können sehr gern eintreten und warten, bis er fertig ist, Officer.«

»Wie lange wird das dauern, meinen Sie?«

Die Frau warf einen Blick über die Schulter. »Schauen wir mal. Jetzt ist es zwanzig vor. Er sollte in ungefähr einer Viertelstunde so weit sein.«

»Danke. In dem Fall nehmen wir Ihr Angebot an.«

Das Haus war bis auf die Knochen entkernt und dann wieder verputzt und in einem cremefarbenen Ton gestrichen worden, der wahrscheinlich unter einem Namen wie »Rabbit's Oxter« sein Dasein fristete. Sie folgten ihrer Führerin einen schmalen Korridor entlang, der mit zwei abstrakten Gemälden geschmückt war, von denen Karen annahm, dass sie einen Zustand innerer Ausgeglichenheit hervorrufen sollten. Die reinste Geldverschwendung.

Auf halbem Weg bogen sie in einen Raum, der halb Büro, halb Wohnzimmer war. Auf kostspielige Weise funktional, aber bequem. »Nehmen Sie doch Platz, und ich hole Ihnen etwas zu trinken.« Noch ein fröhliches Grinsen. »Ich bin übrigens Madison. Also, wir haben eine Auswahl an Früchte- und Kräutertees, oder es gibt verschiedene Säfte. Was mögen Sie?«

»Ich schätze mal, Kaffee ist ausgeschlossen?« Karen gab sich Mühe, nicht verdrießlich zu klingen.

Die Winkel von Madisons Mund verzogen sich in übertriebener Missbilligung nach unten. »Koffein gibt es bei uns nicht. Ruari möchte, dass unsere Gäste während ihres Aufenthalts hier ihren Körper gründlich entgiften.«

»Ich nehme einen Saft«, sagte Jason.

»Für mich nichts«, entschied Karen. Madison schlüpfte hinaus und ließ die Tür offen. »Mein Körper ist ein Tempel für einen anderen Gott als den ihren.« Das Zimmer fühlte sich seltsam an, und ihr wurde erst nach einem Moment klar, warum: Es war fensterlos. Wo ein Fenster hätte sein sollen, prangte ein gewaltiger Flachbildfernseher, der die Live-Bilder einer Webcam von einem felsigen Strand mit einem Blick übers Meer auf die Berge zu zeigen schien. Im Gegensatz zu den Gemälden fühlte sich das tatsächlich beruhigend an.

Madison kehrte mit einem hohen Glas voll von etwas Grünem zurück. Jason beäugte es misstrauisch. »Was ist das?«

»Melone, Kiwi, Apfel, Gurke und Grünkohl«, sagte sie freundlich. Karen beglückwünschte sich dazu, einem frontalen Nährstoffangriff ausgewichen zu sein. »Ich sorge dafür, dass Ruari vorbeischaut, sobald er Zeit hat.« Und schon war Madison wieder verschwunden.

Jason schnüffelte argwöhnisch an seinem Glas und kostete dann zögerlich davon. »Ich hatte schon Schlimmeres«, sagte er. »Aber hauptsächlich, wenn meine Mum dachte, bei mir sei was im Anmarsch.«

Karen klappte ihren Laptop auf und loggte sich im kostenlosen WLAN von Wester Fearn House ein. Sie hoffte, die Pressemeldung hätte vielleicht weitere Informationen aus den Bäumen geschüttelt, aber bisher stand Duncan McNab immer noch allein auf weiter Flur. Als sie gerade anfangen wollte nachzusehen, welche Nachrichtenseiten die Story aufgegriffen hatten, betrat Ruari Macaulay das Zimmer und schenkte den beiden ein verhaltenes Lächeln.

»Bleiben Sie sitzen«, sagte er, als Karen mühsam Anstalten machte, den Laptop zu schließen und sich aus dem Sessel zu erheben. Er trug ein ärmelloses Trikot, darüber ein leichtes Baumwollhemd und Lycraleggings, die auf halber Höhe seiner gewaltigen Waden aufhörten. Obwohl er Mitte fünfzig war, war er immer noch in der körperlichen Verfassung eines viel jüngeren Mannes. Es gab kein Anzeichen dafür, dass Ruari Macaulay irgendwie aus dem Leim ging. Sein rasierter Schädel glänzte, ein Kontrast zu einem Gesicht, das aussah, als wäre es mehr durch Fäuste als Gene geformt worden. Karen konnte sich vorstellen, dass sich so schnell keiner mit ihm anlegte.

Macaulay nahm ihr gegenüber Platz. »Was führt Sie hier hoch?«, fragte er. »Was kann ich für eine Detective Chief Inspector der Polizei tun?« In seiner Stimme schwang ein neckender Unterton mit. Er hörte sich an, als würde nichts auf seinem Gewissen lasten; er konnte sich ihr gegenüber einen unbeschwerten Tonfall leisten.

Karen klappte erneut den Laptop auf und klickte auf das Bild ihres Opfers. »Ich hoffe, dass Sie mir behilflich sein können. Ich frage mich, ob Sie diesen Mann kennen?« Sie drehte ihm den Bildschirm zu.

Auf Macaulays Gesicht zeichnete sich aufrichtige Überraschung ab. »Joey Sutherland? Ja, klar kenne ich den. War früher hier in der Gegend der König beim Gewichthochwurf. Lassen Sie mich mal sehen.« Er streckte eine Hand nach dem Laptop aus. »Ja, das ist er ganz bestimmt. Was hat er denn jetzt vermurkst?«, sagte er, als sie ihm den Laptop reichte. Dann stieß er, während er das Bild eingehender musterte, einen leisen Pfiff aus. »Wie ich sehe, geht's nicht darum, was er vermurkst hat. Jemand hat ihn abgemurkst, richtig? Das Bild ist nicht aufgenommen worden, als er noch am Leben war, oder?«

»Ich fürchte, nein.«

Macaulay gab ihr den Laptop zurück. »Warum sind Sie also hier? Es ist über zwanzig Jahre her, dass ich Joey gesehen habe. Und ehrlich gesagt habe ich nicht damit gerechnet, ihn je wiederzusehen.«

»Er wurde heute Vormittag vorläufig identifiziert. Gleichzeitig sagte man uns, Sie könnten uns möglicherweise weitere Informationen geben. Warum haben Sie nicht damit gerechnet, ihn je wiederzusehen?«

Macaulay sah erschrocken aus. »Ich habe das nicht so gemeint, wie Sie es aufgefasst haben. Ich habe nicht damit gerechnet, ihn wiederzusehen, denn als er verschwand, schuldete er mir Knete und schien nicht sonderlich scharf darauf, sie zurückzuzahlen.«

Karen verspürte wohlige Genugtuung. Es war ein echter Bonus, schon so früh bei ihren Ermittlungen einen Zeugen zu finden, der das Opfer wirklich gekannt hatte. »Erinnern Sie sich bitte für uns an die Zeit, als Sie mit Joey Sutherland zu tun hatten. Wann sind Sie sich das erste Mal begegnet?«

Er fuhr sich mit einer Hand über den Kopf und strich die Phantomhaare glatt. Während des Grübelns atmete er pfeifend aus. »Muss Ende der Achtzigerjahre gewesen sein. Er tauchte in der Highland-Szene auf. Er war erst ein Junge, aber er hatte hart dafür gearbeitet, in Form zu kommen. Er war massig, aber es waren reine Muskeln, wissen Sie, was ich meine? Es war nicht nur Show. Man lernt die anderen Kerle in der Szene kennen, wenn man an den Schwerathleten-Turnieren teilnimmt. Man läuft sich die ganze Saison hindurch jedes zweite Wochenende über den Weg. Man sieht zu, wie sie heranreifen und sich entwickeln, man sieht zu, wie sie ihren Höhepunkt erreichen und wie es dann bergab geht. Man geht zusammen was trinken, man isst gemeinsam. Mit manchen freundet man sich an. Manche kennt man nur flüchtig, wissen Sie, was ich meine? Bei der Polizei wird es wohl ähnlich sein.«

»Ein bisschen«, sagte Karen. »Was für ein Typ war Joey also?«

»Die Massen liebten ihn. Er hatte etwas an sich. Charisma, schätze ich mal. Frauen wollten ihn mit nach Hause nehmen, und die Kinder haben ihn vergöttert. Er sah besser aus als die meisten von uns – ich meine, Sie sehen ja selbst.« Er deutete auf sein Gesicht. »Der Großteil der Schwerathleten sieht wie ich aus. Als hätten wir eine Auseinandersetzung mit Chewbacca gehabt und den Kürzeren gezogen. Joey hat nie geboxt oder ohne Boxhandschuhe gekämpft. Er war ein hübscher Kerl. Er hatte so eine kleine Tolle, die ihm ins Gesicht fiel, wie Christopher Reeve in den *Superman*-Filmen.«

Macaulay sah zu Boden. »Manche Kerle in der Szene nehmen gern eine Abkürzung zu den Muskeln. Sie fangen mit Steroiden an. Das bringt so ziemlich alles im Körper durcheinander. Einschließlich der Stimmungen. Also können manche Typen schnell ausrasten. Schnell gekränkt sein, schnell die Fäuste sprechen lassen.« Er sah Karen in die Augen. »Joey war nie so. Er war ein entspannter Junge.« Er verzog den Mund. »Hat ihn allerdings nicht davon abgehalten, einen zu verarschen, wenn es irgendwie ging.« Er setzte sich mit gespitzten Lippen zurück und wartete auf sein Stichwort, da er nicht wollte, dass man ihn einem Kumpel gegenüber für treulos hielt.

Karen tat ihm den Gefallen. »Wie meinen Sie das?«

»Der Grund, weshalb ich dachte, ich würde ihn nicht mehr wiedersehen? Das Geld? Joey machte gern was her. Immer gut angezogen, immer sauber und gepflegt. Er war erfolgreich in der Szene, aber nicht erfolgreich genug, um so zu leben, wie er wollte. Viele Jungs, die hausen in ihren Wohnmobilen. Das ist die einzige Art, wie sie sich das Leben leisten können. Joeys Lieferwagen war ziemlich schäbig, muss man sagen. Kein Ort, an den man ein Mädchen mitnahm, das man beeindrucken wollte. Er wollte sich vergrößern. Und er hatte nicht genug Bares. Also kam er zu mir zwecks Aufstockung. Mir ging es damals schon gut, und ich hatte ein kleines Fitnessstudio in Inverness, das ein bisschen was abwarf.« Macaulay zuckte mit den Schultern. Diese einfache Geste verbrauchte wahrscheinlich sämtliche Kalorien aus einem Mars-Riegel, dachte Karen.

»Wie viel haben Sie ihm geliehen?«

»Fünftausend. Jetzt hört es sich vielleicht nicht nach allzu viel an. Besonders wenn man sich den Laden hier anschaut. Aber damals war es keine Lappalie. Er sollte es mir im September zurückzahlen. Das war 1995. Wir waren beide Mitte des Monats bei den Invercharron Games, und ich ermahnte ihn, dass das Geld fällig sei. Er war ein kleines bisschen ausweichend, ließ sich nicht festnageln. Wie dem auch sei, später am Nachmittag, als wir alle zum Aufbruch zusammenpackten, kommt er völlig aufgekratzt auf mich zu und sagt: ›Hey, Ruari, ich habe das Geld bis Ende der Woche für dich.‹ Was ich natürlich gern hörte. Und das war das Letzte, was ich von Joe Sutherland und seinem Luxuswohnmobil zu Gesicht bekommen habe.« Er schüttelte den Kopf, mit reuevoller Miene.

»Was ist Ihrer Meinung nach passiert, dass er seine Einstellung zu den Schulden änderte?«

Macaulay rutschte unruhig in seinem Sessel hin und her. »Mit Sicherheit weiß ich es nicht. Allerdings weiß ich, dass er an dem Nachmittag mit einem amerikanischen Mädchen herumgegangen hat. Ich sage amerikanisch, aber sie hätte auch kanadisch sein können. Und ich fragte mich, ob er auf den Gedanken kam, quasi umzusiedeln, statt mir das Geld zurückzuzahlen. Es gibt reichlich Orte, wo sich ein Bursche mit Joeys Talent und Stärke seinen Lebensunterhalt verdienen kann. Die Leute finden unsereins faszinierend. Wir sind das Nächstbeste, was sie an Superhelden haben.«

Er seufzte. »Und wenn er abgehauen wäre, obwohl er mir Geld schuldete, wäre ihm klar gewesen, dass er nicht zurückkommen und einfach da weitermachen konnte, wo er aufgehört hatte. Ich hätte es mir nicht leisten können, derart das Gesicht zu verlieren. Freund hin oder her, ich hätte einen Schlussstrich ziehen müssen.« Er fuhr sich mit der Hand übers Gesicht, als ihn auf einmal das, was Karen ihm gezeigt hatte, in seiner ganzen Ungeheuerlichkeit traf. Sein Blick wurde weicher, und er sah über ihre Schulter irgendwo ins Leere. »Hören Sie mich an, da rede ich, als wäre er bloß eben aus dem Zimmer gegangen. Aber Sie sagen mir, dass er auf Nimmerwiedersehen fort ist. Mausetot. Ich bekomme es nicht in meinen Kopf. Wenn er mir in den Sinn gekommen ist, habe ich mir immer vorgestellt, dass er irgendwo da draußen in der Welt herumgeistert und eben Joey ist. Nicht tot. Was ist passiert? Wo ist er gestorben? War es denn in Amerika?«

Karen schüttelte den Kopf. »Ein Bauer hat seine Leiche in einem kleinen Ort namens Clashstronach in einem Torfmoor gefunden. Ungefähr eine Stunde von Ullapool entfernt, etwa da, wo Wester Ross in Sutherland übergeht.«

»Clashstronach? Nie davon gehört. Was zum Teufel ist ihm zugestoßen?«

»Wir glauben, er hat jemandem geholfen, zwei Motorräder auszugraben, die Ende des Zweiten Weltkriegs verborgen worden waren ...«

»Motorräder? Joey hatte nie eine Maschine. Soviel ich weiß, hatte er nie Interesse an Maschinen.« Macaulay blickte verwirrt drein. »Was ist denn geschehen? Ist er im Moor versunken? Das kommt vor, habe ich mir sagen lassen.«

»Es gibt keinen schonenden Weg, das zu sagen, Mr. Macaulay. Allem Anschein nach wurde Joey erschossen.«

Langes Schweigen. »Erschossen?« Es war kaum lauter als ein Atemzug.

»Danach sieht es momentan aus.«

Seine Lippen bebten. »Das ... das ist brutal. Das hatte Joey auf keinen Fall verdient. Was zum Teufel hat er bloß getan, um so zu enden? Vielleicht hätte ich es geglaubt, wenn er mit der Frau eines anderen erwischt worden wäre, aber Motorräder ausgraben? Das ist verrückt.«

Karen ließ Macaulay einen Moment mit diesem neuen Wissen dasitzen. Als er wieder gefasster wirkte, fragte sie: »Hatte er Feinde? Rivalen, die ihn weghaben wollten?«

Macaulay wand sich. »Er hatte Rivalen, klar doch. Aber die Spiele und die Strongman-Szene gehören nicht zu der Art Welt, wo man jemanden um die Ecke bringt, der den Hammer ein Stückchen weiter werfen kann als man selbst. Letzten Endes sind wir Kumpel. Sicher, manchmal kriegen sich ein paar Kerle ein bisschen in die Haare, aber nie ernsthaft. Und wie ich schon sagte, jeder mochte Joey. Ich sage das nicht nur, weil er tot ist. Fragen Sie jeden, der ihn kannte, sie werden das Gleiche sagen.«

»Bei all dem Charme, hatte er eine Freundin? Eine feste Beziehung?«

Ein wehmütiges Lächeln. »Joey hatte gern seinen Spaß. Aber er machte nie Versprechungen oder hielt sich an ein einziges Mädchen. Er sagte, er sei nicht bereit für was Ernsthaftes.«

»Hat er Sie dem amerikanischen Mädchen in Invercharron vorgestellt?«

Macaulay schnaubte vor Lachen. »Keine Chance. Die hat er ganz für sich behalten.«

»Was ist mit Freunden? Gab es da jemanden, dem er besonders nahestand?«

Macaulay deutete auf seine Brust. »Wer ist derjenige, an den er sich wegen des Geldes wandte? Ich war sein Kumpel. Ich habe ihn von Anfang an unter meine Fittiche genommen. Es war abzusehen, dass er ein Star werden würde, und es schadet nie, mit den Stars befreundet zu sein. So hat es angefangen, aber wie sich herausstellte, kamen wir tatsächlich gut miteinander klar.«

»Wir brauchen jemanden, der Joeys Leiche formell identifiziert…«

»Das mach ich nicht!« Es war beinahe ein Aufschrei. »Ich kann nicht, ich kann mir keinen Toten ansehen.«

Es war eine extreme Reaktion. Beinahe eine verdächtige, dachte Karen. Macaulay hatte eine prächtige Vorstellung von Aufrichtigkeit gegeben, aber vielleicht war es genau das gewesen – eine Vorstellung. Falls er Joey Sutherland umgebracht hatte, wäre eine Konfrontation mit der Leiche das Letzte, was er wollen würde. Besonders nach all den Jahren. Karen merkte sich den Gedanken für weitere Überlegungen vor und sagte: »Können Sie uns dann mit Familienangehörigen in Kontakt bringen? Eltern vielleicht, Geschwister? Woher stammte er?«

»Seine Familie stammte aus Rosemarkie auf der Black Isle. Joey konnte nicht schnell genug von dort wegkommen. Er hasste das Leben auf dem Land. Seine Familie mochte er auch nicht sonderlich. Er hatte eine Schwester. Sie hatte das Hirn abbekommen, er die Muskeln. Sie ging in Edinburgh zur Uni. Jetzt ist sie Anwältin. Na ja, jedenfalls war sie eine, als ich das letzte Mal von ihr gehört habe. Donalda, so heißt sie, auch wenn alle sie Dolly nannten.«

Jason schrieb den Namen in sein Notizbuch.

»Sind seine Eltern immer noch auf der Black Isle?«, fragte Karen.

Macaulay schüttelte den Kopf. »Vor fünf oder sechs Jahren habe ich gesehen, dass ihr Haus zum Verkauf stand. Ich hörte, dass sie nach Edinburgh runtergezogen sind. Dolly hat ihnen eine kleine Seniorenwohnung gekauft, die nicht einmal einen Blumenkasten hatte. Im Pub hieß es, der alte Sutherland habe genug davon gehabt, sich für nichts und wieder nichts abzurackern. Wollte nie wieder das kleinste bisschen Erde umgraben.« Er stieß ein kurzes, bellendes Lachen aus. »Ironisch, wenn man bedenkt, wo Joey gelandet ist.« Er runzelte die Stirn und starrte Karen hellwach an. »Meinen Sie, er wurde gleich nach Invercharron umgebracht? Dass er gar nicht abgehauen ist? Dass ich die ganze Zeit über schlecht von ihm gedacht habe, während er tot war?«

Es war unmöglich, ihm die bittere Pille zu versüßen. »Es sieht so aus«, sagte sie. »Aber das konnten Sie nicht wissen.«

Macaulay ballte die Hände zu Fäusten und schlug sich damit auf die Knie. »Ja, aber trotzdem ... Was für ein Freund denkt gleich das Schlechteste? Was für ein Freund macht sich nicht einmal die Mühe, es der Polizei zu melden, wenn jemand verschwindet?«

»Er war erwachsen, Mr. Macaulay. Was auch immer Joey zugestoßen ist, es war nicht Ihre Schuld.« Es war unzulänglich, das wusste sie. Doch es war besser, als die andere Wahrheit auszusprechen: dass Joey Sutherland für die Entscheidungen verantwortlich war, die ihn in ein flaches Grab in einem Torfmoor in Wester Ross gebracht hatten. Wahrscheinlich hatte er nicht verdient, was ihm zugestoßen war. Doch er hatte die Straße gewählt, die ihn dorthin geführt hatte.

# 29

## 2018 – Edinburgh

Als sie es nach Edinburgh zurück schafften, war es zu spät für Jasons Kinobesuch gewesen, aber Karen hatte ihn überredet, das Mädchen als Entschädigung auf einen späten Drink einzuladen. Ihre gute Tat an dem Tag, dachte sie und setzte ihn vor dem Pub einer Franchisekette in der George Street ab, bevor sie nach Hause fuhr.

Auf sie wartete eine E-Mail von McCartney, in der er die Befragung von Sheila Chalmers umriss sowie seine Absicht, am Morgen mit Barry Plummer zu sprechen. Die Botschaft lautete, dass das alles eine Verschwendung seiner kostbaren Zeit sei, aber sie sei der Boss. Karen feuerte ein schnelles »Gut gemacht, viel Glück morgen« ab und ließ es dabei bewenden.

Sie starrte in den Kühlschrank. Zwar war sie in der vorigen Woche im Supermarkt gewesen, aber sie hatte auf nichts Lust. Eigentlich hätte sie vor Freude über die Fortschritte elektrisiert sein müssen, aber etwas an Joey Sutherlands Ermordung war ihr unter die Haut gegangen. Auch wenn auf den ersten Blick niemand Joey Sutherland nach seinem Verschwinden vermisst hatte, war ganz klar, dass er betrauert werden würde. Auf der langen Fahrt südwärts war sie immer wieder in Gedanken durchgegangen, wie Ruari Macaulay über den Toten gesprochen hatte. Wärme, Zuneigung, Bedauern. Alles Anzeichen von Verlust. Und niemand verstand Verlust besser als Karen.

Es war, entschied sie, ein Abend für Seelentrostessen. Kartoffeln und Zwiebeln aus dem Kühlschrank, Korianderblätter aus dem Gefrierfach, rote Linsen aus dem Vorratsschrank. Sie hackte die Zwiebeln und gab sie mit einem Schuss Olivenöl in einen Topf, würfelte dann die Kartoffeln und fügte sie hinzu. Zwei Handvoll Linsen, dann kochendes Wasser, um den Topfinhalt zu bedecken. Ihr fiel wieder ein, dass Hühnerbrühe hineingehörte, und dann hackte sie den Koriander. Die Hälfte jetzt, die andere Hälfte kurz vor dem Servieren. Dieser Linsen-Kartoffel-Eintopf war ihre eigene Erfindung gewesen, als sie allein gelebt hatte, und trotz Phils Vorbehalten als heißblütiger, fleischfressender Schotte war es zu seinem liebsten Resteessen avanciert. Die rationale Karen wusste, dass es dumm war, Bedeutung in Linsen und Kartoffeln zu suchen, doch die emotionale Karen konnte nicht bestreiten, dass sie beim Verzehr von Speisen, die sie zusammen genossen hatten, Phils Gegenwart spürte. Es war ihr egal, ob es sentimentaler Unsinn war. Es war nichts Rührseliges dabei. Es ließ nur die guten Erinnerungen wiederaufleben an die kurze gemeinsame Zeit, die ihnen vergönnt gewesen war.

Nachdem Karen gegessen hatte, klappte sie ihren Laptop auf und ging auf die Website der schottischen Anwaltskammer. Sie tippte Donalda Sutherlands Namen in die Suchmaschine und landete einen Glückstreffer. Donalda Mary Sutherland war Rechtsanwältin in einer Kanzlei für Familienrecht mit Räumlichkeiten in der George Street. Spezialisiert war sie auf Konfliktlösung und Mediation. Mit anderen Worten, erbittert ausgefochtene Scheidungen. Karens Freundin Giorsal, eine erfahrene Sozialarbeiterin in Fife, hatte einmal trocken angemerkt, die unbeabsichtigte Konsequenz der gleichgestellten Ehe sei die gleichgestellte Scheidung und die damit einhergehende Goldgrube für Familienanwälte. Karen glaubte nicht, dass Dolly Sutherland auch nur in der Nähe des Existenzminimums lebte.

Nicht dass Geld Trauer im Geringsten linderte. Der Verlust

ihres Bruders wäre so oder so der gleiche schwere Schlag. Doch zumindest wurden der Familie die Probleme erspart, die mit dem Ausfall eines Hauptverdieners einhergingen. Obwohl Karen gewöhnlich erst sehr spät auf der Bildfläche erschien, hatte sie schon zu häufig die zerstörerischen Auswirkungen auf eine Familie gesehen, die einen geliebten Menschen verlor, auf den sie obendrein finanziell angewiesen gewesen war.

Ausnahmsweise fühlte Karen sich schläfrig, obwohl elf Uhr kaum vorbei war. »Wie ein normaler Mensch«, murmelte sie, während sie sich fürs Bett fertig machte. Als sie gerade am Einschlafen war, kam ihr auf einmal etwas in den Sinn, was sie vergessen hatte. »Ach, Mist«, stöhnte sie. Die offensichtliche Frage. Wenn Joey unter der Erde war, wo war dann sein schickes Wohnmobil? Sie griff nach ihrem Handy und verfasste eine E-Mail an Ruari Macaulay.

> Tut mir leid, Sie nochmals zu belästigen, Mr. Macaulay. Aber ich habe mich gefragt, ob Sie zufälligerweise ein Foto von Joey mit seinem Wohnwagen haben? Wir würden den Wagen gern ausfindig machen, und jegliche Einzelheiten wären hilfreich – Marke, Modell, Farbe, Nummernschild. Ich weiß, dass es sich um ein Stochern im Nebel handelt, aber nach meiner Erfahrung zahlt sich so ein Herumstochern manchmal aus. Viele Grüße, **DCI** Karen Pirie.

Die Wahrscheinlichkeit war gering, wie sie wusste. Aber die Spur war es wert, verfolgt zu werden.

Und jetzt war sie hellwach.

Der Morgen brachte strömenden Regen und die Art Ostwind, die jedem, der von ihm erfasst wurde, ein Peeling verpasste. Selbst Karen wurde es irgendwann zu viel. Sie nahm den Bus vom Ocean Terminal in die George Street, eingezwängt zwischen das kalte Fenster und einen alten Mann, der nach nassem Hund roch. Es war fast eine Erleichterung, wieder in das bitterkalte Wetter hinauszutreten.

Anwälte für Familienrecht verbrachten nicht viel Zeit vor Gericht. Karen ging davon aus, dass sie Donalda Sutherland in ihrer Kanzlei antreffen würde. Und wenn nicht, war sie nur ein paar Minuten zu Fuß von ihrem eigenen Schreibtisch entfernt.

Ein diskretes Messingschild kennzeichnete den Eingang zu RJS, der Kanzlei, die Donalda als eine ihrer Partnerinnen führte. Glastüren öffneten sich in einen anonymen Vorraum, der zu jeder Art von Firma hätte gehören können. Eine Empfangsdame saß hinter einem geschwungenen weißen Schreibtisch; in dem Raum verteilt standen vier weiße Zweisitzersofas; auf den niedrigen Tischen lagen eine Auswahl an Tageszeitungen und anscheinend willkürlich ein paar Zeitschriften.

Karen, die sich zu durchnässt für den Raum vorkam, wartete ab, bis die Empfangsdame ein Telefonat beendet hatte, und sagte dann: »Ich möchte Donalda Sutherland sprechen.« Sie hielt ihren Polizeiausweis hoch.

»Haben Sie einen Termin?« Es war eine automatische Reaktion, gedankenlos.

»Nein.«

Die Frau griff nach dem Hörer. »Darf ich Sie fragen, worum es geht?«

»Sie dürfen fragen, aber ich werde es Ihnen nicht sagen. Es ist eine offizielle Polizeiangelegenheit.«

Das professionelle Lächeln der Frau verspannte sich. »Nehmen Sie Platz, dann sehe ich, was ich tun kann.«

»Ich warte einfach hier.« Karen setzte das gleiche Lächeln auf. Sie würde sich nicht von einer pampigen Empfangsdame vertrösten lassen, die glaubte, die Zeit einer Anwältin sei kostbarer als die einer Polizistin.

Die Frau tippte auf zwei Tasten, wartete ab und sagte dann: »Angie, ich habe hier eine Polizistin, die mit Ms. Sutherland sprechen möchte. Hat sie heute Vormittag ein freies Zeitfenster?« Sie wartete und vermied Karens Blick. »Das geht? Okay, überlassen Sie es mir.« Sie legte auf. »Im Moment ist sie in einer Besprechung. Sie kann Sie in einer halben Stunde sehen.« Sie wirkte zufrieden mit ihrem kleinen Sieg.

»Super.« Karen warf einen Blick auf ihre Armbanduhr. »Ich gehe kurz rüber zu Burr und besorge mir einen Kaffee und bin in einer halben Stunde wieder da«, sagte sie fröhlich, weil sie der Empfangsdame nicht die Genugtuung geben wollte, sie verärgert zu haben.

Bei einem Flat White auf einer bequemen, gepolsterten Sitzbank im hinteren Teil des Cafés öffnete Karen ihren Laptop und durchstöberte Nachrichten-Websites. Wie sie erwartet hatte, war die Story über die mysteriöse Moorleiche allgemein aufgegriffen worden. Sogar die in London ansässigen überregionalen Tageszeitungen, berüchtigt für ihr Berichtsdefizit bei allem nördlich des Hadrianswalls, hatten die Story faszinierend genug gefunden, um sie an exponierter Stelle zu bringen. Karens Wahl fiel auf eine der schottischen Tageszeitungen, weil sie davon ausging, dass man dort wahrscheinlich sämtliche zur Verfügung stehenden Informationen hineinpacken würde. Über dem Artikel befand sich die Rekonstruktion von Joey Sutherlands Gesicht. Die Abbildung ließ ihn aussehen wie eine Figur aus einer Pixar-Animation. Doch Karen fand, jeder, der Joey begegnet war, würde ihn wiedererkennen. Sie hoffte, dass Donalda Sutherland kein Nachrichten-Junkie war.

## GEHEIMNIS UM LEICHE
## UND MOTORRÄDER IM MOOR

Als Bauer Hamish Mackenzie nach einem Schatz grub, erlebte er eine unangenehme Überraschung. Zusammen mit den Oldtimer-Motorrädern, nach denen er suchte, entdeckte er die makellos erhaltene Leiche eines Mannes, der in einem Torfmoor begraben lag.

Mr. Mackenzie, 37, der einen Bauernhof in Clashstronach in Wester Ross führt, sagte: »Es war ein schrecklicher Schock. Ich hatte gehört, dass Torfmoore Leichen konservieren, aber man denkt nie, dass einmal eine auf dem eigenen Grundstück auftaucht. Es war das Letzte, womit ich gerechnet hätte.«

Die Ausgrabung fand statt, nachdem Mr. Mackenzie von einem Ehepaar aus dem Süden Englands kontaktiert worden war. »Die Frau sagte, ihr Großvater sei während des Zweiten Weltkriegs hier in der Nähe stationiert gewesen. Er war einer der Ausbilder von Churchills Special Operations Executive – die Leute, die als Spione und Saboteure ausgebildet und hinter feindliche Stellungen geschickt wurden.

Bei Kriegsende wurde ihnen befohlen, jegliche Ausrüstung zu zerstören. Aber es gab zwei nagelneue Indian-Scout-Motorräder, die gerade erst aus den USA eingetroffen waren, und der Großvater der Frau und sein bester Kumpel ertrugen es nicht, sie zu zerlegen. Also wickelten sie sie im Schutz der Dunkelheit in geteerte Planen, packten sie in Kisten und vergruben sie auf dem Land des Bauernhofs. Meine Großeltern wussten natürlich nichts davon.«

Das Ehepaar, das sich an Mr. Mackenzie wandte, hatte eine einfache Landkarte, und mithilfe eines ausgelíehe-

nen Metalldetektors begann die Schatzsuche. »Ich benutzte meinen kleinen Bagger, und in ungefähr ein Meter zwanzig Tiefe stießen wir auf die Oberseite der ersten Kiste. Als wir sie öffneten, fanden wir ein Motorrad in einwandfreiem Zustand vor.«
Doch bei der zweiten Kiste lag der Fall ganz anders. »Ich wusste gleich, dass etwas nicht stimmte. Die Oberseite der Kiste war aufgebrochen worden. Und als wir anfingen, den Torf und die Latten wegzuschaffen, wurde uns klar, dass das, was wir da vor uns sahen, ein menschlicher Arm war. Irrtum war ausgeschlossen. Wir konnten die Fingernägel und all so was erkennen.
Es war ein Riesenschock. Wir sind so schnell wie möglich wieder hinausgeklettert und haben die Polizei gerufen. Bei ihrem Eintreffen haben sie schnell festgestellt, dass sich dort unten eine Männerleiche befand. Anschließend sagten sie uns, dass der restliche Körper genauso gut erhalten sei wie der Arm.«
Detective Chief Inspector Karen Pirie vom Dezernat für Altfälle bei der Police Scotland bestätigte später, dass eine männliche Leiche aus dem Torfmoor in Clashstronach geborgen worden sei. Ihr zufolge wird nicht davon ausgegangen, dass die Leiche aus der Zeit vom Kriegsende stammt. »Wir haben Grund zur Annahme, dass der Tote erst irgendwann in den letzten fünfundzwanzig Jahren in dem behelfsmäßigen Grab verscharrt wurde«, sagte sie. »Wir behandeln es als einen Tod unter verdächtigen Umständen.«

Der Artikel endete mit den Einzelheiten von Karens Pressemeldung. Sie war den Journalisten dankbar, weil sie ihre Bitte respektiert hatten, Joeys Identität nicht zu offenbaren. Schlimm genug, wenn seine Familie das Bild sah. Noch viel schrecklicher, wenn ihre schlimmsten Befürchtungen auf derart brutale Weise bestätigt würden.

Morgen würde Joey Sutherland überall in den Medien sein. Wenn sie Glück hatten, half das jemandes Gedächtnis auf die Sprünge. Altfälle waren anders als aktuelle Ermittlungen. Man konnte nicht am Zeugenbaum schütteln, indem man Nachbarschaftsbefragungen durchführte oder jeden verhörte, der bei den Ereignissen im Vorfeld des Verbrechens zugegen gewesen war. Ruari Macaulay vermutete, die Invercharron Highland Games wären Joeys letzter öffentlicher Auftritt gewesen. Vielleicht hatte jemand an dem Nachmittag etwas gesehen oder gehört, das ihre Ermittlungen voranbringen würde. Das waren die fragilen Glieder, auf die Karen angewiesen war, um eine Beweiskette zusammenzufügen. Und vielleicht hatte Donalda Sutherland ebenfalls ein paar beizusteuern.

# 30

## 2018 – Edinburgh

Als Karen fünfundzwanzig Minuten später zu RJS zurückkehrte, saß eine andere Frau hinter dem Schreibtisch. Jünger und allem Anschein nach mit ihrem Los zufriedener. Sobald Karen erklärt hatte, dass man sie erwartete, schickte Empfangsdame 2.0 sie den Korridor entlang zum zweiten Zimmer links.

Karen klopfte und betrat einen kleinen Besprechungsraum. Er war ungefähr dreihundert Prozent einladender als das, was ihnen auf dem Revier für ihre Klientel zur Verfügung stand. Drei bequeme Sessel, ein niedriger Tisch mit einer Papiertücherbox, weiches Licht, das nach bewusstem Design aussah, statt bloßes Zufallsprodukt zu sein. Ein langes, hohes Fenster ließ einen Streifen Himmel über Häuserdächern erkennen. Außer ihr war niemand anwesend, doch sie zog trotzdem ihren Mantel aus und legte ihn über die Armlehne eines Sessels.

»Chief Inspector, es tut mir leid, dass Sie warten mussten.« Die einzige Ähnlichkeit zwischen der Frau, die soeben eintrat, und Joey Sutherland war ihre überdurchschnittliche Größe. Sie schien Ende dreißig zu sein; kaum Make-up, dichtes schwarzes Haar mit silbernen Strähnen zu einem langen Pagenkopf geschnitten. Sie trug ein schwarzes Strickkleid, das eng an ihrer schlanken Gestalt anlag, Pumps mit niedrigem Absatz und klobige Ohrringe, deren Funkeln nicht nach Modeschmuck aussah. Eine übergroße Brille mit schwarzem Gestell verlieh ihr etwas Intellektuelles, ihr Lächeln und ihre Stimme strahlten Herzlichkeit aus. Sie streckte eine Hand aus, um Karens zu schütteln, und winkte sie dann zu einem Sessel.

Sie setzte sich mit den Worten: »Es tut mir leid, ich weiß nicht, wie Sie heißen. Rachel, die bei Ihrem Eintreffen am Empfang war, hat Ihren Namen nicht notiert. Nennen Sie mich bitte Donna.« Sie überkreuzte die Füße an den Knöcheln und legte die Beine schräg.

Mittlerweile also Donna. Offensichtlich war sie zu dem Schluss gekommen, dass eine Anwältin namens Dolly von niemandem ernst genommen werden würde. »Ich heiße Karen Pirie. Ich bin bei der Historic Cases Unit.«

»Interessant. Und wie kann ich Ihnen behilflich sein, Karen?« Ihre Miene spiegelte waches Interesse wider. Sie war offenkundig darin geübt, Menschen schnell ihre Befangenheit zu nehmen.

»Ich fürchte, ich habe schlechte Nachrichten.« Es gab einfach nie einen Weg, es zu beschönigen.

Ein rasches Kräuseln der Augenbrauen. »Ein Mandant?«

»Nein. Donna, wann haben Sie zuletzt von Ihrem Bruder gehört?«

Sie sog scharf die Luft ein. Ihre rechte Hand umklammerte die linke. »Joey ist etwas zugestoßen.« Keine Frage. »Ich wusste es. Ich habe es immer gewusst. Vielleicht würde er ohne ein Sterbenswörtchen abhauen, aber er hätte das nie dreiundzwanzig Jahre lang durchgezogen. Er hatte seine Differenzen mit meinen Eltern, aber er hat sie nicht gehasst. Und man müsste jemanden hassen, um ihm das anzutun.« Sie schloss einen Moment die Augen und riss sich dann sichtlich zusammen. »Erzählen Sie es mir.«

»Diese Woche ist eine Leiche in einem Torfmoor in Wester Ross gefunden worden. Sie war wegen der Bodenverhältnisse sehr gut erhalten. Wir ließen einen Forensikexperten ein Bild vorbereiten, wie der Tote ausgesehen haben muss, und ein Journalist aus der Gegend, der bei der Pressekonferenz war, glaubte, Ihren Bruder zu erkennen.«

»Lassen Sie mich mal sehen. Sie haben es bei sich?«

Karen zog das Exemplar heraus, das sie am Morgen ausgedruckt hatte, und reichte es ihr.

Donna verzog das Gesicht. Sie nahm die Brille ab und rieb sich die Augen. »Wie viel Arbeit musste Ihr Forensiker hineinstecken?« Jeder klammerte sich an die Hoffnung, selbst wenn man eigentlich begriff, dass es vergeblich war.

»Sehr wenig. Die Augenfarbe war eine wohlbegründete Vermutung. Er hat den Hautton wegen der Torfverfärbung aufgehellt. Aber was Sie sehen, zeigt mehr oder weniger, wie der Mann aussieht. Würden Sie sagen, das ist Ihr Bruder?«

»Ich würde sagen, so sah mein Bruder aus, als ich ihn vor dreiundzwanzig Jahren zum letzten Mal gesehen habe. Passt das? Ist seine Leiche dort so lange gewesen?«

»Wir glauben schon.« Karen holte noch ein Foto hervor, diesmal von der Gürtelschnalle des Toten. »Erkennen Sie den Gürtel hier wieder?«

Donnas Schultern sackten nach unten. »Der gehört Joey. Er hat ihn im ersten Jahr gewonnen, als er an den Spielen auf Skye teilnahm. Er trug ihn immer mit seinem Kilt, wenn er bei einem Wettkampf antrat. Und an seiner Jeans, wenn nicht.« Sie schlang die Arme um sich, als wäre ihr auf einmal kalt. »Es besteht kein Zweifel, oder?«

Karen schüttelte den Kopf. »Wir werden zur Bestätigung DNA-Tests durchführen, aber ja, ich glaube, es besteht keinerlei Zweifel.«

»Was ist passiert? War es ein Unfall?« Ihre Augen waren voller Qual. Donna hatte über zwanzig Jahre lang Zeit gehabt, sich an den Gedanken zu gewöhnen, dass ihr Bruder von der Bildfläche verschwunden war; das bedeutete nicht, dass ihre jetzige Verzweiflung auch nur ansatzweise weniger heftig ausfiel.

»Ich fürchte, nicht. Wir behandeln es als einen Tod unter verdächtigen Umständen.«

»Sie meinen, er wurde umgebracht? Ich bin kein Kind mehr, Karen. Mir müssen Sie nicht mit Euphemismen kommen.«

»Mir liegen noch keine Obduktionsergebnisse vor. Aber eine vorläufige Untersuchung legt nahe, dass er mit einer Kleinkaliberwaffe erschossen wurde. In die Brust und in den Hals. Wahrscheinlich war es ein schneller Tod.« Eigentlich hatte sie keine Ahnung, ob das stimmte. Doch niemand würde ihr widersprechen, und es war, wie sie vermutete, eine Art von Trost.

»Erschossen?« Donna war fassungslos. »Wie das? Warum? Joey war kein Krimineller. Er verkehrte nicht mit Leuten, die Waffen besitzen. Ich meine, natürlich kannte er etliche Leute mit Schrotflinten oder sogar Gewehren für die Jagd. Aber das ist normal in den Highlands. Waffen für Wild. Nicht um Menschen zu erschießen. So was passiert in der Stadt. Gangster. Drogendealer. Menschenschmuggler.«

»Wir glauben, dass es wahrscheinlich vor dem Amoklauf in Dunblane passierte. Bevor sich die Waffengesetze änderten. Damals waren viel mehr Handfeuerwaffen im Umlauf.«

Donna verzog den Mund zu einer Grimasse. »Natürlich. Ich hatte vergessen, wie es früher war. Aber trotzdem verkehrte Joey nicht mit der Art von Leuten, die Dinge lösen, indem sie einander abknallen.« Ihre Miene änderte sich, als ihr noch etwas in den Sinn kam. »Und was hatte er in Wester Ross verloren?«

»Wir wissen es nicht. Wir glauben, dass es im Zusammenhang mit zwei Motorrädern stand, die dort gegen Kriegsende vergraben wurden.«

Donna schüttelte den Kopf, als versuchte sie, einen Nebel zu vertreiben. »Motorräder? Vergrabene Motorräder? Der Krieg? Das ist surreal.«

Karen erläuterte, was es mit den vergrabenen Motorrädern im Torf auf sich hatte. »Vielleicht wurde Joey angeheuert, um dabei zu helfen, sie auszugraben. Und dann lief etwas sehr schief.«

»Ich wüsste nicht, wie es schiefer hätte laufen können.« Sie fuhr sich mit der Zunge über die Lippen und atmete tief durch. »Jemand hat das meinem Bruder angetan. Hat ihn wie einen Hund abgeknallt und ihn vermutlich begraben, um die eigenen Spuren zu verwischen. Was unternehmen Sie, um diese Person ausfindig zu machen?« Ihre Stimme hatte eine neue Schärfe, nun, da der Schock so weit abgeklungen war, dass sich Wut einschleichen konnte.

»Alles, was in meiner Macht steht. Ich arbeite bei den Altfällen, weil ich glaube, dass Menschen Antworten verdienen. Es gibt wenige Dinge, mit denen sich schwerer leben lässt als damit, nichts über das Schicksal von geliebten Menschen zu wissen. Das verstehe ich.«

Donna quittierte Karens Aufrichtigkeit mit einem kurzen Neigen des Kopfes. »Na schön. Was brauchen Sie von mir, wie kann ich Ihnen weiterhelfen?«

»Ich muss viel mehr über Ihren Bruder erfahren.«

Sie warf einen Blick auf ihre Armbanduhr. »Es tut mir leid, ich habe in fünf Minuten eine Besprechung. Ich muss sie absagen.« Sie erhob sich abrupt und verließ das Zimmer, steif wie eine Betrunkene, die versuchte, ihren Zustand zu überspielen.

Donna kehrte beinahe augenblicklich zurück. »Ich habe Kaffee bestellt. Wahrscheinlich zu früh für einen richtigen Drink.« Sie setzte sich auf die Sesselkante, Ellbogen auf den Knien, die Arme vor dem Körper verschränkt. »Schießen Sie los.«

»Standen Sie sich nahe?«

»Zwischen uns lagen vier Jahre, was ziemlich viel ist, wenn man klein ist. Aber er war ein sehr fürsorglicher großer Bruder. Er achtete darauf, dass ich nie gehänselt oder gemobbt wurde. Mit achtzehn ist er losgezogen und hat an den Wettkämpfen für Schwerathleten teilgenommen. Er hatte Erfolg. Er wurde überall zu Wettbewerben eingeladen. Mit zwanzig reiste er schon durch ganz Europa und Nordamerika. Wir bekamen ihn kaum noch zu Gesicht. Jedes Mal, wenn er nach Hause kam, gab es Streit. Mein Dad fand, er sollte immer noch bei der Landarbeit mithelfen oder etwas springen lassen, um den Hof zu unterstützen.« Sie stieß ein kurzes, heftiges Seufzen aus. »Joey argumentierte, er habe sich das Geld selbst hart erarbeitet. Dass niemand sonst ein Anrecht auf seine Zeit oder sein Geld habe. Harmonische Besuche kamen dabei nicht heraus.«

»Das kann ich mir vorstellen. Sie sagten, er sei ohne ein Sterbenswort verschwunden. Können Sie mir davon erzählen?«

Donna hob den Kopf und musterte die Decke einen Moment lang, während sie heftig blinzelte. »Es war ungefähr zu der Zeit, als ich mit dem Studium anfing. Joey hatte an einem Sonntag Ende August vorbeigeschaut. Er hatte an einem Highland-Wettkampf in der Nähe teilgenommen, und er kam vorbei, um mit seinem schicken neuen Wohnmobil anzugeben. Das war ein Prachtstück. Komplett mit Dusche und einer Mikrowelle. Ich muss zugeben, dass ich ihn ein wenig beneidete. Er hatte den üblichen Streit mit Dad und fuhr dann los, bevor es dunkel wurde. Das war das letzte Mal, dass ich ihn gesehen habe. Als ich nach Edinburgh zog, hatten wir mindestens einen Monat lang nichts von ihm gehört. Das weiß ich noch, denn Dad war echt verbittert, weil ich wegging. ›Du wirst es genauso wie dein Bruder machen: Sobald du ein bisschen Stadtluft geschnuppert hast, werden wir dir nicht mehr gut genug sein.'« Ein trockenes kleines Lachen. »Was komisch war, denn im Allgemeinen gibt es bei den Wettkämpfen nicht viel Stadtluft zu schnuppern.« Ihr versagte die Stimme, und sie räusperte sich.

»Haben Sie versucht, Kontakt zu ihm aufzunehmen?« Es war ein sanftes Nachhaken.

»Anfangs wusste ich nicht, wie. Damals, Ende der Neunzigerjahre, gab es keine Social Media, vergessen Sie das nicht. Und ich war zu sehr mit dem Studentenleben beschäftigt, um meine Wochenenden damit zu vergeuden, die Highland-Games-Szene abzuklappern. Wieso sollte ich mich um einen großen Bruder scheren, der sich nicht um mich scherte?« Donnas Gesicht verzog sich, und der Schmerz hinter der gespielten Tapferkeit schien durch. »Und dann war es zu spät. Als ich mein Studium und mein Referendariat abgeschlossen hatte, verkehrte ich in anderen Kreisen. Leute wie ich gaben sich nicht damit ab, erwachsenen Männern zuzusehen, wie sie Metallklumpen auf einem Acker durch die Luft schleuderten.«

»Wenn man einmal den Kontakt verliert, bleibt er leicht verloren.«

Donna warf Karen einen scharfen Blick zu. »Als meine Eltern den Bauernhof aufgaben und in die Stadt zogen, versuchte ich es noch mal. Ich mochte die Vorstellung nicht, dass er nach Hause kam und es kein Zuhause mehr gab, zu dem er zurückkommen konnte. Ich hatte mir angewöhnt, alle paar Monate nach ihm zu googeln. Ich dachte, falls er sich im Ausland niedergelassen haben sollte, tauchte er vielleicht in dem Artikel eines Lokalblatts auf. Aber das tat er nie. Es gab Joseph Sutherlands und Joe Sutherlands, aber soweit ich feststellen konnte, handelte es sich bei keinem von ihnen um Joey.«

Ein Klopfen an der Tür, und ein nervös wirkender spindeldürrer junger Mann in Hemdsärmeln trat mit einem Tablett ein. Eine Kaffeekanne, zwei Tassen, ein Milchkännchen, eine Schüssel mit papiernen Zuckersticks. »Ihr Kaffee, Donna«, sagte er, trat zwischen sie und stellte das Tablett auf dem niedrigen Tisch ab. Er zog sich aus dem Zimmer zurück, eine Art furchtsames Lächeln um den Mund. Die Frauen behandelten die Störung, als hätte sie nie stattgefunden.

»Vermutlich haben Sie an dem Tag damals kein Foto von Joey mit seinem Wohnmobil gemacht, oder?«

Für eine Anwältin gab es keine beiläufigen Fragen. Donna suchte überall nach Bedeutung. »Nein. Warum? Gibt es ein Problem mit dem Wagen? Ist er in etwas anderes verwickelt gewesen?«

»Überhaupt nicht. Ganz im Gegenteil. Wir versuchen einfach herauszufinden, was mit ihm geschehen ist.«

»Weil er sie zu seinem Mörder führen könnte?« Sie schüttelte den Kopf. »Man müsste entweder sehr dumm sein oder seiner selbst sehr sicher, um ein derart auffälliges Verbindungsstück zu jemandem, den man ermordet hat, zu behalten.«

»Damals hatte er ihn noch nicht lange besessen. Ich glaube nicht, dass es allzu viele Leute gab, die ihn automatisch mit Joey in Verbindung gebracht hätten. Und Sie wären verblüfft, mit was für Dingen manche Leute glauben, durchkommen zu können, Donna.«

Donna wand sich. »Sie vergessen, womit ich meinen Lebensunterhalt verdiene. Glauben Sie mir, mir hat es bei dem Unsinn, den manche meiner Mandanten und ihrer Partner abzuziehen versuchen, schon den Atem verschlagen.«

Ein gequältes Lächeln. »Zumindest erleichtert es uns gelegentlich die Arbeit ein klein wenig. Nun, wir glauben, das letzte Mal, als Joey hierzulande an einem Wettkampf teilnahm, war bei den Invercharron Games im September 1995. Einer meiner Kollegen hat bei der Highland Games Association nachgefragt, und das ist die letzte verzeichnete Teilnahme, die sie für ihn führen. Wir wissen, dass er dort beim Gewichthochwurf gewann. Ich habe einen Zeugen, der behauptet, Joey habe sich an dem Nachmittag mit einer Amerikanerin unterhalten. Oder möglicherweise einer Kanadierin. Sagt Ihnen das etwas?«

Mit einem frustrierten Seufzen schüttelte Donna den Kopf. »Nichts. Wenn sie mehr als ein kleines Abenteuer war, wussten wir jedenfalls nichts davon. Die letzte Freundin, von der ich erfahren habe, war noch zu seiner Schulzeit. Ein Mädchen aus Rosemarkie. Aber sie trennten sich, kurz nachdem er in der Wettkampfszene anfing, und ich glaube nicht, dass es einem von beiden schlaflose Nächte bereitet hat. Eine Frau aus Amerika hat er nie erwähnt.«

Sie zog schützend die Schultern hoch und schlang die Arme um sich. »All die Jahre über wollte ich glauben, er hätte jemanden gefunden, den er liebte, irgendwo weit weg. Ich stellte mir vor, wie er sich mit einer Ehefrau und einer eigenen Familie neu erschuf. Kindern American Football beibrachte oder ein Fitnessstudio leitete oder so was. Den Gedanken, er sei tot, konnte ich nicht zulassen.« Sie sah Karen offen an. »Sie müssen mich für eine Idiotin halten. Weil ich nicht dahintergekommen bin, dass er längst tot war.«

Karen dachte nichts dergleichen. Wenn sie es irgendwie geschafft hätte, sich einzureden, es wäre ein schrecklicher Fehler unterlaufen und Phil wäre noch am Leben, hätte sie sich mit beiden Händen daran geklammert und nie mehr losgelassen. »Hoffnung ist unsere automatische Reaktion, wenn es um geliebte Menschen geht, die verschwunden sind. Bis man einen gegenteiligen Beweis hat, ist es ganz natürlich.«

»Jetzt gibt es allerdings keine Hoffnung mehr.« Mit einem

Erschaudern setzte Donna sich auf. »Sie werden eine formelle Identifizierung brauchen«, sagte sie erschöpft. »Geben Sie mir zehn Minuten, damit ich meinen Terminplan für den restlichen Tag regeln kann, dann komme ich mit. Er ist wahrscheinlich immer noch oben in den Highlands, oder?«

»Nein, er befindet sich in Dundee. Dort ist das Labor.«

»Das ist ein Segen.« Donna verzog den Mund ironisch. »Keine Aussage, die man in Bezug auf Dundee sehr häufig zu hören bekommt.«

»Es tut mir leid.«

Donna schüttelte den Kopf. »Irgendwo in meinem Hinterkopf wusste ich, dass das hier kommen würde. Ich habe Sie erwartet, DCI Pirie. Sie oder jemand ganz Ähnlichen.«

# 31

## 1944 – Wester Ross

Arnie lehnte an der Heckreling des Schiffs und beobachtete, wie die Matrosen der Navy die letzte Fracht einluden. Er wurde von zwei GIs flankiert, die wie er auf dem Heimweg waren. Seinen Kleidersack hatte er in einer Kajüte verstaut, die er sich mit drei anderen teilte, und jetzt stellte er sicher, dass alles nach Plan verlief. Es war bloß gut, dass er seine Kriegsbeute entfernt hatte; der Militärpolizist, der seinen Kleidersack durchsucht hatte, hatte die durchtrennte Naht bemerkt und das Futter am Boden der Tasche gründlich abgetastet.

Die beiden Soldaten an der Reling zogen einander damit auf, was sie als Erstes machen würden, sobald sie wieder auf amerikanischem Boden waren. Arnie fand, ihr Gerede von Mädchen und Bars ließ einen deprimierenden Mangel an Ehrgeiz erkennen. Er hatte höhere Ziele. Er würde auf ganz andere Art Bäume ausreißen. Eine genaue Vorstellung hatte er noch nicht, das stimmte, aber er würde auf jeden Fall im Nu zur Stelle sein, wenn das Schicksal an seine Tür klopfte.

Die Matrosen arbeiteten flink. Jetzt waren nur noch zwei Dutzend Posten am Kai. Und dann, ohne Warnung, hörten sie auf. Ein Seemann in dickem Strickpullover kam aus dem Frachtraum und schien ihnen einen Befehl zu erteilen. Und dann ging er zurück an Bord, und bevor Arnie begriff, was er da sah, wurden die Laufplanken an Bord geholt und der Frachtraum geschlossen. »Was ist los?«, wollte er laut wissen. »Warum lassen sie die restliche Ausrüstung zurück?«

Einer seiner Gefährten betrachtete ihn neugierig. »Ich schätze mal, sie haben ihr Limit erreicht«, sagte er. »Was kümmert's dich, Kumpel?«

»Tut's nicht«, stieß Arnie keuchend hervor. Doch er spürte, wie sich sein Herz zusammenzog. Ihm wurde schwindlig, und er fragte sich, ob er gerade einen Herzinfarkt erlitt. Ihn überkam der Drang zu weinen, und er musste sich abwenden, als die Schiffsmotoren lauter wurden und Seeleute die gewaltigen Haltetaue abwarfen.

Es dauerte zwei Tage, bis es ihm gelang, seine Fassung wiederzuerlangen. Auf die Frage hin, was los sei, hatte er behauptet, er wäre traurig, sein Mädchen zurückzulassen. Sie lachten ihn wegen seiner Weichherzigkeit aus, aber besser so, als wenn sie den wahren Grund seines Kummers erraten hätten. Die nächsten beiden Tage verbrachte er damit, herauszufinden, wer seine Fragen zum Schicksal der Motorräder und zu seiner Zukunft beantworten konnte.

Wie sich herausstellte, war der Frachtmeister ein passionierter Pokerspieler. In einem Lager in der Nähe des Maschinenraums wurde ständig um geringe Einsätze gespielt. Arnie schnappte sich einen Platz und stieg in das Spiel ein. Er hatte schon an Pokernächten teilgenommen, wo die erbitterte Rivalität und Konzentration praktisch für Schweigen am Tisch gesorgt hatten. Doch zum Glück war es hier nicht so. Die Männer schwatzten und lachten, rissen unanständige Witze und erzählten anzügliche Geschichten. Bei seiner dritten Teilnahme an dem Spiel fragte er beiläufig, warum nicht die gesamte Fracht verladen worden sei.

»Kein Platz«, antwortete der Frachtmeister. »Verdammt, ich habe ihnen ein Dutzend Mal gesagt, dass sie viel zu optimistisch waren.«

»Und was passiert jetzt mit dem Zeug? Wird es auf einem anderen Schiff rüberkommen?«

»Ich glaube nicht. Es ist zu umständlich, bloß wegen ein paar Sächelchen den ganzen verfluchten Weg noch mal zu machen. Sie werden den Briten sagen, sie sollen das Zeug loswerden.«

»Loswerden?«

»Ja, klar. Verbrennen oder vergraben, so wird ihr Befehl lauten.«

Arnie spielte noch eine Runde mit und entschuldigte sich dann. Ihm war speiübel. All seine Pläne, sie gingen buchstäblich in Flammen auf. Es war unerträglich. Was hatte er nicht alles getan, um einen Beutel Diamanten in die Finger zu bekommen ... Und nun war alles umsonst.

# 32

## 2018 – Dundee

Donna hatte den Zug genommen, obwohl Karen darauf bestanden hatte, sie nach Edinburgh zurückzufahren. »Ich muss allein sein«, hatte sie erklärt, mit genauso viel Nachdruck wie die Kriminalbeamtin. »Ich werde meinen Eltern die Neuigkeiten überbringen müssen, und ich brauche Zeit, um mich darauf einzustellen.«

Als Donna die Tür des Taxis aufmachte, das River ihr bestellt hatte, hielt sie noch einmal inne. »Danke, DCI Pirie. Sie waren sehr aufmerksam. Das hier war nicht das, das ich mir für meinen Bruder gewünscht habe, aber es ist besser, die Wahrheit zu kennen.« Dann war sie fort, auf dem Weg, eine Pflicht zu erfüllen, die sich niemand freiwillig aussuchen würde.

Auf der Fahrt nach Dundee hatte Donna offen über ihren Bruder gesprochen, aber Karen erfuhr nichts, was ihr weitergeholfen hätte. Es war alles zu alt. Sie hatte mehr über das Leben in der Highland-Games-Szene erfahren, aber nichts, was ihr einen Hinweis darauf gegeben hätte, wer möglicherweise Joey Sutherlands Tod gewollt haben könnte. Wie auch Ruari Macaulay es geschildert hatte, schien er ein Mann ohne Feinde gewesen zu sein. Sie ging wieder hinein und traf River in deren Büro neben dem Hauptseziersaal an.

»Allmählich glaube ich, dass Joey Sutherland eine falsche Fährte ist«, sagte Karen und sackte in dem Besuchersessel zusammen.

Wenn Karen die Dinge laut durchdenken wollte, war der Versuch, sie zu ignorieren, zwecklos. River speicherte, woran sie gerade arbeitete, und schenkte ihrer Freundin ihre ungeteilte Aufmerksamkeit. »Was meinst du?«

»Noch ist es zu früh, aber falls es sich hier ausschließlich darum dreht, was sich in der Satteltasche befand, war Joey irrelevant. Es hätte jeden treffen können. Na ja, jeden, der groß und stark genug war, um ein Loch zu graben und ein Motorrad hochzustemmen. Denn derjenige musste überzeugt sein, ein Motorrad hochheben zu können, ansonsten hätte er den Job nicht übernommen.«

River war in Gedanken immer noch teilweise mit dem beschäftigt, woran sie gearbeitet hatte. »Tut mir leid, wenn ich wie Jason klinge, aber da komme ich nicht ganz mit.«

Karen grinste. »Meine Schuld, wenn ich laut denke. Sagen wir mal, du weißt, dass da etwas Wertvolles in der Satteltasche eines dieser Motorräder vergraben ist. Aber du weißt auch, dass du nicht stark genug bist, um dich durch den Torf nach unten zu graben oder die Motorräder zu bewegen, falls sie so positioniert sind, dass man nicht an die Satteltaschen herankommt. Was macht man in dem Fall?«

River lächelte, als ihr ein Licht aufging. »Man heuert jemanden an, der es kann.«

»Genau. Und zwar heuert man jemanden an, der stark genug ist, zweihundertfünfzig Kilo zu stemmen. Da gibt es nicht allzu viele. Das Gute ist, derart starke Typen sind daran gewöhnt, für die Leistungsfähigkeit ihrer Körper bezahlt zu werden. Wie auf Joey zugeschnitten.«

»Aber wieso ihn umbringen? Warum nicht einfach einsammeln, weswegen man hergekommen ist, und ihn ausbezahlen?«

»Ich weiß es nicht. Aber ich tippe mal darauf, dass das, weshalb auch immer man hergekommen ist, einem überhaupt nicht gehörte. Und man wollte nicht, dass irgendein Highland-Schwerathlet all seinen Kumpels von dem seltsamen kleinen Auftrag erzählte, den er für einen erledigt hatte. Vielleicht irgendein amerikanisches Mädchen ...« Ihre Stimme verlor sich, während ihr wieder einfiel, was Ruari Macaulay erwähnt hatte.

»Jetzt kann ich dir definitiv nicht mehr folgen.«

»Der letzte Wettbewerb, bei dem Joey gesehen wurde, waren die Invercharron Games. Und laut seinem besten Kumpel hing er mit einer Amerikanerin ab. Oder möglicherweise einer Kanadierin. Damals im Jahr '95 wäre in einem winzigen Ort wie Invercharron sowohl das eine als auch das andere exotisch gewesen. Den Unterschied hätte wahrscheinlich keiner erkennen können.«

»Und du glaubst, diese geheimnisvolle Fremde heuerte Joey an, um sich zu holen, was auch immer in der Satteltasche war?«

»Ergibt mehr Sinn, als Joey dazu zu bringen, sein eigenes Grab zu schaufeln, damit man ihn erschießen kann. Wenn es das ist, was der Mörder wollte, gibt es reichlich Orte in den Highlands, wo man sich einer Leiche entledigen kann, ohne einen so großen Aufwand zu betreiben. Wenn ich es wäre ...«

Karen wurde von ihrem Handy unterbrochen. »Jason? Was gibt's?«, erkundigte sie sich.

»Ich dachte, ich sage es Ihnen besser«, erklärte er.

»Mir was sagen?«

»In der *Mail Online* ist ein Interview mit den Somervilles. Und sie reden nicht sehr nett über Sie«, nuschelte er.

»Ach, zum Kuckuck!«, murmelte Karen. »Okay, ich schaue es mir an.«

»Tut mir leid, Boss.«

»Nein, ist nicht Ihre Schuld, danke fürs Bescheidgeben.« Karen beendete das Telefonat und murrte.

»Probleme?«

»Kannst du die *Mail Online* aufrufen? Jason sagt, die Somervilles hätten nicht die Klappe halten können.« Sie trat hinter den Schreibtisch, um auf Rivers Bildschirm sehen zu können. Kurz darauf sah sie sich einem unschmeichelhaften Foto von sich gegenüber, etliche Kilos schwerer und kurz nach Phils Tod immer noch kummergebeutelt. »Verdammte Scheiße. Ich sehe wie eine Verrückte aus.«

»Natürlich tust du das. Darauf zielen sie ab.« River scrollte nach unten. »SELBSTHERRLICHE POLIZISTIN BEHANDELT HELDENHAFTE ZEUGEN WIE KRIMINELLE«, verriet die Schlagzeile lautstark.

Einem Ehepaar, das ein lange vergrabenes Mordopfer in einem Moor in den Highlands entdeckte, wurde das Erbe vorenthalten, nach dem sie auf der Suche waren.
Alice und Will Somerville stießen im Lauf einer Schatzsuche, um zwei Oldtimer-Indian-Scout-Motorräder aus dem Zweiten Weltkrieg zutage zu fördern, die Alice' Großvater versteckt hatte, auf die Leiche eines Mannes, der an Schusswunden verstorben sein soll.
Nun verkündete die herrische Leiterin der Historic Cases Unit der schottischen Polizei, DCI Karen Pirie, dem Paar, sie hätten kein Anrecht auf die Motorräder, die gleichzeitig entdeckt wurden.
Alice sagte: »Mein Großvater war in der Clachtorr Lodge in den Highlands stationiert. Er bildete britische Agenten aus, die dann als Spione und Saboteure hinter feindliche Stellungen gingen. Bei Kriegsende wurde ihm der Befehl erteilt, die Motorräder zu zerstören.
Er hielt das für eine Verschwendung und fragte, ob er sie behalten könne. Sein befehlshabender Offizier sagte ihm, das könne er, solange niemand herausfände, woher sie stammten.«

»Das ist Mist!«, explodierte Karen. »Das haben sie frei erfunden. Sie hat nichts von einer Genehmigung eines vorgesetzten Offiziers gesagt.«

Den Tränen nahe, sagte Alice, 32: »Sein letzter Wunsch war, dass wir die Maschinen zurückholen. Es war ihm nie gelungen, ihre Bergung zu Lebzeiten zu organisieren, und er wollte, dass wir sie bekamen.«
Ehemann Will, 34, sagte: »Aber DCI Pirie hat uns quasi vorgeworfen, wir wären Diebe. Sie behauptete, wir hätten kein Anrecht auf die Maschinen, was offensichtlich Blödsinn ist, da Alice' Großvater gesagt wurde, er könne sie haben. Es ist ungeheuerlich! Wenn wir nicht gewesen wären, würde die Leiche dieses armen Mannes immer noch im Moor liegen. Aber von ihr kam noch nicht einmal ein Dankeschön. Und die einzige Belohnung für unsere ganze harte Arbeit ist, dass man uns sagt, wir können das, was uns rechtmäßig zusteht, nicht bekommen.«
DCI Pirie war für einen Kommentar nicht erreichbar. Ein Sprecher der Police Scotland sagte: »Wir können keinen Kommentar zu laufenden Ermittlungen abgeben.«

»Arschlöcher.« Karen stapfte zu ihrem Sessel zurück und warf sich hinein. »Wie können sie es wagen? Sie haben keinen Anspruch auf diese verfluchten Motorräder. Und die harte Arbeit hat Hamish Mackenzie geleistet. ›Heldenhafte Zeugen‹, von wegen!« Genau in dem Moment ging summend eine SMS auf ihrem Handy ein. Sie stammte von Jason. »Hundekuchen im Anmarsch«, schrieb er.

Karen stöhnte. »Jeden Augenblick …«

»Was?«

Karen hielt ihr Handy in die Höhe und wackelte damit in der Luft. »Jeden Augenblick …«

Sie starrten beide das Handy an. Sekunden verstrichen. Dann leuchtete es auf und vibrierte in Karens Hand. »ACC Markie« war auf dem Display zu lesen. »Hab ich dir doch gesagt.« Karen wischte über das Display, um den Anruf entgegenzunehmen. »Ja, Ma'am?«

»Haben Sie die *Mail Online* gesehen?« Die Assistant Chief Constable klang steif.

»Wenn Sie Alice und Will Somervilles kleine Märchenstunde meinen, Ma'am, ja. Habe ich.«

»Märchenstunde?«

»Die Version der Ereignisse, mit der sie jetzt hausieren gehen, ist nicht diejenige, die sie in ihrer offiziellen Aussage erzählt haben. Sie hatten Zeit zum Nachdenken, und sie haben sich diesen dampfenden Haufen Blödsinn ausgedacht, damit wir ihnen aus Verlegenheit die Motorräder überlassen. Mehr steckt nicht dahinter.« Karen spielte es herunter. Gott behüte, dass der Hundekuchen merkte, wie sehr die Somervilles sie in Rage versetzt hatten.

»Wie dem auch sei, jetzt ist es im Umlauf. Das ist nicht die Art von Publicity, die wir für die Abteilung für Altfälle haben wollen.«

»Ich kann nichts machen, wenn die Leute der Presse etwas vorlügen, Ma'am.«

»Sie würden nicht lügen, wenn Sie sie nicht aus der Fassung gebracht und verärgert hätten«, fuhr Markie sie an. »Wie schwierig ist es eigentlich, die Dinge mit Ihren Zeugen reibungslos abzuwickeln?«

»Sie haben keinen rechtmäßigen Anspruch auf diese Motorräder«, sagte Karen, die Lippen fest über den Zähnen zu einer Grimasse verzogen, die sie sich hätte verkneifen müssen, wenn Markie im Zimmer gewesen wäre. »Sie gehören entweder dem Verteidigungsministerium oder der US-Armee.«

»Mag sein. Aber den Schlag hätten Sie sich für später aufsparen können. Bis der Fall aus den Schlagzeilen ist und sich keiner mehr um die Somervilles und ihre Behauptungen schert. Aber nein, Sie mussten sie ausgerechnet zu einem Zeitpunkt auf die Palme bringen, wenn Journalisten scharenweise über sie herfallen würden, das muss Ihnen doch klar gewesen sein.« Jetzt triefte Gehässigkeit durch Markies geschliffene Art.

Karen kniff die Augen fest zusammen. »Sie wollten die Maschine mitnehmen. Diejenige, die eigentlich kein Beweisstück ist. Was hätte ich denn sagen sollen?«

»Was immer nötig gewesen wäre. Sie müssen sich am Riemen reißen, DCI Pirie. Bisher bin ich nicht beeindruckt von der Arbeitsweise Ihrer Abteilung.« Die Leitung war tot.

River verzog das Gesicht. »Sie ist nicht zufrieden.« Es war keine Frage.

»Understatement. Ich kapier es nicht. Wir leisten gute Arbeit in der Abteilung für Altfälle. Wir erzielen Resultate. Natürlich nicht immer, aber wir haben eine ziemlich gute Trefferquote. Und trotzdem sitzt mir der Hundekuchen im Nacken, seit sie durch die Tür spaziert ist.« Karen atmete hörbar aus.

»Du weißt, warum, oder?«

»Sie ist eine von den Frauen, die andere Frauen als Bedrohung sehen?«, wagte Karen eine Vermutung.

»Vielleicht. Aber darum geht es hier nicht. Hier geht es um Hunde und Laternenpfähle. Sie will die Abteilung für Altfälle kontrollieren. Und das bedeutet Eigentümerschaft. Die hat sie aber nicht, solange du die Abteilung leitest, denn du warst von Anfang an da und hast gute Arbeit geleistet, schon lange bevor sie übernommen hat. Deine Erfolge sind der Quell ihres Ärgers. Sie will dich raushaben, Karen.«

# 33

## 2018 – Motherwell

Stahlgraue Wolken hingen tief über Motherwells grauem Stadtzentrum. Im Gegensatz zu den Wolken wurden die eintönigen Straßen aufgelockert von knalligen Ladenschildern in Primärfarben und den gelegentlichen Farbklecksen der Kleidung der wenigen Einwohner, die dem Wetter und dem Einkaufszentrum trotzten.

Es gab ein paar Städte in Lanarkshire, die Detective Sergeant Gerry McCartney bei jedem Besuch deprimierten und wütend machten, und Motherwell war definitiv eine davon. Damals, als die Stadt noch als Steelopolis bekannt war und die gewaltigen Kühltürme des Stahlwerks bedrohlich über den beengten Straßen aufragten, hatte hier ein Gemeinschaftsgefühl geherrscht. Doch die Schließung von Ravenscraig vor fünfundzwanzig Jahren hatte das zerschlagen. Politiker in Westminster hatten McCartneys Meinung nach Motherwell das Herz aus dem Leib gerissen, genau wie sie es in so vielen anderen schottischen Städten getan hatten. Das war es, was seine Wut schürte.

Jetzt tönten die Politiker groß von den Callcentern und Gewerbegebieten, die in den letzten Jahren neue Arbeitsplätze geschaffen hatten, aber McCartney wusste, dass die Narben zu tief waren, um sich von Jobs kaschieren zu lassen, die einem kaum Erfüllung und nur wenig Respekt verschafften. Er hatte Glück, Polizist zu sein. Er bewirkte etwas.

Jedenfalls hatte er das getan, bis er sich von Ann Markie hatte überreden lassen, statt an vorderster Front bei der verfluchten Historic Cases Unit herumzudümpeln. Er war sich nicht sicher, worauf sie es abgesehen hatte, aber er wusste, dass er verdammt noch mal alles daransetzen würde, es zu finden. Das war seine Fahrkarte zurück dorthin, wo er richtige Schurken jagen konnte, statt in Fällen herumzustochern, die so alt waren, dass sie in ein Museum gehörten.

Er fand eine Lücke am anderen Ende des Parkplatzes des Aldi. Parken war billig in dieser Gegend, aber kostenlos war sogar noch besser als billig. Vielleicht würde er dort etwas von dem ausgezeichneten neuseeländischen Pinot noir kaufen, nachdem er mit Barry Plummer fertig war. Die Fahrt sollte auf keinen Fall völlig vergeudet sein. Den Kopf gegen den Nieselregen gesenkt, verließ er den Parkplatz zu Fuß, in Richtung des Bettengeschäfts, das Barry Plummer führte.

Um zehn Uhr vormittags im Regen war die Haupteinkaufsstraße gespenstisch leer. Ein Obdachloser, dessen schmuddelige Kleidungsschichten nicht verbergen konnten, wie spindeldürr er war, schaffte es nicht, McCartney eine Ausgabe der Straßenzeitung *Big Issue* zu verkaufen. Der Sergeant marschierte weiter, indem er das Flehen entschlossen ignorierte. Der Kerl stammte nicht einmal von hier, dachte der Sergeant verbittert. Was war mit den ganzen einheimischen Obdachlosen geschehen? Er war überzeugt, dass die Bettler in Glasgow in irgendwelche unsauberen Machenschaften verstrickt waren. Sie sahen aus, als stammten sie alle aus derselben Familie, und eine schottische war es nicht. Er hatte es den uniformierten Polizisten gegenüber angesprochen, die im Stadtzentrum Streife liefen, doch sie hatten ihn nur ausgelacht.

Er ging langsamer, als er sich Barry Plummers Imperium näherte. Es bestand kein Zweifel daran, was bei BEDzzz verkauft wurde. Das gesamte zweiteilige Flachglasschaufenster war voller Betten. Stockbetten, Messingbetten, Einzel-, Doppel- und Kingsize-Betten. Es gab sogar ein rundes. Woher zum Teufel wusste man, wo man die Kopfkissen hinlegen sollte? Weiter hinten in dem Laden lugten Kleiderschränke hinter den Rahmen und Matratzen hervor. Trotz der Fülle an Verkaufsartikeln hatte der Laden etwas zutiefst Deprimierendes. McCartney war froh, dass er der Forderung seiner Frau nachgegeben hatte, für ihre Schlafzimmergarnitur zu John Lewis zu gehen.

Er stieß die Glastür auf und trat ein. Ein chemischer Geruch nach Plastik und Raumspray, und keine Spur von einem Verkäufer. Ladendiebe waren wohl nicht sehr wahrscheinlich. Als er sich ein Stück weiter in den Laden wagte, ertönte in der Ferne ein Summer. Beinahe sofort erschien aus dem rückwärtigen Teil des Ladens ein junger Mann in lächerlich enger schwarzer Hose und einem Hemd, das ihm mit rund drei Kilo weniger auf den Rippen bequem gepasst hätte. Er hatte einen mausgrauen Haarschopf aus unpassenden Dreadlocks. »Guten Morgen!«, rief er fröhlich, das Gesicht eine lebhafte Maske des Entzückens. »Und wie können wir Ihre Nächte verbessern?«

»Ich bin auf der Suche nach Barry Plummer.« McCartney zückte seinen Polizeiausweis. »DS McCartney. Police Scotland.«

Die Augenbrauen des Mannes schossen die verpickelte Stirn hoch. »Hoppla! Was hat Barry denn ausgefressen?«

»Ist er hier?«

»Ich gehe ihn holen. Das ist das Aufregendste, was passiert ist, seitdem ich hier angefangen habe.« Er hüpfte davon.

McCartney musste nicht lang warten. Barry Plummer tauchte im nächsten Moment auf, ebenfalls wie ein Idiot grinsend. Er war ein unauffälliger Mann mittleren Alters in einem unauffälligen Anzug. Mittelbraunes Haar in einer unauffälligen Frisur und ein Gesicht, das sich leicht vergessen ließ, abgesehen von der Nase, die wie ein Schiffsbug hervorragte.

»Das ist ein unerwarteter Besuch«, sagte er. »Ich glaube nicht, dass wir jemals die Polizei hier hatten. Ich kann mir nicht vorstellen, was Sie hierherführt.«

»Gibt es einen etwas weniger öffentlichen Ort, an dem wir uns unterhalten können?«

Plummer sah leicht irritiert aus. »Wir könnten ins Büro gehen. Verzeihung, ich habe Ihren Namen nicht mitbekommen?«

»Detective Sergeant Gerald McCartney.« Wieder hielt er den Ausweis hoch.

Plummer setzte ein flüchtiges, angespanntes Lächeln auf und führte ihn zu der Tür, durch die er gekommen war. Sie führte in einen schmalen Korridor. Dessen erste Tür ging in ein winziges, völlig überfrachtetes Büro. Werbeplakate aus Karton lehnten stapelweise an den Wänden und versprachen Rabatte und Komfort. Ein schäbiger Schreibtisch mit abblätterndem Furnier und einem uralten Computer beherrschte den Raum. Dahinter befand sich ein Bürostuhl und davor ein kleiner Stuhl, aus dem gelber Schaumstoff quoll. McCartney verschob ihn, damit ihm der klobige graue Monitor nicht die Sicht versperrte, und nahm unaufgefordert Platz.

Plummer knöpfte sein Jackett auf und ließ sich auf den Chefsessel sinken. »Also, welchem Umstand haben wir diesen Besuch zu verdanken, Sergeant?« Er gab sich immer noch umgänglich, doch das schnelle und heftige Blinzeln verriet einen Hauch von Sorge.

»Ich arbeite in der Abteilung für Altfälle«, erklärte DS McCartney.

»Oh, das klingt faszinierend. Wie *Waking the Dead*?«

»Eigentlich nicht. Hauptsächlich geht es darum, alte Beweise im Licht aktueller Informationen und forensischer Methoden neu zu bewerten. Und wir haben keine alte Frau von *Brookside*, die uns sagt, wie die Bösewichte ticken.« McCartney lächelte, damit Plummer sich entspannte.

»Was führt Sie also zu BEDzzz? Soll ich eine Schlafzimmergarnitur für Sie identifizieren?«

Ein glucksendes Lachen. »Nichts dergleichen. Sie sollen sich an die Zeit vor ungefähr dreißig Jahren zurückerinnern.«

»Lassen Sie mich sehen. Das muss ungefähr da gewesen sein, als Motherwell wieder in die Premier Division aufgestiegen ist, oder?« Plummer lächelte breit, was überraschend gute Zähne für sein Alter, seine Nationalität und die soziale Schicht erkennen ließ.

»Das glaube ich Ihnen aufs Wort. Ich selbst bin für die Hoops. Damals lernten Sie Auto fahren. Im Wagen Ihres Onkels. Liege ich richtig?«

Plummer rutschte auf seinem Sitz zurück, als versuchte er, weiter von dem Sergeant wegzukommen, als es die Dimensionen des Zimmers gestatteten. »Ja. Der arme Gordy, haben Sie gehört, dass er gestorben ist? Was für ein Schock für uns alle. Die arme Sheila. Aber ich begreife nicht ...«

»Erinnern Sie sich noch an das Auto?« McCartney beugte sich vor, Ellbogen auf dem Schreibtisch.

»Es war ein roter Rover 214. Genau wie Hunderte andere auch.«

Es war ein Ausrutscher, und McCartney bemerkte ihn. Warum sich die Mühe machen und kommentieren, wie weitverbreitet das Auto war, es sei denn, man versuchte, eine Nadel in einem Heuhaufen zu verstecken? »Eigentlich nicht so viele andere. Nicht mit einem Nummernschild wie Gordys.« Eine Pause. Plummer rührte sich nicht. »Und als Sie die Prüfung bestanden hatten, haben Sie ihn sich manchmal ausgeliehen?«

»Ja? Im Grunde erinnere ich mich nicht mehr daran.«

»Laut Sheila schon. Es besteht doch kein Grund, warum sie mich anlügen sollte, oder?«

Auf Plummers Oberlippe bildete sich ein dünner Schweißfilm. »Natürlich nicht. Es ist schon lange her, ich erinnere mich nicht mehr an die Einzelheiten.« Er versuchte ein Lachen, das eher wie ein Husten herauskam. »Ich war ein junger Kerl, nur Vergnügen im Sinn. Immer auf Achse, Pubs und Klubs. Sie werden selbst das Gleiche getan haben, richtig?«

McCartney ließ die Worte im Raum stehen. »Ich habe in meinem Leben nie so etwas getan.«

Plummer runzelte die Stirn. »Ich verstehe nicht. Sie haben mir noch immer nicht erzählt, worum es bei Ihren Ermittlungen geht. Und warum Sie hier sind.«

»Damals, Mitte der Achtziger, ereignete sich eine Serie sehr schlimmer Vergewaltigungen, Barry. In Edinburgh und Falkirk. Eventuell auch zwei in Stirling. Eines der Opfer, Kay McAfee, wurde so brutal verprügelt, dass sie mit allen möglichen Gesundheitsproblemen im Rollstuhl landete. Vor ein paar Wochen ist sie schließlich gestorben. Ihre Familie meint, auch wenn es dreißig Jahre gedauert hat, bis sie starb, dass es Mord war.« McCartneys Tonfall war gelassen und bedächtig.

»Das ist schrecklich, ganz klar. Aber ich sehe immer noch nicht …«

»Wenn jemand auf diese Weise stirbt, hilft es dem Gedächtnis der Leute auf die Sprünge. Sie erinnern sich an Dinge, die damals vielleicht nicht wichtig zu sein schienen. Oder vielleicht hatten sie zu große Angst, um uns zu sagen, was sie wussten. Aber die Zeiten ändern sich, und die Lebensumstände der Menschen auch. Und jetzt interessieren wir uns für jeden, der einen roten Rover 214 mit einem bestimmten Kennzeichen fuhr.« Er lehnte sich auf dem Stuhl zurück und breitete die Arme weit aus. Keine Frage, wer hier das Sagen hatte, verriet seine Körpersprache.

Plummers Augen waren vor Entsetzen weit aufgerissen. »Niemals!«

McCartney lächelte. »Keiner behauptet, dass Sie es getan

haben, Barry. Bloß interessehalber, sind Sie jemals mit Gordys Rover nach Edinburgh gefahren?«

Er schüttelte heftig den Kopf. »Auf keinen Fall. Ich hatte meine Fahrprüfung noch nicht lange bestanden. Auf keinen Fall wäre ich auf der Autobahn gefahren. Die M 8 war damals ganz genauso fürchterlich, wie sie es jetzt ist.«

»Na schön. Ich musste es fragen. Noch etwas, was ich fragen muss: Wir müssen jedem, der damals bekanntermaßen einen roten Rover 214 fuhr, DNA-Proben abnehmen. Zu Eliminierungszwecken, verstehen Sie?«

»Aber ich habe Ihnen doch schon gesagt, dass ich nie mit dem Rover nach Edinburgh gefahren bin. Ich glaube nicht, dass ich damals überhaupt je in Edinburgh gewesen bin, abgesehen vom Fußball. Wenn wir hingefahren sind, um gegen die Hearts oder Hibs zu spielen. Und selbst da hab ich den Zug genommen, mit dem Auto war ich nie dort.«

McCartney nickte wohlwollend. »Das verstehe ich, Barry. Aber ich habe einen Job zu erledigen. Mein Boss wird mir einen Riesenarschtritt versetzen, wenn ich ohne die richtige Anzahl an Proben zurückkomme. Es ist ja nicht so, dass ausgerechnet Sie herausgegriffen werden. Ich habe schon mehr als ein Dutzend davon in meinem Wagen.«

»Und wenn ich nicht will?«

McCartney zuckte mit den Schultern. »Sie haben das Recht, sich zu weigern. Aber mal ehrlich, Barry? Ich würde es nicht tun, wenn ich Sie wäre. Es sieht nicht gut aus, wenn Sie verstehen, was ich meine. Es erweckt den Anschein, als hätten Sie etwas zu verbergen. Und ich sehe Ihnen doch an, dass Sie nicht die Art von Kerl sind. Vertrauen Sie mir, sobald wir wissen, dass Sie nicht derjenige sind, nach dem wir suchen, wird Ihre Probe vernichtet. Kein Grund zur Sorge.« Er griff in seine Innentasche und holte das Kit für die DNA-Probe heraus. Er riss das Papiertütchen auf und entnahm das in Plastik verpackte Stäbchen mit der absorptionsfähigen Spitze. »Es tut nicht weh, Barry. Ein Wangenabstrich, das ist alles. Sie werden es im Fernsehen gesehen haben. Es dauert nur ein paar Sekunden. Und da Sie nicht mit dem Rover nach Edinburgh gefahren sind, werden Sie in ein paar Tagen frei von jedem Verdacht sein.« Er stand auf und ging um den Schreibtisch.

Plummers Augen huschten von einer Seite zur anderen. Er saß fest. Das bedeutete nicht, dass er schuldig war. Nun, zumindest nicht dieser Verbrechen schuldig. Plummer kaute nervös an der Nagelhaut seines Zeigefingers. »Okay. Okay. Ich habe nichts zu verbergen.« Er lehnte sich zurück und öffnete den Mund. McCartney reagierte schnell, bevor der Verkäufer es sich anders überlegen konnte.

»Klasse. Höchstwahrscheinlich werden Sie nie wieder von uns hören«, sagte er gut gelaunt, als er den Abstrich in das sterile Röhrchen steckte und die Einzelheiten auf das Etikett kritzelte.

»Hoffentlich erwischen Sie ihn«, sagte Plummer. »Solche Kerle? Sie sind Abschaum.«

»Wir erwischen ihn, nur keine Sorge. Sie wissen ja, was man sagt«, fügte McCartney über die Schulter hinzu. »Man kann untertauchen, aber irgendwann taucht jeder wieder auf.« Eine Antwort wartete er nicht ab. »Ich finde allein raus.«

# 34

## 2018 – Edinburgh

Während Karen in der nur langsam vorankommenden Schlange stand, um die Queensferry Crossing zu überqueren, bereute sie es fast, die Nacht in Dundee geblieben zu sein. Doch sie kannte sich gut genug, um zu begreifen, dass ein thailändisches Essen und ein paar Bierchen mit ihrer engsten Freundin genau das waren, was sie brauchte, wenn sie das Gefühl hatte, von allen Seiten unter Druck zu stehen. Wenn die Menschen, die ihr eigentlich Deckung geben sollten, sich als diejenigen mit den Messern entpuppten, war das beste Bollwerk gegen Selbstzweifel, Zeit mit jemandem zu verbringen, dem sie vertrauen konnte. Keine Ermittlerin konnte zu Höchstleistungen auflaufen, wenn sie ständig ihr eigenes Urteilsvermögen anzweifelte.

Als sie endlich im Büro eintraf, überraschte es sie nicht, dass Jason der einzige andere Anwesende im Dezernat für Altfälle war. »Verfluchter Verkehr auf der Brücke«, sagte sie. »Ich dachte, ich wäre früh genug von Dundee weggefahren, um den Berufsverkehr zu umgehen.«

Jason schnaubte. »Die einzige Zeit, zu der es vor der Brücke keine Schlange gibt, ist um drei Uhr morgens. Am Sonntag.«

»Ja. So viel dazu, dass die neue Brücke gegen den Stau hilft. Also, was gibt's?«

»Nicht viel. Ihre Frau aus der Kunstgalerie hat sich gemeldet, wegen des zweifelhaften Gemäldes, das Sie sich angesehen haben. Sie wird Ihnen später ein paar Dateien schicken.«

Karen warf ihren Mantel über den Stuhl. »Schweig still, mein Herz. Keine Spur von Sergeant McCartney? Er ist nicht über die Straße, um Kaffee zu holen, oder sonst was Nützliches?«

Jason sah verlegen aus. »Er sagte, er würde in Gartcosh vorbeischauen, um die DNA-Proben persönlich im Labor abzugeben. Ich habe gesagt, er solle versuchen, mit Tamsin zu sprechen, damit sie Bescheid weiß, dass sie für Sie sind.«

»Gut gemacht.« Karen versuchte, sich ihre Überraschung über Jasons Initiative nicht anmerken zu lassen. Wider Erwarten wurde er bei seiner Arbeit immer besser. »Was würde Phil tun?« funktionierte offenbar. Dass ihre Vorgehensweise einen ebenso großen Einfluss auf die Entwicklung ihres Mitarbeiters hatte, kam ihr nicht in den Sinn.

Genau genommen hatte Tamsin Martineau, eine Expertin für digitale Forensik, nichts mit DNA-Analyse am Hut. Allerdings besaß sie ein Händchen dafür, ihre Kollegen dazu zu animieren, sich für Karens Team besonders ins Zeug zu legen. »Tamsin kümmert sich immer um uns. Ich glaube, es bereitet ihr Freude, ihre Trickkiste einzusetzen, um die Mistkerle zu erwischen, die all die Jahre auf freiem Fuß waren«, mutmaßte Karen.

»Da ist sie nicht die Einzige.« Jason erhob sich. »Soll ich mal Kaffee holen gehen?«

Doch bevor sie antworten konnte, ging die Tür auf, und ein rot angelaufener DCI Jimmy Hutton trat ein und schloss sie rasch hinter sich. »Karen«, sagte er, »ich muss mit dir reden.«

»Ich wollte gerade Kaffee besorgen gehen«, sagte Jason.

»Lassen Sie sich Zeit«, erwiderte Jimmy. »Ich nehme einen Cappuccino.« Er trat beiseite, damit Jason aus dem Büro gehen konnte, und lehnte sich dann gegen die Tür. Trotz seines roten Kopfes war die Haut um seine Augen blass und seine Kieferpartie angespannt.

»Was ist los, Jimmy?«

»Eine Riesenscheiße, Karen. Das ist die einfachste Art, es zu beschreiben. Diese Unterhaltung, die du im Aleppo mit angehört hast? Von der du mir neulich abends erzählt hast?«

Kalte Beklommenheit ließ die Härchen in Karens Nacken erzittern. »Du machst Witze?«

Jimmy biss sich auf die Lippe und schüttelte den Kopf. »Schön wär's. Aber es ist sogar noch schlimmer, als du es dir vorgestellt hast. Das Ganze ist gestern Abend passiert. Eine Frau namens Dandy Muir ist tot. Ein Mann namens Logan Henderson liegt im Royal auf der Intensivstation. Und seine Ehefrau, Willow Henderson – die Frau, die du im Aleppo belauscht hast –, stand gestern Abend angeblich zu sehr unter Schock, um mit uns zu reden.«

Karens Brust verengte sich. Gewöhnlich hatte sie mit einem plötzlichen gewaltsamen Tod immer erst weit im Nachhinein zu tun. Sie war nur selten unmittelbar im Präsens damit konfrontiert worden. Doch jede dieser Gelegenheiten hatte Spuren bei ihr hinterlassen. Manche ihrer Kollegen hatten, wie sie wusste, die Fertigkeit perfektioniert, eine professionelle Distanz zu wahren. Doch noch nicht einmal die erfahrensten Polizisten und Rechtsmediziner waren völlig immun. Einer von Karens ehemaligen Kollegen aus Fife war zeitweilig zu einem Ermittlungsteam der UNO in den Irak versetzt worden. Beim Anblick der verstümmelten Leiche eines Mädchens im gleichen Alter wie seine eigene Tochter waren seine Schutzmechanismen zusammengebrochen, und er hatte wie ein Kind auf den Knien geschluchzt. Als er Karen damals von dem Erlebnis erzählt hatte, hatte sie noch nichts Vergleichbares durchgemacht. Sie war überzeugt gewesen, dass sie stark genug war, um mit allem umzugehen, was die Arbeit für sie bereithielt.

Sie hatte sich getäuscht. Als sie das erste Mal mit den direkten Nachwirkungen eines Mordes konfrontiert war, waren ihre Schutzbarrieren zerbröselt. Es hatte sie all ihre Mühe gekostet, nicht zu zeigen, wie dicht sie vor dem emotionalen Zusammenbruch stand. Im Lauf der Jahre war sie geschickter im Verheimlichen geworden. Das bedeutete nicht, dass sie diese schonungslosen Momente der Empathie hinter sich gelassen hatte.

Doch jetzt würde sie sich nichts anmerken lassen. Noch nicht einmal Jimmy gegenüber, der ihre Trauer gesehen und ihr seine eigene offenbart hatte. »Wie ist Dandy gestorben?«, fragte sie.

»Mit einem Küchenmesser erstochen.«

»In der Küche?«

»Wo sonst?« Jimmys Mund verzog sich zu einer verbitterten Linie.

»Fuck. Das habe ich ihnen sogar noch gesagt. Küchen sind schlechte Orte für Auseinandersetzungen. Ich habe es ihnen gesagt. Was ist mit Logan?«

»Mehrere Stichwunden.«

»Und Willow hat nichts gesagt?«

Jimmy schenkte ihr ein trockenes Lachen. »Das habe ich nie behauptet. Sie war klar genug, um den Notfallhelfern zu erzählen, Logan sei mit einem Messer auf sie losgegangen, aber Dandy wäre zwischen sie getreten, um sie zu beschützen. Und dann hätte Willow sich ein Messer geschnappt, um sich gegen ihn zu verteidigen.«

Karen war entsetzt. Irgendwie war das Ganze ihre Schuld. Wenn sie Dandy nichts gesagt hätte ... Ihr kam ein Gedanke in den Sinn. »Ist Logan mit demselben Messer niedergestochen worden wie Dandy?«

Jimmy schüttelte den Kopf. Sie spürte die unterdrückte Wut, die wie eine Hitzewelle von ihm ausstrahlte. »Oh, nein. Das wäre ein Anfängerfehler gewesen, nicht wahr? Ironischerweise liegt es vielleicht an diesem zweiten Messer, dass Logan immer noch am Leben ist. Es hatte eine kürzere Klinge. Hat weniger Schaden angerichtet.«

»Himmel! Das ist meine Schuld.« Karen spürte das Brennen von Tränen.

»Hör sofort auf damit!« Seine Stimme war kalt und zornig. »Was immer in der Küche vorgefallen ist – und wir können alle möglichen Mutmaßungen anstellen, aber wir wissen es noch nicht mit Sicherheit –, was immer vorgefallen ist, du bist nicht verantwortlich.«

»Wenn ich nichts gesagt hätte …«

»Wäre es trotzdem passiert.«

»Dandy wäre nicht dort gewesen. Willow sprach davon, allein hinzugehen.«

»Karen, hör auf! Schuldgefühle helfen mir nicht weiter. Dein besonderer Scharfsinn und deine Zähheit helfen mir. Ich brauche deine Unterstützung.«

Eine Frage beschlich Karen. »Moment mal, Jimmy. Wieso ist das dein Fall? Bei deinem Team geht es nur um die Prävention von Tötungsdelikten. Ihr macht nichts an vorderster Front, es sei denn, alles ist den Bach runter. Wie kommt es, dass du so viel darüber weißt?«

Er ließ sich an McCartneys Schreibtisch nieder. »Ich war gestern Abend auf dem St. Leonard's Revier und ging mit jemandem beim Major Incident Team aus der E Division einen Fall durch, der demnächst vors oberste Gericht soll, da kam die Meldung rein. Ich habe die Namen wiedererkannt.« Er zuckte mit den Schultern. »In Anbetracht dessen, was du weißt, hielt ich es für wichtig, dass du auf dem Laufenden bleibst. Mir war klar, dass es schrecklich kompliziert werden würde, wenn einer der Wichtigtuer beim MIT den Fall übernimmt.«

Karen nickte. Jimmy war zu nett, um es zu sagen, aber er

versuchte, sie zu schützen. »Es gibt Arten, das hier zu interpretieren, die mich nicht in einem guten Licht dastehen lassen. Hauptsächlich, weil ich nicht in einem guten Licht dastehe ...«

»Wie auch immer. Ich dachte, es wäre für alle Beteiligten besser, wenn ich mir den Fall schnappe. Und dann ist mir eingefallen, dass du gesagt hast, Willow habe Logan bereits wegen eines Erdrosselungsversuchs bei der Polizei angezeigt. Also habe ich geblufft. Ich habe gesagt, wir hätten den Ehemann im Visier, dass es also ein offener Fall von uns ist.«

Karen starrte Jimmy an. »Das hast du getan? Um mir Rückendeckung zu geben?«

»Es geht um viel mehr als nur darum, dir Rückendeckung zu geben, Karen. Das hier ist genau die Art von Fall, die mein Team versteht. Wir werden die Sache richtig machen. Die Leute vom MIT, die hätten lieber etwas Glamouröseres als häusliche Gewalt, die aus dem Ruder gelaufen ist. Sie wollen da draußen auf den Straßen sein und ermitteln. Nicht durchgeknallte Frauen aus Morningside verhören wegen etwas, was nach einem schäbigen, klaren Fall aussieht, den man gleich zu den Akten legen kann. Da nichts Abenteuerliches an der Sache ist, waren sie überaus froh, sie mir zu überlassen.« Mittlerweile war seine Zornesröte zurückgegangen, und er schenkte ihr ein verlegenes Lächeln. »Wenn wir also recht haben und das hier ein mieses, abgekartetes Spiel ist, ist es in den richtigen Händen.«

Karen ließ einen tiefen Atemzug entweichen. »Absolut, Jimmy. Was könnte schon schiefgehen? Ich stehe bereits auf der Abschussliste des Hundekuchens. Da kann ich es genauso gut darauf anlegen, bis an oberste Stelle aufzurücken. Also, was steht an?«

Bevor Jimmy antworten konnte, ertönte ein zaghaftes Klopfen an der Tür, und Jason öffnete sie einen Spalt. »Ist es jetzt okay, wenn ich wieder reinkomme?«, fragte er. »Es ist nur, dass Sergeant McCartney gerade vorgefahren ist und jeden Moment hier sein wird.«

Karen winkte ihn ins Zimmer. Er hielt das Papptablett mit den Kaffeebechern wie einen Schild an die Brust gepresst. »Danke, Jason.«

»Kein Ding. Ich hab mir nur gedacht, vielleicht hätten Sie es nicht so gern, wenn der Sergeant in das, was auch immer Sie mit DCI Hutton zu besprechen haben, hineinplatzt.«

»Gut mitgedacht, Jason. Phil wäre stolz auf Sie, mein Sohn«, sagte Jimmy, griff nach dem angebotenen Becher und stand auf. An Karen gewandt sagte er: »Ich ruf dich an, wenn unsere traumatisierte Zeugin das Gefühl hat, reden zu können.«

Auf dem Weg nach draußen kam er an McCartney vorbei, der bei seinem Anblick überrascht wirkte. Er starrte Jimmy hinterher. »War das nicht DCI Hutton? Vom Team zur Prävention von Tötungsdelikten?«

»Ja.« Karen starrte auf ihren Laptop und tippte.

»Was wollte er?«

»Eine anständige Tasse Kaffee, glaube ich.« Zerstreut, das Interesse an ihrem Bildschirm größer als an McCartney.

Verärgert ließ der sich auf seinen Stuhl plumpsen. »Das scheint überhaupt das Einzige zu sein, was den Leuten hier wichtig ist.«

Karen blickte mit einem Grinsen hoch. »Ja, und?«

# 35

## 2018 – Edinburgh

Während Karen auf Jimmys Anruf wartete, fiel es ihr schwer, sich zu konzentrieren. Sie übertrug Jason die Aufgabe, herauszufinden, wer sonst noch 1995 an den Invercharron Highland Games teilgenommen hatte, in der Hoffnung, Joey könnte jemandem von seinen Plänen erzählt haben. Oder dass andere der Amerikanerin begegnet waren, die sich mit Joey unterhalten hatte. Es bestand die hauchdünne Chance, so dachte Karen, dass sie an einen der anderen Schwerathleten herangetreten war, wenn sie einen starken Mann anheuern wollte, um die Motorräder auszugraben. Einer, der abgelehnt hatte, der aber wusste, wer sie war. Solche hauchdünne Chancen förderten manchmal das lose Ende zutage, mit dem sich das Knäuel, das die Vergangenheit verhüllte, entwirren ließ.

McCartney erledigte den Schreibkram zu den Befragungen, die er wegen des roten Rover durchgeführt hatte, wobei er gelegentlich murrte, die ganze Sache sei Zeitverschwendung. Karen ignorierte seine Klagen, denn sie war fest entschlossen, sich von ihm nicht die Abteilung untergraben zu lassen. Sie würde einen Weg austüfteln, ihn loszuwerden, aber nicht heute. Heute war eine andere Art von Rechnung offen.

Es war fast Mittag, als der Anruf kam. Karen schlüpfte schon in ihren Mantel, während sie noch Jimmy zuhörte. »Bin auf dem Weg«, sagte sie, schnappte sich ihre Tasche und eilte auf die Tür zu.

»Wohin gehen Sie?«, wollte McCartney wissen. Doch da schloss sich die Tür schon hinter ihr.

Sie ließ den Wagen auf dem Parkplatz des Reviers und eilte zu dem Taxistand vor dem Theater. Es würde schneller gehen, als zu versuchen, in der Nähe des St. Leonard's Polizeireviers einen Parkplatz zu finden, und sie wollte keine Aufmerksamkeit erregen, indem sie am Empfang um einen Stellplatz bat. Es überraschte sie, dass Jimmy Willow Henderson ins Hauptquartier der E Division gebracht hatte. In Anbetracht des Zustands ihres Mannes hätte Karen erwartet, dass Willows Anwalt – und vielleicht sogar die Ärzte – darauf bestanden, dass die Befragung im Krankenhaus stattfand. Jimmy hatte gut daran getan, sie aus diesem beschützenden Kokon herauszulösen und in seine Einflusssphäre zu holen.

Jimmy wartete wie vereinbart im Eingangsbereich. Er führte sie hinunter in den nichtssagenden Korridor, von dem die Vernehmungszimmer abgingen. Ihr Ziel war die letzte Tür, die in einen schwach erleuchteten Nebenraum führte. Es gab einen traditionellen halbdurchlässigen Spiegel, doch heutzutage wurde er noch durch eine Video-Live-Schaltung von zwei an den Wänden angebrachten Kameras ergänzt. In dem Zimmer, in das sie hineinsahen, befanden sich zwei Personen: Willow Henderson, mit einem Krankenhauskittel bekleidet, und ein Mann im teuren Anzug, der aussah, als hätte er viel mehr Zeit bei der Gesichtskosmetikerin als auf Polizeirevieren verbracht.

»Wer ist der Winkeladvokat?«, fragte Karen.

»Gil Jardine. Der Mann der Stunde, wenn es darum geht, die Reichen und Diskreten zu verteidigen. Die gute Nachricht ist, dass er noch nicht viele Mordfälle hatte. Ich werde dich vorerst hierlassen. Ich muss mir nur meine Kollegin schnappen, dann heißt es, Vorhang auf. Falls ich glaube, dass es irgendwie von Wert ist, wenn du allein mit ihr sprichst, hole ich den Winkeladvokaten aus dem Zimmer.«

»Danke. Schauen wir mal, wie es läuft.«

Sobald Jimmy fort war, trat Karen näher an die Scheibe. Es war nicht zu leugnen, dass die Nacht ihren Tribut von Willow gefordert hatte. Manches davon mochte arrangiert sein – das zerzauste Haar, die farblosen Lippen, die Katastrophe aus verschmierter Wimperntusche und Eyeliner –, aber die vom Weinen verquollenen Augen waren echt. Ebenso der angespannte Zug um den Mund. Ironischerweise sah sie in blauem OP-Kittel gut aus, bis einem wieder einfiel, dass sie ihn trug, weil die Kriminaltechniker der Spurensicherung ihre blutbefleckte Kleidung für forensische Untersuchungen in Tüten gepackt hatten.

Sie sagte etwas zu dem Anwalt, der ihre Hand beruhigend tätschelte, wie es Männer, die alle Trümpfe in der Hand zu haben glaubten, schon immer bei Frauen getan hatten. Die Tonübertragung war noch nicht eingeschaltet; Gespräche mit Anwälten waren vertraulich. Die Polizei durfte nicht lauschen. Nicht zum ersten Mal überlegte Karen, sie hätte lernen sollen, von den Lippen abzulesen.

Dann betrat Jimmy das Zimmer, gefolgt von DS Jacqui Laidlaw. Laidlaw war eine kurvige Blondine mit dem Gesicht einer Kinderpuppe. Es wäre jedoch schwierig, jemanden zu finden, der unter der Oberfläche weniger puppenhaft war. Sie war schlau und hartgesotten, und anfreunden würde sich Karen nie mit ihr. Allerdings wäre es ihr so oder so schwergefallen, sich für jemanden zu erwärmen, der Phil als Jimmys rechte Hand ersetzt hatte.

Jimmy und Laidlaw nahmen mit dem Rücken zum Spiegel Platz. Sie drückte die Knöpfe an den Aufnahmegeräten, und die Tonübertragung in den Nebenraum erwachte zum Leben. Jimmy nahm die Vorstellungen für das Band vor und sagte dann: »Mrs. Henderson, Sie sind freiwillig hergekommen, um eine Zeugenaussage zu machen, ist das korrekt?«

»Ganz so würde ich das nicht formulieren.« Ihre Stimme bebte ein wenig. »Ich wollte mich zu Hause mit Ihnen unterhalten, aber Sie haben darauf bestanden, dass wir hierherkommen.«

»Ich fürchte, Ihr Zuhause ist immer noch ein Tatort.«

»Wir hätten in die Einliegerwohnung meiner Freundin Fiona gehen können, wo ich mit den Kindern untergekommen bin. Auf die Art hätte ich mir wenigstens etwas anderes als das hier anziehen können.« Ihr Gesicht verzog sich angewidert, während sie den blauen Baumwollstoff zwischen Finger und Daumen hielt.

Jimmy ignorierte den Einwand. »Bitte erzählen Sie uns von den Ereignissen des gestrigen Abends.«

Willow seufzte und blinzelte mehrmals. »Das ist nicht leicht für mich. Meine beste Freundin ist tot.«

»Das ist mir klar. Sie haben etwas sehr Traumatisches erlebt. Aber wir müssen herausfinden, was sich zugetragen hat. Wie ich höre, leben Sie und Ihr Ehemann getrennt?«

Sie wischte sich mit einer zierlichen Bewegung über ein Auge. »Wir haben uns getrennt. Ich will die Scheidung. Logan weigert sich, aus dem Haus der Familie auszuziehen. Zum Glück konnte meine Freundin uns ihre Einliegerwohnung zeitweilig zur Verfügung stellen, also bin ich mit meinen Kindern dorthin.« Ihre Hand flog an den Mund. »Ich muss zu den Kindern zurück. Meine Mutter ist nicht fähig, sich richtig um sie zu kümmern.«

»Warum ging Ihre Ehe in die Brüche?« Laidlaw klang freundlich. Die Art Frau, der man das Herz ausschütten konnte.

Willow seufzte abermals. »Logan hat seinen Job verloren. Und dann entdeckte ich all die Lügen, die er mir über unsere finanzielle Situation aufgetischt hatte. Er hatte gezockt. Sportwetten mit hohem Einsatz. Unsere ganzen Ersparnisse hat er durchgebracht. Die Hypothek aufs Haus neu festgesetzt. Er hatte die verfluchte Hypothek seit Monaten nicht bezahlt. Wir sind fast bankrott.« Eine verbitterte Schärfe durchschnitt ihre Mitleidstour.

»Und Sie glauben nicht, dass Sie das alles gemeinsam durchstehen konnten?« Wieder Jimmy.

»Nein«, antwortete sie. »Hat nicht einmal jemand gesagt: ›Vertrauen ist wie Jungfräulichkeit. Man kann es nur einmal verlieren‹? Ich konnte mir nicht vorstellen, ihm je wieder vertrauen zu können. Nach allem. Also bin ich gegangen und habe die Scheidung eingereicht.«

»Wie hat Logan darauf reagiert?« Jimmy war weich wie ein Kaschmirschal.

»Was glauben Sie denn? Wie würden Sie reagieren?«

»Ich bin nicht Ihr Ehemann, Mrs. Henderson. Wie hat er reagiert? Ist er Ihnen gegenüber gewalttätig geworden?«

Karen hätte es nicht beschwören können, aber sie glaubte, eine kurzzeitige Veränderung in Willows Miene zu erkennen. So schnell, wie er gekommen war, verschwand der Ausdruck wieder, falls er überhaupt da gewesen war. Willow senkte den Blick auf den Tisch. Auf ganzer Linie das beschämte Opfer. Falls sie schauspielerte, war sie gut.

»Ich bin zu ihm, um mit ihm zu reden.« Ihre Stimme war leise und tonlos. »Ich wollte, dass er Vernunft annimmt und auszieht, damit die Kinder mit mir nach Hause kommen könnten. Er sagte ... er sagte, die Kinder könnten jederzeit zurückkommen, aber dass ich nicht mehr in dem Haus willkommen sei. Ich sagte ihm, es gäbe im ganzen Land kein Gericht, das so ein Urteil fällen würde. Dass er in hohem Bogen auf der Straße landen würde, sobald mein Anwalt Klage einreichen würde.« Sie bedeckte einen langen Moment das Gesicht mit den Händen. »Er ist einfach durchgedreht. Er legte mir die Hände um den Hals und drückte zu.« Sie hob den Blick und sah Jimmy flehentlich an. »Ich dachte, er würde mich umbringen. Ich bekam keine Luft mehr. Alles verschwamm vor meinen Augen, ich hatte das Gefühl, das Bewusstsein zu verlieren. Dann ließ er los. Ich fiel zu Boden, und als Nächstes? Da war er neben mir auf den Knien und sagte mir, wie leid es ihm täte.« Aus ihrem Rachen drang ein leises Geräusch.

»Ich verließ das Haus so schnell wie möglich. Er entschuldigte sich immer weiter, sagte, er wäre am Boden zerstört, es würde nie mehr wieder vorkommen.« Ihre Stimme versagte. Wie aus dem Lehrbuch, dachte Karen, und Jimmy würde das auch wissen. Er hatte es im Rahmen seiner Arbeit beim Dezernat zur Prävention von Tötungsdelikten häufig genug zu Gesicht bekommen.

»Und den Vorfall haben Sie der Polizei gemeldet?«

Sie neigte den Kopf. »Ich wollte, dass es in den Akten steht. Ich hatte Angst. Nicht so sehr um mich selbst. Um die Kinder.«

»Ist er den Kindern gegenüber je gewalttätig gewesen?« Für die Frage beugte Laidlaw sich vor.

Willow ließ schaudernd die Luft entweichen. »Nein«, sagte sie spöttisch, »allerdings war er mir gegenüber zuvor auch noch nie gewalttätig.«

»Haben Sie das Vorgefallene Ihren Freunden erzählt?«

»Ich habe es Dandy erzählt. Sie ist – sie *war* meine beste Freundin. Und ein oder zwei anderen. Aber Logan erzählte es selbst allen. Er tauchte plötzlich auf einer Dinnerparty im Haus einer Freundin auf und legte dieses melodramatische Geständnis ab, dass er mich beinahe erwürgt habe und entsetzt über sich selbst sei, und jeder solle wissen, es sei völlig untypisch für ihn und er werde es nie wieder tun.« Sie schloss kurz die Augen. »Es war eine Qual.« Ein mattes Lächeln. »Ich bin ein recht introvertierter Mensch. Ich schämte mich genauso für ihn wie für mich.«

»Wir werden die Namen der Gäste der Dinnerparty brauchen.« Der Anwalt nickte und machte sich eine Notiz. »Und dennoch entschlossen Sie sich, ihn erneut wegen des Hauses zur Rede zu stellen.« Jimmys Stimme war unbeschwert, doch die Frage war es nicht.

Zum ersten Mal mischte sich der Anwalt in die Vernehmung. »Ich finde, ›zur Rede stellen‹ ist ein ziemlich aufgeladener Begriff, DCI Hutton. Was ist gegen ›mit ihm sprechen‹ einzuwenden?«

Jimmy neigte einlenkend den Kopf. »Ein berechtigtes Argument. Verzeihung. Was hat Sie dazu bewogen, noch einmal mit Ihrem Ehemann über das Haus zu sprechen?«

Sie hatte Gelegenheit gehabt, sich zu sammeln. »Ich dachte, es sei einen letzten Versuch wert. Sehen Sie, er war so reuevoll. Ich wollte schauen, ob ich etwas mit ihm aushandeln könnte. Ich wollte auf eine Anzeige wegen der häuslichen Gewalt verzichten, wenn er ausziehen und mich mit den Kindern wieder einziehen lassen würde.«

»Und Sie entschlossen sich, Mrs. Muir zur moralischen Unterstützung mitzunehmen? Oder als Zeugin, falls die Dinge aus dem Ruder laufen sollten?«

Willow schüttelte den Kopf. »Ich dachte nicht, dass die Dinge aus dem Ruder laufen würden. Nicht so. Wenn ich nur einen Moment lang geglaubt hätte … ich hätte Dandy niemals mitkommen lassen.« Ihre Stimme stockte abermals, und aus einem Augenwinkel quoll eine Träne. »Doch sie bestand darauf. Sie sagte, Logan würde niemals handgreiflich werden, wenn sie dabei sei. Er würde sich zu sehr schämen.« Sie stieß ein raues, kläffendes Lachen aus. »Wie sehr kann man sich täuschen?«

Die Officer ließen ihr einen Moment Zeit, damit sie sich fassen konnte. Karen wusste nicht recht, was sie von Willow Henderson halten sollte. Entweder besaß sie einen Grad an emotionaler Intelligenz, der den Minzdrops wie ein Genie aussehen ließ, oder sie war eine ausgezeichnete Schauspielerin. Aber was von beidem traf zu? Karen war im Lauf der Jahre etlichen selbstsüchtigen Frauen begegnet; es war nicht erwiesen, dass das hier eine Vorstellung war, ermahnte sie sich.

Doch Jimmy sprach wieder, und sie musste achtgeben. »Was geschah, als Sie und Dandy im Haus auftauchten?«

»Ich habe uns hineingelassen. Es ist genauso mein Haus wie seines. Und er hatte die Schlösser nicht austauschen lassen. Wahrscheinlich konnte er sich keinen Schlosser leisten. Wir hörten den Fernseher in der Küche, also gingen wir direkt nach hinten. Er saß an der Frühstückstheke und sprang auf, als er merkte, dass wir da waren. Offensichtlich war er schockiert, uns zu sehen. Er rief etwas wie: ›Was zum Teufel macht ihr hier?‹ Ich merkte ihm an, dass er aus dem Konzept gebracht war.« Sie griff nach der Wasserflasche vor sich und nahm einen großen Schluck. »Ich sagte, ich wolle an seine bessere Seite appellieren. Die Seite, die unseren Freunden gegenüber ein Geständnis abgelegt und sich bei mir entschuldigt hatte.«

»Wie reagierte er?« Erneut Laidlaw.

»Er sagte eigentlich nichts. Ich bot ihm die Abmachung an, die ich mir überlegt hatte, und er lachte mich aus. Er antwortete, er würde niemals verurteilt werden, und sagte, ich solle mich verpissen. Ich sagte, das würde er sehr wohl, und wenn das erst einmal passiert sei, würde man ihm nie wieder erlauben, seine Kinder allein zu sehen.«

Wenn ein Satz je darauf angelegt war, einen wütenden Mann zur Weißglut zu bringen, dann dieser. Nicht dass Karen auch nur das Geringste von Arschlöchern wie Logan

Henderson hielt. Doch falls Willow getan hatte, was Karen vermutete, war dieser Satz wahrscheinlich nie gefallen. Dieses ganze Gespräch hatte wahrscheinlich nie stattgefunden.

»Sie dachten nicht, dass das vielleicht ein bisschen unbesonnen sein könnte?«, fragte Jimmy, milde wie ein Frühlingstag.

Jäher Zorn von Willow. »Was ist das hier? Eine Runde Geben-wir-die-Schuld-dem-Opfer? Ich habe die Interessen meiner Kinder verteidigt. Logan muss begreifen, wer in dieser Familie an erster Stelle kommt.«

»Und wie reagierte er auf Ihre Worte?«

Sie lehnte sich auf ihrem Stuhl zurück und schlang die Arme um sich. Sie sah aus wie eine Frau, die noch einmal die schlimmste Erinnerung ihres Lebens vor ihrem geistigen Auge auferstehen ließ. »Er drehte durch.«

# 36

## 2018 – Edinburgh

*Jetzt geht's los.* Karen drückte die Schultern durch und schob die Hände in die Taschen. *Showtime.* »Was genau soll das heißen?«, fragte Jimmy. »›Er drehte durch‹?«

»Er fing an herumzuschreien, dass ich ihn nicht von seinen Kindern trennen würde. Das hat er immer wieder gerufen. Dann sagte er, eher würde er mich zur Hölle schicken. Und es war, als sei ein Schalter in ihm umgelegt worden. Es war, als hätte ich einen Fremden vor mir, nicht den Mann, mit dem ich seit elf Jahren verheiratet bin. Der Messerblock steht bei uns am Ende der Frühstückstheke. Ich weiß gar nicht mehr, wie es passierte, aber im nächsten Moment hatte er das Tranchiermesser in der Hand, und er kam auf mich zu.« Ihre Stimme hob sich hysterisch.

Wieder warteten die befragenden Beamten ab. Dann sagte Laidlaw: »Wie weit war er von Ihnen und Dandy entfernt?«

Willow schüttelte den Kopf. »Ich bin schlecht im Schätzen von Entfernungen. Vielleicht sechs Schritte?«

»Was geschah als Nächstes?« Mit der Stimme könnte Laidlaw ein Kleinkind in den Schlaf lullen, dachte Karen.

Willow kniff die Augen zu und stieß ein leises Schluchzen aus. »Ich ertrage es nicht.«

Jardine hob eine Hand, die Handfläche Jimmy zugekehrt. »Ich glaube, meine Mandantin braucht eine Pause.«

Da schlug Willow die Augen auf und packte ihn am Arm. »Nein. Ich muss das hier hinter mich bringen. Ich möchte das alles nicht noch einmal durchmachen müssen.«

Ja, klar doch, dachte Karen und bediente sich der schottischen doppelten Bejahung, die ein Nein bedeutete. Mehr als alles Vorangegangene überzeugte sie dies, dass sie einem Schauspiel beiwohnte. *Das hier ist eine Galavorstellung.*

»Sind Sie sich sicher?«, wollte Jardine wissen, ganz kostspielige Besorgnis um die kleine Frau.

»Ich bin mir sicher.«

»Dann erzählen Sie es uns, Willow. Logan kommt mit einem Messer auf Sie zu. Was geschah als Nächstes?«

Ein bebendes Seufzen. »Dandy warf sich vor mich. Sie rief etwas wie: ›Sei nicht so dumm, Logan!‹, aber er kam immer näher. Und dann war Dandy auf dem Boden, und das Messer war blutverschmiert, und überall war Blut, und Dandy gab diese wimmernden, stöhnenden Geräusche von sich. Wie ein Tier, das Schmerzen leidet.« Sie starrte Jimmy an, das Gesicht qualvoll verzerrt. »Ich habe eine Heidenangst, einzuschlafen, Angst, es in meinen Träumen zu hören.«

Es war ein hochdramatischer Moment, und jeder ließ ihn seine Wirkung entfalten. Dann übernahm wieder Laidlaw. Sie war gut, musste Karen widerwillig einräumen. »Wie reagierten Sie darauf, dass Logan Dandy angegriffen hatte?«

»Ich wollte sie halten, ihr helfen. Aber er schrie wieder. Sagte, er würde mich umbringen. Nachgedacht habe ich nicht. Ich reagierte bloß. Ich wich zurück, um die andere Seite der Frühstückstheke herum, und griff mir ein Messer aus dem Block. Logan stürzte auf mich zu, aber ich duckte mich, und dann stach ich ihn nieder. Immer wieder. Ich habe nicht versucht, ihn umzubringen. Ich habe gar nichts gedacht. Ich wollte nur, dass das Ganze aufhört.« Jetzt weinte sie richtig, unter großen atemlosen Schluchzern. Laufende Nase, tränennasse Augen. Es hatte eine Weile gedauert, bis sie den Höhepunkt erreicht hatte, aber da sie nun so weit war, gab sie ihr Äußerstes.

Laidlaw zog eine Packung Taschentücher hervor und bot

Willow eines an. Sie schnäuzte sich geräuschvoll und tupfte sich die Augen ab. »Es tut mir leid. Es gibt Stellen, die wirklich klar sind, aber das meiste, was geschehen ist, ist bloß ein schreckliches verschwommenes Durcheinander aus Schreien und Blut.«

»Ich glaube, Mrs. Henderson hat die Hauptpunkte dessen, was sich am gestrigen Abend zugetragen hat, abgedeckt«, warf Jardine ein. »Was sie jetzt braucht, ist, wieder zu ihren Kindern zurückzukehren. Wir werden selbstverständlich für eine Befragung zur Verfügung stehen, wenn Sie Gelegenheit hatten, sich weiter in die Beweislage einzuarbeiten.«

Jimmy nickte. »Selbstverständlich. Das hier ist erst der Anfang eines langen Prozesses. Und wir hoffen alle, dass Mr. Henderson sich so weit erholt, dass er bald vernommen werden kann.« Er schob seinen Stuhl zurück und stand auf. »Kann ich kurz etwas mit Ihnen unter vier Augen besprechen, Mr. Jardine?« Der Anwalt nickte, sammelte seine Papiere ein und erhob sich. »Wenn es Ihnen nichts ausmacht, hier zu warten, Mrs. Henderson?«, fügte Jimmy hinzu. »DS Laidlaw wird einen Wagen für Sie organisieren, der Sie nach Hause bringt.«

Er führte Jardine aus dem Zimmer. Laidlaw notierte sich, wohin Willow wollte, und schaltete dann die Aufnahmegeräte aus. Karen ging los, sobald Laidlaw die Tür erreichte. Sie nickten einander zu, dann betrat Karen den Vernehmungsraum.

Willow machte eine halbe Drehung und schaffte es nicht ganz, ihre Reaktion unter Kontrolle zu halten. Ihre Augen verengten sich, und sie starrte Karen wütend an. »Was machen Sie hier? Ich will wieder meinen Anwalt.«

Karen ließ sich auf dem Stuhl nieder, den Jimmy frei gemacht hatte. »Keine Chance, Willow. Das hier ist strikt inoffiziell. Dieses Gespräch hat nie stattgefunden.«

»Das hier hat nichts mit Ihnen zu tun.«

Karen lachte glucksend. »Meinen Sie? Ich bin Zeugin. Ich kann aussagen, was ich belauscht habe und wie ich darauf reagiert habe. Was ich Ihnen beiden gesagt habe und was ich Dandy gesagt habe, nachdem Sie abgerauscht waren. Und Dandy hat es Ihnen bestimmt postwendend weitererzählt, wie ich vermute. Woraufhin Ihnen klar wurde, dass Sie sie und Logan aus dem Weg räumen mussten.«

Willow sagte nichts, doch ihre Kieferpartie verschob sich, was ihr etwas Trotziges verlieh.

Zeit für eine kleine Notlüge im Dienste der Gerechtigkeit. Karen zwang einen Hauch von Mitgefühl in ihre Stimme. »Ich glaube nicht, dass Sie eine kaltblütige Mörderin sind, Willow, trotz allem Anschein. Ich glaube, Sie wurden zur Verzweiflung getrieben. Wahrscheinlich würden Sie mit verminderter Zurechnungsfähigkeit davonkommen, wenn Sie jetzt reinen Tisch machten.«

»Wie können Sie es wagen?« Jetzt war Willow zornig. »Ich habe gerade mit angesehen, wie meine beste Freundin ermordet wurde. Ich musste mein Leben retten, indem ich den Vater meiner Kinder niederstach. Und Sie tun so, als ginge das alles auf mein Konto?«

»Wenn Logan überlebt, wird Ihr Wort gegen seines stehen. Und selbst wenn ich nicht als Zeugin aufgerufen werde, kann ich meine Geschichte immer noch den Medien erzählen.«

»Das dürfen Sie nicht. Sie sind Polizistin.« In ihrer Stimme schwang Triumph mit.

»Ich war zu dem Zeitpunkt nicht im Dienst. Ich war lediglich eine besorgte Bürgerin. Sie sind nicht die Einzige, die die Wahrheit verdrehen kann, Willow.«

»Sie benehmen sich völlig unangemessen. Falscher könnten Sie nicht liegen. Ich bin hier das Opfer! Für was für ein Ungeheuer halten Sie mich?« Sie beugte sich vor, die Hände auf der Tischoberfläche zu Fäusten geballt. »Lassen Sie sich eines sagen, wenn sich hier jemand an die Medien wendet, dann werde das ich sein. Von einer Polizeibeamtin schikaniert am Morgen, nachdem meine beste Freundin von meinem geistesgestörten Ehemann in meiner eigenen Küche erstochen wurde! Wie wird das Ihrer Meinung nach ankommen? Ich werde Dandy meine Achtung bezeugen. Die beste Freundin, die eine Frau haben kann. Die Frau, die ihr Leben hingab, um ihre Freundin zu retten. Ich meine, mal im Ernst, wen werden die Leute lieben? Mich und die Kinder oder Sie?« Ihre Lippen kräuselten sich. »Ich sehe die Berichterstattung jetzt schon vor mir. Ich wette, die haben ein paar tolle Fotos von Ihnen auf Lager.«

Karen schüttelte den Kopf. »Sie können sich aufplustern, so viel Sie wollen, Willow. Aber ich mache das hier nun schon lang genug, um zu wissen, dass die Wahrheit die Angewohnheit hat, auf die eine oder andere Weise ans Licht zu kommen. Wenn Sie getan haben, was ich glaube, wird es irgendwo Beweise geben. Sie würden sich wundern, was die Kriminalistik heutzutage alles herausfinden kann. Oder vielleicht wird es etwas so Prosaisches sein wie, dass Dandy das, was ich ihr gesagt habe, einem Dritten anvertraut hat. Ihrem Ehemann. Oder ihrer richtigen besten Freundin, die ganz offensichtlich nicht Sie waren. Denn Mord ist nicht, was man seiner besten Freundin antut.«

»Raus mit Ihnen!«, zischte sie. »Sie wissen gar nichts. Sie reden nur Mist.«

Karen erhob sich. »Sicher, ich werde gehen. Aber es ist nicht vorbei, Willow. Noch jemand weiß, was Sie getan haben. Sie glauben, Sie haben uns ausgetrickst? Weit gefehlt, meine Beste. Sie haben hier nur ganz kurze Zeit die Chance, mit der Wahrheit herauszurücken. Andernfalls wird die Sache nicht gut für Sie ausgehen.«

# 37

## 2018 – Edinburgh

Willow war nicht die Einzige, die in dem Vernehmungsraum eine Vorstellung gegeben hatte, dachte Karen, während sie die Pleasance hinunter auf die Cowgate zuging. Ihre letzte Spitze war leere Prahlerei gewesen. Sie könnten von Glück reden, falls sie forensische Beweise finden sollten, die der ihnen offiziell aufgetischten Geschichte zweifelsfrei widersprachen.

Jimmy war zuversichtlicher gewesen. »Es hängt ganz davon ab, ob der Ehemann durchkommt. Wenn er eine Geschichte erzählt, die besser zu den forensischen Spuren passt als ihre, dann sind wir im Geschäft. Wenn nicht? Nun, kommt Zeit, kommt Rat.« Karen hatte den Mund aufgemacht, um Einspruch zu erheben, doch Jimmy war ihr ins Wort gefallen. »Die eine Sache, die ich bei diesem Fall ganz sicher weiß, ist, dass es nicht deine Schuld ist. Nichts davon.«

»Und nun?«

»Während wir auf Neuigkeiten aus dem Royal warten, habe ich Jacqui losgeschickt, damit sie sich mit Edward Muir unterhält.«

»Der trauernde Ehemann?«

»Ja. Und er trauert aufrichtig. Sie haben zwei Kinder im Teenageralter auf dem Internat Gordonstoun. Eine Lehrkraft fährt sie gerade nach Hause. Also hat Jacqui kurz die Gelegenheit, ihn allein anzutreffen. Um zu sehen, ob Dandy in den letzten Tagen irgendetwas über die Hendersons gesagt hat. Und wenn nicht, wollen wir eine Liste ihrer besten Freundinnen. Die Frauen, denen sie Dinge unter dem Siegel der Verschwiegenheit anvertrauen würde.«

Karen brachte ein müdes Lächeln zustande. »Du weißt doch, wie das funktioniert, oder? Wenn einem etwas unter dem Siegel der Verschwiegenheit anvertraut wird, darf man es legalerweise bloß seinen anderen beiden besten Freundinnen weitererzählen. Bloß eben nicht sämtlichen Freundinnen auf Facebook.«

»Siehst du, wenn du solche Sachen sagst, dann wird mir klar, dass ich Frauen nie verstehen werde. Wie dem auch sei, falls sie es jemandem erzählt hat, würde ich wetten, dass Jacqui es herausfindet. Sie ist ganz anders als Phil, aber Ergebnisse fährt sie trotzdem ein.«

Zwar hatte Karen sich große Mühe gegeben, erfreut auszusehen, hatte aber das sichere Gefühl, dass es ihr misslungen war. »Das ist gut. Denn bei diesem Fall werde ich im Dickicht verschwinden müssen, Jimmy. Der Hundekuchen will unbedingt etwas Hieb- und Stichfestes gegen mich in die Finger bekommen, und eine aktive Rolle bei diesen Ermittlungen zu übernehmen, ist genau die Art Sache, die sie mir nur allzu gern um die Ohren hauen würde.«

»Das ist mir klar, Karen. Aber du kannst trotzdem einen wertvollen Beitrag hinter den Kulissen leisten. Darf ich dich auf dem Laufenden halten, dir Löcher in den Bauch fragen, wenn es sein muss?«

Sie trennten sich vor dem St. Leonard's, nachdem Karen widerstrebend eingewilligt hatte, im Schatten von Jimmys Fall zu lauern. Auf der Royal Mile bog sie nach rechts ab und schob sich durch die leidigen Trauben aus Touristen, die heutzutage das ganze Jahre über die Bürgersteige versperrten, fasziniert von der endlosen Reihe aus Geschäften, die Nippes im Schottenmuster, Shortbread in jeder erdenklichen Form und überteuerten Whisky verkauften. Es gab Zeiten, da dachte sie, es sollte einen Fußgängerführerschein geben. Wie ein Kfz-Führerschein, bloß mit schärferen Strafen bei Fehlverhalten.

Sie wich einem Paar japanischer Teenager aus, das auf nichts als die Musik in ihren Kopfhörern achtete, und bog in die New Street ein. Es war, als würde man eine Zeitreise in eine andere Stadt machen, eine, deren Straßen nur den Einheimischen gehörten. Ihr Weg führte sie um die Rückseite der Waverley Station, unter dem dramatischen Regent-Place-Viadukt hindurch und auf die Leith Street, die nur Minuten von ihrem Büro entfernt lag.

Es überraschte Karen nicht, dass Jason der Einzige im Büro war. Es war halb fünf, die Katze war aus dem Haus, und der kleine aalglatte McCartney hatte ihre Abwesenheit genutzt, um früh Schluss zu machen. Sie brachte den Minzdrops nicht in Verlegenheit, indem sie fragte, wo der Sergeant steckte. Mit einem tief empfundenen Seufzen ließ sie sich auf ihren Stuhl sacken. »Was für ein Tag«, ächzte sie.

Jason hingegen sah wie ein Junge aus, der das letzte grüne Schokodreieck in einer Schachtel Quality Street gefunden hatte. »Vielleicht würde er besser werden, wenn Sie einen kurzen Blick in Ihre E-Mails werfen?«

»Glauben Sie? Das wäre mal was ganz Neues.« Karen weckte den Laptop und klickte auf ihre E-Mails. Mitteilungen, Sitzungen, zu deren Vermeidung sie am liebsten Zauberei erlernen würde, die Verabschiedung in den Ruhestand für jemanden, den sie nicht kannte, und endlich eine weitergeleitete E-Mail von Jason. In der Betreffzeile stand »Ihre Frage«. Sie öffnete die Mail und bemerkte, dass es einen Anhang gab, der nach einem Foto aussah.

*Lieber Constable Murray,* las sie.

Es war schön, vorhin mit Ihnen zu sprechen. Das hat viele gute Erinnerungen zurückgebracht. Es hat mich nachdenklich gestimmt. Wir reden immer davon, ein richtiges Wiedersehen zu organisieren, wann immer zwei oder drei von uns von früher einen zusammen trinken gehen, aber wir haben es nie hinbekommen. Von Joeys frühem Tod zu hören, hat mich auf den Gedanken gebracht, dass wir es nicht länger vor uns herschieben sollten. Man weiß wirklich nicht, wann es so weit ist.

Wie dem auch sei. Auch wenn ich mich, wie schon gesagt, an das amerikanische Mädchen erinnern kann, weiß ich ihren Namen heute nicht mehr, selbst wenn ich ihn damals aufgeschnappt haben sollte. Zu viele Schläge auf den Kopf bei den Ringkämpfen! Ich dachte nicht, dass ich Bilder von Joeys Wohnmobil habe, aber schauen Sie mal, was ich gefunden habe, als ich meine Schachtel mit Fotos noch einmal durchgegangen bin! Es ist eigentlich kein Foto von dem Wohnmobil an sich, aber man sieht es ziemlich gut im Hintergrund. Es ist das ganz rechts, schwarz, mit den Chromverzierungen. Das in der Mitte bin ich, mit Joey auf der rechten und Big Tam Campbell auf der linken Seite.

Sie las nicht weiter, sondern klickte auf »Herunterladen«. Die fünfzehn Sekunden schienen im Zeitlupentempo zu vergehen, und dann füllte das Foto die linke Bildschirmseite. Die drei Männer in Kilts und Muskelhemden standen da und grinsten in die Kamera, die Arme umeinandergelegt wie die erste Reihe bei einem Rugby-Gedränge. Sie konnte sogar die unverwechselbare Schnalle an Joeys Gürtel erkennen. Hinter ihnen eine Reihe aus einem halben Dutzend Wohnmobilen. Das schwarze stach unter seinen unscheinbaren

Gefährten hervor. »Keinem ist in den Sinn gekommen zu erwähnen, dass es schwarz ist«, murmelte sie. Aber das war jetzt egal.

Karen grinste Jason zu. »Das ist großartig!«

»Der dritte Kerl, mit dem ich geredet habe«, sagte er. »Ein anderer glaubte übrigens, es könnte irgendwo im Hintergrund auftauchen. Und sehen Sie ...« Er drehte ihr seinen Bildschirm zu. Er hatte den Teil vergrößert, der die Vorderseite des Wohnmobils zeigte.

Es war verschwommen, aber entzifferbar. »Sie haben das Kennzeichen.« Einen Moment lang fielen die Ärgernisse des Tages von Karen ab, und sie empfand nichts außer der reinen Freude, die aufkam, wenn ein Fall einen Satz vorwärts machte. Herauszufinden, was mit dem Wohnmobil geschehen war, würde vielleicht nirgendwohin führen, genauso gut konnte es allerdings der Durchbruch in dem Fall sein. »Haben Sie mit Ihrem hilfreichen Kontakt bei der Kfz-Zulassungsstelle gesprochen?«

Enttäuschung zeichnete sich auf seinem Gesicht ab. »Ich dachte, ich warte, bis Sie es gesehen haben. Für den Fall ...« Offensichtlich war da kein »für den Fall«. Bloß immer noch ein Mangel an Selbstvertrauen.

»Schon gut.« Sie warf einen Blick auf die Uhr an ihrem Computer. »Zu spät, um sich heute Abend noch hineinzuknien. Aller Wahrscheinlichkeit nach macht Ihr Mädel sowieso längst Feierabend. Aber gleich als Erstes Montagmorgen – klemmen Sie sich sofort dahinter.«

»Alles klar, Boss! Übrigens habe ich mir diese E-Mails zwischen Alice Somerville und Hamish Mackenzie angesehen.«

»Und?«

Er schüttelte den Kopf. »Nichts Verdächtiges. Genau wie bei meiner Fragerei im Pub. Er scheint ein wirklich netter Typ zu sein. Lebt zwar allein, aber er ist kein seltsamer Einzelgänger. Einer der alten Männer im Pub sagte, Hamish sei immer der Erste, der Hilfe anbietet, wenn jemand welche braucht.«

»Das ist mal eine nette Abwechslung. In unserem Tätigkeitsbereich kommen uns von der Sorte nicht viele unter. Schauen Sie, warum machen Sie nicht früher Schluss? Sie haben diese Woche schon genug Überstunden gemacht.« Karen lachte spöttisch. »Hören Sie mich nur mal an. Als würde es in diesem Dezernat so etwas wie Überstunden geben. Aber im Moment liegt eigentlich nichts Dringendes an. Machen Sie schon, ziehen Sie Leine, bevor ich es mir anders überlege.«

»Okay.« Er klappte seinen Laptop zu und lehnte sich zurück, um seine Jacke anzuziehen, ohne sie vorher vom Stuhl zu nehmen. »Bis Montagmorgen.«

»Ja. Gute Arbeit, Jason.«

Er errötete. Kein schöner Anblick. »Ich glaube, ich werde besser darin, mit Leuten am Telefon zu reden.« Immer noch verlegen, schlich er durch die Tür, sodass sie allein mit ihren Gedanken zurückblieb. Sie war ehrlich genug, um in ihrem Kopf Raum für die Vorstellung zu schaffen, dass Willow Henderson vielleicht tatsächlich einfach die Wahrheit sagte. Ihr Polizisteninstinkt sagte ihr allerdings etwas anderes. Aber wie sehr lag das einfach daran, dass Willow die Art Frau war, die sie nicht sonderlich mochte? Ließ sie zu, dass ihre eigenen Vorurteile die Situation verzerrten?

»Lass es sein«, murmelte sie leise. Sie hatte es so gemeint, als sie Jimmy gesagt hatte, sie würde sich zurückziehen, aber sie konnte nicht anders. Manche Fälle hatten die Eigenart, sich in die Winkel ihres Gehirns einzuschleichen und sie hinter sich herzuschleifen.

Doch diesmal wurden ihre Grübeleien durch ein leises Klopfen an der Tür unterbrochen. Sie runzelte die Stirn. Sie erwartete niemanden, und für einen der wahrscheinlichen

Kandidaten war sie nicht in der Stimmung. »Herein!«, raunzte sie.

Zu ihrer Verblüffung stand Hamish Mackenzie in der Tür. »Wie sind Sie hier reingekommen?« Es war eine instinktive Reaktion. Ganz so ungehalten wollte sie gar nicht klingen. »Wie sind Sie am Eingangsschalter vorbeigekommen?«

Vor Verblüffung verhaspelte er sich. »Ich habe nur ... ich bin DC Murray in die Arme gelaufen. Auf der Straße. Draußen.« Er schenkte ihr ein gequältes Lächeln. »Ich habe ihm gesagt, dass ich ein ... etwas für Sie habe. Und ihn gefragt, was ich tun solle? Da ist er mit mir zurückgegangen und hat mich hergebracht.« Der letzte Satz überstürzt.

Sie stand auf. »Tut mir leid, ich wollte nicht schroff sein. Sie haben mir nur im ersten Moment einen Schrecken eingejagt. Ein Zivilist hat hier hinten nichts zu suchen.« Sie stieß ein nervöses Lachen aus. »Es sei denn, er ist verhaftet. Das ist eine Überraschung!«

»Ich hatte gehofft, es wäre eine nette Überraschung.«

Da sie nun Gelegenheit hatte, ihn eingehender zu betrachten, musste sie zugeben, dass dem so war. Sein Haar war zurückgebunden und glänzte unter den Neonröhren. Er war für die Stadt gekleidet: schmale Jeans, nicht etwa Röhrenhosen, über schwarzen Turnschuhen, etwas Hellgraues unter einem offenen schwarzen Karohemd und einem dunkelblauen Tweedjackett im Fischgrätenmuster. Ein brauner Lederranzen hing über einer Schulter. Wahrscheinlich hätte sie zweimal hingeschaut, hätte sie ihn in einem Coffeeshop gesehen, wenn auch möglicherweise mit einem gedanklichen Augenverdrehen. Während sie sich innerlich für ihr Teenagergehabe schalt, sagte sie: »Ich werde bei meinen Überraschungen gern vorgewarnt. In meinem Tätigkeitsbereich sind sie gewöhnlich unangenehm.« Doch sie lächelte, um es abzumildern.

»Ich werde Sie nicht aufhalten«, sagte er. »Ich sehe ja, dass Sie zu tun haben. Ich wollte Ihnen bloß das hier vorbeibringen.« Er kramte in der Tasche seines Jacketts und holte ein in Seidenpapier gewickeltes Päckchen hervor. Mit einem zaghaften Lächeln reichte er es ihr.

Karen hatte eine Ahnung, was sich darin befand. Sie faltete das Papier auf und erblickte ihren verloren gegangenen Ohrring. Diesmal kam ihr Grinsen von ganzem Herzen. »Vielen Dank! Ich kann Ihnen gar nicht sagen, wie viel er mir bedeutet.«

»Das war Ihnen anzumerken. Aber es war ganz einfach, an ihn ranzukommen. Ich habe das U-Rohr abmontiert, und da war er auch schon.«

»Er sieht wie neu aus. Glänzt richtig!«

Er wirkte verlegen. »Ich habe ihn mit einem Silberputztuch poliert.« Eine Hand vollführte eine kleine wegwerfende Geste. »Kein Ding.«

»Aber dann haben Sie sich die Mühe gemacht, ihn persönlich vorbeizubringen. Das ist echt nett. Ich weiß gar nicht, wie ich Ihnen danken soll.«

Es trat eine kurze Pause ein, dann sah er ihr in die Augen. »Sie könnten mich heute zum Abendessen einladen.«

# 38

## 1946 – Michigan; Atlantiküberfahrt

Es hatte zwei zermürbende Jahre gedauert, bis Arnie Burke genug Geld für die Reise zusammengespart hatte, aber endlich befand er sich auf dem Weg. Die *Queen Mary*, immer noch als Truppentransporter ausgerüstet, war nicht die luxuriöseste Art, um knappe fünf Tage auf dem Ozean zu verbringen, aber es war deutlich angenehmer als seine Heimfahrt damals, als er von Jammer und Verlust gebeutelt wurde.

Er hatte die beiden Jahre nicht untätig verbracht. Wenn er nicht Wachdienst in der Dodge-Fabrik in Hamtramck geschoben hatte, hatte er sich bemüht herauszufinden, was mit seinen Diamanten geschehen war. Sobald er wieder festen Boden unter den Füßen gehabt hatte, hatte er an einen der Amerikaner geschrieben, die sich immer noch in Wester Ross befanden. Nach einem halben Brief voll Belanglosigkeiten stellte er die beiläufige Frage, was wohl mit der Ausrüstung passiert sei, die am Kai zurückgelassen worden war. »Ich beneide denjenigen, der sich diese beiden brandneuen Indians unter den Nagel gerissen hat«, hatte er geschrieben. »Was für zwei Schönheiten.« Dann ging er dazu über, wie es gewesen sei, in die USA zurückzukehren, und beschrieb die Freude, in einen echten Hamburger zu beißen und zu spüren, wie der Fleischsaft das Kinn hinunterlief.

Es dauerte sechs Wochen, bis ihn die Antwort seines Kumpels erreichte. Arnie zerriss beinahe das dünne Luftpostpapier, als er danach suchte, was er verzweifelt lesen wollte. Es kam fast am Schluss. »Die Briten sollten die übrig gebliebene

Ausrüstung entsorgen – dir und mir als *burn and bury* bekannt. Sie übertrugen es den beiden Feldausbildern. Aber ich habe nicht mitbekommen, dass Motorräder verbrannt worden wären. Wenn du mich fragst, haben diese Kerle die Indians auf andere Weise verschwinden lassen. Nach Kriegsende werden sie stilvoll damit herumfahren! Verübeln kann ich es ihnen nicht, ich hätte das Gleiche getan, wenn sich mir die Möglichkeit geboten hätte. Hast du nun schon ein Mädchen? Oder verschreckst du sie mit deiner hässlichen Visage?«

»Die beiden Feldausbilder«, sagte er. Er sah sie vor seinem geistigen Auge. Beide mittelgroß, dunkles, an den Seiten kurz geschorenes Haar, beide mit Leinwandhelden-Schnurrbärten. Einer war drahtig, Muskelstränge quer über die Schultern und die Arme hinab. Rauchte, als würde es aus der Mode kommen, und hatte einen Husten wie ein gottverdammtes Hundebellen. Der andere war gut gebaut, breite Schultern und schmale Hüften, eine Nase, die aussah, als wäre sie schon mehr als einmal gebrochen worden. Arnie hatte zu Beginn seines Trainings zwei Tage lang unter ihnen gelitten. Er hatte stundenlang über ein Heidemoor kriechen müssen, die Sonne im Rücken und nassen Torf unter sich. Wie zum Teufel lauteten ihre Namen?

Das Problem nagte tagelang an ihm, und endlich fiel es ihm ein, als er gerade auf einem unförmigen Sofa lag und sich das Match im Radio anhörte, bei dem Hal Newhouser für die Tigers als Pitcher spielte und die Schlagmänner mit seinen linkshändigen Würfen verwirrte. »Kenny!«, rief er und richtete sich blitzschnell auf, sodass sein Aschenbecher durch die Luft flog. »Der spindeldürre Mistkerl. Kenny.«

Es war nicht schwierig, an Kennys Namen heranzukommen. Schließlich war Arnie in Täuschung ausgebildet worden. Er kannte die Telefonnummer des Schlosses, in dem er einquartiert gewesen war, und eines Sonntagmorgens spazierte er in die Fabrik, frech wie Oskar, und verschaffte sich Zutritt zum Büro der Sekretärin des geschäftsführenden Direktors. Es dauerte eine Weile, um die transatlantische Telefonverbindung herzustellen, doch er wartete geduldig. Schließlich ging ein Mann mit einer tiefen, abgehackt-englischen Stimme ans Telefon. Arnie zwang sich, heiter und unbeschwert zu klingen. »Guten Morgen, Sir«, sagte er.

»Hier haben wir Nachmittag«, blaffte die Stimme. »Von wo aus rufen Sie an?«

»Sir, ich rufe aus dem Pentagon an. Wir hatten hier gerade eine Ordensverleihung, haben einem von unseren Jungs einen Silver Star verliehen. Er wollte einen Abzug des Fotos einem eurer Jungs zusenden, der ihn dazu ausgebildet hat, hinter feindlichen Stellungen zu überleben.«

»Wunderbar. Aber was hat das mit mir zu tun?«

»Nun, Sir, die Sache ist ein bisschen peinlich. Unser Mann kann sich nicht mehr an den Namen von eurem Kerl erinnern. Sein Vorname lautet Kenny, und er ist einer der Feldausbilder. Anscheinend ein Fachmann in Sachen Tarnung.«

»Sie meinen Kenny Pascoe? Sergeant Pascoe? Ist das der Mann?«

»Ich schätze mal, wenn das Ihr Feldausbilder ist.«

So einfach war das. Kenny Pascoe ausfindig zu machen, hatte ihn etwas mehr Zeit und ein wenig Bares für einen Privatdetektiv in London gekostet. Doch da er jetzt wusste, wo der Mann steckte, konnte er ihn in die Finger bekommen, sobald er so weit war.

Und jetzt war er so weit.

# 39

## 2018 – Edinburgh

Eigentlich hatte sie nicht Ja sagen wollen. Dennoch war sie hier, saß auf einem harten Holzstuhl in einer ruhigen Ecke ihres Lieblingsrestaurants in Leith mit einem nicht angerührten Arbikie Kirsty's Gin Tonic vor sich und wartete auf einen Mann, den sie kaum kannte. Sie war zweimal um den Block gegangen, hatte auf der Fußgängerbrücke verweilt, wo der Water of Leith in das Albert Dock mündete, und ins Leere gestarrt. Aber trotzdem war sie zu früh dran.

War das hier ein Date? Sie wusste es nicht einmal. Mit Phil war sie nicht zusammengekommen, indem sie sich mit ihm verabredet hatte. Sie hatten sich kennengelernt, als sie im Rahmen der vertrauten Kameradschaft eines kleinen Teams mit fest vorgegebener Zielsetzung zusammengearbeitet hatten. Das Dezernat für Altfälle war früher bei der Polizei von Fife nicht Teil der Kripo gewesen, und sie hatten eine Arbeitsweise entwickelt, die zu ihnen dreien passte. Sie war schon lange in Phil verliebt gewesen, bevor etwas zwischen ihnen passierte. Wie sich herausstellte, hegte er die gleichen Gefühle für sie, doch sie waren beide in der Überzeugung gefangen gewesen, viel zu uninteressant zu sein, als dass der andere Interesse haben könnte.

Überwunden wurde das schließlich durch einen Fall, der sie beide bis ins Mark erschüttert hatte. Die mumifizierte Leiche eines zehnjährigen Mädchens, das ein Dutzend Jahre vermisst gewesen war, war in einen Koffer gestopft in einem zugemauerten Kamin aufgefunden worden. Die Entdeckung war gemacht worden, als ein Laster auf einem Hügel die Kontrolle verloren hatte und in das Haus gedonnert war. Das Kind war offenkundig vor seinem Tod gefoltert und verstümmelt worden. Die forensischen Beweise überführten den Stiefvater, einen Pfarrer der Episkopalkirche. Seine Ehefrau – die Mutter des Mädchens – weigerte sich, an seine Schuld zu glauben. Ihn zu verhaften, war ein qualvolles Erlebnis gewesen.

Sie waren mit einer Flasche Gin zu Karen nach Hause gegangen, doch keiner von beiden hatte Lust auf den Drink. Wie sich herausstellte, galt ihre Lust einander. Und damit war die Sache erledigt. Abgesehen von einem gewissen reuevollen Verdruss über die verloren gegangene Zeit bedauerten sie nichts. Karen hätte niemals damit gerechnet, eine solche Liebe zu finden. Und nachdem er gestorben war, war es das aus ihrer Sicht gewesen. Sie erwartete nicht, dass noch ein Mann auch nur das geringste Interesse an ihr zeigen würde.

Dass Hamish Mackenzie ausgerechnet das zu tun schien, bereitete ihr Unbehagen. Er war ein wichtiger Zeuge in einem Mordfall, in dem sie gerade ermittelte. Sie wäre eine Närrin, wenn sie nicht die Möglichkeit in Betracht zöge, dass er vielleicht versuchte, ihr Sand in die Augen zu streuen. Obwohl Jasons Nachforschungen ihm eine reine Weste attestiert hatten, konnte sie nicht wissen, ob Hamish nicht doch etwas zu verbergen hatte. Vielleicht hatte er Joey Sutherland gekannt. Vor dreiundzwanzig Jahren wäre er ein Teenager gewesen. Das ideale Alter, um einen attraktiven, erfolgreichen Athleten zu vergöttern. Er hatte erwähnt, dass seine Großeltern um die Zeit herum Schwierigkeiten mit dem Bauernhof gehabt hatten. Vielleicht hatten sie Schmiergeld angenommen dafür, dass sie nicht hinsahen, wenn jemand eine große Grube auf ihrem Grund ausheben wollte. Dann war da Amerika. Als Teenager hatte er dort gelebt; im Zentrum des Falls gab es eine geheimnisvolle Amerikanerin. Und wenn da irgendwo eine Verbindung bestand?

Und das war erst der Anfang. Hamish hatte keine Mühen gescheut, um den Somervilles bei ihrer gierigen kleinen Schatzsuche zu helfen. Genauso hilfsbereit war er Karen und Jason gegenüber gewesen. War irgendjemand derart unkompliziert herzensgut? Oder hatte ihr Beruf sie zynisch werden lassen? War sie der Milch der frommen Denkungsart so selten ausgesetzt, dass sie ihr nicht traute, wenn ihr jemand ein Glas davon einschenkte?

Vielleicht war das hier ein schrecklicher Fehler, auf privater wie auch beruflicher Ebene. Wenn der Hundekuchen wüsste, was sie heute Abend machte … Doch das war der Gedanke, der Karen stutzen ließ. Sie durfte nicht vergessen, dass sie eine eigenständige Frau war. Ann Markie hatte nicht die Oberhoheit über ihr Handeln. Ihr Instinkt sagte ihr, dass Hamish Mackenzie ein anständiger Mann war. Genau wie er ihr sagte, dass die Assistant Chief Constable eine karrieregeile Egoistin war.

Abgesehen davon würde sie sich, wenn sie nicht hier wäre, nur wie ein Hamster im Rad den Kopf über die verfluchte Willow Henderson zermartern. Und das wäre eine sinnlose Übung allererster Güte.

Von ihren fieberhaften Spekulationen gerettet wurde sie durch Hamish, der hereinkam und sich suchend umsah. Er erblickte sie und winkte ihr zurückhaltend mit wackelnden Fingern zu. Er hatte sein Hemd gegen ein weißes ohne Kragen eingetauscht und trug das Haar offen. Es reichte ihm in sanften Locken bis auf die Schultern. Karen fragte sich, wie es sich zwischen ihren Fingern anfühlen würde, und schalt sich dann für ihre lächerlichen Gedanken.

Er zog den Stuhl ihr gegenüber hervor und nahm Platz. »Ich komme doch nicht zu spät, oder?«

»Nein, ich bin selbst noch nicht lang da.« Eine Notlüge, die aber nötig war, um das Gesicht zu wahren.

Er sah sich in dem Raum um, registrierte die dunkle Holzvertäfelung und das weiche Licht, die gut bestückte Mahagonibar und das leise Gemurmel der Unterhaltungen an den anderen besetzten Tischen. »Ich wusste gar nicht, dass es diesen Laden überhaupt gibt. A Room in Leith.« Er grinste. »Sie müssen zugeben, vielversprechend klingt das nicht.«

»Ich bin zufällig darauf gestoßen. Ich wandere gern durch die Stadt, und eines Nachts kam ich am Hafen entlang, und da war es. Ich las die Speisekarte durch und fand, dass sie sich interessant anhörte, also bin ich wieder hergekommen, als das Lokal geöffnet hatte. Mittlerweile verwöhne ich mich hier regelmäßig mit einem Sonntagsbrunch. Eggs Benedict mit Stornoway-Blutwurst.« *Halt den Mund, verflucht noch mal.*

»Klingt gut.« Der Kellner schlich um sie herum, und Hamish erkundigte sich bei Karen, was sie trank. »Davon habe ich schon gehört. Single Estate, nicht wahr? Von der Farm in die Flasche? Ich nehme das Gleiche.«

»Sie kennen sich mit Gin aus.«

Er verzog das Gesicht. »Viel zu sehr Hipster. Was ist Ihre Entschuldigung?«

Ihre Gin-Abende mit Jimmy Hutton würde sie ihm ganz bestimmt nicht auf die Nase binden. »Ich mag ein bisschen Abwechslung.« Sie griff nach der Speisekarte. »Sollen wir?«

Wie sich herausstellte, war ihr Geschmack beim Essen genauso ähnlich wie ihr Geschmack beim Gin. Muscheln als Vorspeise, dann Steak, auf Karens Drängen hin mit Käsemakkaroni als Beilage. »Vertrauen Sie mir, die sind großartig«, behauptete sie mit Nachdruck. Hamish gab kampflos nach. Und er reichte ihr die Weinkarte.

»Ihr Geld, Ihr Lokal, Ihre Wahl.«

Also nahm sie einen südafrikanischen Shiraz, den sie toll

fand. Zeigte für den Kellner darauf und hoffte, Hamish würde nichts in den Namen hineininterpretieren – Cloof The Very Sexy Shiraz. Vielleicht würde es ihr gelingen, das Etikett von ihm wegzudrehen.

»Heute Abend sind Sie mir gegenüber im Vorteil.«

»Inwiefern?«

»Sie wissen recht viel über mich, aber ich weiß nichts über Sie, außer dass Sie ein Ass von einer Detective sind.«

Karen lachte. »Ich glaube nicht, dass meine Chefin mich in dieser Beschreibung wiedererkennen würde. Wie sind Sie auf die Idee gekommen?«

»Ich habe Sie natürlich gegoogelt. Das tun wir doch alle, oder? Und da gibt es lauter Geschichten über uralte Fälle, die Sie geknackt haben.« Er spielte an seiner Gabel herum. »Das ist nicht nichts. Trauernden Menschen einen Abschluss zu verschaffen.«

»Ich folge nur den Spuren, wohin sie mich führen.«

»Was hat Sie dazu gebracht, das zu wollen?«

Und so erzählte sie es ihm. Die Überzeugung, dass die Universität nichts für sie war. Ebenso wenig die meisten anderen Berufslaufbahnen, die zur Auswahl standen. Die Polizei, dachte sie, würde interessant sein. Und es scherte sich im Grunde keiner groß darum, wie man aussah.

»Es schert sich im Grunde auch keiner groß darum, wie man in einem Coffeeshop aussieht«, sagte Hamish. »Auch wenn ich nicht so recht weiß, warum Sie sich da solche Sorgen gemacht haben.«

Eine Vertiefung des Themas wurde ihr durch das Eintreffen der Muscheln erspart. Vielleicht nicht die beste Wahl, überlegte sie, während sie in die üppig bemessene Schüssel starrte. Es war völlig unmöglich, eine Muschel auf elegante Art zu essen.

Als läse Hamish ihre Gedanken, nahm er die Serviette von

seinem Schoß und klemmte sie in sein Unterhemd. »Fataler Fehler, ein weißes Hemd.«

Karen kam nicht ganz dahinter, was Hamish an sich hatte, dass sie sich so bereitwillig öffnete. Sie hatte den Großteil ihres Erwachsenenlebens in einem Zustand verhaltenen Argwohns verbracht, immer vorsichtig, wenn es darum ging, Menschen nah an sich heranzulassen. Drei oder vier enge Freundschaften und Phil; das war in den letzten Jahren in etwa das Limit gewesen. Doch dieser Fremde hatte irgendwie den Dreh entdeckt, wie er ihr die Befangenheit nehmen konnte.

Als der Wein serviert wurde, erhaschte Hamish einen Blick auf das Etikett und lachte schallend. »Das ist das erste Mal, dass mich eine Flasche Wein anbaggert«, sagte er.

»Tut mir leid. Ich habe eine Schwäche für Shiraz, und es ist der einzige auf der Karte.«

Er trank einen Schluck. »Zum Glück sind die Muscheln üppig genug, um sich dagegen zu behaupten.«

Sie konzentrierten sich zwei Minuten lang aufs Essen, dann sagte Karen: »Jetzt wissen Sie über mich Bescheid. Wie sind Sie dazu gekommen, Coffeeshops zu führen?«

»Als ich den ersten eröffnete, bekam man in ganz Portobello keine anständige Tasse Kaffee. Ich habe hier in Edinburgh BWL studiert und landete im Finanzgewerbe. Gefallen hat es mir nicht sonderlich, aber das Geld war eine große Verlockung, dabeizubleiben, außerdem gab es nichts anderes, was mich gereizt hätte.« Er konzentrierte sich auf seine Muscheln, indem er geschickt ein Schalenpaar wie eine Zange benutzte, um das Fleisch aus den übrigen herauszulösen. »Und dann kam die weltweite Finanzkrise und zog uns den Boden unter den Füßen weg. Überall um mich herum wurden Leute gefeuert. Sie torkelten buchstäblich aus dem Büro, als wären sie betrunken. Sie konnten nicht glauben, dass der Kuchen, von dem sie sich selbst ein fettes Stück hatten abschneiden wollen, samt Zuckerguss auf dem Boden gelandet war.«

»Sie haben es nicht kommen sehen?«

Er schüttelte den Kopf, die Lippen gespitzt. »So clever bin ich nicht. Und ich hatte die glitschige Karriereleiter nicht weit genug erklommen, um über Insiderinformationen zu verfügen.«

»Aber die Axt hat Sie erwischt?«

Noch ein Kopfschütteln. »Irgendwie bin ich dem Kahlschlag entgangen«, spottete er. »Was mich bei ein paar Leuten, die ich für meine Freunde gehalten hatte, ziemlich unbeliebt machte.«

»Was ist passiert?«

»Mir wurde klar, dass ein Umfeld, wo die Bosse die Leute ummähten, wenn es ihnen in den Kram passte, keine Zukunft hatte. Ich war erst kurz zuvor nach Porty gezogen, und es gefiel mir dort unten wirklich, aber ich fand, es gab dort eine echte Marktlücke: einen guten Coffeeshop. Ich harrte aus, bis der schlimmste Finanzsturm vorüber war, dann gelang es mir, der Bank eine Abfindung aus dem Kreuz zu leiern, und ich machte mich auf meinen Weg in die Freiheit.« Sein Mund verzog sich selbstironisch. »Seither habe ich nie wieder einen Anzug getragen.«

Das Eis war gebrochen. Der Rest des Abends verstrich bei angenehmer Unterhaltung. Ab und zu erwischte Karen sich dabei, wie sie sich entspannte und amüsierte. Dass sich der Abend so entwickeln würde, hätte sie nicht gedacht. Sie hatte mit Verlegenheit auf beiden Seiten gerechnet, der allmählichen Erkenntnis, dass dies keine gute Idee gewesen war.

Stattdessen entpuppte es sich allem Anschein nach als eine ausgesprochen gute Idee.

# 40

## 2018 – Edinburgh

Jimmy Hutton hatte wie ein ganz normaler Mensch mit seiner Frau und den Kindern beim Abendessen gesessen, als er den Anruf erhielt. Es war das erste Mal in dieser Woche, dass sie abends gemeinsam aßen, doch sobald sein Handy läutete, verdrehte sein Teenager-Nachwuchs die Augen, und seine Frau stieß ein Seufzen aus. »Manchmal frage ich mich, ob du der einzige Detective Chief Inspector in ganz Schottland bist«, sagte sie. Doch er wusste, dass hinter ihren Worten kein Groll steckte. Sie war stolz auf die Arbeit, die er leistete, die ganzen Anstrengungen, die er und sein Team zum Schutz des Lebens von Frauen und Kindern unternahmen. Und sogar des einen oder anderen Mannes.

Als er Jacqui Laidlaws Namen auf dem Display erblickte, stand er vom Tisch auf, um den Anruf entgegenzunehmen. Auf dem Weg in den Flur sagte er: »Was ist los, Jacqui?«

»Logan Henderson schwebt nicht mehr in Lebensgefahr. Man hat seinen Zustand auf ›ernst, aber stabil‹ heruntergestuft. Der Arzt sagt, wir können mit ihm reden, solange wir es kurz halten.«

»Das sind gute Neuigkeiten. Ich treffe Sie in vierzig Minuten dort.« Jimmy steckte noch einmal den Kopf in die Küche, um sich bei seiner Familie zu entschuldigen, und machte sich dann auf den Weg zum Royal Infirmary. Der neue Standort war für ihn viel besser zu erreichen als der herrschaftliche alte viktorianische Bau im Stadtzentrum. Das alte Krankenhaus, ein dramatischer Schauerpalast, würde demnächst das neue

Lernzentrum der Universität werden, gesäumt von Wohnblöcken, die vor Glas und Geld glänzten. Statt zu dieser Abendzeit durch den Stadtverkehr zu kriechen, konnte er ganz stressfrei um die Ringstraße sausen.

Laidlaw wartete beim Schwesternzimmer auf ihn. Sie lehnte am Empfangstisch und plauderte gemütlich mit den beiden diensthabenden Frauen. Sie ist gut im Umgang mit Menschen, dachte Jimmy. Sie hatte Phils entspannte Art. Er hatte sich Sorgen gemacht, dass ihr Aussehen zwischen ihr und den verletzten und misshandelten Menschen eine Hemmschwelle bilden würde, mit der sie würden umgehen müssen. Manchmal nahmen Leute Schönheit übel. Doch ihre Art überwand jeglichen Widerstand gegen ihre Reize. Der Bonus, mit dem er nicht gerechnet hatte, war, dass Männer dazu neigten, sie als Dummchen abzutun. Er liebte es zuzusehen, wie sie ihre verdiente Strafe erhielten.

»Guten Abend, die Damen«, sagte Jimmy vergnügt. »Wir können dann wohl mit Mr. Henderson loslegen?«

Die Oberschwester schenkte ihm einen kühlen Blick. »Ich hole den Arzt.«

Während sie telefonierte, zog Jimmy Laidlaw beiseite, seine Stimme leise. »Was wissen Sie?«

»Sein Zustand hat sich am späten Nachmittag verbessert. Sie wollten sicher sein, dass es nicht nur ein Strohfeuer war, bevor sie uns in seine Nähe lassen. Ich habe mit dem Arzt geredet. Er lässt uns eigentlich nur ungern auf Henderson los, deshalb möchte er bei der Befragung dabei sein.«

Jimmy schnitt eine Grimasse. Gerechnet hatte er damit zwar, allerdings war er ein unverbesserlicher Optimist. »Hoffen wir, dass er nicht zu denen gehört, die einem gern zeigen, wer das Sagen hat.«

Bevor er noch etwas hinzufügen konnte, berührte Laidlaw ihn am Arm und richtete den Blick auf den Mann, der gerade auf leisen Gummisohlen hinter Jimmy trat. »Das ist Dr. Gibb, Sir«, stellte sie ihn vor.

Jimmy drehte sich um und streckte eine Hand aus. Der Arzt trug grüne OP-Kleidung unter einem weißen Kittel, das Stethoskop hing ihm um den mageren Hals. Er war spindeldürr mit dunklen Ringen unter den Augen und hohlen Wangen, für die Models alles gegeben hätten. »Johnny Gibb«, sagte er. »Sie möchten mit Logan Henderson sprechen, oder?«

»In der Tat. Wir müssen ihm ein paar Fragen zu dem stellen, was sich gestern Abend in seinem Haus abgespielt hat.«

Gibb nickte. »Ich verstehe, dass Sie Informationen brauchen, aber was ich brauche, ist die Gewährleistung, dass Sie meinen Patienten nicht gefährden. Er ist immer noch sehr schwach. Deshalb würde ich es begrüßen, wenn Sie meiner Einschätzung vertrauten, wann es genug ist.«

Jimmy schenkte ihm sein herzlichstes Lächeln. »Ganz wie Sie meinen, Doc. Wenn Sie nur daran denken könnten, dass eine Frau in diesem Moment im Leichenschauhaus liegt, und die einzige Stimme, die sie hat, meine ist?«

Darauf war Gibb nicht vorbereitet, und er sah verärgert aus. Doch er sagte nichts, sondern bedeutete ihnen nur mit einer Geste, ihm zu folgen. Logan Henderson befand sich in einem Nebenzimmer am Ende der Station, erkennbar an dem uniformierten Constable, der neben der Tür saß. Drinnen waren die Jalousien heruntergelassen und das Licht trübe. Trotzdem konnte Jimmy erkennen, dass Henderson kaum mehr Farbe hatte als die Krankenhausbettwäsche. Dunkle Bartstoppeln zeichneten sich auf seiner Haut ab, und über eine Wange zog sich ein hässlicher Bluterguss. Er hing an einem Tropf, und Sauerstoffschläuche verschwanden in seinen Nasenlöchern. Als sie der Reihe nach eintraten, flatterten seine Augenlider und blieben dann zu schmalen Schlitzen geöffnet.

»Mr. Henderson, ich bin DCI Hutton, und das ist DS Laidlaw. Wir untersuchen, was gestern Abend in Ihrem Haus passiert ist und …«

»Dieses verrückte Miststück hat versucht, mich umzubringen«, sagte Henderson, seine Stimme schwach und dünn. »Das ist passiert. Sie hat verdammt noch mal auf mich eingestochen. Immer wieder.« Er rang keuchend nach Atem.

»Für das Protokoll, Sir, von wem reden wir hier?« Laidlaw, behutsam wie stets.

»Von meiner verfluchten Ehefrau.« Es war nicht viel mehr als ein Flüstern.

»Können wir ein Stückchen zurückgehen? Wie begann es?«

Er schloss die Augen, seine Atmung flach. »Ich war in der Küche. Habe Fußball geschaut. Habe an der Frühstücksbar gesessen.«

Sie warteten ab, während er sich sammelte.

»Dann kamen sie einfach herein. Meine Frau und ihre Kumpanin. Die verdammte Dandy Muir.« Noch eine Pause. »Willow hat sich gleich auf die Messer gestürzt. Sie packte zwei und kam auf mich zu. Wie eine Verrückte. Ich spürte, wie die Klinge eindrang, wieder rausglitt. Immer wieder. Dann war ich auf dem Boden, und sie ging weiter auf mich los. Hat mich ins Gesicht getreten. Danach nur noch Leere.« Jetzt überzog ein Schweißfilm seine Stirn.

Dr. Gibb trat vor und überprüfte die Monitore. »Ich glaube, das ist genug.«

»Noch eine Frage«, beharrte Jimmy. »Logan, was geschah mit Dandy?«

Er legte die Stirn in Falten. »Ich verstehe nicht. Nichts geschah mit Dandy. Das Miststück stand einfach nur da. Hat keinen verdammten Finger gerührt, um es zu verhindern.«

»Wirklich, das war's jetzt, Officer.« Dr. Gibb scheuchte sie geradezu aus dem Zimmer. Im Korridor sagte er: »Rufen Sie uns morgen früh an. Dann ist er vielleicht mehr bei Kräften.«

Er wandte sich zum Gehen, dann blickte er zurück. »Sie haben nicht damit gerechnet, das zu hören, oder?«

Jimmy starrte ihn an. Heutzutage hielt sich jeder verdammte Hansel für einen Detektiv. »Kein Kommentar.« Mit einer ruckartigen Kopfbewegung bedeutete er Laidlaw, sie solle ihm folgen.

Er sagte nichts, bis sie das Krankenhaus verlassen hatten und in Richtung Parkplatz gingen. »Was halten Sie davon?«, fragte er.

Laidlaw stopfte die Hände zum Schutz vor der kalten Abendluft in die Manteltaschen. »Wie der Doc schon sagte. Ich habe nicht damit gerechnet, das zu hören. Und Sie, Sir?«

»Es bringt mich auf den Gedanken, Karens Theorie könnte zutreffen. Dass Willow das alles eingefädelt hat. Logan Henderson sollte nicht überleben. Sie dachte, sie hätte genug getan, um ihm den Garaus zu machen, denn dann gäbe es niemanden, der ihrer Version der Ereignisse widersprechen könnte. Aber es wird immer noch ihr Wort gegen seines stehen, wenn wir nichts anderes von den Kriminaltechnikern hören«, seufzte er.

»Es ist ein heilloses Durcheinander. Werden wir weiter Druck auf Mrs. Henderson ausüben?«

»Oh, ich glaube, das müssen wir.«

»Es ist komisch. Wenn DCI Pirie nicht diese Unterhaltung mit angehört hätte ...«

Jimmy wirbelte herum und starrte sie wütend an. »Lassen Sie das, Jacqui.«

»Aber dank ihr nehmen wir Willow Hendersons Aussage nicht für bare Münze«, widersprach sie. »Was ist daran verkehrt?«

»Denken Sie mal nach«, drängte Jimmy, einen Hauch von Frustration in der Stimme. Er wunderte sich über Laidlaw. Sie war gescheit und besaß emotionale Intelligenz. Er hätte ge-

dacht, sie käme selbst dahinter. Stattdessen wirkte sie verwirrt.
»Hätte Karen Dandy Muir nicht vor der Möglichkeit gewarnt, Willow könnte sie als Zeugin der Verteidigung in Stellung bringen, wäre sie vielleicht gar nicht in der Küche gewesen. Aller Wahrscheinlichkeit nach hat sie Willow erzählt, was Karen gesagt hat, also kam Willow zu dem Schluss, es wäre ein zu großes Risiko für sie, wenn sie Dandy am Leben ließe und diese vor Gericht von Karens Theorien berichten könnte. Wenn Karen die Art Cop wäre, die den Mund hält, wäre Dandy wahrscheinlich noch am Leben. Und Willow ist clever genug, um das zu erkennen. Das Letzte, was wir brauchen, ist, dass der Rest der Welt darüber herfällt. Es gibt reichlich Leute, die Karen ans Leder wollen und für die das hier ein gefundenes Fressen wäre. Erfolg kommt nie ohne Feinde.«

Laidlaw sah gequält aus. »Das ist mir alles klar. Aber was Willow Henderson getan hat, falls sie es getan hat – es ist kaltblütig, Boss. Nicht viele Menschen haben die Nerven, so etwas durchzuziehen und anschließend nicht zusammenzubrechen.«

»Ich weiß. Das meiste, was uns bei der Prävention von Tötungsdelikten begegnet, ist spontaner Kontrollverlust, getrieben von Alkohol oder Drogen. Das Kaltblütige – das ist viel weniger verbreitet, und zur Durchführung bedarf es einer bestimmten Art von Distanziertheit. Einer seltenen Art von Distanziertheit. Ich kenne Willow Henderson noch nicht gut genug, aber möglicherweise ist sie einer dieser Sonderfälle.«

»Mir ist aufgefallen, wie wenig Kummer sie wegen ihrer Freundin an den Tag gelegt hat. Es ist, als wollte sie, dass wir uns auf den Ehemann konzentrieren.«

»Genau. Ich sage ja nicht, wir verwerfen die Möglichkeit, dass ihre Version der Wahrheit entspricht. Wir müssen versuchen, unvoreingenommen zu sein, trotz dem, was Karen mit angehört hat. Aber im Moment neige ich zu der Annahme, dass der Ehemann hier das Opfer ist.«

# 41

## 2018 – Edinburgh

Eigentlich kam nichts an einen klassischen klaren blauen Morgen in Edinburgh heran, fand Karen, als sie sich auf den Weg in die Arbeit machte. Den Sonntag hatte sie bei ihren Eltern verbracht und ihrem Dad dabei geholfen, die Diele, die Treppe und den Treppenabsatz neu zu tapezieren, und das Glitzern des Meeres, das sogar die Luft mit Lebenskraft zu erfüllen schien, war genau das, was sie brauchte, um sich von dem ganzen Bücken und Strecken zu erholen. Selbst die Wohnblöcke aus Sandstein, die von Generationen an Schadstoffen grau und schwarz verfärbt waren, wurden von der Sonne aufpoliert. An einem solchen Tag fiel es schwer, nicht gut gelaunt zu sein, selbst wenn man sich seinen Lebensunterhalt mit Mord verdiente.

Doch an diesem Morgen war es nicht Mord, der sie beschäftigte, während sie zügig die Newhaven Road entlangmarschierte. Sie schlug gern unterschiedliche Wege zur Arbeit ein, doch diesmal musterte sie nicht ihre Umgebung, um zu sehen, was die Leute trieben und welche Veränderungen in der Luft lagen. Stattdessen grübelte sie immer noch über ihren Abend mit Hamish Mackenzie nach.

Nachdem sie sich vor dem Restaurant mit einer etwas verlegenen Umarmung und einem Küsschen auf die Wange voneinander getrennt hatten, hatte sie auf dem Fußweg nach Hause die erste Obduktion vorgenommen. Sie musste sich eingestehen, dass sie sich amüsiert hatte. Sie hatten entspannt geplaudert. Sie hatten sich gegenseitig zum Lachen gebracht.

Selbst nach ein paar Drinks – je ein Gin, gemeinsam eine Flasche Wein und dann zwei Brandys – hatte es keine Anzeichen dafür gegeben, dass seine gute Laune in etwas Unschöneres abglitt. Keine Spur davon, dass da jemand auf der Hut gewesen wäre.

Das heikle Thema, das unangesprochen im Raum stand, war nur einem von ihnen bewusst. In ihrem Nacken lauerte den ganzen Abend hindurch die Erinnerung an Phil. Seit seinem Tod war es das erste Mal, dass sie auch nur annähernd so etwas wie ein Date hatte, und es war unmöglich, einer unbehaglichen Gefühlsmischung aus Schuld und Verrat zu entgehen. Es war gleichgültig, dass aufrichtiger Pragmatismus ihr sagte, Phil hätte niemals erwartet – oder gewollt –, dass sie den Rest ihres Lebens als einsame, trauernde Witwe verbrachte. Er hatte sie geliebt; er wollte immer nur das Beste für sie. Das zu wissen und das zu empfinden waren allerdings zwei ganz unterschiedliche Dinge.

Karen war sich sicher, dass sie das alles weit unter der Oberfläche verborgen hatte. Sie glaubte nicht, dass Hamish etwas anderes als die unkomplizierte Version von ihr, die sie hatte präsentieren wollen, zu Gesicht bekommen hatte.

Die Frage, die nun an ihr nagte, war, warum er sich mit ihr abgab. Er war attraktiv, solvent, sympathisch, ungebunden und anscheinend hetero. Es wäre bestimmt nicht schwierig für ihn, eine Frau zu finden für Abendessen – und noch mehr –, die Karen in jeder Hinsicht in den Schatten stellte. Sie machte sich keine Illusionen über sich. Männer wie Hamish Mackenzie waren nicht hinter Frauen wie ihr her.

Es fiel schwer, nicht zu glauben, dass noch etwas ganz anderes dahintersteckte. Was wäre ein besserer Weg, das genaue Unter-die-Lupe-Nehmen eines Mannes und seines Lebens zu untergraben, als seinen Charme bei der leitenden Ermittlerin spielen zu lassen? Sie hatte keine Beweise, dass Hamish etwas zu verbergen hatte. Doch es war noch zu früh. Sie durfte sich nicht von ihren Aufgaben ablenken lassen. *Dazu* hätte Phil dann doch so einiges zu sagen gehabt.

Sie war kaum fünf Minuten zu Hause gewesen, da piepte ihr Handy mit einer SMS. Karen hoffte fast, dass es mit der Arbeit zusammenhing. Etwas Unkompliziertes wie eine DNA-Übereinstimmung mit einem ranghohen Regierungsminister in einem ungelösten Mordfall. Aber nein. Sie stammte von Hamish.

**Danke für den tollen Abend. Das nächste Mal zahle ich.
Hamish x**

Kurz und bündig. Keine Zeilen, zwischen denen man hätte lesen können, außer dass er vorauszusetzen schien, dass es ein nächstes Mal geben würde. Ganz reizlos war der Vorschlag nicht.

Was die Lage für Karen bis zu einem gewissen Punkt klärte, war, dass sie geschlafen hatte. Und das lag nicht am Alkohol. Bei ihren Gin-Abenden mit Jimmy hatte sie regelmäßig mindestens genauso viel getrunken. Aus irgendeinem Grund hatte ein Abend in Hamishs Gesellschaft sie in den Schlaf gelullt. Und das war nichts, was sie unberücksichtigt lassen konnte. Seit Phils Tod war ihr Schlaf ruiniert. Sie konnte sich nicht mehr an das letzte Mal erinnern, als sie eine Nacht tief und fest durchgeschlafen hatte. Sie hatte es kaum glauben können, als sie aufgewacht war und sich automatisch umgedreht hatte, um auf dem Radio nach der Uhrzeit zu sehen.

Jetzt, zwei Morgen später, war sie immer noch dabei, diesen Abend von allen Seiten zu beleuchten, und immer noch war der einzige Haken, der ihr in den Sinn kam, dass er vielleicht ein Geheimnis verbarg. Schließlich war es bei ihr so.

Bloß dass ihr Geheimnis keinen Einfluss auf eine laufende Mordermittlung hatte.

Ehe sie sichs versah, erreichte sie den Gayfield Square, derart vertieft war sie in ihre kreisenden Gedanken. »Du denkst zu viel nach«, murmelte sie. »Lass die Späne doch fallen, wohin sie wollen. Und später holst du den Staubsauger raus.«

Das leere Büro bewies, wie schnell sie die Straße hochgehetzt war, angetrieben von ihrem aufgewühlten Verstand. Eigentlich hätte sie sich auf Joey Sutherland konzentrieren sollen, nicht auf den Mann, dem dessen letzte Ruhestätte gehörte. Sobald sie sich hinter ihrem Bildschirm niedergelassen hatte, traf Gerry McCartney ein, wie durch ein Wunder mit einem Servierbrett voller Kaffee von gegenüber. »Mein Held«, sagte Karen und nahm den Becher entgegen, den er ihr anbot. Sie nippte dankbar daran. »Oh, das habe ich gebraucht.« Nachdenklich betrachtete sie den Becher. »Auch wenn es angesichts der Kaffeemengen, die hier drinnen getrunken werden, an der Zeit ist, dass ich uns allen diese hübschen kleinen Trinkbecher spendiere, die sich wiederverwenden lassen.«

Jason erschien rechtzeitig, um ihre Worte zu hören. »Der Abwasch wird dann wohl meine Aufgabe sein, was?«

»Also meine ganz bestimmt nicht«, sagte McCartney und reichte Jason einen Becher.

»Wir können alle unsere eigenen abwaschen. Das wird eure Fähigkeiten doch bestimmt nicht übersteigen, oder, Jungs?« Die Diskussion wurde durch Karens Handy unterbrochen. Es war eine Nummer, die sie nicht wiedererkannte. Ein Angebot, eine fälschlich verkaufte Restschuldversicherung zu stornieren oder Schadenersatzansprüche für einen Autounfall geltend zu machen, den sie nie gehabt hatte? Seufzend nahm sie den Anruf entgegen. Zu ihrer Überraschung war es Jimmy Hutton. »Hi, Karen.«

»Hast du ein anderes Handy?«

»Es ist das von Jacqui. Eines der Kinder hat meines vom Ladegerät abgestöpselt. Kein Saft. Es ist mir eben erst aufgefallen.«

»Kleine Rotzgöre. Da haben eindeutig die Eltern versagt.«

»Sowieso. Hör mal, wir haben gestern Abend kurz mit Logan Henderson reden können.«

»Tatsächlich? Und was hatte er zu sagen?« Karen, die völlig davon in Beschlag genommen war, was Jimmy zu erzählen hatte, achtete ausnahmsweise nicht auf McCartney, der gleichgültig direkt hinter ihrem Stuhl Kaffee trank.

»Nicht sehr viel. Es geht ihm immer noch mies. Am Tropf und bekommt Sauerstoff, und er hat einen Riesenbluterguss im Gesicht, wo ihn seine Frau, wie er behauptet, getreten hat, als er schon am Boden lag. Buchstäblich.«

»Okay. Also, wie lautet seine Version des Geschehens?«

»Sie ist auf ihn losgegangen. Grundlos. Aber hier ist der springende Punkt. Ich habe ihn gefragt, was mit Dandy geschehen ist.«

»Und was, sagt er, ist mit Dandy geschehen?«

»Er sagt, mit Dandy sei nichts geschehen. Zumindest nicht, als er noch bei Bewusstsein war.«

»Das ist interessant«, sagte Karen. »Man würde meinen, falls er versuchen sollte, den Unschuldigen zu spielen, würde er einen Weg finden, es Willow anzuhängen.«

»Es gibt vieles, das interessant ist. Was mir immer mehr Sorge bereitet, ist, dass beide auf plausible Art dem jeweils anderen die Schuld zuweisen. Wenn wir keine überzeugenden forensischen Befunde bekommen, könnte es uns passieren, dass keiner von beiden angeklagt wird.«

»So weit ist es noch lange nicht. Kommt Zeit, kommt vielleicht doch noch Rat. Allerdings glaube ich, dass Willow auf ihrer Geschichte beharren wird. Es hat kein Anzeichen dafür gegeben, dass sie einknickt, als ich am Samstag mit ihr gesprochen habe. Ich halte sie für eine waschechte kaltblütige Mörderin. Sie wird argumentieren, dass er lügt, weil er glaubt, er würde die Kinder und das Haus bekommen, wenn sie eingebuchtet wird.«

»Das klingt plausibel.«

»Bloß dass sie ihn schon wegen häuslicher Gewalt bei uns gemeldet hat. Die Gerichte werden ihm die Kinder nicht auf dem Silbertablett servieren. Und das wird ihm doch wohl klar sein.«

»Wer weiß? Im Moment tappen wir im Dunkeln. Wie dem auch sei, ich hoffe, dass ich heute wieder mit ihm reden kann. Schauen wir mal, wohin uns das führt. Bis bald, Karen.«

»Danke für das Update, Jimmy.« Karen beendete das Telefonat und starrte mit gekräuselter Stirn aus dem jämmerlichen Fenster. Der Himmel war immer noch strahlend blau. Doch gut gelaunt war sie nicht mehr. So viel zum Thema, sie würde sich aus dem Fall heraushalten.

# 42

## 2018 – Edinburgh

Kaum hatte Karen ihr Telefonat mit Jimmy Hutton beendet, da jaulte Jason wie ein Welpe auf.

»Ist das ein Freudenlaut, oder haben Sie sich die Finger in der Schublade eingeklemmt?«, fragte Karen.

»Das Mädchen von der Kfz-Zulassungsstelle hat sich gemeldet«, erklärte er. »Sie sagte, es habe in den archivierten Akten gestanden, aber es sei nicht schwer gewesen, darauf zuzugreifen. Der zugelassene Fahrzeughalter von Joey Sutherlands Wohnmobil hat sich am siebzehnten Dezember 1995 geändert.«

»Das war drei Monate nach den Invercharron Games. Drei Monate nachdem Joey das letzte Mal gesehen wurde. Das ist interessant. Wer war der neue Eigentümer?«

»Eine gewisse Shirley O'Shaughnessy. Es gibt eine Adresse in Edinburgh. Sieht wie eine Wohnung aus.« Er las die Adresse vor.

»Das war früher einer der Wohnheimblöcke der Edinburgh Napier University. Was würde eine Studentin in einem Wohnheim mit einem Wohnmobil wollen?«

»Vielleicht eine billigere Wohnmöglichkeit?«

»Es ist aber eine große Investition. Wie, sagten Sie, lautete der Name?« Karens Finger waren bereit zur Google-Suche.

»Shirley O'Shaughnessy. Soll ich es Ihnen buchstabieren?«

»Ich glaube, ich hab's …« Karen tippte rasch. Die Suchergebnisse waren beinahe augenblicklich da. Sie öffnete das erste und überflog es. Shirley O'Shaughnessy war überhaupt nicht, womit sie gerechnet hatte. »Oh«, sagte sie. »Das ist jetzt aber wirklich interessant.« Sie klickte auf »Bilder«. Es gab eine große Auswahl. Sie kopierte das älteste, das sie finden konnte, und hängte es an eine E-Mail.

»Was ist interessant?«

»Sie lebt in Edinburgh, aber ursprünglich stammt sie aus Amerika.«

»Was? Sie glauben, sie könnte die Amerikanerin sein, die zusammen mit Joey bei Invercharron war?«

»Es gibt einen Weg, das herauszufinden.«

»Sie werden Sie anrufen?«

»Noch nicht. Ich muss mich um einiges kümmern, bevor ich so weit bin, mich mit Ms. O'Shaughnessy zu unterhalten.« Karen durchforstete Facebook und suchte ein halbes Dutzend Abbildungen von Frauen zusammen, die ein bisschen wie Shirley O'Shaughnessy aussahen, und fügte sie zu der E-Mail hinzu, wobei sie sie absichtlich mischte, sodass O'Shaughnessy nicht die Erste oder Letzte war. Sie tippte Ruari Macaulays E-Mail-Adresse in die Empfängerzeile. In der Nachricht fragte sie, ob er eine der Frauen auf den Fotos wiedererkenne. Bevor sie auf »Senden« klickte, wandte sie sich an Jason: »Schicken Sie mir mal die E-Mail-Adresse von dem Kerl, der Ihnen das Bild von dem Wohnmobil gesendet hat?«

Wie immer tat Jason, wie ihm geheißen. Karen fügte diese Adresse der E-Mail hinzu und verschickte sie. »Jetzt warten wir mal ab«, sagte sie.

»Soll ich anfangen, Nachforschungen zu ihr anzustellen?«

Karen schüttelte den Kopf. »Verschießen wir vorerst nicht unser ganzes Pulver. Es wäre nur eine sinnlose Zeitvergeudung, falls sie nicht die richtige Amerikanerin ist. Allerdings habe ich eine andere kleine Rechercheaufgabe für Sie. Allmählich glaube ich, dass wir diesen Fall vom falschen Ende her aufrollen. Die Wurzeln von Joey Sutherlands Ermordung liegen nicht im Jahr 1995, sondern im Jahr 1944. Jemand hat etwas in diese Satteltaschen gesteckt. Etwas Wertvolles, das man wiederhaben will. Fünfzig Jahre später kommt jemand anderes und nimmt es an sich. Momentan haben wir keine Möglichkeit, die Lücken zu füllen. Aber eines wissen wir dennoch, nämlich dass nur zwei Menschen wussten, wo die Motorräder vergraben waren, stimmt's?«

»Stimmt.«

»Einer davon war Austin Hinde, Alice' Großvater. Und er hatte seine Karte noch. Aber wir wissen nicht das Geringste über Kenny Pascoe und was mit seiner Karte passiert ist. Dem hätten wir schon früher nachgehen sollen, ich habe mich ablenken lassen. Was Sie machen sollen, ist, alles über Kenny Pascoe – Kenneth vermutlich – herausfinden, was nur möglich ist. Wir wissen, dass er 1946 oder '47 in Warkworth verstorben ist. Besorgen Sie sich eine Sterbeurkunde. Die sollte Ihnen eine Adresse an die Hand geben, dann können Sie im Wählerverzeichnis nachsehen und sich den Namen der Schwester besorgen. Möglicherweise lebt sie noch. Falls ja, finden Sie heraus, wo sie wohnt.«

Jasons panischer Blick machte Karen klar, wie dünn dieser Faden durch die vergangenen siebzig Jahre war. Sie wollte gerade vorschlagen, wo er mit seiner Suche beginnen könnte, da ging die Tür auf. Kein Anklopfen. Doch Karen nahm an, als Assistant Chief Constable konnte man auf Manieren verzichten. Ann Markie stand im Türrahmen, die Eleganz in Person, abgesehen von der finsteren Miene. »Lassen Sie uns allein«, wies sie Jason an, der hastig aufstand und an ihr vorübereilte. Sie schloss die Tür und lehnte sich dagegen. »Sie können einfach nicht hören, oder, Pirie?« Ihre Stimme war hart und kalt. Da war nicht der geringste Spielraum.

Karen konnte sich zu keiner Antwort aufraffen. Was sollte

sie schon sagen? »Nein« bedeutete Kapitulation. Aber »Ja« ebenfalls. Stattdessen klappte sie den Deckel ihres Laptops zu und erwiderte Markies feindseligen Blick.

»Mir war nicht bewusst, dass die tägliche Arbeit an Altfällen bedeutet, dass Sie das Hier und Jetzt nicht im Geringsten wahrnehmen. Es ist offensichtlich Ihrer Aufmerksamkeit entgangen, dass die Police Scotland im Moment unter gewaltigem Druck steht. Von den Politikern, von der Öffentlichkeit, von den Medien. Manche von uns versuchen, etwas dagegen zu tun. Manche von uns scheinen es darauf anzulegen, es noch zu verschlimmern.«

Karen lächelte kaum merklich. »Leider kann nicht jeder die gleiche Erfolgsrate vorweisen wie die HCU, Ma'am.«

Zwei scharlachrote Flecke erschienen auf Markies Wangenknochen. »Werden Sie mir gegenüber nicht frech, Pirie. Ich bin hier, weil Sie, nicht zum ersten Mal, das Problem sind, nicht die Lösung.«

Es konnte nicht die Sache mit der Untergrabung der N Division sein, nicht jetzt noch. Es musste sich um Dandy Muirs Ermordung handeln. Natürlich war es so. Wenn nette Frauen der Mittelschicht im wohlhabenden Merchiston erstochen wurden, kam die Prominenz ans Licht und saß ranghohen Officern wie dem Hundekuchen im Nacken. Bei häuslicher Gewalt in Pilton würde niemand Markie wegen Kolleteralschadens in die Flanken fallen. Doch die Reichen bezahlten ihre Steuern, um Unannehmlichkeiten wie diese vor der Haustür zu vermeiden. »Nicht mit Absicht, das kann ich Ihnen versichern«, antwortete Karen, die gleiche stählerne Schärfe in ihrer eigenen Stimme. »Wo liegt denn das angebliche Problem?«

»Ich denke, Sie wissen ganz gut, wo das Problem liegt. Aber vielleicht möchten Sie mir erklären, was es soll, dass Sie sich bei einem laufenden Mordfall einmischen?«

»Ich nehme an, Sie sprechen von dem Mord an Dandy

Muir und dem versuchten Mord an Logan Henderson?« Karen ließ den Blick nicht sinken.

»Warum? Gibt es andere Fälle von unangemessener Einmischung, von denen ich noch nicht weiß?«

Wenn Markie wüsste, wie hässlich diese gekräuselte Lippe aussah, würde sie es sein lassen, dachte Karen. »Ich hatte wichtige Informationen, die ich dem leitenden Ermittlungsbeamten weitergeben musste«, erklärte sie. »Unangemessen wäre es gewesen, wenn ich nichts gesagt hätte.«

Kurzzeitig huschte Überraschung über Markies Gesicht. »Wie sind Sie an Ihre Informationen gelangt? Abgesehen von Ihrer nicht aktenkundigen Befragung einer Zeugin?«

»Ich habe zufälligerweise in einem Café ein Gespräch zwischen Dandy Muir und Willow Henderson mit angehört. Mrs. Henderson plante, ihren Mann wegen des gemeinsamen Hauses zur Rede zu stellen, obwohl er sie zuvor tätlich angegriffen hatte. Ich hatte den Eindruck, sie warnen zu müssen, dass es sich dabei um ein hochgradig risikobehaftetes Verhalten handelte. Was ich auch tat.«

»Und das ist alles?«

Gegen ihren Willen war Karen beeindruckt. Der Hundekuchen war vielleicht schlauer, als sie ihr zugetraut hätte. Jetzt würde sie den heiklen Teil zugeben müssen. Den Teil, der eine Frau möglicherweise das Leben gekostet hatte. »Ich habe außerdem unter vier Augen mit Dandy Muir geredet. Ich wies sie darauf hin, dass es noch eine Lesart des Szenarios gab.« Sie holte tief Luft. »Dass Mrs. Henderson vielleicht Mrs. Muir als Entlastungszeugin aufbaute, falls sie ihren Ehemann umbrächte.«

Eine lange Pause, während derer die Assistant Chief Constable die verschiedenen Möglichkeiten überdachte, wie sich Karens Eingeständnis handhaben ließ. »Warum haben Sie das getan?«, fragte sie nach einer Weile.

»Bei der Prävention von Tötungsdelikten geht es nicht nur um den Schutz von Frauen. Hauptsächlich schon, aber gelegentlich geht es darum, den Schutz auf Männer auszuweiten. Willow Henderson hatte etwas Kalkulierendes an sich, das meinen Instinkt weckte.«

»Aber Logan Henderson ist nicht tot. Und Dandy Muir schon.«

»Es ist reiner Zufall, dass Henderson noch am Leben ist. Sie hat neun Mal zugestochen.«

»Glauben Sie wirklich, Mrs. Henderson hat ihre beste Freundin umgebracht und dann versucht, ihrem Mann das Gleiche anzutun?«, spottete Markie und schüttelte ungläubig den Kopf.

Karen zuckte mit den Schultern. »Wenn er gestorben wäre, würden Sie das dann überhaupt in Betracht ziehen? Ich glaube nicht. Es gäbe nur eine überlebende Zeugin, und zwar eine mit einer glaubwürdigen Version des Geschehens.«

Markie spitzte die Lippen. Offenkundig gefiel es ihr nicht, dass sie Karen vielleicht würde ernst nehmen müssen. »Trotzdem war es völlig indiskutabel, sie ohne Zeugen zur Rede zu stellen, ohne Aktennotiz über das Gespräch. O ja, DCI Pirie, ich weiß, was Sie am Samstag getan haben. Sie sind nicht die Einzige mit Quellen im St. Leonard's. Sie haben jegliche Möglichkeit für eine transparente Ermittlung in diesem Fall untergraben. Ihr inkorrektes Vorgehen ist ein Geschenk für jeden Strafverteidiger.«

Karen schüttelte den Kopf. »Sie wird ihrem Anwalt nicht von unserem Gespräch erzählen. Wenn sie es tut, stellt sich die Frage, welchen Grund ich hatte, sie zu verdächtigen. Und das bringt meine Unterhaltung mit Dandy ins Spiel, die wiederum der Staatsanwaltschaft das Geschenk, wie Sie es nennen, liefert, dass die Frage aufgeworfen wird, warum Dandy überhaupt dort gewesen ist.«

»Offensichtlich, um ihre Freundin zu unterstützen.« Markie schnaubte verächtlich.

»Würde man meinen. Bloß dass ich einen Eid darauf schwören kann, dass Willow Dandys Hilfe ablehnte. Sie bestand darauf, dass es ihren Ehemann nur noch mehr in Rage versetzen würde, wenn sie jemanden mitnähme. Das ist genau das, was sie sagte, Ma'am.«

»Und Sie glauben, Ihre Zeugenaussage würde ausreichen, um die Geschworenen zu überzeugen, dass eine ehrbare Mutter von zwei Kindern ohne Vorstrafen ihre beste Freundin ermordet und dann versucht hat, ihren Ehemann zu töten, bloß um ihr Haus zurückzubekommen?«

Karen konnte nicht anders, sie war angewidert von dem Mangel an Respekt, den ihre Chefin ihr entgegenbrachte. »Ich bin eine leitende Polizistin mit einer beträchtlichen Verurteilungsquote. Ich bin eine der wenigen Polizeibeamtinnen, über die in den schottischen Medien stets positiv berichtet wird. Was habe ich denn davon, Beweise gegen Willow Henderson in einem Fall vorzubringen, der noch nicht einmal zu meinem Aufgabengebiet gehört?«

»Ihren Gin-Kumpanen DCI Hutton in einem guten Licht dastehen lassen?« Markie bemerkte Karens Verblüffung. »Was? Sie glauben, Sie könnten derart viel Zeit mit dem Ehemann einer anderen verbringen, ohne dass getratscht wird?«

Karen fuhr auf ihrem Stuhl zurück, aufrichtig entsetzt über Markies unverschämte Bemerkung. »Jimmy Hutton hat es nicht nötig, dass ich ihn in einem guten Licht dastehen lasse. Das bekommt er ganz allein hin. Er stünde in einem ganz genauso guten Licht da, wenn er Logan Henderson wegen Mordes an Dandy Muir einbuchten würde. Und Sie täten gut daran, diese Unterstellung zurückzunehmen, Ma'am.«

Die beiden Frauen starrten einander wütend an, keine zu einem Rückzieher bereit. »Maßen Sie sich nicht an, mir zu drohen, Pirie«, polterte Markie schließlich. »Im Moment hängt Ihr Dienstgrad am seidenen Faden. Halten Sie sich bloß fern von Willow Henderson und ihrem Mann. Das ist ein Befehl!«

# 43

## 2018 – Edinburgh

Wieder allein in ihrem Büro, starrte Karen grimmig die Tür an. Vorher hatte sie den Hundekuchen nicht gemocht; jetzt verachtete sie sie von ganzem Herzen. Doch noch mehr verachtete sie die Person, die den Judas gegeben hatte. Es gab nur einen Menschen, der sie an die Assistant Chief Constable hätte verraten können. Laidlaw und Hutton zog sie nicht in Betracht, denn es lag in deren Interesse, jegliche Hilfe, die sie bekamen, zu nutzen, um eine Mörderin dingfest zu machen. Doch bei McCartney lagen die Dinge völlig anders. Als sie vorhin Jimmys Anruf entgegengenommen hatte, war er im Büro gewesen. Er hatte sich nahe genug befunden, um zu lauschen und sich einen Teil der Geschehnisse zusammenreimen zu können. Mit allem, was Markie bereits über den Fall gewusst haben musste, hatte sie sich genug zurechtlegen können, um Karen in die Mangel zu nehmen.

»Verfluchtes Glasgower Wiesel«, murmelte sie. Ihr Vorsatz, ihn loszuwerden, wuchs. »Scheiß drauf«, sagte sie, erhob sich und griff nach ihrem Mantel. Noch eine Minute im Büro ertrug sie nicht. Sie musste woanders sein. Eigentlich ganz egal, wo.

Auf dem Weg nach draußen kam sie an Jason vorbei, der am Empfangsschalter herumlungerte. »Alles in Ordnung, Boss?«, erkundigte er sich wider bessere Einsicht, da seine Sorge überwog.

»Nein«, knurrte sie. »Ich bin unterwegs. Falls jemand fragen sollte, ich bin losgezogen, um irgendeinem anderen armen Tropf das Leben zur Hölle zu machen.« Ärgerlicherweise war es nicht möglich, die Tür zuzuknallen.

Sie stürmte den Hügel hinunter und gab eine passable Verkörperung von Tam O'Shanters Ehefrau Kate aus dem Gedicht von Robert Burns ab – *gathering her brows like gathering storm, nursing her wrath to keep it warm:* die düst're Stirn in tiefen Falten, um ihren Groll auch warm zu halten. McCartney würde für seinen Verrat bezahlen. Jeder langweilige Scheißjob, der ihr einfiel, würde vor seinen Füßen landen. Und jede gute Gelegenheit, die ihm zugestanden hätte, würde dem Minzdrops zufallen. Er würde die Botschaft früh genug verstehen. Vielleicht seine Belohnung vom Hundekuchen verlangen. Sie gestattete sich ein finsteres Lächeln. Das würde sie nur zu gern sehen, wie er versuchte, der etwas aus dem Kreuz zu leiern.

Kurz bevor sie ihr Auto erreichte, piepste ihr Handy mit einer Nachricht von Jimmy. »Schau in deinen Posteingang«, stand dort. Sie tat es und sah, dass Jimmy ihr eine Datei geschickt hatte. Sie ließ sich auf dem Fahrersitz nieder und nutzte ihr Handy als Hotspot für den Laptop, um besser herunterladen zu können, was sich als der vorläufige forensische Bericht zu dem Vorfall im Haus der Hendersons herausstellte.

Wenn es Karens Fall wäre, wäre sie vor Frustration in die Luft gegangen. Die Fingerabdrücke waren nicht hilfreich. Das Brotmesser, mit dem Dandy Muir getötet worden war, wies hauptsächlich verschmierte Flecken auf. Doch diejenigen Abdrücke, die deutlich erkennbar waren, gehörten Logan Henderson. Es bewies nicht, dass er sie umgebracht hatte; lediglich, dass seine Hand das Messer irgendwann einmal umschlossen gehalten hatte. Wenn man böse sein wollte, würde man vielleicht glauben, das sei geschehen, nachdem er das Bewusstsein verloren hatte. Selbst wenn sie Spuren von Willows Fingerabdrücken oder ihrer DNA auf dem Messer finden sollten, bewies es nichts. Sie hatte jahrelang in dem Haus gelebt; es wäre überraschend, wenn ihre DNA verdammt noch mal nicht überall im Haus verstreut wäre. Das andere Messer – dasjenige, mit dem Henderson niedergestochen worden war – war mit Willows Abdrücken übersät. Doch wer auf den Ehemann eingestochen hatte, war unstrittig. Nur die Umstände waren unklar, und zu dem Thema schwiegen die Fingerabdrücke.

Wahrscheinlich würden die Blutspritzer und die DNA auch keine größere Hilfe sein. Willow Henderson hatte Dandy Muir laut eigenem Eingeständnis umarmt, als diese tot oder im Sterben auf dem Boden lag. Und sie war ihrem Ehemann sehr nahe gekommen. Das Blut, das manchmal eine Geschichte zu erzählen hatte, gab in diesem Fall nur ein zusammenhangloses Gebrabbel aus Klecksen und Flecken von sich.

Sie hatten gewusst, dass sie forensische Unterstützung benötigen würden, wenn sie etwas gegen Willow Henderson in der Hand haben wollten. Der Bericht hatte keine zu bieten.

Karen schloss ihren Laptop. Die Hitze ihrer Wut von vorhin hatte sich zu einem eisigen Splitter abgekühlt, der scharf genug war, um jedem den Schädel zu spalten, der unvorsichtig genug wäre, ihr in die Quere zu kommen. Am besten begab sie sich an einen Ort, wo sie gleichgesinnte Gesellschaft hätte. Sie telefonierte kurz, um sicherzugehen, dass die Person, die sie sehen wollte, auch da war, und fuhr dann los, die M 8 hinunter, nach Gartcosh.

Der Scottish Crime Campus befand sich unpassenderweise im Herzen von Wald, Parklandschaft, Ackerland und einem Sumpfgebiet. Der moderne Gebäudekomplex war so konzipiert, dass er einer stilisierten DNA-Sequenz ähnelte. Aus der Ferne förderten die schwarz-weißen Streifen noch die Illusion. Karen fand, es war das Einzige an der schottischen Polizei, was auch nur im Entferntesten glamourös war. Jedenfalls von außen.

Im Innern ähnelte es mehr dem Hauptsitz einer Bank als einem polizeilichen Zentrum für Kapitalverbrechen. Anzugträger eilten unbeirrt vorüber, Laptops und Tablets umklammernd, die Augen auf ein vielversprechendes Ziel gerichtet, das nur für sie sichtbar war. Karen mied das verbissen konzernhafte Herz und hielt auf die Labors zu, wo über einhundert Wissenschaftler und Techniker die neuesten Technologien im Dienst der Strafverfolgung nutzten.

Karen traf Tamsin Martineau dabei an, wie diese auf einen Computerbildschirm starrte, der größer war als der Fernseher in Karens Wohnung. Auf den Arbeitsflächen um sie her befanden sich verstreute Elemente, deren Funktion Karen ein Rätsel war. Tamsins Haar war noch aufsehenerregender als sonst. Sie hatte ihre platinblonde stachelige Frisur durch einen regenbogenfarbenen Wuschelkopf ersetzt, und in ihren Ohren steckten sogar noch mehr Ringe und Stecker als früher. Karen liebte die Vorstellung, wie ihre eher konservativen Kollegen Tamsin zum ersten Mal begegneten.

Die Australierin hob kaum den Blick, als Karens Schatten über ihren Schreibtisch fiel. »Hey«, sagte sie. Ihre Finger tanzten über die Tastatur, und Textzeilen scrollten den Bildschirm schneller hinunter, als das Auge lesen konnte. Dann schob sie sich vom Schreibtisch weg und grinste Karen an. »Wie läuft's, Mädchen?«

»War schon mal besser. Hast du Zeit für einen Kaffee?«

»Sicher. Bei dem verfluchten Ding hier verknoten sich meine Gehirnwindungen. Ich brauche eine Pause.« Sie ging voran zu der winzigen Sitzecke am Ende des Labors, wo die Techniker grauenhaften Instantkaffee kochten. Zwar gab es immer gute Kekse, doch Karen hielt das für keine angemessene Entschädigung. Sie persönlich würde jederzeit eine Schachtel Tunnock's Caramal Wafers gegen eine anständige Tasse Kaffee eintauschen.

Sie setzten sich an einen in die Ecke gequetschten Tisch, und Tamsin machte sich über eine Packung Leibniz-Schokokekse her. »Mein Lieblingsmathematiker, Leibniz«, sagte sie. »Ich meine, was gibt es schon an einem Mann auszusetzen, der das Integralzeichen erfunden hat und nach dem ein derart guter Keks benannt wurde?«

»Vergiss Kekse.«

»Ketzerei«, murmelte Tamsin.

»Ich könnte etwas Hilfe gebrauchen«, sagte Karen.

»Und noch nicht einmal eine Packung Hobnobs zur Bestechung.« Tamsin zog einen Schmollmund, was den Stecker an ihrer Lippe funkeln ließ.

Es gab drei Dinge an Tamsin, die Karen liebte. Eines war die Hingabe, die sie für Altfälle hatte und die sie dazu brachte, Karen zu helfen. Das Zweite war, dass sie sich bis in den letzten Winkel sämtlicher Forensikabteilungen in Gartcosh eingeschlichen hatte, mit Charme und Hacking. Eine moderne Version von »mit Zuckerbrot und Peitsche«, dachte Karen gern. Und das Dritte war, dass sie für jegliche Form von Autorität nur gutmütige Verachtung übrighatte.

»Ich habe fest vor, Ann Markie sogar noch mehr zur Weißglut zu bringen, als ich es ohnehin schon getan habe.« Das hatte Karen eigentlich nicht sagen wollen, doch sobald sie die Worte ausgesprochen hatte, wusste sie, dass es der Wahrheit entsprach.

Tamsin grinste. »Cool. Wo fangen wir an?«

»Zwei Dinge. Das eine ist meine Angelegenheit. Mir ist ein Sergeant McCartney aufgehalst worden, buchstäblich für meine Sünden. Er hat ein paar DNA-Proben abgegeben, denen wahrscheinlich die allerniedrigste Prioritätsstufe beigemessen wurde. Ich möchte, dass sie im Eiltempo bearbeitet werden, so als wären sie wichtig.«

Tamsin nickte. »Krieg ich hin. Es gibt mindestens zwei aus

dem DNA-Team, die mir im Moment einen Riesengefallen schulden.« Sie setzte eine gespielt enttäuschte Miene auf. »War's das schon? Ich dachte, du würdest mich um was Schwieriges bitten.«

Es gab noch eine vierte Sache, die liebenswert an ihr war. Wie River war Tamsin von einer Begeisterung für Forensik erfüllt, die weit über ihre eigenen Fachkenntnisse hinausging. Sie unterhielt sich mit Kollegen, sie las Forschungsliteratur, und sie sog Informationen auf und speicherte sie wie eine ihrer Festplatten. Im Allgemeinen konnte Karen sich darauf verlassen, was immer sie wissen musste, von einer von beiden würde sie in die richtige Richtung gelenkt werden.

»Nun, schauen wir mal, wie gut du wirklich bist«, sagte Karen. Nachdem sie erst noch gezaudert hatte, gab es jetzt kein Halten mehr. Bis in die Einzelheiten hinein weihte sie Tamsin in den Fall Henderson ein.

»Es gibt also nichts bei den ersten forensischen Befunden, das nahelegt, welcher Henderson die Wahrheit sagt?«

Karen schüttelte den Kopf. »Ich vermute mal, dass dir die Handys geschickt wurden. Vielleicht lässt sich dort etwas finden.«

»Sie sind heute früh eingetroffen. Ich hatte noch keine Gelegenheit, mehr zu tun, als die Daten in unser System zu laden. Aber es hört sich nicht an, als wäre Willow blöd genug, etwas auf ihrem Handy hinterlassen zu haben.«

»Dandy könnte sich einem Dritten anvertraut haben. Weitergegeben haben, was ich ihr geraten habe.«

»Ich schaue nach. Aber mach dir nicht allzu große Hoffnungen. Wir alle kennen uns heutzutage viel besser aus, wenn es darum geht, keine digitalen Spuren von etwas zu hinterlassen, das uns später einmal einholen könnte.« Tamsin nahm sich noch einen Keks. Sie knabberte am Schokoladenrand, die Brauen nachdenklich zusammengezogen. »Allerdings gibt es da eine Sache. Wie groß ist Logan Henderson?«

Mit der Frage hatte Karen nicht gerechnet. »Weiß nicht. Aber ich kann es herausfinden. Wieso?«

»Moment. Was ist mit seiner Frau?«

»Ungefähr eins fünfundsechzig, würde ich sagen.«

»Und das Mordopfer?«

»Mehr oder weniger das Gleiche. Worauf willst du hinaus?«

»Winkel der Einstichwunden. Wenn alle aufrecht dastanden, als es sich abspielte, wird der jeweilige tödliche Einstichwinkel anders sein. Henderson hätte vermutlich von oben nach unten zugestochen …«

»Und Willow wäre auf gleicher Höhe gewesen. Das ist genial, Tamsin!« Karen simste bereits Jimmy und fragte ihn nach Logan Hendersons Körpergröße.

Tamsin zog ein entschuldigendes Gesicht. »Ganz so einfach ist es nicht. Es gibt viele Variablen. Die Form der Wunde sieht anders aus, wenn sich die Leiche in der Horizontalen befindet. Fleisch bewegt sich. Und es ist nicht immer ein einfaches Rein-und-Raus. Außerdem ist da das Problem, wie man es demonstriert.«

Niedergeschlagen seufzte Karen. »Dann sind wir also wahrscheinlich aufgeschmissen?«

»Warte mal.« Tamsin zog ihr Handy hervor und hatte nur noch Augen und Ohren für ihr Display. »Ich habe letztes Jahr auf einer Forensik-Messe einen Postdoc einen fünfminütigen Vortrag halten hören …« Sie wischte und tippte und lächelte dann. Anschließend drehte sie das Display, um es Karen zu zeigen. »Vaseem Shah. Er ist Forscher am Life Sciences Centre in Newcastle.«

Das Display zeigte einen Südasiaten, der viel weniger nach einem Nerd aussah, als Karen es bei einem Postdoc erwartet hatte. Coole Frisur, gepflegte Gesichtsbehaarung und eine stilvolle Brille. »Dr. Shah ist derzeit an einem Forschungsprojekt beteiligt, das Methoden erarbeitet, um die Bahnen von Messerstichverletzungen im menschlichen Körper visuell zu veranschaulichen«, las Karen. Darunter seine E-Mail-Adresse.

»Du glaubst, er kann uns helfen?«

Tamsin zuckte mit den Schultern. »Er hat große Töne gespuckt, wenn auch nur kurz. Hängt davon ab, wie weit er mit seinen Forschungen ist. Was auch immer es ist, höchstwahrscheinlich ist es noch nicht gerichtssaalerprobt, also werdet ihr einen aufgeschlossenen Staatsanwalt brauchen, dem es nichts ausmacht, sich in eine prekäre Lage zu bringen.«

»Daran soll es nicht scheitern. Ich kenne genau die Richtige. Aber zuerst einmal müssen wir an die Beweise kommen. Ich glaube, ich muss ihn und River zusammen in einen Raum bringen. Kannst du mir diese Kontaktdaten schicken?«

Tamsin tippte auf ihr Handy. »Erledigt.« Sie erhob sich. »Jetzt muss ich los. Muss Gauner belasten.«

»Danke. Du hast was bei mir gut.«

»Hab ich. Bring nächstes Mal ein paar anständige Kekse mit. Vielleicht diese leckeren Mandeldinger aus dem Feinkostgeschäft gegenüber von deinem Büro?«

»Abgemacht.«

»Die DNA bekommst du morgen. Ich werde ein Wörtchen mit dem Typen von der Nachtschicht reden, wenn ich heimgehe.«

Auf dem Rückweg zu ihrem Wagen war Karen froh, hergefahren zu sein. Ihr Zorn war jetzt nur noch eine Erinnerung. Sie hielt nicht viel davon, Groll gegen jemanden zu hegen.

Mordlust war so viel besser als Groll.

# 44

## 2018 – Edinburgh

Karen machte sich nicht die Mühe, ins Büro zurückzukehren. Was getan werden musste, konnte sie genauso gut von zu Hause aus erledigen. Unüblicherweise, da sie nur selten allein trank, mischte sie sich einen Gin Tonic – Wild Island Sacred Tree von der Insel Colonsay mit Fever Tree Tonic – und verfasste eine E-Mail an Vaseem Shah. Mit Jimmy hatte sie schon vom Wagen aus auf der Rückfahrt gesprochen, und sobald er herausgefunden hatte, warum sie wissen musste, dass Logan Henderson einen Meter achtundachtzig groß war, hatte er ihr beigepflichtet, dass dies ihre größte Hoffnung sein könnte. Keiner von beiden rechnete damit, dass Willow zusammenbrechen würde, und Jimmys zweite Befragung von Logan Henderson hatte kein stichhaltiges Beweismaterial zutage gefördert. Im Moment stand sein Wort gegen ihres, ein Schachmatt, das keine Staatsanwaltschaft ersprießlich fände.

*Lieber Dr. Shah,* schrieb sie,

ich bin Detective Chief Inspector bei der schottischen Polizei. Ich unterstütze einen DCI, der hier in Edinburgh die Ermittlungen in einem Fall von Mord & versuchtem Mord leitet. Eine forensische Wissenschaftlerin und Kollegin, die einen kurzen Vortrag von Ihnen über Ihre Forschungen zum Stichwundenwinkel gehört hat, regte an, dass Sie uns möglicherweise weiterhelfen könnten. Zuerst einmal wäre es uns eine Hilfe, wenn Sie mit mir oder DCI James Hutton Verbindung aufnehmen könnten.

Sie fügte ihre Handynummern hinzu und endete mit einem Gruß. Dann leitete sie die E-Mail mit einem erklärenden Zusatz an River weiter. Wenn hierbei etwas herauskommen sollte, war das ganze Gewicht ihres vor Gericht anerkannten Sachverstands und ihrer Erfahrung nötig. Ganz zu schweigen von ihrer Fähigkeit, komplizierte wissenschaftliche Einzelheiten so zu erklären, dass sie für Anwälte, Richter und Geschworene nachvollziehbar waren.

Jetzt erstreckte sich der Abend vor Karen, ohne Unterbrechungen zu Shirley O'Shaughnessy zu recherchieren, der Amerikanerin, die Joey Sutherlands Wohnmobil drei Monate nachdem er allem Anschein nach verschwunden war, in Besitz genommen hatte. Zwar hatte sie Jason gesagt, er solle nicht gleich das ganze Pulver verschießen, bis sie über weitere Informationen verfügten, doch das hatte sie hauptsächlich getan, weil selbst der flüchtigste Blick auf die Ergebnisse der Google-Suche gezeigt hatte, dass Nachforschungen zu Shirley O'Shaughnessy sie an Orte führen würden, an denen niemand ihr Interesse begrüßen würde.

Karen startete ihre Suche erneut und schätzte die Ergebnisse ein. Sie entschied sich für ein großes Porträt aus einem der Hochglanzmagazine, die sich etwas auf intelligente Interviews mit Frauen zugutehielten, die in ihren jeweiligen, ganz unterschiedlichen Sphären Macherinnen waren. Da es aus dem vergangenen Herbst stammte, erwartete sie, dass es relativ aktuell und auch ausführlich war.

### EINE ANDERE ART VON HAUSFRAU

India Chandler im Gespräch mit der Frau, die möglicherweise die Antworten für die Generation Nesthocker hat.

Ich traf mich mit Immobilienmagnatin Shirley O'Shaughnessy in ihrem neuesten Zuhause – einer Penthouse-Maisonettewohnung über dem geschäftigen Herzen des idyllischen Edinburgh. Die gewaltigen Fenster ihres Wohnbereichs bieten einen atemberaubenden Blick auf die klassischen Wahrzeichen der schottischen Hauptstadt – die Burg, das Scott Monument, die unregelmäßige Gestalt des Calton Hill, das prächtige Balmoral Hotel, das über der Waverley Station emporragt. Doch in der Ferne blicken wir auch in nördlicher Richtung über das klassizistische Gitter der New Town zu manchen der weniger schönen Wohngebiete der Stadt. Denn das Athen des Nordens trägt unter seinen glamourösen Röcken ausgesprochen schäbige Schuhe.

Das ist ein Umstand, den Shirley unbedingt ändern möchte. Sie hat zwanzig Jahre im Baugeschäft hinter sich, und zur Feier dieses Jubiläums hat sie eine Kooperation mit der schottischen Regierung angekündigt, die ihrer Meinung nach das Leben unzähliger Menschen verändern wird.

Sie steht kurz vor der Umsetzung eines bemerkenswerten Bauprogramms, das nicht auf den Luxusmarkt abzielt, sondern auf die Menschen am unteren Ende des Wohnungsmarkts. Menschen, die ihre ersten eigenen vier Wände kaufen. Familien, die etwas Anständiges mieten wollen zu einem Preis, den sie sich leisten können. Junge Singles, die ihren eigenen Hausstand gründen wollen. Obdachlose Menschen, die einen Ausweg aus dem Leben auf der Straße suchen.

Wir sitzen an einem Darkside-Tisch von Philippe Starck mit passenden Stühlen und nippen an einem leichten und aromatischen Speyside Maltwhisky, während Shirley ihre Philosophie erläutert. »Mein Großvater sagte immer, es sei eine Gabe zu wissen, wann man genug habe. Und mir wurde vor einer Weile klar, weißt du was? Ich habe genug. Es war an der Zeit, die Achse meines Geschäfts neu auszurichten vom reinen Profitmachen hin zum Verteilen des Glücks, das mir selbst im Leben widerfahren ist.«

Shirley mag Glück widerfahren sein, aber größtenteils hat sie es sich erarbeitet. Es gab keinen silbernen Löffel für ihren Kindermund. Sie kam in Milwaukee zur Welt, wo ihr Vater am Fließband in der Harley-Davidson-Fabrik arbeitete. In einer grausamen Ironie des Schicksals starb er bei einem Unfall auf dem Freeway, während er auf einem der Motorräder fuhr, bei deren Montage er geholfen hatte. Das geschah nur Wochen vor Shirleys drittem Geburtstag.

»Mein Großvater kam gleich am nächsten Tag nach Milwaukee und nahm uns mit zu sich nach Hamtramck in Michigan. Er leitete den Wachdienst in der dortigen Dodge-Autofabrik. Es hört sich bedeutend an, aber eigentlich war es nicht viel. Er hätte es so viel weiter bringen können, aber um dem Arbeitermilieu zu entkommen, hätte es mehr Glück gebraucht, als ihm je hold wurde. Doch er schuftete hart und sparte fleißig, und so war sein Vermächtnis bei seinem Tode ein guter Start ins Leben für mich.«

Das Vermächtnis von Shirleys Großvater hatte nicht nur in materieller Hinsicht Auswirkungen auf sie. Er war der Grund, warum sie sich entschied, in Schottland zu studieren. »Mein Großvater war während des Kriegs in den Highlands stationiert …«

Karen sog scharf die Luft ein. War dies – war hier der Same für Joey Sutherlands Tod gesät worden?

»... und er sagte, es sei der schönste Fleck auf Erden, den er je besucht habe. Und er war während des Kriegs in ganz Europa gewesen, also ging er davon aus, dass er wusste, wovon er sprach. Als ich noch ein Teenager war, sagte er mir, er habe genug auf die hohe Kante gelegt, damit ich zum Studium nach Schottland gehen könne. Das Tragische ist, dass er starb, bevor er miterleben konnte, wie ich meinen Abschluss machte.«
Shirley studierte Betriebswirtschaftslehre an der Napier University in Edinburgh und verbrachte ihre Zeit auf dem Craiglockhart Campus, dessen Bauten im Ersten Weltkrieg genutzt worden waren als Genesungsheim für Soldaten, die an Kriegsneurosen litten, einschließlich der Kriegsdichter Siegfried Sassoon und Wilfred Owen. Die Neuinterpretation des Ortes war etwas, das Shirley begeisterte.
»Wenn man in Amerika herangewachsen ist, hat man nicht den gleichen Sinn für architektonisches Erbe. Wir neigen dazu, Dinge niederzureißen und neu anzufangen. In gewisser Hinsicht ist das gut. Aber es ist auch wichtig, Wege zu finden, um das bereits Vorhandene nutzbar zu machen. Craiglockhart war die erste echte praktische Demonstration dieses Prinzips, die ich erlebte.«
Inspiriert davon und von ihrem Wunsch, etwas buchstäblich Konstruktives mit dem Geld anzufangen, das ihr Großvater ihr vermacht hatte, besuchte Shirley während ihres zweiten Studienjahrs eine Immobilienauktion und kaufte eine heruntergekommene viktorianische Villa mit Blick auf den Leith Links Park; sie verbrachte ein Jahr lang ihre gesamte Freizeit damit, sie zu renovieren und zu restaurieren.
»Es war eine echte Herausforderung«, erzählt sie. »Mein Großvater war handwerklich geschickt, und in meiner

Jugend gab er es an mich weiter. Aber ich musste von Grund auf erlernen, wie die britischen Sanitärinstallationen und die Elektrik hier funktionieren. Die meiste Arbeit erledigte ich selbst, abgesehen vom Dach.« Sie grinst, was ein verschmitztes Funkeln in ihre Augen zaubert. »Dafür musste ich ein paar Kerle anheuern.«
Was war der schwierigste Teil des Projekts? »In Edinburgh einen Winter hindurch in einem Wohnmobil zu hausen«, sagte sie mit einem Frösteln. »Ich hatte mein ganzes Geld in das Projekt gesteckt. Nach einem Semester musste ich aus dem Wohnheim ausziehen, weil ich mir die Miete nicht leisten konnte. Also parkte ich das Wohnmobil in dem winzigen Garten hinter dem Haus und lebte dort. Mir war noch nie derart kalt gewesen, noch nicht einmal im tiefsten Winter im Mittelwesten!« Doch zum Schluss hatte Shirley etwas Beachtliches vorzuweisen. Zudem war die Lage gut. Sie verkaufte das Haus für mehr als das Doppelte, das sie für die Ruine gezahlt hatte. Und so war der erste Schritt getan.
Ihr nächster Kauf waren zwei Doppelhaushälften aus den 1930er-Jahren in einem ruhigen Wohngebiet am Stadtrand. Sie waren bei einem Brand stark beschädigt worden. Einer der Dachdecker, die in Leith für Shirley gearbeitet hatten, gab ihr den Wink, die Versicherung wolle sie billig loswerden. Wieder bewirkte sie Wunder, und wieder strich sie einen Bombengewinn ein.
Wenn man sie sich heute mit 45 ansieht, fällt es schwer, sie sich in Schutzhelm und Overall vorzustellen beim Graben eines Abflusses oder beim Verlegen neuer Kabel in einem georgianischen Stadthaus. Sie ist eine elegante Erscheinung in einem Armani-Anzug und Chelsea-Boots von Pantanetti. Ihr Haar ist zu einem glatten Bob geschnitten. – »Nur mein Friseur Sandro weiß, wie viel

Blond bei mir immer noch echt ist«, scherzt sie. Sie hat diesen natürlichen Look, der nur mit ausgesprochen viel Raffinesse zu erreichen ist. »Ein Teil von mir hasst die Notwendigkeit, so und so aussehen zu müssen, damit man mich ernst nimmt«, räumt sie ein. »Aber ein Teil von mir genießt es ausgesprochen, das Beste aus mir herauszuholen.«

Und genau das macht Shirley nun schon seit zwanzig Jahren. Als sie ihr Studium beendete – »Ich machte meinen Abschluss mit 2,1«, sagt sie. »Irgendwie hatte ich das Gefühl, meinen Großvater enttäuscht zu haben, weil ich nicht mit 1,0 abschloss, aber meine Mutter sagte mir, ich solle mit dem Selbstmitleid aufhören, denn er wäre ganz genauso stolz auf meinen beruflichen Erfolg gewesen« –, hatte sie bereits eine richtige Baufirma gegründet, City SOS Construction. Eine Woche nach ihren Abschlussprüfungen mietete sie ein Büro an und stellte ihre Stammbelegschaft ein.

»Meine persönliche Assistentin und mein Architekt sind immer noch mit von der Partie. Ohne sie wäre ich verloren. Wir sind in dem Geschäft zusammen groß geworden, von kleinen Renovierungsarbeiten über Lagersanierungen bis zu gewaltigen Neubauprojekten, wie demjenigen, in dem Sie jetzt sitzen. Von außen sieht dies immer noch wie ein viktorianischer Prachtbau aus. Doch das ist nur die Fassade. Das gesamte Innere ist von Grund auf erneuert worden, nach modernen Standards und unter Verwendung der besten zeitgenössischen Materialien.«

Ihr Imperium wuchs stetig an, doch die Wohnungskrise in neuester Zeit überzeugte sie davon, dass sie ihre geschäftliche Herangehensweise ändern musste. »Es ist wirklich tragisch, dass so viele Menschen dazu verdammt sind, an Orten zu hausen, wo sich unmöglich irgendeine Art von Leben aufbauen lässt. Also habe ich mir etwas einfallen lassen, das eine Reihe neuer Möglichkeiten bietet. Und ich kann zu meiner Freude sagen, dass wir hier in Schottland, wo ich mir ein Zuhause gesucht habe, eine Regierung mit der Vorstellungskraft haben, um sich darauf einzulassen.«

Shirley klappt ihren Mac Air auf, um ein paar ihrer Pläne zu enthüllen. Als Erstes eine Siedlung aus Schiffscontainern, die in kompakte Wohnstätten umgewandelt sind. Um einen Hof in der Mitte sind sie zu jeweils vieren aufgeschichtet. »Dies hier wird auf einer gewerblichen Brachfläche entstehen, wo früher eine Fabrik für Maschinenteile war. Sechzehn einzelne Wohnstätten, jede mit Schlaf- und Wohnzimmer, Duschraum und Küche.«

Sie klickt auf ein Vorschaubild und zeigt mir eine Bildergalerie aus Innenaufnahmen. Sie haben etwas überraschend Geräumiges. »Das sind zwölf Meter lange Container, also bieten sie tatsächlich recht viel Platz, wenn sie erst einmal eingerichtet sind. Alles beruht auf Modulbauweise, sodass sie sich sehr preiswert vermieten lassen. Wir beabsichtigen, sie in ganz Schottland einzusetzen, von Metropolen bis hin zu kleineren Städten. Wo auch immer Bedarf besteht. Was im Moment so ziemlich überall der Fall ist.«

Ein weiteres Fenster öffnet sich mit einem dreistöckigen quadratischen Wohnblock, dessen Außenwand in Erdtönen mit Akzenten in Primärfarben gehalten ist. »Das hier ist ein Zweckbau mit zwölf Dreizimmerwohnungen. Diese werden an erstmalige Wohnungskäufer verkauft werden, und es wird vertragliche Klauseln geben, die es ihren Eigentümern verbieten, sie zu vermieten.

Auch hier rechnen wir damit, ziemlich viele zu errichten, hauptsächlich in unseren Metropolen und größeren Städten.«

Ein drittes Fenster zeigt ein ehemaliges Bürogebäude, ganz Sechzigerjahrebeton und metallene Fensterrahmen. »Davon können Sie gerade noch eine Ecke erkennen, die hinter dem Parkhaus dort drüben hervorlugt.« Shirley deutet nach links aus dem Fenster, zu der hässlichen oberen Kante des Gebäudes. »Das werden wir in Einzimmerapartments umwandeln. Wir arbeiten mit Wohltätigkeitsorganisationen zusammen, die Obdachlose und Veteranen unterstützen, und dieses Gebäude wird zur Unterbringung von Menschen genutzt werden, die erst wieder Fuß im normalen Leben fassen müssen. Es wird ein Fitnessstudio und eine Bücherei geben – die Erste Ministerin Schottlands legt großen Wert aufs Lesen – und zwei weitere Gemeinschaftsräumlichkeiten. Dies zeigt, was man mithilfe von Gebäuden erreichen kann, die keiner mehr haben will.«

Sie grinst und stößt mit ihrem Glas an meines. »Und das ist erst der Anfang.«

Karen schob den Laptop von sich weg. »Ach, Mist«, sagte sie zum Abendhimmel. »Ich nehme es mit der gottverfluchten Mutter Teresa auf.«

# 45

## 2018 – Edinburgh

Karen hatte sich mit Jason am Ende seiner Straße verabredet. Sie wollte ihn außerhalb des Büros, wo keine verräterischen Ohren ihre Unterhaltung belauschen konnten, über Shirley O'Shaughnessy informieren. Gemeinsam nahmen sie einen Bus bis zum oberen Ende des Leith Walk, überquerten den St. Andrew Square und gingen ins Dishoom auf eine Portion Kejriwal – Toast mit würzigem Käse und zwei Spiegeleiern. »Und zweimal Speck als Beilage«, verlangte Karen. »Geht auf mich.«

»Hier bin ich noch nie gewesen«, sagte Jason und sah sich in dem indischen Café im Bombay-Stil um, das für die ganz andersartige kulturelle Landschaft neu erfunden worden war. Bugholzstühle und hölzerne Wandschirme, ein bewusster Hauch der Vergangenheit, nicht zuletzt in Gestalt von Tributen an den schottischen Geografen und Stadtplaner Patrick Geddes, der Anfang der 1920er-Jahre in Bombay gelebt hatte. »Sehr historisch. Ein bisschen anders als das übliche indische Restaurant.«

»Das Essen auch«, sagte Karen. »Aber ich habe Sie nicht hierhergeschleift, damit wir herumsitzen und über die Blüte der britischen Kolonialzeit in Indien plaudern. Ich wollte Ihnen erzählen, was ich über Shirley O'Shaughnessy herausgefunden habe.«

»Ich dachte, wir warten ab, bis wir …«

»Ich weiß. Aber gestern Abend wusste ich nichts mit mir anzufangen, und ich war immer noch stinksauer wegen des Hundekuchens, also habe ich eine Ablenkung gebraucht.«

Resigniert nickte er. »Okay, Boss. Sie glauben, dass es der Sergeant war, der Sie bei der Assistant Chief Constable verpfiffen hat?«

»Es sei denn, Sie waren es?« Sie sah ihn unverwandt an, doch als sie merkte, dass er aufrichtig verletzt errötete, schüttelte sie den Kopf und grinste. »Seien Sie nicht dumm, Jason, natürlich weiß ich, dass Sie's nicht waren.«

»Ich würde niemals … ehrlich.« Er war schrecklich ernst. »Nicht nach dem, was Sie für mich getan haben. Außerdem wissen Sie, dass ich Sie respektiere.«

Karen hatte ein schlechtes Gewissen. Manchmal vergaß sie, wie unerwartet dünn seine Haut an manchen Stellen war. »Ich weiß. Wie dem auch sei. Folgendes habe ich herausgefunden.« Sie gab ihm eine Zusammenfassung der wichtigsten Punkte des Zeitschriftenartikels, auf den sie gestoßen war.

»Sie hört sich nicht sehr nach irgendeiner Art von Mörderin an, mit der wir es schon einmal zu tun hatten«, sagte Jason zweifelnd. »Für gewöhnlich sind sie nicht mit der Ersten Ministerin befreundet.«

Da hatte er recht. »Und deshalb müssen wir die Sache hieb- und stichfest machen. Ich habe alles gelesen, was ich online finden konnte, und es gibt die eine oder andere Kleinigkeit, die es vielleicht wert wäre, untersucht zu werden. Ich habe noch ein Interview gefunden, von vor ungefähr zehn Jahren, als sie gerade ihr erstes großes Bauprojekt an der Küste bei Dunbar verwirklichte. Eine Siedlung aus kleinen Schachteln zwischen der A 1 und der Bahnstrecke. Wenn man in Edinburgh arbeitet, sind sie wohl praktisch zum Pendeln. Diese Journalistin fragte, wie unsere Shirley angefangen hätte, und sie gab ihre Geschichte vom Winter im Wohnmobil zum Besten.

Aber sie sagte ein bisschen mehr darüber, wie sehr sie das Wohnmobil geliebt habe. Sie fand es, wie sie erzählte, durch eine Kleinanzeige in der *Evening News*. Eigentlich erwartete sie sich nicht viel davon, doch wie sich herausstellte, war es, was diese Dinger betrifft, ein ziemliches Luxusmodell. Was wir nun tun müssen, ist, diese Kleinanzeige finden und sehen, ob ihre Geschichte stimmig ist. Wenn nicht – nun, dann haben wir sie bei einer Lüge ertappt, bevor wir auch nur richtig angefangen haben.«

Jason blickte düster drein. Er wusste, dass mit »wir« er gemeint war. Doch er war ein einfach gestrickter Mann, und das Eintreffen seines Frühstücks reichte, um seine Laune zu heben. »Okay«, sagte er und schnitt in seinen mit Käse überbackenen Toast. »Aber ich bin noch nicht mit den Nachforschungen zu Kenny Pascoe fertig.«

»Wie weit sind Sie?«

»Ich habe die Adresse seiner Wohnung, als er starb. Percy Cottage, Warkworth, Northumberland. Auf der Sterbeurkunde stand Tuberkulose als Todesursache. Und ich habe jemanden im Gemeindearchiv von Northumberland dazu gebracht, die Rückmeldungen der Volkszählungen für diese Adresse rauszusuchen, und es sieht so aus, als hätte seine Schwester Evlyn bis zur Volkszählung 2011 an derselben Adresse gewohnt. Hat nie geheiratet. Sie lebte dort ganz allein. Im Wählerverzeichnis war sie bis 2015 unter der Adresse aufgeführt.«

Karen seufzte. Keine Familie als Quelle für Geschichten von Onkel Kenny und den Motorrädern. »Dann ist sie tot?«

»Ich weiß es nicht. Das muss ich noch rausfinden. Mir ist es nicht gelungen, eine Sterbeurkunde aufzuspüren.«

»Sie ist also vielleicht noch am Leben?«

»Vielleicht. Aber ich weiß nicht, wo.«

»Okay. Lassen Sie das erst mal und konzentrieren Sie sich darauf, diese Kleinanzeige für das Wohnmobil zu finden.«

Offensichtlich war nicht einmal der würzige Käse eine ausreichende Entschädigung für diese Aussicht. Mit bedrücktem Gesicht fragte Jason: »Wo, glauben Sie, haben die ihr Archiv?«

»Ich weiß nicht, ob sie irgendwo ein echtes Archiv haben. Aber es gibt ein Online-Archiv für britische Zeitungen. Da kann man nach Datum und Thema suchen. Sie werden sich durch sämtliche Anzeigen für ein Wohnmobil oder einen Wohnwagen oder einen Caravan während der drei Monate von den Invercharron Games bis zu dem Datum durchackern müssen, als die Zulassungszentrale das Wohnmobil auf sie überschrieben hat. Ich weiß, dass es die Art von öder Arbeit ist, die ich McCartney aufbürden sollte, aber ich kann mich nicht darauf verlassen, dass er es richtig macht.«

Selbst der Minzdrops begriff, dass es sich hierbei um ein Kompliment handelte. Er lächelte beim Kauen, was kein schöner Anblick war. Dann schluckte er und sagte: »Wenn das alles online ist, wollen Sie dann, dass ich nach Hause gehe und es von dort aus erledige? Nicht in seiner Gegenwart?«

»Das ist keine üble Idee. Und ich kümmere mich um das Wiesel, wenn es auftaucht. Aber in der Zwischenzeit …« Sie gab der Bedienung ein Zeichen. »Genehmige ich mir noch eine Tasse Chai.«

Karen war niemand, die viel über Essen nachdachte, aber eine gute Mahlzeit hob immer ihre Stimmung. Deshalb brachte sie ein schmallippiges Lächeln für McCartney zustande, als er kurz nach ihr, mit drei Pappbechern Kaffee jonglierend, im Gayfield Square Revier eintraf. Er sah argwöhnisch und müde aus. Sie hoffte, es lag daran, dass sein Gewissen ihm zu schaffen machte, hielt es jedoch für wahrscheinlicher, dass seine Frau oder seine Kinder ihm Schwierigkeiten bereiteten.

»Wo steckt denn der Wunderknabe heute Morgen?« Er reichte Karen einen Kaffee und sah sich um, als würde Jason gleich unter einem Schreibtisch auftauchen, um sein Getränk entgegenzunehmen.

»Unterwegs und erledigt eine kleine Aufgabe für mich«, sagte sie ausdruckslos. »Wenn es einen Extrakaffee gibt, nehme ich ihn Ihnen gern ab.«

Er seufzte, gab ihr das überschüssige Heißgetränk und ging zu seinem Schreibtisch. Nachdem er seinen Laptop aufgeklappt hatte, pfiff er zwischen den Vorderzähnen hindurch. »Donnerwetter! Es geschehen doch immer noch Zeichen und Wunder.« Das Geräusch von auf Tasten einhämmernden Fingern, schwerfällig und abgehackt. »Verfügen Sie über brisantes Erpressungsmaterial für die Nerds in Gartcosh?«

»Inwiefern?« Karen wandte den Blick nicht von ihrem eigenen Monitor ab.

»Ich habe die vollständigen DNA-Ergebnisse von den ganzen Rover-Befragungen erhalten, die wir durchgeführt haben. Scheiße, echt unglaublich! Wissen Sie, wie lang es normalerweise dauert, bis man DNA-Ergebnisse von den Labors zurückbekommt? Und das ist bei laufenden Fällen, wo es jemanden tatsächlich kümmert, was geschieht.«

»Es kümmert auch Menschen, was in unseren Fällen geschieht. Die verstrichene Zeit schmälert nicht die Wichtigkeit, Antworten zu erhalten.«

»Ich weiß, ich weiß. Die Opfer dieses Scheißkerls leben nun schon knappe dreißig Jahre damit, was er ihnen angetan hat. Und Kay McAfees Eltern hatten erst ein paar Wochen, um sich an den Gedanken zu gewöhnen, dass er sie letztlich umgebracht hat. Aber trotzdem, das Major Incident Team erhält Ergebnisse nie so schnell.«

Karen zuckte mit den Schultern. »Ich glaube, ein paar von den Technikfreaks empfinden genauso wie ich. Wenn Menschen jahrelang auf Antworten gewartet haben, sollte man sie nicht einen Tag länger warten lassen als unbedingt nötig. Also neigen sie dazu, uns vorrangig zu behandeln, wenn keiner hinschaut.«

Er schlürfte seinen Kaffee. »Ich beklage mich ja nicht, verstehen Sie mich nicht falsch. Es erstaunt mich nur.«

»Ist was dabei?«

»Moment mal ...« Schweigen, das sich länger anfühlte, als es sollte. »Donnerwetter! Wir haben was.«

Karen war auf den Beinen und stand hinter McCartney, noch fast bevor er ausgesprochen hatte. Sie spähte über seine Schulter auf den Bildschirm, wo er auf einen Abschnitt der Ergebnisseite deutete, die er heruntergeladen hatte. »Barry Plummer. Er ist der Bettenverkäufer aus Motherwell. Er stand nicht auf unserer ursprünglichen Liste, weil es nicht sein Auto war. Sein Onkel hat ihm damit das Fahren beigebracht. Gordon Chalmers, der Kerl aus Portpatrick, der in Spanien gestorben ist. Scheiße.«

»Und Sie haben es für Zeitverschwendung gehalten«, sagte Karen mit viel weniger Groll, als sie empfand. »Wie sich herausstellt, war es vielleicht doch keine so blöde Idee.«

McCartney wirbelte herum und hielt die Hände hoch, die Handflächen ihr zugekehrt. »Ich geb's zu. Sie hatten vollkommen recht.«

»Ich will ja nicht völlig nach ›Ich hab's doch gleich gesagt‹ klingen, aber wenn man schon so lange wie ich an Altfällen arbeitet, lernt man, dass manchmal gerade die Kleinigkeiten, die zum damaligen Zeitpunkt nicht bemerkt wurden oder die unbedeutend schienen, uns heute die Antworten liefern.« Sie kehrte zu ihrem Stuhl zurück.

McCartney warf ihr einen verschlagenen Blick zu. »Sie müssen es ja wissen.«

»Was soll das heißen?«

Er zog die Augenbrauen in die Höhe. »Kommen Sie schon, Karen. Das Erste, das jeder über Sie hört, ist, wie Sie überhaupt an die Stelle bei den Altfällen in Fife gekommen sind.«

»Wie schon gesagt, was genau soll das heißen? Und DCI Pirie für Sie, Sergeant.« Karen spürte eine vertraute kalte Last in ihrer Magengrube. Ganz egal, wie viele Jahre vergingen, gelegentlich glaubte irgendein Scheißkerl wie McCartney, ihre Vergangenheit anzusprechen würde einen großen Macker aus ihm machen.

Er sah zur Seite, und ein schlecht unterdrücktes Seufzen erfüllte die Stille. »Sie haben Ihren eigenen Boss angeschwärzt. Der übrigens immer noch hinter Gittern ist.«

»Das weiß ich. Da gehört er auch hin.«

»So viel zum Thema Loyalität und Teamwork.«

»In meiner Version von Teamwork ist bei Mord Schluss. Und nichts davon geht Sie einen feuchten Kehricht an. Halten wir uns an die heutigen Aufgaben.« Sie war zu steif und unnachgiebig, um den komplizierten Strudel der Gefühle zu verbergen, den dieser Teil ihrer Vergangenheit immer noch in ihrem Innern auslöste. »Wir haben eine DNA-Übereinstimmung für Barry Plummer. Aber wir haben keine Proben von den anderen Opfern, mit denen wir sie vergleichen können. Stimmt das?«

McCartney nickte. »Sie fehlen. Wahrscheinlich irgendwo falsch abgelegt, aber wir haben keine Möglichkeit, dranzukommen, es sei denn, wir gehen jede einzelne Schachtel im Asservatenlagerhaus durch.«

Ganz kurz fragte Karen sich, ob sie ihn so sehr hasste. Doch damit würde sie niemals durchkommen. Er würde schnurstracks zu Markie laufen, und dann würde Karen so richtig in Teufels Küche geraten. »Dann ist das also alles, was wir haben. Reicht es, was meinen Sie?«

McCartney sah zweifelnd drein. »Es reicht, um ihn zu vernehmen, sicher. Aber um ihn anzuklagen? Das ist was anderes. Er könnte ohne Weiteres sagen, er wäre vorher bei dem Mädchen gewesen, aber dass er sie nie zusammengeschlagen hat. Ein Besuch bei einer Hure macht einen noch nicht zum Kriminellen.«

»Vielleicht bald schon, wenn die schottische Regierung endlich in die Puschen kommt und das Bezahlen von Sex zur Straftat macht. Was wir brauchen, ist, dass jemand sagt: ›Der da hat mich vergewaltigt.‹ Im Idealfall mehr als eine. Ich möchte, dass Sie den restlichen Tag mit dem VIPER-Team reden und die Sache für morgen früh organisieren. Ich möchte morgen eine Gegenüberstellung durchführen. Plummers Foto wird in den Akten der Zulassungszentrale sein, das können Sie als Ausgangspunkt verwenden. Dann möchte ich, dass Sie die anderen Frauen ausfindig machen, von denen wir glauben, dass dieser Täter sie vergewaltigt hat, und holen Sie so viele von ihnen wie möglich morgen für eine Gegenüberstellung hierher. Ich möchte mindestens zwei. Besser mehr. Und wenn Sie das alles vorbereitet haben, sorgen Sie dafür, dass Barry der Bettenmann vorbeischaut, um ein paar Fragen zu beantworten.«

»Sie wollen, dass ich ein paar Huren von vor zwanzig Jahren finde und dazu bringe, als Zeuginnen bei einer Gegenüberstellung mitzumachen? Wir können von Glück reden, wenn noch die Hälfte von ihnen am Leben ist. Die meisten sind doch Junkies und Obdachlose.«

»Genau das möchte ich. Und wie ich Ihnen schon sagte – mir ist es egal, wie geringschätzig man bei Ihrem Major Incident Team war, aber hier, Sergeant, verwenden wir den Begriff ›Sexarbeiterin‹. Genau wie Sie und ich sind es nämlich Menschen.« Sie wandte sich wieder ihrem Bildschirm zu und trank ihren ersten Kaffee aus. Dann warf sie ihm einen Blick über die Schulter zu. »Sind Sie immer noch da?«

»Himmel, Arsch und Zwirn«, murmelte er leise. »Lassen Sie mich bloß eben die letzten bekannten Adressen ausdrucken.« Seufzen, Tastengehämmere, mehr Seufzen und nach einer Weile das Schnaufen des Laserdruckers. McCartney schnappte sich seinen Mantel und die Papiere und marschierte aus dem Zimmer.

Karen spürte, wie sich ihre Schultermuskulatur entspannte, als er ging. Zum ersten Mal an diesem Morgen hatte sie Zeit und Raum, um nachzudenken.

Da läutete das Telefon.

# 46

## 2018 – Edinburgh

Bei ihrem ersten Besuch des Edinburgh-City-Leichenschauhauses an der Cowgate hatte Karen es auf ihrem Handy suchen müssen. Sofort war ihr mit einem gewissen Unbehagen aufgefallen, dass es sich in einer beinahe geraden Linie nur einen Block entfernt vom Museum der Kindheit befand. Edinburgh war voll von diesen unerwarteten und irritierenden Verbindungen, die auf engstem Raum nebeneinander existierten. Das Haus dieses scheinheiligen und herumkrittelnden Tugendbolds John Knox direkt gegenüber vom World's End Pub, wo zwei der berüchtigtsten Morde der Stadt ihren Ursprung genommen hatten. Herrschaftliche Häuser im georgianischen Stil mit Bordellen im Souterrain. Beide Seiten der Stadt taten gern so, als gäbe es die jeweils andere nicht. Erst allmählich lernte sie, dieser Dualität gleichmütig gegenüberzustehen.

River und Vaseem Shah trafen wenige Minuten nacheinander aus entgegengesetzten Richtungen mit dem Zug ein. Um sich zu ersparen, im Falle einer Verspätung zwischen den Bahnsteigen hin und her zu rennen, hatte Karen vorgeschlagen, dass sie sich an dem Kiosk trafen, der frisch gebackene Kekse verkaufte. Inzwischen bereute sie es; der Duft nach heißem Zucker und Schokolade war die reinste Folter. Sie wusste, dass die Kekse eine herbe Enttäuschung wären, aber das hielt sie nicht davon ab, nach einem zu lechzen. Darum war es eine Erleichterung, als River durch die Bahnhofshalle auf sie zueilte.

Sie umarmten sich, hatten allerdings keine Zeit für weitere Worte, da sie ein großer Asiate ansprach, der seinem offiziellen Foto überraschend ähnlich sah. »Vaseem?«, fragte Karen.

Er lächelte und nickte eifrig. »Das bin ich.«

Sie stellten sich alle einander vor, während Karen sie zum Bahnhofsausgang führte und um die Kurve der Jeffrey Street den Hügel hinunter zur Cowgate und zum Leichenschauhaus, einem modernen Block, der von ein paar der ältesten Gebäude der Stadt umgeben war.

Bei jedem Schritt stellte Vaseem eine Frage oder erklärte etwas. Sein Enthusiasmus war ermüdend, zumal Karen bei ihrem Telefonat zuvor schon gehört hatte, was er jetzt für River wiederholte.

»Wundenanalyse ist keine simple Angelegenheit, wissen Sie? Es geht nicht einfach darum, sich eine Wunde anzusehen und das Messer wieder reinzustecken, um zu schauen, ob es passt. Früher haben Leute versucht, das zu tun, aber es ist wirklich eine primitive Methode, und die Ergebnisse sind völlig unzuverlässig. Es gibt alle möglichen Variablen, müssen Sie wissen. Die Tiefe der Wunde wird vom Zustand der Klinge beeinflusst. Ganz zu schweigen von dem Widerstand, den die Organe und verschiedenen Körperteile bieten. Ob das Opfer bekleidet ist und womit. Ganz zu schweigen von der Geschwindigkeit des Zustechens selbst. Und das ist nur ein Aspekt.

Der menschliche Körper ist kein fester Gegenstand wie ein Holzklotz. Stellen Sie ihn sich als Einkaufstasche vor. Man stellt diese Einkaufstasche in die Küche, und alles ist ordentlich an seinem Platz, wie man es hineingepackt hat. Dann wirft man sie um, und alles verschiebt sich zu einer neuen Anordnung. So sehen Ihre Innereien aus, wenn Sie sterben und man Ihre Leiche hinlegt.«

Er legte eine Atempause ein. »Ergibt Sinn«, hatte Karen beim erste Mal festgestellt. Sie sagte es wieder, nur um etwas beisteuern zu können.

»Bedeutet das, dass Sie die Leiche aufrichten wollen?«, erkundigte sich River, der das rote Haar vom kalten Ostwind ins Gesicht geweht wurde.

»Das würde ich gern tun können, ja.«

Sie wand ihr Haar unter dem Gehen im Nacken zu einem Knoten. »Das wird nicht ganz einfach sein.«

»Nein. Ich werde eine weiche Form der Messerklinge als Haltemechanismus in die Wunde einführen, während wir das tun. Sobald wir die richtige Position erreicht haben, werde ich ein festes Modell der Klinge hineinschieben und dann den Winkel per Ultraschall untersuchen. Das Klingenmodell erscheint auf dem Monitor in dem Winkel, in dem es hineingerammt wurde.« Er grinste wie ein kleiner Junge, der gerade zu Weihnachten eine gewaltige Spielzeugeisenbahn bekommen hat. »Damit experimentiere ich jetzt seit drei Jahren, und ich will es unbedingt an einem echten Fall ausprobieren«, fügte er hinzu.

»Nicht in den Gerichtssälen erprobt?«, fragte River.

»Bisher nicht. Vielleicht wird dieser Fall das ändern.«

»Es ist nicht einfach, die Gerichte dazu zu bringen, eine neue forensische Methode anzuerkennen.« River schob die Hände tief in die Taschen ihrer uralten Wachsjacke. Sie machte sich nie für die Stadt schick. Sah immer aus, als wäre sie eben von einem Hochmoorspaziergang mit einem Rudel Hunde hereingekommen. Dafür liebte Karen sie.

»Aber es hat doch bestimmt schon mal jemand zu Wunden ausgesagt, oder?« Karen war verwirrt.

»Meinungen«, sagte Vaseem auf die gleiche Art, wie er »Bandwürmer« gesagt hätte. »Nicht gestützt durch wissenschaftliche Präzision.«

»Wenigstens haben wir die Klinge, die die Wunde verursacht hat, was Ihre Aufgabe vereinfacht«, stellte River fest.

»Ja. Und Sie sagten, es sei eine Stichwunde ins Herz?«

»So habe ich das bei meinem Gespräch mit dem Pathologen verstanden.«

»Von meiner Warte aus ist das ausgezeichnet. Die serösen Häute und die Faszien des Herzbeutels zeigen häufig deutlich die Form der Wunde. Das macht es viel einfacher, den Winkel nachzuzeichnen.« Während seiner Worte bogen sie um die Ecke auf die Cowgate. »Wow! Hier unten bin ich noch nie gewesen. Es ist wie Quayside in Newcastle. Die Stadt hat zwei Ebenen. Obere und untere Etage.«

»Und wir befinden uns hier definitiv im Untergeschoss«, sagte River.

»Bloß dass das Parlament gleich ein Stück die Straße runter ist. Und der Holyrood Palace. Es ist die Stadt von Jekyll und Hyde, Vaseem.« Karen machte eine ausholende Bewegung mit dem Arm. »Da sind wir. Ich werde im Pub an der Ecke warten. Ich muss nicht anwesend sein, und Sie werden dort drinnen die Unterstützung des Pathologieprofessors haben.«

Kurzzeitig wirkte River überrascht. »Ich dachte ...«

»Und euer Bericht geht an Jimmy Hutton«, fügte Karen bedeutungsvoll hinzu.

Es kam an. »Oh, ach so«, sagte River. »Wir werden nach dir schauen, wenn wir fertig sind.«

»Es könnte zwei Stunden dauern«, sagte Vaseem. »Oder mehr.«

»Ich bin eine sehr geduldige Frau«, antwortete Karen.

»Und eine sehr gute Lügnerin«, warf River ihr beim Weggehen über die Schulter zu.

Karen hätte nichts dagegen gehabt, während der nachmittäglichen Flaute im Pub mit ihrem Buch in einer Nische zu sitzen. Derzeit war sie auf einem Phil.-K.-Dick-Trip, und die jüngste Fernsehserie hatte sie daran erinnert, dass sie *Der Report der Magd* noch nie gelesen hatte. Sie kannte andere dystopische Zukunftsvisionen von Atwood, aber irgendwie war ihr der Klassiker entgangen.

Doch sie hatte kaum eine Seite gelesen, da summte ihr Handy mit einer E-Mail-Benachrichtigung. Falls es McCartney mit irgendeinem langatmigen Quatsch darüber war, dass er keine Zeuginnen aufspüren könne, würde es sie wirklich Mühe kosten, nicht auszurasten.

Es war nicht McCartney.

Es war Ruari Macaulay.

Guten Tag, DCI Pirie. Ihre digitale Gegenüberstellung fand ich faszinierend. Dieser Nachmittag in Invercharron ist nun schon eine Weile her, aber bei so einer relativ kleinen Zusammenkunft tauchten nicht viele attraktive Nordamerikanerinnen auf. Also schenkte ich ihr reichlich Aufmerksamkeit. Und ich habe sie gleich erkannt, als ich ihr Bild sah. Ich würde ohne Weiteres einen Eid schwören, dass die Frau, die ich an dem Nachmittag zusammen mit Joey Sutherland gesehen habe, Nummer fünf in Ihrem Sechserpack ist. Geben Sie mir Bescheid, falls Sie so etwas wie eine förmliche Zeugenaussage benötigen sollten.

Es war mir ein Vergnügen, Ihre Bekanntschaft gemacht zu haben.

Herzliche Grüße

Ruari Macaulay

Sie hatten ins Schwarze getroffen. Nummer fünf in der Gruppe, die Karen zusammengestellt hatte, war die allseits beliebte Immobilienmagnatin Shirley O'Shaughnessy.

Karen ermahnte sich, keine voreiligen Schlüsse zu ziehen. Schließlich hatte sie noch keine Rückmeldung von dem anderen potenziellen Invercharron-Zeugen, dem Mann, der das Foto von Joeys Wohnmobil bereitgestellt hatte. Aber sie arbeiteten sich Stück für Stück näher an etwas heran. Das hatte sie im Gespür.

Trotzdem konnte sie nicht anders, als an Donald Rumsfelds Ausspruch über bekannte Unbekannte und unbekannte Unbekannte zu denken. Satiriker hatten einen Heidenspaß gehabt, als der amerikanische Verteidigungsminister die Bemerkung gemacht hatte. Doch Karen begriff, worauf er hinauswollte. Im Moment war ihr völlig klar, dass es ein paar Dinge gab, die sie nicht über Shirley O'Shaughnessy wusste. Doch größere Sorge bereiteten ihr die Dinge, von denen sie noch nicht einmal wusste, dass sie versuchen sollte, sie herauszufinden. Und bis sie die unbekannten Unbekannten ans Tageslicht gezerrt hatte, würde es keine zufriedenstellende Antwort auf das Rätsel um Joey Sutherlands Tod geben.

# 47

## 2018 – Edinburgh

Dreihundert Meter weiter litt Jason Höllenqualen. Seine Versuche, die alten Ausgaben der *Edinburgh Evening News* im Internet zu finden, waren fehlgeschlagen. Nun, nicht völlig fehlgeschlagen. Zwar hatte er sie im Archiv für britische Zeitungen gefunden. Doch die Ausgaben, die man digitalisiert hatte, schienen nur bis 1942 zu gehen. Da er nicht mit leeren Händen zu Karen zurückkehren wollte, versuchte er es noch einmal über Google. Vielleicht hatte die Schottische Nationalbibliothek die Antwort.

Es fiel ihm schwer, die Online-Recherche zu verstehen, doch dann bemerkte er, dass es die Möglichkeit zu einem Live-Chat mit einem Bibliothekar gab. Eine Aussicht, die ihn nervös machte. Seine Schulbibliothek war von einer fröhlichen jungen Frau geführt worden, die versuchte, alle zum Lesen zu bringen, und zunehmend verärgert war über Burschen wie Jason, die sich nur für Fußball interessierten sowie für die Art von Computerspielen, bei denen der Erfolg davon abhing, wie viele Leichen man zu verzeichnen hatte. Er hatte einen möglichst weiten Bogen um die Bibliothek gemacht, da er die Bibliothekarin ziemlich attraktiv fand und ein schlechtes Gewissen hatte, weil er sich für kein Buch begeistern konnte.

Doch jetzt war er ein erwachsener Mann, und obwohl er immer noch keine Bücher las, sah er sich viele Dokumentar- und Kinofilme an, völlig ungebildet war er also nicht. Hoffentlich würde sich die Online-Bibliothekarin nicht nach dem Buch erkundigen, das er zuletzt gelesen hatte, bevor sie einwilligte, ihm behilflich zu sein.

Es entpuppte sich als völlig schmerzlose Erfahrung. Er hatte erläutert, wonach er suchte, und ja, die Schottische Nationalbibliothek habe, was er benötige. Ja, er könne kommen und sich die alten Ausgaben auf Mikrofiche ansehen. Man würde sie sofort für ihn nach oben bestellen.

Der Lesesaal, erklärte ihm die Bibliothekarin, habe bis halb neun Uhr geöffnet. Er werde mindestens fünf Stunden zum Lesen haben, wahrscheinlich mehr. Die Aussicht, fünf Stunden lang in ein Mikrofichelesegerät zu starren, war Jasons Vorstellung von der Hölle. Er hatte nur eine vage Ahnung, warum die Chefin es für wichtig erachtete, diese winzige Einzelheit aus Shirley O'Shaughnessys Vergangenheit zu überprüfen. Doch wenn er eines gelernt hatte bei seiner Arbeit für KP Nuts, wie Gerry McCartney die Abteilung mittlerweile bezeichnete, dann, dass es immer einen Grund gab. Jeder, der etwas anderes glaubte, sollte sich nur einmal ihre Aufklärungsrate ansehen.

Zwei Stunden später saß Jason dann tatsächlich über ein Mikrofichelesegerät gebeugt da und spulte sich langsam durch seitenweise Kleingedrucktes: zum Verkauf stehende Fahrzeuge, Mietwohnungen, Programme von Auktionshäusern, Anzeigen von Notdienstapotheken und Kontaktgesuche. Ungefähr alle Viertelstunde ließ er den Blick herumschweifen, um sicherzugehen, dass ihn niemand vom Bibliothekspersonal beobachtete. Dann kroch seine Hand verstohlen in die Tasche, die eine Tüte Weingummis barg, und wanderte anschließend zu seinem Mund.

Allmählich wurde ihm klar, dass die Zusammenstellung der Kleinanzeigen einem Muster folgte und die meisten Auto- und Wohnmobilannoncen freitags erschienen. Vermutlich weil damals im Jahr 1995 die Leute an den Wochenenden nicht arbeiteten und deshalb Zeit hatten, unterwegs zu sein und sich Verkaufsobjekte anzusehen. Diese Erkenntnis beschleunigte die Dinge ein wenig. Doch es war eine langwierige, mühevolle Arbeit, nicht zuletzt weil so wenige Wohnmobile zum Verkauf standen, dass es leicht war, in die Falle zu tappen und die Augen eine Seite hinuntergleiten zu lassen, ohne wirklich achtzugeben.

Nach anderthalb Stunden hörte er auf und schlenderte für eine Tasse Tee und einen Scone ins Café. Allerdings war es eigentlich schon Genuss genug, zehn Minuten lang nicht auf Zeilen mit winzigem Druck starren zu müssen.

Dann hieß es zurück zu dem endlos langen Film. Nach drei Stunden und siebenundvierzig Minuten Recherche stieß er endlich auf das Gesuchte. Beim ersten Durchgang hätte er es beinahe übersehen. Doch da war es. Ein zum Verkauf stehendes Wohnmobil, das in Marke, Modell, Farbe und Jahr der Zulassung mit Joey Sutherlands übereinstimmte. Es gab eine Telefonnummer in Edinburgh, aber keinen Namen.

Jason zückte rasch sein Handy und machte zwei Fotos. Eine Großaufnahme von der Anzeige, eine weitere Aufnahme, auf der der Titel der Seite zu sehen war: *Edinburgh Evening News,* 8. Dezember 1995.

Er hatte es geschafft. Zwar war er sich nicht ganz sicher, was er geschafft hatte, aber er hatte es geschafft.

River fand Karen, als diese aus dem Fenster auf ein Stück grauen Himmels und die Ecke eines hohen Sandsteinwohnblocks starrte, eine senkrechte Falte zwischen den gerunzelten Augenbrauen. »Glücklich siehst du nicht aus«, sagte sie und ließ sich ihr gegenüber in die Sitznische gleiten.

Karen seufzte. »Zu viel ungelöstes Zeug, das in meinem Kopf herumrattert. Es ist meine Aufgabe, Beweise aufzureihen, damit ein Staatsanwalt erfolgreich Anklage erheben kann. Aber im Moment fühlt es sich an, als sei alles viel zu gestaltlos, als dass das je geschehen könnte.« Sie riss sich zusammen. »Aber was ist im Leichenschauhaus passiert? Wie ist es gelaufen?«

»Ich brauch einen Drink«, sagte River, ihr Grinsen absichtlich vielsagend. »Und du auch.« Sie schlüpfte hinaus und steuerte auf die Bar zu, von wo sie mit zwei Gin Tonic zurückkehrte. »Nichts Extravagantes«, berichtete sie und stellte ein Glas vor Karen auf den Tisch. »Ich habe nicht die Energie, um mit dem Barkeeper die Fasslagerung von Gin auszudiskutieren.«

Sie stießen mit den Gläsern an und tranken einen Schluck. »Na schön«, sagte Karen. »Hör auf, mich auf die Folter zu spannen, und erzähl schon.«

»Der Prof war nicht sonderlich beeindruckt von der Theorie. Aber er ist viel aufgeschlossener als manche seiner Kollegen, also war er zumindest gewillt, sie in Betracht zu ziehen. Ich hatte Sorge, die Obduktion könnte sämtliche möglichen Beweise zerstört oder beschädigt haben, aber wir hatten Glück. Wie sich herausstellte, war Dandy Muir jüdisch, und ihre Familie hat sich eine minimalinvasive Autopsie erbeten.«

»Was ist das? Du darfst nicht vergessen, alle meine Leichen sind zu einer Zeit gestorben, als die einzige Option der Pathologen war, sie aufzuschlitzen.«

»Es ist eine Kombination aus endoskopischen Kameras und CT. Normalerweise wird es nur genutzt, um natürliche Todesursachen zu ergründen. Aber weil kein Zweifel an der Todesursache bestand und es keine anderen Anzeichen für Gewaltanwendung gab, wurde entschieden, in diesem Fall eine Ausnahme zu machen. Was für uns ein großes Glück war.«

»Das kannst du laut sagen.« Karen trommelte geräuschlos mit den Fingern auf die Tischkante. Sie selbst merkte es noch nicht einmal, aber River erkannte darin ein Zeichen der Anspannung, das sie schon früher an ihrer Freundin beobachtet hatte. »Was ist dann passiert?«

»Mehr oder weniger, was Vaseem uns erzählt hat. Er stellte ein biegsames Modell der Klinge her und schob es hinein. Es war tatsächlich der schwierigste Teil, es entlang der Form der Wunde hineinzubekommen. Dann brachten wir die Leiche mithilfe einer Winde in die Senkrechte. Ehrlich gesagt war ich nicht überzeugt, dass es funktionieren würde, und der Prof auch nicht. Aber es klappte. Und als er das Ultraschallgerät anwarf, war es da, völlig glasklar. Wir konnten den Winkel der Klinge sehen und die Tiefe der Wunde, alles.« Sie zog ein kleines Blatt Papier aus der Tasche. »Hier. Sieh es dir selbst an.«

Karen griff nach dem Ausdruck. Sie erkannte das vertraute grau-schwarze Rauschen eines Ultraschallhintergrunds. Doch da in der Mitte der trüben Abbildung war die deutlich umrissene Form einer Messerklinge. »Das ist clever. Und was verrät uns das laut Vaseem?«

River beugte sich über den Tisch und fuhr den Umriss mit einem Finger nach. »Die Linie der Klinge ist mehr oder weniger horizontal. Wahrscheinlich hat jemand zugestochen, der ungefähr genauso groß wie das Opfer war. Oder auf gleicher Höhe stand. Wenn sie sich zum Beispiel auf einer Treppe befunden hätten, wäre der Größenunterschied verzerrt.«

»Aber sie standen auf einem ebenen Küchenfußboden. Und Logan Henderson ist etwa dreiundzwanzig oder fünfundzwanzig Zentimeter größer als Dandy Muir. Wohingegen Willow Henderson fast gleich groß ist.« Ihre Stimme war matt, doch ihr Ton ließ keinen Zweifel.

»Dann sieht es so aus, als hättest du eine Antwort.« River trank einen großzügigen Schluck von ihrem Drink. »Du hattest recht.«

»Das sollte mich freuen. Aber eigentlich wollte ich nicht recht behalten. Ich wollte mich nicht mit der Vorstellung auseinandersetzen müssen, dass eine Frau den Tod ihrer besten Freundin als Kollateralschaden hinnimmt in einem Krieg, der nichts mit dieser Freundin zu tun hat. Willow Hendersons Streit betraf nur sie und ihren Ehemann. Er sollte von der Bildfläche verschwinden, damit sie mit ihren Kindern zurück in das große Haus ziehen konnte. Weil sie das Gefühl hatte, darauf Anspruch zu haben. Und sie war gewillt, dafür mit Dandy Muirs Leben zu bezahlen.« Karen schüttelte den Kopf. »Du bist meine beste Freundin, River. Wenn du Ewan aus deinem Leben eliminieren wolltest, wäre dann mein Tod ein akzeptabler Preis?«

»Natürlich nicht. Und ebenso wenig ginge es sonst jemandem so, der kein Psychopath ist. Oder verzweifelt. Und nach allem, was du mir erzählt hast, war Willow Henderson nicht verzweifelt. Sie ist eine der Ausnahmen, Karen. Diejenigen, mit denen man nicht rechnen kann, weil sie nicht wie wir Übrigen sind.«

Karen fuhr sich mit einer Hand durchs Haar. »Wenn er ihr das verfluchte Haus überlassen hätte, wäre nichts von alldem geschehen.«

»Das bringt nichts.«

»Was? Wir können nichts tun, als hinterher die Schweinerei aufzuwischen?«

River seufzte. »Bei Leuten wie ihr? Wahrscheinlich. Wenigstens wird sie den Preis bezahlen für das, was sie getan hat. Wenn Jimmy Hutton Vaseems Bericht liest, wird er einen echten Ansatzpunkt haben, um Druck auszuüben.«

Karens Lächeln war matt und nicht überzeugend. »Hoffen wir, dass es reicht.« Sie leerte ihr Glas. »Und jetzt muss ich los und einen Zug erwischen.«

»Wohin fährst du?«

»In ein kleines Nest namens Warkworth in Northumberland. Der nächste Bahnhof ist Alnmouth, eine Stunde von hier. Ich jage einem Phantom nach, und mit ein bisschen Glück bin ich vor meiner Schlafenszeit wieder zurück.«

# 48

## 2018 – Northumberland

Der Fluss Coquet schlängelte sich auf dem Weg zum Meer durch das bezaubernde Dorf Warkworth, und das winzige Steincottage, in dem Kenny Pascoe gelebt hatte und gestorben war, überblickte nun schon seit fast dreihundert Jahren die Flussmündung im Schatten der eindrucksvollen Ruine einer mittelalterlichen Burg. »Sie war schon uralt, als Shakespeare darüber schrieb«, hatte Karens Taxifahrer ihr erklärt, als sie um die Ecke der Hauptstraße gebogen waren und sich den hohen Türmen und Zinnen direkt gegenübersahen.

Karen hatte keine Ahnung, ob die derzeitigen Bewohner von Percy Cottage etwas über Evlyn Pascoe wissen würden, doch sie war entschlossen, alles in ihrer Macht Stehende zu tun, um das Rätsel um Kenny Pascoes Landkarte zu lösen. Der Taxifahrer hatte nichts dagegen, auf sie zu warten.

Sie läutete, und beinahe sofort wurde die Tür von einem kleinen Mann mittleren Alters in Tweedjackett, Fleet-Foxes-T-Shirt und Jeans geöffnet. Er sah überrascht aus. »Sie sind nicht Eliza.«

»Nein, ich bin DCI Karen Pirie von der Historic Cases Unit.«

Seine Verblüffung steigerte sich sichtlich, die runde Brille mit Goldrand rutschte ihm die Nase herunter. »Das verstehe ich nicht. Ich habe eine northumbrische Dudelsackspielerin erwartet. Was ist mit Eliza passiert?«

»Ich habe nichts mit Eliza zu tun, Mr. …?«

»Hall. Tobias Hall. Warum sind Sie dann hier?«

»Ich suche nach einer Frau, die früher hier gewohnt hat. Ms. Evlyn Pascoe.«

Er lachte glucksend. »Ich glaube nicht, dass Evlyn jemals zuvor als ›Ms.‹ bezeichnet worden ist. Warum suchen Sie nach Evlyn?«

»Ich würde ihr gern ein paar Fragen stellen.«

»Oh, das ist äußerst spannend. Bisher habe ich an Evyln nie in einem kriminellen Kontext gedacht. Nun, wie Sie schon sagten, sie wohnt nicht mehr hier. Das Haus ist ihr vor drei Jahren zu viel geworden. Sie ist schließlich achtundachtzig.«

»Wo ist sie dann?«

»Sie ist in einem Pflegeheim nicht weit von hier in Lesbury. Friary View heißt es. Sie hat ein nettes Zimmer, schöne Aussicht auf den Altarm des Flusses Aln. Sie kümmern sich dort echt gut um die Oldies. Wir fahren oft hin und geben ein kleines Konzert. Ich bin Musiker. Oh, und hier kommt Eliza.«

Als Karen sich umdrehte, erblickte sie eine beleibte junge Frau, die mit einem kleinen Lederhandkoffer die Gasse entlanggeschritten kam. »Dann lasse ich Sie jetzt in Ruhe.« Sie wich von der Tür zurück. »Danke für die Hilfe.«

Das Pflegeheim war ein moderner Steinbau, solide errichtet am Hang in der Nähe des Bahnhofs, an dem Karen kurz zuvor angekommen war. »Ich brauch nicht zu warten«, sagte der Taxifahrer. »Von hier aus können Sie zu Fuß zum Bahnhof gehen.« Sie bezahlte und betrat Friary View.

Es roch nach Lilien und Möbelpolitur, womit sie eigentlich nicht gerechnet hatte. Ein junger Mann in weißer Jacke saß hinter einem glänzenden Holztisch und hackte auf eine Tastatur ein. Er blickte mit einem Lächeln auf. »Hi! Wie kann ich Ihnen helfen?«

Karen zeigte ihm ihren Ausweis und fragte nach Evlyn Pascoe. Er runzelte die Stirn. »Ich werde Mrs. Leatham fragen müssen. Sie ist die Leiterin. Wenn Sie sich eine Minute gedulden würden?« Er wies auf zwei niedrige Sessel in der Ecke.

Dann verschwand er in einem Flur und kehrte nach ein paar Minuten mit einer Frau über dreißig zurück, die aus zwei Hälften bestand. Ihre wohlgeformten Beine steckten in schwarzen Leggings, und ihre obere Hälfte war von einem gewaltigen terrakottafarbenen Kittel verhüllt. Sie sah aus, als würde sie gleich als tanzende Satsuma auftreten. Karen wiederholte, was sie bereits dem jungen Mann gesagt hatte. Mrs. Leatham wirkte unsicher. »Wird sie das aus der Fassung bringen?«

»Ich glaube nicht«, erwiderte Karen. »Es geht um ihren Bruder. Er starb vor mehr als siebzig Jahren.«

»Wäre es in Ordnung, wenn ich mich dazusetze? Es ist nur so, dass sie ein wenig gebrechlich ist, wissen Sie? Ich meine, geistig ist sie voll und ganz da, aber Stress macht ihr zu schaffen.« Mrs. Leatham setzte ein besorgtes Lächeln auf.

»Dagegen habe ich nichts einzuwenden«, sagte Karen.

Die Frau dachte einen Moment nach und erklärte dann entschieden: »Dann mal los.«

Karen folgte ihr durch einen mit Teppich ausgelegten Korridor. Evlyns Zimmer war die letzte Tür, und bei ihrem Eintreten saß diese am Fenster. Tobias Hall hatte recht gehabt, sie hatte tatsächlich eine schöne Aussicht. Evlyn war klein und in sich zusammengesunken wie die meisten Frauen ihres Alters, denen Karen begegnet war. Ihr Haar erinnerte an einen Heiligenschein aus weißer Krause, und ihr Gesicht war ganz zerknautscht vor altersfleckiger Falten. Trotz der übermäßigen Zimmertemperatur war ihre Strickjacke bis zum Hals zugeknöpft, und auf ihrem Schoß lag eine bunt karierte Wolldecke. Doch ihre Miene strahlte Neugier aus, und die dunkelblauen Augen funkelten.

»Evlyn, Sie haben Besuch«, sagte Mrs. Leatham fröhlich. »Aber diesmal ist es ein bisschen ungewöhnlich. Diese Dame ist Polizistin, und sie möchte mit Ihnen über etwas reden, was vor langer Zeit passiert ist.«

»Eine Polizistin? Bei mir?« Evlyns Stimme war hoch und dünn, der Dialekt unverkennbar jener der Gegend.

Zeit, die Sache in die Hand zu nehmen. »Ich heiße Karen Pirie, und ich ermittle in Altfällen.«

»Wie Trevor Eve bei *Waking the Dead*? Ich wette, das bekommen Sie ständig zu hören.« Evlyn zwinkerte.

»Ich bin netter als er«, sagte Karen.

»Schauen wir mal«, gackerte sie. Karen überlegte, dass sie vorher eigentlich noch nie ein Lachen gehört hatte, das die Bezeichnung tatsächlich verdient hatte.

Karen ließ sich Evlyn gegenüber auf einem Schemel nieder. »Ich muss Ihnen ein paar Fragen zu Ihrem Bruder Kenny stellen.«

»Geht es um den Krieg?«

»Ich interessiere mich mehr für die Zeit nach dem Krieg.«

Evlyn schüttelte den Kopf. »Nach dem Krieg hat er nie etwas Kriminelles getan. Bei seiner Rückkehr aus den Highlands hatte er bereits Tuberkulose, was ihn dann auch umgebracht hat. In der Zeit, die ihm noch blieb, war er zu nichts zu gebrauchen.«

»Ich unterstelle ihm nicht, dass er jemals etwas Kriminelles getan hat.« Eine kleine Notlüge, aber wer sollte schon dahinterkommen? »Hat er Ihnen je von zwei amerikanischen Motorrädern erzählt, mit denen er und sein Freund Austin zu tun hatten?«

»Motorräder? Ich weiß, dass sie oben in den Highlands auf Motorrädern herumgefahren sind, aber ich hätte nie gedacht, dass es amerikanische waren. Was hat er Ihrer Meinung nach denn getan?«

»Austin erzählte seiner Familie, dass er und Kenny gegen Kriegsende zwei amerikanische Motorräder versteckt hätten. Eigentlich sollten sie sie vernichten, aber sie ertrugen die Vorstellung nicht. Jeder von ihnen hatte eine Landkarte davon, wo sie die Maschinen hingeschafft hatten. Sie planten, nach dem Krieg zurückzukehren und sie sich zu holen, aber dann starb Kenny, und Austin hat sich nicht getraut zurückzugehen. Hat Kenny je darüber gesprochen?«

Evlyn lächelte versonnen. »Das passt zu ihm. Er konnte nicht mit ansehen, wie gute Sachen verdarben.«

»Nach seinem Tod, haben Sie da eine Landkarte gefunden? Eine von Hand gezeichnete?«

»Nichts dergleichen«, antwortete Evlyn. »Fotos, ein paar Briefe und Postkarten, das ist alles.« Sie verzog schmerzlich das Gesicht. »Er hinterließ sehr wenig, meine Beste. Er hat so gut wie keine Spuren auf dieser Erde hinterlassen.«

»Das tut mir leid.«

Sie seufzte. »Er war ein glücklicher Bursche. Bis die Tuberkulose ihn drangekriegt hat.«

»Darf ich Sie zu der Zeit befragen, als er starb? Ich weiß, dass es an Erinnerungen rührt, die schmerzlich für Sie sein müssen ...«

»Es ist zu lange her, meine Beste. Jetzt kann ich ohne Trauer an Kenny denken, vielleicht weil ich ans Ende meiner eigenen Tage komme.«

»Reden Sie kein dummes Zeug, Evlyn. Sie haben noch Jahre vor sich«, sagte Mrs. Leatham in einem aufmunternden Tonfall, der zu laut für das Zimmer war.

»Bloß nicht! Ich bin verdammt müde, meine Beste. Müde bis in die Knochen. Was wollen Sie denn nun wissen?«

»Ich habe mich gefragt, ob um die Zeit, als er starb, irgendetwas Ungewöhnliches passiert ist. Bekam er unerwartete Post? Besucher?«

Evlyn packte ihre Armlehne. »Keine Post. Aber es kam ein Amerikaner zu Besuch. Zwei Tage bevor Kenny starb.«

»Ein Amerikaner?« War dies die Verbindung zu Shirley O'Shaughnessy? Stellte sich ihr Schuss ins Blaue als Volltreffer heraus?

»Ja. Er sagte, er würde Kenny aus dem Krieg kennen. Ich wusste, dass alle möglichen Leute dort oben in Schottland gewesen waren, wo er das Training durchführte, aber Kenny erzählte nie groß, mit wem er zusammengearbeitet und was sie gemacht hatten. Also dachte ich mir nichts dabei. Bloß war Kenny nicht zu Hause. Ich habe es ihm gesagt, ich sagte: ›Kenny hat einen Termin im Krankenhaus.‹ Er war oben in dem kleinen Cottage Hospital in Alnwick. Ich fragte den Ami, ob ich ihm etwas ausrichten solle, aber er winkte ab, er werde es wieder versuchen.«

»Und hat er? Wieder vorbeigeschaut?«

»Ich glaube nicht. Ich war am nächsten Tag arbeiten – ich hatte eine Teilzeitstelle in der Bäckerei –, aber Kenny erwähnte nichts davon, dass er zurückgekommen sei. Und tags darauf starb Kenny. Ich kam von der Arbeit nach Hause, und da war er, lag auf dem Wohnzimmerboden, als habe er versucht, aus dem Sessel aufzustehen.« Sie schüttelte bedauernd den Kopf. »Es ist schade, dass er nie eine letzte Gelegenheit hatte, über seine Zeit im Krieg zu sprechen.«

»Hat die Tuberkulose Kenny umgebracht?« Karen kannte die Antwort, doch sie hoffte auf weitere Einzelheiten. Vielleicht sogar eine Andeutung, dass es nicht so klar gewesen war, wie es den Anschein hatte.

»Das hat der Arzt gesagt. Man hatte ihn zwei Tage vorher im Krankenhaus untersucht, wie ich schon sagte. Ich kannte eine der dortigen Krankenschwestern – sie wohnte im Dorf, ihre Mum war während des Krieges die Briefträgerin gewesen. Sie sagte, es hätte niemanden überrascht. Sie meinte zwar, es sei etwas früher, als sie gedacht hatten, aber alle wussten, dass es nur eine Frage der Zeit war.«

Ein Amerikaner, eine verschwundene Landkarte und ein Todesfall, der zu früh eingetreten war. Man brauchte kein Meisterdetektiv zu sein, um bei der Kombination ein flaues Gefühl im Magen zu bekommen, fand Karen. Es war, als versuchte sie ein Puzzle zusammenzusetzen, ohne das Bild auf der Verpackung zu kennen. Sie wurde das Gefühl nicht los, dass sie eben ein beträchtliches Stück des Himmels fertig bekommen hatte.

# 49

## 1946 – Northumberland

Der ganze weite Weg, und trotzdem hatte er nicht gefunden, wonach er suchte. Arnie hatte den Zug von Southampton nach London, von London nach Newcastle und von Newcastle nach Warkworth genommen. Dann war er die anderthalb Meilen zum Dorf gelaufen und hatte sich nach dem Weg zum Percy Cottage erkundigt. Und als er klopfte, kam nicht Kenny Pascoe an die Tür, sondern eine halbe Portion von einem Mädchen, das kaum alt genug aussah, um die Schule hinter sich zu haben.

Arnie lächelte und zog den Hut. »Hi, ich bin auf der Suche nach Sergeant Pascoe. Wir haben zusammen im Krieg gedient.«

»Er ist nicht da. Er ist im Krankenhaus. Ich bin seine Schwester Evlyn«, antwortete sie. Wenigstens glaubte er, dass sie das gesagt hatte. Der Dialekt war in seinen Ohren beinahe unverständlich.

»Im Krankenhaus? Hatte er einen Unfall?« *Bitte, Gott, nein. Nicht jetzt.*

»Nein, er hat Tuberkulose. Es geht ihm richtig schlecht. Er muss zweimal pro Woche zur Behandlung dorthin.«

»Wann wird er zurück sein?«

»Keine Ahnung. Können Sie morgen wiederkommen? Oder vielleicht wäre übermorgen besser, nach dem Krankenhaus ist er immer fix und fertig.«

Arnie lupfte wieder den Hut. »Natürlich. Welche Uhrzeit passt denn?«

»Eigentlich jederzeit. Ich komme gegen zwei Uhr von der Arbeit. Ich arbeite in der Bäckerei, in der Hauptstraße. Ich könnte vielleicht ein paar Scones mitbringen. Aber Kenny wird den ganzen Tag zu Hause sein.«

Er ging zum Bahnhof und nahm den Zug zurück nach Newcastle. In der Gegend wollte er nicht absteigen; er wollte nicht über den Zweck seines Besuchs ausgefragt werden oder in Erinnerung bleiben. Er fand eine billige und freudlose Pension in Bahnhofsnähe und verbrachte die Zeit damit, auf dem Bett zu liegen, einen Roman von Dashiell Hammett zu lesen und zu schlafen. Wenn er durch seine Großtaten im Krieg eines gelernt hatte, dann, wie man abwartete.

Er klopfte zwei Minuten vor zehn Uhr am übernächsten Tag an Kenny Pascoes Tür. Es dauerte einen Moment, bis Pascoe ihn einordnen konnte, doch dann lächelte er und bat ihn herein. Arnie folgte ihm. Fast hätte er diese eingesunkene Hülle nicht als den Mann wiedererkannt, der ihm gezeigt hatte, wie man in der schottischen Wildnis untertauchte. Jemand hatte einmal etwas über den »Schädel unterm Haar« geschrieben, und Kenny Pascoe war die leibhafte Verkörperung dessen. Seine Lungen keuchten wie eine grauenhafte Ziehharmonika, und er sah zwanzig Jahre älter aus, als er war.

In dem winzigen überheizten Wohnzimmer plumpste er in einen Sessel und gab Arnie ein Zeichen, ihm gegenüber Platz zu nehmen. Arnie blieb stehen. »Ich werde Ihre Zeit nicht vergeuden, Kenny. Ihrem Aussehen nach zu schließen, bleibt Ihnen nicht mehr viel. Was haben Sie mit den Motorrädern gemacht, Kenny?«

Pascoes papierblasse Gesichtshaut überzog sich auf den Wangen mit einer hektischen Röte. »Ich dachte, Sie wären gekommen, um mich zu sehen.«

»Sie gehen mir völlig am Arsch vorbei, Kenny. Ich bin wegen der Motorräder hier. Und ich habe vor, herauszufinden, was Sie und Ihr Kumpel damit angestellt haben.« Er trat einen Schritt näher, sodass er unheilvoll vor dem Kranken aufragte.

Pascoe schüttelte den Kopf. »Sie bedrohen einen kranken Mann wegen zweier Motorräder?« Seine Stimme zitterte. »Sie sollten sich schämen.«

»Antworten Sie mir einfach, Kenny.« Arnies Stimme nahm eine unheimliche Düsterkeit an.

»Wir haben sie vergraben«, flüsterte er. Dann wurde er von einem Hustenanfall geschüttelt. Arnie trat rasch zurück, gepackt von Ekel und Angst. Als Kenny sich wieder erholt hatte, sprach er schwach. »Wir haben sie in geteerte Planen eingewickelt, sie versiegelt und in Kisten gepackt. Wir wollten nach dem Krieg zurückkehren und sie holen.« Er hustete abermals. »Glaub nicht, dass ich das noch machen werde.« Er setzte ein schreckliches Totenkopfgrinsen auf.

»Wo haben Sie sie vergraben?«

»In einem Moor.«

»Wo?« Arnie brüllte es fast.

»Wir haben eine Karte gezeichnet, um es wiederfinden zu können. Wir haben beide eine Kopie. Sie können meine gern haben. Jetzt nutzt sie mir nichts mehr.« Er zeigte auf einen kleinen viktorianischen Schreibtisch. »Sie ist im Sekretär.« Arnie drehte sich um. Er trat einen Schritt darauf zu. »Sie hätten mich übrigens nicht anschreien müssen. Ich hätte Ihnen die Karte sowieso gegeben. Aber ihr Amis hattet noch nie Manieren, was?«

Arnie wirbelte zu ihm herum. »Nein, wir haben ja auch bloß unser Leben aufs Spiel gesetzt, um eure Ärsche zu retten.«

Pascoe lachte keuchend. »Die Russen hätten es für uns getan, wenn ihr nicht aufgetaucht wärt.«

Empört packte Arnie ihn am Kragen und zog ihn auf die

Beine. »Du undankbares kleines Arschloch! Wir haben eure Haut gerettet, und wie habt ihr es uns vergolten? Ihr klaut unsere Sachen.«

Auf einmal durchschüttelte Pascoe ein unkontrollierbarer Krampf am ganzen Leib. Er zuckte heftig, und sein Gesicht lief dunkel an, während er nach Atem rang, jedoch vergeblich. Er ächzte und keuchte, und der beißende Geruch nach Urin stieg schwach zwischen ihnen empor. Da ließ Arnie ihn los, und sein Entsetzen galt nicht dem, was er getan hatte, sondern der Vorstellung, er könnte nun den Makel des sterbenden Mannes an sich tragen.

Denn er wusste, dass Pascoe gerade starb. Er hatte schon genug vom Tod gesehen, um sein unmittelbares Nahen zu erkennen. So war es nicht geplant gewesen. Doch es bestand kein Grund, sich deshalb von seinem Ziel abbringen zu lassen. Arnie trat einen Schritt zurück und drehte sich rasch zu dem Sekretär um. Er wusste, wie man etwas durchsuchte, ohne Spuren zu hinterlassen. Und er wusste, er hatte bis zur Rückkehr von Pascoes Schwester aus der Bäckerei reichlich Zeit, also bestand kein Grund zur Eile.

Es brauchte eine Stunde sorgfältiger Suche, und selbst dann hätte er es beinahe übersehen. Die Karte steckte in einem Briefumschlag, der einen Brief aus dem Jahr 1942 von Evlyn an Pascoe enthielt, in dem sie ihm schrieb, dass ihr Vater infolge einer Infektion an Nierenversagen gestorben sei. Es war genau die Art von Brief, die man aufheben würde. Die meisten Leute würden nicht genauer hinsehen. Doch Arnie Burke war nicht wie die meisten Leute.

Er faltete das fragile Rechteck aus Luftpostpapier auseinander. Es war eine einfache Skizze von einer Handvoll Landschaftsmerkmalen und ein paar groben Quadraten mit Dreiecken darüber, die er für Gebäude hielt. Und in der oberen rechten Ecke ein X. Keine Namen, keine Hinweise, wo genau es sein könnte. Er sah noch einmal auf dem Umschlag nach, dann merkte er, dass sich auf der Rückseite des zweiten Blatts fast unsichtbare Zahlen befanden. Es gab zehn Zeilen, jeweils mit sieben Zahlen. Es sagte ihm nichts. Er war sich noch nicht einmal sicher, ob es auch nur das Geringste mit der Landkarte zu tun hatte.

Trotzdem, Vorsicht war besser als Nachsicht. Er stopfte die Karte und den Brief in den Umschlag zurück und steckte ihn in seine Innentasche. Eine rasche Erkundung zeigte, dass das Cottage eine Hintertür zu einem winzigen Garten hatte, der wiederum auf eine schmale Gasse hinausging, die zum Fluss zurückführte. Viel unwahrscheinlicher, bemerkt zu werden, als wenn er durch die Haustür ging. Noch nicht einmal eine Minute später schlenderte er am Ufer des Coquet entlang, ein Mann, der nichts im Sinn hatte als einen Spaziergang am Flussufer an einem schönen Morgen. Niemand hätte erraten, wie bitter enttäuscht er war.

# 50

## 2018 – Edinburgh

Es gab eine gut besuchte Bar in Stockbridge, in der niemand Karen oder Jimmy Hutton kannte. Niemand, der sich fragte, warum sie an einem kleinen Tisch im Hinterzimmer die Köpfe zusammensteckten. Niemand, der sie an Ann Markie verpfeifen würde. Jimmy hatte Karen auf ihrem Rückweg aus Warkworth eine SMS geschrieben. Jetzt nippte sie immer wieder an einer Cola light, Jimmy an einem Irn Bru. Es war ein Abend für klare Köpfe. Und abgesehen davon war Jimmy noch im Dienst.

»Wo ist Laidlaw?«, wollte Karen wissen.

»Wir konnten dank Dandy Muirs Handy eine Liste ihrer Freundinnen erstellen und haben diese mit ihrem Ehemann abgeglichen. Jacqui ist unterwegs und schaut, ob Dandy irgendjemandem etwas von deiner Prophezeiung erzählt hat.«

»Hörensagen«, erklärte sie düster.

»Ja, aber Hörensagen von einer toten Zeugin wird manchmal doch Gehör geschenkt«, stellte Jimmy fest. »Allerdings würde ich nicht drauf wetten, dass Jacqui was findet. Dandy hat ihrem Ehemann gegenüber nichts erwähnt, und er geht davon aus, dass, wenn sie ihm nichts gesagt hat, sie es niemandem erzählt hat.«

Karen schnaubte. »Ich werde mich nie daran gewöhnen, dass Männer ihre Ehefrauen zu kennen glauben. Bei so etwas wäre der Ehemann der Letzte, dem sie etwas verraten würde. Zumal die vier sich in den gleichen Dinnerparty-Kreisen bewegten.«

»Ich hoffe, du hast recht. Wir brauchen unbedingt etwas. Dr. Shahs Bericht ist prima, aber wie River schon gesagt hat, es ist eine neue Art von Sachverständigengutachten. Die Gerichte sind immer argwöhnisch beim Zulassen wissenschaftlicher Erkenntnisse, die noch nicht erprobt und abgesichert sind.«

»Aber es ist überzeugend.«

Er blickte skeptisch drein. »Erinnerst du dich noch an das erste Mal, als die Staatsanwaltschaft eine Venenmusteranalyse präsentiert hat, um einen Pädophilen anhand einer Fotografie seines Unterarms zu identifizieren? Stundenlange juristische Streitereien. Und obwohl die Amtsrichterin schließlich zustimmte, fällten die Geschworenen ihre Entscheidung dennoch aufgrund einer Zeugenaussage und nicht wegen der Ergebnisse der Kriminaltechnik.«

Karen nickte matt. »Sie hatten ihre Probleme damit. Weil sie Venenmusteranalyse noch nie bei CSI gesehen oder darüber im Internet oder in den Zeitungen gelesen hatten. Aber jetzt ist es nichts Neues mehr und wird von Richtern und Geschworenen akzeptiert. Ich glaube, heutzutage sind die Leute wissenschaftlicher Beweisführung gegenüber ein bisschen aufgeschlossener, besonders seitdem die Sachverständigen besser darin geworden sind, die Wissenschaft so zu präsentieren, dass normale Menschen es verstehen können.«

Jimmy schüttelte den Kopf. »Es ist genauso schwierig, Anwälte und Richter dazu zu bringen, es zu verstehen. Diese Theorie von Dr. Shah hört sich auf dem Papier gut an. Sieht auch gut aus. Aber weil sie noch nicht erprobt ist, wird die Verteidigung ihr Bestes tun, um sie madig zu machen. Und du musst schon zugeben, das Ganze klingt ein bisschen gruselig. Wie die Wiederkehr der Leichenhändler. Die früher angeblich im Interesse der Vertiefung unseres Wissens an Leichnamen herummurksten.«

Karen war enttäuscht von Jimmys mangelnder Begeisterung für die Wundenanalyse. Sie hatte aufrichtig geglaubt, er würde es als einen Durchbruch sehen, wie sie es getan hatte. »Zumindest ist es etwas, womit ihr Willow Henderson unter Druck setzen könnt.«

Zustimmend neigte er den Kopf und hob das Glas. »Aber ich brauche mehr. Ich brauche noch einen Beweis, bevor ich sie richtig unter Druck setzen kann, geschweige denn verhaften. Es ist frustrierend, Karen. Ich bin mir ziemlich sicher, dass du recht mit dem hast, was wirklich in dieser Küche vorgefallen ist, aber im Moment stecken wir fest.«

Sie saßen schweigend da, nippten an ihren Getränken und starrten niedergeschlagen den Tisch an. Karen hatte gehofft, die neuen Beweise würden die Sache vorantreiben. Ann Markie griff sie von allen Seiten an, und die Frau würde nicht lockerlassen, bis Karen sich mithilfe von Erfolgen schützen konnte. »Gib Bescheid, wenn es noch etwas gibt, was ich tun kann«, sagte sie. »Alles, was ich im Moment anfasse, scheint nirgendwohin zu führen. Und der Hundekuchen schnappt an jeder Ecke nach meinen Fersen.« Sie seufzte. »Ich versteh nicht, wieso sie es auf mich abgesehen hat. River glaubt, sie sei ein Kontrollfreak. Dass sie versucht, mich aus der Historic Cases Unit zu drängen, damit sie einen ihrer Pöstcheninhaber einsetzen und die ganzen Lorbeeren einheimsen kann für die Fälle, die die Einheit klärt.« Karen spielte an ihrem Glas herum. »Vielleicht hat River recht. Aber es fühlt sich irgendwie persönlicher an.«

Jimmy rutschte unruhig hin und her. »Lass dich nicht von ihr unterkriegen. Da stehst du drüber.«

»Du hast leicht reden. Sie sitzt ja auch nicht dir im Nacken und erzählt dir, dein Dienstgrad hänge am seidenen Faden.« Karen sah ihm in die Augen. »Ich liebe meine Arbeit, Jimmy. Ich weiß, dass die HCU nicht viel hermacht, aber das, was es gibt, habe ich aufgebaut. Und der Minzdrops und ich, wir leisten gute Arbeit. Ich begreife nicht, warum mir jemand einen Knüppel zwischen die Beine werfen sollte, selbst ein Kontrollfreak. Sie beansprucht den Ruhm für das, was wir tun, sowieso schon für sich, weil wir ja zu ihrem Zuständigkeitsbereich gehören. Ich werde einfach das Gefühl nicht los, dass es etwas Persönliches ist.«

Jimmys Mund zuckte heftig, als hielte er etwas zurück, das ihm unangenehm war. Karen bemerkte sein Unbehagen. »Was ist los, Jimmy? Was sagst du mir nicht? Ich dachte, wir würden einander nichts verschweigen.«

Er verzog das Gesicht zu einer verlegenen Grimasse. »Es fühlt sich persönlich an, weil es persönlich ist.« Unvermittelt stand er auf. »Ich brauche einen richtigen Drink. Willst du einen?«

Sie nickte. Was war so schwierig, dass Jimmy sich Mut antrinken musste, bevor er es ihr sagen konnte? Sie beobachtete, wie er sich durch die Bar schob und den Barkeeper auf sich aufmerksam machte. Seine Schultern waren angespannter als sonst.

Kurz darauf war er mit zwei Gin Tonic zurück. »Millers«, sagte er knapp und deutete auf die Gurkenscheibe, die in dem Drink schwamm.

»Ist doch egal. Was weißt du über Markie?«

»Ich wollte es dir nie erzählen. Zum Teufel, Phil wollte nie, dass du es erfährst.«

Eine kalte Hand der Sorge umklammerte Karens Herz. Phil? Was hatte Ann Markie mit Phil zu tun? Die Vorstellung von den beiden zusammen erfüllte sie in gleichem Maße mit Angst und Übelkeit. »Dass ich was erfahre?«, knurrte sie.

Jimmy riss bestürzt die Augen auf. »Es ist nichts vorgefallen, Karen! Um Himmels willen, du wirst dir doch nicht einbilden, dass Phil Interesse an einer Eiskönigin wie Markie gehabt hätte?«

Karen trank einen Schluck von ihrem Drink. Auf ihrer Zunge schmeckte er wie Säure. »Komm auf den Punkt, Jimmy.«

»Es war, kurz bevor du und Phil zusammengekommen seid. Weißt du noch, dass er an einem Kurs über Vernehmungstaktiken auf Tulliallan Castle teilnahm?« Das Ausbildungszentrum der Polizei bot regelmäßig Kurse zu verschiedenen Themen an, Karen hatte selbst ein paar durchlitten. Sie waren immer eine Mischung aus wahrhaft nützlichen Informationen und ärgerlichen zwischenmenschlichen Interaktionen.

»Das weiß ich noch. Ich dachte, wir müssten besser darin werden, bei den Menschen weit zurückliegende Erinnerungen anzuzapfen.«

»Genau. Nun, Markie nahm an demselben Kurs teil. Damals war sie erst Detective Chief Inspector. Sie hatte wohl größeres Interesse daran, ihr Geschick bei Medieninterviews den letzten Schliff zu verpassen, als besser darin zu werden, aus Schurken Informationen herauszubekommen. Wie dem auch sei, sie fand Gefallen an Phil. Was peinlich für ihn war, weil sie einen höheren Dienstgrad hatte.«

»Ich hatte auch einen höheren Dienstgrad«, stellte Karen fest.

»Das war was anderes. Er hat dich jahrelang gekannt, und du machst nie einen auf großes Tier, wie sie es tut. Sobald Phil es merkte, ging er ihr möglichst aus dem Weg, aber eines späten Abends, nachdem alle in der Bar gewesen waren, hat sie sich an ihn rangemacht. Und er gab ihr einen Korb, obwohl sie versuchte, die Vorgesetzte herauszukehren. Er sagte, sie sei stinksauer auf ihn gewesen.«

»Sie muss sich erniedrigt gefühlt haben.« Karen konnte nicht anders, als sich in Ann Markie hineinzuversetzen. Die Qual einer Abweisung kannte sie nur zu gut, auch wenn sie sich fast noch nie an jemanden herangemacht hatte, dem ihr Interesse galt. Und Markie war eine attraktive Frau. Karen vermutete, dass sie es nicht gewohnt war, abgewiesen zu werden, besonders in einer Feieratmosphäre wie bei den Kursen auf Tulliallan.

»Stimmt wohl. Wie dem auch sei, er stellte klar, dass er kein Interesse hatte. Aber keine zwei Monate später bist du bei Phil eingezogen.«

Karen nippte nachdenklich an ihrem Drink. »Sie muss fuchsteufelswild gewesen sein, als sie es herausfand. Er wies die schöne, erfolgreiche Ann Markie ab für eine pummelige kleine Frau mit mieser Frisur und schrecklichem Kleidungsstil. Und null Ehrgeiz.« Karen stieß ein klägliches Lachen aus. »Wie konnte er es wagen? Wie sollte sie das nicht persönlich nehmen? Das ist definitiv die Art von Groll, die einem zu schaffen macht. Kein Wunder, dass sie sehen will, wie ich über Glasscherben krieche.«

»Du nimmst es sehr gefasst auf«, bemerkte Jimmy.

Karen zuckte mit den Achseln. »Damit umzugehen ist verdammt ärgerlich. Das lässt sich nicht leugnen. Aber die Sache ist die, Jimmy. Jedes Mal, wenn sie mich abkanzelt, muss ich mir nur ins Gedächtnis rufen, dass sie Phil haben wollte, aber dass ich diejenige bin, für die er sich entschieden hat. Ich war diejenige, die er liebte. Vielleicht habe ich ihn nicht so lange gehabt, wie mir lieb gewesen wäre, aber wir hatten etwas, was sie nie haben wird.«

»Das kannst du laut sagen«, pflichtete Jimmy ihr bei. Ihm war die Erleichterung ins Gesicht, in seine Körperhaltung geschrieben. Er hatte befürchtet, sie würde gleich in die Höhe gehen, wenn er sie in den Grund für die ständigen Einschüchterungsversuche des Hundekuchens einweihte, und wie den meisten Männern hatte ihm die Aussicht auf eine wütende und emotionale Frau Sorge bereitet. Aber zornig war sie nicht geworden. Es war tatsächlich eine Erleichterung zu erfahren, was hinter der Feindseligkeit ihrer Chefin steckte. In Wahrheit verspürte Karen ein gewisses Maß an Mitleid für Markie.

Allerdings nicht genug Mitleid, um Nachsicht mit ihr walten zu lassen.

Doch eines war klar. Da nun das letzte Puzzleteil an seinem Platz war, begriff Karen, was wirklich vor sich ging. Das bestärkte sie noch in ihrer Entschlossenheit, alle drei Fälle voranzutreiben. Es kam gar nicht infrage, dass sie Ann Markie auch nur im Geringsten nachgab, ganz gleich, wie sehr ihre Chefin sich anstrengte, ihr das Leben schwer zu machen.

# 51

## 2018 – Edinburgh

Sobald Karen das Büro betreten hatte, hatte Jason ihr Ausdrucke der einzigen Anzeige aus der *Edinburgh Evening News* für ein Wohnmobil gezeigt, das auf Joey Sutherlands Gefährt passte. »Waren Sie hinter dem her?«, wollte er eifrig wissen.

Mit einem Strahlen auf dem Gesicht hatte sie das Datum am oberen Ende der Seite zur Kenntnis genommen. »Gute Arbeit, Jason.« Sie steckte sie in die Fallakte und lehnte sich in ihrem Stuhl zurück, tief in Gedanken. Dann setzte sie sich auf. »Als Nächstes müssen wir das Datum herausfinden, wann sie dieses Haus in Leith gekauft hat. Das erste, das sie renovierte. Ich muss mit jemandem beim schottischen Grundbuchamt sprechen und ihn dazu bringen, die alten Daten nachzuschlagen.«

»Das könnte ich erledigen«, bot Jason an. Vor nicht allzu langer Zeit hätte er sich niemals freiwillig gemeldet. Doch sein Selbstverstrauen wuchs, und er wurde allmählich selbstsicherer, was seine Fähigkeit betraf, Informationen auszugraben.

»Ich weiß, dass Sie das könnten«, erwiderte Karen. »Aber ich habe eine andere Aufgabe für Sie. Folgendes, Jason. Shirley O'Shaughnessy verbringt Zeit mit Joey Sutherland bei Invercharron. Drei Monate später wird das Wohnmobil auf sie umgemeldet. Die Kfz-Zulassungsstelle bestätigt das. Obwohl wir wissen, dass sie Joey getroffen hat – sogar mit ihm abgehangen hat –, kauft sie ihm das Wohnmobil nicht direkt ab, sondern über eine Kleinanzeige in der Zeitung. Das ist nun offen gesagt seltsam. Zumal niemand nach Invercharron Joey gesehen oder mit ihm gesprochen zu haben scheint.« Sie sah ihn mit fragend hochgezogenen Augenbrauen an.

»Es ergibt keinen Sinn.« Jason hoffte, dass das die richtige Antwort war.

»Genau. Wir müssen unbedingt herausfinden, wo dieses Wohnmobil zwischen dem Invercharron-Wochenende und dem Datum war, an dem Shirley es angeblich dem früheren Besitzer abgekauft hat.«

»In dem Interview, das Sie mir geschickt haben, sagt sie, dass sie in dem ersten Winter darin gewohnt hat, während sie Häuser renovierte. Hinter dem Haus geparkt, das sie in Leith gekauft hatte.«

»Aber selbst wenn ihr zu dem Zeitpunkt das Haus gehörte, war sie noch nicht die offizielle Eigentümerin des Wohnwagens. Falls sie Joey Sutherland tatsächlich benutzte, um an etwas Wertvolles in den Satteltaschen zu gelangen, und ihn dann umbrachte, war sie offensichtlich entschlossen, ihre Spuren zu verwischen. Sie wird dann nicht etwas so Unachtsames tun, wie diesen Wohnwagen an irgendeinem Ort abzustellen, der mit ihr in Verbindung gebracht werden kann, bis sie alles bei der Zulassungszentrale legal gemacht hat. Sehen Sie, worauf ich hinauswill?«

»Mehr oder weniger. Wo war also Ihrer Meinung nach das Wohnmobil?«

Karen zuckte mit den Schultern. »Da bin ich genauso überfragt wie Sie.«

Jason lachte. »Das bezweifle ich.«

Amüsiert schüttelte sie den Kopf. »Wo versteckt man denn eine Nadel?«

»In einem Heuhaufen?« Jetzt klang er zuversichtlich.

»Nein, Jason.«

Wieder verwirrt kratzte er sich am Kopf. »Hä?«

»Man versteckt sie in einem Etui voller Nadeln.«

Ihm ging ein Licht auf. »Ein Campingplatz«, sagte er. »Man würde es auf einen Campingplatz für Wohnwagen stellen.«

»Genau. Ich weiß, dass wir vielleicht einem Phantom hinterherjagen, weil es schon so lange her ist, aber ich möchte, dass Sie Campingplätze überprüfen, die 1995 existierten.«

Niedergeschlagen erhob er Protest. »Da muss es Hunderte geben!«

»Sie wird sich nicht allzu weit von Edinburgh entfernt haben. Sie musste leicht darauf zugreifen können, als die Zeit kam, es offiziell nach Leith zu bringen. Fangen Sie mit einem Zwanzigmeilenradius an, Jason.«

Ihm sank der Mut. *Anfangen?* »Selbst wenn ich mir eine Liste beschaffen kann, wird sich niemand an einen Wohnwagen von vor über zwanzig Jahren erinnern.«

»Vielleicht doch, wenn er drei Monate lang auf dem Platz herumstand und eine attraktive amerikanische Besitzerin hatte. Einen Versuch ist es doch wohl wert.«

»Ja, schon okay. Aber was genau beweist es, wenn wir tatsächlich herausfinden, wo er war?« Es bereitete ihm immer noch Mühe, dem Gedankengang seiner Chefin zu folgen.

»Es ist ein weiterer Stein in der Mauer, Jason. Und was machen wir hier?«

»Einen Stein nach dem anderen«, seufzte er schicksalsergeben. Er drehte sich weg und starrte seinen Computer mit gerunzelter Stirn an. Was hatten die Leute gemacht, bevor es das Internet gab, wenn sie einen Stellplatz für ihren Wohnwagen finden wollten? Damals war er noch ein Kind gewesen; über solche Dinge hatte er sich nie den Kopf zerbrechen müssen. Er warf einen Blick über die Schulter, aber Karen war bereits in ihre eigenen Nachforschungen vertieft. Rasch simste er seiner Mutter:

Weißt du noch, als ich klein war und wir im Caravan Ferien gemacht haben? Du und Dad, wie habt ihr was über Campingplätze rausgefunden? Vor dem Internet, meine ich.

Womit auch immer seine Mutter gerade beschäftigt war, für ihre Söhne legte sie es stets beiseite. Innerhalb von zwei Minuten kam eine Nachricht zurück:

Reiseführer. Aus der Bücherei. Der Caravan Club hatte auch eine Zeitschrift, aber als dein Dad sie in einem Jahr kaufte, fand er heraus, dass es vor allem für Leute mit eigenem Caravan war, nicht Leute wie uns, die nur etwas für ein oder zwei Wochen mieten wollten. Wir hatten ein paar schöne Urlaube im Caravan, weißt du noch? Da war das eine Mal in Stonehaven, ihr wart ständig am Strand. Kommst du am Sonntag zum Essen? Liebe Grüße, Mum.

Natürlich. Die Bücherei. Und da er nun herausgefunden hatte, wie leicht es war, sich an eine Bibliothekarin zu wenden, ohne dass es einem peinlich sein musste, hatte er kein Problem damit. Er simste seiner Mutter ein kurzes Dankeschön. Das Sonntagsessen konnte warten.

Jason loggte sich beim Bibliotheksservice ein und formulierte seine Anfrage sorgfältig.

Ich suche nach einem Verzeichnis von Campingplätzen und/oder zu vermietenden Wohnwagenstellplätzen in einem Zwanzigmeilenradius um Edinburgh für das Jahr 1995. Haben Sie etwas, was mir da weiterhelfen würde? Danke. **DC Jason Murray, Historic Cases Unit, Police Scotland.**

Er schickte sie los und fragte sich, wie er beschäftigt wirken könnte, während er auf eine Antwort wartete. Da Karen mitten in einem Telefonat zum Thema Immobilienhandel steckte, blieb ihm zumindest eine Verschnaufpause. Was er jetzt brauchte, entschied er, war Zucker, also ging er nach draußen zu dem Automaten vor der Kripoabteilung im Hauptgebäude.

Als er zurückkehrte, einen halb aufgegessenen Snickers-Schokoriegel in der Hand, heftete Karen gerade eine Notiz an die Korkpinnwand neben ihrem Schreibtisch. »Ich dachte, es würde schwierig werden«, sagte sie. »Der Typ, den ich an die Strippe bekam, hörte sich an, als wäre er seit der Zeit der Stadtwache dort.« Beim Anblick seiner verwirrten Miene fügte sie hinzu: »Das, was sie vor dreihundert Jahren in Edinburgh hatten, bevor es eine richtige Polizei gab. Aber ich habe den armen Mann falsch eingeschätzt. Sein Verstand war so scharf wie einer der Meißel meines Dads. Sämtliche historischen Transaktionen und Übertragungen sind digitalisiert worden, also sind die Informationen nur einen Mausklick entfernt.« Sie wies auf den Notizzettel. »Die Eintragung der Leith-Immobilie erfolgte am vierten Dezember 1995 auf Shirley O'Shaughnessys Namen.«

»Vier Tage, bevor die Annonce in der Zeitung erschien.«

»Genau. Und dreizehn Tage, bevor der Wohnwagen auf sie umgemeldet wurde. Zu dem Zeitpunkt konnte sie ihn dann rechtmäßig in ihrem eigenen Garten parken.«

Jason nickte. Das ergab Sinn. Doch etwas machte ihm immer noch zu schaffen. »Warum hat sie so lang gewartet? Warum hat sie nicht gleich das Haus gekauft und so getan, als hätte sie den Wohnwagen gekauft, sobald sie Joey umgebracht hatte?«

Karen belohnte seine Frage mit einem Lächeln. »Da fallen mir zwei Gründe ein.« Sie hob die Augenbrauen und gab ihm

Gelegenheit, selbst auf mindestens einen zu kommen. Doch die Fortschritte, die Jason gemacht hatte, hatten Grenzen, und er war überfragt.

Er verzog das Gesicht in reuevoller Verwirrung. »Keinen blassen Schimmer«, sagte er.

»Versetzen Sie sich in ihre Lage. Sie hat einen Mann ermordet und wird vernünftigerweise erwarten, dass er vermisst werden wird. In der Highland-Games-Szene war er bekannt. Ich könnte mir vorstellen, dass sie herausgefunden hat, wo er als Nächstes antreten sollte, um darauf zu achten, ob er in der Lokalzeitung als vermisst gemeldet würde. Ich an ihrer Stelle hätte mindestens ein paar Wochen abgewartet, um sicherzugehen, dass niemand nach Joey suchte, beziehungsweise wenn man es tat, dass man nicht nach ihr suchte.«

»Das ergibt Sinn«, gab Jason zu. »Und der andere Grund?«

»Sie hatte einen Plan. Sie wollte das Wohnmobil nutzen, ansonsten hätte sie Joeys Unterschrift früher gefälscht und es an irgendeinen ahnungslosen Händler oder sonst jemanden verkauft, oder nicht?«

»Ja, sie wollte auf der Baustelle wohnen, während sie das Haus renovierte.«

»Richtig. Aber sie hat nicht gleich ein Haus gekauft, oder?«

Jason zuckte mit den Achseln. »Vielleicht war nichts auf dem Markt, was ihren Vorstellungen entsprach.«

»Das ist möglich. Aber vielleicht lag es ganz einfach daran, dass sie das Geld nicht hatte. Vielleicht musste sie erst mit dem, was auch immer sich in der Motorradsatteltasche befand, das nötige Kapital beschaffen. Also musste sie das Wohnmobil auf Eis legen, bis sie die Beute in Bares umwandeln und durchstarten konnte. Und deshalb, Jason, ist es so wichtig, dass wir herausfinden, wo dieses Wohnmobil war, bevor es auf sie zugelassen in Leith auftauchte. Damit wir sie damit in Verbindung bringen können zu einem Zeitpunkt, zu dem sie eigentlich nichts damit hätte zu tun haben sollen. Oh, und wir brauchen die Originalpapiere von der Kfz-Zulassungsstelle. Sie muss Joeys Unterschrift gefälscht haben. Wir müssen die Dokumentenprüfer darauf ansetzen.«

»Soll ich das auch erledigen? Das kann ich machen, während ich darauf warte, dass die Bibliothek sich bei mir meldet.«

»Perfekt.« Bevor sie noch etwas sagen konnte, traf McCartney ein, wie ein Gockel hereinstolzierend.

»Morgen«, sagte er. »Ich habe Plummer herbestellt. Er ist mit seiner Anwältin in Vernehmungszimmer drei.«

Karen blickte von ihrem Bildschirm auf. »Hat es mit der Gegenüberstellung geklappt?«

»Ich konnte zwei der Opfer überreden zu kommen. Eine aus dem Jahr 1983, eine von 1984.«

»Wenn es Plummer ist, wie kommt es dann, dass er aufgehört hat?«, wollte Jason wissen.

Karen seufzte. »Wahrscheinlich hat er nicht aufgehört. Er ist nur klüger geworden. DNA machte erst 1987 Schlagzeilen als Methode, um Verbrecher zu identifizieren. Es ist gut möglich, dass er schon seit dreißig Jahren immer wieder Sexarbeiterinnen vergewaltigt und zusammenschlägt. Die Frauen, die auf der Straße arbeiten, melden es häufig nicht, wenn ihnen was zustößt. Sie glauben, dass wir sie nicht ernst nehmen.« Sie schüttelte den Kopf. »Größtenteils haben sie wahrscheinlich recht.« Sie erhob sich. »Also schön, sehen wir mal, was Plummer zu sagen hat. Jason, Sie wissen, was Sie zu tun haben, ja?«

»Ja, Boss.« Er wandte sich wieder seinem Computer zu, während Karen und McCartney das Zimmer verließen.

»Woran sitzt der Wunderknabe denn?«, erkundigte DS

McCartney sich beiläufig, als sie in den Hauptteil des Reviers hinübergingen.

»Penible Recherchen«, sagte Karen. »Nichts, worüber Sie sich Ihr hübsches kleines Köpfchen zerbrechen müssen. Hier gibt es reichlich für Sie zu tun.« Sie schenkte ihm ihr süßlichstes Lächeln. »Das große Ganze können Sie mir überlassen.«

## 52

## 2018 – Edinburgh

Barry Plummer schob das Kinn vor und straffte die Schultern, als sie das Vernehmungszimmer betraten, als wollte er sagen: »Ich bin ein rechtschaffener, umgänglicher Kerl, der nichts zu verbergen hat.« Was Karen sah, war der typische Mann mittleren Alters, dem man keinen zweiten Blick schenken würde, wo auch immer man ihm begegnete. Doch als sie ihn musterte, sah sie Muskeln arbeiten, während er die Kieferpartie anspannte und wieder lockerte. Wunde rote Stellen neben den Fingernägeln, wo er an der Haut gekaut hatte. Das zuckende Wippen seines linken Beins, während er versuchte, seine Nervosität in den Griff zu bekommen. Und vertreten wurde er von einer Frau. Es war so ein Sexualstraftäterklischee – besorg dir für die Verteidigung eine Frau, denn eine Frau würde doch bestimmt niemals einen Mann verteidigen, der einen schweren sexuellen Übergriff begangen hatte.

Karen zog den Stuhl gegenüber von Plummer zurück und schaltete ohne ein Wort das Aufnahmegerät ein. Sie stellte sich und McCartney vor und sagte dann: »Ebenso anwesend sind Barry Plummer und – Verzeihung, Ihren Namen kenne ich nicht.«

»Ich bin Sujata Chatterjee, Mr. Plummers Rechtsanwältin. Ich dachte, dies sei einfach eine weitere Klarstellung wegen Befragung meines Mandanten durch Sergeant McCartney letzte Woche?« Sie sprach mit einem näselnden Glasgower Dialekt, die Art Stimme, die alles wie eine Herausforderung klingen lässt.

»Nicht ganz. Dies ist eine offizielle Vernehmung«, erklärte Karen. Sie neigte den Kopf in McCartneys Richtung, woraufhin dieser die vertraute Belehrung anstimmte.

»Moment mal«, sagte Plummer. »Verhaften Sie mich, oder was?«

»Wie ich schon sagte, wollen wir Sie offiziell vernehmen, damit kein Zweifel darüber besteht, was gefragt wird und was geantwortet.« Karen sprach mit Nachdruck.

Plummer wandte sich an seine Anwältin. »Muss ich ihnen antworten?«

»Sie können bei jeder Frage, die Sie nicht beantworten möchten, ›kein Kommentar‹ sagen«, erwiderte diese. »Das hier ist Schottland. Das Gericht kann keine nachteiligen Schlüsse aus einem ›kein Kommentar‹ ziehen. Sie sind nicht verhaftet, und Sie können gehen, wann immer Sie möchten.«

Karen lächelte. Es war die Art Lächeln, die kleine Kinder dazu brachte, sich winselnd am Bein ihrer Mutter festzuklammern. »Wenn Sie sich dazu entscheiden sollten zu gehen, würden wir Sie allerdings wahrscheinlich verhaften.«

Plummer rutschte auf seinem Sitz herum und verschränkte die Arme vor der schmalen Brust. »Schön. Schießen Sie los. Ich habe nichts zu verbergen.«

Ohne Plummer aus den Augen zu lassen, hielt Karen McCartney die Hand hin, und er reichte ihr eine dünne Aktenmappe. Sie schlug sie auf und holte zwei Blätter hervor. Beide zeigten jeweils den schwarz-weißen Barcode einer DNA-Probe. Sie tippte auf ein Blatt. »Das hier ist die DNA-Probe, die von einem Vergewaltigungsopfer aus dem Jahr 1985 stammt. Wir glauben, dass es sich um eine Tat aus einer Reihe brutaler Vergewaltigungen handelt, die sich über einen Zeitraum von mehreren Jahren ereigneten.« Sie tippte auf das andere Blatt Papier. »Das hier ist die DNA-Probe, die Sergeant McCartney letzte Woche Ihrem Mandanten abgenommen hat.« Eine Pause. »Wie Sie sehen können, stimmen sie vollkommen überein.« Plummer blinzelte heftig. Er spitzte die Lippen so fest, dass die sie umgebende Haut weiß wurde.

Karen beugte sich vor und verschränkte die Finger ihrer Hände. »Ich frage mich, Mr. Plummer, welche Erklärung Sie dafür haben.«

Plummer beugte sich zu seiner Anwältin und murmelte ihr etwas ins Ohr. Sie nickte und sagte: »War das Opfer dieses mutmaßlichen Verbrechens eine Sexarbeiterin?«

»Vergewaltigung ist Vergewaltigung, ganz egal, ob eine Frau Sexarbeiterin ist oder nicht.«

»Dessen bin ich mir durchaus bewusst, DCI Pirie. Darum ging es mir nicht. Ich frage noch einmal, war dieses Opfer Sexarbeiterin?«

Karen wusste genau, worauf das hinauslief. Doch sie konnte der Frage nicht ausweichen. »Davon gehen wir aus, Ms. Chatterjee.«

Plummer murmelte wieder etwas ins Ohr seiner Anwältin. Sie nickte. Er räusperte sich. »Ich benutze Prostituierte«, sagte er. »Ich habe einen sehr stark ausgeprägten Geschlechtstrieb.« Ein winziges Grinsen. »Es kann also gut sein, dass ich bei der Frau war. Bedeutet nicht, dass ich sie vergewaltigt habe. Ich habe immer brav gezahlt. Wissen Sie, was ich meine?« Er lehnte sich zurück, auf einmal selbstsicher.

»Das ist ein ziemlich großer Zufall. Ein brutal zusammengeschlagenes Vergewaltigungsopfer mit Ihrer DNA in ihr, und Sie hatten bloß rein zufällig in derselben Nacht eine Sextransaktion unter beiderseitigem Einverständnis mit ihr?« Karen hielt ihre Stimme tonlos, weil sie sich ihre Verachtung für Plummer nicht anmerken lassen wollte.

»Zufälle kommen vor, DCI Pirie«, warf Chatterjee sofort ein.

»Ich frage mich, was eine Geschworenenbank dazu sagen würde.«

Chatterjee stieß ein helles, höfliches Lachen aus. »Ich sehe nicht, wie das hier jemals vor eine Geschworenenbank kommen sollte. Mann hat Sex mit Prostituierter? Das ist ja wohl kaum Thema für eine Eilmeldung, oder? Ich denke, Sie werden sehr viel mehr Beweise als diesen brauchen.«

»Und genau die werden wir beschaffen. Sergeant McCartney hat Vorbereitungen für eine Gegenüberstellung getroffen, die heute Vormittag stattfinden soll, hier auf dem Polizeirevier. Was wir von Ihnen benötigen, Mr. Plummer ...«

»Das mache ich nicht!«, stieß er empört aus. »Sie reden von Verbrechen, die vor dreißig Jahren passiert sind. Ich sehe überhaupt nicht mehr so aus wie damals.« Sein Gesicht war angespannt, entweder vor Zorn oder Angst, das wusste Karen nicht zu sagen. Was sie jedoch wusste, war, dass dieser gewaltige Zinken von einer Nase sich im Lauf der Jahre nicht sonderlich verändert haben konnte. Sie war sich sicher, dass er immer noch zu erkennen war.

»Ich muss Einspruch erheben.« Chatterjee stimmte in die Beschwerde ein. »Mein Mandant hat recht. Jede Identifizierung nach einem derart langen Zeitraum ist zutiefst fragwürdig. Ich bezweifle, dass sie auch nur die geringste Beweiskraft hätte, und offen gestanden ist es eine Zeit- und Geldverschwendung.«

»Nun, Sie werden für Ihre Zeit bezahlt, und wie ich mein Budget ausgebe, ist meine Angelegenheit«, antwortete Karen. »Alles, was wir von Mr. Plummer benötigen, sind ein paar Augenblicke vor einer Videokamera, und es dauert nur wenige Minuten, bis das VIPER-System eingerichtet ist.«

»Ein paar Augenblicke? Wenige Minuten? Sie haben das hier geplant«, sagte Chatterjee.

»Wir wären nachlässig, wenn wir ...«

»Was zum Teufel ist das VIPER-System?«, fuhr Plummer dazwischen. »Was zum Teufel geht hier vor sich?«

»Es ist ganz einfach«, sagte Karen im Tonfall eines Menschen, der einem kleinen und recht beschränkten Kind etwas erklärt. »VIPER steht für Video Identification Parade Electronic Recording, also elektronische Videoaufnahmen für eine Gegenüberstellung. Es ist ein System, das wir nun schon seit fünfzehn Jahren benutzen. Wir haben eine riesige Datenbank mit Menschen von überall im Vereinigten Königreich. Sie werden gefilmt, wie sie in die Kamera schauen und sich dann zur Seite drehen, um ihr Profil zu zeigen. Wir haben ein Expertenteam, das eine Gruppe mit Männern zusammenstellt, die Ihnen ähnlich sehen. Dann werden wir Sie dabei filmen, wie Sie genau das Gleiche tun – nach vorn sehen, dann den Kopf drehen. Und dann wird ein Officer, der Sie noch nie gesehen hat und nicht weiß, auf welchem Video Sie sind, den Opfern die Auswahl an Filmen zeigen.«

»Das mache ich nicht.« Plummer schob seinen Stuhl zurück und war schon halb aufgestanden, bevor seine Anwältin seinen Arm tätscheln und ihm bedeuten konnte, dass er sich hinsetzen solle. Mit mürrischer Miene fiel er zurück. »Das mache ich nicht. Sie können mich nicht zwingen.«

»Folgendermaßen läuft das ab, Mr. Plummer«, sagte Karen mit tiefer und freundlicher Stimme. »Entweder Sie kooperieren freiwillig, oder ich verhafte Sie. Sobald Sie verhaftet sind, gestattet das Gesetz der schottischen Polizei, dass wir Fotos von Ihnen machen. Sobald wir das erledigt haben, können wir ein Bundle mit einem Dutzend Fotos von Männern, die Ihnen ähnlich sehen, zusammenstellen und sie den Zeuginnen vorlegen. Das gleiche Endergebnis, bloß dass Sie noch das letzte bisschen guten Willen aufgebraucht haben, den Sie sich möglicherweise verdient haben, indem Sie uns weiterhelfen. Außerdem sind Sie festgenommen und werden in Gewahrsam gehalten. Nun hege ich ja den Verdacht, dass Sie es unterlassen haben, Ihrer Frau und Ihren Kindern und Arbeitskollegen gegenüber zu erwähnen, dass Sie heute hergekommen sind. Wenn Sie nicht zur üblichen Zeit zu Hause aufkreuzen, wird Ihre Frau sich vielleicht Sorgen machen. Sie wird vielleicht bei der örtlichen Polizeidienststelle anrufen und Sie als vermisst melden. Und dann wird man ihr vielleicht erzählen, dass Sie in Gewahrsam sind, weil Sie zu der Vergewaltigung einer Prostituierten vernommen werden, mit der Sie, wie Sie bereits zugegeben haben, Sex hatten.«

»Das ist ungeheuerlich!«, beklagte sich Chatterjee. »Wie können Sie es wagen, meinem Mandanten zu drohen?«

»Glauben Sie mir, Ms. Chatterjee, wenn ich Ihrem Mandanten drohen würde, wüsste er es. Ich habe Mr. Plummer lediglich die ihm derzeit zur Verfügung stehenden Optionen erläutert. Ich glaube an das Treffen fundierter Entscheidungen, Sie nicht auch, Ms. Chatterjee?«

Die Anwältin starrte sie zornig an, doch Karen hatte ihr keine Angriffsfläche gelassen.

»Was soll es also sein, Mr. Plummer? Der Blumenpfad der Lust oder der steile Dornenweg?«

Wie sich schließlich herausstellte, machte es keinen Unterschied. Keines der beiden Opfer konnte Barry Plummer mit Sicherheit identifizieren. Eine Frau glaubte, dass er es sei, konnte es allerdings nicht beschwören. Die andere, eine durch Jahre voller Drogen, Alkohol und Armut verwahrloste Frau, hatte keinen blassen Schimmer. Und selbst wenn, so wusste Karen, würde sie eine schreckliche Zeugin abgeben. Kein Staatsanwalt würde aufgrund ihrer Aussage eine Anklageerhebung in Erwägung ziehen.

Karen und McCartney waren im Büro der HCU, als der VIPER-Officer nach unten kam, um ihnen die schlechten

Nachrichten zu überbringen. Keiner von beiden hatte wirklich geglaubt, dass sie ein eindeutiges Ergebnis von den Zeuginnen erhalten würden, doch Karen hatte sich an die Hoffnung geklammert, sie könnten vielleicht genug erhalten, um Plummer unter Druck zu setzen.

Dies war der schwierigste Teil bei der Ermittlungsarbeit an Altfällen. Man überprüfte erneut ein ungelöstes Verbrechen, oder es tauchte ein neuer Beweis auf – wie beispielsweise das Kennzeichen. Man kam ein Stückchen weiter auf dem Weg hin zu einer Aufklärung. Manchmal, wie heute, hatte man einen Verdächtigen, bei dem einem die jahrelange Erfahrung sagte, dass er mit beinahe absoluter Sicherheit der Täter war. Doch dann biss man auf Granit. Anderer Granit als derjenige, an dem die ursprünglichen Ermittler gescheitert waren, aber einer, der ganz genauso unnachgiebig war.

»Was machen wir jetzt?«, fragte McCartney.

Karen schüttelte den Kopf. »Ich glaube, wir sind aufgeschmissen. Ich sehe keinen anderen Ansatzpunkt. Die DNA reicht nicht. Wenn das Opfer keine Sexarbeiterin gewesen wäre, hätte uns das vielleicht weitergebracht. Aber Plummer hat eine legitime Antwort darauf. Die einzige andere Möglichkeit besteht darin, Schachtel für Schachtel das Beweisarchiv durchzugehen, um zu sehen, ob wir die Proben aus den anderen Fällen auftreiben können. Das würde Wochen dauern, und selbst wenn wir sie finden sollten, ist es keine Garantie, dass wir eine Verurteilung erwirken. Ich hasse es, von etwas abzulassen, weil es das Budget sprengt. Aber in diesem Fall ist es ganz klar. Wir müssen es sein lassen.«

McCartney trat gegen den Abfalleimer neben seinem Schreibtisch. Mit dem Geräusch einer kaputten Glocke prallte er von der unteren Schublade ab. »Scheißkerl«, sagte er.

»Ich hatte den Eindruck, Sie hielten das hier für eine Zeitverschwendung«, erwiderte Karen.

McCartney hatte den Anstand, beschämt auszusehen. »Am Anfang, ja, da war's so. Aber Plummer ließ bei mir die Alarmsirenen schrillen. Er stinkt zum Himmel, wenn Sie wissen, was ich meine. Und ich bin zu Kay McAfees Eltern und habe mit ihnen geredet. Bloß um zu sehen, ob über die Jahre noch andere Einzelheiten aufgetaucht sind.« Er lachte, den Mund spöttisch verzogen.

»Macht es real, nicht wahr? Wenn man mit den Menschen redet, die jemanden zu betrauern haben.«

Er nickte. »Sie haben nie die Hoffnung aufgegeben, ihre Mum und ihr Dad. Besonders der Vater. Er ist mittlerweile weit über sechzig, aber er ist immer noch hitzig. Er hat das Gefühl, sie hätten Kay im Stich gelassen, als sie ein Teenager war. Sie war wild. Sie wissen ja, wie es läuft. Es sind einfache Leute aus der Arbeiterschicht aus einem winzigen Städtchen in West Lothian, sie hatten keine Ahnung, wie sie damit umgehen sollten. Also verfielen sie auf ›solange du deine Füße unter unserem Tisch hast, gelten unsere Regeln‹, und Kay war auf und davon. Und ehe sie sichs versehen, steht die Polizei an der Tür, dann die Ärzte, die sagen: Ihr Mädchen wird ihr restliches Leben im Rollstuhl sitzen, und mit Ihnen reden wird sie übrigens auch nicht können.«

»Das ist hart.«

»Ja. Also hat Billy McAfee sowohl dreißig Jahre Schuldgefühle als auch dreißig Jahre Wut auf dem Buckel.« McCartney fuhr sich mit der Hand über die glatt rasierte Kieferpartie. »Mit ihm zu reden, diese Qual zu sehen. Ich habe es irgendwie kapiert. Was Sie darüber gesagt haben, dass Sie nicht wollen, dass die Hinterbliebenen auch nur einen Tag mehr als nötig leiden müssen. Und ich wollte Plummer für Billy McAfee drankriegen.«

Zu ihrer Überraschung fühlte Karen sich von McCartneys Eingeständnis gerührt. Vielleicht ließ sich doch noch etwas aus ihm machen, wenn sie ihn davon überzeugen konnte, dass sie, und nicht der Hundekuchen, sich korrekt verhielt. »Offensichtlich können wir Plummer nicht anklagen. Aber bringen wir ihn ein kleines bisschen ins Schwitzen. Los, sagen Sie Ms. Chatterjee, dass wir VIPER noch einmal machen müssen. Wir behalten ihn noch ein paar Stunden hier. Vielleicht lange genug, dass die Lage zu Hause ein wenig ungemütlich für ihn wird.« Sie schenkte ihm ein grimmiges Lächeln. »Scheint mir das Mindeste zu sein, was wir tun können.«

# 53

## 2018 – Edinburgh

Sich selbst überlassen, richtete Karen ihre Gedanken auf den Fall Joey Sutherland. Sie las noch einmal alles, was das Internet herzugeben hatte, kehrte allerdings immer wieder zu dem zurück, was in dem Illustriertenporträt über den Beginn von O'Shaughnessys Immobilienimperium gestanden hatte. Laut der Journalistin hatte sie ihr Geschäft mit Geld gegründet, das sie von ihrem Großvater geerbt hatte. Wenn das der Fall gewesen wäre, warum hatte sie dann so lange gewartet, bis sie loslegte? Die Hälfte ihres zweiten Studienjahrs an der Napier war vorüber gewesen, bis sie ihren ersten Streifzug in der Immobilienbranche unternommen hatte.

Vielleicht hatte sie das Gefühl gehabt, sie müsse ein besseres Verständnis für Geschäftsprinzipien entwickeln, bevor sie ins kalte Wasser sprang. Das wäre eine vernünftige Erklärung. Selbst ein von Natur aus misstrauischer Kopf wie Karens musste das zugeben.

Doch vielleicht lag es auch daran, dass die Frau das Kapital tatsächlich erst viel später besessen hatte. Wenn der wahrhaft wertvolle Teil ihrer Erbschaft unter einem Torfmoor in den Highlands vergraben gewesen wäre, würde das erklären, warum sie hatte warten müssen, bis sie jemanden wie Joey Sutherland fand, der ihn für sie zutage förderte.

Karen hatte einmal vor Jahren *Die Unbestechlichen* auf einer ruckeligen VHS-Kassette gesehen, die ihr Dad beim Videoverleih geholt hatte. Ihr erster Fall als Detective hatte sich um ein gefälschtes Testament gedreht. Während sie am Rand des Falls herumgewühlt hatten, hatte sie sich an das heisere Krächzen der Stimme von Deep Throat erinnert, als er Bernstein und Woodward ermahnt hatte: »Geht dem Geld nach.« Diese Methode hatte zur Aufklärung des Falles geführt, und seitdem war sie ein Instrument in ihrer ermittlerischen Werkzeugkiste geblieben.

Es war definitiv an der Zeit, Shirley O'Shaughnessys Geld nachzugehen. Doch wie sollte sie es überprüfen? Wenn sie je einen Fall auf die Beine brachten, den sie dem Staatsanwalt vorlegen konnten, würden forensische Buchhalter jeden Penny auseinandernehmen, der durch O'Shaughnessys Firma und ihre Privatkonten geflossen war. Doch auf diese Art von Sachverstand konnte Karen im Moment nicht zurückgreifen.

Wenn O'Shaughnessy schottisch gewesen wäre, hätte Karen gewusst, wohin sie den Minzdrops auf die Suche nach dem Testament des Großvaters hätte schicken müssen. Doch sie hatte keine Ahnung, wie diese Dinge in Amerika gehandhabt wurden. Sie würde so einiges dazulernen müssen.

Kaum hatte sie »amerikanische Nachlassregister« in die Suchzeile eingetippt, da kehrte McCartney zurück. Ein kurzer Blick auf die Uhr zeigte, dass er knappe zwei Stunden fort gewesen war. Sie war so in die Recherche zu O'Shaughnessys Hintergrund vertieft gewesen, dass sie völlig die Zeit vergessen hatte. »Ist Plummer noch hier?«, erkundigte sie sich.

McCartney nickte. »Chatterjee wird ein bisschen bockig, aber ich habe ihr gesagt, sie solle dankbar sein, dass wir die Dinge nicht überstürzen. Im besten Interesse ihres Mandanten und so weiter. Vielleicht noch eine Stunde oder so?«

Karen überlegte. »Nein, ich glaube, das wäre übertrieben. Los, sagen Sie ihm, er soll gefälligst nicht mehr in unserer netten ordentlichen Polizeistation herumlungern.«

Der Sergeant sah alles andere als glücklich aus, wusste aber, dass es keinen Sinn hatte, Einspruch zu erheben. »Okay. Wo ist übrigens der Minzdrops?«

Karen lachte glucksend. »Sie geben nie auf, oder?«

Er erwiderte ihr Grinsen. »Ich bin hartnäckig. Ist das denn keine gute Eigenschaft bei Altfällen?«

»Treffer. Aber vergessen Sie Jason, werden Sie Plummer los. Wir werden uns den Fall Ende nächster Woche noch einmal vornehmen und sehen, ob einer von uns einen Geistesblitz hatte.«

»Okay. Ich genehmige mir eine Tasse Tee und ein Speckbrötchen, dann erteile ich Plummer den Marschbefehl.«

Karen widmete sich wieder ihrem Bildschirm, als er den Raum verließ. Es war an der Zeit, dass sie etwas tat, das das Team vielleicht aus seiner gegenwärtigen Frustration herausführte zu einem Ergebnis, das sie feiern konnten.

Gayfield Square, später Nachmittag. Einer der wenigen Flecken mit Parkuhren in diesem Stadtteil, also drehte ein Auto hoffnungsvoll seine Runde. Wie immer gab es reichlich Fußgängerverkehr, Leute, die zwischen London Street und Elm Row unterwegs waren. Ein hübscher kleiner Park in der Mitte mit ein paar Bänken auf der Rasenfläche, von denen mindestens eine einen ungestörten Blick auf den Haupteingang des Polizeireviers gestattete. Und falls es zufälligerweise regnen sollte – was es an diesem bestimmten Nachmittag nicht tat –, befand sich die South Gayfield Lane an der Seite der Wache mit ein oder zwei praktischen Eingängen zum Unterstellen.

Als Barry Plummer mit Sujata Chatterjee aus dem Gebäude trat, blieben sie auf dem Bürgersteig davor stehen, vermutlich um die zurückliegenden Ereignisse zu besprechen. Vielleicht um eine Taktik zu erarbeiten, sollte es weitere Entwicklungen geben. Keinem von beiden fiel auf, dass ein Parkbesucher bei ihrem Erscheinen von einer der Bänke aufgesprungen war. Ein gedrungener, grauhaariger Mann in Jeans, Turnschuhen und einem Nylonblouson, dessen Reißverschluss bis zum Hals hochgezogen war, sprintete durch den Park und über die Straße. Er hatte sie erreicht, bevor einer von beiden sein Herannahen bemerkt hatte.

»Du verdammter Scheißkerl!«, brüllte der Mann, öffnete den Reißverschluss seiner Jacke und zog ein Tranchiermesser mit langer Klinge heraus. »Du Arschloch! Du Arschloch!« Er stieß das Messer in Barry Plummers Eingeweide.

Plummer versuchte, den Griff zu packen, doch die Klinge schnitt durch seine Finger, als der Angreifer sie herauszog und abermals zustach. Plummers schriller Schrei vermischte sich mit dem Gebrüll des Mannes und den durchdringenden Schreien von Sujata Chatterjee, die mit ihren kleinen Fäusten auf den Rücken des Angreifers einhieb. Er schien es nicht zu bemerken. Er zog nur immer wieder das Messer heraus und stach auf Plummer ein, wo auch immer er ihn erwischte.

Plummer sank auf die Knie, doch der Mann hörte nicht auf. Er stach in den Hals und den Kopf seines Opfers, mit hochrotem Kopf, blutbespritzt und -verschmiert, weiter schimpfend und schreiend.

Er schrie noch immer, als Sekunden später ein halbes Dutzend Polizeibeamte aus dem Haupteingang gelaufen kam, manche noch mit ihren Schutzwesten kämpfend. Sie packten ihn von hinten und stießen ihn zu Boden; einer von ihnen trat auf das Handgelenk des Mannes, um ihn zu zwingen, das Messer fallen zu lassen.

Zu spät. Es hatte keine Minute gedauert. Es war so schnell vorbei, dass es noch nicht einmal jemand auf dem Platz geschafft hatte, den Vorfall mit dem Handy festzuhalten. Doch Barry Plummer war tot. Nicht durch eine Stichwunde, sondern durch einen Herzinfarkt.

# 54

## 2018 – Edinburgh

DC Jason Murray kehrte vergnügt zum Gayfield Square zurück, wo er das Revier allerdings in Aufruhr vorfand. Auf dem Gehsteig vor dem Haupteingang befand sich ein Zelt der Spurensicherung, und ein Gedränge aus Reportern wurde von einem finster dreinblickenden Trio einfacher Fußsoldaten in ihren neonfarbenen Warnwesten nur mit Mühe unter Kontrolle gehalten. Er bahnte sich einen Weg durch die Empfangshalle, wo ihn ein uniformierter Sergeant hinter dem Schalter zornig anstarrte. »Was ist los?«, fragte Jason.

»Ihre Bande hat heute Nachmittag hier ein verfluchtes Chaos angerichtet«, knurrte der Sergeant ihn an. »Verschwinden Sie und lassen Sie sich von Ihrem Boss auf den neuesten Stand bringen. Falls die auch nur die leiseste Ahnung hat, was hier verdammt noch mal vor sich geht.«

Verblüfft ging Jason schnurstracks den Flur hinunter Richtung Historic Cases Unit, wobei er einem abgespannt aussehenden Detective auswich, der aus einer Tür trat, eine Beweistüte mit einem blutbefleckten Messer in Händen. »Aus dem Weg, Minzdrops«, blaffte er Jason an, während dieser sich platt an die Wand drückte.

Ins Büro der HCU schaffte er es ohne weitere rätselhafte Begegnungen und traf dort Karen an, die Superintendent Craig Carson gegenüberstand, dem Mann, der Gayfield Square leitete. Karen hatte rosa Wangen, sie lehnte sich beim Sprechen vor, ihr Körper steif vor Wut.

Carson war gerade mitten im Satz, als Jason eintrat. Beide

drehten sich um, aus ihrer Auseinandersetzung gerissen.

»Raus, Constable!«, rief Carson.

Jason zögerte nicht. Weit weg ging er allerdings auch nicht. Er musste nicht das Ohr an die Tür legen, um zu hören, was vor sich ging, da beide Officer sich nicht die Mühe machten, die Stimme zu senken. »Nach dem, was meine Officer mir sagen, freut sich William McAfee reuelos darüber, dass er einen Mann auf den Eingangsstufen meiner Polizeistation ermordet hat. Und Sie finden das in Ordnung?« *Heiliger Strohsack,* dachte Jason.

»Natürlich nicht!«, schrie Karen zurück. »Der Mann hat vor Kummer offensichtlich den Verstand verloren. Vor nicht einmal drei Wochen ist seine Tochter gestorben. Sie verbrachte knappe dreißig Jahre im Rollstuhl wegen etwas, das ein Scheißkerl ihr angetan hatte. Und Billy McAfee glaubte, dass dieser Scheißkerl Barry Plummer war. Das macht es nicht richtig, aber es macht es verständlich.«

»Und wie kam McAfee zu dem Schluss, Barry Plummer sei der Mann, der seine Tochter angegriffen hat? Sagen Sie mir das, DCI Pirie. Sagen Sie mir, wie Sie mein Revier in einen verdammten Affenzirkus verwandelt haben!«

»Wir halten Familien auf dem Laufenden, wenn es namhafte Fortschritte in einem Altfall gibt, Sir. Das ist das übliche Verfahren.«

»Sie schauen bei ihnen vorbei und sagen: ›Übrigens, da ist dieser Typ namens Plummer. Wir haben eigentlich keine konkreten Beweise, aber – ach was – wir glauben, er ist unser Mann‹? Funktioniert es so? Kein Wunder, dass man Sie KP Nuts nennt!«

»Reden Sie keinen Stuss. Ich weiß nicht, woher McAfee Plummers Namen wusste oder woher er wusste, dass der Mann heute hier sein würde. Aber ich habe verdammt noch mal vor, es herauszufinden.«

»Dann sind wir schon zu zweit! Aber die einzige Quelle für diese Informationen ist dieses Büro. Ihr verfluchtes Team. Sie haben Blut an den Händen, Pirie.«

Die Tür wurde aufgerissen, knallte gegen die Zimmerwand, und wieder machte Jason sich flach. Zumindest wusste er nun in groben Zügen, worum es ging. Er zählte bis hundert und schob sich dann vorsichtig an den Türpfosten heran. »Kann ich jetzt reinkommen, Boss?«

Karen war in ihrem Stuhl zusammengesackt, jeglicher Kampfgeist war verschwunden. »Sie haben es vermutlich gehört, oder? Wahrscheinlich war es bis zur Burg zu hören.«

»Barry Plummer wurde ermordet?«

Karen ballte die Hände zu Fäusten und presste die Sätze heraus. »Wir haben ihn verhört. Wir haben eine VIPER-Gegenüberstellung gemacht. Er wurde nicht identifiziert. Also mussten wir ihn gehen lassen. Kay McAfees Dad wartete draußen. Er hat ihn auf dem Bürgersteig mit einem Küchenmesser filetiert.«

»Ich habe mich schon gefragt, warum da ein Zelt von der Spurensicherung ist. Aber woher wusste er Bescheid? Ich meine, ich verstehe, warum er durchgedreht ist, aber wie hat er …?«

Karen schlug mit den Fäusten auf den Schreibtisch. »Drei Menschen wussten von Barry Plummer. Sie, ich und Sergeant Gerald McCartney. Und nur einer von uns war bei den McAfees. Sagen Sie mir, wie er es herausgefunden hat, Jason. Sagen Sie's mir!«

So wütend hatte er sie noch nie erlebt. Sie hatten in ihrer gemeinsamen Arbeitszeit schon mit verflucht schrecklichen Sachen zu tun gehabt, aber er hatte noch nie gesehen, wie sie von diesem weiß glühenden Zorn gepackt wurde. McCartney hätte sich keinen schlechteren Augenblick aussuchen können, um ins Büro zu spazieren.

Karen war im Nu von ihrem Platz hochgeschossen. Er hatte kaum die Tür hinter sich zugemacht, da ging sie auch schon auf ihn los. Sie packte ihn am Kragen und schubste ihn gegen die Wand. McCartney strauchelte, gab jedoch nicht klein bei. Tatsächlich lächelte er. Kein nervöses Grinsen der Angst, sondern ein echtes, entspanntes Lächeln.

»Immer mit der Ruhe, Boss«, sagte er. »Lassen Sie mich los!«

Karens Reaktion war, ihn erneut gegen die Wand zu stoßen. Diesmal schlug sein Kopf mit einem dumpfen Geräusch dagegen, und er jaulte auf. »Autsch, das hat verdammt wehgetan!«

»Sie kleines Stück Scheiße!«, knurrte Karen, die jedes Wort mit kalter Präzision artikulierte. »Heute Abend ist ein Mann wegen Ihnen gestorben.« Sie schüttelte ihn, und einen schrecklichen Moment lang glaubte Jason, sie werde ihm gleich einen Kopfstoß verpassen. Er persönlich wäre damit einverstanden gewesen. McCartney hatte es verdient, dass ihm seine kleine spitze Nase über das grinsende Gesicht verteilt wurde.

»Na und? Er war ein Schläger. Er war ein Vergewaltiger, der Jagd auf Frauen machte und ihr Leben ruinierte. Ich hatte gedacht, Sie wären froh, ihn los zu sein. Wo Sie doch Feministin sind und all das.« McCartney versuchte, sich zu befreien, doch Karen hielt ihn fest gepackt. Er hätte sich den Kragen von der Jacke reißen müssen, um von ihr loszukommen.

»Sie haben es ihm verflucht noch mal erzählt, nicht wahr? Nachdem ich gesagt habe, wir würden Plummer schwitzen lassen, bevor wir ihn entlassen, haben Sie Billy McAfee gesagt, dass wir ihn gehen lassen.«

»Ja. Als ich die McAfees aufsuchte, hatte ich ihm erzählt, wir seien uns ziemlich sicher, wer das Leben seiner Familie zerstört hatte. Und dann, als alles den Bach runterging, habe ich ihn angerufen und mich dafür entschuldigt, dass wir es dem Scheißkerl nicht nachweisen konnten. Und ja, möglicherweise habe ich erwähnt, dass er sich das kleine Arschloch selbst ansehen könne, wenn er am Gayfield Square auftaucht. Ich habe aber nicht damit gerechnet, dass er ihn absticht. Ich dachte, McAfee würde sich nur abreagieren wollen. Ihm die Meinung geigen.«

»Und woher wusste er, welcher der Menschen, die auf dem Gayfield Square Revier ein und aus gehen, Barry Plummer war? Haben Sie ihm ein verfluchtes Foto geschickt? Denn wenn Sie das getan haben ...«

»Ich bin nicht blöd«, presste McCartney zwischen verkniffenen Lippen hervor. Damit hatte sie ihn getroffen, dachte Jason. »Ich hab ihm gesagt, die blöde Sau würde seine Rechtsverdreherin bei sich haben. Eine Südasiatin im Anzug. Viele von der Sorte gehen hier nicht ein und aus, oder?«

Karen ließ ihn ein letztes Mal gegen die Wand krachen. »Sie widern mich an.« Dann ließ sie ihn los und trat von ihm weg.

McCartney streckte die Schultern und richtete seinen Kragen. »Das ist mir scheißegal«, sagte er. »Die Straßen sind heute Abend sauberer. Wir konnten Plummer nicht drankriegen, also hat es McAfee selbst erledigt. Wenn sie seine Geschichte hören, wird er mit einer winzigen Gefängnisstrafe davonkommen. Was mich betrifft, ist es ein Ergebnis. Sie haben es selbst gesagt – es ist unsere Aufgabe, den Menschen dabei zu helfen abzuschließen. Genau das ist da draußen heute passiert.«

»Scheren Sie sich aus meinem Büro«, brüllte Karen. »Ich will Sie hier nie wieder sehen. Sie werden suspendiert, noch bevor die Sonne heute Abend untergeht. Aber selbst wenn man Sie nicht rausschmeißt, werden Sie nie wieder unter meiner Führung arbeiten.«

Er zuckte mit den Achseln. »Prima. Die Abteilung ist sowieso ein Witz. Ihr habt nicht die leiseste Ahnung, was es heißt, da draußen auf den Straßen Polizeiarbeit zu leisten. Ich kriege vielleicht eine Verwarnung. Aber die Leute, die den Laden hier schmeißen, die wissen, wer die Arbeit hinkriegt. Sie jedenfalls nicht. Sie sind eine verdammte Lachnummer.«

Weder lief Karen rot an, noch zuckte sie zusammen. Phil wäre stolz auf sie gewesen, dachte Jason. Scheiße, *er* war stolz auf sie.

»Räumen Sie Ihren Schreibtisch und gehen Sie.« Sie trat zur Seite, damit er an ihr vorbeikam. Er schnappte sich seinen Laptop und holte ein paar Stifte und ein Notizbuch aus einer Schublade. Es hätte nicht deutlicher sein können, dass er nie die Absicht gehabt hatte, lange in der Historic Cases Unit zu bleiben. *Und tschüss,* dachte Jason.

Schweigend sahen sie ihm nach. Dann stieß Karen einen tiefen Atemzug aus. »Wie wär's mit einem Drink? Ich finde, wir haben uns einen verdient.«

# 55

## 2018 – Edinburgh

Karen war noch nie weniger danach gewesen, zur Arbeit zu gehen. Ihr Kater stammte nicht vom Alkohol; sie hatten beide nach dem dritten Drink den Geschmack verloren. Ihr Kater stammte von der Wut und der Verzweiflung, die Barry Plummers Tod in ihr ausgelöst hatte. Zugegeben, sie hielt sich nicht immer streng an die Vorschriften. Doch sie kannte den Unterschied zwischen dem, was sie tat, und dem, was McCartney getan hatte. Die Regeln im Rahmen der Rechtsstaatlichkeit zu beugen, war Lichtjahre davon entfernt, es so einzurichten, dass jemand ermordet wurde. Sie glaubte nicht, dass McCartney diesen Ausgang geplant hatte. Aber er hatte ihn ermöglicht. Und das war, in gewisser Weise, noch schlimmer. So leichtsinnig zu sein, so ohne Rücksicht, was passieren könnte, das war Karen völlig fremd.

Und jetzt würde sie die Konsequenzen tragen müssen. Wie sie vorhergesagt hatte, war McCartney bei schwebender interner Untersuchung suspendiert worden. Seine Laufbahn war beendet, es sei denn, Ann Markie stand zu ihm, was viel verlangt wäre. Doch es war Karens Dezernat, das durch die Geschehnisse besudelt war. Wenn mit dem Finger gezeigt würde, stünde die HCU im Blickfeld. Es kursierte bereits überall in den Anti-Social-Media, wie Karen sie gern nannte.

Das weiße Zelt vor dem Polizeirevier war verschwunden. Die Kriminaltechniker von der Spurensicherung hatten bestimmt mit Volldampf gearbeitet, um diesen speziellen Tatort freizugeben. Es sah nicht gut aus, wenn die Police Scotland ein derart eindeutiges Symbol eines Kapitalverbrechens buchstäblich vor der Haustür hatte.

Die Medien hatten sich ebenfalls zerstreut, da ihre kurze Aufmerksamkeitsspanne längst von etwas anderem gefesselt wurde. Später würde es eine Pressekonferenz geben, da war sie sich sicher. Doch der Hundekuchen würde sie irgendwo weit weg vom Tatort festhalten, um zu versuchen, die Leute vom Schauplatz des Mordes abzulenken.

Irgendeinem armen Tropf war die Aufgabe zugefallen, die Betonpflastersteine des Bürgersteigs zu schrubben. Doch der Fleck war in die Oberfläche eingedrungen, und an der Stelle, wo Barry Plummers Blut versickert war, hielt sich hartnäckig ein brauner Schatten. Das würde noch lange Zeit ein lehrreiches Mahnmal sein, dachte Karen, während sie einen Weg zum Eingang einschlug, bei dem sie nicht über den Schandfleck laufen musste.

Es gelang ihr, bis zu ihrem Büro zu kommen, ohne jemandem zu begegnen. Sie versuchte, einen gewissen Eifer aufzubringen für die Aufgabe, die sie am gestrigen Nachmittag begonnen hatte, während Billy McAfee ein Geschirrtuch um das Tranchiermesser der Familie gewickelte hatte und auf der Autobahn nach Edinburgh fuhr, im Kopf das brodelnde Verlangen nach Rache.

Kaum hatte sie ihre Suchbegriffe eingetippt, da hörte sie ein Geräusch, das sie mit Angst und Schrecken erfüllte. Das rasche, abgehackte Klackern von Absätzen auf Vinylboden auf dem Weg zu ihr. Karen machte sich bereit, als die Tür aufschwang und ACC Ann Markie im Rahmen erschien. Sie sah aus, als käme sie direkt von einem Styling in einem Kosmetiksalon. Woraus Karen schloss, dass eine Pressekonferenz unmittelbar bevorstand.

Einen langen Moment sagte Markie nichts. Ihre Augen betrachteten, was sie von Karen hinter ihrem Schreibtisch sehen konnte, wanderten von ihrer Taille zu ihrem Kopf, Verachtung in der Linie ihres Mundes. »Das hier ist wirklich Ihre Woche, um die Police Scotland durch den Morast zu ziehen, nicht wahr?«, stellte sie schließlich fest.

Karen stand auf. Sie wusste, dass ihr Baumwollpulli und die schwarze Jeans nicht mit Markies perfekt maßgeschneiderter Uniform und dem makellosen Hemd mithalten konnten, aber es war ihr mittlerweile wirklich egal. Sie hatte die Nase voll davon, sich einer Frau gegenüber unterlegen zu fühlen, von der sie in keiner Beziehung, die ihr etwas bedeutete, übertroffen wurde. »Ich nicht«, erwiderte sie gelassen. »Der Einzige, der sich hier danebenbenommen hat, ist McCartney. Der Mann, den Sie meinem Dezernat aufgezwungen haben.«

»Aber es ist Ihr Dezernat, DCI Pirie. Sie müssen Verantwortung für das übernehmen, was hier geschieht. Und im Moment, würde ich sagen, stehen Sie mit einem Bein im Grab.«

»Nicht in meinem Grab, Ma'am. Ich würde mich liebend gern im Rahmen einer Dienstaufsichtsbeschwerde verteidigen. Denn der Einzige, der hier die Schuld trägt, ist Ihr aalglatter kleiner Schoßhund.«

Markie riss die Augen auf. »Wie können Sie es wagen, so mit mir zu sprechen!«

Karen hielt den Blick unverwandt auf Markie gerichtet und das Gesicht regungslos, da sie der ACC auf keinen Fall die Genugtuung geben wollte, den Zorn und die Kränkung zu sehen, die tief in ihrem Innern loderten. Sie wusste, dass sie den Mund halten sollte, doch dafür war es längst zu spät. »Weil es jemand tun muss. Dieses Dezernat erfüllt eine wichtige Aufgabe, und wir machen unsere Sache gut. Wir sind stolz darauf, wie wir uns verhalten. Aber Sie haben meiner Einheit ohne Absprache einen Officer aufgezwungen. Er war die ganze Zeit nichts als ein Störfaktor und schlecht für die Moral. Und jetzt ist ein Mann tot, weil Gerry McCartney indiskret und leichtsinnig war. Warum sollten Sie dieser Einheit einen Officer mit diesen Eigenschaften aufhalsen, es sei denn, Sie versuchten vorsätzlich, uns in die Scheiße zu reiten? Und warum, Ma'am, sollten Sie eine Polizistin in die Scheiße reiten wollen, die tatsächlich die Art positive Presse liefert, in der Sie sich so gern aalen?«

Markie wich einen Schritt zurück. »Sie benehmen sich völlig daneben, Pirie. So spricht man nicht mit einer Vorgesetzten.«

Karen setzte sich. »Dann leiten Sie eine Dienstaufsichtsbeschwerde ein. Ich werde diese Büchse der Pandora liebend gern öffnen. Denn mittlerweile sollten Sie wissen, dass es auf einem Polizeirevier keine Geheimnisse gibt. Wenn es Ihnen also nichts ausmacht, ich habe zu arbeiten. Sie ja bestimmt auch. Ihr Pöstcheninhaber hat Ihnen eine ganz schöne Schweinerei hinterlassen, die Sie jetzt schönzufärben haben.« Unter dem Schreibtisch zitterten ihre Beine, aber sie war fest entschlossen, sich nicht von Markie unterkriegen zu lassen. Die Frau war im Unrecht; so einfach war das. Allerdings wusste Karen, dass sie ohne Sicherheitsnetz auf dem Hochseil balancierte.

Die Wangen der Assistant Chief Constable leuchteten in einem Rot, das selbst kosmetisches Geschick nicht vertuschen konnte. »Das ist noch nicht vorbei«, zischte sie wutschäumend. »Sie sind nicht unantastbar.«

Karen lachte spöttisch. »Dann sind wir schon mal zu zweit.« Sie weckte ihren Laptop aus seinem Schlummer. »Wenn Sie mich nun entschuldigen. Ich bin mir sicher, die Öffentlichkeit wartet schon auf Sie.« Sie sah noch einmal auf. »Wissen Sie, ich dachte, es wäre gut, eine Frau als Vorgesetzte zu haben. Schwestern im Geiste und all so was.« Sie stieß ein kurzes Lachen aus. »Mir hätte Margaret Thatcher vorschweben sollen, nicht Nicola Sturgeon.«

»Sie können von Glück reden, dass ich dieses Gespräch nicht aufzeichne. Das nächste Mal werde ich es tun.« Markie machte auf dem Absatz kehrt und stolzierte aus dem Zimmer.

Es hätte sich wie ein Sieg anfühlen sollen, doch stattdessen war Karen elend zumute. So wenige Frauen schafften es bis nach oben in die Baumkrone, und für jede, der die Bedeutung von Solidarität bewusst war, gab es eine mit gezückter Axt, um jegliche Konkurrenz niederzumähen. Die Luft war nicht nur oben dünner. Manchmal war sie schon den ganzen Weg vom Boden hinauf reichlich dünn.

Karen streckte die Arme seitlich aus und lockerte gründlich ihre Hände und Handgelenke. Die körperliche Handlung gab ihr das Gefühl, als hätte sie die Begegnung mit dem Hundekuchen abgeschüttelt. Sie wusste, dass es nicht so einfach war und dass sie später dafür würde büßen müssen, aber vorerst würde sie diese komplizierten Emotionen auf Eis legen. Sie war Ermittlerin; Zeit, dass sie ermittelte. Jason war unterwegs und versuchte, Informationen über Wohnmobile aus dem Jahr 1995 aufzutreiben. Das Mindeste, was sie tun konnte, war der Versuch, sich von einer anderen Position aus dem Fall zu nähern.

Karen fand schnell heraus, dass in Michigan Testamente mit gerichtlicher Bestätigung im örtlichen Gericht registriert waren. Sie wusste, dass O'Shaughnessys Großvater in Hamtramck gelebt hatte, aber sie hatte keine Ahnung, wie sein Nachname lautete. Den würde sie sich über einen Umweg besorgen müssen.

Shirley O'Shaughnessy war laut dem Illustriertenartikel in Milwaukee auf die Welt gekommen. Schon bald entdeckte Karen, dass das vollständige Geburtenregister digital zur Verfügung stand, aber dass sie keinen Zugriff darauf hatte ohne

Nutzer-ID, die bewies, dass sie ein Anrecht auf Einsicht in die bestimmte Geburtsurkunde hatte. Sie würde dort anrufen und irgendeinen Angestellten dazu überreden müssen, ihr zu geben, was sie benötigte. Sobald sie einmal über O'Shaughnessys Geburtsurkunde verfügte, konnte sie sich über ihre Mutter bis zu ihrem Großvater mütterlicherseits zurückarbeiten. Und von dort aus zum Testament.

Doch es waren noch Stunden bis zu dem Zeitpunkt, an dem sie den Ball ins Rollen bringen konnte. Stunden, in denen sie herumsaß und auf den Nächsten wartete, dem der Sinn danach stand, auf sie einzuprügeln. Dazu hatte Karen keine Lust. Sie zog ihren Mantel an und verließ das Gayfield-Square-Revier durch den Ausgang zum Parkplatz. Wenigstens schien jetzt die Sonne. Karen nahm die Hintergassen und beschrieb eine scharfe Kurve vorbei an den nüchternen Rückseiten eleganter georgianischer Reihenhäuser den ganzen Weg bis zur Dundas Street. Dann ging es bergauf und über die Princes Street, und noch einmal hinauf über die Playfair Steps zum Mound, blind für die atemberaubende Aussicht ringsum.

Während Karen an der Ampel der Royal Mile auf Grün wartete, ging sie ein paar Schritte seitwärts, bis sie neben der Statue von David Hume stand. Wie der große Philosoph selbst war sie ein Vernunftmensch. Doch es schadete nichts, es den Tausenden Studierenden und Kindern gleichzutun, die in dem Aberglauben, es werde ihnen Wissen und Einsicht bringen, seinen großen Bronzezeh auf Hochglanz gerieben hatten. Ein rascher Blick in die Runde, um sicherzugehen, dass kein Bekannter von ihr in Sicht war, und Karen gab sich ihrer kindischen Laune hin. *Gott weiß, dass ich im Moment jede Hilfe brauche, die ich bekommen kann.*

Und dann hatte sie die Straße überquert und war auf der George-IV.-Brücke. Sie marschierte weiter, vorbei an der

Schottischen Nationalbibliothek, wo Jason gerade neue Freundschaften schloss. Dann verlangsamte sie ihre Schritte. Was machte sie hier? Das hier war die Art Blödsinn, dem Teenager erlagen, nicht erwachsene Frauen, die es besser wissen sollten. Etwa zwanzig Meter vor dem Perk blieb sie stehen.

Aber warum nicht? Sie war kein Teenager. Sie war erwachsen, sie konnte ihren Neigungen nachgehen. Da sie nun schon so weit gekommen war, konnte ebenso gut eine Tasse Kaffee für sie dabei herausspringen. Schließlich hatte sie ihm gesagt, dass sie gelegentlich vorbeischaute. Mit einer, wie Karen hoffte, ausdruckslosen Miene schlenderte sie in den schmalen Coffeeshop. Es gab ein halbes Dutzend Tische, die meisten belegt von jungen Menschen mit Laptops, die das kostenlose WLAN ausnutzten. Der glänzende Kaffeeautomat befand sich auf halber Höhe hinter einer Theke. Karen stellte sich in die kurze Schlange und bestellte dann einen Flat White bei einem fröhlichen Barista mit einem wuscheligen schwarzen Lockenschopf. Er rief ihre Bestellung seiner Kollegin zu, und während Karen zahlte, fragte sie beiläufig: »Ist Hamish da?«

Der Barista musterte sie sorgfältiger. »Tut mir leid, Sie haben ihn verpasst. Er war vorhin hier.« Er zuckte entschuldigend mit den Achseln. Dann hörte er auf und starrte sie an. »Sie sind die Polizistin!« Er lachte entzückt.

»Pardon?«

»Die Ohrringe. Ich erkenne die Ohrringe wieder. Der Häuptling hat sie hierherschicken lassen.«

»Was meinen Sie damit, hierherschicken lassen?« Karen war verwirrt.

»Er hat sie hierherschicken lassen, weil er nicht sicher war, ob er zu Hause sein würde, um den Empfang quittieren zu können. Er sagte, er hätte es eilig, sie Ihnen zu geben.«

»Er hat sie gekauft?«

Jetzt war der Barista an der Reihe, verwirrt dreinzublicken. »Nun, äh, ja. Was haben Sie denn gedacht, wie er ...?«

Karen stieß ein heiseres Lachen aus. »Tut mir leid, natürlich, mir war nicht klar, dass er sie bestellt hat.«

Nachdem sich die Verwirrung des Baristas gelegt hatte, reichte er ihr den Kaffee. »Sie sehen gut aus. Wenn auch nichts, was ich bei einer Polizistin erwartet hätte. Ich schätze mal, keiner rechnet damit, dass Sie guten Geschmack haben, was?«

»Nein. Ganz bestimmt nicht.«

Der Barista zwinkerte. »Ach ja, Sie könnten es schlimmer treffen als mit Hamish.«

Doch sie achtete nicht auf ihn. Sie versuchte, sich einen Reim auf das eben Gesagte zu machen. Der Barista musste etwas falsch verstanden haben. Vielleicht hatte Hamish für jemand anderen im Internet ein Paar Ohrringe gekauft, völlig unabhängig von ihrer Bitte, er möge versuchen, ihren zu finden, und der Barista hatte es durcheinandergebracht.

Doch das ergab keinen Sinn, denn er hatte die Ohrringe wiedererkannt und gewusst, dass Karen bei der Polizei war. Damit er diese beiden Dinge zusammenbrachte, musste er die Ohrringe gesehen haben, als Hamish das Päckchen öffnete, und zudem gewusst haben, dass sie ausdrücklich für sie bestimmt waren. Es sei denn, es gab noch eine Polizistin, der er Ohrringe kaufte, was offen gestanden absurd war.

Vielleicht hatten Hamish ihre Ohrringe gefallen und er hatte sie im Internet für eine andere gekauft. Das ergab beinahe Sinn. Nun, es ergab mehr Sinn als die Vorstellung, dass es ihm nicht gelungen war, ihren Ohrring im Abflussrohr zu finden und er deshalb ein Paar ausfindig gemacht und nachgekauft hatte.

Absurder ging es eigentlich gar nicht.

# 56

## 2018 – Edinburgh

Jason lernte bei seiner Recherche alles Mögliche über Campingplätze. Zum einen schienen sie nicht oft den Besitzer zu wechseln. Was theoretisch bei seiner Suche hätte hilfreich sein können. Doch leider gehörte zu den anderen Dingen, die er erfuhr, dass die Buchführung häufig zu wünschen übrig ließ. Er hegte den Verdacht, dieses Versagen habe möglicherweise etwas damit zu tun, dass man dem Finanzamt gegenüber nicht immer ganz ehrlich war. Doch selbst diejenigen, die tatsächlich recht gründliche Bücher führten, hatten keine mehr aus dem Jahr 1995.

»Hören Sie, wenn eine Steuer- oder eine Umsatzsteuerprüfung ins Haus steht«, hatte ihm eine mütterliche Frau auf dem Campingplatz ihrer Familie in der Nähe des Berwick Law freundlich erklärt, »gehen sie nur die letzten sieben Jahre durch. Also schreddern wir am Ende eines jeden Steuerjahrs alles, was älter ist.«

»Aber erinnern Sie sich denn nicht an Leute?«, hatte er gefragt.

»Wenn sie ein Jahr ums andere wiederkehren und ein Mobilheim mieten, lernen wir sie kennen«, räumte sie ein. »Aber Leute mit ihrem eigenen Wohnwagen? Eigentlich nicht.«

»Dieses Wohnmobil ist vielleicht drei Monate hier gewesen. Von September bis Dezember. Ich vermute, dass das für Sie eine eher ruhige Zeit ist«, bohrte Jason nach. Dies war sein fünfter Campingplatz; allmählich fiel es ihm leicht, seinen Text herunterzuleiern. »Das hier ist ein Bild davon.« Er zeigte ihr den vergrößerten Ausdruck des Fotos, das man ihnen geschickt hatte, und auch eine Werbeaufnahme des Wohnmobils vom Hersteller. Jason hatte die Annonce sorgfältig eingescannt und die Farbkombination des Lacks abgeändert.

Die Frau zögerte nicht. »Hübsches Wohnmobil. Sagt mir aber nichts, mein Sohn.«

»Die Fahrerin war eine junge Amerikanerin. Shirley hieß sie.«

»Ich wünschte, ich könnte Ihnen helfen.« Sie lächelte bedauernd. »Wo auch immer sie war, hier jedenfalls nicht, da bin ich mir ziemlich sicher.« Sie gab ihm die Ausdrucke zurück. »Viel Glück. Sie werden es brauchen!«

Am frühen Nachmittag war er fast am Ende der Liste angelangt, die er aus den alten Reiseführern der Bibliothek herausgefiltert hatte. Und dann, als er auf dem City Bypass fuhr, sah er ein Schild, das ihn fast von der Straße abkommen ließ. CAMPSIES CARAVANS UND WOHNMOBILE verkündete es. NÄCHSTE AUSFAHRT.

Jason bog prompt ab und folgte der Ausschilderung eine Landstraße entlang zu einem Platz von der Größe eines Fußballfelds. Streng genommen war es kein Campingplatz. Doch angesichts Karens Bemerkung über das Verstecken einer Nadel fragte er sich, ob das hier die Antwort sein könnte. Wenn O'Shaughnessy nicht in ihrem Wohnmobil gewohnt hatte, hatte sie die sanitären Einrichtungen auf einem Campingplatz nicht nutzen müssen. Vielleicht hatte sie ausgehandelt, es hier unterzubringen. Wie man ein Auto in die Garage stellte, wenn man eine Weile ins Ausland fuhr.

Er hielt auf dem Vorhof und ging in ein Mobilheim, das als Verkaufsbüro diente. Dort erläuterte er, wer er war und wonach er suchte. Wieder wedelte er mit den Fotos herum. Der beleibte Mann hinter dem Metallschreibtisch machte sich noch nicht einmal die Mühe hinzusehen.

»So was machen wir nich'«, sagte er und kratzte sich in der Achselhöhle. »Zu viel Theater. Ich halt es gern einfach. Ein Wohnmobil ankaufen, ein Wohnmobil verkaufen. Aber ich sag Ihnen was. Es gibt da zwei Plätze in der Nähe des Flughafens. Abgesehen von Ankauf und Verkauf vermieten sie Wohnmobile. Die sind vielleicht dafür zu haben, dass jemand dort seine Karre abstellt.« Er griff über den Schreibtisch nach einem Stapel alter Briefumschläge und kritzelte zwei Namen hin. »Hier, mein Sohn. Sagen Sie denen nicht, dass ich Sie geschickt habe.« Er stieß ein gackerndes Lachen aus. »Keiner kriegt gern Besuch von den Bullen.«

»Es sei denn, man hat nichts zu verbergen«, sagte Jason scheinheilig.

»Wir haben alle was zu verbergen, mein Sohn. Sogar Sie.« Er grinste Jason anzüglich an und zwinkerte dann. »Machen Sie die Tür beim Rausgehen zu.«

Der erste Name auf der Liste stellte sich als Niete heraus. Jason brachte kaum die Energie auf, um dem nächsten einen Besuch abzustatten. Er hatte Hunger und seit mindestens drei Stunden keinen Zucker mehr gehabt. Bei der Stange hielt ihn eigentlich nur der Gedanke, dass er von jedem anderen Polizisten in Gayfield Square in Stücke gerissen werden würde, falls er ins Büro zurückkehrte.

Also stellte er seinen Wagen ab, wobei ihm auffiel, dass Bellfield Mobile Homes auf der Imageleiter etliche Sprossen über Campsies Caravans stand. Der Verkaufsraum war ein richtiges Gebäude mit großen Fenstern und Ledersofas und einem Kerl im Overall mit Monogramm hinter einem geschwungenen Ladentisch. Niedrige Tische waren mit Prospekten für die Art von Riesenwohnmobilen übersät, die das halbe Jahr über die Straßen in den Highlands verstopften. Jason schob die schwere Tür auf und deutete dem Verkäufer gegenüber ein Winken an.

Er ging zum Ladentisch und stellte sich vor. Der Mann im Overall war über fünfzig, das grau melierte Haar zu einem anachronistischen Bürstenschnitt zurechtgestutzt. Mit seinem hellbraunen Overall sah er wie ein Relikt der US-amerikanischen Air Force im Zweiten Weltkrieg aus. Die Illusion verschwand, sobald er in starkem Doric-Dialekt »Was kann ich für Sie tun?« fragte. Es dauerte ein paar Sekunden, bis Jason die Wörter verarbeitet hatte.

Lustlos erläuterte er seine Mission. »Also, ich würde gern wissen, ob Sie je Wohnmobile für Kunden unterstellen?«

Zu seiner Verblüffung nickte der Mann. »Halt nicht oft. Aber manchmal machen wir's. Vor allem, wenn wir demjenigen das Wohnmobil verkauft haben.«

Jason zückte die Bilder. »Was ist mit diesem Wohnmobil? Im Jahr 1995?«

Der Mann lachte. »Damals war ich nicht hier, mein Sohn. Ich war immer noch in Buckie. Aber warten Sie mal, ich hole kurz Donny.« Er ging raschen Schrittes durch die Tür hinter dem Ladentisch. Als er ein paar Minuten später zurückkehrte, folgte ihm ein massiger Mann, dessen aufgedunsenes Gesicht und dunkel unterlaufene Augen das Erraten seines Alters zu einer Herausforderung machten. Sein Overall war ausgebleicht und voller Ölflecke, und das sandfarbene Haar sah aus, als wäre es mit der gleichen Schmiere nach hinten gestrichen worden. Seine Haut hatte die rosigen Unreinheiten eines Mannes, der nicht mehr trank, weil es ein Genuss war, sondern eine Notwendigkeit. »Jos sagt, Sie sind von der Polizei.« Er streckte ihm eine schmutzige Hand entgegen. Die Nägel waren heruntergekaut und vom Öl schwarz verfärbt.

Jason war Männer wie Donny gewohnt. Sie erinnerten ihn an seinen Bruder Ronan und dessen Kumpel. Er erwiderte den Händedruck und erläuterte noch einmal, warum er da war.

Donny stieß einen Schwall nach Zwiebeln riechender Luft aus. »Das ist lange her, 1995. Damals gab es uns noch nicht allzu lange. Lassen Sie mich mal das Wohnmobil anschauen.« Jason reichte ihm die Fotos. »Da war was, ganz bestimmt«, sagte er langsam, die buschigen Brauen wie eine gewaltige Raupe zu einem Stirnrunzeln zusammengezogen.

»Wir glauben, dass es vielleicht von einem amerikanischen Mädchen gefahren wurde.«

Das Stirnrunzeln verschwand, abgelöst von einem lüsternen Grinsen. »Wieso haben Sie das denn nicht gleich gesagt? An die kann ich mich noch erinnern, na klar!« Er stieß seinen Kollegen in die Rippen. »Die sah echt gut aus, keine Frage.« Er hielt sich die Hände schalenförmig vor die Brust. »Man sieht nicht oft so einen Feger eine Karre wie das Ding fahren.« Er nickte eifrig. »Jetzt fällt es mir wieder ein. Sie kam mit dem Wohnmobil an und sagte, sie hätte es gerade erst gekauft, aber sie hätte noch keinen Stellplatz dafür. Letzten Endes müssen wir es drei oder vier Monate gehabt haben, wenn ich mich recht erinnere.«

Jason konnte es kaum glauben. Das versüßte ihm den Nachmittag genauso wie jeder Mars-Riegel. »Sie haben wohl keinen Eintrag darüber? Also, in den Büchern?«

Donny sog an seinen Zähnen. »Das muss gewesen sein, bevor wir den Computer gekriegt haben«, sagte er langsam. »Damals war noch alles auf Papier.« Er rieb sich das Kinn, und man sah ihm an, dass er sich das Gehirn zermarterte. »Shelley hatte früher alles in Karteikästen. Sie müssten in dem alten Bürocontainer sein. Kommen Sie, wir gucken mal eben und schauen, was wir finden können.« Er gab Jason mit dem Kopf ein Zeichen, ihm zu folgen.

Sie steuerten durch ein Labyrinth aus schmalen Pfaden zwischen Mobilheimen und kamen endlich gegenüber von einem Bürocontainer heraus, der offensichtlich schon bessere

Tage gesehen hatte. Der olivgrüne Lack war so schuppig wie ein Hautausschlag, und die Fenster waren verdreckt. »Das war in unserer Anfangszeit das Büro«, erläuterte Donny, der die Tür mit einem quietschenden Schaben von Metall auf Metall aufsperrte. »Heutzutage nutzen wir ihn nur noch als Lager.«

Die Ausstattung bestand aus Büroregalen und Staub. Es roch schwach nach Ammoniak und Fäulnis, und in unregelmäßigen Abständen standen Schüsseln mit Rattengift herum. Es war kein Ort, an dem Jason Zeit verbringen wollte.

Donny wanderte die Regale entlang und las, was mit schwarzem Filzstift auf die Archivkartons gekritzelt worden war. »Es sieht aus, als seien sie mehr oder weniger geordnet. Sehen Sie?« Er deutete auf einen, auf dem zu lesen stand: »MwSt: 2, 3, 4 – 04«. »Das ist dann der ganze Papierkram für die Mehrwertsteuer in den Monaten. Sie nehmen die da drüben ...« Er deutete auf das gegenüberliegende Ende. »Halten Sie nach einem Ausschau, auf dem ›8, 9, 10 – 95‹ steht.«

Jason tat, wie ihm geheißen. Alles war grau von Staub, und je weiter er nach hinten ging, umso trüber wurde das Licht. Er musste die Vorderseiten der Kisten mit dem Ärmel abwischen, um die Beschriftung erkennen zu können. Der aufgewirbelte Staub brachte ihn zum Niesen, sodass frische Wolken um ihn herum hochstiegen. Doch seine Hartnäckigkeit zahlte sich aus, und schließlich fand er den richtigen Karton auf dem untersten Regal. Er ging in die Hocke und zog ihn vorsichtig heraus. »Ich glaube, ich hab's«, sagte er. Er lupfte den Deckel und sah auf einen Stapel Karteikästen hinunter.

Donny stand über ihm. »Genau das brauchen Sie«, sagte er. »Kommen Sie, wir nehmen die mit in den Verkaufsraum, dort können Sie sie durchsehen. Ich bitte Woody, dass er Ihnen eine Tasse Tee kocht.«

Es war eine mühselige Aufgabe, selbst mit tassenweise Tee

von Woody und einem Teller voller einzeln verpackter Karamellkekse. Die Buchhaltung war klar gegliedert, doch da Jason von Karen gelernt hatte, nichts für bare Münze zu nehmen, fühlte er sich verpflichtet, jeden einzelnen Eintrag mit der dazugehörigen Rechnung abzugleichen. Um auf Nummer sicher zu gehen. Und obwohl er wusste, dass es sinnlos war, sich irgendetwas vor Mitte September anzusehen, fing er trotzdem im August an, für den Fall, dass sich bei der Ablage ein Fehler eingeschlichen hatte.

Wie vorherzusehen gewesen war, gab es nichts im August. Etliche Vermietungen und ein paar Verkäufe, aber nichts zum Thema Lagerung. Er ackerte sich in den September hinein, und da war es endlich. Am dritten Montag im September. »Stellplatzmiete«, gefolgt von Kennzeichen, Fabrikat und Modell von Joey Sutherlands Wohnmobil. Am liebsten wäre Jason auf und ab gesprungen und hätte in die Luft geboxt, doch er begnügte sich mit einem tiefen, zufriedenen Aufseufzen.

Er blätterte auf die nächste Seite des Rechnungsstapels und wurde fündig. Shirley O'Shaughnessy, die gleiche Adresse wie bei der Anmeldung bei der Kfz-Zulassungsstelle, und eine Rechnung über die Unterstellung eines Wohnmobils, das ihr offiziell die nächsten drei Monate noch nicht gehörte. Er stand auf und grinste Woody hinter dem Ladentisch an. »Ich brauche Kopien hiervon«, sagte er. Jetzt war es zu spät, um ins Büro zurückzukehren. Doch jedenfalls hatte er dafür gesorgt, dass Karen morgen garantiert einen besseren Start in den Tag hatte als heute.

# 57

## 2018 – Edinburgh

Während Jason die Mehrwertsteuerbelege von Bellfield Caravans durchforstete, verfolgte Karen eine andere, aber ebenso langweilige Dokumentensuche, auch wenn ihre indirekt stattfand. Sie erinnerte sich nicht mehr an den Weg, den sie zurück nach Gayfield Square eingeschlagen hatte, so durcheinander war sie von dem Gespräch mit dem Barista im Perk. Sie zog in Erwägung, Hamish anzurufen und ihn zu fragen, was er sich dabei gedacht hatte. Doch als sie sich die möglichen Ergebnisse dieser Unterhaltung vorstellte, stieß sie auf keines, das ihr gefiel. Das Problem bestand darin, dass sie ihn mochte. Und sie wollte nicht damit aufhören müssen, ihn zu mögen. Sie wollte ihn nicht in eine Ecke drängen, die nichts Gutes übrig ließ.

Es war fast eine Erleichterung, wieder im Büro zu sein. Dort fühlte sie sich verpflichtet, sich auf die Arbeit zu konzentrieren. In Milwaukee, so errechnete sie, war es bereits nach acht Uhr morgens. Auf dem Weg vom Hügel abwärts hatte sie beschlossen, dass sie mehr Glück haben würde, wenn sie sich die Hilfe anderer Polizisten erbat, anstatt der eines gesichtslosen Mitarbeiters an einem Amtsgericht. Sie wusste, dass in den USA der Arbeitstag früher begann als in Schottland, also rief sie die Servicenummer außerhalb des Notrufs des Polizeireviers von Milwaukee an. Natürlich war die Leitung besetzt, doch statt des üblichen schrecklichen Warteschleifengedudels ließ man ihr eine Reihe als Mini-Hörspiele inszenierter öffentlicher Bekanntgaben angedeihen. Sie lernte, welche Gefahren bestanden, wenn sie den Schlüssel im Auto ließ, während es an einem kalten Morgen warm lief. Und wie wichtig es war, Ersatzhaustürschlüssel nicht irgendwo herumliegen zu lassen, wo ein Einbrecher sie finden konnte. Nach einer Weile kam ein echter Mensch an den Apparat. »Polizeidienststelle Milwaukee, was kann ich für Sie tun?«

Karen erklärte, wer sie sei und dass sie mit jemandem von der Kripo sprechen müsse. Der Telefonist klang unsicher. »Können Sie beweisen, dass Sie tatsächlich ein Police Officer sind, Ma'am?«, fragte er.

Schließlich einigten sie sich darauf, dass ein Detective die Hauptnummer von Gayfield Square anrufen würde, um sich dort die Durchwahl zur HCU bestätigen zu lassen. »Ich kümmere mich darum, dass sich so bald wie möglich jemand bei Ihnen meldet«, bekräftigte er.

Die sieben Minuten, die es dauerte, bis das Telefon endlich läutete, fühlten sich viel länger an. Karen griff beim ersten Klingelton danach. »DCI Pirie. Historic Cases Unit«, sprudelte es aus ihr heraus.

»Sie sind wohl wirklich, was Sie gesagt haben«, erklang die amüsierte Stimme einer Frau aus dem Mittelwesten. »Hier spricht Detective Amy Shulman. Ich muss schon sagen, ich bin sehr neugierig, warum ein Detective aus Edinburgh« – sie sprach es »Edinbourou« aus – »das MPD um Hilfe ruft. Ist jemand auf der Flucht?«

»Nichts derart Glamouröses, fürchte ich, Detective Shulman. Ich brauche Hintergrundinformationen für einen Fall, an dem ich derzeit arbeite. Es ist eine recht lange Geschichte. Aber das Fazit lautet, dass wir eine Verdächtige in einem dreiundzwanzig Jahre alten Mordfall haben, die amerikanische Staatsbürgerin ist. Wir glauben, dass sie durch das Verbrechen an eine beträchtliche Geldsumme gelangt ist. Doch sie behauptet, sie hätte das Geld, mit dessen Hilfe sie ihre Firma

Ende 1995 gründete, von ihrem Großvaters geerbt. Ich hatte gehofft, dass Sie mir helfen könnten herauszufinden, ob das der Wahrheit entspricht oder nicht.«

»Okay. Ich gehe also mal davon aus, Sie möchten eine Kopie des Testaments des Großvaters sehen?«

»Das ist richtig.«

»Wie lautet sein Name? Ich vermute, er lebte in Milwaukee, und Sie rufen uns nicht einfach willkürlich an.« Sie lachte glucksend.

»Ganz so einfach ist es nicht. Unsere Verdächtige wurde in Milwaukee geboren, doch ihr Vater starb kurz vor ihrem dritten Geburtstag. Sie und ihre Mutter landeten in Hamtramck in Michigan bei dem Großvater. Anscheinend leitete er den Wachdienst in der dortigen Dodge-Fabrik. Aber ich weiß seinen Namen nicht.«

»Sie wissen nicht sehr viel, was?« Jetzt klang Shulmans Stimme nicht mehr ganz so amüsiert.

»Wenn Sie die Geburtsurkunde der Verdächtigen einsehen könnten, sollte es doch möglich sein, die Akten ihrer Mutter ausfindig zu machen und auf diese Weise an den Großvater heranzukommen, oder?« Karen blieb geschäftsmäßig und widerstand dem Impuls, ihr Honig ums Maul zu schmieren. Sie wusste, wie sehr es sie verärgerte, wenn andere das bei ihr versuchten.

»Ja, vermutlich. Es sollte keine allzu große Sache sein. Das ist alles heutzutage digitalisiert. Möglicherweise ist man nicht erpicht darauf, Ihnen die Daten auszuhändigen, aber ich bin mir ziemlich sicher, dass ich eine Erlaubnis erwirken kann. Vielleicht muss ich einen Richter um Hilfe bitten, aber es ist ja nicht so, als ginge es um ein Staatsgeheimnis. Wenn Sie mir alles, was Sie haben, per Mail schicken, sehe ich, was ich machen kann.«

»Danke.« Sie tauschten E-Mail-Adressen aus. »Was meinen Sie, wie schnell haben Sie was für mich?«

»Es ist ja nicht allzu dringend, da Sie Polizistin für Altfälle sind.«

Karen schnitt am Telefon eine Grimasse. »Mir liegt daran, das so bald wie möglich abzuschließen. Die Familie des Opfers hat erst kürzlich erfahren, dass ihr Sohn tot ist.«

»Das verstehe ich. Sie wollen sie nicht im Regen stehen lassen. Lassen Sie mich nur machen, ich kümmere mich so schnell wie möglich darum.«

»Vielen Dank.«

»Schon gut. Wenn ich mal Schottland besuche, rechne ich fest mit einer persönlich auf mich zugeschnittenen Besichtigungstour, Detective Pirie.«

Karen legte auf. Mehr konnte sie nicht tun. Jetzt lag es in den Händen einer anderen. Es gab wenige Situationen, die sie frustrierender fand. Mit ihrer typischen flinken Effizienz stellte sie die kargen Informationen zusammen, die sie über Shirley O'Shaughnessy hatte, und schickte sie Amy Shulman.

In dem Moment, in dem sie die E-Mail abgeschickt hatte, fragte sie sich unwillkürlich, was wohl gerade mit Billy McAfee passierte. Er musste am Vormittag einem Amtsrichter vorgeführt worden und nun in Untersuchungshaft sein. Sie sorgte sich, dass er in der furchterregenden Gefängniswelt völlig verstört und orientierungslos war. Für seine Ehefrau würde es genauso schlimm sein, wenn nicht noch schlimmer. An ihrer Stelle, überlegte Karen, wäre sie zweifach in Trauer. Der Tod ihrer Tochter nach dreißig Jahren Abhängigkeit musste sich gleichzeitig wie eine Erlösung und wie ein Verlust angefühlt haben. Doch bevor die McAfees auch nur die geringste Gelegenheit gehabt hatten, etwas mit ihrer neuen Freiheit anzufangen, während sie immer noch aus dem Gleichgewicht geworfen waren und völlig neben sich standen, hatte Gerry McCartney Billy McAfee eine unwiderstehliche Versuchung zu Füßen gelegt.

Das schien im Moment all ihre Fälle zu kennzeichnen. In Versuchung geführte Menschen, die entweder nicht widerstehen konnten oder wollten. Willow Henderson hatte genug nach dem Familienwohnsitz und der Auszahlung der Lebensversicherung ihres Ehemannes gegiert, um das Leben ihrer besten Freundin zu opfern. Billy McAfee war verleitet worden, Rache zu üben für die Qualen, die seine Tochter und die ganze Familie aufgrund von Barry Plummers Taten hatten erleiden müssen. Und Shirley O'Shaughnessy war von der Aussicht auf eine Abkürzung bei der Verwirklichung ihrer geschäftlichen Ambitionen verführt worden. Wenn sie alle die innere Stärke besessen hätten, dem den Rücken zuzukehren, was wie ein leichter Ausweg erschien, wären mindestens drei Menschen noch am Leben.

Ein ernüchternder Gedanke.

Doch bevor sie zu tief darin versinken konnte, klingelte ihr Handy. Auf dem Display stand *Hamish Mackenzie*. Sie zögerte einen Augenblick. Was sie mittlerweile wusste, hatte ihren Gefühle ihm gegenüber einen Dämpfer verpasst. Doch ihre Neugier überwog. Sie nahm den Anruf mit einem energischen »Hi, Hamish« entgegen.

»Karen, es tut mir leid, dass ich Sie vorhin verpasst habe. Anders, der Barista an der George-IV.-Brücke, hat gesagt, Sie seien dort gewesen und hätten nach mir gefragt.«

»Ich war in der Gegend und habe einen Kaffee gebraucht. Eigentlich war ich nicht auf der Suche nach Ihnen. Wollte bloß höflich sein für den Fall, dass Sie da sind.« Ihr Tonfall war kühl.

»Ach so«, sagte er leichthin. »Das nächste Mal geht er aufs Haus. Und apropos nächstes Mal – wann haben Sie Zeit für ein Abendessen?«

Sie war hin- und hergerissen. Zwar wollte sie ihn wiedersehen, aber ihr Argwohn war geweckt, sowohl als Frau als auch als Cop. »Wann schwebt Ihnen denn vor?«, zögerte sie.

»Am besten sofort. Wie wäre es mit heute Abend?«

»Heute Abend kann ich nicht. Ich bin in einer kritischen Phase bei einer Ermittlung. Ich kann mich auf sonst nichts konzentrieren.«

»Irgendwann am Wochenende? Nicht morgen, aber ich kann übermorgen Abend, wenn Sie meinen, dass Ihr Fall sich bis dahin gelöst hat.«

»Leider lösen sie sich nicht von allein. Man muss sie selbst knacken. Kann ich mich melden? Falls ich es schaffe, rufe ich Sie an.«

»Okay, ich freue mich darauf, von Ihnen zu hören. Ich habe den Abend mit Ihnen wirklich genossen. Ich bin nicht oft so entspannt in der Gegenwart von jemandem, den ich gerade erst kennengelernt habe.«

Karen verzog am Telefon schmerzvoll das Gesicht. Ihr war es genauso gegangen. Doch was sie über die Ohrringe erfahren hatte, hatte es ausgehöhlt. »Ich weiß, was Sie meinen«, sagte sie, absichtlich ausweichend. »Ich melde mich, Hamish.«

»Ich drücke die Daumen, Karen. Machen Sie übrigens Fortschritte im Joey-Sutherland-Fall?«

Er hatte es sich bis zum letzten Moment aufgehoben, falls dies der Hauptgrund seines Anrufs war. »Langsam«, antwortete sie. »Diese Dinge brauchen immer Zeit. Es ist nicht leicht, auf alte Erinnerungen der Leute angewiesen zu sein. Aber wir schaffen das schon. Darauf können Sie sich verlassen, Hamish. Wir schaffen es.«

»Das freut mich. Ich lasse Sie mal weitermachen, Karen. Ich freue mich darauf, von Ihnen zu hören.«

Sie war sich sicher, dass er es ernst meinte. Aber seine Beweggründe waren weniger gewiss.

# 58

## 2018 – Edinburgh

Nach Hamishs Anruf fand Karen keine Ruhe. Wenn sie zur Untätigkeit gezwungen war, weil sie auf den nächsten Durchbruch bei einem Fall wartete, bekam sie immer einen Koller, doch zu ihrem Verdruss konnte sie ihr Gespräch mit Hamish einfach nicht vergessen. Warum ließ sie zu, dass er ihr derart unter die Haut ging? Sie war nicht auf der Suche nach emotionalen Komplikationen in ihrem Leben, und sie brauchte bestimmt keinen Mann, um sich komplett zu fühlen. Vielleicht hüpfte sie nicht in einem Zustand albernen Glücksgefühls durchs Leben, aber sie kam gut zurecht.

Unter leisem Gemurre zog sie den Mantel an, verließ das Büro und absolvierte den Spießrutenlauf durch finstere Blicke und noch finstereres Gemurmel von Leuten, an denen sie auf dem Weg nach draußen vorbeikam. Die Sonne verlor gerade die Schlacht gegen die dünnen grauen Wolken, die sich vom Forth heranschoben, doch es lag immer noch ein bisschen Wärme in der Luft. Sie bog in den Leith Walk und marschierte drauflos. Es war Zeit, ein ruhiges Eckchen zu finden, wo sie vor den Herabsetzungen der Officer sicher sein würde, die ihr voreilig die Schuld an Barry Plummers Tod in die Schuhe schoben.

Zu dieser Tageszeit herrschte reges Treiben im Aleppo. Eltern, die ihre Kinder von der Schule abholten und auf dem Weg auf einen Kaffee hereinschauten; die Selbstständigen, die sich für eine Pause aus den eigenen vier Wänden schlichen; ein Rentnerquartett, das jeden Tag zusammenkam, um sich eine

Stunde beim Dominospiel zu vertreiben; und die syrischen Flüchtlinge, die nirgendwo sonst so etwas wie ein Zuhause fanden. Es gab keinen freien Tisch, und Karen landete auf einem Barhocker an der Theke. Da sie nicht in der Stimmung für mehr Kaffee war, bestellte sie Mineralwasser mit Kohlensäure und zwei Stück Ma'amoul. Amena bediente sie und deutete auf das sternförmige, mit Mandeln und Sesamsamen bestreute Gebäck. »Frisch gebacken heute Nachmittag«, sagte sie.

»Datteln oder Feigen?«

Amena lächelte. »Datteln, wie Sie sie mögen.«

Karen biss hinein und genoss den intensiven Geschmack, der sofort ihren Mund erfüllte. »Oh, genau das hab ich gebraucht«, sagte sie und spürte, wie ihre gereizte Stimmung durch die Süße gemildert wurde.

»Bringen zum Lächeln.« Amena wandte sich ab, um einen anderen Gast zu bedienen. Der Andrang ebbte bald wieder ab, und sie kehrte zurück, um Karen nachzuschenken.

»Heute ist hier viel los«, stellte Karen fest.

»Ist gut. Vielleicht wir machen noch ein Café auf, sagt Miran.« Sie tätschelte Karens Hand. »Danke.«

Karen war verlegen, wie sie es jedes Mal war, wenn die Syrer ihr unbedingt die Verantwortung für das Aleppo zuschreiben wollten. »Ich habe nur die Tür geöffnet. Ihr hier habt die ganze harte Arbeit geleistet.«

»Miran hat einen Cousin in London. Die Leute dort sind nicht freundlich wie hier. Wir haben Glück, dass wir nicht sind dort.«

Karen lächelte. »Es macht zwar nicht wett, was Sie in Syrien durchlebt haben, aber ich bin froh, dass Sie so empfinden.«

Amena nickte. »Das letzte Mal, als Sie waren hier, die Frauen, mit denen Sie haben geredet?«

»Sie erinnern sich an sie?«

Amena deutete auf den hölzernen Ständer neben der Tür,

in dem sich Ausgaben einer kostenlosen Tageszeitung befanden. »Ich sehe das Foto von der, die hat gezahlt. Es heißt, sie ist tot?« Verwirrt schüttelte Amena den Kopf.

»Das ist richtig. Sie wurde ermordet.«

Amenas Kummer war offensichtlich. Karen konnte sich vorstellen, dass es ihr zu schaffen machen musste, erneut mit Gewalt konfrontiert zu sein, nachdem sie geglaubt hatte, einen sicheren Ort gefunden zu haben. »Das ist schrecklich. Wer hat sie umgebracht?«

»Wir sind uns noch nicht sicher. Es ist kompliziert.«

Amena griff nach einem Lappen und machte sich daran, den Tresen abzuwischen. »Sie war durcheinander, nachdem Sie mit ihr reden.«

Karen, die damals nicht abgewartet hatte, um die Wirkung ihrer Warnung zu beobachten, wurde hellhörig. »Hat sie etwas gesagt?«

»Nicht zu mir. Aber als Sie weg, ihre Freundin wieder reinkommen. Sie war wütend. Sie war laut. Sie hat die andere gefragt, was Sie haben gesagt.«

Karens Aufmerksamkeit wuchs noch. »Haben Sie die Antwort ihrer Freundin gehört?«

Amena nickte zweifelnd. »Ich bin mir nicht sicher, ob ich es habe verstanden. Sie hat komisch gelacht und sagt: ›Diese Polizistin glaubt, du planen, ihn zu ermorden. Und du bereiten mich als Entlastungszeugin vor.‹«

Karen fasste es nicht. Eine Zeugenaussage, die bewies, dass Dandy Muir Willow Henderson darauf aufmerksam gemacht hatte, dass sie ihre Pläne nicht würde durchführen können, ohne Verdacht zu erregen. Eine Zeugenaussage, die Willow ein Motiv für einen Doppelmord attestierte. Doch wie hatte Amena sich etwas derart genau gemerkt, obwohl ihr Englisch alles andere als fließend war? »Sind Sie sicher?«, fragte Karen behutsam.

Amena nickte einmal heftig. »Ich verstehen besser, als ich spreche.« Dann ein scheues Lächeln. »Wir sehen uns viele Krimis an, ich und Mirans Mutter. Vielleicht Sie finden das seltsam, wegen alles, was uns ist passiert. Aber wir es mögen, wenn böse Menschen bekommen, was sie haben verdient.«

»Und Sie sind sich sicher, dass die Frau das gesagt hat?«

»Ich bin sicher. Ich weiß es noch, weil es ist seltsam, so etwas zu sagen. Schottische Menschen reden hier drinnen nicht über Mord.« Sie verzog gequält das Gesicht. »Nur wir. Die Syrer.«

Es war von Bedeutung, das wusste Karen. Doch reichte es?

»Haben Sie die beiden sonst noch etwas sagen hören?«

Amena schüttelte den Kopf. »Die, die wieder reinkommt, sie sieht besorgt aus. Sie ist still geworden. Sie hat eine Hand auf das Arm von ihre Freundin gelegt und ihr etwas ins Ohr sagen. Dann will ihre Freundin zahlen. Ich nehme ihr Geld, und sie gehen. Sie reden miteinander, aber leise.«

»Was Sie da gehört haben, könnte wichtig sein, Amena. Ich muss das, was Sie gehört haben, dem Detective erzählen, der in dem Fall ermittelt.« Karen sprach behutsam, aber Amena riss dennoch erschrocken die Augen auf.

»Ich nicht wollen reden mit Polizei.«

»Sie reden dauernd mit mir. Dieser Detective, das ist ein guter Mann. Niemand wird Ihnen drohen, Amena. Niemand. Das verspreche ich.«

»Ich muss reden mit Miran.« Sie sah sich um und suchte fieberhaft ihren Ehemann.

»Natürlich. Reden Sie mit Miran. Er kann bei Ihnen sein, wenn Sie sich mit uns unterhalten. Es gibt nichts, wovor Sie Angst haben müssen, Amena.« Ihre Gedanken überschlugen sich bereits. Sie musste mit Jimmy sprechen. Das war vielleicht das, was er brauchte, um die Staatsanwaltschaft davon zu überzeugen, Anklage gegen Willow Henderson zu erheben. Wenn es vor Gericht ginge, konnte die Anklagevertretung behaupten, Amena sei eine gefährdete Zeugin, und versuchen, ihr den Druck eines harten Kreuzverhörs zu ersparen. Karen beugte sich über den Tresen und ergriff Amenas Hand. »Sie tun damit etwas Gutes, Amena. Niemand weiß besser als Sie, dass Leute nicht mit Mord davonkommen dürfen.«

Sie hatten sich darauf geeinigt, dass Karen mit Jimmy sprechen und dann noch einmal mit Miran und Amena reden würde. Miran war angesichts einer Befragung durch die Polizei genauso nervös wie seine Frau, doch sein Zögern wurde abgemildert durch das Vertrauen, das Karen während der Mühen, das Café auf die Beine zu stellen, bei ihm und seiner Gemeinschaft erworben hatte. Man hatte es ihr hoch angerechnet, dass sie engagiert mitgeholfen hatte, einen Ort zu schaffen, an dem sie sich treffen und einander unterstützen konnten. Das war nicht der Grund gewesen, weshalb sie sich eingeschaltet hatte; sie hatte den Kummer und die Isolation der Flüchtlinge zu einem Zeitpunkt gespürt, als sie selbst von den gleichen Emotionen erfüllt war. Ihnen zu helfen, hatte ihr geholfen. »So was wie Uneigennützigkeit gibt's nicht«, hatte sie River brüsk abgewiesen, als ihre Freundin versucht hatte, ihr für ihre Taten ein Lob auszusprechen. »Ich habe viel mehr zurückbekommen, als ich gegeben habe. Außerdem gibt es jetzt eine ständige Quelle für guten Kaffee.«

Später am Abend traf Karen sich mit Jimmy Hutton in einer Bar ein paar Straßen von dem Haus entfernt, in dem Dandy Muir mit ihrem Ehemann und ihren beiden Teenagern gelebt hatte. »Wie läuft's?«, fragte sie und stellte ein Glas mit Tonicwater vor ihn.

Er schnitt eine Grimasse, als das reine Tonicwater auf seine Geschmacksknospen traf. »Nicht toll. Wir haben die Nachbarn befragt, um zu sehen, ob Dandy jemandem etwas Relevantes mitgeteilt hat. Aber wir hatten kein Glück. Ich werde demnächst mit Jacqui zurückgehen, um noch mal mit dem Ehemann und den Kindern zu sprechen. Ich glaube einfach nicht, dass sie niemandem etwas gesagt hat.«

»Ich habe vielleicht eine klitzekleine Hilfe für euch«, sagte Karen und gab ihre Unterhaltung mit Amena wieder.

Jimmy lauschte aufmerksam, die Stirn in Falten gelegt. »Es bestätigt unsere Vermutungen, da hast du recht. Die Frage ist, ob es für den Startschuss ausreicht.«

»Sie hat gehört, wie Dandy Willow erzählte, ich hätte sie gewarnt. Wenn Willow Logan trotzdem umgebracht hätte, hätte Dandy sich an das Gespräch erinnert.«

»Ganz zweifellos. Aber wäre das genug gewesen, um Willow von der Notwendigkeit zu überzeugen, sie umzubringen?«

Karen zuckte mit den Schultern. »Wenn sie kaltblütig und entschlossen genug war, um die Ermordung ihres Ehemanns zu planen, würde ich sagen, ja.«

»Nachdem ich sie in Aktion erlebt habe, würde ich dir nicht widersprechen.« Jimmy spielte an seinem Ehering herum, wie er es häufig tat, wenn er sich ein Problem durch den Kopf gehen ließ. »Ich mache mir allerdings Sorgen wegen Amena als Zeugin. Sie könnte ans Kreuz genagelt werden. Die Verteidigung wird auf ihre Verbindung zu dir abzielen. Dass sie so dankbar ist, dass sie alles täte, um dir zu helfen.«

»Daran hatte ich nicht gedacht.« Karen war von sich selbst enttäuscht. Sie war so damit beschäftigt gewesen, den Wert von Amenas Zeugenaussage abzuwägen, dass sie vergessen hatte, sich selbst in die Gleichung miteinzubeziehen. »Du hast natürlich recht. Was nun?«

Jimmy schüttelte den Kopf. »Ich halte es für einen letzten Ausweg. Wenn wir ans Ende der Straße gelangen und nichts

Besseres haben, rede ich mit Amena und sehe, ob das vor Gericht anerkannt werden würde. Mehr kann ich nicht tun.«

Während Karen auf den Bus wartete, der sie quer durch die Stadt zurückbringen sollte, versuchte sie, nicht von der Verzweiflung übermannt zu werden. Kein Wunder, dass der Hundekuchen es ständig auf sie abgesehen hatte. Alles, was sie in letzter Zeit angefasst hatte, war den Bach runtergegangen. Der Joey-Sutherland-Fall hing am seidenen Faden. Barry Plummer lag im Leichenschauhaus. Ihre Bemühungen, einen Mord zu verhindern, waren wahrscheinlich Dandy Muirs Todesurteil gewesen, und ihre Versuche, den Mord an einer unschuldigen Frau aufzuklären, waren völlig fehlgeschlagen. Vielleicht hatte Markie recht. Vielleicht war sie der Arbeit doch nicht gewachsen.

# 59

## 2018 – Gartcosh

Obwohl abzusehen war, dass Karen und Jimmy erst gegen neun Uhr bei der Kriminaltechnischen Abteilung in Gartcosh eintreffen würden, hatte sie nicht gezögert, auf den Anruf zu reagieren, der in ihre Niedergeschlagenheit geplatzt war. Es regnete in Strömen, doch so spät am Abend fand Jimmy einen Parkplatz in der Nähe des Eingangs. »Weißt du was?«, sagte er, als sie den Flur zu Tamsins Labor entlangeilten. »Zukünftig werde ich immer um diese Abendzeit herkommen. Das erspart mir die Viertelstunde Herumgefahre auf der Suche nach einem Parkplatz. Gefolgt von der halben Meile zu Fuß, nachdem ich aufgegeben habe.«

»Wir sollten den Planeten retten und mit dem Bus fahren.«

Jimmy schnaubte verächtlich. »Mit welchem Bus denn?«

»Genau.«

Tamsin erwartete sie in ihrem kleinen Kabuff neben dem Hauptlabor. »Ihr habt Glück«, sagte sie. »Seht ihr diese kleine Schönheit?« Sie deutete auf einen breiten Monitor auf einem Tisch neben ihrem Schreibtisch. Der einzige Unterschied zu jedem anderen Monitor im Raum bestand darin, dass er sich auf einem unförmigen schwarzen Plastiksockel mit einem USB-Anschluss an der Vorderseite befand.

»Es sieht aus wie ein Bildschirm«, sagte Jimmy.

»Ich sehe schon, wie du Detective Chief Inspector geworden bist«, sagte Tamsin. Sie drückte auf eine Taste, und der Bildschirm erwachte zum Leben. Rasch gab sie die Daten ein, die das System verlangte – ihre User-ID, die Nummer des

Falls, und als nach dem ermittelnden Officer gefragt wurde, tippte sie »DCI James Hutton«. Dann holte sie ein Handy in einer Asservatentüte aus der Schublade und stöpselte durch ein Loch am Boden der Tüte ein Kabel ein, das sie in den USB-Anschluss steckte.

»Dieses wunderbare Gerät kam vor zwei Tagen an. Wenn es hält, was es verspricht, werden noch vierzig weitere bestellt. Die Handhabung ist so einfach, dass man noch nicht einmal einen digitalen Forensiker braucht. Man schließt das Handy an, und dieses Ungetüm bricht direkt durch den Passwortschutz und holt sich jedes letzte Datenfitzelchen von dem Handy.« Sie tippte auf eine Taste, und eine Liste sämtlicher Dinge auf dem Handy erschien auf dem Monitor. Kontakte, gemachte und eingegangene Anrufe, SMS, E-Mails, Apps und mehr.

»Einfach so?« Karen konnte es kaum glauben. »Hattest du das noch nicht heruntergeladen?«

»Doch, aber das ist auf einer separaten Festplatte. Es handelt sich um Dandy Muirs Handy. Ich wollte euch zeigen, dass es in Echtzeit funktioniert. Dies wird unsere Arbeit in der digitalen Forensik revolutionieren. Es wird in null Komma nichts den Arbeitsüberhang abbauen. Kein halbes Jahr Wartezeit mehr, um an die Daten eines Handys zu gelangen. Und wie ich schon sagte, es wird vierzig davon im ganzen Land geben. Das ist eine verdammte Goldgrube.« Tamsin grinste begeistert.

»Wir werden sicherstellen müssen, dass ihr nicht einen auf Facebook macht und die Daten durchs Hintertürchen weitergebt«, sagte Karen.

Tamsin streckte Karen die Zunge heraus. »Es ist ein Einzelrechner. Er ist nicht vernetzt. Man muss die Daten auf einen Memorystick ziehen oder auf eine CD-ROM brennen.«

»Und was hat Dandys Handy nun für uns?«, wollte Jimmy wissen.

»Ich habe alles nach dem Zeitpunkt überprüft, den ihr mir für Karens gewaltiges Einschreiten genannt habt. Himmel, hat die ein paar langweilige E-Mails geschrieben! Aber nichts über die Hendersons. Keinen Ton. Sie hat noch nicht einmal jemandem Bescheid gegeben, dass sie dort vorbeischauen würde. Das höchste der Gefühle war eine SMS an ihren Sohn, in der sie ihm schrieb, im Kühlschrank sei Pizza für sein Abendessen, sie würde nicht allzu spät heimkommen und er solle seine Hausaufgaben machen.« Tamsin verzog das Gesicht. »Nicht unbedingt die letzten Worte, die man von seiner Mutter hören möchte.«

»Warum sind wir dann hier? Wenn sie doch niemandem erzählt hat, was Karen gesagt hat, und sie niemandem erzählt hat, wohin sie ging oder warum.«

Grinsend schüttelte Tamsin den Kopf. »Ihr Kleingläubigen! Ich habe mich nicht etwa auf ihre E-Mails und SMS-Nachrichten und die höchst minimalistisch genutzten Social Media beschränkt. Da bin ich besser, Jimmy.« Sie tippte auf das Icon für »Audio/Musik«. »Womit auch immer sie Musik hört, hiermit jedenfalls nicht. Wir haben ein paar Hörbücher, zwei Playlists, für die sich meine Großmutter in Grund und Boden schämen würde. Und dieses wunderbare Kleinod.«

Sie legte behutsam den Finger neben eine Datei, die nur durch eine Zahlenreihe gekennzeichnet wurde. »Seid ihr bereit?«

»Du bist echt ein Luder«, sagte Karen.

»Wenn ich das gesagt hätte, würdet ihr euch beschweren«, murrte Jimmy. »Komm schon, Tamsin, hören wie es uns an.«

Sie aktivierte die Datei. Ein paar Sekunden Stille, ein Schlurfen, dann ein gedämpftes: »Ja, ich komme schon, Willow.« Ein rhythmisches Rascheln. Tamsin drückte auf Pause.

»Also, Dandy schaltet ihr Handy auf Aufnahme. Sie steckt es in die Tasche, spricht mit Willow und holt sie ein. Ich vermute, dass sie da beim Haus der Hendersons eintreffen und Dandy zurückbleibt, um das Handy anzustellen.« Tamsin ließ den Ton weiterlaufen.

Mehr Rascheln, dann konnten sie durch das Geräusch hindurch Dandy hören: »Ist das sein Auto?«

Darauf Willow, deren Stimme klang, als käme sie von unter Wasser. »Ja, er musste den BMW gegen einen Seat eintauschen. Ein ziemlicher Abstieg.« Schlüsselgeklimper.

Etwas Unverständliches von Dandy, dann: »... einfach reinlassen?«

»Es ist mein Haus, Dandy.« Wieder nicht identifizierbare Geräusche, dann veränderte Akustik. Das Geräusch von schnellen Absätzen auf Parkett im Doppelpack.

Dann eine Männerstimme: »Was zum Teufel macht ihr hier?« Laut und deutlich.

»Ich bin gekommen, um mir mein Haus zurückzuholen«, erklärte Willow. Als Nächstes ein Klappern. Dann änderte sich die Tonqualität. Es wurde viel schwieriger, die Wörter zu verstehen.

Dandy sagte etwas, dann rief sie: »... leg die Messer hin!«

Jetzt wieder Logan Henderson. Gedämpft. Mehr als eine Stimme gleichzeitig. Etwas wie: »Leg die verfluchten Messer weg!«

Ein Durcheinander aus Rufen und Schreien, wütendem Gebrüll, mittendrin der dumpfe Aufschlag eines Körpers auf dem Boden, dann Dandys Stimme, die sich in einem schrillen Heulen über dem Handgemenge erhob. Dann Wörter, aber nur gestammelt.

Dann ein klarer Schrei von Dandy. »O nein! Nein!« Noch ein Schrei von Dandy. Frauenstimmen, undeutlich. Ein Durcheinander aus Absätzen auf Fliesen. Dandy, die etwas Unverständliches schrie. Rascheln und ein jäher dumpfer Aufschlag, dann Stille.

»Das ist das Ende«, sagte Tamsin. »Ich glaube, sie fiel zu Boden, und bei dem Aufprall wurde die Aufnahmefunktion ausgeschaltet. Ist das hilfreich?«

»Sie hat definitiv ›die Messer‹ gesagt, nicht wahr?«, fragte Karen. »Dandy hat definitiv ›die Messer‹ gesagt, Plural.«

»Schwierig, sicher zu sein«, erwiderte Jimmy mit düsterer Miene. »Aber ich glaube schon.«

»Wir haben Leute, die das bereinigen können«, sagte Tamsin. »Ich wette, die können transkribieren, was in der Küche vorgefallen ist. Aber ich stimme Karen zu: Ich habe ›die Messer‹ gehört.«

Jimmy nickte. »Nun, hoffentlich werden die Fachleute Willow Hendersons Kuddelmuddel entwirren. Dann wird es nicht nötig sein, Amena in die Mangel zu nehmen. Danke, Tamsin.«

»Keine Ursache. Letzten Endes wären wir mit dem alten System auch draufgekommen. Aber dieses kleine Zauberding wird enorm helfen. Schnell und umfassend.« Sie tätschelte den Monitor, als wäre er ihr Lieblingshaustier. »Das, wonach wir uns immer sehnen.«

Jimmy tat es Tamsin gleich und streichelte das Gerät sanft. »Kannst du mir die Datei schicken?«

»Habe ich längst gemacht«, erwiderte sie und schaffte es, gleichzeitig frech und selbstgefällig zu klingen.

Der Regen hatte nachgelassen, als Karen und Jimmy zum Wagen zurückkehrten. »Es scheint ziemlich sicher zu sein, dass ihr sie drankriegen könnt. Das freut mich«, sagte Karen. »Aber ich fühle mich deswegen kein bisschen weniger schuldig. Wenn ich meine Nase nicht in die Angelegenheit gesteckt hätte, wäre Dandy Muir noch am Leben.«

»So darfst du nicht denken, Karen. Es wird dich lähmen. Betrachte es doch mal so: Logan Henderson wird überleben. Wenn du dich nicht eingeschaltet hättest, wäre er in diesem Moment höchstwahrscheinlich tot.«

»Es ist kein Tausch, Jimmy. Ich werde das Gefühl nicht los, dass ich besser damit hätte umgehen können. Phil hätte einen Weg gefunden.«

»Ich glaube, Phil hätte genau das getan, was du getan hast. Ich jedenfalls hätte es. Stell ihn nicht auf ein Podest, Karen. Er war ein guter Cop, aber noch nicht einmal die besten von uns erzielen jedes Mal das richtige Ergebnis. Du bist ein Wahnsinns-Cop. Phil war so stolz auf dich, und er wäre immer noch stolz auf dich.«

Karen schüttelte den Kopf. »Glaubst du? Auf meinem Gewissen lasten diese Woche zwei Leichen. Ich hätte McCartney fester an die Kandare nehmen müssen, ich hätte mit Logan Henderson reden sollen, nicht mit Dandy Muir.«

»Und ich hätte besser aufpassen sollen, als du mir erzählt hast, was Willow Henderson gesagt hat. Ich hätte die Anzeichen erkennen und Logan selbst warnen sollen. Hier geht es nicht nur um dich, Karen. Wie schon gesagt, wir alle landen bei dieser Arbeit früher oder später einmal auf der falschen Seite der Geschichte. Du kannst es nur abhaken und dich um den nächsten Fall kümmern.«

Karen seufzte. »Der nächste Fall wirft ganz andere Probleme auf«, sagte sie und dachte an Hamish Mackenzie.

»Ja, aber die können bis morgen früh warten. Du weißt nie, was kommt.«

Karen stieß ein trockenes Lachen aus. »Bei meiner derzeitigen Pechsträhne? Ich bin mir nicht sicher, ob ich es herausfinden möchte.«

# 60

## 2018 – Edinburgh

Es war eine der Nächte gewesen, in denen Karen einfach keinen Schlaf fand. Angefangen hatte es eigentlich ganz vielversprechend. Sie war hundemüde gewesen, als Jimmy sie zu Hause abgesetzt hatte, und sobald sie die Matratze berührte, hatte sie dagelegen wie ein gefällter Baum. Doch das währte nicht lange. Kurz nach drei schrillte eine Alarmglocke in ihrem Traum, und sie kam wieder zu sich, benommen und orientierungslos. Sie drehte sich um und versuchte, erneut einzuschlummern, doch ihr Hirn surrte und ratterte, widersetzte sich jeglichen Bemühungen, es in Bewusstlosigkeit zu lullen. Trotz aller Bemühungen schlich sich Hamish Mackenzie immer wieder in ihre Gedankengänge.

Gegen Viertel vor vier gab sie auf und zog eine Jeans und das Hemd vom Vortag an. Eine Tasse Rhabarber-Ingwer-Tee, dann war sie draußen auf den Straßen. Vor nicht allzu langer Zeit hätte sie eine Gruppe syrischer Männer um eine Feuerstelle unter einer Eisenbahnbrücke gedrängt gefunden. Doch jetzt hatten sie das Café, und die Bewohner der Nacht vermieden entweder verstohlen jeden Blickkontakt oder waren auf dem Weg nach Hause oder zur Arbeit und zu müde, um ihr Beachtung zu schenken. Das passte ihr allerdings gut in den Kram. Es gab nichts, was sie dabei störte, den Joey-Sutherland-Fall noch einmal in Gedanken durchzugehen. Langsam bildete sich eine Strategie heraus.

Sie ging im Zickzack durch die Hintergassen und Seitenstraßen vom Ufer hoch zur breiten Schlagader, der Queen

Street, ging dann zurück in Richtung Büro, die privaten Gärten voll krächzendem Vogelgezwitscher auf der einen Seite, imposante Häuser im georgianischen Stil auf der anderen. Die erste Straßenbahn des Tages verließ die Endstation am York Place, als Karen daran vorüberkam, und brachte eine Handvoll verschlafen aussehender Arbeiter stadtauswärts in Richtung Flughafen. An der Ecke zum Picardy Place blieb sie stehen und überlegte. Sie konnte nach Hause gehen, duschen und frühstücken. Oder sie konnte sich zur Arbeit schleichen, bevor das Revier richtig erwachte, und den Tag bei den Hörnern packen. Vielleicht hatte Amy Shulman über Nacht Informationen für sie gefunden. Der Nachteil an der Sache war, dass nichts geöffnet hatte, wo sie Kaffee bekommen konnte. Selbst Starbucks würde seine Türen erst in einer Stunde aufmachen.

»Ich bin nicht süchtig«, sagte Karen laut. »Ich brauche keinen Kaffee zum Denken.« Sie hatte sich beinahe überzeugt und bog hügelabwärts ein. Als sie die Ecke zum Gayfield Square umrundete, sauste ein Auto von der Polizeistation an ihr vorbei den Hügel abwärts. Irgendwie kam es ihr bekannt vor, aber sie konnte es nicht einordnen. Falls es sich um den Hundekuchen handeln sollte, fuhr sie jedenfalls, was Karen betraf, in die richtige Richtung.

Sie ging den widerhallenden Hauptkorridor entlang. Dies war die tote Stunde auf einem Polizeirevier. Die Nachtschicht lungerte außer Sicht herum und versuchte, sich so kurz vor Schluss keine neuen Aufgaben einzuhandeln, und die Teams von der Tagschicht waren noch nicht mit ihren Speckbrötchen und Boulevardzeitungen eingetrudelt. Es war keiner da, der sie stören oder böse anstarrten konnte wegen dem, was direkt vor der Eingangstür vorgefallen war.

Karen loggte sich in ihr Mail-Programm ein und versuchte, ihren Optimismus im Zaum zu halten. Wie die Dinge in letzter Zeit liefen, wäre sie überrascht, wenn Amy Shulman mit der Suche auch nur begonnen, geschweige denn irgendwelche Ergebnisse vorzuweisen hätte.

Sie lag erfreulich falsch. Die erste Nachricht in ihrem Posteingang war eine E-Mail der Detective aus Milwaukee. Mit Anhängen. Karen klickte die Nachricht auf und las.

Hi Detective Pirie,
ich fand Ihre Anfrage wirklich spannend. Bei meiner Truppe bekommen wir im Grunde nicht die Gelegenheit, in Altfällen zu ermitteln, also ist es interessant für mich zu sehen, wie eine Expertin an die Sache herangeht.
Erstens Ihre Shirley O'Shaughnessy. Es war ganz leicht, sie zu finden. Ich hänge eine Kopie ihrer Geburtsurkunde an. Daraus werden Sie ersehen, dass ihre Mutter eine geborene Clare Gerardine Burke war. Sie war ledig, aber Shirleys Vater wird aufgeführt als James O'Shaughnessy, und das Baby bekam seinen Namen. Da der Großvater Clare und Shirley nach James' Tod nach Hamtramck holte, dachte ich mir, es könnte sich lohnen, bei meinen Kollegen in Michigan nachzufragen, um zu sehen, ob wir eine Spur zu Clare oder ihrem Vater finden können.
Wie sich herausstellte, wurde Clare 1951 in Hamtramck geboren. (Scan der Geburtsurkunde angehängt.) Der Name ihres Vaters lautete Arnold Burke. Sie sagten mir, die Enkeltochter hätte angeblich ihr Geschäft mit einem Erbe von ihm gestartet, was irgendwie erst einmal voraussetzt, dass er tot ist. Also habe ich auch das überprüft, und er starb tatsächlich im November 1994. (Scan der Sterbeurkunde angehängt.)
Zu dem Zeitpunkt war mein Interesse geweckt. Also rief

ich beim Gericht in Hamtramck an und erkundigte mich, ob sie eine Kopie von Arnold Burkes vollstrecktem Testament hätten. Und – halleluja! – so war's. (Scan angehängt.) Wie Sie sehen werden, hinterließ er sein Haus und sein Auto seiner Tochter Clare. Und er hinterließ seiner geliebten Enkelin zwanzigtausend Dollar zur Finanzierung ihres Studiums. Außerdem stand in dem Testament eine komische Zeile: »Falls die oben genannte Shirley O'Shaughnessy die Indians findet, vermache ich sie ihr ebenfalls.« Ich habe keine Ahnung, was das bedeutet, und falls Sie es wissen, wäre ich Ihnen verbunden, wenn Sie meine Neugier befriedigen könnten!

Wie schon gesagt, haben Sie mein Interesse geweckt und genauso dieses Vermächtnis. Also rief ich in der örtlichen Bücherei an und geriet an eine freundliche Bibliothekarin, die in den Zeitungsakten nachsah, ob Arnold Burke in irgendeiner Art von Nachruf oder Todesanzeige gewürdigt worden war. Und siehe da, schon haben wir die Verbindung zu Ihrem Zuständigkeitsbereich. Man hat mir eine Kopie geschickt, und die habe ich ebenfalls angehängt.

Ich hoffe, das hilft Ihnen. Ich möchte unbedingt hören, wie die Sache ausgeht.

Viele Grüße

Amy Shulman (Detective)

Karen musste die Mail zweimal lesen, um sicherzugehen, dass sie nicht träumte. Amy Shulman hatte ausgezeichnete Arbeit geleistet, und Karen schrieb rasch eine kurze E-Mail, um ihr das mitzuteilen, und versprach, sie über die Entwicklungen auf dem Laufenden zu halten. Dann lud sie die Anhänge herunter und druckte sie aus, um sie durchzuarbeiten.

Die Geburts- und Sterbeurkunden boten keine weiteren Erkenntnisse als die, die Amy bereits festgehalten hatte. Doch bei dem Nachruf war es etwas anderes.

*ARNOLD BURKE (7. September 1920 – 7. November 1994)*

*Arnie Burke, dessen Tod diese Woche bekannt wurde, war für jeden, der in der alten Dodge-Fabrik in Hamtramck arbeitete, eine vertraute Gestalt. Arnie war von 1948 bis zu seiner Pensionierung 1980 Leiter des Wachdiensts, und er war dafür bekannt, ein strenges Regime zu führen. Er war begeisterter Sportschütze und gewann viele Preise im ganzen Staat.*
*In späteren Jahren entwickelte er ein Interesse an der Geschichte der Automobilindustrie von Michigan und leitete eine Ortsgruppe in Hamtramck, die Material über die Fabriken sammelte und mündliche Berichte von Menschen aufzeichnete, die über die Jahre dort gearbeitet hatten. Mr. Burke war regelmäßig über den Radiosender WDTK zu hören, wo er mit Zuhörern in Erinnerungen an die frühen Jahre des Automobilbaus schwelgte.*
*Er kam in Saginaw zur Welt als mittlerer Sohn von Agnes und Patrick Burke. Er arbeitete als Automechaniker, als der Krieg 1941 ausbrach, und meldete sich freiwillig zur US-Armee. Sobald er das Training abgeschlossen hatte, lief er per Schiff nach Europa aus. Über seinen Kriegsdienst erzählte er nie Genaueres und sagte nur, er sei hinter den feindlichen Stellungen im Einsatz gewesen. Seine Mutter war Französin und brachte ihm in seiner Kindheit bei, die Sprache fließend zu sprechen. Mittlerweile enthüllte seine Familie, dass Mr. Burke tatsächlich vom Amt für Strategische Dienste rekrutiert worden war und in geheimer Mission in Antwerpen, Belgien, arbeitete, wo er*

*eine Schlüsselfunktion beim Kampf gegen die Nazibesatzung innehatte. Später wurde er für seine Tätigkeiten zu Kriegszeiten ausgezeichnet.*

*Nachdem die kanadische Armee die Stadt befreit hatte, wurde Mr. Burke nach Schottland rausgeschleust, wo er kurz als Ausbilder in den Highlands stationiert war, bevor er 1945 mit dem Schiff in die Heimat auslief. Seine hinterbliebene Tochter Clare sagte: »Er neigte nicht dazu zu prahlen, aber nach dem wenigen, was er über seinen Kriegsdienst verlauten ließ, war uns allen klar, dass er ein paar ziemlich furchterregende Dinge überlebt hatte. Ich war sehr stolz auf ihn.«*

*Mr. Burke hinterlässt außerdem seine Enkeltochter Shirley, die derzeit in Schottland studiert, als Zeichen der Anerkennung für die Liebe ihres Großvaters zu dem Land.*

Der Nachruf schloss mit Einzelheiten des Gedenkgottesdiensts. Die Details waren karg, das stimmte, aber sie füllten eine wichtige Lücke im Puzzle des Falls, das Karen langsam zusammensetzte. Arnie Burke hatte etwas vom Festland mitgebracht, etwas, das in den Satteltaschen einer der Indians gelandet war, die Austin Hinde und sein Freund in einem Torfmoor in den Highlands vergraben hatten. Aus irgendeinem Grund hatte er es sich nie zurückgeholt. Doch er hatte seiner Enkelin genug Hinweise hinterlassen, damit sie das Versteck ausfindig machen konnte.

So weit waren ihre Gedankengänge gediehen, als Jason eintrat. Bei ihrem Anblick ließ er fast sein Speckbrötchen fallen. »Wieso sind Sie denn hier?«, platzte es aus ihm heraus.

Sie schenkte ihm einen gespielt strengen Blick. »Ich arbeite hier.«

»Das weiß ich, aber es ist kaum sieben. Gewöhnlich sind Sie nicht so früh da.«

»Sie auch nicht«, stellte sie, nicht zu Unrecht, fest.

»Ich wollte meinen Bericht in Ruhe verfassen. Es sollte eine Überraschung sein. Um Sie aufzuheitern.« Enttäuscht blickte er zu Boden.

Karens Aufmerksamkeit war geweckt. »Sie haben was?«

Jason nickte. »Ja. Sie hatten recht. Sie hat das Wohnmobil untergestellt für die drei Monate, die zwischen dem Zeitpunkt, zu dem Joey zum letzten Mal gesichtet wurde, und dem Moment, als sie es offiziell in Besitz nahm, lagen.«

»Ich möchte die ganze Geschichte hören. Und dann müssen Sie sich anhören, was aus Amerika reingekommen ist. Wir sind nah dran, Jason.« Sie warf einen Blick auf ihre Armbanduhr. »Wir haben uns ein richtiges Frühstück verdient. Zum Teufel mit den Kosten, lassen Sie uns rüber ins Glasshouse gehen und dort das Büfett plündern.«

»Was? Ein Hotelfrühstück? Aber wir sind doch gar nicht auf Reisen.«

»Es war eine so beschissene Woche, Jason, dass ich finde, wir haben ein kleines Extra verdient. Wir tauschen Erkenntnisse aus und schmieden dann Pläne.«

# 61

## 2018 – Edinburgh

Der Speisesaal war praktisch leer, als Karen und Jason eintrafen, also gab man ihnen einen Tisch mit direktem Blick auf den Calton Hill. Jason sah sich mit unverhohlenem Entzücken um. »Hier war ich noch nie.«

»Ich habe hier einmal mit Phil übernachtet. Nach der Hochzeit seines Cousins wollten wir nicht versuchen, anschließend noch nach Fife zurückzukommen.« Die Erinnerung ließ Karen stocken, doch auf einmal wurde ihr bewusst, dass der heftige Schmerz frischer Trauer endlich durch die Zeit abgemildert worden war. Sie konnte jetzt zusammen mit der Bitterkeit die Süße der Erinnerungen genießen.

Jason durchforstete die Speisekarte. »Kann ich Räucherheringe bestellen?«, wollte er wissen, aufgeregt wie ein Kind bei einem Ausflug.

Beim Anblick der angebotenen Speisen fiel Karen ein, dass sie seit mindestens zwei Tagen keine richtige Mahlzeit mehr zu sich genommen hatte. Kleine Imbisse unterwegs waren schön und gut, aber sie würde diese Gelegenheit beim Schopf packen. »Nehmen Sie, was Sie möchten. Ich schlage zuerst einmal am Büfett zu, dann nehme ich ein Full Scottish Breakfast. Wir essen und reden dann«, sagte sie bestimmt, schob ihren Stuhl zurück und hielt auf die kontinentale Seite des Büfetts zu.

Nach einer Weile räumten sie beide ein, dass sie ihr Limit erreicht hatten. Jason beäugte voll Bedauern die übrig gebliebene Hälfte eines mit österreichischem Räucherkäse und hart gekochten Eiern belegten Brötchens. »Ich glaube nicht, dass ich das schaffe. Meinen Sie, es würde auffallen, wenn ich es in eine Serviette wickle und für später in die Tasche stecke?«

Karen verdrehte die Augen. »Im Ernst?«

»Meine Mum ist gegen jede Verschwendung und sagt immer: ›Waste not, want not, pick it up‹«, erklärte er defensiv.

»Ich dachte immer, das waren *The Pretenders*. Dann erzählen Sie mal, was Sie herausgefunden haben.«

Jason sah sich so verstohlen wie ein Zweijähriger um und stopfte Brötchen und Serviette in seine Jackentasche. »Ich hatte einen Geistesblitz«, sagte er. »Ich dachte mir, statt nach Campingplätzen Ausschau zu halten, wo es auffiele, wenn jemand nicht in seinem Wohnmobil lebt, wäre es vielleicht besser, etwas zu suchen, wo die Dinger verkauft und verliehen werden.«

»Das war ein Geistesblitz.« Beinahe meinte sie es auch so. »Und dort haben Sie etwas gefunden, um mich aufzuheitern?«

»Bitte schön«, sagte Jason und zog einen Briefumschlag hervor. Er reichte ihn Karen mit einer schwungvollen Geste.

Als sie ihn öffnete, fand sie die Rechnung vor, die er von Bellfield Mobile Homes mitgebracht hatte, sorgfältig in eine Klarsichthülle gesteckt. Sie las sie aufmerksam, wobei ihr Augenmerk dem Datum galt. »Hervorragend«, stellte sie leise fest. »Zumindest hat sie ein paar ernsthafte Fragen zu beantworten. Aber es reicht noch nicht ganz, denke ich. Wir brauchen mehr Munition, bevor wir jemanden mit ihren Verbindungen aufs Revier zitieren.«

»Wenn Sie meinen, Boss. Was haben Sie denn herausgefunden?«

Sie erzählte ihm, was sie von Amy Shulman erfahren hatte. »Ich weiß nicht, was oder warum, aber ich glaube, Arnie Burke deponierte etwas in diesen Motorradsatteltaschen. Vielleicht dachte er, sie würden mit dem Schiff nach Amerika zurücktransportiert werden, wie so vieles andere von der Ausrüstung. Aber irgendwie bekamen Alice Somervilles Großvater und sein Kumpel die Motorräder in die Finger und vergruben sie. Ich nehme an, sie wussten nicht, dass darin etwas versteckt war. Und aus irgendeinem Grund kam Arnie damals nicht an sie heran.«

»Warum kehrte er dann nicht später zurück, um sie zu holen?«, fragte Jason.

»Vielleicht hat er es versucht. Versucht und nicht geschafft. Alice und Will konnten sie letzten Sommer nicht finden, als sie sich auf die Suche machten, vergessen Sie das nicht.«

»Aber wenn Arnie sie nicht finden konnte, wie kommt es dann, dass es Shirley gelang?«

Es war ein gutes Argument. »Ich weiß es nicht, Jason. Vielleicht gelangte Arnie später an bessere Informationen, als er zu alt war, um in Torfmooren in den West Highlands herumzubuddeln. Also überließ er es Shirley und trug ihr auf, hinzufahren und ihr Erbe anzutreten.«

Er nickte. »Das klingt überzeugend.«

»Arnie war in Antwerpen«, sinnierte Karen. »Was wissen wir über Antwerpen?«

Jasons Miene drückte Verwirrung aus. Dann hellte sie sich auf. »Der FC Antwerpen war der erste eingetragene belgische Fußballverein«, sagte er. »Sie haben einen Kooperationsvertrag mit Manchester United.«

Karen ächzte. »Zum Teufel, Jason. Was hat das denn mit unserem Fall zu tun?«

Er lief rot an. »Na ja, nichts, Boss, aber Sie haben gefragt, was ich über Antwerpen weiß, und das ist alles, was ich über Antwerpen weiß.«

Sie seufzte. »Schon gut.«

»Was wissen Sie denn über Antwerpen?«

»Ich weiß eines, und zwar nur dieses eine, und es hat nichts mit Fußball zu tun. Denken Sie an etwas, was man in Belgien bekommt, das sehr klein und transportabel ist, und gleichzeitig sehr wertvoll.«

Panik huschte über Jasons Miene. »Schokolade ist es nicht, oder?«

Sie lachte. »Nein, es ist keine Schokolade. Diamanten, Jason. Diamanten. Antwerpen ist eines der weltgrößten Handelszentren für Diamanten.«

Er runzelte die Stirn. »Okay. Aber wie passt das mit den Motorrädern und Joey Sutherland und dem ganzen Kram zusammen?«

»Wir wissen jetzt, dass Arnie Burke im Zweiten Weltkrieg Geheimagent für die amerikanische Armee in Belgien war. Damals waren die Diamantenhändler hauptsächlich jüdisch. Die Mehrheit von ihnen endete wahrscheinlich tot in den Lagern, und ich wette, die Nazis rissen sich so viele von den Edelsteinen unter den Nagel, wie sie in die Finger bekommen konnten. Vielleicht war Arnie, als die Stadt in die Hände der Alliierten fiel, mit den Nazis dicke genug, um ein paar der Diamanten zu ergattern, die sie erbeutet hatten.« Karen sprach langsam, tastete sich voran.

Zögernd arbeitete Jason sich durch ihre Theorie, bis er sie verstanden hatte. »Das klingt einleuchtend. Sie glauben also, dass er seiner Enkeltochter erzählt hat, wo die Ware zu finden war?«

»Das ist etwas, was wir vielleicht nie erfahren werden, Jason. Aber wie auch immer Shirley O'Shaughnessy dahinterkam, ich glaube, dass sie Joey Sutherlands Muskelkraft benutzte, um die Diamanten in die Finger zu bekommen. Und dann hat sie ihn umgebracht.«

Jason trank einen großen Schluck Tee und kratzte sich am Kopf. »Woher wissen wir, dass sie die Diamanten bekommen hat? Falls es Diamanten gegeben haben sollte.«

»Zwei Dinge«, sagte Karen. »Bis Dezember hatte sie damals genug Geld, um ein Haus in Leith bar bei einer Auktion zu kaufen.« Jason machte Anstalten, etwas einzuwerfen, doch sie hob eine Hand, um ihn abzuschmettern. »Sie musste Bargeld haben, denn keine Bank hätte einer mehr oder weniger mittellosen Studentin aus Übersee so viel Geld geliehen. Also hat sie das Geld von irgendwoher gehabt.«

»Das ist das eine«, räumte er ein. »Was ist das andere?«

»Sie hat nur ein Motorrad ausgegraben. Wenn sie die Diamanten nicht bekommen hätte, hätte sie beide Motorräder ausgegraben.«

Es dämmerte ihm. »Und wenn sie beide ausgegraben hätte, ohne an die Diamanten zu gelangen, wäre sie nicht in der Lage gewesen, ihre Karriere zu starten.«

»Korrekt.«

Mit nachdenklicher Miene goss Jason Tee nach und rührte zwei Löffel Zucker hinein. »Aber wir wissen nicht mit Sicherheit, dass es tatsächlich um Diamanten ging. Das raten Sie nur, stimmt's?«

Karen seufzte. »Ja, das rate ich nur. Aber es muss etwas dort gewesen sein. Und Diamanten ergeben am meisten Sinn.«

»Aber wie können wir das herausfinden?«

»Ich weiß es nicht. Ich muss mit jemandem reden, der sich mit Diamanten auskennt.«

»Was soll ich machen?« Jason klang argwöhnisch.

»Zwei Dinge. Ich möchte, dass Sie herausfinden, wo Hamish Mackenzie gelebt hat, als er in Amerika war. Und reden Sie noch einmal mit Ruari Macaulay und sehen Sie, ob Sie eine Liste mit Schwerathleten bekommen können, die 1995 aktiv waren, und unterhalten Sie sich mit ihnen. Finden Sie heraus, ob einer von ihnen Joey Sutherland nach den Invercharron Games im Jahr 1995 gesehen hat.«

Sein Gesicht hellte sich ein wenig auf. Dies war die Art von

Routineplackerei, die Jason mittlerweile gut konnte. »Was soll das mit Hamish Mackenzie? Ich dachte, wir hätten entschieden, dass er einer der Guten ist?«

Karen seufzte, die Augen gequält. »Wir müssen alles abdecken. Damit man uns nichts vorwerfen kann. Vielleicht wussten seine Großeltern doch von den Motorrädern, die auf ihrem Land vergraben waren, ganz egal, was er uns erzählt hat. Soviel wir wissen, könnte Arnie Burke sich an jeden Grundbesitzer in der Gegend gewendet haben, um herauszufinden, wo die Maschinen vergraben waren. Und wenn Hamish nun davon Wind bekam und nahe genug wohnte, um mit ihm in Kontakt zu treten? Dafür müsste er in der Nähe gelebt haben. Damals war er erst ein Teenager, er hätte nicht die nötigen Mittel für weite Reisen gehabt. Aber was, wenn er das fehlende Glied war? Und wenn er einen Anteil an Shirley O'Shaughnessys Beute bekam und auf diese Weise Jahre später seinen ersten Coffeeshop finanzierte?«

Jason stand der Mund offen, und er riss die Augen auf. »Sie glauben, er hat seine Finger im Spiel? Ich dachte, Sie mögen ihn?«

»Das habe ich auch getan. Das tue ich. Aber das heißt nicht, dass er nicht bis zu den Achselhöhlen in der Sache drinsteckt. Er sagte, die Familie sei nach Amerika gezogen, als sein Dad eine Stelle in Stanford bekam. Aber vielleicht ging er nicht in Kalifornien zur Schule. Überprüfen Sie es einfach, Jason. Zu meiner Beruhigung.« Denn sie wusste, dass er ihr bereits eine Lüge aufgetischt hatte. Sie musste sicher sein, dass es kein Ablenkungsmanöver von anderen, fataleren Unwahrheiten war.

# 62

## 1995 – Edinburgh

Shirley O'Shaughnessy studierte die Karte und die Papiere, die auf ihrem Schreibtisch verstreut herumlagen, und lachte leise in sich hinein. »Hab ich dich«, sagte sie mit stiller Genugtuung. Es war der Augenblick, auf den sie seit dem Tag gewartet hatte, an dem sie von Hamtramck nach Edinburgh aufgebrochen war. Sie wusste noch, wie sie ihren Koffer ins Wohnzimmer geschleppt hatte, wo ihr Großvater in seinem verstellbaren Lehnstuhl lag, in eine Wiederholung irgendeines historischen Baseballspiels vertieft.

Er hatte aufgeblickt. »Bist du sicher, dass du alles hast, was du brauchst?«

»Ja, ich glaube schon.«

»Ich habe keine Ahnung, wie wir ohne Küchenspüle über die Runden kommen sollen.« Er seufzte.

»Sehr witzig«, sagte sie mit mildem Sarkasmus. »Ich werde diesen Humor vermissen.«

»Die Schotten haben ihren eigenen Humor, Shirley. Die ersten beiden Wochen wirst du damit verbringen, gekränkt zu sein und zu denken, dass es fiese Arschlöcher sind, dann wird dir plötzlich aufgehen, dass sie nur einen Witz machen.«

»Ich werd's mir merken, Pops.«

»Jetzt komm her und setz dich. Es gibt da etwas, worüber ich mit dir sprechen muss.« Er schaltete den Fernseher aus und deutete auf das Sofa.

»Pops, ich weiß über Jungs Bescheid«, neckte Shirley ihn, setzte sich aber trotzdem. Über die Jahre hatte sie gelernt, dass ihr Großvater ihre Zeit nicht mit dummen Moralpredigten vergeudete.

»Ich weiß, dass ich im Lauf der Jahre viel über meine Zeit in Schottland gesprochen habe. Ich wurde ausgebildet und habe dazu ausgebildet, hinter feindliche Stellungen zu gehen. Aber es gibt da eine Geschichte, die ich euch nicht erzählt habe. Und du musst sie dir jetzt anhören.«

»Das klingt ernst.« Seinem Gesicht war anzusehen, dass er es so meinte.

»Du weißt ja, dass der Krebs mich drankriegen wird, nicht?«

»Du wirst dagegen ankämpfen. Und du wirst siegen.« Sie sagte es nicht nur, um ihn zu überzeugen, sondern auch sich selbst.

»Wir wissen beide, dass das nicht stimmt. Mir bleibt vielleicht ein Jahr ...«

»Ich kann die Sache mit Edinburgh immer noch verschieben«, erklärte sie. Nicht zum ersten Mal.

»Ich will nicht, dass du das tust. Ich will dich am Ende nicht hierhaben. Ich habe deine Mom, und das ist gut so. Aber dies ist vielleicht meine letzte Gelegenheit, um dir das hier weiterzugeben.«

»Okay. Worum geht's?«

Er erzählte ihr von den Diamanten. Wie er sie in einem Bürosafe gefunden hatte, nachdem die Nazis sich aus dem Staub gemacht hatten. Wie er sie in einer Motorradsatteltasche versteckt hatte, und was Kenny Pascoe und sein Kumpel mit den Maschinen gemacht hatten. Wie Kenny die Landkarte an ihn weitergegeben hatte, als er wusste, dass die Tuberkulose ihn holen würde. Ihre Miene verriet ihm, wie unglaublich sich die ganze Geschichte anhörte.

»Warum bist zu nicht zurückgefahren und hast sie geholt?« Verwirrt starrte sie ihn an.

»Ich bin in den Fünfzigerjahren dreimal drüben gewesen«, sagte er matt. »Ich bin durch das ganze Terrain gefahren, wo unsere Ausbildung stattfand. Und auch weiter weg. Ich konnte den Ort nicht finden. Ich fand wohl mal drei Dinge, die zusammenpassten, aber dann war ein viertes am falschen Platz. Als Kenny mir die Karte schickte, erwähnte er nicht, wo genau es war.« Er streckte die Hand nach einem Briefumschlag auf dem Tisch neben sich aus. »Hier ist die Karte. Und da ist ein Brief mit einem Zahlenraster auf der Rückseite. Ich weiß nicht, was die Ziffern bedeuten oder ob sie überhaupt etwas mit der Karte zu tun haben. Aber du bist eine clevere junge Frau. Vielleicht wirst du erfolgreich sein, wo ich gescheitert bin.«

Schweren Herzens hatte sie den Umschlag entgegengenommen. Sie wusste, dass es das Letzte sein würde, das er ihr je geben würde, und es hatte sich angefühlt, als würde er sie auf eine Suche senden wie einen mittelalterlichen Ritter in einer Partie *Dungeons and Dragons*. Sie hatte versprochen, ihr Bestes zu geben, doch bisher war es ihr nicht gelungen.

Sie hatte Bücher über Kryptografie gelesen. Sie hatte Zeit mit Mathematikern verbracht. Sie hatte versucht, die Zahlen als Gitterkoordinaten auf amtlichen Landvermessungskarten anzulegen. Sie hatte sich sogar dem Wanderverein der Uni angeschlossen, weil dieser einen Ausflug nach Wester Ross veranstaltete. Und so unwahrscheinlich es schien, dort war sie auf die Antwort gestoßen. Ein paar von ihnen waren nach einem Spaziergang am Sonntagnachmittag in den Pentlands in den Pub gegangen, und ihr war aufgefallen, wie einer der Männer einem anderen zwei Zahlenreihen aufnotierte. Zwei Reihen mit je sieben Ziffern.

»Was ist das?« Sie hatte so brüsk geklungen, dass die beiden aufgefahren waren, erschrocken und schuldbewusst wie Schuljungen, die man dabei erwischt hatte, wie sie sich schmutzige Fotos ansahen.

»Das ist die geografische Länge und Breite«, antwortete einer. »Wir versuchen, die Antwort auf eine Frage bei einem Wettbewerb auszutüfteln.«

»Erklärt es mir«, verlangte sie.

»In der Regel gibt man zuerst den Längen- und dann den Breitengrad an. Grad, Minuten und Sekunden auf eine Dezimalstelle. Das hier sind dreiundvierzig Grad, zwei Minuten, fünf Komma drei Sekunden.«

Sie betrachtete die Zahlen aufmerksam mit gerunzelter Stirn. »Woher weiß man, ob es sich um Nord oder Süd handelt?«

»Üblicherweise steht ein N oder ein S am Ende. Ein O oder ein W für den Breitengrad. Das ist Teil des Wettbewerbs. Man muss unterscheiden können, auf welchen Ort Bezug genommen wird.«

Sie war aufgesprungen, hatte sich über den Tisch gebeugt und dem Sprecher einen Kuss auf die Lippen gegeben. Dann war sie fort, einen halb vollen Drink und einen Studenten mit offenem Mund zurücklassend.

Es hatte sie eine Woche lang jede einzelne freie Minute gekostet, bis sie dahinterkam, was die echten Koordinaten waren und was die falschen Spuren. Doch jetzt hatte sie endlich die Antwort vor sich. Zwar war es für ihren Großvater zu spät. Für sie jedoch nicht. Shirley hatte Träume, und jetzt waren die Mittel zu deren Verwirklichung fast zum Greifen nahe. Sie würde dereinst etwas Bleibenderes hinterlassen als jeder andere aus ihrer Familie.

Dazu musste sie sich nur einfallen lassen, wie man die verdammten Motorräder aus dem Boden holte. Und da hatte sie auch schon eine Idee. Im Sommer hatte eine Kommilitonin sie zu sich nach Hause nach Braemar eingeladen. Die Familie hatte sie zum Braemar Gathering mitgenommen, wo die Queen persönlich den Vorsitz über die Highland Games innegehabt hatte. Was allein schon ziemlich unglaublich war. Es war, als wäre der Präsident im Tiger Stadium aufgetaucht, um sich ein Baseballspiel anzusehen.

Was Shirley ins Auge gesprungen war – abgesehen von der königlichen Gesellschaft mit ihren Decken im Schottenkaro, die sie wie gewöhnliche Zuschauer über den Knien ausgebreitet hatten –, waren die Schwerathleten. Sie waren wie ein Geschenk Gottes. Diese Kerle waren nicht nur stark genug, um das zu erledigen, was sie brauchte. Der Bruder ihrer Freundin verriet ihr, dass sie so etwas wie Söldner waren, die von einer Stadt zur nächsten zogen, um ihr Schwerathletengewerbe zu betreiben. Wie viel wäre nötig, um einen von ihnen zu überreden, einen Auftrag für sie zu erledigen?

Und hatte sie den Nerv, anschließend dafür zu sorgen, dass er die Klappe hielt?

# 63

## 2018 – Glasgow

Michael Moss hatte vorgeschlagen, sich mit Karen im Centre for Contemporary Arts in der Sauchiehall Street zu treffen. »Ich muss bis drei Uhr in der Garnethill-Synagoge sein«, hatte er am Telefon erklärt. »Das würde mir also am besten passen. In dem Kulturzentrum gibt es ein nettes Café.«

Karen war seit Jahren nicht mehr an jenem Ende des Glasgower Stadtzentrums gewesen. Die Kunsthochschule hatte schon immer ihre Spuren in dem Viertel hinterlassen, doch jetzt schienen die Straßenzüge vollständig von Studierenden in Besitz genommen worden zu sein. Bestimmt erwachte die Sauchiehall Street abends zum Leben, wenn sich die Studentenwohnungen und die Wohnheime leerten und sich die Bars und Dönerläden mit Kundschaft füllten, die entschlossen war, ihre letzte Chance auf Verantwortungslosigkeit in vollen Zügen auszukosten.

Doch um diese Nachmittagszeit eilten die meisten vorbei, die Kapuzen gegen den Regen hochgezogen. Sie konnte es ihnen nicht verdenken; es war ein Tag, an dem man so schnell wie möglich nach drinnen kommen wollte. Karen war eine entschiedene Vertreterin der Ostküstenmeinung, dass es in Glasgow immer regnete. Sie begriff nicht, warum ein örtlicher Dialekt, der ungefähr vierzig Wörter dafür hatte, wenn man alkoholisiert war, nicht die gleiche Anzahl für Regenarten und Wetterlagen aufwies. Vielleicht waren die Leute alle zu betrunken, um Notiz davon zu nehmen.

Das Café war halb leer. Karens Wahl fiel auf einen Zweiertisch an der Seite. Sie setzte sich mit Blick auf die Tür und wartete auf Michael Moss. »Ich werde einen schwarzen Regenmantel und einen schwarzen Porkpie-Hut tragen«, hatte er ihr gesagt. Sie hatte im Internet recherchieren müssen, wie ein Porkpie-Hut aussah.

Moss hatte sie auf dem gleichen Weg gefunden. Ihre Recherchen zu Diamantenhändlern im Vereinigten Königreich hatte sie zum Londoner Diamanten-Index geführt, der behauptete, die Vereinigung zu sein, der die große Mehrheit der Diamantenhändler angehörte. Dies waren Leute, die – sowohl geschliffene wie ungeschliffene – Edelsteine kauften und verkauften und den Juwelierhandel versorgten. Auf der Liste ihrer Mitglieder stand Michael Moss in Glasgow, also hatte sie ihn angerufen. »Ich habe mich weitgehend aus dem Berufsleben zurückgezogen«, hatte er ihr erklärt. »Aber ich bin Ihnen gern behilflich, wenn ich kann.« Und so hatten sie ein Treffen verabredet.

Karen verbarg ein Gähnen mit dem Handrücken. Allmählich holte die Nacht sie ein. Sie war sich nicht sicher, ob diese Begegnung sie auch nur einen Schritt weiterbringen würde, um Shirley O'Shaughnessy festzunageln, aber im Moment war es der einzige Weg, den sie einschlagen konnte. Während sie sich den Kopf darüber zerbrach, was Jason über Hamish Mackenzie ans Licht holen würde, rauschte ein älterer Mann in den Raum. Sein schwarzer Regenmantel sah aus, als sei er von einer Kostümbildnerin aus der Blütezeit des Film noir für seine große, hagere Gestalt maßgeschneidert worden. Er schwang in eleganten, fließenden Falten, die sich bei jedem seiner Schritte bildeten, um den Mann herum. Der Hut war tatsächlich ein Porkpie, doch er war aus schwarzem Leder gefertigt, das das Licht zu schlucken schien und das obere Ende seines Kopfes in eine Art negativen Raum verwandelte. Er war apart. Es gab kein anderes Wort dafür.

Karen hob eine Hand, winkte flüchtig und stand zur Begrüßung auf. »Mr. Moss?«

»Und Sie müssen Detective Chief Inspector Pirie sein.« Er verlieh ihrem Titel das volle Gewicht, ergriff ihre Hand und beugte sich darüber. »Ich hoffe, ich habe Sie nicht warten lassen.« Sein Gesicht war ein knochiges Arrangement aus Flächen, die so bleich wie das Pergamentpapier in einem mittelalterlichen Manuskript waren. Er hatte haselnussbraune Augen, vergrößert durch eine gewaltige Hornbrille. Karen fand ihn auf Anhieb sympathisch.

»Sie sind ausgesprochen pünktlich«, sagte sie. »Lassen Sie mich Ihnen einen Kaffee holen.«

»Bloß ein Glas Mineralwasser«, entgegnete er. »Ich kann dem Kaffee nicht frönen, nachdem die Mittagsstunde geschlagen hat.«

Sie ging an die Ladentheke, und bis sie wieder zurück war, hatte er Hut und Mantel abgelegt. Sein Haar war von einem edlen Silber, knapp am Schädel geschnitten wie das Fell einer Chinchilla. Er trug einen hellgrauen Anzug, ein anthrazitfarbenes Hemd und eine auffällige Krawatte mit extravaganten Wirbeln in Pink und Violett. An seinem kleinen Finger funkelte ein Diamant in einem goldenen Siegelring. Karen hatte einen orthodoxen Juden in traditioneller Kleidung erwartet, wie sie es auf Fotos vom Diamantenviertel in Antwerpen gesehen hatte, aber sie war gewillt zuzugeben, dass sie ihren eigenen Vorurteilen zum Opfer gefallen war.

Sie machte das erste Konversationsangebot. »Danke, dass Sie sich zu einem Gespräch mit mir bereit erklärt haben.«

»Ich bin fasziniert. Sie sagen, Sie glauben, ich könnte Ihnen vielleicht bei einem Ihrer Altfälle weiterhelfen?«

Sie nickte. »Es klingt weit hergeholt, das weiß ich. Aber manchmal bleibt uns nichts anderes übrig, als in die Ferne zu schweifen. Ich glaube, dass eine junge Amerikanerin im

Herbst des Jahres 1995 eine große Menge Diamanten verkauft hat. Ich weiß noch nicht einmal mit Sicherheit, ob der Verkauf im Vereinigten Königreich stattfand, aber ich vermute, dass es so war.«

»Geschliffen oder ungeschliffen?«, unterbrach er sie.

»Auch das weiß ich nicht. Ich glaube, dass die Steine Ende des Zweiten Weltkriegs in Antwerpen gestohlen wurden und bis 1995 versteckt blieben. Mein Verdacht geht dahin, dass sie Nazioffizieren gestohlen wurden, die sie wiederum von den jüdischen Diamantenhändlern erbeutet hatten, die sie in die Konzentrationslager schickten.«

»Sehr interessant«, sagte er. »Niemand möchte unter einer Decke stecken mit jemandem, der durch Steine von einer solchen Herkunft reich wurde. Und was, meinen Sie, kann ich tun, um Ihnen behilflich zu sein?« Er nippte an seinem Wasser und musterte sie über den Rand seiner Brille hinweg, wie eine vorsichtige Eidechse ohne zu blinzeln.

Karen wusste, wie fragil der Boden war, auf dem sie stand. Jeder, der Edelsteine von Shirley O'Shaughnessy gekauft hatte, hätte selbst auf lange Sicht von dem Handel profitiert. Selbst wenn derjenige nichts von ihrer Herkunft gewusst haben sollte, wäre er trotzdem durch den Umgang damit belastet. »Es muss eine ziemlich ungewöhnliche Transaktion gewesen sein. Ich kann mir nicht vorstellen, dass viele junge blonde Amerikanerinnen mit einer Tasche voller Steine in die Büros von Diamantenhändlern spazieren. Mir ist klar, dass es lange her ist, aber es besteht doch wohl sicher die Möglichkeit, dass sich einer Ihrer Kollegen an so eine Begebenheit erinnert, oder?«

Ein elegantes Achselzucken. »Möglich ist es. Wie Sie sagen, es ist nichts, was jeden Tag vorkommt. Ich kann Ihnen mit absoluter Sicherheit sagen, dass ich nicht der Händler war, der diese Steine kaufte. Und mir ist ein solches Geschäft nie zu Ohren gekommen. Aber es gibt viele von uns, und wir weihen einander nicht oft in die Einzelheiten unseres Geschäfts ein. Was erhoffen Sie sich von mir?«

»Ich weiß nicht, wie Ihre Organisation funktioniert. Können Sie sich umhören? Sehen, ob jemand sich an so einen Handel erinnern kann?«

Den Ellbogen auf dem Tisch, stützte er das Kinn auf seine Faust. »Wir haben ein System, um miteinander zu kommunizieren. Es ist wichtig, rasch Informationen untereinander weitergeben zu können, für den Fall eines Raubüberfalls oder eines Betrugs.«

»Meinen Sie, Sie könnten darüber meine Frage weiterleiten?« Er machte es ihr nicht gerade einfach, fand sie.

»Ich wüsste nicht, warum nicht. Es ist ab und zu genutzt worden, um Informationen der Polizei in Umlauf zu bringen.« Er holte ein kleines Moleskine-Notizbuch und einen silbernen Druckbleistift aus der Tasche. »Können Sie die Einzelheiten noch einmal nennen?«

»Zwischen September und Weihnachten 1995«, sagte Karen. Er blätterte eine neue Seite auf und kritzelte eine Notiz. »Eine junge blonde Amerikanerin, die ein Päckchen Steine verkaufte.«

Leise murmelte er beim Schreiben: »Geschliffen oder ungeschliffen.« Er blickte auf und sah ihr in die Augen. »Werden Sie mir ihren Namen verraten?«

»Nein. Ich möchte keine Informationen, die aus dieser Anfrage resultieren könnten, beeinflussen.«

»Vernünftig. Und man sollte auch das Verleumdungsgesetz nicht außer Acht lassen.« Sein Lächeln war schief und verschroben. »Sonst gibt es nichts, was Sie mir sagen könnten?«

Karen schüttelte den Kopf. »Wir klammern uns an einen Strohhalm, ich weiß.«

»Aber wenn man nur einen Strohhalm zur Verfügung hat,

was soll man machen?« Er trank einen großen Schluck von seinem Wasser. »Wie wird Ihnen diese Information weiterhelfen? Worin ermitteln Sie?«

Eigentlich wollte Karen den Fall nicht diskutieren, aber manchmal musste man ein klein wenig geben, um viel zu bekommen. »Es ist ein Mord. Ein Mann wurde vor dreiundzwanzig Jahren erschossen. Wir haben den Verdacht, dass die Diamanten das Motiv waren.«

»Ein Diamantenraub?«

Ihr Lächeln war entschuldigend. »Nicht ganz. Eher ein Wiederentdecken als ein Raub. Es tut mir leid, weiter kann ich mich dazu nicht äußern.«

»Sie spannen mich auf die Folter, Chief Inspector.«

»Das liegt nicht in meiner Absicht. Aber wenn etwas dabei herauskommen sollte, verspreche ich, dass ich Ihnen die ganze Geschichte erzählen werde.«

Er neigte höflich den Kopf. »Ich nehme Sie beim Wort. Und jetzt ...« Er schob seinen Stuhl zurück und stand auf. »Ich gehe nach Hause, um meinen Kollegen eine Nachricht zu schicken. Ich melde mich, sobald ich etwas höre. Falls ich etwas höre.« Er setzte seinen Hut wieder auf, schlüpfte in den Mantel und schritt in einem Wirbel aus Schwarz davon.

Viel später am Abend kauerte Gerry McCartney unter dem Schutz eines tropfenden Baumes am Ufer des Airthrey Loch und wartete auf Ann Markie und ihren Foxterrier. Am Nachmittag hatte er versucht, einen Termin bei ihr zu bekommen, doch ihre Sekretärin hatte ihn abgewimmelt. »Bis Ihr Disziplinarverfahren vorüber ist, hält die Assistant Chief Constable es nicht für ratsam, sich mit Ihnen zu treffen. Wenn Sie mit ihr in Kontakt treten möchten, schlägt sie vor, dass Sie es schriftlich tun.«

Er war stinksauer. Er hatte alles getan, worum sie ihn gebeten hatte, und jetzt trennte sie sich beim ersten Anzeichen von Ärger von ihm. Sie hatte ihn hängen lassen, weil das die bessere PR-Option war, um mit Billy McAfees dummer Überreaktion auf die Neuigkeit, dass Barry Plummer entlassen wurde, umzugehen. McCartney hatte nur beabsichtigt, dass McAfee Stunk in den Zeitungen machte, damit Karen Pirie schlecht wegkam. Er hatte nicht gedacht, dass der Mann völlig durchdrehen und Plummer umbringen würde. Wer hätte das vorhersehen können? Es war nichts, was hierzulande passierte. Das hier war Schottland, nicht Texas, verdammt noch mal.

Doch Markie hatte ihm noch nicht einmal Gelegenheit gegeben zu erklären, was er zu erreichen versucht hatte. Ihr hatte nur daran gelegen, sich nicht die Hände schmutzig zu machen. Ihn den Wölfen zum Fraß vorzuwerfen, war eine beschissene Reaktion gewesen.

Trotzdem glaubte er, das Blatt noch einmal wenden zu können. Aus welchem Grund auch immer Markie ihn in die Historic Cases Unit gesteckt haben mochte, er musste jetzt immer noch die gleiche Gültigkeit besitzen wie damals. McCartney wusste nicht – und es war ihm auch egal –, warum sie genug Dreck bei KP Nuts finden wollte, um Pirie von den Altfällen abzuziehen und in die Art von Schreibtischjob zu verfrachten, die laut und deutlich das Aus ihrer Karriere verkünden würde. Aber sie wollte es auf jeden Fall, und vielleicht konnte er sich mit den harten Devisen von Informationen den Weg zurück in seinen Job erkaufen.

In den frühen Morgenstunden hatte er sich in Gayfield Square eingeschlichen, hatte den Schichtwechsel der Verkehrspolizei abgewartet, um hineinzuschlüpfen, während sie im Aufbruch waren. Er besaß immer noch den Türcode für das Büro der HCU. Durch die schwer verständlichen Notizen an Karens Korkpinnwand zusammen mit den Zetteln auf dem Schreibtisch der Karotte gelang es ihm herauszubekommen, dass sie wegen des Mordes an Joey Sutherland eine Frau namens Shirley O'Shaughnessy im Visier hatten. Und dass Shirley O'Shaughnessy die Galionsfigur für die Wohnbauinitiative der schottischen Regierung war.

Dass sie wegen Mordes verhaftet werden würde, war etwas, das Ann Markie doch bestimmt unbedingt unterbinden wollte. Die Politiker zu verärgern, wäre das Letzte, was in ihrem Interesse lag.

Jetzt besaß er etwas, womit er feilschen konnte. Was er jetzt noch brauchte, war lediglich die Frau selbst. Die Zeit verging langsam, und es gab keine Spur von ihr. Zwanzig Minuten tickten zäh dahin. Seine Füße waren nass, und seine Nase war so kalt, dass er nicht sagen konnte, ob da gerade Regen oder Rotze von ihr hinuntertropfte. Verfluchtes Weibsstück mit ihrem Hund.

Das Maß war voll. McCartney trottete zu seinem Wagen zurück, ein Häufchen Elend auf zwei Beinen. Irgendwie würde er das Wochenende durchstehen, dann Markie ausfindig machen und sie dazu bringen, ihn anzuhören. Er würde wieder mit von der Partie sein, bevor seine Frau auch nur bemerkte, dass man ihn suspendiert hatte. Er würde Karen Pirie zeigen, was es hieß, Cop zu sein.

# 64

## 2018 – Edinburgh

Das Wochenende hatte sich ewig hingezogen. Nichts weiterverfolgen zu können, hatte Karen rastlos und schlecht gelaunt gemacht. Hamish hatte sie auf den Wochenanfang verschoben und sich einem lange überfälligen gründlichen Wohnungsputz gewidmet. Als der Montag endlich anrollte, war sie startbereit. Sie traf ein paar Minuten vor acht Uhr im Aleppo ein und ließ sich an ihrem Lieblingstisch im hinteren Teil des Raumes nieder. Miran brachte wie immer ihren Kaffee, auf dem Unterteller ein winziges Shortbread statt des üblichen Pistazienkekses. Karen griff mit fragend hochgezogenen Augenbrauen danach. »Das ist neu«, stellte sie fest.

Miran lachte glucksend. »Wir integrieren uns eben.«

»Solange ihr nicht aufhört, euer eigenes Gebäck zu machen«, erwiderte sie mürrisch. Sie sah sich um, um sich zu vergewissern, dass sie niemanden übersehen hatte. »Ist Amena heute Morgen nicht da?«

»Meine Mutter hat einen Termin im Krankenhaus, also muss Amena die Kinder in die Schule bringen. Müssen Sie noch einmal mit ihr reden?«

»Nein, ganz im Gegenteil. Ich wollte ihr sagen, dass DCI Hutton neue Beweise hat, was bedeutet, dass er Amena wahrscheinlich nicht als Zeugin bei Gericht brauchen wird. Aber wir sind sehr dankbar für ihre Hilfe.«

Mirans Schultern entspannten sich. »Das ist gut. Sie macht sich Sorgen, wissen Sie?«

»Ich weiß. Und das tut mir leid.«

Er tätschelte ihre Schulter. »Aber es ist wichtig, etwas zu sagen. Das wissen wir auch.« Dann war er fort, um die nächsten Gäste zu bedienen.

Karen klappte ihren Laptop auf und loggte sich im WLAN ein. Ihr erster Abstecher galt automatisch ihren E-Mails und dem morgendlichen Rundschreiben der schottischen Polizei. Sie überflog die Berichte und Informationsgesuche, dann fiel ihr Auge auf den Namen des Hundekuchens. *ACC Markie hält programmatische Rede,* hieß es dort. Karen klickte auf den Link und las:

ACC Markie ist heute im Hauptquartier von Europol in Den Haag, um eine programmatische Rede über die fortwährende Zusammenarbeit zwischen der Police Scotland und Europol in einer Welt nach dem Brexit zu halten. Sie wird die Bedeutung einer weiterhin engen Beziehung zu unseren europäischen Kollegen im Kampf gegen länderübergreifende Kriminalität hervorheben.

Das restliche Geschwafel kümmerte sie nicht. Die Hauptsache war, dass Markie mindestens einen Tag lang außer Landes war. Zu wissen, dass sie nicht überrumpelt werden konnte, war ein Pluspunkt. Sie kehrte zu ihren E-Mails zurück und war angenehm überrascht, als sie sah, dass die nächste Nachricht von Michael Moss stammte, allerdings mit leerer Betreffzeile. Dennoch schlug ihr Herz hoffnungsvoll schneller, als sie die E-Mail öffnete.

*Guten Morgen, DCI Pirie,* las sie.

Es war mir ein Vergnügen, letzte Woche Ihre Bekanntschaft zu machen, und es war faszinierend, einen kleinen Einblick in die Arbeit zu erhalten, die Sie bei den Altfällen leisten, einen Bereich, den ich schon immer ganz besonders fesselnd fand. Im Anschluss an unser Gespräch habe ich eine Mitteilung an die Mitglieder des LDI verschickt in der geringen Hoffnung, Ihnen behilflich sein zu können. Doch mir wurde zu meiner Freude bewiesen, dass ich unrecht hatte. Und dies ist die Antwort, die ich gestern spätabends von einem unserer Mitglieder erhielt:

--------Weitergeleitete Nachricht --------
Von: David Cohn: dcohn86@gmail.com
An: Michael Moss: giffnock73856@gmail.com
Aw: Hilfe bzgl. ungewöhnlichem Verkauf im Jahr 1995

Hallo, Michael. Schön, von Ihnen zu hören, wenn auch mit einer derart sonderbaren Bitte! Ich weiß nicht, ob es das ist, wonach Ihre Polizistin sucht, aber Ihre Anfrage hat bei mir Erinnerungen geweckt. Sie werden sicher nicht mehr wissen – warum sollten Sie auch? –, aber 1995 führte immer noch mein Vater das Geschäft, auch wenn ich viel von der Arbeit im Laden übernahm. Ich war das Gesicht von Cohn Diamonds. Wenn also Leute hereinkamen, um Steine zu verkaufen, war ich derjenige, der sich um sie kümmerte.
Da ich mich allein auf mein Gedächtnis verlasse, kann ich bezüglich des Datums nicht präzise sein, aber ich erinnere mich an eine junge blonde Amerikanerin, die ungefähr zu dem Zeitpunkt ein Päckchen mit ungeschliffenen Steinen vorbeibrachte. Sie waren von einheitlich hoher Diamantqualität, was hauptsächlich der Grund ist, weshalb ich mich daran erinnere. Die meisten waren farblos oder ganz leicht getönt, und sie wiesen kaum Makel auf. Wenn ich mich recht entsinne, kauften wir sie für ungefähr hundertfünfzigtausend Pfund.

Natürlich werden Sie mehr Details als diese vagen Erinnerungen wünschen. Wir verfügen über vollständige Unterlagen zu dem Verkauf. Wie Sie es zweifellos ebenfalls praktizieren, bestehen wir auf einem offiziellen Ausweis – Reisepass oder Führerschein – und der Bankverbindung, wenn es zu einem Kauf kommt, außerdem auf einem Nachweis der Herkunft. Damals, im Jahr 1995, hatten wir zudem, bevor wir richtige Überwachungskameras in sämtlichen Verkaufsräumen und Büros hatten, eine versteckte Standbildkamera, die alle potenziellen Verkäufer fotografierte. Ich schicke diese E-Mail von zu Hause, aber ich werde in unseren Akten nachsehen, sobald ich morgen früh ins Büro komme.
Könnten Sie mir die Kontaktdaten der betreffenden Polizistin zukommen lassen? Falls sich meine bruchstückhaften Erinnerungen als richtig erweisen sollten, würde ich mich direkt bei ihr melden.
Herzliche Grüße an Sie und Ihre Familie,
David Cohn

Ich habe mir gestattet, Ihre E-Mail-Adresse und Mobilfunknummer an David weiterzugeben. Er ist ein sehr zuverlässiger Kerl – vor ungefähr zehn Jahren hat er das Familienunternehmen übernommen, und er sitzt seit ein paar Jahren im Vorstand des LDI. Cohn Diamonds ist für seine Integrität und Diskretion bekannt. Ja, Sie hätten kein größeres Glück haben können bezüglich desjenigen, mit dem Sie es zu tun haben.
Ich wünsche Ihnen alles erdenkliche Glück bei der Aufklärung Ihres historischen Mordfalls.
Mit freundlichen Grüßen
Michael Moss

Es war beinah zu schön, um wahr zu sein. Es konnte doch bestimmt nicht mehr als eine junge blonde Amerikanerin geben, die 1995 in London Diamanten verkauft hatte, oder? Karen sah auf dem Bildschirm nach der Zeit. Es war noch nicht einmal Viertel nach acht. Sie würde sich noch ein wenig länger in Geduld üben müssen. Ihren restlichen Kaffee trank sie in einem einzigen Schluck aus und machte sich auf den Weg zum Ausgang. Sämtlicher Verdruss der letzten Tage fiel von ihr ab, als sie auf die Duke Street trat, wo gerade der 25er-Bus in Sicht rumpelte. Sie rannte los und schaffte es noch rechtzeitig zur nächsten Haltestelle. Sie wollte unbedingt im Büro sein, wenn David Cohn anrief, nicht auf halbem Weg den Leith Walk hinauf, wo sie der Straßenlärm ablenken würde.

Als der Minzdrops ein paar Minuten vor neun eintraf, ging sie im Zimmer auf und ab. Sie war elektrisiert vor nervöser Energie und wollte unbedingt hören, was ihr der Diamantenhändler zu erzählen hatte. »Was ist los?«, fragte Jason, einen panischen Unterton in der Stimme. Sie gab ihm die Dreißigsekundenversion. Selbst die reichte aus, dass ihm der Mund offen stand. »Himmel!«, war alles, was er hervorbrachte.

»Freuen wir uns nicht zu früh.« Karens Mahnung galt genauso ihr selbst wie ihm. »Wie sind Sie mit Ihren Hausaufgaben zurande gekommen?«

Jason zückte sein Notizbuch. »Es ist mir gelungen, sechs weitere Schwerathleten ausfindig zu machen, die 1995 in der Szene an Wettkämpfen teilnahmen.« Er hob den Blick und schnitt eine Grimasse. »Keiner von ihnen war sonderlich gut, was Einzelheiten betraf. Sie sind alle völlig auf ihre eigenen Leistungen fixiert. Sie achten nicht weiter darauf, wer sonst noch an dem Tag antritt, es sei denn, sie werden von ihm geschlagen. Aber sie haben alle gesagt, dass Joey tatsächlich von der Bildfläche verschwand, und vier von ihnen konnten es auf das Jahr 1995 datieren. Das stimmt mit dem überein, was mir die Scottisch Highland Games Association mitgeteilt hat. Es gibt dort keine Spur, dass Joey Sutherland nach den Invercharron Games bei irgendeiner Veranstaltung platziert gewesen wäre, und er hat seine Mitgliedschaft nie erneuert. Es ist möglich, dass er im Ausland an Wettkämpfen teilgenommen hat, aber selbst dann, sagten die Männer, mit denen ich sprach, wäre ihm irgendwann jemand über den Weg gelaufen und hätte wissen wollen, warum er abgetaucht ist.«

»Gute Arbeit. Das beweist den ungefähren Todeszeitpunkt zwar nicht mit Gewissheit, aber es sind weitere Indizien.« Jetzt zur heikleren Frage. Beiläufig erkundigte sie sich: »Und was ist mit Mackenzie? Da was gefunden?«

Er errötete. »Ich war ein bisschen unaufrichtig. Er hat doch gesagt, dass er auf der Edinburgh University war, nicht? Ich habe dort in der Verwaltung angerufen und behauptet, ich wäre vom Innenministerium und würde den Einwanderungsstatus von ausländischen Studierenden überprüfen. Ich weiß schon, dass Mackenzie offensichtlich schottisch ist und nicht amerikanisch, aber ich habe mir gedacht, da er doch in den USA zur Schule gegangen ist, könnte das genau die Frage sein, die jemand von der Einwanderungsbehörde klären will, oder?«

Karen war verblüfft. Es war ein Täuschungsmanöver, das ihrer eigenen Verschlagenheit in nichts nachstand. »Und was hat man Ihnen gesagt?«

»Laut seiner Uni-Bewerbung besuchte er die Palo Alto High School. War nie auch nur in der Nähe von Michigan, was seine Schullaufbahn betrifft. Es besteht kein Grund zu der Annahme, dass er Shirley O'Shaughnessy jemals begegnet ist. Wenn man ihre Namen zusammen googelt, gibt es nicht einmal ein Foto von ihnen bei einer Benefizgala oder so. Keiner seiner Coffeeshops befindet sich in einer ihrer Immobilien. Ich glaube, er ist sauber, Boss.«

Das Ausmaß ihrer Erleichterung überraschte sie. Sie würde Hamish Mackenzie heute Abend beim Essen gegenübersitzen können, ohne sich fragen zu müssen, ob er ein Komplize in einem Mord war. *Nein,* sagte die nörgelnde kleine Stimme in ihrem Kopf, *bloß ein hinterhältiger Lügner.*

Bevor sie etwas erwidern konnte, klingelte ihr Handy. Sie fuhren beide zusammen und sahen einander an, Erwartung in den Gesichtern. Karen griff eilig nach ihrem Telefon. »DCI Pirie«, sagte sie herrischer als beabsichtigt.

»Guten Morgen, Chief Inspector. Hier spricht David Cohn von Cohn Diamonds. Vielleicht hat Michael Moss Ihnen gegenüber erwähnt, dass ich eventuell anrufen würde?« Die Stimme war ein sehr präziser, heller Tenor. In Karens Ohren hörte er sich nach London an, aber sie war keine Expertin für die Nuancen der Dialekte aus dem Süden.

»Ja, danke, Mr. Cohn. Ich weiß Ihre Hilfe zu schätzen. Und natürlich Ihre Zeit.«

»Sehr gern geschehen. Wir hatten früher schon Gelegenheit, der Polizei zu helfen. Es ist ein Berufsrisiko unseres Tätigkeitsfelds, fürchte ich.«

»Mag sein. Da Diamanten so wertvoll und so leicht zu transportieren sind.«

»In der Tat. Und in ungeschliffenem Zustand sind sie nicht immer leicht zu erkennen. Michael hat gesagt, Sie interessieren sich für einen Ankauf, den wir 1995 getätigt haben, stimmt das?«

»Ja. Irgendwann zwischen Mitte September und Mitte Dezember, um genau zu sein.«

»Und die Verkäuferin war eine junge blonde Amerikanerin?«

»Das nehmen wir an.« Karen ließ genauso viel Vorsicht walten wie er.

»Ich erinnerte mich vage an eine Transaktion, die zu der

Beschreibung passte, also bin ich heute Morgen ein bisschen früher ins Büro gegangen, um in unseren Büchern nachzusehen. Wir machen sehr umfassende Aufzeichnungen, Chief Inspector. Es ist uns sehr wichtig, dass kein Makel des Verdachts an unserer Firma haftet. Wir billigen Geldwäscherei nicht, und wir geben uns große Mühe, gewissenhaft vorzugehen.« Jetzt klang er beinahe prüde.

»Sehr löblich. Ich wünschte, jeder wäre wie Sie, Mr. Cohn.« Karen verdrehte Jason gegenüber die Augen. Sie versuchte, ihre Ungeduld zu zügeln. Allerdings wollte sie Cohn auf keinen Fall nervös machen. »Und sind Sie in Ihren Unterlagen auf etwas gestoßen, das sich mit Ihrer Erinnerung deckt?«

»Es freut mich, sagen zu können, dass dem so ist.« Papier raschelte. »Mittwoch, der einundzwanzigste September 1995. Wir erwarben eine beträchtliche Menge ungeschliffener Diamanten von ungewöhnlich hoher Qualität für eine Summe von einhundertsiebzigtausend Pfund. Die Verkäuferin war Laufkundschaft, in so einem Fall lassen wir besondere Sorgfalt walten. Sie zeigte einen amerikanischen Reisepass, einen Führerschein aus Michigan und einen Studentenausweis der Edinburgh University. Und natürlich ihre Bankverbindung, damit wir ihr den Betrag überweisen konnten.« Er legte eine Pause ein, um den Moment auszukosten. »Entspricht das Ihren Erwartungen, Chief Inspector?«

Karen konnte kaum reden. »Ja«, presste sie hervor. »O ja. Und der Name?«

»Shirley O'Shaughnessy.«

# 65

## 2018 – Edinburgh

Zwar war es der Name, den Karen hatte hören wollen, aber sie traute ihren Ohren trotzdem kaum. »Shirley O'Shaughnessy?«, wiederholte sie. Jason grinste und hob beide Daumen.

»Richtig«, bestätigte Cohn. »Ist es das, was Sie hören wollten?«

»Zu hören hofften«, erwiderte Karen. »Können Sie sich daran erinnern, ob Sie sie gefragt haben, wie sie an die Diamanten gekommen ist?«

»Das habe ich. Ehrlich gesagt wusste ich ihre Antwort nicht mehr, bis ich heute Morgen in die Aufzeichnungen geschaut habe. Sie sagte, die Diamanten seien ihr von ihrem Großvater vermacht worden, der einige Jahre zuvor in Antwerpen gearbeitet habe. Er habe seine Einkünfte in Steine investiert, erklärte sie. Um das Finanzamt zu umgehen, wie ich annahm.«

»Wir glauben, dass die Diamanten tatsächlich aus Antwerpen stammten«, sagte Karen. »Allerdings nicht als das Ergebnis einer Investition. Wir gehen davon aus, dass sie von O'Shaughnessys Großvater im Zuge der Befreiung der Stadt erbeutet wurden. Er arbeitete als Doppelagent für den amerikanischen Geheimdienst. Unser Wissen über die Einzelheiten ist noch ein bisschen vage.«

»Wenn sie erwähnt hätte, dass es während des Krieges gewesen war, wäre ich definitiv abgeneigt gewesen, die Steine zu erwerben.« Cohn war offenkundig gekränkt, dass man ihn auf diese Weise reingelegt hatte. »So viele Händler wurden von den Nazis enteignet, bevor sie dem Holocaust zum Opfer fielen. Wir sind immer sehr vorsichtig, was Steine betrifft, die möglicherweise erbeutet worden sind. Doch ihre Geschichte klang plausibel, und sie war eine sehr selbstbewusste junge Frau. Jetzt erinnere ich mich ganz deutlich, ich sehe sie jetzt wieder ganz klar vor mir.«

»Apropos sehen ... In Ihrer E-Mail an Mr. Moss haben Sie geschrieben, dass Sie eine versteckte Kamera hatten, die die Leute fotografierte, die in den Laden kamen, um Diamanten zu verkaufen. Haben Sie ein Foto dieser Frau gemacht?«

»O ja, natürlich. Es ist zusammen mit den Fotokopien ihrer Ausweisdokumente an die Unterlagen geheftet. Das hat meiner Erinnerung auf die Sprünge geholfen.«

Es war fast zu schön, um wahr zu sein. »Besteht die Möglichkeit, dass Sie die Dokumente scannen und mir schicken?«

»Wir helfen der Polizei immer gern. Ich werde es gleich meine Sekretärin erledigen lassen.«

»Sie sind bereits jetzt unglaublich hilfreich gewesen, aber ich muss Sie noch um eines bitten«, sagte Karen. »Wir werden eine förmliche Zeugenaussage dessen benötigen, was Sie mir gerade erzählt haben. Ich werde mit einem Kollegen bei der Metropolitan Police sprechen und darum bitten, dass man einen Termin mit Ihnen vereinbart, um Ihre Erinnerungen an Ihre Begegnung mit Shirley O'Shaughnessy durchzugehen. Man wird auch die Originale Ihrer Akte mitnehmen müssen. Sie werden sie zu gegebener Zeit zurückerhalten, aber möglicherweise möchten Sie lieber eine Kopie für sich anfertigen.«

»Das dürfte kein Problem sein. Ich werde mit dem Anruf rechnen. Eine Sache, die Sie nicht erklärt haben, Chief Inspector, ist Ihr Interesse an dieser Angelegenheit. Sie scheinen große Anstrengungen wegen einer möglichen Nazi-Kriegsbeute zu unternehmen. Gewöhnlich fällt es uns schwer, die Behörden dazu zu bringen, in Fällen wie diesen zu ermitteln.«

»Es tut mir leid, sagen zu müssen, dass es im Kern nicht darum geht, auch wenn die Diamanten einen bedeutsamen Teil meines Falles ausmachen. Wir glauben, dass ein Mann ermordet wurde, als Shirley O'Shaughnessy die Steine an sich brachte, und das ist der Grund, weshalb ich ermittle. Ich weiß, dass ein Mord nicht nach viel klingt im Vergleich zu sechs Millionen, aber in meinem Dezernat versuchen wir, jedes Leben als gleich kostbar zu behandeln.« Sie war sich darüber im Klaren, dass sie sowohl frömmelnd als auch defensiv klang, aber sie wusste nicht, wie sie es sonst erklären sollte, ohne diesen Fremden vor den Kopf zu stoßen.

Bei seiner Erwiderung lag Herzlichkeit in seiner Stimme: »Das freut mich. Wenn wir aufhören, daran zu glauben, wird der Weg hin zu sechs Millionen viel einfacher.«

»Es freut mich, dass Sie es so sehen, Sir. Ich werde versuchen, jemanden von der Met dazu zu bringen, sich heute mit Ihnen in Verbindung zu setzen, wenn das in Ordnung ist.«

»In meinem Terminkalender steht nichts, was sich nicht verschieben ließe. Ich nehme an, wenn Ihr Fall so läuft, wie Sie es sich erhoffen, wird es zum Prozess kommen?«

»So lautet der Plan.«

»In diesem Fall freue ich mich schon darauf, Sie kennenzulernen, wenn ich komme, um meine Zeugenaussage zu machen. Es wird mir ein Vergnügen sein. Bis dahin, Chief Inspector.«

Sobald Karen sich verabschiedet hatte, stieß sie einen Freudenschrei aus. »Ich glaube, wir haben einen Fall, Jason! Wir brauchen ein Brainstorming, um zusammenzutragen, was wir haben und wohin es uns führt, aber zuerst einmal muss ich dafür sorgen, dass die Met eine Befragung von David Cohn durchführt. Gehen Sie uns Kaffee holen, während ich die Fragen auflise, die sie ihm stellen sollen.« Sie winkte ihn mit den Fingern weg und wandte sich ihrem Bildschirm zu. Schritt für Schritt erarbeitete sie eine Reihe von Fragen, die Detectives, die mit dem Fall nicht vertraut waren, durch sämtliche Schlüsselpunkte führen würden. Sie mussten es unbedingt richtig machen. Es war der Grundpfeiler der Argumentation, die sie der Staatsanwaltschaft vorlegen würde. Deren Genehmigung brauchte sie, bevor sie aus allen Rohren feuernd loszog, um Shirley O'Shaughnessy zu verhaften. Wenn man es mit Leuten aufnehmen wollte, die Freunde in einflussreichen Positionen hatten, brauchte man unbedingt sicheren Boden unter den Füßen. Und Karen war fest entschlossen, Joey Sutherlands Mörderin für seinen Tod bezahlen zu lassen.

Als Jason zurückkehrte, war sie mit ihren Fragen fertig und steckte mitten in einem Gespräch mit einem Detective von Scotland Yard, dessen eigene Mutter ihn beim besten Willen nicht als hilfreich hätte beschreiben können. »Hierbei geht es um eine Morduntersuchung«, sagte sie, die Lippen straff über die Zähne gespannt.

»Ja, aber wie Sie selbst zugegeben haben, ist die Sache nicht gerade aktuell«, beschwerte er sich.

»Das bedeutet nicht, dass man sie auf Eis legen kann. Ich erbitte mir zwei Officer für höchstens zwei Stunden, die eine Zeugenaussage aufnehmen …«

»Und das ist noch so etwas«, fiel er ihr ins Wort. »Warum brauchen Sie zwei Officer? Meinen Sie, einem von uns muss man das Händchen halten, damit er etwas derart Simples hinbekommt?«

»Es geht nicht um die Kompetenz Ihres Teams.« Am liebsten hätte sie »Sie Klugscheißer« hinzugefügt, hielt sich jedoch zurück. »Es geht um schottisches Recht. Wir benötigen für jeglichen Beweis, der vor Gericht verwendet werden wird, eine Bestätigung. Deshalb erledigen wir so etwas hier oben zu zweit. Es soll das ganze ›er sagte, sie sagte‹ bei Zeugenaussagen entschärfen.«

»Ach, Himmel!«, grummelte der Mann. »Ich sehe nicht ein, warum zum Teufel Sie ein eigenes Rechtssystem brauchen. Wir gehören alle zum selben Land.«

*Vorerst,* dachte Karen. »Ich weiß, dass es lästig ist, aber so ist es nun einmal. Dem Zeugen habe ich gesagt, dass Sie sich heute bei ihm melden werden. Ich benötige die Befragung, um eine Verhaftung vornehmen zu können, sie ist zentral, also wäre ich Ihnen wirklich dankbar, wenn Sie sie ermöglichen würden. Ich habe gehofft, dass wir das von DCI zu DCI erledigen können. Ich würde nur ungern die obere Etage einschalten …« Die Worte waren besänftigend, aber ihr Tonfall duldete keine Widerrede.

»Na gut, ich sehe, was ich tun kann. Zwei meiner Männer sagen heute Vormittag als Zeugen vor dem High Court in der Strand aus. Das ist gleich um die Ecke von Ihrem Mann. Wenn sie dort relativ pünktlich rauskommen, lasse ich sie einen Abstecher machen und mit diesem … diesem David Cohn reden. Schicken Sie mir Ihre Fragen, und ich sehe, wie sich der Tag entwickelt. Aber rechnen Sie nicht fest damit.«

»Ich höre von Ihnen«, sagte sie und beendete das Telefonat. Sie schüttelte Jason gegenüber den Kopf. »So viel zum Thema große Macker in London! Diese Flachwichser da unten halten sich für die einzig richtige Polizei im ganzen Land. Niemand hat einen Fall, der auch nur halb so wichtig ist wie die trivialste Aufgabe, die sie zu erledigen haben.«

»Wenigstens haben wir Ihre Notizen, mit denen wir arbeiten können, Boss.« Jason stellte einen Flat White vor sie mit einem Lächeln, das eigentlich besänftigend sein sollte, aber Hunde zum Jaulen gebracht hätte.

»Ja. Also, gehen wir es Stein für Stein durch und schauen wir, ob wir eine Mauer haben oder einen Schutthaufen.« Karen nahm einen Block mit liniertem Papier aus ihrer Schublade und spitzte ihre Bleistifte. »Fangen wir mit dem Jahr 1944 an. Arnie Burke ist in Antwerpen, wo er verdeckt für den US-Geheimdienst arbeitet. Antwerpen wird von der kanadischen Armee befreit, und Arnie wird nach Schottland geschickt. Ich vermute, dass er das Päckchen mit den Diamanten entweder von den Nazis gestohlen oder dass er es als Bezahlung für Dienste erhalten hat, die er einem Händler erwies. So oder so ist er mit etwas, das er wohlbehalten nach Amerika bringen will, in Schottland gelandet. Bisher einverstanden?«

Jason nickte. »Klingt einleuchtend, Boss.«

»Wir wissen von Alice Somerville, dass ihr Großvater und sein Kumpel Kenny Pascoe in Wester Ross stationiert waren und dass sie bei Kriegsende damit beauftragt wurden, alles zu entsorgen, was das US-Militär nicht mit zurücknahm. Dazu gehörte ein Paar nagelneuer Motorräder, die, wie sie entschieden, zu gut waren, um zerstört zu werden. Also klauten sie sie mehr oder weniger. Packten sie in Kisten und vergruben sie. Ich wette darauf – und das ist reine Spekulation, aber es scheint mir plausibel –, dass Arnie die Diamanten in einer der Satteltaschen der Motorräder versteckt hat, weil er glaubte, sie würden mit demselben Schiff wie er zurück in die Staaten gebracht werden und dass sie dort sicherer seien als in seinem Seesack. Denn es bestand die Gefahr, dass dieser bei verschiedenen Gelegenheiten durchsucht werden würde. Dann müssen sich die Pläne in letzter Minute geändert haben. Und Arnie entdeckte, dass die Maschinen überhaupt nicht zurücktransportiert wurden. Damit lösen sich seine Pläne in Rauch auf, und er kann nichts dagegen tun.«

»Ich weiß, dass Sie gesagt haben, es wäre eine Spekulation, aber in meinen Augen ist das die einzig sinnvolle Erklärung.«

»In meinen auch. Was dann geschieht, ist unklarer. Ich glaube, Arnie hat versucht herauszufinden, was mit seinen

Diamanten passiert war. Dank seiner Kontakte konnte er wahrscheinlich in Erfahrung bringen, wer für die Entsorgung der Motorräder zuständig war. Erinnern Sie sich an den geheimnisvollen Amerikaner, der kurz vor Kenny Pascoes Tod in Warkworth auftauchte? Ich würde Geld darauf setzen, dass das Arnie Burke war. Vielleicht steckte mehr hinter Kennys Ableben, als es den Anschein hatte. Vielleicht setzte Arnie ein wenig zu viel Überzeugungskraft ein? Und vielleicht bekam er die Landkarte auf diese Weise in die Finger. Aber aus irgendeinem Grund konnte er sich die Kriegsbeute nicht unter den Nagel reißen.

Springen wir zu dem Zeitpunkt, als Arnie seiner Enkelin die Geschichte von den Diamanten und seinem Misserfolg bei der Suche nach dem Familienvermögen erzählt. Er hat genug zusammengespart, um sie zum Studium nach Schottland zu schicken, und er sagt ihr, es liege nun an ihr, die Diamanten zu finden. Er gibt ihr jegliche Informationen, die er besitzt. Und irgendwie knackt Shirley, das schlaue Mädchen, die Nuss. Aber es gibt da ein Problem, nicht wahr, Jason?«

Er nickte. »Das Zeug ist in einem Torfmoor auf dem Bauernhof der Familie Mackenzie vergraben. Und sie wird es auf keinen Fall allein bergen können.«

»Also verfällt sie auf die glänzende Idee, einen Schwerathleten zu überreden, die Aufgabe für sie zu übernehmen. Sie sind stark und führen die Art von unstetem Leben, bei dem es ein Weilchen dauert, bis jemandem auffällt, dass einer von ihnen verschwunden ist. Shirley ist eine attraktive Frau, und sie wird ihn wahrscheinlich mit einem Anteil der Beute geködert sowie mit ihrem Augenaufschlag bezirzt haben. Dank der Zeugenaussage von Ruari Macaulay wissen wir, dass sie mit Joey bei den Invercharron Games war.

Welche Abmachung sie auch immer mit Joey bei Invercharron aushandelt, schließlich landen sie in Wester Ross.

Joey buddelt eine Grube und öffnet die Satteltaschen, und halleluja, da sind die Diamanten! Doch Shirley möchte nicht teilen, und sie will nicht, dass er über ihr kleines Abenteuer quatscht, also erschießt sie ihn und schaufelt die Grube wieder zu.«

»Und fährt mit seinem Wohnmobil davon«, warf Jason ein.

»Genau. Sie hat große Pläne, diese Shirley. Aber sie kann nicht anfangen, solange sie die Diamanten nicht liquide gemacht hat …«

»Sie meinen, sie verkauft hat?« Jason war verwirrt.

»Mhm. Wer redet denn nicht mal gern geschwollen daher, Jason? Sie braucht Bares, und sie braucht die richtige Immobilie, die sie renovieren und mit Gewinn verkaufen kann. Mit Joeys Wohnmobil darf sie sich nicht sehen lassen, falls jemand nach ihm suchen sollte, und sie benötigt Zeit, um eine Datenspur zu legen, die es ihr erlaubt, rechtmäßige Eigentümerin des Wohnwagens zu werden. Also verkauft sie die Diamanten – jetzt können wir das beweisen – und schaltet eine Annonce in der *Evening News,* damit es so aussieht, als hätte sie den Wohnwagen völlig einwandfrei gekauft. Sie bezahlt die Immobilie in Leith in bar und befindet sich auf dem besten Weg zu einem Immobilienimperium, absolut astrein. Und ich wette, seitdem hat sie sich nie wieder etwas zuschulden kommen lassen.« Sie atmete tief ein. »Was meinen Sie, Jason? Reicht es?«

»Woher hatte sie die Pistole?«

»Gutes Argument. Laut Nachruf war Arnie Burke ein Meisterschütze. Shirley wurde mit Waffen groß. Sie hätte damals ohne Weiteres eine im Gepäck mitbringen können. Ich weiß, dass das jetzt schwer zu glauben ist, Jason, aber vor dem elften September ist es Fluggesellschaften nie in den Sinn gekommen, aufgegebenes Gepäck zu durchleuchten. Und selbst wenn sie die Waffe nicht mitgebracht hat, war das alles vor

Dunblane. Sie hätte einem Schützenverein beitreten können. Wenn man damals ein Schließfach im Auto hatte, konnte man seine Waffe für Wettbewerbe aus dem Vereinshaus holen.«

Er schenkte ihr einen Blick, der besagte, dass er nicht recht wusste, ob sie ihn aufzog. »Echt?«

»Echt. Damals war es auch nicht allzu schwer, illegale Waffen in die Finger zu bekommen. Zwischen dem Ende der Sowjetunion und dem Verbot von Handfeuerwaffen gab es reichlich zweifelhaften Waffenhandel. Mein Dad sagte, es hätte einen Pub in Lochgelly gegeben, wo man Anfang der Achtzigerjahre tschechische Polizeipistolen für fünfzig Pfund kaufen konnte. Aber Shirley ist wahrscheinlich nicht nach Lochgelly gefahren.«

Jason lachte. »Sie wäre aufgefallen wie ein bunter Pudel, wenn sie versucht hätte, in Lochgelly einen Drink zu kaufen, ganz zu schweigen von einer Waffe.«

»Stimmt wohl. Ich frage mich, ob es an ihrer Uni damals einen Schützenverein gab. Notieren Sie sich das und überprüfen Sie es, Jason. Es gibt auch ein paar Schießstände in der Nähe von Edinburgh. Einen in Livingston, glaube ich, und noch einen drüben in Balerno. Es lohnt sich, sie zu überprüfen, um zu sehen, ob sie Aufzeichnungen darüber besitzen, ob Shirley O'Shaughnessy Mitglied war. Sie hat keine Ahnung, dass wir sie im Visier haben, also haben wir ein bisschen Zeit, um herumzuspielen und uns in Stellung zu bringen. Während wir darauf warten, dass die Met uns einen Gefallen tut, können wir versuchen, den Indizienbeweisen mehr Substanz zu geben. Ich möchte nicht, dass uns das hier misslingt, Jason. Shirley O'Shaughnessy hat reichlich von dem Mord an Joey Sutherland profitiert. Damit muss Schluss sein.«

# 66

## 2018 – Edinburgh

Karen hatte Hamish nicht absichtlich warten lassen. Doch die Audiodatei der Befragung von David Cohn durch die Detectives von der Met war in ihrem Posteingang gelandet, als sie sich gerade bereit machte, das Büro zu verlassen. Sie hatte vorgehabt, nach Hause zu gehen und sich für ihre Verabredung zum Abendessen umzuziehen, doch dazu war jetzt keine Zeit mehr. Sie hätte die Befragung am nächsten Morgen anhören können; über Nacht würde nichts geschehen, was Auswirkungen auf den Fall hätte, das wusste sie. Doch sie konnte nicht widerstehen.

Die Aufnahme enthielt nichts, was Cohns ursprünglicher Aussage widersprach, aber auch nichts, was darüber hinausging. Doch das war in Ordnung. Gerade die Stimmigkeit von Cohns Bericht war beruhigend. Es verriet einen Zeugen, der sich nicht einfach von seiner Version der Ereignisse würde abbringen lassen.

Als sie mit der Aufnahme fertig war, war sie bereits spät dran. Sie zwang sich, sich die Zeit zu nehmen, auf dem Damen-WC frischen Lippenstift aufzutragen und zu versuchen, ihr Haar zu richten, bevor sie nach draußen stürzte und auf dem Gehsteig vor sich hin fluchte, während sie auf die Chance wartete, die Straße zum Taxistand zu überqueren, ohne unter einen Bus zu geraten. Leise murrend warf sie sich in ein Taxi. Warum regte sie sich so sehr darüber auf, einen Mann zehn Minuten lang an einem Tisch im Restaurant warten zu lassen? Ja, es zeugte von schlechten Manieren, aber noch nicht einmal ihre Mutter könnte ihr zusetzen, wenn sie sich verspätete, weil sie gerade einen Mordfall aufklärte.

Die Straßenbauarbeiten in der Leith Street machten das Vorankommen noch langsamer als gewöhnlich, und jenseits davon war der Verkehr auf den Brücken geronnen und in der Chambers Street erstarrt. Zu Fuß wäre sie schneller gewesen, überlegte Karen. Doch dann wäre sie außer Atem und verschwitzt erschienen, weil sie es nicht geschafft hätte, sich nicht abzuhetzen.

Endlich hielt das Taxi auf der George-IV.-Brücke, beinahe direkt gegenüber vom Perk. Karen betrat The Outsider und ließ rasch den Blick durch den Raum schweifen, bevor einer der Kellner zu ihr trat. Sie sah Hamish sofort. Er saß mit dem Rücken zur Tür an einem Fenstertisch, der einen ungestörten Blick auf den Burgberg und die unheimliche Silhouette seiner Befestigungsanlagen gewährte. Trotz ihrer Gegenwehr hob sich bei seinem Anblick ihre Stimmung.

Rasch durchquerte sie den Raum und berührte ihn leicht an der Schulter, während sie ohne innezuhalten auf den Stuhl ihm gegenüber zusteuerte. Er erhob sich halb, machte offensichtlich Anstalten, sie mit einer Umarmung zu begrüßen. Doch etwas in ihrem Gesicht ließ ihn stocken, und er setzte sich wieder.

»Es tut mir leid, dass ich zu spät komme, und es tut mir leid, dass ich noch meine Arbeitskleidung anhabe«, sagte sie. »In letzter Minute ist etwas reingekommen, um das ich mich kümmern musste.«

Er schüttelte den Kopf. »Kein Grund, sich zu entschuldigen. Ich weiß, dass Ihre Arbeit nicht vorhersehbar ist. Und ich habe mir gedacht, wenn es eine große Sache ist, würden Sie mir Bescheid geben und mich nicht so lange hier sitzen lassen, dass jeder im Raum mitbekäme, dass ich versetzt worden bin.«

Sie konnte nicht anders, sie musste lächeln. Als sie ihm in die Augen sah, wusste sie, dass da etwas zwischen ihnen war. Dann rief sie sich ins Gedächtnis, dass er sie hinters Licht geführt hatte, und das Lächeln erstarb auf ihren Lippen. »Guten Tag gehabt?«, fragte sie, die Stimme bewusst neutral.

»Viel los. Und viel zu langweilig, um jemand anderem davon zu erzählen. Was ist mit Ihnen? Wie läuft der Joey-Sutherland-Fall? Kommen Sie voran?«

»Langsam.« Sie war vorsichtig. »Haben Ihre Großeltern jemals einen Amerikaner namens Arnie Burke erwähnt?«

»Nein. Ist er ein Verdächtiger?«

Sie lachte vor sich hin. »Wohl kaum. Er starb 1994. Aber er könnte möglicherweise etwas mit den Motorrädern zu tun gehabt haben, als sie damals vergraben wurden.«

»Faszinierend. Was haben Sie sonst noch herausgefunden?«

»Ich darf Ihnen nichts sagen«, antwortete sie. »Ich hätte noch nicht einmal das sagen sollen, was ich gesagt habe. Entlasse nie etwas in die freie Wildbahn, was nicht in der Zeitung landen soll.«

»Glauben Sie, ich bin hier, weil ich versuche, Ihnen Informationen zu entlocken, um sie an die Zeitungen zu verkaufen?« Sein Gesicht verzog sich zu einem ungläubigen halben Lächeln.

»Es ist nichts Persönliches. Ich rede mit niemandem außerhalb des Teams über laufende Ermittlungen.« Und weil es an ihr nagte und weil sie etwas derart Wichtiges nicht verschweigen konnte, fügte sie hinzu: »Aber selbst wenn das nicht der Fall wäre, könnte ich nicht mit Ihnen darüber reden, weil ich Ihnen nicht vertrauen kann.«

Er wich so weit zurück, wie es der Stuhl zuließ. Doch bevor er etwas erwidern konnte, war der Kellner bei ihnen, brachte Speise- und Getränkekarten und beschrieb die Tagesgerichte.

Karen bestellte ein Glas Prosecco. Nicht weil sie das Gefühl hatte, es gäbe etwas zu feiern, sondern weil es weniger Nachdenken erforderte als die Wahl eines Gins. Hamish deutete auf sein halb leeres Bierglas und sagte: »Noch mal das Gleiche.« Der Kellner registrierte seinen schroffen Tonfall und zog sich zurück.

»Was meinen Sie damit, Sie können mir nicht vertrauen?« Er wirkte aufrichtig verletzt.

»Sie sind ein Lügner.«

Die Wörter hingen zwischen ihnen in der Luft. Seine Augen verengten sich, und ein Streifen dunkles Pink breitete sich wie ein Strich Rouge entlang seiner Wangenknochen aus. »Es ist ganz schön heftig, so etwas zu sagen.«

»Es ist ganz schön heftig, so etwas über jemanden herauszufinden, den man mag.« Karens Kinn fuhr hoch, ihn herausfordernd.

»Ich weiß wirklich nicht, wovon Sie sprechen.« Er beugte sich mit ernster Miene vor, die Unterarme auf dem Tisch.

»Kommen Sie schon, Hamish.« Sie gab ihm eine letzte Chance. Doch er ergriff sie nicht. Er sagte nichts, ebenso wenig zuckte er unter ihrem starren Blick zusammen. Sie spielte an einem Ohrring herum, als wäre es ein nervöser Tick. Seine Lippen zuckten. »Ich weiß über die Ohrringe Bescheid«, erklärte sie mit vor Bedauern leiser Stimme.

Jetzt reagierte er. Er setzte sich auf, packte mit einer Hand die Seite seines Bartes. »Ach, Scheiße«, stöhnte er. »Wie haben Sie es herausgefunden?«

»Ich bin Detective, Hamish. Ich verdiene meinen Lebensunterhalt damit, Dinge herauszufinden. Ihr Barista hat mich anhand meiner verfluchten Ohrringe erkannt. Weil Sie sie dorthin hatten liefern lassen.«

Er hatte die gequälte Miene, die bei einem Kind Tränen ankündigen würde. Doch er war zu alt und zu kontrolliert, um sich eine solche Blöße zu geben. »Ich konnte Ihren Ohrring in dem U-Rohr nicht finden. Und ich wollte Sie wiedersehen.«

»Sie hätten mich anrufen und mir die Wahrheit sagen können.«

»Ich hatte Angst, dass das das Ende sein würde. Ich glaubte nicht, dass Sie mit mir ausgehen würden, weil ich in Verbindung zu Ihrem Fall stand. Also dachte ich, ich bräuchte einen Vorwand. Und der Ohrring war ein toller Vorwand. Zumindest ein Drink hätte dabei rausspringen können. Sie können mir nicht verübeln, dass ich es versucht habe.«

Wieder zwang das Erscheinen des Kellners sie zum Schweigen. Er stellte ihre Gläser wortlos auf den Tisch, offensichtlich hatte er ein Gespür für die Atmosphäre. »Ich gebe Ihnen besser einen Moment, damit Sie sich entscheiden können, oder?«, fragte er, bevor er sich zurückzog.

»Es war unaufrichtig«, sagte Karen.

»Okay, es war vielleicht falsch, aber es geschah aus dem richtigen Beweggrund.« Flehend runzelte er die Stirn. »Karen, ich habe dreihundertfünfundvierzig Pfund dafür ausgegeben, das Falsche aus den richtigen Motiven zu tun. So viel war ich bereit, darauf zu setzen, Sie wiederzusehen.«

»Na, Sie Glückspilz, dass Sie dreihundertfünfundvierzig Pfund haben, die Sie aus einer Laune heraus ausgeben können. Hamish, mein Arbeitsleben besteht darin, hinter die Lügen zu kommen, die Leute erzählen, um die Dinge zu verbergen, die sie falsch gemacht haben. Manchmal sind es Belanglosigkeiten, manchmal sind es wahrhaft schreckliche Dinge. Aber alle Lügen sind gleich. Es sind Gründe, diesen Menschen nichts, was sie sagen, zu glauben.« Sie seufzte. »Ich mag Sie, Hamish. Das tue ich wirklich. Aber Sie hätten mich nicht auf einem falscheren Fuß erwischen können, selbst wenn Sie sich noch so viel Mühe gegeben hätten.«

Er rutschte auf seinem Sitz herum und ließ den Kopf hängen, richtete den Blick starr auf den Tisch, anscheinend dort nach Antworten suchend. Karen zwang sich, schweigend abzuwarten.

Nach einer Weile murmelte er: »Möchten Sie, dass ich gehe?«

Trotz allem wollte sie das eigentlich nicht. »Was? Damit Sie aus dem Schneider sind?«

Er hob rasch den Blick und bemerkte das gequälte Lächeln. »Es tut mir echt leid. Ich wollte nur, dass Sie glücklich sind. Ich habe nicht damit gerechnet, dass Sie es herausfinden.«

Sie schüttelte den Kopf und lachte über ihn. »Wie schon gesagt, Hamish. Ich bin Detective. Selbst wenn Anders nicht geplaudert hätte, wäre es mir aufgefallen, sobald ich sie dicht nebeneinander gesehen hätte. Derjenige, den Sie mir gegeben haben, sieht nagelneu aus. Meiner hat die eine oder andere Schramme und Kratzer, und die Rückseite glänzt bei Weitem nicht so. Es war ein netter Versuch, aber ehrlich, Sie hätten besser daran getan, das Geld zu sparen und die Wahrheit zu sagen.«

»Das ist mir jetzt auch klar.« Er atmete tief aus. »Ich bin jemand, der Dinge richtet, Karen. Ich bin gut darin, Probleme zu lösen. Die meisten Leute lassen mich gern helfen. Sie achten nicht weiter darauf, wie, sie akzeptieren einfach, dass ich in Ordnung gebracht habe, was auch immer in Ordnung gebracht werden musste.« Er stieß ein trockenes Lachen aus. »Ich hätte es genauer durchdenken sollen. Erkennen sollen, dass Ihre Attraktivität darin besteht, dass Sie eben anders sind. Die alte Tour funktioniert bei Ihnen also nicht.« Er trank einen großen Schluck von seinem Bier. »Möchten Sie, dass ich hinausgehe und wieder hereinkomme, damit wir von vorn anfangen können?«

»Sie könnten es versuchen.« Sie sah zu, wie er aufstand und

sich zwischen den Tischen hindurch zur Tür schlängelte. Er ging die Straße entlang auf Greyfriars Bobby zu, bis er außer Sicht war. Einen Moment lang glaubte sie, er werde nicht zurückkommen, und sie verspürte schlingernde Enttäuschung. Doch dann tauchte er wieder auf und drängte durch den Raum zu ihrem Tisch.

Er legte eine Hand auf die Stuhllehne und zog die Augenbrauen in die Höhe. »Ist dieser Platz besetzt?«

Sie neigte den Kopf, und gegen ihren Willen entschlüpfte ihr ein verschmitztes Lächeln. »Jetzt schon.«

# 67

## 2018 – Stirling

McCartney hatte einen Kerl, der früher zusammen mit ihm beim Strathclyde Major Incident Team gewesen war, um einen Gefallen gebeten. Jetzt war der Mann Bürohengst im Hauptquartier. Einer von denen, die den Willen aufgegeben hatten, echte Polizisten zu sein. Zufrieden damit, auf Bildschirme zu starren und Erfolgsindikatoren aufzulisten. Aber es war praktisch, ihn in der Hinterhand zu haben. Beispielsweise wenn man wissen wollte, ob der Hundekuchen nach dem Vergnügungstrip nach Holland wieder auf britischem Boden war.

Er würde allerdings nicht den gleichen Fehler zweimal begehen. Heute Abend würde er abwarten, bis er Markie mit dem Hund losgehen sah, bevor er aus dem Wagen stieg. Dann würde er in entgegengesetzter Richtung um den See gehen und sie auf halbem Weg treffen. Er parkte in der Dämmerung im hintersten Winkel des Parkplatzes und machte es sich mit einem Podcast seiner liebsten Fußballvorschau-Sendung gemütlich, einer guten Mischung aus Anarchie, Gerüchteküche und Surrealismus. Er hatte die eigensinnigen Moderatoren zum dritten Mal angeschrien, als Markies Wagen in eine Lücke am Anfang des Seeuferpfads glitt. Er beobachtete, wie sie ausstieg und den Hund aus der Heckklappe ließ. Fünf Minuten gab er ihr, dann marschierte er los.

Es war ein klarer, trockener Abend, frisch, aber kein Anzeichen von Regen. McCartney lief eiligen Schrittes den Pfad entlang und ging in Gedanken durch, was er gleich sagen würde. Er kam an einem halben Dutzend Studierenden vorbei, allesamt alkoholselig und laut. Sie achteten nicht auf ihn. Ebenso wenig der alte Mann, der seinen Golden Retriever Gassi führte, oder die beiden Frauen mittleren Alters, die tief in eine Diskussion über die Beantragung eines Forschungsprojekts vertieft waren.

Als er um eine geschwungene Reihe aus Rhododendronsträuchern bog, erblickte er Markie in der Ferne. Er blieb stehen und wartete im Schatten, bis sie ein paar Meter entfernt war. Dann trat er vor und verkündete seine Gegenwart mit den Worten: »Wie war Holland?«

Ann Markie geriet leicht ins Straucheln. »Sie haben hier nichts zu suchen!« Ihre Stimme war tief und wütend.

»Ich muss mit Ihnen reden.«

»Hat man es Ihnen nicht ausgerichtet? Es ist unangebracht, wenn wir uns treffen, bevor das Disziplinarverfahren vorüber ist.«

Der Hund sprang auf die beiden zu, die Zunge hing ihm heraus, was wie ein Lächeln aussah. McCartney ließ sich nicht beirren. Sie würde das kleine Biest in Sekundenschnelle auf ihn hetzen, wenn es nötig wäre. »Sie verstehen es nicht, oder? Ich will meinen Job wiederhaben. Zum Teufel mit dem Disziplinarverfahren! Ich will, dass der ganze Scheiß aufhört. Und Sie sind diejenige, die das bewerkstelligen kann. Wegen Ihnen bin ich in die Schusslinie geraten, Sie schulden mir was.«

»Ich schulde Ihnen gar nichts, Gerry. Ja, ich habe Sie in die Historic Cases Unit versetzt, damit Sie mir Bericht erstatten, wie sie geführt wird, aber das ist alles. Sie lassen es klingen, als hätte es irgendeinen besonderen Deal zwischen uns gegeben. Glauben Sie mir, Gerry, falscher könnten Sie nicht liegen. Sie haben es gründlich vergeigt. Ein Mann ist tot, und Sie sind für mich tot.« Sie versuchte, an ihm vorbeizukommen und ihren Spaziergang fortzusetzen, doch er versperrte ihr den Weg, indem er vor sie trat.

»Nicht so schnell, Ann. Wenn ich eines von Ihnen gelernt habe, dann, dass Informationen unter Ihrem Regiment Währung sind. Nun habe ich eine saftige Information, die Sie, wie ich glaube, interessant fänden.«

»Wenn Sie über Informationen zu einem Verbrechen verfügen, sind Sie verpflichtet, sie mitzuteilen. Das wissen Sie. Machen Sie die Sache nicht schlimmer, als sie ohnehin schon für Sie ist. Zwingen Sie mich nicht, das auch noch den Beschwerden gegen Sie hinzuzufügen.«

Er schüttelte den Kopf. »Ich habe keine Informationen zu einem Verbrechen. Es ist etwas, das Sie wissen wollen, denn nicht davon zu wissen, bedeutet, dass Sie von Ihrem glänzenden Schopf bis zu den glänzenden Schuhen vollgesaut werden, wenn die Kacke am Dampfen ist. Ma'am.« Er beugte sich vor und spie ihr das letzte Wort förmlich ins Gesicht.

»Und Sie glauben, Sie könnten mit dieser Information feilschen?« Sie sah so verächtlich drein, wie sie sich anhörte.

»Ich weiß, dass ich es kann.«

Markie taxierte ihn. Er hegte den Verdacht, dass sie unter der Oberfläche genauso nervös war wie jeder andere auch. »Sie wollen, dass ich das Disziplinarverfahren verschwinden lasse, ist das Ihr Preis?«

»Jawohl.«

Sie schüttelte den Kopf. »Das kann ich nicht. Es findet zu viel Beachtung. Das Einzige, was ich tun kann, ist, Sie bis zur Untersuchung wieder Ihre Dienstgeschäfte führen zu lassen. Und das Verfahren dann so sehr in die Länge zu ziehen, dass es in Vergessenheit gerät und sich schließlich alles in Wohlgefallen auflöst.«

Er schüttelte den Kopf. Es reichte nicht. Die bloße Vorstellung, seiner Frau und den Mädchen zu erzählen, dass er suspendiert worden war, verursachte ihm ein Stechen in der Herzgegend. Wie konnte er erwarten, dass sie ihn respektierten, wenn er in den Augen der Welt Schande über sich gebracht hatte? »Ich brauche mehr.«

Sie stieß ihn gegen die Brust, überrumpelte ihn damit und brachte ihn dazu, so zu stolpern, dass sie an ihm vorbeikam. »Dann verabschieden Sie sich von dem besten Angebot, das Sie bekommen werden.«

»Warten Sie.« Er packte sie am Arm, umklammerte ihren Ärmel. Der Hund knurrte tief in der Kehle. Markie riss sich los.

»Haben Sie's sich anders überlegt?« Ihre Lippe kräuselte sich zu einem höhnischen Grinsen. Sie glaubte offensichtlich, die Oberhand zu haben. »Woher weiß ich, dass das, was Sie angeblich wissen, auch nur den geringsten Wert hat?«

»Weil ich nicht dumm bin!« Vor Ärger wurde seine Stimme lauter. »Sie hätten mich erst gar nicht auf Karen Pirie angesetzt, wenn Sie mich für völlig verblödet halten würden.« Er holte tief Luft und versuchte, sich zu beruhigen. »Hören Sie, ich werde nicht leugnen, dass es mir primär um meinen eigenen Hintern geht, aber ich versuche, dabei auch Ihnen einen Gefallen zu erweisen.«

Markie sah ihn abschätzend an, den Kopf schräg zur Seite gelegt. Er fragte sich, ob sie seine Verzweiflung witterte. »Dann schießen Sie los.«

»Kann ich wieder zur Arbeit?«

»Das hängt davon ab, was Sie haben.«

Einen langen Moment herrschte eine Pattsituation. Dann ließ er die Schultern hängen und gab nach. »Die Leiche im Torfmoor.«

»Der Muskelmann?«

»Schwerathlet«, verbesserte er sie.

»Was auch immer.« Der Hund spürte ihre Ungeduld, stieß

ein leises Winseln aus und schmiegte sich an ihr Bein, um seine Unterwürfigkeit zu demonstrieren.

»Sie hat deswegen jemanden im Visier.«

»Das ist doch gut, oder? Inwiefern ist das eine Trumpfkarte bei unseren Verhandlungen?« Jetzt argwöhnisch, trat Markie einen Schritt von ihm weg.

»Der Trumpf ist der Name der Person, die sie demnächst verhaften will.« Er legte eine Pause ein, um es spannender zu machen.

»Das hier ist keine Folge von *Line of Duty*, Sergeant. Spucken Sie's schon aus.«

»Haben Sie von Shirley O'Shaughnessy gehört?«

Markies Augenbrauen hoben sich zu perfekten Bogen. »Ist das Ihr Ernst? Von ihr gehört? Ich bin ihr begegnet. Bei einem dieser Empfänge auf einem Parteitag, wo alle mit den schönsten Lächeln und Versprechungen herumstehen. Sie erzählte von ihren Plänen, gegen die Wohnungsnot vorzugehen, und die Politiker haben sie behandelt, als sei sie der Messias. Und Sie sagen, Pirie will sie wegen Mordes verhaften?«

»Sie ist die einzige Verdächtige, die sie haben.«

»Warum glaubt Pirie, Shirley O'Shaughnessy habe einen Baumstammwerfer in einem Graben in den Highlands erschossen?«

»Torfmoor«, verbesserte er sie automatisch.

»Es ist mir egal, ob es ein verfluchter Schweinestall war! Warum ermittelt Karen Pirie wegen Mordes gegen sie? Hat sie denn den Verstand verloren?« Er entdeckte einen Hoffnungsschimmer in ihrer Stimme.

»Sämtliche Einzelheiten kenne ich nicht. Sie hat mich von den Ermittlungen weitgehend ausgeschlossen. Aber ich weiß sehr wohl, dass sie Shirley O'Shaughnessy und Joey Sutherland zusammen bei den Invercharron Games verortet hat, das war das letzte Mal, dass er offiziell gesehen wurde. Und O'Shaughnessy hat ein paar Monate später sein Wohnmobil gekauft.«

»Und das ist alles?«

»Offensichtlich gibt es mehr. Aber ich weiß nicht, wie viel. Allmählich waren die beiden ziemlich frustriert. Den rothaarigen Idioten hat sie überall herumgeschickt, um herauszufinden, wo das Wohnmobil 1995 abgestellt war.«

Markie runzelte die Stirn. »Hört sich an, als würde sie sich an jeden Strohhalm klammern.«

»Was bei jemandem wie Shirley O'Shaughnessy keine gute Idee ist«, sagte McCartney. »Freunde in hohen Positionen und all so was.«

Er konnte fast sehen, wie ihr Gehirn arbeitete, während sie die Folgen dessen, was er ihr eröffnet hatte, durchging. »Nein«, erwiderte sie nachdenklich.

»Bekomme ich also meine Stelle zurück?«

»Sie bekommen eine Stelle zurück«, sagte sie zerstreut. »Die Kripo in Kilmarnock ist unterbesetzt. Ihre Sergeant ist in den Mutterschutz gegangen, und einer ihrer Detective Constables hat sich vor zwei Abenden das Bein gebrochen. Melden Sie sich morgen früh dort.«

»Kilmarnock? Soll das ein Witz sein? Was ist mit einem der Major Incident Teams?«

Sie lachte ihm ins Gesicht. »Das ist ja wohl nicht Ihr Ernst! Jetzt verpissen Sie sich nach Kilmarnock und versuchen Sie, sich bedeckt zu halten. Das ist Ihre allerletzte Chance, Gerry, vergessen Sie das bloß nicht.« Sie machte auf dem Absatz kehrt und marschierte davon, Kopf hoch, Schultern gerade, Hund bei Fuß.

Kilmarnock? Das alles für das verfluchte Kilmarnock? Er trat heftig nach einem Stein. Vielleicht würde sich später etwas Besseres ergeben, wenn seine Informationen dem Hundekuchen lieferten, was sie wollte. Doch wenigstens würde er jetzt seiner Frau nicht seine Schmach beichten und den enttäuschten und verächtlichen Blick in ihren Augen sehen müssen.

McCartney ging zu seinem Wagen zurück und wünschte sich, er wäre Ann Markie und Karen Pirie niemals über den Weg gelaufen.

# 68

## 2018 – Edinburgh

Zu Karens Verwirrung funktionierte die Hamish-Mackenzie-Magie ein zweites Mal. Sie schlief die ganze Nacht durch und tauchte in glücklichem Staunen wieder aus dem Schlaf auf. Irgendwie hatten sie einen verlegenen Pfad vorbei an dem unangenehmen Beginn des Abends gefunden. Als sie bei der Nachspeise angelangt waren, waren sie fast entspannt. Allerdings nicht so entspannt, dass Karen seine Einladung angenommen hätte, noch auf einen Drink in eine spät geöffnete Whiskybar zu gehen. Sie waren zusammen The Mound hinuntergegangen, dann hatte Karen ein Taxi herbeigewinkt, das sie nach Hause bringen sollte. Hamish war vernünftig genug, das als das Ende des Abends zu akzeptieren.

Er öffnete die Tür des Taxis für sie und beugte sich dann zu ihr, um sie auf die Wange zu küssen. Sein weicher Bart kitzelte sie, und sie war wütend auf sich wegen des lustvollen Kribbelns, das sie durchlief. »Wollen wir das wiederholen?«, fragte er, während sie einstieg.

»Wäre sonst schade drum.«

»Dann rufe ich dich an.« Er schloss die Tür und hob die Hand zu einem Winken, während der Fahrer vom Bordstein losfuhr. Hamish war zweifellos zerknirscht gewesen. Er hatte sein Bestes gegeben, seine Fehlentscheidung wiedergutzumachen, und sie glaubte, dass es ihm ernst war. Etwas passierte da zwischen ihnen, es zu leugnen, war zwecklos. Doch sie musste die Sache langsam angehen. Sie konnte sich nicht die emotionale Zermürbung einer Affäre leisten, die nicht funktionierte. Die Trauer um Phil war immer noch ein wesentlicher Teil ihres Lebens. Falls Hamish Verständnis dafür hatte, würden sie vielleicht eine Lösung finden.

Immer unter der Voraussetzung, dass er genauso empfand. Dass sie nicht nur seine Aufmerksamkeit erregt hatte, weil sie in seiner Welt ein Novum war. Sie konnte nicht wissen, ob das der Fall war. Die Zeit allein würde das klären.

Und Zeit hatte sie reichlich.

Ihre gute Laune währte nicht lange. Sie hatte kaum zu Ende geduscht, als ihr Handy auf dem Badezimmerregal vibrierte. Karen rubbelte ihr Haar und schlang sich dann ein Handtuch um den Körper, bevor sie nach dem Telefon griff. Die Nachricht lautete schlicht: »Fettes Avenue. Besprechungsraum 2, 9:30. ACC Markie«. Karen ächzte. »Was soll das denn? Wieso kann sie mich nicht einfach in Ruhe lassen, damit ich mit meiner Arbeit vorankomme?«

Dieses eine Mal würde sie sich vom Hundekuchen nicht unvorbereitet erwischen lassen. Zwar hatte sie keine Ahnung, worum es sich bei diesem neuesten Manöver drehte, doch sie war entschlossen, die Unterhaltung nicht aus einem Unterlegenheitsgefühl heraus zu führen. Sie trocknete sich sorgsam das Haar und brachte es mit einem Pflegeprodukt, das sie vor drei Monaten in einem Tiegel gekauft und kaum benutzt hatte, in Ordnung. Dann eine getönte Feuchtigkeitscreme, ein dünner Strich Eyeliner, Mascara und einen Hauch dunkelroten Lippenstift. Ihr kam in den Sinn, dass sie sich mehr Mühe für den Hundekuchen gab als für Hamish. Was das wohl über ihre Prioritäten aussagte?

Ihr Lieblingsanzug, ein leichter, dunkelgrüner Tweed aus dem Verbrauchermarkt in Livingston, befand sich immer noch in der Tüte aus der Reinigung. Sie kombinierte ihn mit einem einfachen grauen Hemd und knöpfte die Jacke zu, um zu sehen, ob der Look funktionierte. Seit dem Kauf hatte sie zwar fast ein Kilo abgenommen, doch das ließ die Hose nur besser in der Taille sitzen. Diesmal würde Ann Markie nicht die Einzige sein, die etwas hermachte.

Karen stellte den Wagen auf dem Parkplatz von Waitrose um die Ecke vom Präsidium in der Fettes Avenue ab. Auf diese Weise konnte sie sich auf dem Weg zu der Besprechung einen Kaffee holen. Es zwanglos halten, aussehen, als machte sie sich keinerlei Sorgen darüber, wie es im Dezernat lief. Wenn »laufen« der richtige Ausdruck für die Art war, wie die Historic Cases Unit im Moment arbeitete.

Sie war fünf Minuten zu früh dran, doch die Assistant Chief Constable hatte bereits ihren Platz am Kopf des Konferenztisches eingenommen. Markie war in voller Paradeuniform und sah vom Scheitel bis zur Sohle nach maßgeschneiderter Spitzenpolizistin aus. Doch ausnahmsweise einmal hatte Karen das Gefühl, dass sie ihrer Chefin das Wasser reichen konnte. »Sie wollten mich sprechen«, sagte sie beim Eintreten und schloss die Tür hinter sich. Sie ging zu dem Stuhl am gegenüberliegenden Ende von Markies Platz.

»Telefon auf den Tisch«, verlangte Markie.

»Pardon?«

»Telefon auf den Tisch. Ich möchte sicher sein, dass Sie das hier nicht aufzeichnen.«

Karen tat, wie ihr geheißen, sagte jedoch: »Bei unserer letzten Begegnung waren Sie diejenige, die eine Aufnahme des Gesprächs machen wollte. Kann ich Ihr Telefon ebenfalls sehen, Ma'am?«

Markie hielt ihr Handy hoch. »Wie Sie feststellen können, DCI Pirie, ist es ausgeschaltet.«

»Geht es hier um weitere Konsequenzen von Gerry McCartneys Einfältigkeit? Denn die Sache werde ich nicht ausbaden.«

»Stimmt es, dass Sie Beweismaterial gegen Shirley O'Shaughnessy zusammentragen?«

Im ersten Moment war Karen vor Verblüffung sprachlos. Woher wusste Markie davon? Und warum kümmerte es sie? »Sie ist eine potenzielle Verdächtige beim Mord an Joey Sutherland«, räumte sie vorsichtig ein. Und dann kam ihr wieder das Auto in den Sinn, das sie vom Gayfield Square hatte wegfahren sehen. McCartney, natürlich. Wenn sie nicht so abgelenkt gewesen wäre, hätte sie seinen Wagen gleich erkannt. Er musste sich ins Revier geschmuggelt und verdammt gut im Büro umgesehen haben. Es war die einzige Erklärung. Doch im Moment musste sie sich voll und ganz auf Markie konzentrieren.

»Eine potenzielle Verdächtige? Auf welcher Grundlage?«

»Sie war mit ihm bei den Invercharron Highland Games, wo er zum letzten Mal gesehen wurde. Drei Monate später wurde Sutherlands Wohnmobil auf sie zugelassen, angeblich nachdem sie auf eine Annonce in der *Evening News* reagiert hatte. Wer immer für Sutherlands Ermordung verantwortlich ist, hatte einen Grund, dort im Torfmoor zu graben. Und rund zwei Wochen nachdem Sutherland zum letzten Mal gesehen worden war, verkaufte Shirley O'Shaughnessy ein Päckchen ungeschliffener Diamanten in London. Angeblich ein Vermächtnis ihres Großvaters, bloß dass nicht dokumentiert ist, dass er so etwas jemals besessen hätte. Das war das Saatkorn für die Finanzierung ihres Immobiliengeschäfts.«

»Und woher hätte sie wissen sollen, wo nach den Motorrädern zu graben war?« In Markies Stimme kein Interesse, sondern Sarkasmus.

»Ihr Großvater hielt sich gegen Kriegsende in Wester Ross auf. Als die Motorräder vergraben wurden. Einer der beteiligten Männer starb 1946, zwei Tage nachdem ein geheimnisvoller Amerikaner auf der Suche nach ihm in seinem Dorf aufgetaucht war. Ich glaube, dass das O'Shaughnessys Großvater war und dass er bei der Gelegenheit die Landkarte erhielt, auf der das Versteck eingezeichnet war.«

»Sie glauben so einiges, DCI Pirie. Wenn der Großvater die Karte 1946 bekam, warum hat es dann bis 1995 gedauert, bis jemand die Motorräder ausgrub? Ist das nicht die entscheidende Frage?«

Karen wusste, dass sie eigentlich für die Skepsis des Hundekuchens dankbar sein sollte. Sie würde die gleichen Argumente bei einem Staatsanwalt vorbringen müssen, um eine Anklageerhebung durchzusetzen. Allerdings würde ihr jeder bei der Staatsanwaltschaft mehr Spielraum zur Erläuterung ihrer Schlussfolgerungen gewähren als Markie. Doch da musste sie sich jetzt trotzdem durchbeißen. »Ich habe eine der beiden Karten gesehen. Wenn man weiß, wo man suchen muss, ist es klar, wo zu graben ist. Aber wenn man nicht über die Lage Bescheid weiß, muss man lange herumfahren, bevor man die Stelle findet. Ich vermute, dass Arnie Burke an dieser Hürde scheiterte.«

»Und warum hatte dann seine Enkeltochter Erfolg?«

»Die Antwort darauf kenne ich nicht. Es ist das fehlende Glied in der Kette. Aber das können wir im Verhör klären, da können wir ...«

»Eine Kette mit einem fehlenden Glied ist keine Kette, es ist ein Haufen Schrott.« Markie sah nicht wie eine Frau aus, die sich an dem Gedanken erfreute, einen Altfall abzuschließen.

»Ich denke, die Beweise gegen sie sind schlüssig. Ich kann mich wegen der Anklageerhebung an die Staatsanwaltschaft wenden.«

Mit dünnen Lippen sprach Markie die Wörter sehr deutlich aus. »Sie werden sich damit nicht einmal in die Nähe der Staatsanwaltschaft wagen.«

»Zumindest muss ich Shirley O'Shaughnessy verhören.«
Karens Magen schmerzte in einer Mischung aus Zorn und Angst, weil alles schieflief.

»Nein. Sie werden die Finger von Shirley O'Shaughnessy lassen. Das ist ein Befehl, DCI Pirie. Lassen Sie sie in Ruhe.«

»Was? Ich soll die Sache einfach fallen lassen? Es vergessen? Ein Mann wurde ermordet, und es gibt berechtigte Fragen, die sie beantworten muss. Wir ignorieren doch keine wesentlichen Beweise!« Trotz Karens Entschluss, gelassen zu bleiben, merkte sie, dass sich ihre Stimme hob.

Markie lehnte sich in ihrem Stuhl zurück, ein herablassendes Lächeln im Gesicht. »Sie sehen das große Ganze wirklich nicht, oder, Pirie? Sie sind eine kleinkarierte Frau aus einem kleinen Kaff. Aber ein paar von uns leiden nicht an Scheuklappendenken. Shirley O'Shaughnessy ist eine Hauptakteurin für die Zukunft dieses Landes. Sie lässt die Wohnungspolitik der Regierung Wirklichkeit werden. Ihr wird von unserer politischen Elite der Hof gemacht. Wie, meinen Sie, wird die Regierung reagieren, wenn Sie einen ihrer Lieblinge in einen Verhörraum schleifen, damit sie Fragen zu einem alten Fall beantwortet, der mehr Löcher hat als ein Schweizer Käse? Ohne das Wohlwollen der Politiker ist die Police Scotland am Ende. Ganz zu schweigen davon, was die Medien daraus machen werden. Alle lieben Shirley. Sie ist diejenige, die ihre Träume in Erfüllung gehen lassen wird. Sie hingegen?« Ein verächtliches Achselzucken. »Sie sind nur so gut wie Ihre letzte Schlagzeile. Und Ihre letzte Schlagzeile war Barry Plummer. Ihre nächste wird wahrscheinlich Willow Henderson sein. Sie sind auf dem besten Weg, in hohem Bogen hinausgeworfen zu werden, weil Sie die Polizei in Verruf bringen.«

Karen schluckte heftig. Markies Abfuhr traf all ihre wunden Punkte und ließ ihr Selbstvertrauen zu einer leeren Hülle zusammenschrumpfen. Trotzdem konnte sie sich das nicht gefallen lassen. »So ist das also, ja? Wenn man mit den Politikern befreundet ist, wenn man der Liebling der schottischen Medien ist, dann kann man tun und lassen, was man will? Echt? Ist das unser neuer Grundsatz?«

Markie seufzte. »Seien Sie nicht noch naiver, als ich ohnehin schon dachte. Und wagen Sie es ja nicht, sich mir zu widersetzen. Ich werde ein Wörtchen mit Shirley O'Shaughnessy im Vertrauen reden für den Fall, dass ihr Ihr Herumgestöbere zu Ohren gekommen ist. Ich werde ihr versichern, dass es sich bei Ihren Untersuchungen um reine Routine handelt und für sie kein Grund zur Sorge besteht.«

»Und was ist mit Joey Sutherland? Was ist mit Gerechtigkeit für ihn? Was soll ich seiner Familie sagen?«

»Sagen Sie, Ihre Ermittlungen sind in eine Sackgasse geraten. Dass es keine brauchbaren Ermittlungsstränge gibt. Ich bin mir sicher, es wird den Angehörigen nicht schwerfallen zu glauben, dass Sie gescheitert sind. Und jetzt fort mit Ihnen und sehen Sie zu, dass Sie in Ihrem kleinen Kabuff von einem Büro eine nützliche Beschäftigung finden, die nicht unser aller Zukunft in Gefahr bringt.« Markie erhob sich zum Zeichen, dass die Besprechung zu Ende war.

Karen saß da und starrte sie an. Sie fühlte sich ganz benommen von dem, was sie sich hatte anhören müssen. Differenzen mit Vorgesetzten hatte sie schon früher gehabt, aber sie hatte nie gezweifelt, dass sie im Grunde entschlossen waren, Verbrecher zur Rechenschaft zu ziehen. Markies Version polizeilicher Prioritäten rief Entsetzen bei ihr hervor.

»Sind Sie immer noch da?«, fragte die ACC, als sie auf dem Weg nach draußen an ihr vorüberrauschte.

*Darauf kannst du wetten, dass ich immer noch da bin. Und die Sache ist noch nicht vorbei.*

# 69

## 2018 – Edinburgh

Bis zu Karens Eintreffen im Büro hatte sich aus ihren aufgewühlten Gefühlen eine kochende Wut herausdestilliert. Jason warf einen Blick auf Karen, als sie durch die Tür kam, und erstarrte. »Was ist passiert?«, wollte er wissen.

»Anscheinend hat sich unser Aufgabengebiet geändert. Laut Hundekuchen sind wir nicht mehr dazu da, Verbrecher einzulochen. Unsere Aufgabe besteht darin, alle zufriedenzustellen, besonders Politiker und Presse-Schreiberlinge.« Sie warf ihre Tasche auf den Schreibtisch und ließ sich wie ein Stein auf ihren Stuhl fallen.

»Da komme ich nicht mit.«

»Dieser beschissene kleine Aasgeier Gerry McCartney muss es geschafft haben, nach seinem Rausschmiss noch einmal ins Büro zu gelangen. Er hat Markie gesteckt, dass wir Shirley O'Shaughnessy wegen Joey Sutherland im Visier haben. Und die ist gerade dabei durchzudrehen, weil Shirley ganz dicke mit der schottischen Regierung ist, wenn es darum geht, den Menschen ein Dach über dem Kopf zu verschaffen. Das ist offensichtlich viel wichtiger, als wegen Mordes zur Rechenschaft gezogen zu werden.« Karen trat gegen ihren Papierkorb, sodass die zerbeulte Seite eine weitere Delle bekam.

»Was? Ich kapier's nicht.«

Karen verdrehte die Augen. Im Moment fehlte ihr die Geduld für den Minzdrops. »Wer bezahlt die Police Scotland?«, wollte sie wissen, jede Silbe klar und deutlich.

Mit der Miene eines getretenen Hundes, der den nächsten Hieb erwartet, sagte er: »Die schottische Regierung.«

»Und wen würden wir verärgern, wenn wir O'Shaughnessy verhaften?«

»Ich sehe, worauf Sie hinauswollen«, sagte er. »Aber ich glaube nicht, dass die Erste Ministerin so ist.«

»Da stimme ich Ihnen zu. Ich glaube auch nicht, dass sie so denkt. Aber Markie schon, und Markie ist unser Boss. Und sie hat mir im Grunde gesagt, ich soll die Finger von O'Shaughnessy lassen oder meine Notizblöcke auf dem Weg nach draußen einpacken.«

»Sie kann Sie doch nicht rausschmeißen!«, protestierte er.

»Sie kann mich dafür fertigmachen, dass ich die Polizei in Verruf bringe. Es würde sich ewig hinziehen, und wenn sie gewinnen sollte, würde ich sowohl meine Pension als auch meinen guten Ruf verlieren. Ich glaube, sie zählt darauf, dass ich angewidert zur Tür hinausspaziere.« Die Weißglut von Karens Wut legte sich ein wenig, sodass in ihrem Herzen die kalte Kohle des Grolls übrig blieb.

Lange herrschte Schweigen, dann sagte Jason: »War's das jetzt? Wir lassen es sein?« Ausnahmsweise einmal klang er nicht nur verwirrt, sondern gleichzeitig auch empört.

Karen ballte die Fäuste. »Verdammt noch mal, nein. Ich habe Jahre damit verbracht, die beste Historic Cases Unit im Vereinigten Königreich aufzubauen. Gegen miese Tyrannen kämpfe ich schon, seitdem ich meine erste Uniform angezogen habe, und ich werde jetzt nicht damit anfangen, klein beizugeben. Wir werden Shirley O'Shaughnessy verhaften, und wir werden es jetzt tun. Bevor unsere angebliche Führungskraft sie warnen kann.«

»Dann fahren wir jetzt in ihr Büro?«

»Zuerst einmal finden wir heraus, wo sie ist.« Karen attackierte ihre Tastatur. »Klemmen Sie sich ans Telefon.« Sie diktierte eine Nummer. »Das ist ihr Büro. Sagen Sie ihnen, wir müssen wegen eines Einbruchs in ihrer Wohnung mit ihr sprechen.«

Jason gehorchte. Im Gegensatz zu Karen kam ihm Gehorsamsverweigerung nie auch nur in den Sinn. Als sich jemand meldete, setzte er seine beste Behördenstimme ein. »Hier spricht Detective Constable Murray vom Gayfield Square Revier. Ich muss mit Ms. Shirley O'Shaughnessy sprechen. Ist sie heute Vormittag im Büro ...« Er hielt inne. »Es geht um einen Einbruch in ihre Wohnung. Ich muss persönlich mit ihr reden ...« Er schüttelte Karen gegenüber den Kopf. »Wo treffe ich sie denn dann an? Es ist ziemlich dringend, wie Sie sich bestimmt denken können.« Auf einmal riss er die Augen auf und bewegte lautlos die Lippen: »Hilfe!«

»Ja, das habe ich«, sagte er dann. »Bis halb zwölf. Ich mache mich gleich auf den Weg dorthin.« Er legte auf und breitete die Hände in einer beunruhigten Geste aus. »Sie werden es nicht glauben.«

»Stellen Sie mich auf die Probe. Nach dem Vormittag, den ich hatte, glaube ich allmählich wirklich alles.«

»Sie ist bei einem Empfang der schottischen Regierung in Bute House.«

Er hatte recht gehabt. Karen konnte es kaum fassen. »Mit ...?«

Er nickte. »Jawohl.«

In Windeseile ging sie in Gedanken die Optionen durch. Sie konnten Bute House, den Amtssitz der Ersten Ministerin von Schottland, überwachen und versuchen, Shirley O'Shaughnessy zu verhaften, wenn sie herauskam. Dabei konnten ungefähr fünfzehn verschiedene Dinge schiefgehen, von denen manche einen Bus mit offenem Oberdeck voller Touristen einschlossen. Oder sie konnten vor ihrem Büro darauf warten, dass sie von dem Empfang zurückkehrte. Doch das ließ die Möglichkeit offen, dass Markie sie zuerst erwischte. Falls die Assistant Chief Constable versuchte, O'Shaughnessy anzurufen, oder ihr simste, während sie noch auf dem Empfang war, war die Wahrscheinlichkeit hoch, dass O'Shaughnessy es ignorierte. Doch sobald sie den Raum verließ, war sie für Markie erreichbar.

Ihnen blieb nichts anderes übrig. Sie würden sie in einem Raum voller Menschen verhaften müssen, in Anwesenheit der Ersten Ministerin.

Der einzige Vorteil bestand darin, dass Markie vielleicht einen Herzinfarkt bekommen würde.

»Holen wir uns einen Battenberg«, sagte sie und machte sich auf den Weg zu einem Streifenwagen, dessen Spitzname von dem Karomuster aus blauen und gelben Quadraten an den Seiten inspiriert war, da es an den Kuchen mit dem Schachbrettmuster erinnerte. »Wenn wir sie schon verhaften, müssen wir sie in etwas Offizielles stecken. Sie fahren«, unterwies sie ihn.

Als sie die halbe Queen Street hinter sich hatten, sagte Jason auf einmal: »Dass dieser Fall in Bute House endet, ist ziemlich passend.«

»Inwiefern?«

»Erinnern Sie sich nicht mehr an die Geschichte mit dem Kronleuchter im Salon vor zwei Jahren?«

»Nein, man kann wohl mit Fug und Recht sagen, dass ich nichts über den Kronleuchter im Salon von Bute House weiß.«

»Es heißt, er könnte Nazibeute sein. Er wurde von irgendeinem Kerl hergeschickt, der ein Freund von Lady Bute war. Er behauptete, er hätte ihn auf der Straße gefunden. Ich weiß ja nicht, wie das bei Ihnen ist, aber ich habe noch nie einen prächtigen Riesenkronleuchter auf der Straße gefunden. Wie dem auch sei, Lady Bute ließ ihn restaurieren und hängte ihn im Salon auf. Bloß, die ganze Angelegenheit hat mit Nazibeute angefangen, richtig?«

»Das ist richtig.« Sie lachte schnaubend und stimmte, leicht abgeändert, Charley Prides Countrysong an. »*The Nazi chandeliers light up the paintings on the wall.*«

Die Anspannung ließ beide kichern, und als sie auf den Charlotte Square bogen, fiel Jason mit ein: »*When the new wears off of your Nazi chandeliers.*«

Sie lachten immer noch, als sie vor Bute House hielten. Im Gegensatz zu Downing Street 10 gab es vor Bute House keine Barrieren, um die Öffentlichkeit auf Distanz zu halten, es stand noch nicht einmal ein Polizist vor der Tür. Sie stiegen die Stufen zu dem imposanten georgianischen Palais in der Mitte der schwarz verfärbten Sandstein-Häuserreihe empor, die die ganze Nordseite des Platzes säumte. Jason läutete, und die Tür wurde beinahe sofort geöffnet. Sie zeigten dem Officer vom Sicherheitsdienst ihre Ausweise.

»Wir müssen mit jemandem auf dem Empfang reden, der im Moment stattfindet«, erklärte Karen. »Ist es oben im Salon?«

Er nickte, und Karen ging durch den Flur zu dem elegant geschwungenen Treppenaufgang, dicht gefolgt von Jason. »Moment mal, Sie können da nicht einfach reinplatzen!«, protestierte der Officer.

Karen wirbelte herum. »Wir haben eine Verhaftung durchzuführen, mein Bester. Dafür brauche ich nicht Ihre Genehmigung.«

Er sah entsetzt aus. »Die Erste Ministerin ist da drin. Sie können doch nicht … Hören Sie mal, ich lasse einen ihrer Leute rauskommen und mit Ihnen reden, okay?« Er schob sich vorbei und nahm zwei Treppenstufen auf einmal. Karen tauschte Blicke mit Jason und eilte hinterher.

Als sie den Treppenabsatz erreichten, warteten sie. Die Tür

zum prächtigen Salon stand offen, und dahinter waren Menschen in Grüppchen zu sehen, ins Gespräch vertieft, Kaffeetassen in der Hand. Kellnerinnen gingen mit Tellern voller winziger Gebäckstücke und Karamelltäfelchen herum. »Fast wie zu Hause«, murmelte Karen.

»Bei Ihnen vielleicht.«

Der Officer vom Sicherheitsdienst tauchte wieder auf und sah gequält aus. Eine junge Frau folgte ihm dicht auf den Fersen, anscheinend nicht beunruhigt. Sie lächelte die beiden an. »Ich heiße Tabitha, ich arbeite für die Erste Ministerin. Was kann ich für Sie tun, Officer?«

Karen übernahm die Vorstellung und sagte dann: »Ich weiß, dass es wirklich ungelegen kommt, aber wir müssen einen Ihrer Gäste verhaften. Aus einsatztechnischen Gründen können wir nicht warten, bis die Frau geht. Ihre Chefin in Verlegenheit zu bringen, ist jedoch das Letzte, was ich möchte. Wie gehen wir vor?«

Dass es sich hierbei nicht gerade um ein alltägliches Vorkommnis handelte, war Tabitha lediglich an einem kurzen Zucken der Augenbrauen anzumerken. »Können Sie mir verraten, wer diejenige ist, die Sie ... verhaften müssen?«

Karen holte tief Luft. Dies könnte der Moment sein, in dem sich ihre Karriere in Luft auflöste. Sie stellte fest, dass es ihr egal war. »Shirley O'Shaughnessy. Von City SOS Construction.«

Nun war Tabitha doch irritiert. »Sie wollen Shirley verhaften?«

»Ist das ein Problem?«

»Eher eine Überraschung.« Sie warf einen Blick über die Schulter und nagte an der Unterlippe. »Geben Sie mir einen Moment, ja?« Sie ging wieder hinein. Karen folgte ihr bis zur Türschwelle. Über dem kunstvoll gearbeiteten Kamin hing ein ornamentreicher, vergoldeter Spiegel, der Karens gesamte

Wohnzimmerwand eingenommen hätte. Er warf das Licht des umstrittenen Kronleuchters in den Raum zurück. Die Erste Ministerin stand an einem der hohen Fenster eingebunden in ein ernstes Gespräch, unverkennbar in schwindelerregenden Stöckelschuhen und einem ihrer charakteristischen bunten Kostüme. Karen beobachtete, wie Tabitha an ihre Seite trat und sie von der Gruppe wegzog. Das Gesicht der Ersten Ministerin verriet nichts, während sie ihrer Beraterin lauschte. Dann nickte sie und gab eine Erwiderung. Sie trat abermals zu den Leuten, mit denen sie sich unterhalten hatte, doch ihre Augen huschten immer wieder zum Eingang zurück.

Tabitha kehrte mit den Worten wieder: »Die Erste Ministerin hat mich gefragt, ob es Ihnen möglich wäre, die Verhaftung außerhalb des Raums vorzunehmen? Ich werde Shirley holen, und Sie können hier mit ihr sprechen. Geht das in Ordnung?«

Karen hatte ein ungutes Gefühl, wusste aber, dass ihr im Grunde keine andere Wahl blieb. »Sagen Sie ihr bloß nicht, dass es die Polizei ist, die mit ihr sprechen will.«

Sie sah zu, wie Tabitha den Blick durch den Salon schweifen ließ und ihr Ziel ortete. Sie durchquerte den Raum und berührte seelenruhig den Ellbogen einer Frau, die mit dem Rücken zur Tür stand. Als sie sich umdrehte, erkannte Karen sie auf der Stelle. Im ersten Moment sah sie verwirrt aus, dann ließ sie sich von Tabitha zur Tür führen.

Karen trat zwei Schritte zurück, während O'Shaughnessy näher kam, und wartete ab, bis sie den Raum ganz verlassen hatte. Jason bemerkte Karens Nicken in Richtung Tür und bewegte sich blitzschnell an ihnen allen vorbei, um sie zu schließen. Abrupt ließ das Stimmengewirr nach.

O'Shaughnessy wandte sich an Tabitha. »Ich dachte, Sie sagten ...«

Karen trat vor sie. »Shirley O'Shaughnessy, ich verhafte Sie wegen Verdachts auf Mord.«

Es ließ sich schwer sagen, wer verblüffter aussah – Tabitha oder O'Shaughnessy. »Das ist ein Scherz, richtig?«, sagte O'Shaughnessy, deren amerikanischer Akzent noch immer in Spuren vorhanden war.

»Kein Scherz, das versichere ich Ihnen.« Karen betete den Rest der Rechtsmittelbelehrung herunter, während O'Shaughnessy kopfschüttelnd dastand und in der Jackentasche nach ihrem Handy griff.

»Das ist verrückt! Ich rufe auf der Stelle meinen Anwalt an.« Sie hackte mit makellos manikürten weinroten Fingernägeln auf das Handy ein.

»Das ist in Ordnung. Sagen Sie Ihrem Anwalt, er soll uns auf dem Gayfield-Square-Revier treffen.«

O'Shaughnessy stieß ein schrilles Lachen aus und hörte zu wählen auf. »Ich gehe mit Ihnen nirgendwohin.« Sie wirbelte herum und trat auf die Tür zu. »Warten Sie, bis Nicola hiervon hört.« Doch Jason versperrte ihr den Weg, indem er mit verschränkten Armen reglos dastand.

»Wir können das hier auf die einfache Art machen, indem Sie mit uns nach unten gehen und ohne Theater in den Streifenwagen steigen«, erklärte Karen nüchtern. »Oder ich kann Ihnen Handschellen anlegen und mit Ihnen eine Show für die Fotografen abziehen, die zweifellos draußen auf ihre morgendliche Fotosensation warten.«

»Wen soll ich denn angeblich ermordet haben? Ist das hier so eine Sache von wegen Totschlag durch Marktwirtschaft?« O'Shaughnessy war gut. Die Mischung aus harter Geschäftsfrau und gekränkter Unschuld war schwer zu bewerkstelligen, aber ihr gelang es ausgezeichnet, fand Karen.

»Joey Sutherland. Erinnern Sie sich noch an ihn?«

Eine Sekunde erstarrte ihr Gesicht. Wenn Karen zum falschen Zeitpunkt geblinzelt hätte, hätte sie es verpasst. Dann erholte O'Shaughnessy sich und sagte: »Noch nie von ihm gehört. Hat er für uns gearbeitet? Beschuldigt uns jemand einer Sorgfaltspflichtverletzung?«

»Nein. Ich beschuldige Sie des Mordes. Hat nichts mit irgendeinem Unternehmen zu tun. Kommen Sie nun also mit, oder wollen Sie die Art Szene veranstalten, die garantiert dafür sorgen wird, dass das Ihre letzte Einladung hierher war?«

O'Shaughnessy betrachtete sie mit unverhohlener Abscheu. »Sie werden das den Rest Ihrer Laufbahn bereuen. Die wahrscheinlich nicht allzu lang sein wird.«

Karen lächelte. »Da haben Sie vielleicht recht. Aber wenigstens hatte ich die Genugtuung dieses Augenblicks.«

# 70

## 2018 – Edinburgh

Eine Verhaftung war nie das Ende. Sie war lediglich das Ende vom Anfang. Karen war sich überhaupt nicht sicher gewesen, dass ihre Überzeugung von Shirley O'Shaughnessys Schuld von der Staatsanwaltschaft geteilt werden würde, zumal sie die Verhaftung durchgeführt hatte, ohne sich rückzuversichern. Eigentlich sollte die Staatsanwaltschaft keinen Fall unterstützen, der keine Erfolgschance von über fünfzig Prozent hatte. Doch Karen hatte früher schon mit der Staatsanwältin Ruth Wardlaw zusammengearbeitet, und die beiden Frauen hatten gelernt, das Urteilsvermögen der anderen zu respektieren. Auch Wardlaw war der Meinung, dass in der Schilderung von Shirley O'Shaughnessys Verbrechen ein Kapitel fehlte. »Aber ich denke, den Umstand können wir unter der Last der restlichen Beweise begraben.«

»Was ist mit den Geschworenen? Ist sie nicht angeblich in Sachen Wohnungsbau die Retterin in der Not?«

Ruth grinste. »Geschworene haben nicht viel übrig für Reiche. Und es sieht so aus, als würde SOS Construction trotzdem mit dem Programm fortfahren. Das ist das Schöne an einer richtig großen Firma. Keiner ist unentbehrlich.«

Und so war es beschlossene Sache. Shirley O'Shaughnessy würde wegen des Mordes an Joey Sutherland vor Gericht kommen. Es war nicht das einzige Halbzeitergebnis, das zu Karens Gunsten ausfiel. Die Audiofachleute hatten Dandy Muirs Handyaufnahme so weit bereinigt, dass kein Zweifel an der Abfolge der Ereignisse in Hendersons Küche bestand.

Willow Henderson war wegen des Mordes an Dandy Muir und versuchten Mordes an ihrem Ehemann angeklagt worden. Es stimmte, Billy McAfee wartete derzeit auf seinen Prozess wegen Totschlags von Barry Plummer, doch sein Anwalt war zuversichtlich, darauf plädieren zu können, dass er in einem emotionalen Zustand der Verwirrtheit gehandelt hatte. Und sie hatte eine Nachricht von der Ersten Ministerin erhalten, die sich bei ihr für die Diskretion in Bute House bedankte. »Schauen wir mal, was sie sagt, wenn wir wegen des Nazi-Kronleuchters vorbeischauen«, hatte sie gesagt, als sie Jimmy Hutton die Mitteilung zeigte.

Jedoch nicht alles war dienstliche Glückseligkeit. Wie nicht anders zu erwarten, hatte Markie die Arbeit der Historic Cases Unit für sich verbucht, bevor sie sich zurückzog. Doch Karen wusste, dass es sich um eine Waffenruhe, keine Kapitulation handelte. Der Hundekuchen würde zurückkehren und wieder nach ihren Knöcheln schnappen. Und Gerry McCartney war immer noch Polizist. Nicht in einer Eliteeinheit, das stimmte. Doch Karen wusste, dass sie sich mit ihm einen weiteren Feind gemacht hatte. Es blieb abzuwarten, wie viel Schaden er ihr zufügen konnte.

Und dann war da noch Hamish. Selbst wenn Shirley O'Shaughnessy am Ende ihres Prozesses straffrei davonkommen sollte, wurde Karen den Gedanken nicht los, dass sich doch noch etwas Positives aus dem Fall der Moorleiche entwickeln konnte. Wie eine Verhaftung war auch dies nur das Ende vom Anfang.

# Epilog

## 1995 – Invercharron, Sutherland

Für Joey Sutherland war es nichts Neues, bewundert zu werden. Angehimmelt werden von kleinen Jungs, die das Geheimnis erfahren wollten, wie man zu einem Mann wie ihm heranwuchs; die begehrliche Neugier von Frauen, die sich nach diesen harten Muskeln an ihren weichen Leibern sehnten; und das beinahe kindliche Bedürfnis erwachsener Männer, neben ihm an der Bar stehend gesehen zu werden und damit prahlen zu können, dass er mit ihnen befreundet sei. Er hatte gelernt, es als gegeben hinzunehmen. Es gehörte eben dazu, wenn man einer der besten Schwerathleten der Welt war.

Bei Highland Games und Wettkämpfen auf vier Kontinenten begeisterten Joey und seine Kollegen das Publikum mit ihren Meisterleistungen an Körperkraft. Das Baumstammwerfen, der Hammerweitwurf, das Steinstoßen, der Strohballenhochwurf – dies waren alles beeindruckende Wettbewerbe, und Joey hatte über die Jahre etliche davon gewonnen. Doch die Sportart, in der er die Konkurrenz immer noch in den Schatten stellte, war der Gewichthochwurf.

Die Menge verstummte jedes Mal bebend, wenn es zur furchterregendsten Disziplin der Wettkämpfe kam. Joey machte viel Aufhebens davon, wenn er die Handflächen mit dem Kolophoniumsack einrieb, um sich vor den albtraumhaften Verletzungen zu schützen, die ein Abrutschen verursachen konnte. Er überprüfte stets die Höhe, auf die die Latte eingestellt war, dann wandte er den beiden schmalen vertikalen Stangen und der Querlatte den Rücken zu. Er stellte sich breitbeinig auf und beugte anschließend die Knie, packte das 25,4-Kilo-Gewicht fest mit einer Hand. Dann schwenkte er es vor und zurück, auf und ab, um Schwung aufzubauen, während sein Kilt bei jeder geschmeidigen Bewegung dramatisch wippte. Drei Mal, und dann ließ er den Eisenblock mit einem Gebet los.

Wenn es gut ging – und bisher war es für Joey immer gut gegangen –, segelte das Gewicht nach oben über seinen Kopf und hoch in die Luft. Die Menschenmenge stieß ein Keuchen aus, der Eisenklumpen schien auf dem Gipfel seines Höhenflugs zu erstarren, anschließend ging er auf der anderen Seite der Latte nach unten, ohne sie auch nur erzittern zu lassen. Und dann brüllte die Menge los. Der Weltrekord lag bei 5,81 Metern. Joey lag nur siebeneinhalb Zentimeter darunter.

Manchmal ging es nicht gut, und die Latte stürzte zu Boden. Und manchmal lief es wirklich ausgesprochen schlecht. Männer waren schon dabei ums Leben gekommen vor den Augen von Familien, deren schöner Ausflug dadurch ruiniert wurde. Doch Joey weigerte sich, diese Möglichkeit auch nur in Betracht zu ziehen. Er warf mit dem felsenfesten Vertrauen, die 25,4 Kilo Eisen, die so aerodynamisch wie ein Betonblock waren, zu beherrschen.

Der Nachmittag bei den Invercharron Games war gut gelaufen. Die Sonne hatte geschienen, und es hatte regen Zulauf gegeben. Zusätzlich zu dem Erfolg in seiner üblichen Sportart hatte Joey in vier anderen Disziplinen Platzierungen mit Geldpreisen errungen. Kinder hatten ihn umschwärmt, hatten Autogramme gewollt und Eltern mit Fotoapparaten gebeten, Bilder von ihnen zu machen, wie sie vom Champion des Tages hoch in die Luft gehoben wurden. Er war ein Held, nicht zuletzt, weil niemand sonst in der Games-Szene auch nur annähernd so attraktiv war. Er stach heraus in einer Welt, in der die meisten seiner Rivalen wie fiese Schlägertypen aussahen.

Sobald das Gedränge nachließ, gab es eine Schar um seine Aufmerksamkeit buhlender Erwachsener. Wie üblich konzentrierte er sich darauf, was direkt vor seiner Nase war, sodass ihm nicht auffiel, dass es eine Beobachterin an der Peripherie gab, deren aufmerksame Augen nie von ihm abließen; abschätzend, erwägend, beurteilend. Schließlich löste Joey sich aus der Menge und ging auf das ausgesprochen luxuriöse Wohnmobil zu, das dieser Tage sein Zuhause war.

Er hatte kaum sechs Schritte getan, da ließ ihn eine leichte Berührung am Arm innehalten. Er drehte sich um, das automatische Lächeln im Gesicht. »Ich habe ein Angebot für dich«, sagte eine attraktive Fremde mit amerikanischem Akzent.

Später waren sie im Schutz der Dunkelheit losgefahren und hatten kurz vor Mitternacht ihr Ziel erreicht. Der Mond war eine schmale Sichel am sternenübersäten Himmel kaum oberhalb des Horizonts. Das Wohnmobil holperte die schmale Straße entlang, vorbei an einem zweistöckigen Stein-Cottage, bei dem alle Vorhänge zugezogen waren und kein Licht zu sehen war. »Ich hoffe, das sind tiefe Schläfer«, sagte Joey. »Ansonsten bekommen wir vielleicht Gesellschaft. Ich wette, es gibt nicht viel spätnächtlichen Verkehr auf dieser Straße ins Nirgendwo.«

»Wir werden es drauf ankommen lassen müssen«, antwortete Shirley. Sie erreichten den höchsten Punkt des ansteigenden Wegs und fuhren abwärts in eine Senke, jetzt unsichtbar, abgesehen von den Scheinwerferkegeln. »Siehst du den Baum da rechts?« Es war eine verkümmerte Eberesche, knorrig und krumm durch die vorherrschenden Winde.

»Soll ich dort anhalten?«

»Ja, genau da.«

Sie setzten Stirnlampen auf und stiegen aus, um einen Spaten, eine große batteriebetriebende Lampe und eine Brechstange aus dem verschließbaren Werkzeugfach an der Rückseite des Wohnmobils zu holen. Anschließend suchten sie sich einen Weg über den unebenen Boden mit seiner Decke aus Heidekraut und harten Gräsern, immer darauf bedacht, die sumpfigen Lachen aus brackigem Wasser zu meiden. Etwa fünfzig Meter hinter der Straße fiel der Strahl von Joeys Taschenlampe auf eine kleine Pyramide aus Steinen, nicht höher als bis zur Hälfte seiner Waden. »Das hier haben wir gesucht, oder?«

»Das ist es.« Keine Spur von freudiger Erregung, lediglich eine gelassene Bestätigung, dass sie die Stelle gefunden hatten. »Die Markierung stammt von mir. Ich habe die Gegend mit einem Metalldetektor abgesucht, und da hat es einen Treffer gegeben. Danach zu urteilen, wie der Detektor gepiept hat, befinden sie sich Seite an Seite.«

»Dann fange ich mal besser an.« Joey zog sein wattiertes Holzfällerhemd aus und rammte den Spaten in den weichen Torfboden.

»Vorsicht mit der oberen Schicht, die werden wir wieder draufmachen müssen.«

Joey blickte auf. »Wieso? Wir werden längst über alle Berge sein, bevor irgendjemandem hier in der Gegend eine große Grube im Boden auffällt.«

»Ich will nicht, dass die Leute Fragen stellen. Vorsicht ist besser als Nachsicht.«

»Na schön.« Joey änderte den Winkel seines Spatens, um die obere Rasenschicht Stück für Stück abzuheben und in einem ordentlichen Stapel an der Seite aufzuschichten.

»Ich gehe die Leiter holen.«

»Und ich grabe weiter.«

»Dafür bezahle ich dich ja auch.« Ein Hauch von Schärfe.

Er warf ihr einen langen, nachdenklichen Blick zu. Doch was sie ihm versprochen hatte, war ein wenig Plackerei wert. »Ich weiß. Aber gefallen muss es mir nicht.«

Joey besaß nicht nur Kraft, sondern auch Ausdauer, aber dennoch vergingen knappe zwei Stunden, bis sein Spaten auf etwas traf, das kein schwerer, nasser Torf war. Es war nicht ganz so hart, wie er erwartet hatte, aber mit Sicherheit ein Fremdkörper. »Ich glaube, das ist es!«, rief er hoch. »Damit hast du ungefähr gerechnet, oder? In einer Tiefe von einem Meter zwanzig?«

»Genau. Sie haben ungefähr einen Meter achtzig tief gegraben, und die Kisten müssen mindestens sechzig Zentimeter hoch sein.«

»Ich lege den Deckel frei, damit wir die oberen Latten lösen können.« Er machte sich wieder an die Arbeit, während der Schein von Shirleys Lampe über das kleine Stück Holz tanzte, das er entblößt hatte.

»Sieht unberührt aus.«

Joey nickte. »Kein Anzeichen, dass sich jemand daran zu schaffen gemacht hätte.« Er arbeitete weiter und schabte den dunklen Torf von dem Holz, das von den Tanninen im Wasser beinahe schwarz verfärbt worden war. Zwanzig Minuten später hatte er ein Dutzend zehn Zentimeter breite Latten freigelegt, ein bisschen länger als einen Meter achtzig. »Ich hätte gedacht, dass das Holz verfault wäre«, sagte er, während er auf dem Spaten lehnte und schwer atmete, sein nackter Oberkörper vor Schweiß glänzend. »Wirf mir mal das Brecheisen runter.«

Ein paar Minuten und einiges Geächze später waren zwei Planken entfernt. Im Schein der Lampen konnten beide etwas sehen, das nach einer geteerten Leinwand aussah. »Hier ist definitiv was«, stellte Joey fest.

»Die Leinwandplane ist beruhigend. Sieht aus, als hätten wir eine reelle Chance, die Motorräder zu bergen.« Es war das erste Mal seit Oykel Bridge, dass sie lächelte, ging es ihm durch den Kopf.

»Das hoffe ich. Eines für mich und eines für dich, wie wir es abgemacht haben. Jeder Biker, den ich kenne, wird grün sein vor Neid.« Joey widmete sich wieder seiner Aufgabe und häufte die Planken an der Seite der Grube auf. Als er die letzte entfernt hatte, kletterte er vorsichtig in die Kiste. Es gab kaum Platz für ihn, doch er war so begierig wie seine Auftraggeberin, herauszufinden, was sich in der geteerten Leinwand befand. Er richtete das Licht auf die Plane und suchte nach einem Weg, um hineinzugelangen. »Sieht aus, als hätten sie sie irgendwie versiegelt.«

»Umso besser. Kommst du rein?« Sie beugte sich vor, das Licht glänzte auf ihrem blonden Haar.

Als Antwort kramte Joey in der Tasche und holte ein beeindruckendes Taschenmesser hervor, das er über dem Kopf schwenkte. Er klappte eine Klinge auf und sägte sich durch die dicke Leinwand, die er nach und nach zur Seite fallen ließ, während er den Schnitt vergrößerte. Was immer sich in der Leinwandplane befand, war in eine weitere Schicht gehüllt, diesmal Öltuch. Dieses ließ sich mühelos aufschneiden. Selbst in dem schlechten Licht konnten sie sehen, dass sich das Motorrad in hervorragendem Zustand befand. Die wasserdichten Schichten hatten vierzig Jahre vor dem Moor geschützt, in dem es sich befand. »Wunderschön«, hauchte Joey.

»Siehst du die Satteltaschen?« Jetzt war ein ängstlicher Unterton in ihrer Stimme.

»Ich sehe sie.«

»Schau rein.«

Es war kein Vorschlag. Doch sie war diejenige, die für die Veranstaltung blechte; sie konnte es sich leisten, die erste Geige zu spielen. Joey zuckte mit den Schultern, bückte sich und kämpfte mit den beiden Riemen. Im Lauf der Zeit hatte sich das Leder in der Schnalle verhärtet, und letzten Endes nahm Joey die Ahle an seinem Messer, um die Riemen gewaltsam zu lockern. Er hob den Deckel. »Leer«, sagte er.

»Versuch's bei der anderen.«

Joey wiederholte den Vorgang auf der anderen Seite der Maschine. Diesmal hatte er Glück. Er griff hinein und holte ein Öltuchpäckchen von der Größe einer Tüte Zucker hervor. »Hattest du darauf gehofft?« Er schwenkte das Päckchen über dem Kopf.

»Perfekt! Schmeiß es rauf.«

Joey warf das Päckchen locker aus dem Unterarm nach oben. Das Licht der anderen Stirnlampe folgte der Flugbahn, die in einem leisen Knirschen endete. »Ich hab's!«

»Okay. Jetzt müssen wir das Motorrad rausholen.« Joey beäugte die Trophäe sorgfältig. »Ich kann es hochstemmen und über den Rand der Grube heben«, sagte er, als wäre es ein Kinderspiel. »Wenn du es packst, sobald es hoch genug ist, und zu dir ziehst, wird es zu Boden kippen. Danach übernehme ich dann wieder. Schaffst du das?« Jetzt war da ein leicht nervöser Unterton. Was Zivilisten, besonders Frauen, betraf, hatte Joey nur wenig Vertrauen in ihre Stärke oder Fähigkeiten.

»Ich glaube, ich bekomme es gerade noch hin, ein Motorrad umfallen zu lassen.« Sie stieß ein düsteres, glucksendes Lachen aus.

Joey machte sich bereit, stellte sich breitbeinig hin. Er hatte das Gewicht des Motorrads nachgesehen; es wog ungefähr zweihundertfünfzig Kilo. Zwar hatte er noch nie etwas gestemmt, das mehr als zweihundertsechsundzwanzig Kilo wog, doch er wusste, dass er nach einem Wettkampfsommer in Höchstform war. Er atmete tief ein, packte den Rahmen des Motorrads, schloss die Augen und konzentrierte sich. Die Welt zog sich zusammen, bis er nichts mehr spürte als das komplexe Stück Metall in seinen Händen.

Von dem andersartig komplexen Stück Metall, das sich in ihrer Hand befand, ahnte er nichts.

Langsam, Zentimeter für Zentimeter, hob er das Motorrad vom Boden der Kiste. Die Adern an seinem Hals und seinen Armen standen hervor, und seine Muskeln wölbten sich vor Anstrengung, während er jede Sehne anspannte, um das Motorrad so hochzustemmen, dass es sich über den Grubenrand kippen ließ.

Er hatte es beinahe geschafft, als die erste Kugel seine Brust durchschlug, rechts von seinem Herzen. Joey strauchelte kurz. Als ihn die zweite Kugel am Hals traf, brach er nach hinten zusammen, und die erdrückende Last des Motorrads zwang die restliche Luft mit einem schrillen Pfeifen aus seiner Lunge.

In der Morgendämmerung war das einzige Anzeichen dafür, was sich ereignet hatte, ein unebener Flickenteppich aus Heidekraut und Gräsern fünfzig Meter hinter der Straße. Im folgenden Frühjahr hätte es selbst Shirley O'Shaughnessy Mühe bereitet zu erkennen, wo sie den Torf zurückgeschaufelt hatte, um Joey Sutherlands letzte Ruhestätte zu verbergen.

# Danksagung

Ich weiß viel weniger, als die Leute denken. Aber zum Glück kenne ich Menschen, die meine Wissenslücken füllen können. Zu den Strippenziehern im Hintergrund, die mir ihre Expertise zur Verfügung stellten, gehörten diesmal:

Miranda Aldhouse-Green mit ihrem enzyklopädischen Wissen darüber, was mit Leichen in Torfmooren passiert;

Lorna Dawson, die Meisterin der Bodenkunde, und ihre Kenntnisse über Torfmoore der westlichen Highlands;

Judy Harvey vom Emporium Bookshop, Cromarty, deren Anekdote die Räder ins Rollen brachte;

Jennifer Morag Henderson, deren Biografie der großen Josephine Tey mich en passant daran erinnerte, was im Zweiten Weltkrieg mit den Highlands geschah;

Jason Young, der seine Erfahrungen vom Leben der Schwerathleten in der Highland-Games-Szene großzügig teilte;

Sally Mackintosh, die mich einlud, im Jahr 2016 Chieftain der Invercharron Highland Games zu sein;

Jenny Brown, der ich für den Ohrring und den Kolkata-Spaß danke;

Tara Noonan von der Schottischen Nationalbibliothek, die bei Zeitungsarchivanfragen half;

und ich danke Nicola Sturgeon für die Benutzung ihres Salons.

Dies ist mein zweiunddreißigster Roman, aber ich benötigte wie stets Hilfe, um ihn zu verbessern. Zu denen, die mich dabei unterstützten, gehören Lucy Malagoni, David Shelley, Cath Burke und Thalia Proctor von Little, Brown; Jane Gregory und Stephanie Glencross von David Higham Associates; Amy Hundley von Grove Atlantic; meine unermüdliche Redakteurin Anne O'Brien (sämtliche Fehler gehen auf mein Konto, Boss!); und Laura Sherlock, die den Laden am Laufen hält.

Und nicht zu vergessen meine geniale, witzige, hinreißende Professorin und mein intelligenter, hübscher Junge, die beide ein Lächeln in mein Gesicht zaubern, wenn ich mich am wenigsten zu guter Laune in der Lage fühle.